KB094415

디어 마이
Dear My Friend
프렌드
1

무소 장편소설

디어 마이
Dear My friend
프렌드

1

위즈덤하우스

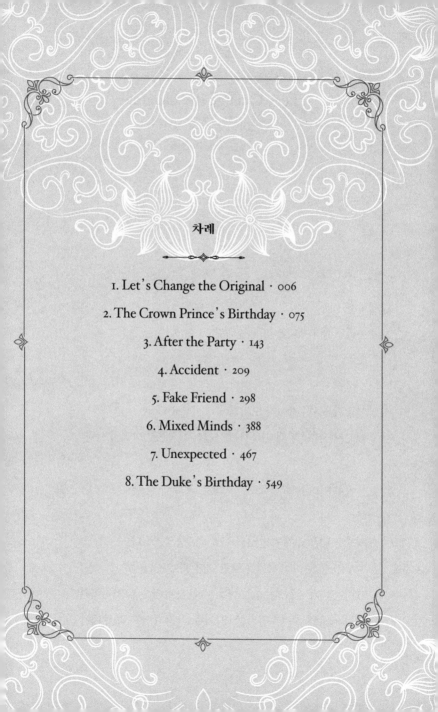

차례

1. Let's Change the Original

마리스텔라 제니즈 라 벨플레어.

제국력 525년 벨플레어 백작의 장녀로 출생.
제국력 545년 레이디 도로테아의 시녀로 입궁.
제국력 547년 황태자비 시해 사건의 진범으로 밝혀져 사형.

불쌍한 마리스텔라의 22년 인생은 고작 이 세 줄로 요약할 수 있었다.

책장을 덮은 내가 불만스러운 얼굴로 중얼거렸다.

"마리스텔라, 이 계집애는 착한 거야, 바보인 거야?"

그녀는 내가 방금 다 읽은 소설 〈마이 도로테아〉의 조연이었다.

책의 제목에서부터 짐작할 수 있듯 작중 주연은 도로테아였다.

마리스텔라가 아니라. 그럼에도 불구하고 나는 이상하게 마리스텔라에게 정이 더 갔다.

그녀는 절친한 친구였던, 아니, 절친한 친구라고 믿고 있었던 도로테아에게 일평생을 도움만 주다 결국에는 배신당해 죽었다.

도로테아가 꾸민 황태자비 시해 사건의 진범이 자신이라는 누명을 쓰고 사형당한 것이다.

작가는 그럴듯한 말로 도로테아를 변호해 놓았지만, 내 입장에서 봤을 때 도로테아는 그냥 자신의 성공을 위해 친구인 마리스텔라를 이용한 악녀, 그 이상도 그 이하도 아니었다.

특히 도로테아가 마리스텔라의 마지막 순간, 그녀에게 조용히 죽어달라고 말하는 장면에서 나는 하마터면 책을 찢어 버릴 뻔했다.

이런 여자를 주인공으로 쓰다니!

내가 작가였다면 차라리 착하고 똑똑한 마리스텔라를 주인공으로 썼을 텐데.

마리스텔라는 그 착한 품성과는 상관없이 매우 똑똑했다. 도리어 멍청했던 쪽은 도로테아였다. 한마디로 마리스텔라는 똑똑한 성녀였고, 도로테아는 멍청한 악녀였다.

도로테아가 위기에 빠질 때마다 마리스텔라가 늘 그녀를 구해주었고, 도로테아는 그런 마리스텔라의 도움을 당연하게 여기며 앞으로도 계속 자신을 지켜줄 것을 종용했다.

친구라는 이름으로.

그럼 착한 마리스텔라는 또 그렇게 했다.

아이고, 답답해라.

사정이 이렇다 보니 도로테아가 행복해지는 결말이 나에게는 도리어 새드 엔딩처럼 느껴졌다.

만약 내가 마리스텔라라면 절대 도로테아에게 당하고만 있지는 않을 것이다. 친구를 이용만 하려 하는 이 심보 나쁜 여자의 뒤통수를 제대로 때려줄 것이다!

……라고 생각했었다.

"마리 아가씨!"

나는 얼이 빠진 얼굴로 내 앞에서 소리를 꽥꽥 지르고 있는 젊은 여자를 쳐다보았다. 푸석푸석한 적갈색의 머리카락이 가슴께까지 내려오는 여자였는데, 나를 자꾸 '마리 아가씨'라고 불렀다.

물론 내 이름이 '오마리'인 건 맞았지만, 나는 태어나서 지금까지 단 한 번도 그런 낯 간지러운 애칭으로 불린 적이 없었다.

내가 멍한 표정으로 계속 적갈색 머리 여자만 쳐다보고 있는데, 그녀가 갑자기 이런 말을 했다.

"오늘 레이디 도로테아와 만나기로 하셨잖아요. 이렇게 계시면 늦는다고요!"

레이디 도로테아.

그 한마디가 내 귓속에 송곳처럼 파고들었다. 나는 얼빠진 얼굴로 물었다.

"도로……테아요? 내가 아는 '도로테아 데미르 밀 코르노헨'?"

"그럼 도로테아라는 이름을 가진 영애가 이 제국 내에 또 있다는 말이에요?"

맙소사.

나는 완전히 당황한 표정을 지었다. 그렇다면 내가 설마…….

"혹시 이름이 어떻게 되세요?"

"네에?"

여자가 웬 뚱딴지같은 소리를 하냐는 듯 나를 쳐다보며 되물었다.

"제 이름을 까먹으신 거예요?"

"플로린다."

나는 떨리는 목소리로 이름 하나를 입에 담았다. 내가 기억하는 게 맞다면…….

"맞죠, 플로린다?"

"아가씨도 참. 알고 계시면서 왜 갑자기 물으세요."

플로린다는 마리스텔라의 하녀였다. 나는 헛웃음을 터뜨리며 허리까지 내려오는 검은색의 긴 머리카락을 만지작거렸다.

"어떻게 이럴 수가 있지?"

내가 아무래도 마리스텔라가 된 듯싶었다.

"어떻게 내가 마리스텔라가 될 수가 있어."

물론 책을 읽고 잠에 들기 전에 그런 생각을 하긴 했었다.

마리스텔라가 된다면 책에서처럼 도로테아에게 순진하게 당하고만 있지는 않을 거라는.

'하지만 설마 그게 현실이 될 줄이야.'

내가 어안이 벙벙해진 얼굴로 가만히 있자, 플로린다가 답답해 죽겠다는 목소리로 나를 채근했다.

"아가씨, 늦는다니까요!"

그 소리에 나는 겨우 정신을 차리고 느릿한 목소리로 플로린다에게 물었다.

"어디를 가야 한다고?"

"레이디 도로테아와 함께 트라코스 저택에서 열리는 티파티에 가기로 하셨잖아요. 아가씨도 참!"

플로린다가 더 이상은 기다릴 수 없다는 듯 나를 강제로 침대에서 일으켰다. 그런 다음 저택의 다른 하녀들과 함께 내가 단장하는 것을 돕기 시작했다.

씻기고, 입히고, 화장하고…… 나는 인형처럼 하녀들의 손길에 온전히 몸을 맡겼다. 그때까지도 나는 여전히 정신을 못 차린 얼굴로 내게 일어난 일에 적응하지 못하고 있었다.

'도대체 이게 무슨 상황인 거야?'

눈으로 직접 보고 겪고 있는데도 와 닿지 않았다. 그냥 전부 다 꿈 같았다.

"다 됐습니다, 아가씨. 정말 아름다우세요."

"눈이 부실 정도로 예쁘세요, 마리 아가씨. 어쩜 이렇게 미모가 날

이 갈수록 물이 오르시는지!"

하녀들의 요란한 칭찬도 내게 별 감흥을 주지 못했다. 그러자 플로린다가 나를 답답하게 여겼는지 전신거울 앞으로 데려갔다.

그리고 나는 거울에 비친 내 모습을 확인하자마자 다시 한번 웃음을 터뜨릴 수밖에 없었다.

"아하하하."

거울에 비친 내 모습이 소설 속에서 묘사했던 것과 완전히 똑같았다. 허리까지 내려오는 길고 탐스러운 검은 머리카락과, 붉은 석류를 연상시키는 핏빛의 눈동자.

이목구비가 오밀조밀 자리 잡고 있는 계란형의 작은 얼굴과 처연한 냉미녀를 연상시키는 인상까지.

'이제 진짜 실감이 나네.'

내가 마리스텔라의 몸에 빙의했다는 거.

나는 멍한 얼굴로 거울 속에 비친 나를 가만히 쓰다듬었고, 그때 바깥에서 다른 하녀가 침실 안으로 들어왔다.

"마리 아가씨, 레이디 도로테아가 오셨습니다."

그 말에 나는 거울에서 시선을 떼고 침실 밖으로 나갔다.

마리스텔라의 침실은 2층에 있었기 때문에 밖으로 나가려면 계단을 내려가야 했다. 나는 높은 하이힐을 신고 조심스럽게 계단을 내려간 다음 현관으로 들어섰다.

"마리!"

책에서는 도로테아의 목소리를 마치 꾀꼬리가 지저귀는 것 같다고 묘사하고 있었다.

덕분에 나는 화려한 마차 앞에서 환하게 웃으며 마리스텔라의 애칭을 부르는 붉은 머리카락의 여자가 도로테아라는 사실을 한눈에 알아차릴 수 있었다.

"얼른 와, 마리. 늦겠어!"

하지만 나는 도로테아가 내게 웃어주는 것처럼 그녀를 향해 웃어 줄 수 없었다. 그렇게 하려 할수록 입매만 더 굳어졌다. 내가 그녀를 싫어했기 때문이었다. 착한 마리스텔라를 이용만 하다 결국은 비참하게 버린 그녀를 혐오했기 때문이었다.

"……."

결국 표정 관리에 실패한 나는 입술을 꾹 앙다문 채로 도로테아가 서 있는 마차까지 걸어갔다.

그리고 그녀의 가까이까지 걸어갔을 때, 도로테아는 돌연 내 허락도 구하지 않고 나를 덥석 안았다. 갑작스러운 스킨십에 당황하는 사이, 도로테아가 그 '꾀꼬리 같은' 목소리로 내게 말했다.

"내가 얼마나 기다렸는지 알아? 기다리느라 목이 빠지는 줄 알았어!"

"……."

도로테아의 마차가 도착하고 곧바로 현관으로 내려갔기 때문에 분명 '기다리느라 목이 빠질 만한' 시간은 아니었다.

어벙한 표정으로 아무 말도 못 하고 있는데, 갑자기 도로테아게 나를 안았던 팔을 풀었다.

그리고 나는 그때까지도 여전히 제대로 정신을 차리지 못하고 있었다.

상식적으로 갑자기 책 속으로 끌려와 연민을 가졌던 조연에게 빙의했는데 그렇게 아무렇지 않게 상황에 적응할 수 있을 리 없잖은가. 아무리 적응력 좋은 사람이라도 그건 불가능했다.

"어머, 널 안느라 드레스 리본이 풀어졌나 봐."

그때 도로테아가 시무룩한 얼굴로 가슴 쪽에 달린 리본을 내려다보았다.

거의 풀어질 듯 모양이 흉한 상태였다.

내가 그 모습을 감흥 없이 바라보고 있는데, 도로테아가 갑자기 한마디를 톡 내뱉었다.

"묶어줘!"

"……어?"

갑작스러운 요청에 나는 멍한 목소리로 도로테아에게 물었다. 그러자 그녀가 작게 신경질을 내며 내게 다시 요구했다.

"묶어 달라고! 리본이 풀어질 것 같아."

그 한마디에 나는 상황을 완전히 자각했다.

지금 내 눈앞에 있는 적발의 여자는 싸가지 없는 그 도로테아가 맞고, 나는 그 도로테아에게 호구처럼 이용당하다 결국은 배신당해 죽을 마리스텔라에 빙의해버렸다는 걸.

이 여자는 책 속에서와 마찬가지로 충분히 손이 닿는 가슴에 달린 리본조차 마리스텔라를 시녀처럼 여기며 묶어달라고 명령하고 있다는 걸.

그 사실을 완전히 깨닫고 나자, 당황스러움에 잊고 있었던 적개심이 스멀스멀 기어 올라왔다.

이 책에 빙의하기 전부터 도로테아에게 가지고 있던 적의가.

나는 순식간에 싸늘해진 표정이 되어 발등에 달려 있던 빨간색 리본 하나를 다른 쪽 발로 풀었다. 그런 다음 다정한 목소리로 도로테아를 불렀다.

"도로테아."

"리본 좀 묶어봐, 응?"

끝까지 리본을 묶어달라고 보채는 도로테아에게, 나는 환한 미소를 지어 보이며 답했다.

"좋아. 묶어줄게."

리본 따위 언제든 묶어줄 수 있다. 다만, 전제가 있었다.

"그전에 내 구두에 달린 리본부터 묶어봐."

내 말을 들은 도로테아가 어벙한 눈을 한 채로 나를 쳐다보았다.

내가 방금 한 말을 도무지 믿지 못하는 눈치여서, 나는 어이가 없어졌다.

자기 가슴에 달린 리본을 묶는 건 지극히 상식적인 일이고, 내 구두에 달린 리본을 묶는 건 비상식적인 일이라는 거야, 뭐야.

나는 그녀의 시선을 무시한 채 계속해서 도로테아를 쳐다보았다. 이판사판이다.

"……뭐?"

잠시 시간이 흐른 뒤에 도로테아가 눈을 끔뻑이며 내게 물었다. 못 들었기 때문에 다시 묻는 것은 아니리라.

두 번 말하는 게 어려운 일도 아니었기 때문에, 나는 태연하게 웃으며 친절하게 다시 말해주었다.

"지금 보니까 내 구두에 달린 리본이 풀려서. 내가 허리가 아파서 그러는데 좀 묶어주지 않을래?"

"……내 가슴에 달린 리본부터 다시 묶어줘."

"미안해, 로테."

나는 엷게 웃으며 고집을 부렸다.

"발밑에 리본끈이 너무 신경 쓰여서 도무지 아무것도 할 수가 없을 것 같아."

"……."

"먼저 묶어주면, 나도 묶어줄게. 알겠지?"

사실 순서야 그리 중요한 문제는 아니었다. 어차피 지금 중요한 건 도로테아에게 더 이상 내가 예전의 마리스텔라가 아니라는 사실을 눈치채게 하는 것이었으니까.

하지만 어쩐지 순서에서 밀리고 싶지 않다는 이상한 오기가 생겼다. 그리고 도로테아 이 영악한 계집애에게 먼저 리본을 묶어주면 나중에 오리발을 내밀지도 모를 노릇이고.

이미 책 한 권을 통해 도로테아의 진면목을 알고 있던 나로서는 그녀라면 충분히 그럴 수 있을 것이라는 생각이 들었다.

"……알았어."

거절할 명분이 없었다. 도로테아는 하는 수 없이 내 앞에 쪼그리고 앉아 구두의 리본을 묶기 시작했다. 그때 도로테아를 내려다보는 순간 느껴지는 희열감이란!

정말 지금까지 마음속에 묵혀뒀던 고구마를 사이다와 함께 믹서에 넣어 갈아버리는 기분이었다.

책에서 한 번쯤은 마리스텔라가 도로테아에게 우아하게 엿을 먹이는 장면을 보고 싶었는데, 그걸 여기서 실현하다니!

나는 처음부터 마주하게 된 만족스러운 원작파괴에 기뻐하면서 리본을 묶고 있는 도로테아를 내려다보았다.

하지만 잠시 후 나는 눈살을 찌푸릴 수밖에 없었다.

'……얘는 명색이 귀족 영애라는 애가 리본 묶을 줄도 모르나?'

심지어는 '날 엿 먹이기 위해 일부러 이렇게 엉망진창으로 묶는 건가'라는 생각까지 들었다.

아, 물론 '명색이 귀족 영애'였으니 리본을 묶을 필요가 아예 없을 수도 있었다. 하지만 마리스텔라가 10번 리본을 묶어 준다면 적어도 1번 정도는 '아, 나도 리본 묶는 법을 배워둬야겠다'라고 생각하는 게 당연한 이치 아닌가?

'아니면 이 친구의 머릿속에는 그런 상식이라는 게 존재하지 않는 건가?'

의문이 꼬리에 꼬리를 물고 이어지다가, 어느 순간 가장 중요한 사실 하나를 떠올려 버렸다.

'자기 친구에게 조용히 죽어 달라고 말한 애한테 뭘 기대하는 거야.'

애당초 부질없는 생각이었던 것이다. 도로테아는 그냥 원래 이런 애였다.

나는 높지 않은 목소리로 도로테아에게 지적했다.

"로테, 리본 한 번도 안 묶어 봤어?"

"응."

그걸 또 당연하다는 듯 말한다.

그래, 참 자랑이다.

"이번 기회에 배워 보는 건 어때? 내가 알려줄게."

"싫어."

너무 아무렇지 않게 말해서 순간 '좋아'로 들릴 뻔했다.

내 귀가 미친 건지, 쟤 뇌가 미친 건지.

내가 당황한 얼굴로 물었다.

"싫다고?"

"응. 귀찮아."

"하지만 이렇게 리본이 풀렸을 때를 대비해서 직접 묶는 법 정도는 알아야 하지 않겠어?"

"굳이 뭐 하러? 하녀가 있는데."

도로테아는 자신의 무지가 전혀 문제 될 것 없다는 듯 태연하게 덧붙였다.

"그리고 너도 있잖아. 너 리본 되게 잘 묶어."

칭찬이긴 한데 썩 듣고 싶지는 않았다. 그러니까 넌 그냥 마리스텔라를 하녀로 보겠다는 거잖아. 네 가슴에 달린 리본이나 묶어줄.

나는 다소 가라앉은 목소리로 도로테아에게 말했다.

"내가 없을 때는 어쩌려고?"

"무슨 소리야, 마리."

도로테아가 절대 그럴 리 없다는 듯 고개를 절레절레 저으며 덧붙였다.

"넌 항상 내 곁에 있는걸? 우린 베스트 프렌드잖아."

"……."

베스트 프렌드는 얼어 죽을. 그냥 시녀가 필요한 거겠지.

"너무 그렇게 자신하지는 마, 로테. 언젠가 내가 네 곁에 없을지도 모르잖아."

"무슨 소리야, 마리. 우리 사이에 그런 서운한 말이 어디 있어. 난 네가 없는 세상은 생각하고 싶지도 않아."

시녀 하나 없어지는 게 싫다는 걸 에둘러 말하는 도로테아를 보며 나는 정말로 할 말이 없어졌다.

사실 원래 이런 애였는데 나도 참 새삼스럽게.

나는 슬며시 시선을 아래로 내려 도로테아가 묶은 리본을 쳐다보았다.

'진짜 엉망이었네.'

한 번 더 맡긴다고 해서 딱히 좋아질 것 같지는 않았고, 도리어 짜증이나 듣지 않으면 다행이었다. 분명 '마리는 너무 까다로워. 그럼 나중에 시집 못 간다?' 같은 강아지 소리나 할 테니까. 나는 결국 한숨을 내쉬었다.

일단은 작전상 후퇴였다. 내가 피곤한 목소리로 말했다.

"일단 마차에 타. 마부가 기다리겠다."

"리본은?"

"아직 다 안 풀렸잖아. 다 풀리면 그때 시녀에게 묶어달라고 해."

나는 단호하게 선을 그은 다음 도로테아의 마차 위에 올라탔다.

마음 같아서는 마차도 따로 타고 가고 싶었는데, 그럼 너무 변했다는 티를 내는 것 같아서 하지 않았다. 자칫 내가 진짜 마리스텔라가 아니라는 사실이 발각될지도 몰랐으니까.

'서서히 멀어지는 게 가장 좋아.'

물론 그때까지 진짜 마리스텔라처럼 당하고만 지낼 생각은 조금도 없었지만.

"오늘 티파티 너무 기대되지 않아? 트라코스 저택에 새 찻잎을 들였다고 우리 아빠가 그랬거든."

도로테아의 부친인 코르노헨 백작은 커다란 상단을 운영하고 있었는데, 이 때문에 도로테아는 상급 귀족이 아니었음에도 공녀 저리 가라 할 정도의 사치스러운 생활을 영위하고 있었다. 나는 도로테아가 신은 번쩍거리는 상아색 구두를 빤히 쳐다보다가, 곧 무심하게 대꾸했다.

"응. 기대되네."

국어책을 읽는 듯한 목소리라서 말하고 나서도 깜짝 놀랐지만, 다행인지 불행인지 눈앞의 이 아가씨는 그 점에 대해 조금도 눈치 채지 못한 듯했다.

"아빠가 이번에 특별히 싼 값에 트라코스 저택에 납품한 거래. 아빠도 참, 트라코스 가문이 공작가도 아니고 후작가인데 뭘 그렇게 빌빌 기시는지 몰라."

"그러게."

"너도 그렇게 생각하지 않아, 마리? 솔직히 트라코스 가문이 뭐 별 게 있니. 트라코스 후작이 귀족 회의에서 그렇게 높은 위치에 있는 것도 아닌데. 기껏해야 선조들 덕 보면서 살고 있는 거지."

여기서 나는 다시 한번 도로테아의 인성을 확인할 수 있었다.

아버지뻘인 트라코스 후작을 그가 없는 곳에서 깎아내리다니. 과연 트라코스 후작이나 트라코스 후작 영애 앞에서도 그녀가 이렇게 말할 수 있을는지 새삼 궁금해졌다. 나는 그녀의 뒷이야기에 끼어들고 싶은 마음이 전혀 없었기 때문에 미간만 슬며시 좁혔다.

이럴 때는 그냥 입을 다물고 있는 게 최고였다.

"난 트라코스 영애도 마음에 들지 않아."

이젠 아버지에 이어서 그 딸까지 욕하는 건가.

"인상이 너무 별로야. 완전 여우같이 생기지 않았어?"

트라코스 영애의 인상을 본 적은 없었기 때문에 이렇다 저렇다 말할 수는 없었지만, 도로테아가 그렇게 말하니 어째 신용이 안 갔다. 나는 거기다가도 그냥 '응' 하고 건성으로 대답했다. 그러자 도로테아가 불만스러운 얼굴로 물었다.

"왜 그런 반응이야?"

"뭐가?"

"호응이 너무 소극적이잖아."

"……."

나는 순간 할 말을 잃었다가 잠시 후 다소 가라앉은 목소리로 물었다.

"무슨 호응을 바랐는데?"

"같이 욕해줘야지."

"……트라코스 영애를?"

"응!"

당연히 그래야 한다는 듯 대답하는 도로테아를 보고 나는 할 말을 잃었다.

사람이 이렇게까지 뻔뻔할 수 있다니. 내가 당당하게 말했다.

"난 남 까내리는 거 별로 안 좋아해."

"……."

"뒤에서 이야기하는 건 더 안 좋아하고."

"뭐?"

"숙녀로서 교양 없는 행동이라고 배웠거든, 예절 시간에."

"마리, 너……."

"그래서 가급적 안 해. 너도 그렇게 배우지 않았니?"

화사하게 웃으며 도로테아에게 묻자 그녀는 아무 말도 하지 않왔다.

'하긴, 당연한가.'

숙녀로서의 교양을 걸고넘어지는데 거기다 대고 '난 배운 적이 없어'라고 말할 수는 없을 테니까.

도로테아는 그 뒤로 입을 다물었고, 덕분에 나는 조용히 트라코스 저택까지 갈 수 있었다.

마차가 트라코스 저택에 도착했고, 나는 천천히 마차 안에서 내렸다.

도로테아와 함께 저택의 후원 쪽으로 들어서자 집사임이 분명한 남자가 그 앞에서 우리를 먼저 막았다.

"어서 오십시오, 영애. 실례지만 초대장을 보여주시겠습니까?"

나는 마지막으로 플로린다에게 받았던 초대장을 집사에게 보여주었고, 뒤의 도로테아도 그렇게 했다.

후원 안으로 들어서자 달콤한 꽃향기가 사방에서 풍겨왔다. 도로테아가 설레는 표정으로 내게 물었다.

"다른 영애들도 많이 왔겠지, 마리? 가서 인사하고 이야기도 하자."

책 속의 마리스텔라도 그랬고, 나 역시도 특별히 시끄러운 것을 즐기는 성향은 아니었다. 물론 내가 마리스텔라보다는 좀 더 사교적이었지만.

그러나 도로테아는 달랐다. 그녀는 늘 주인공이 되고 싶어 했다. 물론 관점에 따라 이 모습은 매우 긍정적으로 평가될 수도 있을 것이다.

나 역시 그 점까지는 부정할 수 없었다. 사교적인 성격은 절대 흠결이 아니었으니까.

'근데 왜 거기에 마리스텔라까지 끌고 가냐고.'

문제는 마리스텔라가 그렇지 못하다는 점이었다.

그리고 도로테아는 마리스텔라의 소극적인 성격을 잘 알고 있었다. 그럼에도 불구하고 도로테아는 개의치 않은 채 마리스텔라를 자신이 참석하는 이런저런 파티에 모두 동행시켰다.

도로테아가 마리스텔라를 진정한 친구로 여긴다면 그래서는 안 됐다. 친구의 낯가림 많은 성격을 안타까워하고 몇 번은 사교적으로 지낼 것을 권유하다가도, 결국 그것이 친구의 성격과는 너무 맞지 않는다는 사실을 깨닫고 나서는 모든 행동을 멈추어야 했다.

그게 진짜 친구였다. 자신에게 맞추지 않고 상대방을 존중하는 것. 인간관계에 있어 당연한 예의이기도 했다.

'한마디로 도로테아는 그냥 들러리가 필요한 거야. 자신을 주인공으로 만들어 줄 조연이.'

그렇게 생각하니 어째 기분이 더 더러워졌다.

'진짜 마리스텔라는 똑똑할 테니 그 사실을 모르지 않았을 텐데.'

그걸 알고 나서도 어쩜 그렇게 아무 싫은 소리 없이 계속해서 도로테아를 위해 헌신할 수 있었는지. 대단하다는 생각과 함께 도로테아가 괘씸해졌다.

"저기 사람이 많네? 저기로 가자."

그러더니 도로테아는 갑자기 내 장갑 낀 손목을 붙잡아 끌었다. 당황한 내가 저도 모르게 도로테아에게 말했다.

"로테, 이거 놔 줘."

그 말을 들은 도로테아가 뒤를 돌았다. 그녀는 인상을 찡그리고 있었다. 갑자기 왜 그러냐는 듯한 얼굴이었다. 내가 말했다.

"손목을 갑자기 너무 세게 잡지 말아 달라는 말이야. 아프잖아."

"……너 오늘 정말 이상하다, 마리."

도로테아가 떨떠름한 목소리로 물었다.

"어제 뭘 잘못 먹기라도 한 거야? 왜 이렇게 예민해?"

"……아니, 로테."

갑자기 기분이 확 상했다. 본인의 예의 없는 행동은 조금도 고려하지 않고 마리스텔라가 예민하다고만 생각하는 건가?

내가 헛웃음을 터뜨리며 말했다.

"주의해 달라는 이야기야. 너야말로 상식적인 이야기에 너무 예민하다. 어젯밤에 상한 음식을 먹기라도 한 거야?"

"……."

역으로 질문했더니 도로테아는 아무 대답도 못 했다. 대신 얼굴만 붉으락푸르락해졌다.

'본인이 대답 못 할 말을 왜 남한테 하는 건지.'

도무지 이해 못 할 사고라고 생각하면서 나는 빙긋 웃었다.

"괜찮아, 로테. 그럴 수도 있다고 생각해."

"……."

"저쪽으로 가볼까? 계속 여기서 미적거렸다간 끼어들지도 못하겠다."

나는 아까 도로테아가 가리켰던 곳을 향해 걷기 시작했다. 나를 향해 은근히 인상을 찌푸리고 있던 도로테아도 하는 수 없이 나를 따라왔다.

나는 속으로 냉소를 지으며 화기애애한 분위기 속에서 이야기하고 있는 영애들 사이로 끼어들었다.

"안녕하세요. 다들 오랜만에 뵙는 것 같아요."

내가 마리스텔라가 된 이상, 더는 도로테아의 조연 따위로 살 생각이 없었다.

나는 테이블 위에 놓여 있던 빈 찻잔에 뜨거운 찻물을 들이부었다.

사교적인 모임을 좋아하지 않는 것과는 별개로 사교성은 나쁘지 않았기 때문에, 최대한 자연스럽게 대화에 끼어들 생각이었다.

"다들 무슨 이야기 하고 계셨어요?"

"어머, 레이디 마리스텔라."

"오랜만이에요, 벨플레어 영애. 어째 더 아름다워지셨네요."

"감사합니다, 영애. 영애께서도 더 아름다워지셨는걸요."

책에서 수도 없이 봤던 가식적이고 의례적인 말이 몇 번 오갔다.

나는 의도적으로 그 과정에서 도로테아를 배제시켰다. 마리스텔라가 느꼈을 감정을 그녀가 똑같이 느껴보기를 바랐다. 자기 혼자 투명인간처럼 대화에서 소외되는 느낌. 그게 얼마나 괴로운 건데.

"라브리암 영애는 이번에 결혼을 한다고 해요."

"어머, 정말요? 누구랑 하는데요? 역시 저번의 그 영식?"

"세상에, 그 영식과도 교제한 적이 있단 말이에요?"

"맙소사, 그래놓고 베신 영식이 처음이라고 거짓말을 하다니!"

솔직히 이런 유의 대화는 그리 즐거울 게 못 되었지만, 아예 착한 척 아무 말도 하지는 않을 수 없는 분위기였기 때문에 나는 대충 웃어주며 '그러게요'라고만 대꾸했다.

다행히도 책에서 봤던 것처럼 적응하기 어려워 쩔쩔맬 정도의 분위기는 아니었다. 하긴 이 나이대 또래들 이야기하는 게 다 거기서 거기지, 뭐.

"아, 다들 와주셨군요."

그때 낯선 목소리가 대화에 끼어들었다. 나는 슬며시 고개를 돌려 목소리의 주인공을 쳐다보았다.

연한 분홍색 머리카락에 칠흑같이 검은 눈동자를 가진 앳된 인상의 여자였는데, 주변에 있던 영애들이 그녀를 발견하고 전부 표정이 밝아지는 것으로 보아 그리 나쁜 평판을 가진 사람은 아닌 듯했다.

영애들 중 한 명이 반가운 목소리로 그녀를 맞아들였다.

"트라코스 영애! 어서 이리로 오세요."

"차 한잔하시겠어요, 레이디 오델레타?"

오델레타.

익숙한 이름이었다. 어떻게 모를 수가 있을까. 고작 조연이었던 마리스텔라와는 별개로 소설 속에서 악녀로서의 존재감을 어마어마하게 드러냈던 여자였다.

뛰어난 언변과 우아한 행동거지로 사교계를 주름잡으며 여자 주인공인 도로테아를 뒤에서 조용히 엿 먹이는 존재.

워낙 악독하게 묘사가 되었기에 그 인상이 도로테아가 말했던 것처럼 '여우 같을지' 궁금했는데, 정작 내가 마주한 오델레타는 그런 느낌은 아니었다. 도리어 소설 속에서 어떻게 이 여자가 악녀처럼 묘사되었는지 의문이 들었다.

이런 순진한 얼굴을 가지고.

'얼굴만 보면 딱 순둥인데 말이야.'

역시 작가가 도로테아를 편애한 거라니까.

나는 속으로 혀를 쯧쯧 차며 고개를 저었다.

"아니에요, 영애. 실은 아까 다른 테이블에서 충분히 마시고 왔답니다."

"얼굴 한 번 비추지 않으시기에 바쁘실 거라 예상은 했는데…….
정말 바쁘셨나 봅니다."

"죄송해요, 영애. 그래서 제가 이렇게 늦게나마 얼굴을 비추지 않았습니까."

"늦다니요. 그런 말씀 마세요, 레이디 오델레타. 지금도 아주 이르게 오셨는걸요."

영애 하나가 호호 웃으며 대꾸하자 다른 영애들도 따라서 작게 웃음소리를 냈다. 나도 어색하게 따라 웃었는데, 그러다 우연히 오델레타와 눈이 마주치게 되었다.

'아……'

나는 솔직히 당황할 수밖에 없었다. 오델레타는 마리스텔라처럼 소설 속 단역도 아니고 상당히 비중 있는 악녀 주연이었으니까.

나는 지금 내가 당황했다는 사실을 알리고 싶지 않아서 최대한 침착하게 굴었다. 하지만 오델레타는 눈을 맞추는 것에서 끝나지 않고 내게 말까지 걸어왔다!

"레이디 마리스텔라, 오랜만에 뵙습니다."

"네, 레이디 오델레타. 정말 그렇네요."

마리스텔라는 오델레타와 자주 만나는 사이가 아니었다.

당연했다.

그녀는 도로테아의 친구이지 오델레타의 친구가 아니었기 때문이었다.

질투 많은 도로테아는 자신의 친구가 자신이 싫어하는 여자와 만나는 것을 끔찍하게 싫어했다. 물론 도로테아는 마리스텔라를 친구가 아닌 시녀로 봤을 공산이 컸지만 어쨌든.

"지난 파티가 마지막이었죠. 그때 레이디 도로테아도 뵀던 것 같은데……."

마침내 호스트인 오델레타의 입에서 도로테아가 거론되었고, 그녀는 이 기회를 놓치지 않겠다는 듯 냉큼 대답했다.

"오랜만이에요, 레이디 오델레타."

"네, 레이디 도로테아. 못 뵌 사이에 더 아름다워지셨네요."

"아버지가 이번에 비싼 화장품을 사오셨거든요. 레이디 오델레타, 원하신다면 드릴 수 있어요."

"하하."

오델레타가 무슨 생각을 하는 건지 알 수 없는 얼굴로 웃었다.

"말씀만으로도 정말 감사합니다, 레이디 도로테아. 하지만 저는 아직까지 제 얼굴에 굳이 화장품이 필요한지 못 느끼겠어서요."

"……."

도로테아는 오델레타가 자신을 묘하게 까내리고 있다는 사실을 귀신같이 눈치챘다.

'아니, 사실 바보가 아닌 이상 눈치챌 수밖에 없지.'

하여튼 도로테아와 오델레타는 사이가 그리 좋은 편이 아니었다. 도로테아는 선의를 가장한 잘난 척이 심했고, 위선적이었으며, 가식적이었는데, 대부분의 영애들은 그런 도로테아의 성격을 잘 알면서도 비위만 몇 번 맞춰주면 자신에게 떨어지는 것이 적지 않으니 대충 눈감아 주었다.

하지만 오델레타는 그런 걸 매우 싫어했고, 얼마 안 되는 이익을 갖고 싫어하는 상대의 비위를 맞춰 줄 수 있는 성격이 못 되었다.

내가 봤을 때 그녀는 더없이 강직하고 신념에 따라 행동하는 사람이었다. 하지만 이 소설의 작가는 아마 오델레타가 도로테아와 척을 진다는 이유 하나만으로 그녀를 싫어했을 것이다. 그러니 멀쩡한 오델레타를 악녀로 묘사해 버리는 기행을 저지를 수 있는 것이겠지.

"다행이네요, 레이디 오델레타. 하지만 피부가 늙는 건 한순간이랍니다. 젊음이 지고 쭈글쭈글한 할머니가 되는 것 또한 한순간이지요."

"그런 걸 돈으로 막을 수 있다면 얼마나 좋을까요. 하지만 레이디 도로테아, 인간의 힘으로 노화를 막는 것은 어디까지나 한계가 있답니다. 그리고 전…… 굳이 그런 걸 바르지 않아도 괜찮아요. 아직 충분히 깨끗하고 빛나는 피부를 가지고 있어서요."

'영애와는 다르게 말입니다'라는 말이 뒤에 생략되어 있다는 사실쯤은 그곳에 있던 모두가 알아차릴 수 있었다.

조곤조곤한 말투로 도로테아를 엿 먹이는 오델레타를 보며 나는 희열에 휩싸였다.

아, 진심으로 도로테아를 버리고 오델레타와 친구를 하고 싶은 심정이었다.

'지금 당장은 불가능하지만, 시간이 조금만 더 지난다면 가능할지도?'

물론 저쪽에서도 나를 좋아해야 가능한 선지겠지만 말이다.

"그보다, 다들 부족한 건 없으신가요? 준비한다고 했는데, 허술한 점이 많은 것 같아 부끄럽습니다."

"그럴 리가요, 레이디 오델레타! 정말 완벽하답니다. 이런 티파티는 처음 와 봐요."

"네, 트라코스 영애. 마치 황후 폐하께서 직접 여시는 티파티 같아요!"

"그렇게 좋게 봐주시니 저는 정말 감사할 따름이에요."

오델레타가 겸손하게 말했다. 나는 그녀가 사교계를 주름잡는 데비단 사기적인 화술뿐 아니라 당당하고 거침없는 태도와 따뜻한 그녀의 마음씨도 한몫했다는 사실을 깨달았다.

한마디로 오델레타는 완벽했다. 이런 여자를 악녀로 묘사한 작가도 어찌 보면 대단한 능력자였다.

"그보다 다들 무슨 이야기를 하고 계셨어요?"

"음…… 라브리암 영애가 이번에 결혼을 한다고 하더라고요."

"어머, 그랬군요! 정말 축하해 줄 만한 일이에요. 이곳에 오셨는지 잘 모르겠네요."

"결혼 준비 때문에 많이 바쁘다고 들었는데, 저희도 잠시 뒤에 한번 찾아보려고요."

"레이디 오델레타는 결혼 생각이 없으신가요?"

참고로 오델레타는 스무 살이었고, 나와 도로테아는 그녀와 동갑이었다.

그리고 아마 여기 모여 있는 영애들 대부분이 20살에서 얼마 차이 나지 않은 나이일 것이다. 하지만 이 세계에서 여자는 결혼을 일찍 했고, 대부분 스무 살 정도를 결혼 적령기라고 불렀다. 그러니 이런 질문은 그리 새삼스러울 것도 아니었지만, 어찌 된 일인지 오델레타는 드물게 붉어진 얼굴로 대답했다.

"결혼 생각이 왜 없겠나요. 저도 좋은 분이 나타나시면 언제든 결혼할 생각이에요."

"레이디 오델레타는 정략혼을 원치 않으시는군요."

"정략혼이 나쁜 건 아니라고 생각해요. 가문과 가문 간의 성스러운 결합이죠. 그걸 누가 나쁘다고 욕할 수 있겠어요. 저는 다만…… 조금 더 진심이 담긴 결혼을 하고플 뿐이랍니다."

"특별히 관심 가는 분은 없고요?"

주변에 있던 영애들이 끈질기게 물어왔고, 오델레타는 그 이상은 대답하기 어려울 것 같다는 말 대신 다른 대답을 해주었다.

"있긴 해요."

"어머, 어머!"

"정말요?"

"누구인데요?"

"말씀해 주세요, 레이디 오델레타!"

긍정적인 대답에 모든 영애들이 눈을 동그랗게 뜨고 오델레타의 입에서 나올 말에 주목했다. 나 또한 궁금한 표정을 짓긴 했지만, 사실 정답은 이미 알고 있었다.

소설 속에서 오델레타가 간절히 원하고 바랐던 단 한 명의 남자.

오델레타가 평생 동안 애타게 외사랑했던 단 한 명의 남편.

"황태자 전하세요."

주변에서 연이어 깍깍대는 소리가 터져 나왔고, 나는 얼굴을 붉히며 대답하는 오델레타를 빤히 쳐다보았다.

이 장면, 기억이 났다.

바로 이 대답 때문에 작가가 오델레타에게 초반 악녀 이미지를 씌우는 데 성공했기 때문이었다. 이미 황태자를 마음에 두고 있었던 도로테아와 그런 그녀의 앞에서 대놓고 황태자가 관심 있다고 말하는 오델레타.

'이런 식으로 대립 구도를 만드는 건 어렵지 않은 일이지.'

정작 오델레타는 당시 도로테아가 황태자를 좋아한다는 사실을 모르고 있었는데도 말이다.

어쨌든 오델레타의 용기 있는 고백은 그녀가 여자 주인공인 도로테아를 위협하는 연적임을 알리는 훌륭한 장치였다.

"어머, 정말요?"

그때 익숙한 목소리가 끼어들었다. 도로테아였다. 나는 긴장으로 마른침을 꿀꺽 삼켰다. 그녀가 이다음 내뱉을 대사를 알고 있었기 때문이었다.

"저도 황태자 전하를 좋아하고 있어요."

"……."

정적이 감돌았다.

당연한 일이었다. 호스트인 오델레타가 황태자에게 관심 있다고 말했는데, 곧바로 자신도 관심 있다고 말하는 정신 나간 여자가 어디 있단 말인가. 하지만 도로테아는 놀랍게도 그 비정상적인 일을 능히 해냈다.

그렇게 시간과 때를 가리지 않고 당당한 것도 능력이라면 능력이다. 다만……

'생각보다 훨씬 더 어색하잖아!'

하긴 책 속에서 봤던 장면도 그렇게 어색했는데, 실제라면 얼마나 더 어색할까.

나는 속으로 깊게 한숨을 쉬었다.

우리 착한 마리스텔라는 도로테아가 이런 망언을 했을 때 친절하게도 그녀를 감싸주었다. 그게 작가가 원하는 마리스텔라의 역할이었으니까.

여주인공의 옆에서 그녀를 보좌하며 그녀의 실수를 덮어주고 욕망을 이룰 수 있도록 도와주는. 하지만 나는 '오마리'지 '마리스텔라'가 아니니까. 도와줄 생각이 조금도 없었다.

차라리 이 상황이 고소했다면 또 모를까.

"아……."

당연하게도 오델레타의 입에서는 당황하는 소리가 튀어나왔다. 그녀가 어색하지 않게 미소 지으며 대꾸했다.

"그러셨군요."

"네, 레이디 오델레타."

도로테아는 조금의 물러남도 없이 당당하게 말을 이었다.

"저 또한 그분께 첫눈에 반했답니다. 그런데 레이디 오델레타 역시 그러하신 것을 보니…… 역시 사람 보는 눈은 다 거기서 거기군요."

그걸 농담이랍시고 한 도로테아가 낮게 웃음을 터뜨렸다. 하지만 그녀를 제외한 그 누구도 웃지 않았다. 일행이었던 나조차도.

그러나 도로테아는 그 사실에 크게 개의치 않아 하는 듯했다.

"그렇습니다, 레이디 도로테아. 황태자 전하께서는 지덕체를 고루 갖춘 미남자시지요. 그러니 그분께 반하는 영애가 어디 저 하나뿐이겠습니까?"

"역시 레이디 오델레타는 뭘 좀 아시는군요."

"천만에요. 당연한 이치를 말씀드렸을 뿐입니다."

오델레타는 그리 기분 상하지 않은 것처럼 보였지만, 사실 연기였다.

그녀가 이 상황에 대해 상당한 불쾌감을 느꼈다고 책에 후술되어 있었으니까.

오델레타는 도로테아가 자신을 그리 호의적으로 보지 않는다는 사실을 이미 눈치채고 있었고, 그로 인해 그녀 역시 도로테아를 그리 좋아하지 않았다. 하지만 이번 일을 계기로 그녀를 더 싫어하게 되는 역할이었다. 물론 악녀 포지션이 필요하니 작가로서는 어쩔 수 없는 선택이었을지도.

"영애께서도 아시다시피 황태자 전하께서는 이제 결혼을 미룰 수 없는 나이시지요. 나이가 나이이시니까요."

오델레타는 우아하게 웃으며 대화를 마무리 지었다.

"모쪼록 누가 되었든 전하께서 좋은 짝을 만나 결혼하셨으면 하는 바람입니다, 저는."

"저도 그래요, 레이디 오델레타. 모든 영애들의 바람 아니겠어요?"

도로테아가 호호 웃었고, 나는 지금이라도 '미쳤어, 로테? 제발 그만 좀 해!'라고 그녀를 말리고 싶은 심정이었지만 애써 참았다.

설령 내가 그렇게 한다고 해도 그녀가 '왜 그래, 마리. 재미있잖아'라고 되받아칠 게 뻔했기 때문이었다.

한마디로 내 말을 안 들을 거다, 도로테아는.

"저는 이만 다른 테이블로 가보는 게 좋겠어요. 그럼 모쪼록 즐기다 가시길 바랄게요, 다들."

오델레타는 끝까지 품위를 잃지 않은 채 모두에게 가볍게 인사했고, 그녀가 자리를 뜬 이후에도 대화는 계속 진행되었다.

나는 대화에 적극적으로 참여하면서 도로테아를 흘긋 바라보았다.

그녀는 뾰로통한 얼굴로 다른 테이블에서 이야기를 나누고 있는 오델레타를 쏘아보고 있었다.

나는 다시 한번 한숨을 쉬었다. 이 부분까지는 책 속에서 묘사되지 않았지만, 오델레타가 자리를 뜨기 전까지 책은 이 상황을 '사이다'로 묘사했다.

'물론 내 입장에서는 고구마도 이런 고구마가 없었지만.'

작가 딴에는 도로테아가 자신의 사랑을 고백하며 오델레타를 엿먹이는 장면이 퍽 좋았던 모양이었다.

◇◆◇

"왜 그랬어?"

돌아오는 마차 안에서 도로테아가 물어왔다. 밑도 끝도 없는 말에 내가 간단히 되물었다.

"뭘?"

"아까 그 상황 말이야."

도로테아가 입술을 비죽이며 내게 불만을 제기했다.

"왜 내 편을 들지 않았느냐는 말이야."

"황태자 전하 이야기가 나온 그때를 말하는 거야?"

"그래, 그때!"

"로테, 내가 그 상황에서 뭐라고 말했어야 맞는 거라고 생각하고 있는 거야?"

나는 책 속에 묘사돼 있지 않았던 그녀의 대답이 진심으로 궁금해져 물었고, 도로테아는 조금의 망설임도 없이 이렇게 답했다.

"여러 가지가 있어. 이를테면 '그때 황태자 전하께서 레이디 도로테아를 퍽 관심 있게 보시는 것 같더라고요'라거나, '사실 황태자 전하의 머리카락에는 레이디 도로테아의 것이 더 어울리죠'라거나, '황태자 전하께서는 부유한 여성을 좋아하신다고 하셨어요'……이런 것들."

"……."

이건 또 무슨 강아지 소리야.

"……진심으로 하는 소리야, 로테?"

나는 너무 당황해서 순간 말을 잃었다가, 잠시 후에 물었다. 하지만 내 바람과는 다르게 도로테아는 고개를 끄덕였다.

와, 미치겠네, 정말.

"내가 거기서 그런 말을 했다간 우리 둘 다 매장됐을 거야. 제정신이야?"

"그게 뭐가 어때서? 다 틀린 말도 아니잖아."

"그렇게 구구절절 맞는 말이라면 도대체 왜 네가 말하지 않았어?"

"뭐?"

"내가 그 상황에서 그런 말을 생각하지 못했을 수 있잖아. 왜 네가 대신 말하지 않았느냐고."

"그건 네 역할이지 내 역할이 아니야, 마리."

"……뭐?"

순간 머리 한 대를 세게 얻어맞은 기분이어서, 나는 믿을 수 없는 얼굴로 도로테아를 쳐다보았다.

"뭐라고?"

"도와주는 사람이 있어야지. 나 혼자 그걸 다 말하면 너무 이미지가…… 안 살잖아."

"……."

아니, 뭐 이런 게 다 있어?

나는 할 말을 잃고 두 눈을 깜빡거렸다.

마리스텔라는 사형되지 않았더라도 분명 스트레스로 병에 걸려 일찍 죽었을 거다. 자신할 수 있었다.

'아니, 마리스텔라는 애당초 이런 상황을 스트레스로 인식하지 못하려나.'

내가 헛웃음을 머금은 채 쏘아붙였다.

"그렇게 당당하고 문제 될 것 없는 말이라면 네가 해도 이미지는 살아, 로테."

"어쨌든! 오늘은 네가 너무 나한테 매정했어."

도로테아는 끝까지 뭐가 잘못되었는지를 모르는 사람처럼 투덜거렸고, 나는 내 평생 처음으로 직접 겪어보는 이 고구마 같은 상황에 도무지 적응하지 못하는 중이었다. 처음 리본 묶어 달라고 하는 일은 지금 상황에 비하면 약과 중의 약과였다.

"오늘 좀 이상한 것 같아, 마리."

"……."

원래 비정상은 정상을 보면 비정상으로 인식하는 법이다. 하지만 아직 그걸 말해주기에는 시기가 너무 일러서, 나는 그 발언을 나중으로 아껴두기로 했다. 대신 이렇게는 말해주었다.

"난 원래도 이랬어, 로테."

"아냐, 마리."

도로테아가 고개를 저으며 강하게 부정했다.

"넌 원래 이렇지 않았다고."

"그럼."

나는 진심으로 궁금해져서 물었다.

"예전의 나는 어땠는데?"

정확히는 도로테아가 마리스텔라를 어떻게 생각하는지가 듣고 싶었다.

물론 아무리 눈치 없는 그녀라고 해도 어느 정도는 가식적으로 말할 테지만, 그래도.

"예전의 너는, 아니 예전도 아니야. 마지막으로 만났을 때까지만 해도 넌 나만 생각해줬어. 이렇게 쌀쌀맞게 나오지 않았다고."

"지금도 너만 생각해, 로테."

거짓말이 술술 나왔고, 도로테아는 믿지 않았다.

당연한가.

"이성적으로 판단해서 널 위할 수 있는 가장 좋은 방법을 찾고 있거든."

"네가 진짜로 날 위했다면 아까 거기서 그렇게 있으면 안 됐다니까?"

"그럼 너의 '위한다'는 기준과 나의 '위한다'는 기준이 다른 거지. 난 내 방식대로 널 위할 뿐이야. 넌 네 방식대로 너를 위해. 그럼 되지 않아?"

"왜 내 방식대로 날 위해줄 수 없는데?"

"난 네가 아니고, 난 나만의 생각이 있으니까. 그러니 내 판단에 맞춰 행동하는 건 지극히 당연하고 자연스러운 일이야, 로테. 나는 네 인형이 아니라 살아 있는 사람이니까. 이 말 정도는 이해할 수 있지?"

"……"

도로테아는 더 반박할 말을 찾지 못했는지 그대로 입을 다물어버렸다. 하지만 나는 그녀가 내게 반박할 말을 찾지 못해서가 아니라, 차마 '내 인형으로 살아주면 안 돼?'라는 말까지는 할 수 없었기 때문이라고 생각했다.

그렇게 따지면 최소한의 예의는 남아 있는 거라고 좋게 생각할 수도 있겠지만, 이미 이런 생각이 든 순간부터 쟤는 실격이었다.

"레이디 도로테아, 도착했습니다."

트라코스 저택에서 좀 더 가까운 건 벨플레어 저택이었다.

나는 아무렇지 않게 웃으며 그녀에게 안녕을 고했다.

"조심히 가렴, 로테."

"……잘 가."

그래도 최소한의 인사는 해준 게 신기했다. 도로테아 성격에 그냥 입을 꾹 다물고 가버릴 줄 알았는데.

잠시 후 로테만 태운 마차가 그녀의 집을 향해 출발했고, 그 뒷모습을 바라보던 나는 나도 모르게 냉소를 지었다.

이렇게 헤어져도 나는 그녀가 다시 내게 들러붙을 걸 알고 있었다.

왜냐하면 마리스텔라 없는 도로테아는 아무것도 할 수 없었으니까.

◇◆◇

"아가씨, 오셨어요?"

집 안으로 들어서자마자 플로린다의 높은 목소리가 나를 맞아주었다. 나는 어색하게 웃으며 나를 향해 뛰어오는 플로린다에게 물었다.

"왜 이렇게 기분이 좋아, 플로린다?"

"전 원래 매번 이렇게 아가씨께 인사 드렸는걸요."

플로린다가 새삼스럽다는 듯 어깨를 으쓱이며 내게 말했고, 나는 일단은 최대한 자연스럽게 행동하기로 마음먹었다.

사실 마리스텔라가 된 내 앞에 닥친 가장 큰 난관은 아까 있었던 그 어이없는 티파티도 아니었고, 진실한 친구라는 이름을 뒤집어쓴 발암유발자도 아니었다.

지금 이 상황 자체였다.

마리스텔라의 주변 환경 대한 책 속의 묘사는 거의 전무했다. 내 기억 상으로는 플로린다라는 이름도 한 두어 번밖에 나오지 않았으니까. 그걸 기억해 낸 내 기억력에 무한한 찬사를 보낼 뿐이었다.

어쨌든 그런 상황이었기 때문에 나는 마리스텔라가 어떤 환경에서 어떻게 자라왔는지, 벨플레어 가문의 분위기는 어떠하며 심지어 형제 관계는 어떻게 되는지에 대해 전혀 알지 못했다.

거기까지는 작가가 서술하지 않았으니까. 그래도 확실한 게 하나 있다면, 그건 바로 그녀가 조실부모하지는 않았다는 것이다.

"언니!"

그때 낯선 목소리가 귓가에 파고들었다.

나는 의아한 표정으로 고개를 돌려 소리가 나는 쪽을 쳐다보았다. 금발의 소녀가 이쪽으로 뛰어오고 있었다. 당황한 내가 무의식적으로 뒷걸음질 치는 사이, 그 금발 소녀는 속력을 줄이지 않고 나를 덥석 안아 왔다. 그 반동으로 나는 몇 걸음 더 뒷걸음질 쳤다.

'얘는 도대체 누구지?'

그때, 내 옆에 있던 플로린다가 당황스러운 목소리로 그녀를 제지했다.

"아이고, 마티나 아가씨. 그러다 마리 아가씨가 다치시겠어요."

"하지만 언니가 너무 반가운걸!"

마티나라고 불린 소녀가 여전히 해맑은 표정으로 내게 물어왔다.

"언니, 이제 온 거야?"

"응? 응……."

"또 코르노헨 영애랑 있었던 건 아니지?"

경계심이 가득한 목소리였다. 어쩐지 거짓말을 하고 싶었지만, 그냥 솔직하게 말하기로 했다.

"그랬어."

"맙소사, 또 그 여자를 만나다니!"

마티나는 마리스텔라가 도로테아를 만나는 걸 매우 싫어하는 건지 인상까지 대놓고 구겼다.

나는 이목구비가 작은 얼굴 안에 오밀조밀 모여 있는 인형 같은 소녀를 쳐다보았다. 언니라는 호칭을 보아하니 이 소녀는 분명 마리스텔라의 동생이었다.

그리고 마리스텔라가 도로테아를 만나는 걸 아주 싫어하는 걸 보아하니 도로테아의 이중성과 위선적인 모습도 일찌감치 파악하고 있었던 게 틀림없었다. 하긴, 그걸 못 알아차렸던 마리스텔라가 지나치게 순진한 거였긴 했지만.

"난 그 여자가 너무 싫어, 언니. 사악한 여우 같다고."

도로테아에게 '그 여자'라는 표현까지 쓸 정도면 진짜 싫어하긴 하는 것 같았다. 나는 외동이었기 때문에 얼떨결에 생긴 여동생이 어쩐지 반가웠다. 거기다 나와 똑같이 도로테아를 싫어하는 여동생이라면 더더욱 환영이었고.

나는 저도 모르게 빙긋 웃으며 마티나에게 물었다.

"왜 싫은데?"

"언니를 이용만 하고 있는 것 같아. 그 여잔 절대 언니를 진실한 친구로 여기는 게 아니라고."

마티나가 바로 보았다. 도로테아는 마리스텔라를 진실한 친구로 여기고 있지 않았다. 절대로.

"난 언니가 이용당하는 게 싫어. 언니가 부족한 게 뭐가 있어? 그 여자랑 놀지 마, 언니. 도로테아보다 훨씬 예쁘고 똑똑하고 성격도 좋은데 왜 하필 그 여자하고만 다니는 거야? 내 친구들 소개시켜줄까?"

아이고, 귀여운 것.

언니 생각하는 마음이 너무 예뻐서 나도 모르게 자연스러운 미소가 지어졌다. 나는 부드러운 목소리로 마티나를 안심시켰다.

"너무 걱정하지 마, 마티나."

"걱정이 된단 말야. 언닌 너무 순진해. 악독한 맛이 없다고."

"그래도 걱정하지 마. 네가 생각하는 것처럼 언니가 착하지가 않아서."

"잉?"

마티나가 그게 무슨 소리냐는 듯 고개를 갸웃거렸다.

아, 귀여워.

나도 모르게 마른침을 삼킨 다음 그녀에게 설명했다.

"언니가 네가 생각하는 것만큼 당하고만 있지는 않을 거라는 이야기야."

"어…… 진짜?"

마티나가 얼떨떨한 목소리로 물었고, 나는 웃으며 고개를 끄덕였다.

"응, 마티나. 그러니까 언니 너무 걱정 안 해도 돼."

"하, 진짜로."

마티나가 감격스러운 표정으로 내 두 손을 꼭 맞잡았다.

"진짜로 다행이야. 언니가 지금이라도 정신을 차린 것 같아 기뻐!"

그 정도인가. 내가 쓴웃음을 흘리는 사이 마티나는 내 이마에 작게 키스를 남기며 물었다.

"그런데 어쩌다 갑자기 마음을 바꾸게 되었어? 예전에는 내가 그 여자 욕만 해도 싫어했잖아. 그런 애가 아니라면서."

"……."

마리스텔라…… 너 정말 순진했던 거니 바보였던 거니.

나는 순간 할 말을 잃었다가 잠시 후 대충 얼버무렸다.

"으응…… 아니 그냥 네 말을 곰곰이 생각해 봤거든. 그런데 네 말이 맞는 것 같아서."

"그렇지?"

"응. 이제 언니 당하고만 살지 않을게, 마티나."

"약속하는 거야?"

그렇게 말한 마티나가 내게 오른쪽 새끼손가락을 내밀었고, 그 순간 나는 그녀가 너무 귀여워서 미칠 것만 같았다. 딱 보니까 나랑 나이 차이도 얼마 안 나는데 이렇게 예쁘고 귀여울 수 있는 거야?

흐뭇하게 웃으며 그녀의 새끼손가락에 나의 것을 걸었다.

엄지에 도장까지 찍고 나서야 마티나는 새끼손가락을 풀었다. 그녀가 여전히 해맑은 얼굴로 웃으며 내게 말했다.

"자, 언니. 이제 저녁 먹으러 가자. 아버지랑 어머니는 일찌감치 언닐 기다리고 계셨다고."

내가 알기로 이 세계의 가족들은 다 같이 모여 식사하는 일이 드물었다. 무슨 이유가 있어서 그런 건 아니고 그냥 관례적으로 그렇게 하는 듯했다. 물론 다 같이 모여 식사를 할 만큼 사이가 좋지 않은 집안이 많아서 그런 것도 맞는 것 같았지만.

"아이고, 우리 마리가 왔구나."

"마리, 티파티는 잘 다녀왔니?"

식당 안으로 들어서자마자 식탁 앞에 앉아 있던 벨플레어 백작부부가 반갑게 나를 맞아주었다.

예상치 못한 환대에 당황한 것도 잠시, 나는 태연하게 그분들의 딸인 것처럼 행동하기로 했다. 사실 이분들의 입장에서는 갑작스럽게 딸이 사라지고 대신 내가 남은 것과 마찬가지였으니까.

물론 부모를 완벽히 속이는 건 거의 불가능할 테지만, 그래도 노력하면 가능할 수 있을지도 모른다.

"다녀왔어요, 엄마아빠."

관상을 볼 줄 안다거나 그런 건 아니었지만 벨플레어 백작부부의 첫인상은 정말 훌륭했다. 인자와 자비가 뚝뚝 떨어지는 듯한 얼굴이랄까?

마리스텔라가 누굴 닮아 그렇게 착했는지 알 수 있을 것 같았다. 원래 콩 심은 데 콩 나고 팥 심은 데 팥 나는 법이지.

"어서 자리에 앉으렴, 얘들아. 오늘 식사가 조금 늦은 것 같구나."

나는 서둘러 벨플레어 백작의 왼쪽에 앉았고, 내 옆으로 마티나가 따라 앉았다.

잠시 후 애피타이저를 포함해서 요리들이 쏟아져 나오기 시작했다.

한국에 있을 때조차 이런 식사를 하는 건 정말 드물었기 때문에 나도 모르게 눈이 휘둥그레졌다. 하지만 어쩐지 마리스텔라는 나처럼 식사를 게걸스럽게 하지는 않았을 것 같아서 억지로 식욕을 참아야만 했다.

"오늘따라 마리가 잘 먹는구나."

굳은 다짐에도 완전히 제어가 안 되었는지, 결국 식사의 중간쯤에서 이런 말을 듣고야 말았다. 벨플레어 백작의 말에 뜨끔해진 나는 어색하게 웃으며 변명했다.

"실은 아까 좀 많이 움직여서…… 보기 그런가요?"

"아니다, 애야. 무슨 그런 말을 다 하니."

"우린 그저 네가 잘 먹는 모습이 보기 좋아서 그렇게 말한 것뿐이란다. 네가 먹는 걸 통 좋아하지 않으니 말이야."

"……."

그 말을 들은 나는 할 말을 잃었다.

아, 역시 이 군살 없는 몸매는 그냥 얻어진 게 아니었던 것이다.

먹는 걸 좋아하지 않는다니. 세상에 그런 사람이 있다는 걸 오늘 처음 들었다. 나는 괜히 민망해졌지만, 그렇다고 해서 식욕이 준 것은 아니었기 때문에 계속 스테이크를 썰어 입안으로 집어넣었다. 그래도 다행히 마리스텔라의 지금 상태를 보면 당장 다이어트를 할 필요는 없어 보였다.

"참, 여보. 그때 코르노헨 백작부처와 여행 가기로 했던 일은 어떻게 되었소?"

그때 벨플레어 백작이 백작부인에게 물었고, 그 말을 들은 나는 당황스러운 표정을 지었다.

아, 이런 이야기가 소설 속에 있었던가?

내 기억 상 그런 이야기는 없었다. 하지만 그렇다고 해도 전혀 이상할 게 없는 것이, 애당초 마리스텔라의 이야기가 소설 속에서 다루어진 적이 거의 없었기 때문이었다. 그렇지만 사정이 어찌 되었든, 내가 모르는 이야기가 전개되는 건 필연적으로 불안함을 수반할 수밖에 없었다.

"아, 안 그래도 아까 코르노헨 백작부인과 만나서 이야기를 나누었어요. 코르노헨 백작의 사업이 요즘 좀 바빠서…… 당분간은 무리라네요."

"그래?"

"매번 바쁘대요. 이건 아주 대놓고 우리를 무시하는 거예요."

옆에 있던 마티나가 아무렇지 않게 한마디를 내뱉었고, 그 순간 식탁의 분위기가 갑자기 가라앉았다.

나 역시 당황할 수밖에 없었다. 처음 만났을 때 보았던 모습 때문에 성격이 시원시원하고 거침없을 거라는 건 예상한 일이었지만, 그래도 부모님이 계신 앞에서까지 그 성격이 발현될 줄은 몰랐으니까.

나는 슬며시 백작부처의 표정을 살펴보았다. 그리 밝지 않았다.

"마티나."

가장 먼저 입을 연 사람은 벨플레어 백작이었다. 그가 엄한 얼굴로 둘째 딸의 발언을 지적했다.

"어른에게 그런 버릇없는 말은 좋지 않단다."

"알고 있어요, 아빠."

마티나는 여전히 부루퉁한 표정을 유지한 채 답했다.

"하지만 사실인걸요? 코르노헨 백작이 거대한 상단을 운영하고 있는 건 맞지만, 돈을 좀 잘 번다는 이유로 우릴 은근히 무시하는 거, 기분 나빠요."

"……."

마티나의 말을 들은 벨플레어 백작은 입을 다물어버렸다. 화가 나서 그런 게 아니라 너무 맞는 말이라 반박할 수가 없어서 보이는 반응 같았다.

벨플레어 가문과 코르노헨 가문이 여행을 약속할 정도로 친한 관계라는 사실조차 지금 안 나는 함부로 말을 꺼내기가 조심스러워서 그냥 입을 다문 채로 있었다. 마리스텔라와 도로테아만 친한 줄 알았는데, 친분이 부모님 세대까지 엮여 있으면 조금 골치 아파졌다. 신경 써야 할 게 많아졌으니까.

그때 입을 다문 남편을 대신하여 벨플레어 백작부인이 입을 열었다.

"그렇다고 하더라도 마티나, 어른을 그렇게 욕하는 건 숙녀답지 못한 행동이란다."

"엄마 아빠는 화도 안 나세요? 우리 가족 전체가 그 가문에 농락당하는 느낌이에요. 엄마아빠도 느끼실 것 아니에요. 그 사람들이 우릴 무시하고 있다는 걸!"

"마티나, 식탁 앞에서 언성을 높이는 건 귀족답지 못한 일이란다.

아버지 계신 앞에서 뭐 하는 짓이니."

"언니도 그렇다고요. 모르는 사람이 보면 언니가 그 집 딸 시녀인 줄 알걸요?"

"마티나!"

마침내 벨플레어 백작이 고함을 쳤고, 그 소리에 마티나는 놀랐는지 저도 모르게 흠칫하는 모습을 보였다.

그녀는 원망스러운 눈으로 벨플레어 백작부처를 쏘아보다가 결국 말없이 식탁을 박차고 나갔다.

갑작스럽게 험악해진 분위기에 나는 당황했지만, 그렇다고 곧바로 마티나를 쫓아갈 수는 없어서 먼저 조심스럽게 백작부처에게 물었다.

"괜찮으세요……?"

"안 괜찮을 건 또 뭐냐, 마리. 걱정하지 말려무나."

"제가 가서 잘 타이를게요, 아빠. 나쁜 의도로 그렇게 말한 건 아닐 거예요."

"우리도 알고 있단다, 마리."

벨플레어 백작부인이 어두워진 얼굴로 말했다.

"마티나의 말이 틀린 건 아니야. 우리라고 어째서 그네들이 그러는 걸 모르겠니. 하지만 그렇다고 하더라도 남이 없는 곳에서 뒷말을 하는 건 귀족으로서의 품위와 긍지를 잃는 일이란다. 그럼 우리도 그들과 똑같아지는 거야. 굳이 우리의 입을 더럽힐 필요는 없잖니?"

"……."

착하다고 해야 할지, 아니면 강직하다고 해야 할지. 나는 어떻게 반응하는 게 옳을지 몰라서 그냥 어색하게 웃어버렸다.

그때 벨플레어 백작부인이 화제를 내 쪽으로 돌렸다.

"엄만 도리어 네가 걱정이구나. 네가 레이디 도로테아와 가깝게 지내는 건 우린 물론이고 황성 안의 대부분이 잘 알고 있는 사실이지. 하지만 가끔 네가 우리의 영향을 받아 레이디 도로테아의 시녀를 자처하는 건 아닌지 하는 걱정이 들어."

"아……."

"우리가 코르노헨 백작부처에게 싫은 소리를 잘 하지 않는 건 맞지만, 그건 단순히 관계가 복잡해지고 구설에 오르내리는 걸 원치 않기 때문이란다, 마리."

"네가 원치 않는다면 코르노헨 백작영애와 어울려 지내지 않아도 된다는 소리야. 우리 눈치를 볼 필요가 전혀 없단다."

부모로서 충분히 할 수 있는 걱정이었기 때문에 순간 목이 메어 왔다.

나는 왈칵 차오르는 감정을 목으로 넘긴 다음 고개를 저었다.

"그런 거 아니에요, 엄마아빠. 걱정하지 마세요. 전 도로테아의 시녀로 지내는 것도 아니고, 앞으로도 그럴 생각이 전혀 없으니까요."

"그래, 마리."

"우리도 널 믿는단다. 넌 똑똑한 아이니까, 너도 나름 네 생각이 있겠지. 우리가 괜한 걱정을 한 것 같구나."

벨플레어 백작부인이 인자하게 웃으며 말했고, 벨플레어 백작은 걱정스러운 목소리로 슬며시 내게 말을 꺼냈다.

"마티나를 네가 가서 달래줄 수 있겠니? 물론 나도 이따가 마티나에게 사과를 해야겠지만…… 아무래도 네가 먼저 달래주는 게 좀 더 나을 것 같아서."

벨플레어 백작의 말에 나는 흔쾌히 고개를 끄덕였다.

"물론이죠, 아빠. 그렇게 할게요."

식사를 끝내자마자 곧바로 마티나의 방으로 올라갔다. 마티나의 방은 내 침실의 바로 옆에 있었다. 나는 조심스럽게 방문을 두드렸다.

"똑똑. 마티나 공주님, 주무시나요?"

내가 생각해도 좀 손발 오그라드는 말이긴 했지만 어쩔 수 없었다. 원래 삐진 사람에게는 이런 유치한 멘트가 가장 효과적이었으니까. 하지만 여전히 방 안은 고요했고, 아무 소리도 들리지 않았다.

나는 몇 초 정도 아무 말 없이 기다리다가, 침묵이 지루해질 즈음 다시 문을 두드리기 위해 손을 주먹 쥐었다. 하지만 바로 그때, 안에서 말소리가 들려왔다.

"……언니야?"

마티나의 목소리에 나는 냉큼 대답했다.

"응, 마티나. 언니야."

그러자 잠시 후에 끼이익 거리는 소리와 함께 안에서 문이 열렸다.

마티나는 문 뒤에서 빠끔 얼굴만 내민 채 나를 물끄러미 쳐다보았다. 그러다 잠시 후 들어오라는 듯 까딱거리며 손짓했다. 나는 빙긋 웃으며 마티나의 방 안으로 들어갔다.

단정하고 꾸밈없는 마리스텔라의 방에 비해 마티나의 방 안은 화려했고, 정말 공주님 방처럼 온갖 분홍색 레이스와 프릴 천지였다.

나는 가운데에 있는 응접용 테이블에 자리를 잡고 앉았고, 마티나는 자신의 침대 위에 털썩 자리를 잡고 앉았다. 그녀는 자리에 앉자마자 푸념을 쏟아냈다.

"엄마아빠 진짜 너무해! 내가 무슨 틀린 말 했어? 맨날 코르노헨 가족을 만나면 묘하게 우리가 아래에 있는 듯한 느낌을 받았다고. 그게 얼마나 기분 나쁜지 알아? 돈 좀 번다고 같은 백작간데 우리 집 무시하고!"

"알아, 알아, 마티나. 엄마아빠라고 그걸 모르시겠어? 하지만 너도 알잖아. 귀족 사회에서 소문 한번 잘못 나면 얼마나 지저분하게 나는데. 아무래도 그걸 걱정하시는 것 같아."

"……그건 그래. 코르노헨 가문과는 고조할아버지 때부터 친했으니까."

아, 그런 거였어?

뜻밖의 사실에 나도 모르게 고개가 끄덕여졌다.

하긴 그 정도의 인연이라면 아무래도 쉽게 인연을 끊기가 쉽지 않을 것이다. 그간의 정도 있고, 또 대외적인 이미지도 있으니까. 안 좋게 헤어지면 소문도 악질적으로 날지도 모르고.

나는 엷게 웃으며 마지막까지 마티나를 달래주었다.

"어쨌든 엄마아빠도 생각이 있으신 것 같으니까…… 너무 마음 상해 있지 말라고. 아빠도 고함치신 게 미안하셨는지 나더러 널 잘 달래주라고 하셨어. 그리고 나도 이제 도로테아의 뜻대로 움직여 줄 생각이 없으니까 마음 풀어, 마티나."

"진짜지, 언니? 언니까지 그 여자 시녀로 살면 나 정말 화가 날 것 같단 말이야."

"그럼, 마티나."

내가 슬며시 자리에서 일어난 다음 마티나의 침대로 다가가 그녀를 안아주었다.

침대에 앉은 마티나는 딱 내 가슴께까지 왔다. 나는 마티나의 등을 부드럽게 토닥이며 그녀에게 속삭였다.

"걱정할 필요 없어. 언니가 너 화날 일 절대 안 만들 거니까. 언니 믿지?"

"……알았어, 언니. 믿을게."

"그래, 착하다."

"그런데 언니, 언니는 결혼 생각 없어?"

배시시 웃은 내가 슬며시 마티나의 옆에 앉자, 마티나가 기다렸다는 듯 물어왔다. 아무래도 나와 이야기를 하고 싶어서 계속 기다려온 티가 나서, 나는 귀엽다는 듯 웃어 버렸다.

"왜? 언니가 결혼했으면 좋겠어, 마티나?"

"아니, 그건 아니야."

대답 한번 단호하긴. 내가 키득거리며 웃었다.

"그럼?"

"마음 같아서는 우리 가족끼리만 천년만년 살고 싶은데, 그럴 수는 없잖아. 그래도 이왕 결혼해야 하는 거면 좋은 사람하고 했으면 좋겠어서."

"뭐, 생각해 둔 사람이라도 있는 거야?"

"음······."

마티나는 잠깐 고민하는 표정을 짓다가 이내 떠오르는 사람이 있는지 '아!' 하고 소리쳤다.

"솔직히 언니 정도면 황태자 전하도 아깝지 않아."

"엥? 황태자 전하?"

"솔직히 언니가 뭐가 부족해. 가문도 이 정도면 부족하지 않고, 얼굴 예쁘고, 똑똑하고, 성격도 좋잖아! 난 언니가 황태자비 했으면 좋겠어."

"음······ 근데 황태자 전하는 너무 경쟁자가 많아서······."

나는 난처한 표정으로 아까 트라코스 저택에서 있었던 일을 떠올렸다.

안 돼, 안 돼. 경쟁자가 너무 많았다. 도로테아와 오델레타가 아마 가만히 있지 않을 거다.

이미 두 사람의 격한 사랑싸움을 끝까지 지켜본 바 있는 나로서는 그런 진흙탕 싸움에 별로 끼어들고 싶지 않았다. 심지어 소설 속에서 오델레타는 도로테아의 손에 독살까지 당했으니까. 난 다른 것보다 내 목숨을 세상에서 가장 중요하게 여기는 사람이었다. 더구나 두 사람처럼 황태자를 깊이 사랑하고 있는 것도 아닌데 괜히 수명 단축시키는 짓은 사양이다.

"경쟁자? 누구?"

"아까 트라코스 저택에서 열리는 티파티에 갔었는데, 도로테아와 레이디 오델레타가 황태자 전하가 마음에 든다고 서로 말하더라."

"레이디 오델레타야 그렇다 치더라도 도로테아 그 여자까지? 그 여자는 어째 끼지 않는 데가 없네."

"더 웃긴 게 뭔지 알려줄까?"

내 말에 마티나가 궁금하다는 얼굴로 눈을 동그랗게 뜨며 물었다.

"뭔데, 뭔데?"

"레이디 오델레타가 황태자 전하께 관심이 있다고 말하니까, 도로테아가 한술 더 떠서 황태자 전하를 좋아한다고 말한 거 있지?"

"와, 진짜?"

"아무렴 내가 거짓말을 하겠니?"

내가 키득거리며 말하자 마티나는 웃음을 참는 듯하다가 어느 순간 참지 못하고 결국 박장대소했다.

거의 1층까지 웃음소리가 새어 나갈 지경이 되자, 혹시라도 벨플레어 백작부부에게 혼날 것이 걱정되었던 나는 슬그머니 그녀를 진정시켰다.

"진정해, 마티나. 또 부모님께 혼나겠어."

"아하하하, 하지만 언니, 도무지 웃지 않고서는 못 배길 이야기 잖아."

그건 그랬다. 결국 나도 같이 웃음이 터졌고, 마티나는 한참 후에 고개를 저으며 말했다.

"진짜 코르노헨 영애도 어지간하다. 그래서 어떻게 됐어?"

"어떻게 되긴. 지금이야 이렇게 웃지만, 아까는 엄청 분위기가 싸늘했었어."

나는 여기서 멈추지 않고 계속해서 도로테아가 내게 저질렀던 만행을 마티나에게 일러바쳤다.

"그러면서 마차 안에서 나한테 뭐라고 했는지 알아?"

"뭐라고 했어, 또?"

"왜 자기편 안 들었냐고 따지더라? 내가 거기서 자기가 황태자 전하와 천생연분이라는 사실을 부각하는 말을 했어야 했대."

"와…… 대단하네, 정말."

마티나는 이제 웃기지도 않는다는 듯 학을 뗀 표정으로 고개를 절레절레 내저었고, 나도 웃음기를 정리한 얼굴로 똑같이 고개를 저어 버렸다. 마티나의 생각에 동감이었다.

"그래서 내가 거기다가 보기 좋게 쏘아주고 왔어, 마티나. 언니 잘 했지?"

"진짜?"

마티나가 믿기지 않는다는 듯 눈을 휘둥그레 뜨며 되물었고, 그 모습에 나는 마리스텔라가 그간 얼마나 도로테아의 시녀 짓을 했는지 실감할 수 있었다. 동생인 마티나가 이런 반응을 보여올 정도면 내가 몰랐던 그동안은…… 으, 생각하고 싶지도 않았다. 나도 모르게 고개를 절레절레 저었다.

"그래, 마티나. 그러니까 이제 언니는 걱정하지 않아도 돼. 알겠지?"

"그렇게 말하니까 갑자기 신뢰가 확 가는데?"

"으이구."

나는 사랑스러운 눈길로 하나뿐인 여동생을 바라보며 그녀의 머리를 쓰다듬어주었다. 그때 마티나가 활기찬 목소리로 말했다.

"그래도 언니, 언니라면 두 사람을 물리치고 황태자 전하의 마음을 사로잡을 수 있을 거야!"

"굳이 그렇게 해야 해? 우리 요나스 제국에 남자가 그렇게 없나?"

"아니면 뭐, 다른 마음에 드는 남자라도 있는 거야?"

있을 리가.

아니, 설령 있다고 하더라도 내가 알 수 있는 방법이 없었다. 책 〈마이 도로테아〉에서 나온 남자라곤 황태자인 자비에르가 거의 유일했으니까. 하지만 워낙 자비에르가 책 속에서 도로테아와 벌인 닭살 행각이 인상적으로 뇌리에 남았던 탓인지, 자비에르와는 사랑에 빠지는 게 거의 불가능할 거라는 생각밖에는 들지 않았다.

거기에 애당초 마리스텔라 같은 예쁘고 현명한 여자를 두고 도로테아 같은 여자를 사랑한 자비에르가 도무지 이해되지 않았다. 아니, 하다못해 도로테아 대신 오델레타와 죽고 못 사는 사이가 되었으면 또 모를까, 내 상식으로는 도로테아를 택한 자비에르를 도무지 이해할 수 없었던 것이다. 끼리끼리 만난다고, 책 속에는 드러나지 않았지만 어쩌면 자비에르도 도로테아와 비슷한 유일지도 몰랐다.

"그건 아닌데, 그래도 뭔가 황태자 전하는 아니야. 끌리지가 않아."

"하지만 전하는 잘생기셨잖아."

얘가, 얘가 큰일 날 소리를 하네?

내가 눈을 동그랗게 뜨고 마티나에게 말했다.

"마티나, 남자 얼굴이 중요한 건 맞는데, 그보다 더 중요한 건 성격이야."

"아이, 언니도 참. 누가 그걸 몰라? 그래도 그 얼굴을 놓치는 건 좀 아깝잖아."

"아무렴 제국 안에 잘생긴 남자가 황태자 전하 하나뿐이겠어?"

나는 머릿속으로 곰곰이 소설 내용을 떠올려보았다. 그 긴 소설에 남자가 고작 황태자 한 명만 나오지는 않았을 것이다. 한참 동안 소설의 줄거리를 떠올려보니, 문득 한 사람이 더 떠올랐다.

아, 그리고 보니 소설에 나온 남자가 한 명 더 있긴 했다.

"에스클리프 공작님."

내가 조용히 이름 하나를 입에 담자, 마티나가 순식간에 환해진 얼굴로 맞장구를 쳤다.

"맞다, 맞다! 에스클리프 공작님도 계셨네?"

"그분도 잘생기셨나?"

나는 글로만 읽었기 때문에 그의 생김새나 미추에 대해서는 정확히 알지 못했다. 잘생겼다고 나와 있었던 것 같긴 한데, 그 역시 마리스텔라 급 조연이었기 때문에 묘사된 내용은 많지 않았다.

내 질문에 마티나가 무슨 그런 말을 하냐는 듯 소리쳤다.

"언니, 설마 에스클리프 공작님을 못생겼다고 생각하는 거야?"

"아니, 그런 게 아니라 그냥 혼잣말한 거야, 마티나."

"난 에스클리프 공작님도 좋아! 황태자 전하는 사실 좀 차가우셔서 무서울 때가 있는데, 공작님은 다정하시잖아."

"아, 그래?"

그의 성격까지도 나는 제대로 아는 바가 없었다. 그가 소설에 나온 게 몇 장면 되지 않았기 때문이었다.

에스클리프 공작은 황태자와 대립하는 인물이었는데, 남자 주인공을 띄워주기 위해 작가는 당연히 그를 비열하고 속이 검으며 치졸한 남자로 표현했다. 정말 그런 건지 아니면 그 역시도 마리스텔라처럼 작가가 만들어낸 피해자인지는 모르겠지만.

"응. 언니하고 나이 차이가 좀 나긴 하는데…… 사실 4살이면 그렇게 차이 나는 것도 아니잖아. 안 그래?"

"그렇긴 하지."

문제는 내가 아직 그 남자에게도 호감이 없다는 사실이었지만. 아니, 사실 엄밀히 말하자면 나는 지금 그 어떤 남자에게도 호감이 없었다.

내가 시큰둥하게 말했다.

"그래도 역시 만나봐야 좋은지 싫은지를 알 것 같아."

"음…… 그건 그렇지. 사실 우리가 그런 분들하고 이야기를 나눌 기회가 얼마 없으니까."

말을 마친 마티나가 무언가를 깊이 생각하는 표정을 짓다가 잠시 후에 좋은 생각이라도 났는지 크게 손뼉을 쳤다.

그 모습을 보고 내가 궁금한 목소리로 물었다.

"왜 그래?"

"방금 생각났는데, 곧 있으면 황태자 전하의 탄신 연회가 열려!"

아, 그러고 보니 트라코스 저택에서의 티파티 이후 열린 황태자의 탄신 연회에서 도로테아와 황태자가 눈이 맞았지.

소설 속의 내용을 떠올린 내가 기억났다는 듯 고개를 끄덕였다.

"그렇네, 진짜."

"그때를 노려서 한번 대화를 시도해 봐, 언니. 황태자든 공작이든 말이야."

"공작? 에스클리프 공작?"

"그럼 또 누구겠어? 황성 안에 언니랑 나이대 비슷한 공작이 뭐 많은 줄 알아?"

"그분은 왜?"

"언니가 황태자 전하를 별로 마음에 안 들어 하는 것 같아서. 그럼 공작 전하라도 만나봐야지."

마티나의 말을 들은 내가 이마 위로 손을 얹으며 푸념했다.

"맙소사, 마티나. 너 언니가 얼른 결혼하길 바라는구나, 그렇지?"

"에이, 아니야. 그런 게 아니라 이왕 할 거면 좋은 사람하고 해라, 이 말이지. 사실 황태자나 공작님이 아니어도 난 상관없어. 언니를 행복하게 만들어줄 사람이라면 누구든 만족해."

"그래."

마티나의 기특한 말에 나는 웃지 않을 수 없었다.

내가 다시 한번 마티나의 머리를 쓰다듬으며 속삭였다.

"꼭 그런 사람을 만나도록 할게."

귀족 영애로 산다는 건 한국에서 열심히 일하던 때와는 차원이 다르게 한가했다.

아침에 느지막하게 일어난 다음 장미수로 세안을 하고, 하녀의 도움을 받아 예쁜 드레스로 갈아입은 다음 간단하게 조식을 먹는 것이다. 그런 다음 여유롭게 독서를 하거나, 자수를 놓거나, 혹은 차를 마시며 다른 영애들과 함께 수다를 떨었다.

한마디로 잉여로움의 끝판왕!

내가 한국에서 그토록 바라 마지않았던 돈 많은 백수의 삶이었다.

"아, 매일 이렇게만 살면 소원이 없겠다."

흔들의자에 앉아 몸을 앞뒤로 움직이며 책을 읽던 내가 문득 중얼거렸다.

햇빛이 잘 드는 자리에서 매일 책을 읽는 것처럼 기분 좋은 일이
또 있을까?

나는 콧노래까지 흥얼거리며 플로린다가 가져다주었던 오트밀
쿠키 하나를 집어 입안으로 쏙 집어넣었다.

똑똑. 그때 노크 소리가 들려왔고, 나는 건성으로 대답했다.

"들어오세요."

곧이어 문이 열리고 누군가가 방 안으로 들어왔다. 이제는 발걸
음 소리만으로도 그녀가 플로린다라는 사실을 알 수 있었다. 나는
여전히 책에서 눈을 떼지 않은 채 플로린다에게 물었다.

"무슨 일이에요, 플로린다?"

"어머, 아가씨. 저라는 걸 어떻게 아셨어요?"

어떻게 알기는. 내 방에 들어올 사람이 그쪽밖에 더 있나. 하지만
나는 그보다는 좀 더 있어 보이는 대답을 해주었다.

"아무렴 몇 년을 들은 발소린데 그걸 모르겠어요?"

"와, 아가씨…… 저 감동받을 것 같아요."

플로린다가 정말 감동을 받기라도 했는지 촉촉이 젖은 목소리로
말했다. 그러다가 잠시 후 왜 이곳에 들어왔는지를 기억해 내고선
내게 말해주었다.

"손님이 찾아오셨어요."

그때까지도 나는 책 속에 눈을 고정시킨 채였다. 내가 책장을 넘
기며 물었다.

"손님? 누구?"

"도로테아 아가씨요."

"……."

그 한마디에 나는 책장을 잡던 손을 멈추고선 플로린다가 있는 쪽으로 고개를 천천히 돌렸다. 내가 조용한 목소리로 물었다.

"누가, 왔다고요?"

"레이디 도로테아. 코르노헨 백작영애요."

불청객이었다. 내가 눈살을 찌푸리며 물었다.

"무슨 일로 왔대요?"

"그것까지는 말씀 않으시고 그냥 아가씨를 보러 왔다고만 말씀하셨어요."

"……."

원래 상대의 집을 방문할 때는 미리 이야기를 하는 것이 예의였다. 그러니까 도로테아는 예의 따위는 쌈 싸 먹은 것이다. 하긴 그때 듣기로 그 집 부모님도 우리 집을 무시한다는데, 그 딸이 마리스텔라를 존중해 줄 리 없었다.

나는 깊게 한숨을 내쉬었다. 마음 같아서는 그냥 내쫓고 싶었는데, 그럴 수가 없다는 게 너무나도 슬픈 일이었다.

"그래서 지금은 어디서 기다리고 있는데요?"

"일단 응접실로 모셔두었어요."

"……그랬군요."

"영애께 어떻게 말씀 전해드리면 될까요, 아가씨?"

플로린다의 말에 나는 고개를 저었다. 번거롭게 그럴 필요 없었다.

"그냥 내가 지금 바로 내려갈게요."

나는 의자 위에 걸쳐 두었던 검은색 숄만 챙긴 다음 플로린다와 함께 방 밖으로 나갔다.

응접실은 1층의 구석진 곳에 위치해 있었다. 느릿한 걸음으로 응접실 앞까지 도착한 나는 한 차례의 심호흡을 마친 다음 노크를 했다.

그리고 정확히 3초 후에 문을 열고 들어갔다.

"아, 마리!"

내 모습을 발견한 도로테아가 나를 반갑게 맞아 주었다.

지난번에 마지막이 그리 좋지 않았기 때문에 꽤 한참 뒤에나 마리스텔라를 찾아올 줄 알았는데 내 착각이었다. 도로테아는 내 모든 예상을 깨부수는 불쾌한 재주를 가지고 있었다.

솔직한 심정으로 전혀 반갑지 않았지만, 상대 쪽에서 먼저 저렇게 나오니 인상을 쓰고 다가갈 수도 없는 노릇이었다. 나는 억지로 미소 지으며 도로테아가 앉아 있는 테이블까지 걸어갔다.

"왔어, 도로테아? 어쩐 일이야?"

"우리 사이에 꼭 용건이 있어야 방문하니? 서운하다, 마리."

"……."

용건이 없어도 친하다면 방문할 수 있었지만, 문제는 내가 그녀의 용건 없는 방문을 원치 않는다는 데 있었다.

애당초 용건이 있어도 방문하지 않았으면 좋겠는데 말이지.

속으로 투덜거린 내가 그녀에게 물었다.

"정말 용건이 하나도 없는 거야, 로테?"

"으음…… 글쎄. 이걸 용건이라고 해야 하는지도 모르겠다. 그런데 다른 가족들은 다 어디 있어? 집이 조용하던데?"

벨플레어 백작은 황궁으로, 벨플레어 백작부인과 마티나는 시내에 있는 부티크로 외출했다. 하지만 이런 시시콜콜한 이야기까지는 별로 하고 싶지 않아서, 나는 그냥 대충 대답해 주었다.

"다들 볼일이 있어서 밖으로 나가셨어. 그래서 집엔 나 혼자고."

나는 말을 마친 다음 깜빡할 뻔했다고 생각하며 빙긋 웃는 얼굴로 그녀에게 주의를 주었다.

"나도 외출을 할지 말지 고민하다 결국 안 나간 거거든. 하마터면 집이 다 비어 있을 뻔했지 뭐야. 그러니 앞으로는 꼭 미리 오겠다고 연락을 하고 와줘, 로테. 안 그럼 헛수고를 할지도 모르잖아?"

"알았어."

도로테아는 대충 대답했다. 딱히 내 말을 새겨듣는 것 같지 않아서 언짢은 기분이 들었지만, 그냥 그러려니 하고 넘겼다. 사실 이건 지난번의 일에 비하면 약과 중의 약과였다.

"근데 너희 응접실 테이블 디자인이 좀 구리다. 다른 걸로 바꾸면 안 돼?"

"……."

아니, 지난번의 일까지 갈 필요도 없겠다. 아까 그건 지금 이것보다는 약과다.

잠깐만, 어느 쪽이든 도로테아가 무례하다는 사실에는 변함이 없잖아? 내가 언짢은 목소리로 그녀에게 쏘아붙였다.

"네 눈이 좀 가벼워서 그래, 로테. 난 이런 고풍스러운 테이블이 더 좋거든. 무게감 있어 보이잖아. 고급스럽고."

하지만 도로테아는 그 말마저 듣는 둥 마는 둥 했고, 나는 진심으로 마리스텔라가 어떻게 이 애를 진실한 친구로 생각할 수 있었던 건지 의문이 들었다.

웬만한 멍청이가 아니라면 도로테아가 진실한 친구가 아니라는 것쯤은 알아챌 수 있었을 텐데?

그때 도로테아가 내 앞으로 무언가를 내밀었다. 여전히 언짢은 표정을 짓고 있던 내가 의아한 눈을 하며 그것을 받았다.

"이걸 왜 주는 거야?"

"설마 넌 없니?"

"……."

말하는 본새 좀 보소.

내가 언짢은 표정을 굳이 감추지 않으며 물었다.

"그럴 리가 없잖아, 로테. 내 말은 왜 네 걸 내게 주느냐는 거야."

도로테아가 내게 건넨 것은 다름 아닌 초대장이었다. 얼마 후 황궁에서 열릴 황태자의 탄신 연회에 참석할 수 있는 초대장.

도로테아가 초대장을 받았는데 그녀와 똑같은 백작영애인 내게 초대장이 오지 않았을 리 없었다.

내 질문에 도로테아가 씩 웃으며 말했다.

"연회장에 나와 같이 가자고, 마리."

"부모님하고 안 가는 거야?"

보통 영애들은 가족들과 함께 연회에 참석하는 것이 관례였다.

그 이후에는 따로 떨어져 파티를 즐긴다고 해도 말이다.

내가 궁금한 표정으로 묻자, 도로테아가 짜증스러운 목소리로 대답했다.

"두 분 모두 사업으로 바쁘셔서 조금 늦으신대. 정말 그런 날까지 일을 하셔야 하나? 아주 그냥 자기들만 바쁘지."

"……."

어떻게 대꾸해야 할지 몰라서 가만히 있는데, 도로테아가 내게 다시 말했다.

"그러니까 같이 가자, 마리."

"……."

마음 같아서는 '미안해, 로테'라고 건조하게 대답해주고 싶었다.

그리고 실제로도 그렇게 하려고 했었다. 하지만 그때, 내 머릿속으로 잠시 잊고 있던 사실 하나가 떠올랐다.

'그러고 보니 도로테아와 자비에르 황태자가 이번 파티에서 처음 만나지?'

그 말은 이번 파티에서 두 사람이 서로 눈 맞게 된다는 의미였다.

그렇게 되면 원작대로 도로테아는 황태자의 정부가 될 것이고, 특별한 일이 없다면 나는 그녀를 따라 황궁에 시녀로 입궁할 것이다. 그리고 황태자비 오델레타를 살해했다는 누명을 쓰고 단두대에서 죽음을……

'안 돼!'

맙소사. 또다시 그렇게 될 수는 없었다.

나는 속으로 고개를 도리도리 저었다. 내가 마리스텔라가 된 이상 그런 일이 일어나서는 안 되었다.

그렇다면 방법은 단 하나.

'두 사람이 만나는 걸 막아야 해.'

하지만 원작대로 흘러가는 이 세계의 구조상 그렇게 되지는 않을 것이다. 그렇다면 사람의 힘으로라도 막는 수밖에. 도로테아의 옆에 붙어 있으면서 두 사람이 만나는 걸 어떻게든 방해하는 것이다.

좀 비겁하다고 생각할 수도 있지만 어쩔 수 없었다. 두 사람이 원작에서처럼 사랑에 빠진다면 내가 곤란해질 것은 자명한 사실이었고, 다른 것보다 도로테아가 황태자와 사랑에 빠져 황태자비가 될 오델레타는 불행에 빠뜨리고 저 혼자 하하 호호 웃게 될 모습이 보기 싫었다.

마음 같아서는 도로테아와 가급적 멀리 떨어진 채로 지내고 싶지만, 이번만큼은 내 미래를 위해서라도 한 수 접고 들어가야만 했다.

내가 비뚜름한 미소를 지으며 도로테아에게 대답했다.

"알겠어, 로테. 같이 가줄게."

"진짜지?"

"응."

"꺄아, 역시! 너밖에 없어, 마리!"

도로테아는 내 대답을 듣고 알 수 없는 괴성을 지르다가, 갑자기 내게로 와서 나를 덥석 안았다. 갑작스러운 스킨십에 내 눈이 자연스럽게 커졌다.

아니, 저기요…… 그렇게 고마우면 좀 떨어지시죠?

"같이 가줄 줄 알았어, 마리. 역시 넌 내 진실한 친구야."

"……"

자기 필요할 때만 진실한 친구란다. 진실한 친구의 기준이 아주 그냥 자기 마음대로야.

나도 모르게 속으로 깊은 한숨이 내쉬어졌다.

내가 도로테아와 함께 황태자의 탄신연회에 간다는 소리에 벨플레어 백작부처는 특별한 반응을 보이지 않았지만, 마티나는 대놓고 불쾌한 티를 냈다. 도로테아의 시녀처럼 굴지 않겠다는 자신과의 약속을 벌써 잊어버렸냐는 것이었다.

원작의 내용을 모르는 마티나에게 '황태자와 도로테아가 만나는 것을 막기 위해서'라는 이유를 댈 수는 없어서, 나는 꽤나 구구절절하게 그럴싸한 이유를 지어내며 마티나를 달래야 했다.

그리고 마침내 황태자의 탄신일이 되었을 때, 나는 마리스텔라의 검은색 머리카락과 대조적인 흰색 드레스를 입기로 마음먹었다.

마리스텔라가 가진 붉은색 눈동자 덕분에 백색 드레스는 그녀로 하여금 다소 묘한 분위기가 뿜어져 나오도록 도와주었다.

길게 푼 검은색 머리카락 위로 은색 꽃 모양의 머리 장식을 달고 똑같은 색의 목걸이와 귀걸이까지 착용하자 어느 정도 준비가 끝났다.

전신 거울 앞에 선 내가 감탄 어린 소리를 흘렸다.

"아, 정말 예쁘다."

내 모습을 보고 내가 그런 말을 하는 게 다소 민망하긴 했지만, 내 말은 분명 사실이었다. 물론 내 입장에서 지금 이 몸이 진짜 나의 것이 아닌 마리스텔라의 것이었기 때문에 용기 있게 그런 말을 할 수 있었는지도 모른다.

나는 슬쩍 미소 지으며 내 몸 구석구석을 거울로 비추어 보다가, 잠시 후 누군가 노크를 하자 화들짝 놀라며 모든 행동을 멈추었다.

"누, 누구세요?"

"아가씨, 저예요."

플로린다였다. 내가 속으로 안도의 한숨을 내쉬며 말했다.

"들어와요."

곧바로 플로린다가 안으로 들어왔고, 그녀는 한껏 꾸민 내 모습을 보고 나와 똑같은 탄성을 내질렀다.

"어머, 어쩜 좋아요, 아가씨? 오늘 너무 예쁘신걸요?"

"칭찬 고마워요, 플로린다. 무슨 일 있나요?"

"아, 다름이 아니라 도로테아 아가씨께서 도착하셨어요."

"아."

나는 그리 달갑지 않은 표정을 지었다가, 빠르게 그 표정을 없앴다. 대신 입가에 잔잔한 미소를 띠운 채로 방 밖으로 나갔다.

1층으로 내려간 다음 현관을 벗어나자 이곳에 처음 왔을 때와 마찬가지로 마차 앞에서 자신을 기다리고 있는 도로테아가 보였다.

"여기야, 마리!"

나는 순진무구한 척 해맑게 웃고 있는 도로테아를 물끄러미 쳐다보았다. 그녀의 붉은색 머리카락과 똑같은 색의 드레스를 입고 있었다.

나는 저 드레스를 알고 있었다.

황태자와 도로테아가 사랑에 빠지는 계기를 제공한, 어찌 보면 모든 일의 원흉인 드레스였다.

'저 드레스를 입고 연회에 참석하면 이번에도 두 사람은 첫눈에 반하겠지.'

그렇게 되면 책 속 전개와 똑같아진다.

오델레타는 정략혼을 통해 황태자비가, 도로테아는 황태자의 정부가 되고 두 사람은 치열하게 싸우다 결국 오델레타가 도로테아의 손에 독살당한다. 그리고 나는 도로테아를 대신해서 죽는 것이다.

도로테아의 행복을 빌어주면서, 아무도 감사해 하지 않는 개죽음을 당하는 것이다.

'절대 그렇게 둘 수는 없어.'

나는 마리스텔라와 다르게 착하지도, 순진하지도, 도로테아를 사랑하지도 않았기 때문에, 도로테아를 대신해 죽고 싶은 마음이 조금도 없었다.

나는 흰 장갑을 낀 손끝을 세게 말아 쥐며 다짐했다.

'절대 두 사람이 사랑에 빠지게 두지 않아.'

지금부터 철저하게 원작을 파괴해 볼 생각이었다.

주연은 도로테아가 아닌 마리스텔라. 파멸이 예정된 빌런은 마리스텔라가 아닌 도로테아.

역할을 바꿔보는 것이다. 이번 한 번쯤은 그렇게 해도 괜찮지 않을까?

"안녕, 로테."

나는 도로테아와 똑같이 해맑은 미소를 지으며 그녀를 향해 걸어갔다.

기대해, 도로테아. 진짜 시작은 지금부터니까.

2. The Crown Prince's Birthday

"나 오늘 황태자 전하께 말을 걸어보려고."

달리는 마차 안에서 도로테아가 내게 말했다. 나는 놀랍지도 않다는 듯 대꾸했다.

"잘해봐."

"……그게 전부야?"

"설마 나보고 연애 코치라도 해달라는 건 아니지?"

이건 좀 다른 의미로 당황스러웠다. 설령 내가 도로테아를 나쁘게 보지 않는다고 하더라도 그건 불가능했다. 그런 걸 해줄 만큼 남자를 많이 만나보지 않았으니까. 아, 잠깐만. 갑자기 눈에서 땀이…….

"그런 건 아니지만 날 좀 도와줘, 마리."

'어디 들어나 보자' 하는 마음으로 나는 물었다.

"뭘 어떻게 도와달라는 거야?"

"너도 알잖아. 나 부끄러움 많이 타는 거. 아무리 생각해도 내가 직접 황태자 전하께 말을 걸기가 쉽지 않을 것 같아. 네가 처음에 말 좀 걸어주면 안 돼?"

애 봐라, 애 봐. 아주 그냥 불편한 건 마리스텔라를 다 시키고 자기는 가만히 앉아서 꿀만 빨겠다 이거지?

나는 속으로 헛웃음을 터뜨렸다.

아, 물론 황태자에게 말을 거는 게 어려운 일은 아니었다.

그녀가 정말로 나의 진실한 친구였다면 기꺼이 그렇게 해줄 수도 있었다. 하지만 도로테아는 골탕 먹일 대상이라면 또 모를까, 진짜 친구는 아니었으니까. 나는 단호하게 대답했다.

"그건 좀 어려울 것 같다, 로테. 너도 알잖아. 나 모르는 사람한테 말 잘 못 거는 거."

"그래서 못 해주겠다는 거야?"

"아니."

그 말을 들은 도로테아의 표정이 환해졌지만, 잠시 후 내가 덧붙인 말에 그녀는 얼굴을 구겼다.

"안 해주겠다는 건데."

"마리!"

"귀 아파, 로테."

"너 정말 너무한다. 친구를 위해서 그 정도도 못 해줘?"

"너 결혼하면 내가 신혼여행도 같이 가줄까?"

뜬금없는 말에 도로테아가 눈살을 구기며 물었다.

"그건 또 무슨 소리야?"

"아니, 부끄러움을 많이 탄다면서. 부끄러워서 신랑하고 신혼여행은 나 없이 갈 수 있겠어? 네 말만 들으면 내가 계속 네 곁을 지켜줘야 할 것 같은데."

"마리!"

"그렇게 소리치지 않아도 다 들려, 로테."

"그거랑 이거랑 어떻게 같아? 신혼여행은 이제 갓 부부가 된 사람끼리 가는 거잖아! 어색함 없는 사이끼리."

"하지만 신혼여행을 가면 초야도 치러야 할 텐데? 부끄러워서 어떻게 해?"

"마리, 그건 내 일이지 네 일이 아니잖아. 왜 그렇게 오지랖이 넓어? 넌 끼어들 데 안 끼어들 데 구분 못 하니?"

"그러니까 말이야."

"뭐?"

나는 무덤덤한 얼굴로 그녀의 말에 맞받아쳤다.

"네 말이 맞아, 로테. 마찬가지로 네 연애 사업에 내가 직접 끼어드는 것 역시 주제넘은 일이라고 생각하는데."

"……."

"너도 그렇게 생각하는 것 같아 다행이네. 그러니 그 정도는 직접 하도록 해."

그 말을 듣고 난 후 도로테아는 한 대 크게 얻어맞은 사람처럼 멍한 표정으로 나를 바라보았다.

나는 도로테아의 시선을 무시하며 창밖으로 눈길을 돌렸고, 그녀가 뒤에 또 무슨 말로 내 속을 긁어댈지 예상해보았다. 하지만 다행인지 불행인지 그녀는 더 이상 입을 열지 않았다.

나는 속으로 코웃음을 치며 황궁에 갈 때까지 말없이 창밖만 바라보았다.

황태자의 탄신일에 걸맞게 연회장의 모습은 외관부터 화려했다.

책 속에서 이 모습이 화려하다 묘사되었기는 했지만, 직접 본 것은 처음이었기 때문에 나는 속으로 꽤나 감탄할 수밖에 없었다.

마차에서 내려 연회장 입구 쪽으로 걸어간 나는 황궁에서 보낸 초대장을 꺼내 들어 시종에게 보여주었고, 시종은 그것을 확인하더니 정중하게 허리를 굽혀 내게 인사했다. 나 또한 가볍게 고개를 숙여 예의 바르게 응수한 다음 넓은 연회장 안으로 들어섰다. 여기서 길을 잃지 않는 게 가능한 건지 의문이 들 정도로 넓은 연회장이었다.

지난번 트라코스 저택에서의 티파티 때와는 비교도 할 수 없을만큼 사람이 정말 많았고, 나는 그 모습을 보고 다시 한번 감탄했다.

'가족들은 아직이려나?'

벨플레어 백작부부와 마티나는 나보다 늦게 출발했기 때문에 아직 도착하지 않았을 것이다. 아무래도 가족들을 찾는 일은 조금 나중으로 미루어야 할 듯싶었다. 결정적으로 이번 파티에서는 중대하게 해야 할 일이 있었으니까.

'절대 도로테아와 황태자가 사랑에 빠져서는 안 돼.'

두 사람이 사랑에 빠지는 것은 마리스텔라의 비극적인 결말에 단초를 제공했다. 어쨌든 책 속 마리스텔라가 죽은 이유는 도로테아가 황태자의 정부가 되어 꾸민 온갖 음모에 휘말려 누명을 썼기 때문 아닌가.

물론 지금은 내가 마리스텔라였기 때문에 책 속에서처럼 마리스텔라가 도로테아를 위해 죽어 주는 일은 결코 없을 테지만, 좋지 않은 일은 미연에 방지하는 것이 아무래도 좋을 것이라는 생각이 들었다.

"마리!"

계획을 정리하느라 잠시 생각에 잠겨 있는 사이 도로테아가 나를 불렀다. 나는 고개를 돌려 그녀에게 물었다.

"왜 그래?"

"그럼 황태자 전하께 말을 걸지 않아도 좋으니까, 내 옆에만 있어 주면 안 돼?"

상대가 도로테아만 아니었다면 참 로맨틱한 멘트였다. 원래라면 단호하게 거절했을 테지만, 나를 위해서라도 오늘 파티에서만큼은 도로테아의 옆에 딱 붙어 있는 게 좋았다. 그래야지 자비에르 황태자와 그녀가 사랑에 빠지는 걸 훼방 놓을 수 있을 테니까.

이미 내가 마리스텔라가 되고 도로테아에게 반감을 가진 시점부터 원작의 이야기는 변화하기 시작했다. 마음만 먹는다면 책의 줄

거리 하나 바꾸는 것쯤 어렵지 않을 것이다.

"와, 정말이야?"

"응."

"난 아까 네가 너무 까칠하게 굴길래 걱정했잖아! 역시 넌 날 버리지 않을 거지?"

딱히 미안하지도 않았지만, 그건 아니었다.

나는 아무 말 없이 웃기만 했고, 그때 갑자기 누군가가 나를 불렀다.

"……레이디 마리스텔라?"

아, 낯설지 않은 목소리였다.

내가 뒤를 돌자 딱 한 번 본 적 있는 것 같은 영애 한 명이 눈에 들어왔다. 나는 어색하게 웃으며 그녀의 이름을 입에 담았다.

"레이디 오델레타."

잠깐만, 이런 내용이 원작에는 없었던 것 같은데……?

나는 속으로 아리송한 표정을 지었다.

원작에서 오델레타와 마리스텔라가 만나는 경우는 거의 없었다. 기껏해야 한두 번이었나? 그것마저도 도로테아가 황태자의 정부로 입궁하고 나서야 이루어진 만남이었다.

나는 일단 상냥하게 웃으며 그녀에게 인사를 건넸다.

"안녕하세요, 트라코스 영애. 티파티에서 뵙고 처음이죠?"

"네, 영애. 못 본 사이에 더 아름다워지셨네요."

'못 본 사이에 더 아름다워지셨네요'는 아무래도 이 세계에서 인사말처럼 사용되는 듯했다.

나는 민망한 사람처럼 어색하게 웃으며 오델레타에게 똑같이 말해주었다.

"감사합니다, 레이디 오델레타. 하지만 영애께서도 마찬가지세요."

"과찬이세요. 그보다 이렇게 다시 만나게 돼서 너무 반가운걸요. 실은 지난 티파티 때도 따로 대화 나누고 싶었는데 여건이 되지 못해서 아쉬웠거든요. 오늘은 파티의 초입부터 영애를 만나게 되어서 정말 기뻐요!"

어…… 잠깐, 오델레타가 이런 이미지였던가?

나는 순간적으로 당황할 수밖에 없었다. 소설 속에서 봤던 오델레타의 이미지는 이렇게 살갑고 다정하지 않았다. 저번 티파티 때도 분명 친절하고 성격이 좋아 보이긴 했지만, 이렇게까지 쾌활하고 활발하지는 않았다.

내 머릿속 저장된 오델레타의 이미지는 이성적이고 이지적인 냉미녀였다. 하지만 지금 모습에서는 어쩐지…… 오랜만에 보는 반가운 사람을 맞이하는 대형견이 떠오른달까? 물론 사람에게 붙이기에는 다소 무례한 표현이긴 했지만 말이다.

"이렇게 반겨 주셔서 저야말로 감사합니다, 레이디 오델레타."

"아니에요, 레이디 마리스텔라. 오늘 어쩐지 운이 좋을 것 같다는 느낌이 들었는데…… 제가 감이 좀 좋아서요."

살포시 눈웃음을 지은 오델레타가 들뜬 목소리로 내게 물어왔다.

"실례가 되지 않는다면 영애와 이야기를 나누고 싶은데요."

아, 이건 더더욱 예상 밖의 상황이었다.

나는 속으로만 당황한 표정을 지었다. 원래 오늘의 계획은 내가 그토록 싫어하는 도로테아의 옆에 딱 달라붙어 있으면서 그녀가 황태자와 사랑에 빠지지 못하도록 감시하고 제지하는 것이었기 때문이었다. 내가 머뭇거리며 계획을 수정할지 말지 고민하고 있는데, 옆에서 날카로운 목소리가 들려왔다.

"이게 무슨 짓이죠, 레이디 오델레타?"

도로테아가 자못 불쾌해진 얼굴로 따지듯 오델레타에게 물었다.

"영애께서는 옆에 있는 나는 보이지도 않나 봐요?"

"아."

물론 오델레타의 눈이 삐지 않은 이상 절대 그럴 리 없었지만, 오델레타는 마치 지금에서야 도로테아를 발견한 사람처럼 짐짓 놀란 표정을 지었다.

웃긴 건 그 모습을 보고도 귀엽다는 생각만 들 뿐 가식적이라거나 위선적이라는 생각은 들지 않는 나였다. 만약 그 반대였더라면 그렇게 생각했을지도 모르겠지만.

"미안합니다, 레이디 도로테아. 기분이 상하신 것 같아 유감이에요."

정작 오델레타의 목소리에서는 조금의 미안함도 묻어나 있지 않아서, 나는 하마터면 웃음을 터뜨릴 뻔했다.

"이해해 주세요, 영애. 제가 시야가 좀 좁아서요."

"……."

얼토당토않은 대답에 어이가 없던 것인지 도로테아는 한동안 입을 벌리고 아무 말도 하지 못했다. 그러다 잠시 후에 눈을 가늘게 뜨며 오델레타에게 말했다.

"눈이 좋지 않으시다니 유감이네요. 영애의 부친께서는 꽤나 눈이 좋으신 것 같았는데 말입니다."

"……하하."

오델레타가 눈은 굳어 있는 채로 입가만 움직여서 웃었다. 기분이 나빠진 게 분명해 보였다.

"어머니 쪽을 닮았나 보지요, 제가. 어쨌든 레이디 마리스텔라, 저와 저쪽에서 '단둘이' 이야기를 나누지 않으시겠어요?"

"이봐요, 레이디 오델레타. 마리는 지금까지 나와 함께 있었거든요?"

"그럼 지금부터는 저와 있으면 되겠네요. 그렇죠, 레이디 마리스텔라?"

"레이디 오델레타, 이건 또 무슨 경우 없는 경우지요? 영애는 숙녀로서의 예절을 제대로 학습하지 못한 모양이네요."

"레이디 도로테아, 제가 숙녀로서의 예절을 제대로 학습했기 때문에 지금 예를 갖추어 레이디 마리스텔라에게 허락을 묻고 있는 것이랍니다. 제가 알고 있기로 영애의 청력에는 문제가 없으니 아까 제대로 들으셨을 텐데요."

"내 허락을 구하지 않았잖아요."

"……."

그 말을 들은 오델레타는 순간 입을 다물었다.

앞에서 그 모습을 바라보던 도로테아는 그녀가 자신과의 언쟁에서 졌기 때문에 입을 다물었다고 생각했는지 승리의 미소를 지었지만, 내 생각은 조금 달랐다. 그녀는 어이가 없어서 입을 다문 것이지 이 말싸움에서 진 것이 아니었다. 절대로.

"더 이상 하실 말씀이 없으신 것 같은데, 이만 가주시겠어요?"

"아니, 아니. 잠시만요, 레이디 도로테아."

오델레타가 어이없다는 기색을 만면에 비추며 도로테아에게 물었다.

"도무지 이해가 안 가는데요."

"뭐가 말인가요?"

"혹시 두 분은 자매 관계인가요? 레이디 마리스텔라에게 여동생분이 한 명 있다고는 들었는데……."

오델레타, 그 무슨 끔찍한 소리를! 어딜 감히 우리 마티나랑 도로테아를 비교하는 거예요?

경악한 내가 재빨리 대답했다.

"아니랍니다, 레이디 오델레타. 제 동생은 아직 이곳에 도착하지 않았어요."

"역시 그렇지요?"

"도대체 그건 왜 물어보는 건가요?"

도로테아가 언짢은 목소리로 물었고, 오델레타는 여전히 이해할 수 없다는 목소리로 대꾸했다.

"제 상식으로는 이해가 안 가서요."

"그러니까, 도대체 뭐가……!"

"레이디 마리스텔라가 영애의 여동생도 아닌데, 왜 레이디 마리스텔라가 저와 대화를 나눌지 말지를 영애께서 결정하시는 거죠? 왜 제가 레이디 마리스텔라와 대화를 나누는데 당사자도, 가족도 아닌 영애의 허락을 구해야 하나요?"

"그야 당연하죠."

도로테아가 당당한 표정으로 말했다.

"마리는 내 친구니까요."

"설령 레이디 마리스텔라가 영애의 여동생이라고 할지라도, 영애께서 성인인 레이디 마리스텔라의 행동을 함부로 제약하는 것은 있을 수 없는 일이랍니다. 하물며 친구라면 더더욱 그 자격이 없지요."

"레이디 오델레타, 말씀이 심하시네요?"

"어느 부분이 심한 건지 도무지 모르겠는데요, 레이디 도로테아. 친구라도 지켜야 할 선이 있는 법이랍니다. 저는 레이디 마리스텔라에게 여쭌 것이지 영애에게 물어본 것이 아니에요. 착각이 심하신 것 같네요."

"뭐라고요?"

"못 들으신 것 같으니 다시 한번 말씀드리지요. 착각이 다소 심하신 것 같습니다, 레이디 도로테아. 레이디 마리스텔라는 영애의 소유물이 아니에요."

단호하게 쏘아붙인 오델레타가 내게로 시선을 돌렸다.

놀랍게도 도로테아를 바라보았을 때와는 판이하게 부드럽고 온화한 눈빛이었다.

순식간에 달라진 눈빛에 나는 당황하면서도 왠지 싫지는 않아서 엷게 미소 지었다.

"레이디 마리스텔라, 결정은 영애의 몫이랍니다. 제가 싫으시다면 거부하셔도 돼요."

말할 것도 없이 나는 오델레타가 도로테아보다 훨씬 좋았다.

일단 입만 열면 속이 들끓는 도로테아와는 달리 오델레타의 입바른 말 한마디 한마디는 내 속을 뻥 뚫리게 해주었으니까. 더구나 내게는 오델레타와 이야기를 한 번 나누어 보고 싶은 마음도 있었다.

하지만 역시 아까 세워 두었던 계획이 마음에 걸렸다. 만약 재수 없게 내가 그녀와 이야기를 나누고 있는 사이 황태자와 도로테아가 사랑에 빠져버리면 어쩌지?

하지만 고민은 길지 않았다. 내 기억이 맞다면 두 사람이 사랑에 빠졌던 건 해가 거의 지기 시작할 무렵이었으니까. 다행히 지금은 해가 아주 쨍쨍하게 떠 있는 대낮이었다.

그러니 내가 굳이 도로테아의 옆에 없어도 걱정할 만한 상황은 일어나지 않을 것이다. 생각을 마친 내가 빙긋 웃으며 고개를 끄덕였다.

"그럴 리가요, 레이디 오델레타. 전 좋습니다."

긍정적인 대답에 오델레타의 얼굴이 환하게 펴졌다. 그녀가 기쁜 목소리로 내게 말했다.

"그렇게 말씀해 주시니 감사해요, 레이디 마리스텔라. 저쪽으로 가셔서 이야기 나누시겠어요? 이곳은 좀 시끄러워서요."

"상관없답니다. 좋으실 대로 하세요."

"잠깐만, 마리! 날 두고 가는 거야?"

그때 도로테아가 내 팔을 덥석 붙잡았고, 나는 아무렇지 않게 웃으며 그녀에게 말했다.

"거절하는 건 실례인 듯해, 로테. 나도 레이디 오델레타와 이야기를 나눠 보고 싶기도 했고."

"하지만 내 곁에 있겠다며. 아까 약속했잖아!"

"갔다 와서 있어 줄게. 약속해."

"아까랑 말이 다르잖아!"

"상황이 이렇게 될 줄은 나도 몰랐지. 날 이해해 줄 수 있지?"

나는 마지막으로 도로테아가 가장 애용하는 멘트를 꺼내 들었다.

"내가 너의 진실한 친구라며."

"……"

평소 입버릇처럼 쓰던 말에 결국 도로테아의 말문이 막혔고, 나는 해사하게 미소 지었다.

"그럼, 다녀올게."

그 말만 마치고서 나는 일부러 다정한 눈빛을 한 채 오델레타를 쳐다보며 말했다.

"가실까요, 레이디 오델레타?"

지금 상황은 분명 예정에는 없던 일이었기 때문에, 나는 약간 걱정스러워졌다. 상황이 내가 생각한 대로 흘러가지 않는 것처럼 불안한 일이 또 있을까. 하지만 이런 모습을 오델레타에게 들키고 싶지는 않아서, 나는 최대한 태연한 얼굴로 그녀에게 말을 건넸다.

"먼저 이야기 나누고 싶다고 말해주셔서 감사해요, 레이디 오델레타. 이런 상황이 올 줄은 꿈에도 몰랐네요."

뒷말은 진심이었기 때문에 나는 끝에 미소 한 자락을 덧붙여 주었고, 오델레타는 아까 도로테아에게 훈수를 둘 때와는 180도 달라진 미소 가득한 얼굴로 내 말에 대꾸했다.

"그렇게 생각해 주셨다니 감사해요, 레이디 마리스텔라. 실은 다른 것보다 영애께 돌려 드려야 할 게 있어서요."

돌려드려야 할 것? 전혀 감이 잡히지 않아 아리송한 표정으로 고개만 갸웃거리고 있는데, 오델레타가 품 안에서 무언가를 꺼내 내게 내밀었다. 장식 없는 단출한 흰색 손수건이었는데, 가장자리 부분에 검은색 글씨로 된 자수가 놓여 있었다.

자세히 보니 'M.J.B'라는 이니셜이 쓰여 있었다. 나는 빠르게 그 이니셜의 의미를 눈치챘다.

마리스텔라 제니즈 라 벨플레어. 바로 마리스텔라의 이니셜이었다.

'그러니까 이게 마리스텔라의 손수건이라는 건데……'

궁금한 건 도대체 마리스텔라의 손수건이 왜 오델레타의 손에 들려 있느냐는 것이다. 하지만 나는 최대한 아무렇지 않게 그것을 받아들었다.

"감사합니다, 레이디 오델레타. 깜빡 잊고 있었네요."

사실은 깜빡 잊은 게 아니라 완전히 모르고 있는 것이었지만. 내 말에 오델레타가 아니라는 듯 고개를 저었다.

"아니에요, 레이디 마리스텔라. 지난번에 영애께 신세를 져놓고선 빠르게 가져다드리지 못해 늘 마음이 불편했답니다. 지금이라도 돌려드릴 수 있어 너무 다행이에요."

도대체 무슨 이유로 어떻게 빌려줬던 걸까?

이런 건 소설에도 나오지 않은 내용이었다. 물어보고 싶은 마음이 굴뚝같았지만 참고 또 참기로 했다. 그러다 내가 진짜 마리스텔라가 아니라는 사실을 들킬지도 몰랐으니까. 하지만 다행스럽게도 오델레타가 먼저 입을 열어 내 궁금증을 종식시켜 주었다.

"벡스터 저택에서 열린 티파티 때 제가 드레스에 두리안으로 만든 수프를 쏟는 바람에 얼마나 민망하고 곤란했는데요. 하필이면 손수건도 가지고 오지 않았었죠. 그런데 손수건이 더러워질까 봐 걱정해서 다들 아무도 빌려주지 않았잖아요. 그때 제가 좀 상처를…… 받았거든요."

아, 그런 일이 있었나.

나로서는 당연히 금시초문이었다. 벡스터 저택에서 열린 티파티는 애당초 소설 속에서조차 등장하지 않은 사건이었으니까. 하지만 일단은 엷게 웃으면서 알고 있는 척을 하기로 했다.

"네네. 그랬었죠."

"그때 영애께서만 제게 주저 없이 손수건을 주셔서…… 제가 엄청 감동했답니다. 정말 감사해요."

"별것 아니었는데요, 뭘. 너무 신경 쓰지 마세요."

나는 그렇게 대답하면서 내심 기분이 뭉클해졌다. 아끼는 캐릭터의 모르고 있던 선행에 뭔가 기분이 묘해졌다고 해야 하나.

그런 일이 있었다면 지금 오델레타가 내게 이토록 호의적인 이유도 어느 정도 이해가 갔다.

'아무리 그래도 고작 손수건 하나 더러워진다고 그렇게 피하는 건 너무했잖아.'

다들 잘 사는 귀족집 딸들이면서. 그깟 손수건 몇 푼이나 한다고.

"그래도요. 사실 그전까지는 제가 영애에 대해…… 알게 모르게 편견을 가지고 있었거든요. 그 점은 죄송하게 생각합니다."

"편견이요?"

"아……."

오델레타가 슬쩍 얼굴을 붉히며 말했다.

"아무래도 레이디 도로테아와 같이 다니시다 보니……. 코르노헨 영애가 저를 그리 마뜩잖게 여기고 있다는 사실은 모르려야 모를 수가 없어요. 모른 척하기에도 그분이 너무 대놓고 티를 내셔서……."

"하하……."

아, 어쩐지 내가 다 민망해지는 기분이었다.

나는 어떻게 말해야 할지 몰라서 그저 어색한 웃음만 흘렸다.

"그런데 아무래도 영애께서는 늘 코르노헨 영애와 같이 다니시니까 아무래도 편견을 가지고 영애를 바라볼 수밖에 없게 되더라고요. 영애께서도 저를 그리 안 좋게 생각하실 것 같고 그래서요."

아뇨! 절대 아닌데요! 내가 고개를 절레절레 저으며 부정했다.

"아니에요, 레이디 오델레타. 그렇게 생각한 적은 단 한 번도 없답니다. 오해세요."

"아, 정말요? 그렇게 말씀해주시니 너무 기뻐요."

오델레타는 그 말에 정말로 기뻐하는 사람처럼 두 손을 꼭 그러모으며 말했다. 그 모습이 어쩐지 귀여워서, 나는 순간적으로 마티나에게 그랬던 것처럼 그녀를 꼭 안아줄 뻔했다.

다행히 이성을 간신히 챙기는 덕분에 그런 무례는 면할 수 있었지만.

"그런데 저 정말 궁금한 게 있는데요……."

"네, 영애. 물어보세요."

"도대체 왜 코르노헨 영애 같은 분과 같이 다니시는 건지, 여쭤봐도 될까요?"

"……."

아, 레이디 오델레타. 그건 저도 정말 궁금한 사실이랍니다.

솔직히 말하자면 나도 그 이유에 대해서는 알지 못했다.

책 속에 그런 것까지는 나와 있지 않았기 때문이었다. 어째서 마리스텔라가 도로테아 같은 아이와 친구가 되었고, 심지어는 간이며 쓸개며 다 빼줄 것처럼 행동하는지, 왜 잘못된 길을 걷는 친구를 버리는 대신 그녀를 위해 끝까지 희생을 자처하는지.

이유라도 알면 마리스텔라를 이해해보려는 노력이라도 해볼 텐데, 지금으로서는 그녀가 그냥 호구 중에서도 상호구라고 밖에는 생각이 들지 않는 것이다.

"코르노헨 가문과는 고조부님 때의 인연이 지금까지 이어져 오고 있어서요. 그래서 자연스럽게 친구로 지내게 되었답니다."

그래도 대답은 해야 했기 때문에, 나는 그냥 이렇게 말해버렸다. 상식적으로 그 이유를 내가 알지 누가 알겠느냐는 말이다. 그렇다고 지금 당장 도로테아에게 가서 '난 왜 너랑 같이 다니는 걸까?' 같은 어이없는 질문을 할 수도 없고.

어쨌든 이게 그나마 내가 생각해낼 수 있는 상식적인 답변이었다. 아무리 거짓말이라도 도로테아 같은 애가 좋아서 같이 다니게 되었다고 말하는 건 자존심이 너무나도 상하는 일이었다.

"아, 그러셨군요."

다행스럽게도 오델레타는 내 대답을 믿는 것 같았다. 뭐, 부모님이 친구인 경우 그 자식들까지 친구가 되는 건 흔한 일이었으니까.

"혹시 코르노헨 가문과 벨플레어 가문 사이의 연분이 많이 깊나요? 아무래도 고조부님 때부터 이어져 내려온 친분이라면 그렇겠죠?"

이건 다소 뜬금없는 질문이어서 나는 약간 당황해버렸다.

'어째서 두 가문 사이의 친분 관계까지 물어보는 거지?'

나는 당연히 그 관계에 대해 알지 못했지만, 그렇다고 '저도 잘 몰라요'라고 쌀쌀맞게 대답해주기는 좀 그랬다. 하는 수 없이 대충이라도 대답해 주기로 했다.

"그런 것 같더라고요."

"아……"

그런데 어째 그 대답을 들은 오델레타의 표정이 심상치 않았다.

마치 뭘 기대하고 있다가 갑자기 엄청나게 실망한 듯한 표정.

굳이 비유를 하자면 크리스마스에 산타 할아버지가 온다고 했다가 갑자기 못 온다는 소식을 들은 어린아이의 표정이랄까?

그 모습에 오히려 내가 당황해서 물었다.

"혹시 뭐가 잘못됐나요?"

"아뇨, 그런 건 아닌데……."

"표정이 어두우셔서요."

"음……."

잠깐 머뭇거리던 오델레타가 내게 물었다.

"제가 영애와 친하게 지내는 건 불가능하려나요?"

……예?

"아시다시피 전 레이디 도로테아와 친하지가 않아서요. 아니, 엄밀히 말하자면 사이가 그렇게 좋지 않은 편인데……."

아니, 잠깐. 댁이 저와 친하게 지내고 싶으시다고요?

나는 당황스러움에 커다란 눈만 끔뻑거렸다.

이건 진짜로 원작 파괴다. 아니, 물론 내가 오늘부터 본격적으로 원작을 파괴하기로 마음먹긴 했지만, 그 시작이 황태자가 아니라 이쪽일 줄은 전혀 몰랐단 말이지.

"레이디 마리스텔라는 이상하게 마음이 가네요. 물론 영애께서도 친구이신 레이디 도로테아처럼 저를 마뜩잖게 여기지 않을 수도 있으시겠지만……."

"아, 아니에요!"

그 말을 듣고 너무 놀란 나머지 냉큼 부정의 대답을 내뱉어버렸다.

아니, 상식적으로 여기서 멀뚱멀뚱 듣고만 있으면 내가 오델레타를 안 좋아한다고 완전히 못 박아버리는 꼴 아닌가.

마리스텔라의 이미지를 위해서라도 적극적으로 부정해야 했다. 그리고 솔직히 말하자면 그녀가 싫은 것도 아니었고, 오히려 좋아하면 좋아했지.

"절대 그렇게 생각해본 적이 없답니다, 레이디 오델레타. 저도 영애가 좋아요!"

"정말이세요?"

오델레타의 얼굴이 순식간에 환해졌고, 나는 얼른 고개를 끄덕였다.

"그럼요. 아무렴 이런 걸로 거짓말을 하겠어요?"

"그럼 저희도 오늘부터 친구……해도 괜찮을까요?"

"원하신다면요."

친구가 뭐 별거라고. 도로테아 같은 사람만 아니면 솔직히 상관없었다.

별생각 없이 고개를 주억거리고 있는데, 오델레타가 갑자기 내 손을 덥석 잡아왔다.

아니, 언니. 너무 진도가 빠른 것 아니에요?

"너무 기뻐요, 레이디 마리스텔라!"

"어…… 감사해요, 레이디 오델레타. 저도 기쁘네요."

아무래도 내가 지금까지 갖고 있던 오델레타의 냉미녀 이미지는 오늘부로 완전히 파기해야겠다는 생각이 들었다.

면식 없는 영애 몇몇이 오델레타에게 아는 척을 해오면서 나는 자연스럽게 그녀에게서 벗어날 수 있었다.

이제 진짜 도로테아를 찾아서 그녀를 잘 감시해야 했다. 사실 오델레타와 이야기하는 동안에도 그사이에 벌써 도로테아가 황태자와 만난 건 아닌지 나는 계속 불안해 했다.

나는 드넓은 연회장 안을 계속 거닐며 도로테아를 찾아다녔다.

'그보다 진짜 의외였단 말이지.'

오델레타 이야기였다. 책 속에서는 마리스텔라와 거의 스쳐 지나가는 사이였기 때문에 오델레타가 마리스텔라에게 이런 감정을 가지고 있는지도 몰랐고, 마리스텔라가 오델레타에게 호의를 베푼 일도 나로서는 금시초문이었다.

'하여튼 그 책이 문제야. 작가가 완전히 편파적으로 이야기를 써

났다니까?'

속으로 궁얼거리며 계속 걷고 있는데, 갑자기 누군가와 어깨가 부딪혔다. 사람 많은 연회장에서 자연스러운 일이었기 때문에 나는 별생각 없이 상대에게 먼저 사과했다.

"아, 죄송합니다."

사과를 마치고 다시 갈 길을 가려는데, 갑자기 뒤에서 나를 불러 왔다.

"저기, 영애. 잠시만요."

그 목소리에 나는 반사적으로 뒤를 돌아보았다. 그리고 마주친 남자의 모습에 나는 순간적으로 헛숨을 들이킬 수밖에 없었다.

'와, 미모 비현실적인 것 좀 봐.'

욕이 나올 만큼 잘생긴 남자가 나를 쳐다보고 있었던 것이다! 아마 저 남자와 내가 아까 부딪힌 듯했다.

맙소사! 나는 홧홧해지기 시작하는 얼굴을 애써 진정시키며 마른침을 삼켰다. 살면서 이런 남자를 본 건 처음이다. 저게 과연 사람 얼굴이 맞긴 한 건지. 진짜 상투적인 표현이긴 한데 무슨 고대 그리스 조각상을 실사로 보는 느낌이었다.

도대체 저 남자분 어머니는 뭘 먹고 저런 미남을 낳으셨을까?

"그…… 무슨 일이세요?"

이곳에 와서 처음으로 목소리가 떨렸다. 나름 남자 얼굴 안 본다고 자부했는데 오늘부로 그 생각도 같이 파기해야 할 듯싶었다.

"이게 떨어졌습니다."

그렇게 말한 남자가 내게 가까이 다가오더니 내 얼굴 앞으로 무언가를 들어 올렸다. 그 상황에 내 심장은 다시 한번 광란의 댄스를 추며 요동쳤다.

아, 가까이서 보니까 더 잘생겼잖아?

"아, 감사합니다."

나는 일단 감사 인사부터 한 다음 남자가 내미는 것을 받아 들었다.

자세히 보니 어깨 부분에 달려 있던 작은 다이아몬드였다. 아까 부딪힐 때의 충격으로 떨어진 듯했다.

남자가 정중하게 내게 말했다.

"아까 저와 부딪히셔서 그런 것 같습니다. 원하신다면 보상을……."

보상은 무슨? 도리어 이쪽에서 해줘야 할 판이었다. 부딪치면서 이렇게 멋진 얼굴을 공짜로 보게 해주었으니까. 나는 아무렇지 않다는 듯 웃으며 남자의 말을 얼른 가로막았다.

"어, 아니에요. 뭐, 그럴 수도 있……."

그때 커다란 붉은 얼룩 하나가 내 눈으로 들어왔다. 그걸 보고 당황한 내가 나도 모르게 남자의 크림색 재킷을 손으로 가리켰다.

"그런데 재킷에 뭐가 묻은……."

그리고 동시에 그의 손에 들린 유리잔이 들어왔다. 붉은색 액체가 아주 적게 남아 있는 유리잔이었는데, 누가 봐도…… 아까 나와 부딪혀서 재킷에 칵테일을 쏟은 듯했다.

그 사실을 깨닫자 얼굴이 아까와는 다른 의미로 붉어졌다.

으아, 미안해서 어떻게 해!

내가 얼른 남자에게 고개 숙여 사과했다.

"죄, 죄송합니다! 제가 진짜 실례를⋯⋯."

"아닙니다, 영애. 괜찮습니다."

남자는 정말 아무렇지 않다는 목소리로 말했지만, 듣는 입장에서는 그런 게 절대 아니었다.

나는 울상이 된 얼굴로 어떻게 해야 할지 빠르게 머리를 굴리다가, 아까 오델레타에게서 받은 손수건을 머릿속으로 떠올렸다.

아, 그게 있었지! 내가 재빨리 품 안에서 손수건을 꺼내 그의 재킷을 닦아주었다.

"뭐, 뭐 하시는 겁니까?"

남자의 당황한 목소리에도 나는 개의치 않고 계속 재킷을 문질렀다.

"잠시만요, 일단 급한 대로 제 손수건이라도⋯⋯."

"그러다 손수건이 더러워지겠습니다. 흰색이라 붉은 물이 잘 빠지지 않을 텐데요."

"싼 거라 괜찮아요!"

오델레타나 이 남자나 왜 이렇게 쓸데없이 손수건 걱정부터 하는지! 나는 얼떨떨한 남자의 목소리도 무시하고 계속해서 남자의 재킷을 닦아주었다. 하지만 유감스럽게도 이미 붉은 물이 들어버린 재킷은 아무리 문질러도 다시 하얗게 돌아오지 않았다.

잠시 후 내가 시무룩한 목소리로 말했다.

"죄송합니다, 영식. 제가 너무 큰 결례를 저질렀네요."

이렇게 잘생긴 남자에게 이런 실수를 하다니, 진짜 미안해서 죽을 거 같았다. 내가 풀죽은 목소리로 말을 이었다.

"정말 죄송합니다. 그 옷, 비싸 보이는데…… 제가 꼭 보상해드릴게요."

벨플레어 가문의 재산에 대해 잘 모르긴 했지만, 그래도 이 옷 하나 정도는 보상해줄 수 있지 않을까? 하지만 남자는 오히려 나보다 당황한 얼굴로 고개를 끄덕였다.

"괜찮습니다, 영애. 너무 신경 쓰지 않으셔도 됩니다."

"하지만 옷이 완전히 더러워졌는걸요."

"저는 괜찮습니다만…… 그보다 영애의 손수건도 함께 더러워져 걱정이군요."

끝까지 손수건 타령인 남자에게 나는 정말로 아무렇지 않다는 듯 부러 큰소리를 쳤다.

"진짜로, 진짜로 괜찮아요! 그러니까 너무 신경 쓰지 마세요."

"괜찮으시다면 제가 한 장 선물해 드리고 싶은데요."

"……네?"

이건 또 갑자기 무슨 횡재인지. 내가 어벙한 얼굴로 눈만 깜빡이고 있는데, 남자가 여전히 건조한 얼굴로 물어왔다.

"혹시 성함을 여쭤봐도 괜찮겠습니까?"

"어……."

나는 이 갑작스러운 상황에 잠시 머뭇거리다가, 이런 미남에게 굳이 이름을 안 알려줄 이유도 없는 것 같아서 대수롭지 않게 대답했다.

"마리스텔라 제니즈 라 벨플레어라고 합니다."

그러다 어쩐지 이쪽도 이름을 묻는 게 예의일 것 같다는 생각이 들어서, 나는 조심스럽게 똑같은 질문을 했다.

"혹시 영식의 이름은……."

"아."

내 질문에 남자가 살짝 당황한 목소리로 물었다.

"제 이름을 혹시 모르시나요?"

"……네?"

내가 댁 이름을 어떻게 알아요. 오늘 처음 보는 사이에.

나는 잘 모르겠다는 듯 고개를 저었고, 그 반응에 어쩐지 남자는 더 당황해버린 듯했다.

"아, 아닙니다. 모르실 수도 있죠."

그는 빠르게 자기가 했던 말을 거두었다가, 이내 다시 입을 열었다.

"제 이름은……."

"마리!"

그때 이 순간만큼은 절대로 듣고 싶지 않았던 목소리가 들려왔다. 내가 당황한 얼굴로 고개를 옆으로 돌리자, 도로테아가 새파래진 얼굴을 한 채로 나를 쳐다보고 있는 모습이 눈에 들어왔다.

쟤는 갑자기 또 왜 저런담?

내가 의아해진 얼굴로 중얼거렸다.

"도로테아?"

"마리, 너 도대체 이게……."

도로테아가 믿을 수 없다는 표정으로 내게 성큼성큼 걸어왔고, 나는 떨떠름한 목소리로 물었다.

"갑자기 왜 그래, 도로테아?"

"네가 왜."

도로테아가 갑자기 싸늘해진 목소리로 내게 물었다.

"감히 황태자 전하와 같이 있는 거야?"

……예?

"황태자 전하……라니?"

설마, 설마? 설마! 내가 믿을 수 없다는 얼굴로 앞에 있던 남자를 쳐다보았다. 남자는 아무 말도 하지 않았고 아무 표정도 짓지 않고 있었지만, 나는 그 얼굴을 보자마자 깨달을 수밖에 없었다.

'맙소사, 오늘 진짜 여러 번 놀라네.'

그러니까, 지금 내가 칵테일을 쏟게 한 사람이 바로 원작의 남자 주인공, 자비에르 황태자인 듯했다.

아, 이건 진짜 생각지도 못했는데.

나는 어벙해진 얼굴로 남자를 쳐다보았다. 얼굴을 보니 답이 나왔다.

맞는 거 같았다. 아니, 맞았다.

'만월을 닮은 은색 머리카락에 심해를 닮은 푸른 눈동자.'

왜 주의 깊게 보지 못했을까? 나는 당황한 표정을 지었다. 아니, 상식적으로 파티 몇 번 참석한 귀족 영애라면 황태자가 어떻게 생겼는지쯤은 알고 있는 게 정상인데, 여기서 어떻게 둘러대야 하지?

'아니, 둘러댄들 믿기나 할까?'

이건 아까 왜 도로테아와 함께 다니느냐고 오델레타가 물어봤던 것보다 더 당황스러운 질문이었다.

나는 여전히 당황한 눈빛을 한 채로 자비에르를 쳐다보았고, 아까보다 더 표정이 없는 그의 얼굴과 마주했다.

아, 자기 못 알아봤다고 화난 건가? 아니면 내가 장난을 치고 있다고 생각하고 있는 걸까?

말이 없으니 계속 불안한 생각만 꼬리에 꼬리를 물고 이어졌다.

"마리."

"……."

"마리!"

도로테아가 씩씩거리는 목소리로 내게 소리쳤다.

"네가 왜 감히 황태자 전하와 같이 있는 거냐고 묻잖아!"

"……뭐?"

아, 잠깐만. 방금 뭐라고……? 나는 아까보다 더 어벙해진 얼굴로 도로테아를 쳐다보았다.

'감히'? 감히? 가암히이?

어이가 없었다. 내가 황태자하고 있는 게 왜 '감히'라는 말을 붙일 일인지? 마리스텔라도 귀족인데? 너도 귀족이고? 심지어 우리들 아버지는 모두 똑같이 백작인데?

내가 황태자와 '감히' 같이 있는 거라면 너도 황태자랑 '감히' 같이 있으면 안 되겠네, 그렇지? 잘되는 건 꿈도 못 꿀 일이고.

방금 그 말은 도무지 참을 수가 없어서 단단히 쏘아붙이려는데, 나보다 누군가가 먼저 입을 열었다.

"영애."

자비에르의 목소리였다. 나는 다소 멍한 얼굴로 내 앞에 있던 자비에르를 향해 시선을 돌렸다. 하지만 그의 시선은 내가 아닌 도로테아를 향해 있었다.

나는 재빨리 상황을 정리해 보았다.

그러니까 정말로 이 남자가 제국의 황태자라면…… 그러니까…….

'지금 원작 여주랑 원작 남주가 만난 상황이잖아!'

안 돼!

나는 속으로 비명을 질렀다. 그토록 막고 싶었던 상황이 지금 눈앞에서 펼쳐지고 있었다.

세상에 이것처럼 절망적인 일이 또 있을까?

오늘 도로테아와 같이 황궁까지 오기 싫은 걸 꾹 참고 온 내 노력이 전부 수포로 돌아가 버렸다. 절망감에 얼굴이 자연스럽게 무너져 내렸다.

아, 이제 저 입에서 '너무나도 아름다우시군요. 저와 결혼해 주세요!' 같은 소리가 나오면 되는 건가?

아니면 원작에서처럼 이름부터 물어보려나? 아니면 중간 과정 다 생략하고 혼인신고부터…… 아, 이건 너무 갔다.

"네?"

도로테아의 얼굴은 거의 복숭아처럼 분홍색으로 물들어 있었다.

좋아 죽겠다는 티를 대놓고 내는 그녀를 보며 나는 말할 수 없는 절망감에 빠졌다.

아, 이대로 원작 파괴 실패인 건가? 그럼 내 계획은 이대로 물거품이 되는 거고?

내가 속으로 발만 동동 굴리고 있는데, 자비에르의 낮은 목소리가 내 귓가에 꽂혔다.

"혹시 레이디 마리스텔라와 어떤 관계이십니까?"

헐! 존잘님이 내 이름을 기억해줬어……가 아니라, 갑자기 이런 질문은 왜 하는 거지? 나는 여전히 당황한 눈으로 자비에르와 도로테아를 번갈아 쳐다보았다.

그 질문이 당황스러운 건 나뿐만이 아니었는지 도로테아는 순간 눈을 두어 번 정도 끔뻑이다가, 잠시 후에 멍한 목소리로 되물었다.

"……네?"

"레이디 마리스텔라와 어떤 관계이시냐고 물었습니다."

정중하지만 어딘가 사무적인 말투여서 듣는 나까지 알 수 없는 거리감이 느껴졌다. 도로테아는 질문의 요지를 이해하지 못했는지 잠깐 동안 고개를 갸웃거리다가 입을 열었다.

"친구예요."

친구는 개뿔.

나는 속으로 차마 황족 앞에서는 내뱉을 수 없는 욕을 했다. 그런데 그다음 자비에르의 말이 가관이었다.

"그럴 리가요."

"……네?"

"친구일 리가 없습니다."

도로테아의 대답을 정면으로 부정하는 발언에 나도, 도로테아도 똑같이 어벙한 표정을 지었다.

이건 또 무슨 상황이야……?

"영애가 정말 레이디 마리스텔라의 친구라면 그런 모욕적인 말로 친구분을 깎아내릴 리는 없을 테니까요."

"네? 제가 언제……."

"방금 왜 '감히' 저와 있느냐고 따지듯 물으셨습니다."

"제가요……?"

"두 번이나 똑똑히 들었습니다, 영애. 제 귀가 잘못되지 않았다면요."

그렇게 말하는 목소리에는 높낮이가 거의 없어서, 우리 세계의 사람이 들었다면 로봇이 말하는 소리로 착각했을 수도 있었을 것이다. 그리고 솔직히…… 이런 말을 하면 안 될 거 같은데, 나는 이 상황이 좀 흥미진진했다.

아니, 많이 재밌었다. 원작 남주와 원작 여주가 처음 만났는데 대화가 이런 식이라는 건, 누가 봐도 긍정적인 상황은 아니었으니까.
어쩌면 굳이 내가 나서서 애써 방해하지 않아도 임무 완수가 가능
할지도……?

"수평적인 관계에서 그런 말은 불가능합니다, 영애. 수직적인 관
계라고 하더라도 그런 말을 쓴다는 건…… 아주 무례하고 경우 없
는 분이라고밖에는 생각이 들지 않는군요."

그렇게 말한 자비에르가 이번에는 고개를 내 쪽으로 돌렸다.

'아, 깜짝이야.'

그 모습은 도무지 이 세상 잘생김이라고는 보기 어려워서, 나도
모르게 헛숨을 들이켜 버렸다.

황태자 전하, 깜빡이라도 켜고 들어와 주시면 안 될까요?

본인이 지금 얼마나 잘생겼는지 잘 몰라서 그러는 것 같은데, 내
심장에는 댁의 잘생김이 조금 많이 해롭거든요.

"레이디 마리스텔라."

"네, 네?"

"이분이 영애의 친구가 맞습니까?"

"……"

그 말을 들은 내 두 눈에 갑자기 눈물이 핑 돌았다.

아니, 내 친구 아니라고! 난 이런 개념 없는 친구 둔 적 없다고!

내 친구도 아닌데 왜 자꾸 내 친구냐고 물어봐? 당신 같으면 이런
사람하고 친구하고 싶겠어?

그전부터 누적된 짜증남, 억울함, 분노에 약간의 좋은 생각까지

더해져서, 나는 일부러 눈물을 글썽거렸다. 그런 다음 입술을 꾹 깨물며 솔직하게 대답했다.

"……맞아요."

"정말입니까?"

"네."

나는 일부러 목이 멘 소리를 만들어 낸 다음 입술을 좀 더 꾹 깨물며 덧붙였다.

"그래서…… 좀 더 충격적이네요. 전 저 애를 친구라고 믿고 있었는데."

"마리!"

"저한테 그런 모욕적인 말을 할 줄은 몰랐어요. '감히'라니……. 저 같은 건 전하와 말도 섞지 말아야 한다는 뜻일까요?"

"아닙니다, 레이디 마리스텔라."

자비에르가 아까보다 한결 누그러진 어조로 나를 달래주었다.

"제 탄신 연회에 참석한 이상 영애께서도 필시 귀족이시겠지요. 설령 영애께서 귀족이 아니라고 하실지라도 저와 말을 섞는 건 '감히' 불가능한 일은 아니랍니다."

"그렇게 말씀해주셔서 감사해요…… 흑."

괜히 질질 짜는 시늉을 하며 나는 침이라도 눈가에 발라볼까 고민했지만, 그건 좀 오버인 것 같아서 그만두기로 했다.

여기서 제대로 눈물 흘리면 눈화장이 다 번져서 정말 우스꽝스러운 꼴이 될 것이다. 이런 미남 앞에서 그런 추한 꼴이라니. 생각만 해도 끔찍했다.

"그리고 사실 제가……."

내가 머뭇거리며 무슨 말을 더 하고 싶다는 기색을 보이자, 자비에르가 나를 독려해주었다.

"말씀하시지요, 영애."

"제가…… 전하께 말을 걸려던 건 맞아요."

"무슨 뜻입니까."

"제 친구가 전하를 좋아하고 있다고 말하면서 제게 전하께 말을 거는 것을 도와 달라고 했거든요."

아, 오늘 도로테아와 함께 연회장까지 온 게 이런 식으로까지 쓰일 줄이야.

나는 순간 너무 기뻐서 웃음을 터뜨릴 뻔했다.

"그래서 제가 조금이라도 도움이 될까 해서 황태자 전하께 말 거는 걸 진지하게 생각하고 있었는데…… 제가 전하와 있는 걸 저런 식으로 생각하고 있을 줄은 몰랐네요."

여기서 배신감에 몸서리치는 듯한 몸짓은 덤이었다.

내 말과 행동에 자비에르는 아까보다 굳어진 얼굴로 도로테아를 쳐다보았다. 당연히 도로테아는 당황했다.

"아, 아니에요, 전하. 마리! 너 왜 거짓말해? 네가 내 일은 내가 알아서 하라고 그랬잖아! 안 도와준다며?"

"하지만 친구가 좋아하는 사람에게 용기가 없어서 말도 못 걸겠다는데…… 어떻게 가만히 있을 수 있겠어?"

나는 끝까지 눈물을 글썽이는 얼굴로 도로테아를 쳐다보며 마지막 한 방을 날렸다.

"우린 친구잖아, 도로테아."

"……."

"설마 날…… 친구라고 생각하지 않았던 거야?"

……진짜 가증스럽긴 하네.

금방이라도 아까 먹은 연어 샐러드를 토해 버리고 싶은 기분이었지만 참고 또 참았다. 고지가 눈앞인데 그럴 수야 없지.

"아, 아니야, 마리. 난…… 난 그냥……!"

"설마 넌…… 내가 황태자 전하께 유혹이라도 하고 있는 거라고 생각한 거야?"

"아니야, 마리. 난 절대 그런 적이……!"

"그만하시지요, 영애."

그때 자비에르가 싸늘한 목소리로 도로테아의 말을 끊었고, 타의로 말이 끊긴 도로테아는 금방이라도 울 것 같은 표정을 지었다.

"조금만 더 언성을 높이신다면 아마 모든 귀족들이 우리가 있는 쪽을 쳐다볼 겁니다."

안 그래도 이미 몇몇은 우리가 있는 쪽을 쳐다보고 있었다. 하지만 그건 도로테아가 목소리를 높였기 때문이라기보다는 그냥 여기에 황태자가 있기 때문이라고 보는 게 더 맞았다.

"귀족으로서의 품위를 지키는 것이 좋을 겁니다, 영애."

"저, 전하……."

"레이디 마리스텔라."

자비에르는 더 이상 도로테아에게 관심을 두지 않은 채 내게로 시선을 옮겼고, 나는 그 잘생긴 얼굴이 나만 바라보고 있다는 사실을 인지하자 가슴이 두근두근 뛰는 것을 느꼈다.

하, 세상에. 어떻게 세상에 이런 얼굴이 다 있지? 도대체 어떻게 하면 이런 천 년에 한 번 나올까 말까 한 미모를 가질 수 있는 걸까?

나름 잘생긴 얼굴에 무감각하다고 생각했기 때문에 지금의 내 모습이 부끄럽다 못해 우스꽝스럽긴 했지만, 솔직히 그 모든 감정에도 불구하고 자비에르의 미모에 심장이 뛴다는 사실을 부정할 수는 없었다.

진심으로.

"네, 전하."

나는 어느새 말라버린 두 눈을 깜빡이며 자비에르를 쳐다보았다. 솔직히 너무 잘생겨서 제대로 쳐다보고 있기가 힘들었지만, 언제 다시 만날지 모르는데 최대한 많이 봐둬야지, 암.

"춤이라도 추시면서 이야기를 나누시는 게 어떻겠습니까."

"……에?"

갑자기 웬 춤? 다소 뜬금없는 이야기에 내가 멍청하게 두 눈만 깜빡거렸다.

우리가…… 이야기를 할 이유가 있나요, 황태자님?

"전하가 누구신지 이제 알았으니, 제가 더럽힌 재킷에 대한 보상은 제 아버지를 통해 황궁으로 전해드릴 수 있도록 하겠습니다."

……라고 말하면서도 나는 은근히 걱정스러웠다. 아, 황태자가 입는 재킷이면 엄청 비싼 거 아닐까?

설마 우리 집 살림이 거덜 나지는 않겠지? 그래도 나름 귀족인데…… 괜찮겠지?

"아뇨, 레이디 마리스텔라. 무언가를 오인하고 계신 것 같습니다."

그가 귀족적인 미소를 지으며 내게 말했다.

"저는 다른 문제로 영애와 이야기를 나누고 싶은데요."

"혹시 제가 또 전하께 잘못한 게 있나요?"

"아뇨, 레이디 마리스텔라. 그런 건 아니니 지레 겁먹으실 필요는 없습니다."

자비에르가 나긋한 목소리로 내게 눈을 맞추며 말했고, 나는 어쩐지 이번에는 피해야 할 것 같아서 슬그머니 그의 시선을 피했다.

이어지는 그의 말을 듣기 전까지는.

"어째서 영애께서 제 얼굴을 알지 못하시는지."

"……."

"제가 정말 궁금해서요, 레이디 마리스텔라."

아, 이런. 큰일 났다.

나는 너무 놀라서 나도 모르게 자비에르의 눈을 똑바로 쳐다보았다가, 얼마 가지 않아 슬며시 눈을 내리깔았다.

아, 솔직히 변명의 여지가 없다는 건 인정했다. 하지만 아까는 분명 모를 수도 있다고 말했잖아!

"제가…… 음……."

"……."

"그러니까……."

틀렸어, 오마리. 그냥 포기해. 솔직히 여기서 내놓을 수 있는 변명이 뭐가 있겠어? 네가 안면인식장애라고 하는 게 그나마 괜찮겠다. 근데 여기 사람들이 그런 말을 아려나?

나는 혹시 몰라서 그렇게 말하려다가, 괜히 이상한 여자 취급만 받을 것 같아서 그만두었다.

"변명하실 거리가 없는 모양이군요."

"……죄송합니다."

변명이 안 통할 때는 빠른 사과가 제일이었다. 하지만 시련은 거기에서 끝나지 않았다.

"그렇지만 레이디 마리스텔라, 저는 도무지 이해가 되지 않는데요. 제가 부황 폐하의 숨겨진 자식도 아니고, 태어나자마자 황태자로 책봉되어 5살 때부터 사교계를 드나들었는데요."

"……."

그렇게 말씀하시면 제가 더…… 할 말이 없어져요, 전하.

나는 계속해서 눈만 내리깐 채로 있었다. 그때 갑자기 내 시선이 닿는 곳에 자비에르의 얼굴이 보였다.

아니, 잠깐. 갑자기 키가 왜 이렇게 줄어들었어?

"바닥을 보시는 걸 참 좋아하시는 것 같습니다, 레이디 마리스텔라."

그가 친절히 나를 위해서 무릎까지 굽혀준 것이었다.

아이고, 황송해라. 나는 난감한 표정으로 깊게 한숨을 쉬었다.

잘생긴 황태자님, 저한테 도대체 왜 이러시나요.

"저와 같이 춤을 추시면서 깊은 대화를 나눠보시지요, 레이디 마리스텔라."

"……."

"그럼 제가 이해할 수 있을지도 모르니까요. 영애가 저를 몰랐던 이유."

"……네에."

그러니까, 애당초 나한테 선택지 따위는 없는 거였다.

"저 여자는 누구야?"

"몰라, 낯선 얼굴인데?"

"아니야, 나 저 여자 알아! 그때 우리 트라코스 저택 티파티에서 봤잖아!"

"누군데?"

"잠깐만. 어디 가문이더라……."

"별로 안 좋은 집안이었나 보네?"

"아주 나쁘진 않은데 아주 좋지도 않았어. 그냥 평범?"

"아, 나 생각났어."

"어딘데?"

"아마 벨플레어 가문이었을 거야."

"의외네? 난 황태자 전하께서 선택하셨다면 당연히 공녀쯤은 될 줄 알았지. 벨플레어 가문이 황궁과 인연을 맺기에는 좀…… 부족하지 않나?"

……이 모든 소리를 전부 들으면서, 나는 매우 심란한 표정을 지었다.

혼기가 꽉 찬 황태자가 댄스 파트너로 선택한 여자라면 당연히 시선이 쏠릴 만했다.

어디선가 도로테아가 이 모습을 보고 있을 거라면 고소하기 이를 데 없었지만, 문득 오델레타가 생각나서 마음이 불편해졌다.

나와 친해졌다고 좋아하던 해맑은 오델레타. 그녀는 이미 공개적으로 황태자를 좋아한다고 사교계에서 말하기까지 한 상태였다.

아, 이따가 찾아가서 해명이라도 해야 하나?

"무슨 생각을 그렇게 하십니까?"

그 낮은 목소리에 내 시선이 다시 자비에르에게로 향했다.

아까부터 변함없이 잘생긴 얼굴이 나를 바라본다는 건 생각했던 것보다 더 심장에 해로운 일이었지만, 지금 마음 상태가 너무 심란했기 때문에 그런 감정을 느낄 새도 없었다.

내가 한숨을 내쉬며 대답했다.

"그냥 이런저런 생각을 했답니다, 전하."

"무슨 이런저런 생각이요?"

"제가 아는 두 사람이나 벌써 전하를 좋아하고 있거든요."

"한 명이 아니라요?"

도로테아만 생각했다면 이렇게 심란해 하지 않았겠죠. 내가 피식 웃으며 고개를 저었다.

"두 명이에요. 아실지는 모르겠지만요."

"아마 모를 겁니다."

너무 당당하게 말해서 살짝 어이가 없어졌다. 그런 그를 향해 나는 가늘게 눈을 뜬 채로 말했다.

"의외네요. 혼기가 꽉 찬 전하께서 마음에 두신 영애 하나 없으시다면."

"그런 영애가 있었다면 혼기가 꽉 차기 전에 진즉 결혼하지 않았을까요?"

"……"

뭔가 묘하게 맞는 말이어서 쉽게 반박하기가 어려웠다.

아직 춤이 시작되기 전이라 손이 자유로웠기 때문에, 나는 오른쪽 주먹을 입가에 가져간 채 생각하는 표정을 지었다.

아무리 그래도 오델레타는 알지 않을까? 그래 봬도 원작에서 자기 정처였던 사람인데. 그러고 보니 이 남자가 결혼을 어떤 식으로 했더라?

'아, 중앙의 귀족들이 도로테아가 황태자비가 되는 걸 반대했었지.'

오델레타의 트라코스 가문은 경제적으로 막대하게 부유한 건 아니었지만, 유서 깊은 개국 공신 가문이었다. 그에 반해 도로테아의 코르노헨 가문이 지금의 작위를 얻게 된 건 그리 오래된 일은 아니었다. 기껏해야 150년이 조금 안 되었을 것이다. 그러니 아직 황태자의 신분이었던 자비에르로서는 무조건적으로 도로테아를 비로 맞기도 어려웠을 것이다.

물론 도로테아만 편애했던 작가가 왜 굳이 그런 설정을 만들어 놨는지는 모를 일이긴 했지만. 그냥 단순히 두 사람의 사랑을 방해해 줄 멋진 장치 하나가 필요했던 걸까.

"……텔라."

"……."

"……마리스텔라."

"네?"

아, 별것도 아닌 생각에 빠져서 앞에 있는 미남자를 완전히 잊고 있었다. 내가 머쓱한 표정으로 자비에르에게 사과했다.

"아, 죄송합니다, 전하. 제가 다른 생각을 하느라……."

"무슨 생각을 하셨는데요?"

"네?"

아니, 이 남자가 이제는 사상 검열까지 할 생각인가? 내가 눈을 두어 번 깜빡거리다가 물었다.

"무슨…… 생각이라뇨?"

"말씀드린 그대로, 무슨 생각을 하느라 제게 집중하지 못 하셨는지가 궁금해서요."

"별건 아니고…… 그냥……."

나는 재빨리 머리를 굴린 끝에 순식간에 괜찮은 답 하나를 떠올려 냈다. 나는 미소와 함께 말을 맺었다.

"전하께서 무슨 연유로 제게 춤을 신청하셨는지."

"……"

"아, 그러고 보니 제가 왜 전하를 알아보지 못했는지 궁금하다고 하셨죠."

"그렇습니다, 영애."

"실은 커, 컨셉이었어요."

"컨셉이요?"

"네. 컨셉."

나는 얼른 고개를 끄덕인 다음 부연했다.

"그러니까…… '날 모르는 여자는 네가 처음이야!' 같은 느낌으로 접근하고 싶어서……."

"네?"

"……"

아, 이건 좀 아닌 것 같다. 진짜 민망했다. 도대체 이게 지금 뭐 하는 짓인지. 부끄러움에 나도 모르게 입술을 깨물면서 무슨 말로 또 둘러대야 할지 고민하고 있는데, 낯선 감촉이 입술에 느껴졌다. 내가 화들짝 놀란 눈으로 앞을 바라보았다.

자비에르가 진지한 얼굴로 내 입술을 가만히 매만지고 있었다.

"이런 습관은 그리 좋지 않습니다."

"……"

나도 모르게 마른침이 꿀꺽 넘어갔다.

저기요, 제 심장이 지금 좀 위험하거든요. 손가락 좀 떼어주시겠어요……?

"제가 어릴 적에 이런 버릇이 있었는데, 입술이 다 망가졌거든요."

"아, 그럼 요즘은 입술을 안 깨무시나요?"

"고쳤습니다."

"입술 깨무시면 되게 섹시하실 것 같……."

거기까지 말하던 내가 어느 순간 퍼뜩 정신을 차리며 고개를 저었다.

미쳤구나, 오마리. 황태자가 오냐오냐 해주니까 아주 겁이 없어졌어, 그냥.

"방금 뭐라고 하셨……."

다행히 그때 부드러운 음악이 울려 퍼지기 시작했고, 나는 이때다 싶어서 얼른 오른쪽 손을 들어 그의 왼쪽 손에 깍지를 낀 다음, 나머지 손은 그의 어깨 위에 가져다 댔다.

내 행동에 자비에르 역시 더 캐묻지 않고 가만히 춤을 추기 시작했다. 하지만 얼마 지나지 않아…….

"윽!"

고통스러운 음성이 내 귓가에 생생하게 울려 퍼졌고, 나는 당황한 표정으로 그에게 사과했다.

"으아…… 죄, 죄송합니다, 전하."

"……괜찮습니다."

별로 괜찮지 않은 표정이었고, 솔직히 말하자면 나도 지금 썩 괜찮지 못했다. 지금 깨달았는데, 내가 이곳에 와서 단 한 번도 춤을 춰본 적이 없었다.

아, 망했다.

"저 영애는 춤을 못 추는 건가요? 자꾸만 황태자 전하의 발을 밟고 있어요!"

"맙소사…… 전하의 발이 멀쩡하실지 걱정이네요. 한 번 밟히는 것도 꽤 아프실 텐데……"

"제가 궁금해서 아까부터 세 봤는데, 무려 지금까지 12번이나 발이 밟히셨어요!"

"세상에. 저러다 뼈가 부러지시는 건 아니겠죠?"

"도대체 저 영애는 왜 저러는 거래요? 황태자 전하와 춤을 출 영광스러운 기회를 얻었으면 최고의 무희처럼 춰도 모자랄 판에……!"

"설마 의도적으로 저러는 걸까요? 황태자 전하의 관심을 끌기 위해서?"

"……"

설마요. 이 남자가 마조히스트가 아닌 이상 춤을 추는데 자기 발을 12번이나 밟는 여자에게 관심이 가겠어요? 심지어 앞으로는 더 밟을 예정인데?

아, 좋지 않은 의미로 관심이 가긴 하겠군요…….

"전하."

나는 솔직하게 말하기로 했다.

그래, 사람이 솔직해야 해. 왜냐하면 난 앞으로도 계속 이 남자의 발을 밟을 것 같거든……이라고 생각하는 사이에 또 한 번 발을 밟았다.

아, 이런.

"왜, 왜 그러십니까."

어쩐지 목소리에서 아픔을 애써 참으려는 기색이 느껴져서 나는 진짜로 미안해졌다. 이건 도대체 어떻게 해명해야 하나. 어째 해명해야 할 게 점점 스케일이 커지는 것 같았다. 나는 머뭇거리지 않고 곧바로 말했다.

"고백할 게 있어요."

"윽! 고백……이요?"

"네."

"지금 상황에 무슨 고백을…….."

"아뇨, 전하. 지금 해야 해요."

내가 단호하게 자비에르의 말을 끊었고, 그러는 사이 나는 또 그의 발을 밟았다.

아, 진짜 아프겠다. 이럴 줄 알았으면 하이힐을 신고 오지 말걸…….

"그, 그게 뭔지는 잘 모르겠지만 나중에 하면 안 되겠습니까?"

"아뇨, 전하. 지금 해야 할 것 같아요."

"뭔데 그럽니까?"

이쯤 되면 뭔가 심각한 이야기라는 걸 그도 눈치챘을 것이다.

내가 마른침을 꿀꺽 삼켰다가 그에게 말했다.

"실은 제가 춤을 못 춰요."

"……뭐라고요?"

그 말을 들은 자비에르의 하얀 얼굴이 더욱 하얘졌고, 그 모습을 보자 나는 상당한 죄책감에 휩싸였다. 분명 저 남자는 춤에 능통한 사교계의 아가씨를 기대했을 텐데, 그 기대를 와장창 깨부순 것 같아서 너무 미안해졌다.

아니, 잠깐. 애당초 이 짧은 시간 안에 발을 10번 넘게 – 정확히 14번이었다 – 밟았다는 것 자체가 춤을 잘 못 춘다는 사실을 알아차리기에는 충분한 시간 아닌가?

"이미 알고 계셨겠지만…… 제가 춤을 못 춘답니다."

"맙소…… 윽!"

그러는 사이 또 발을 밟았다.

아, 저 발 오늘 멀쩡하려나.

마리스텔라가 가볍긴 해도 체중을 실어 밟았으니 상식적으로 멀쩡할 수가 없었다. 진짜로 미안해진 나는 울먹이는 표정으로 그에게 사과했다.

"죄송해요, 전하! 진즉 말씀드렸어야 했는데 저도 지금 깨달아서……."

"제가 영애께 물어볼 게 방금 한 가지 생겼네요. 지금 저더러 그 말을 믿으라는 겁니까, 레이디 마리스텔라?"

물론 이 남자의, 아니 여기 사람들 모두의 상식으로는 이 사실을 믿을 수 없을 것이다. 내가 낭패라는 얼굴로 아예 바닥을 보고 춤을 추기 시작했지만, 애당초 이건 폭탄 피하기 게임 같은 게 아니어서 아무리 바닥을 보고 춰도 상대가 내가 있는 쪽으로 발을 가져다 대면 아무 쓸모가 없었다.

결국 한 번 더 발이 밟힌 자비에르가 인내심에 한계가 왔는지 나를 불렀다.

"레이디 마리스텔라."

"……네."

죄인이 된 내가 시무룩하게 대답했고, 그러는 사이 자비에르는 무언가 결심한 얼굴로 내게 말했다.

"아무래도 제 발이 멀쩡하려면 이 방법밖에는 없는 것 같군요."

"그게 무슨…… 으앗!"

갑자기 몸이 가볍게 위로 들어 올려졌고, 나는 처음으로 이 남자를 위에서 내려다볼 수 있었다.

그리고 얻게 된 정말 쓸데없는 결론은, 미남은 위에서 보든 아래서 보든 변함없이 잘생겼다는 사실이었다.

심지어 위에서 보니 자비에르의 콧대가 상당히 높다는 사실이 다시 한번 실감났다. 조각상이라는 비유가 아깝지 않을 만큼. 그때 귓가에서 낯선 더운 숨이 느껴졌다.

"그냥 제가 움직일 테니까, 영애께서는 제 발을 밟고 서 계시기만 하세요."

"……."

아니…… 내가 지금까지 계속 밟은 발 위에서 서 있으라고?

나도 사람인데 그것까지는 너무 미안했다. 내가 당황한 목소리로 그에게 말했다.

"저 되게 무거워요."

"그렇게 안 무겁습니다. 그리고 제가…… 더 이상 버티지 못할 것 같아서요."

"……."

그 말을 들은 나는 갑자기 숙연해져서 아무 말도 하지 못했다.

그러니까 그냥 나를 발등 위로 버티는 게 계속 발이 밟히는 것보다는 낫다는 이야기였다. 사실 이 남자가 느낄 고통의 크기는 나보다는 당사자가 더 잘 알고 있을 테니까.

그러니까 발등으로 마리스텔라의 몸무게를 지탱하는 것과 성인 여자가 체중을 실은 힘에 발을 밟히는 것 중 어느 쪽이 덜 아플지는 이 남자가 더 잘 알고 있을 거라는 소리다.

이 남자는 그나마 분명 덜 아플 쪽으로 선택을 했을 것이다.

아, 잠깐. 이렇게 정리하고 나니까 진짜 미안한데……?

"한결 낫군요."

그가 낮게 한숨을 쉬며 내 귓가에 또 속삭였고, 그와 동시에 내 귓가의 솜털이 바짝 곤두섰다.

아니, 그냥 이야기하면 되지 왜 굳이 귓가에 속삭여……?

이해하지 못한 내가 그에게 말했다.

"다행이네요, 전하. 그런데 죄송하지만 좀 떨어져서 말씀해주실 래요? 제가 간지럼을 잘 타서……."

"어쩔 수 없습니다, 영애."

그가 건조한 목소리로 내게 해명했다.

"영애께서 춤을 잘 추셨다면 또 모를까, 이런 상태에서는 가까이에서 이야기하는 수밖에 없거든요."

"아…… 그렇군요."

내 잘못이라는데 거기다 대고 무슨 말을 더 할까. 그냥 입이나 다물고 있기로 했다. 하지만 그 다짐이 무색하게 자비에르는 계속 내게 말을 시켰다.

"그런데 레이디 마리스텔라, 궁금한 것이 하나 있습니다."

"네, 전하. 물어보세요."

"왜 춤을 못 추시는 겁니까?"

"……."

누구, 나한테 답 좀 알려줄 사람 없어요? 내가 여기서 뭐라고 대답해야 이 남자가 저를 미친년 취급하지 않을까요?

사실 오늘 아침에 침대에서 굴러떨어져서 춤추는 법을 다 까먹었네요……는 누가 들어도 거짓말이고, 아까처럼 '전하의 관심을 끌려고요!'라고 말하면 미친 여자 취급받겠죠?

아니면 괘씸죄와 황족모독죄로 감옥에 갈지도.

'아니, 나보고 여기서 어떻게 대답하라고!'

이건 순전히 내 잘못이었다.

파티가 있는 줄 알았으면 어떻게 해서든 춤추는 법을 익혀 놨어야지!

유감스럽게도 내가 춘 왈츠는 고등학교 1학년 때 체육 시간이 마지막이었다. 그런데 그때도 실력이 형편없어서 남들은 다 A나 B, 못해도 C를 맞는 수행평가에서 D를 맞았지, 아마?

"그…… 실은."

"이것도 컨셉인 겁니까?"

……예?

내가 멍청하게 눈을 끔뻑끔뻑 뜨고 있는데, 자비에르가 자못 진지한 얼굴로 내게 다시 한번 물었다.

"이것도 아까처럼 컨셉인 거냐고 물었습니다."

"아니…… 그러니까……."

기회는 지금뿐이었다. 솔직히 나는 내 머리로 이것보다 좋은 대답을 떠올릴 수 없을 거라는 걸 알고 있었으니까. 내가 얼른 고개를 끄덕였다.

"네, 맞아요! 컨셉이에요."

"무엇을 위한 컨셉입니까?"

"음…… 그러니까……."

"내 발을 밟은 여자는 네가 처음이야."

"……."

"그것도 무려 15번이나."

아, 그걸 기억하고 계셨어요? 어지간히 아팠나 보네. 내가 어색하게 웃었다.

"……뭐, 이런 거요?"

"네……."

나는 그냥 자포자기한 목소리로 대답했다.

"그런 거요."

"뭐, 저한테 얻어가고 싶은 거라도 있으신 겁니까?"

"얻어 가요?"

내가 의아한 표정으로 물었다.

"뭘요?"

"……아무것도 아닙니다."

뭐야, 사람이 몰라서 물어봤으면 대답을 해줘야지.

"영애는 도무지 종잡을 수가 없는 분이시군요."

"……."

억울해, 억울하다고! 난 원래 이런 사람이 아닌데! 내가 왜 이런 취급을 받아야 해?

나는 내가 이 세계로 빙의하고 오늘 춤을 처음 추느라 지금 상황이 이렇게 된 것이고, 아까 당신을 몰라봤던 것도 당신을 본 적이 없기 때문이라고 사실대로 말해주고 싶었지만, 당연히 안 될 말이었다.

빙의를 했느니, 다른 세계에서 왔느니 같은 말을 했다간 중세 유럽처럼 마녀로 찍혀서 화형당할지도 모른다. 이 세계에도 그런 게 있는지는 모르겠지만 하여튼.

"하지만 정말 처음이긴 했습니다. 제 발을 이렇게 많이 밟은 사람도, 절 알아보지 못한 사람도."

"……죄송합니다. 원하신다면 제가 밟았던 만큼 전하께서도 제 발을 밟으셔도 좋아요."

내 말에 자비에르가 황당하다는 듯한 웃음을 터뜨렸다.

"특이하시네요, 정말로."

"눈에는 눈, 이에는 이. 이런 말도 있잖아요."

"그래서 아까 제가 더럽혔던 손수건을 사드리려고 합니다."

화제가 다시 원점으로 돌아왔다. 나는 그제야 까맣게 잊고 있던 손수건의 존재를 떠올렸다. 내가 더럽혔던, 비쌀 게 분명한 그 상아색 재킷까지 자연스럽게 같이. 내가 한숨을 깊게 내쉬며 말했다.

"손수건은 진짜 신경 쓰지 마세요. 사실 전하를 위해서라도 그냥 입 닫고 있으려고 했는데, 오늘 제가 전하의 발을 너무 많이 밟아서 도무지 안 되겠네요."

그렇게 대답한 나는 잠시 후 혼자 소스라치게 놀라며 뒤에 덧붙였다.

"무, 물론 그렇다고 해서 제가 전하의 발을 15번이나 밟은 게 고작 제 손수건 한 장의 가치와 동일하다는 말은 아니에요."

"알겠습니다."

미소를 지은 건지 안 지은 건지 알 수 없는 표정으로 그가 말했고, 나는 속으로 한숨을 내쉬었다.

하마터면 말실수할 뻔했네.

"빠른 시일 내에 벨플레어 저택으로 사람을 보내겠습니다."

"네, 전하. 감사합니다."

그렇게 말한 내가 잠시 후 불안한 목소리로 물었다.

"그런데 제가 오늘 밟은 전하의 발에 대한 치료비는……."

"제 발은 멀쩡합니다, 레이디 마리스텔라. 걱정하지 않으셔도 됩니다."

"……."

하이힐로 15번이나 밟았는데 멀쩡하다고?

나는 도무지 믿을 수가 없어서 재차 물었다.

"괜찮으실 리가 없어요, 전하. 그 높은 굽으로 그렇게나 많이 밟았는데요. 아무리 생각해도 이건 치료비를 배상해야 할 것 같습니다."

"정말 괜찮으니 마음 쓰지 않으셔도 됩니다, 레이디 마리스텔라. 별것 아니니까요."

그렇게 대답한 자비에르가 거의 처음으로 나를 향해 미소를 지어 보였고, 이 세상의 것이 아닌 게 분명한 잘생김에 나는 하려던 말까지 전부 잊어버리고 입만 헤 벌렸다.

그가 여전히 미소 지은 얼굴을 한 채 내게 물었다.

"제 말이 맞습니까, 레이디 마리스텔라?"

"네에……."

사실 그 순간에는 팥으로 메주를 쑨다고 해도 무조건 고개를 끄덕였을 것이다. 한마디로 나는 그의 미모에 모든 이성을 잃어버렸다.

춤이 끝난 후, 자비에르는 빠른 시일 내로 우리 집에 사람을 보낸다는 말만 남기고선 자리를 떴다. 그리고 나는 춤을 춘 이후 급격히 몸이 피로해져서 이만 집으로 가야겠다고 생각하고 연회장에서 나왔다.

하지만 그때 누군가가 나를 불러 세웠다.

"마리!"

익숙한 목소리에 나는 심호흡을 한 번 한 다음 뒤를 돌았다. 도로테아가 내 눈앞에 있었다.

"너 도대체 황태자 전하와 무슨 일이 있었던 거야?"

그 말을 들은 내 머릿속으로 사악한 생각이 떠올랐다. 어쩐지 지금 이 상황을 재미있게 이용할 수 있을 것 같다는 생각이 들었다. 예를 들면 아까 있었던 일로 도로테아를 골린다던가.

"무슨 뜻이야?"

내가 괜히 모르는 척 묻자, 도로테아가 성난 얼굴로 내게 성큼성큼 걸어왔다.

"시치미 떼지 마, 마리. 너 황태자 전하와 춤까지 췄잖아."

알고 있는 게 당연했다. 아마 그 자리에 있던 모든 사람들이 내가 자비에르와 춤을 추었다는 사실을 알고 있을 것이다. 군이 황태자라는 신분이 아니더라도 그는 근래 황성 안에서 가장 인기 많은 신랑감 중 한 명이었으니까.

"맞아. 그랬어."

"난 네가 어떻게 그분과 춤을 출 수 있었는지를 묻는 거야."

'그분과'와 '춤을' 사이에 아까처럼 '감히'라는 단어가 숨어 있다는 생각이 드는 건 내 착각일까.

내가 조용히 되물었다.

"뭐가 궁금해, 로테?"

"말했잖아. 네가 어떻게 그분과 춤을 출 수 있었느냐고."

단순히 그것만 궁금해 하는 거라면 대답하는 건 어렵지 않았다. 나는 여유롭게 미소 지으며 답했다.

"황태자 전하께서 먼저 춤을 청하셨어."

"전하께서? 네게?"

"응."

"왜?"

"나야 모르지. 그 이유까지는 물어보지 않았어."

표면적인 이유는 분명 있었다. 내가 좀 많이 수상한 짓을 했다는 거. 그가 내게 궁금해 하는 점이 있었다는 거. 하지만 그걸 곧이곧대로 말할 생각은 없었다. 내가 태연하게 중얼거렸다.

"설마 내게 관심이 있어서 춤을 신청하셨겠어?"

의문의 형태를 띠었으나 도로테아는 그 안에서 이미 답을 발견했는지 얼굴이 붉으락푸르락해졌다.

그 모습에 나는 하마터면 웃음을 터뜨릴 뻔했지만, 간신히 참은 다음 다른 말을 꺼냈다.

"그래도 이 기회에 황태자 전하와 친해진 것 같아 다행이야, 로테. 만약 내가 그분과 좀 더 친해지게 된다면 너도 전하께 지금보다는 편히 말을 걸 수 있지 않겠어?"

"그럼 춤은 그렇다치고, 맨 처음에 전하와는 어떻게 만나게 되었던 거야?"

가장 처음 내가 자비에르의 재킷을 더럽혔을 때를 말하는 것이었다. 내가 슬며시 웃으며 대답했다.

"사실 아까 전하와 일이 좀 있어서…… 내 손수건이 좀 더러워졌거든."

"무슨 일?"

"그런 게 있어."

내가 빙긋 웃으며 자세한 이야기를 피하자, 도로테아가 대놓고 눈살을 구겼다. 하지만 나는 무시하고 계속 말했다.

"하여튼…… 그것 때문에 전하께서 많이 걸리셨는지 손수건을 새로 사서 우리 집까지 보내주신다고 하셨어."

"어머, 정말?"

도로테아가 마치 자신이 마리스텔라라도 된 것 마냥 기뻐했다.

앞으로 나올 말은 예측하지 않아도 뻔했다. 그걸 계기로 자신과

자비에르를 이어달라는 말을 하려는 거겠지.

"그럼 나랑 전하랑 엮어줘, 마리!"

역시나. 심지어 부탁도 아니고 거의 명령조다. 내가 곤란한 표정으로 대답했다.

"그건 좀 어렵겠는데, 로테."

곧바로 나온 거절의 대답에 도로테아가 미간을 좁히며 따지듯 물었다.

"어째서?"

"나도 이미지라는 게 있잖아. 네가 오늘 전하와 있었던 일을 생각해 봐. 전하께서는 지금 널…… 아주 탐탁찮게 여기고 계실걸?"

"……."

그 정도까지는 생각이 닿았는지 도로테아가 일순 입을 다물었다.

그녀가 원망스러운 눈으로 나를 쏘아보며 따지듯 말했다.

"그건 네가 날 곤란하게 만든 거잖아."

늘 그렇듯 도로테아는 내 어이를 등골까지 빼먹었다. 책임 소재를 분명히 하자면 '감히'라는 모욕적인 단어를 먼저 쓴 건 내가 아니라 도로테아였다.

내가 헛웃음을 터뜨리며 물었다.

"내가?"

"네가 감, 아니 나한테 말도 안 하고 황태자 전하와 같이 있었잖아. 그럼 내가 놀라, 안 놀라?"

"그러니까 지금 네 말은."

내가 황당하다는 얼굴로 도로테아에게 물었다.

"내가 잘못했다?"

"나한테 말을 하고 그분과 있었어야지!"

"도로테아."

내가 삐딱하게 고개를 옆으로 돌린 다음 그녀를 응시하며 물었다.

"내가 왜 그래야 해?"

"뭐?"

"내가 왜 일일이 네 허락을 맡고 사람을 만나고 다녀야 하느냐고. 내가 황태자 전하를 만나 뵙든, 레이디 오텔레타와 이야기를 나누든 그건 엄연히 내 마음이야. 내 가족도 관여치 않는 부분을 왜 네가 참견해?"

"……넌 내 친구잖아."

"도로테아, 이번 기회에 확실히 하자."

내가 짧게 한숨을 내쉰 다음 그녀에게 물었다.

"시녀가 필요한 거야, 친구가 필요한 거야?"

"……."

그 말을 들은 도로테아의 얼굴이 붉으락푸르락해졌다. 대답을 못 하는 것을 보니 아마 전자인 게 틀림없다. 진즉 알고 있었지만, 막상 상황으로 마주하니 더럽게 기분 나빴다.

내가 진짜 마리스텔라가 아니었기에 망정이지, 진짜 마리스텔라가 이 상황과 마주했다면 얼마나 상처받았을까 가늠이 안 됐다.

"난 네 시녀가 아니야, 도로테아. 시녀가 필요하면 다른 사람 알아봐."

"마리, 너 갑자기 왜 그래?"

도로테아가 인상을 찡그리며 되물었다.

"그거 알아? 요즘 너 이상해."

"……."

와, 이건 정말…… 할 말을 잃게 만들었다.

그러니까, 지금 예전처럼 시녀짓 안 하는 내가 이상하다 이거야?

나는 순간 말문이 막혀서 입을 다물었다가, 이번 기회에 확실히 해두어야겠다는 생각이 들어서 다시 입을 열었다.

"도로테아, 이게 정상인 거야. 친구라는 건 동등한 관계지, 상하수직적인 관계가 아니라고."

"내가 뭘 어쨌는데?"

"아까 '감히'라는 말도 나 되게 불쾌했는데, 황태자 전하 앞이라 참았어. 지금도 그래. 네가 그분과 만나고 싶다면 최소한 나한테 정중하게 부탁을 해야 하는 거 아니니? 내가 반드시 네 부탁을 들어줘야 하는 사람은 아니잖아."

"그런 게 어디 있어? 우린 친구잖아!"

"……."

도로테아 덕분에 내가 지금까지 가지고 있던 친구에 대한 정의도 완전히 깨져 버릴 판이다.

도대체 도로테아에게 친구란 뭘까? 하지만 물어봐도 특별히 기분 좋은 대답은 나올 거 같지 않아서 나는 그냥 입을 다물기로 했다.

애 입에서 나올 대답이야 뻔하지, 뭐.

"그만하자, 로테. 나 지금 피곤하거든."

어차피 던질 떡밥은 다 던졌다. 아까 춤춘 거랑, 자비에르가 새 손수건을 사준다는 것.

이 정도만 해도 그녀의 질투심을 유발하기에는 충분할 것이다. 그럼 내가 굳이 이곳에서 스트레스받으며 더 있을 필요가 없지.

"재미있게 놀다 가렴, 도로테아."

나는 그 말만 남긴 채 몸을 돌렸고, 뒤쪽에서 도로테아가 소리쳐 나를 부르는 소리가 들렸다.

"마리!"

아, 이제 저 애칭도 지긋지긋했다.

도로테아가 뒤에서 애타게 나를 부르거나 말았거나, 나는 무시하고 계속 내 갈 길을 갔다.

"어머, 아가씨 오셨어요?"

집 안으로 들어서자마자 마침 현관에 있던 플로린다가 나를 반갑게 맞아 주었다.

나는 도로테아와 있을 때와는 딴판인 미소를 지으며 플로린다에게 물었다.

"저녁은 먹었어요, 플로린다?"

"그럼요, 아가씨. 시간이 몇 시인데요."

플로린다가 내가 걸치고 있던 숄을 받아주며 물었다.

"그런데 생각보다 일찍 오셨네요?"

"음, 그렇긴 해요."

대부분 자정을 전후로 해서 귀가하거나, 심한 경우에는 자정을 넘겨서도 귀가하지 않는 귀족들이 수두룩했다.

물론 더 심한 경우에는 그다음 날 아침에 귀가하는 경우도 있었다.

그런 점에서 고작 8시에 들어온 나는 꽤 일찍 들어온 셈이었다.

"아버지 어머니는 오셨어요?"

"아까 출발하셨다고 연락받았어요."

"마티나는……."

그때, 바깥에서 종이 울렸고, 나는 직감적으로 문 바깥에 있는 사람이 마티나임을 알아챘다.

잠시 후 집사가 문을 열어주었고, 예쁘게 단장한 마티나가 현관으로 들어서자마자 환한 미소를 지으며 나를 불렀다.

"마리 언니!"

아, 이럴 때는 또 저 애칭이 듣기 좋다니까. 내 입가에 자연스럽게 미소가 지어졌다. 나는 해사하게 웃으며 내게로 달려오는 마티나를 안아주었다.

"왔어, 마티나? 일찍 왔네?"

"웅! 근데 언니도 되게 일찍 왔다?"

"좀 피곤해서."

"피곤? 아."

그때 뭐가 생각났는지 마티나가 키득키득 웃었고, 나는 그녀가 지금 무슨 생각을 하고 있는지 알 것 같아서 갑자기 얼굴이 빨개졌다.

하긴 파티장에 있었다면 마티나는 물론이고 벨플레어 백작부부까지 전부 내가 자비에르와 춤추고 있던 모습을 보았을 것이다.

"맞아, 언니. 황태자 전하랑은……."

"마, 마티나. 우리 방에 들어가서 이야기할까?"

당황한 내가 얼른 마티나의 입을 막은 다음 그녀를 데리고 위층으로 올라갔다. 마티나는 뭐가 그렇게 재밌는 건지 나한테 붙잡혀서도 키득키득 웃었다.

마침내 내 방으로 들어온 나는 그제야 안도의 한숨을 내쉬며 마티나에게 물었다.

"봤어?"

"뭘?"

마티나가 묘한 미소를 지으며 내게 물었다.

"언니랑 황태자 전하랑 춤추는 거?"

봤네, 봤어.

"전하랑은 어떻게 만나게 된 거야? 이야기 좀 풀어봐, 언니. 내가 아까 언니랑 전하 모습 보고 얼마나 놀랐는데!"

"어휴, 별거 아니야. 일단 앉아 봐."

나는 응접용 테이블로 마티나를 데려간 다음 자리에 앉았고, 마티나는 여전히 초롱초롱한 눈을 한 채로 내게 물었다.

"언니가 먼저 말을 걸었어?"

굳이 따지자면 말은 그쪽에서 먼저 걸었다. 어쨌든 뭐가 떨어졌다고 처음 말한 건 자비에르였으니까.

내가 고개를 저으며 말했다.

"음…… 엄밀히 말하자면 내가 먼저 건 건 아니야."

"우와, 진짜?"

"부딪혀서 드레스의 보석 하나가 떨어졌는데, 그걸 주워주시느라 처음 말을 섞은 것뿐이야. 뭘 생각하는 건지는 모르겠는데, 네가 생각하는 로맨틱한 상황…… 그런 건 없었다고."

"에이, 그런데 어떻게 춤까지 춰?"

아니, 이걸 나보고 어떻게 말하라는 거야?

사실대로 전부 말하는 게 어려운 건 아니었지만, 그럼 이야기가 한도 끝도 없이 길어졌고, 결정적으로 마티나도 나를 의심할지 몰랐다.

"음……."

일단은 대충 둘러대자.

"내가 부딪히면서 그분 재킷이 더러워졌는데, 그것 때문에 이름 물어보고…… 뭐 그러다 춤까지 추게 됐어."

"에이. 그게 다야?"

"뭘 바란 거야."

내가 키득키득 웃으며 덧붙였다.

"아, 그리고 내가 그분 재킷을 닦느라 내 손수건이 더러워져서 새 손수건을 보내주신다는 말씀도 하셨다. 정말 그게 다야."

"와, 그래도 어쨌든 전하고 춤까지 춘거네."

"별것도 아닌데, 뭐."

"별것도 아니긴! 전하랑 춤추고 싶어 하는 영애들이 황성에 얼마나 많은데. 아까 언니랑 전하랑 춤추고 있을 때 내 옆에 있던 영애들이 얼마나 부러워했는지 알아?"

물론 개중에는 시기하는 사람들도 넘쳐났겠지만. 생략된 뒷말은 듣지 않아도 짐작이 갔다.

"우리 언니, 이러다 황태자비 전하 되는 거 아닌가 모르겠다."

그건 진짜 웃기는 말이라서 나는 결국 참지 못하고 피식 웃음을 터뜨렸다.

아서라, 얘야. 그분한테 얽힌 연적이 몇 명인데. 무려 원작 여주에 원작 악녀라고.

"난 그런 거 관심 없어. 그냥 조용히 살다 죽었으면 좋겠다."

"무슨 세상 다 산 사람 같은 말을 해? 누가 들으면 죽을 날 받아둔 노인인 줄 알겠어."

"피곤해, 그런 자리."

내가 절레절레 고개를 저었고, 마티나는 그런 나를 빤히 바라보다가 다른 질문을 했다.

"그럼 혹시 공작님도 만나 봤어, 언니?"

"아……니?"

아, 어쩌면 봤을지도 모른다. 하지만 황태자도 못 알아봤는데 공작이라고 알아볼 리가.

더구나 내가 알기로 에스클리프 공작은 갈색이 섞인 금발이었다.

이 제국 안에서 흔하디흔한 머리 색깔.

오히려 황태자의 머리 색깔이 더 특이했는데도 못 알아 본 걸 보면, 설령 마주쳤더라도 못 알아보고 지나쳤을 것이다.

뭐, 잘생겼다니까 보고 한 번쯤 '잘생겼다' 하고 생각은 했을지도.

"그분은 못 봤어."

"에이, 아쉽다. 그래도 다음번에는 보겠지, 뭐. 너무 실망하지 마."

"내가 언제 실망을 했다고? 실망은 오히려 네가 한 것 같은데?"

"실은 그래. 우리 언니가 에스클리프 공작님이 얼마나 잘생겼는지 직접 봤어야 했는데."

"뭐, 언젠가는 보겠지."

나는 대수롭지 않게 대답했고, 그 순간 내 머릿속으로 다른 사람이 스쳐 지나갔다.

아까 친구가 되고 싶다고 말했던 오델레타.

'마티나도 오델레타에 대해 알고 있으려나.'

마티나는 오델레타에 대해 어떻게 생각하고 있는지 내심 궁금해져서, 나는 슬그머니 그녀를 떠보았다.

"마티나, 너 혹시 레이디 오델레타 알아?"

"알지. 트라코스 후작님 외동딸 아니야?"

"음, 맞아."

고개를 끄덕인 내가 슬며시 물었다.

"좋은 분이니?"

"오델레타 영애는 나도 잘 모르는데…… 내 친구의 언니가 레이디 오델레타랑 친하거든. 건너건너 듣기론 괜찮은 분이라고 들었어. 하고 싶은 말 다 하고, 매사 당당하고."

"그렇구나."

"근데 갑자기 레이디 오델레타는 왜?"

"아, 아무것도 아니야."

내가 얼른 얼버무렸다. 아까부터 하고 있는 생각을 마티나에게 말한다면, 별로 마뜩잖게 여길 게 분명했으니까.

사실 나는 아까 마차에서부터 자비에르를 오델레타와 이어줄 생각을 하고 있었다.

결과만 놓고 보자면 원작과 같았다. 원작에서도 자비에르는 오델레타를 황태자비로 맞이했으니까.

다만 과정이 다를 뿐이었다.

자비에르는 도로테아와 먼저 사랑에 빠졌기 때문에 오델레타를 만났을 때는 이미 그의 마음속에 공간이 없었다. 하지만 오델레타를 먼저 만난다면? 그도 그녀를 좋아할 가능성이 컸다. 오델레타는 멋지고 예쁜 여자였으니까. 얼굴과 성격 모두 다.

무엇보다 도로테아에 대한 가장 완벽한 복수로 이것만큼 완벽한 게 없었다. 자비에르가 도로테아를 정부로 두었던 건 그녀를 너무 사랑했기 때문이지, '오델레타도 좋고, 도로테아도 좋다!'가 아니었기 때문이었다.

참고로 자비에르가 사랑하는 원작의 여주였던 도로테아 대신 오델레타와 결혼한 결정적인 이유는, 중앙 귀족들의 반대도 반대였지만 그보다도 황제인 그의 아버지가 도로테아를 탐탁지 않게 여겼기 때문이었다. 성격이 더러워 보인다나 뭐라나.

원작에서는 도로테아와의 결혼을 적극적으로 반대한 헨리 14세를 상당히 악하다는 식으로 묘사해놨는데, 사실 내 눈으로 보기에는 헨리 14세가 제대로 봤다.

역시 어른들의 지혜란 틀리지 않아.

'황태자랑 친해지면 오델레타를 소개해 주기가 훨씬 쉽지 않을까?'

나는 태평하게도 그렇게 생각하고 있었다. 분명 앞으로의 일을 몰랐기 때문에 가능한 생각이었다.

3. After the Party

"아가씨, 황궁에서 사람이 왔는데요."

황태자의 탄신 연회가 끝나고 얼마 지나지 않아 들려온 말이었다.

플로린다의 말에 나는 잠깐 생각하는 표정을 짓다가, 이내 무언가가 생각난 사람처럼 손뼉을 쳤다.

맞다, 그때 자비에르가 우리 집으로 사람을 보낸다고 했지?

'손수건을 보내왔나 보다.'

나는 신나는 표정으로 읽던 책을 덮어 테이블 위에 올려둔 다음 자리에서 일어섰다.

"혹시 그분은 어디 계셔요?"

"응접실에 모셔 두었어요."

"고마워요. 바로 내려가야겠다."

싱긋 웃은 나는 방 바깥으로 나가 응접실로 내려갔다. 똑똑. 두어 번 정도 노크를 하고 안으로 들어가자 낯선 남자 한 명이 각 잡힌 자세로 차를 마시고 있었다.

상당히 준수한 외모의 남자였다. 그의 조용한 모습을 보니 나도 어쩐지 숙연해져서, 나는 조심스럽게 테이블 근처로 다가갔다.

"안녕하세요."

나작하게 인사를 건네자, 그제야 남자가 자리에서 일어서 내게 깍듯이 인사했다.

"안녕하십니까, 레이디 마리스텔라. 저는 황태자 전하를 모시고 있는 딜튼 오러스라고 합니다. 만나 뵙게 되어 영광입니다."

"저도 만나 뵙게 되어 영광입니다. 일단 앉으세요, 딜튼 경."

이런 유의 인사는 도통 적응될 것 같지가 않았다. 나는 어색한 얼굴로 자리에 앉았다. 그런데 딜튼 경의 옆에는 어떤 종이가방이나 상자도 보이지 않았다. 설마 품 안에 숨겨 온 건가 싶어서, 나는 의아한 표정으로 고개를 갸웃거렸다.

"급작스럽게 방문한 점 사과드립니다, 레이디 마리스텔라. 저희 전하께서 벨플레어 영애께 전해 달라고 하셨습니다."

그러면서 딜튼 경은 품 안에서 무언가를 찾기 시작했다.

'역시 선물을 품 안에 숨겨 놓은 건가.'

나는 두근거리는 마음으로 딜튼 경이 품 안에서 꺼낼 손수건을 기대했다. 하지만 딜튼 경이 품 안에서 꺼낸 건 손수건이 담긴 상자가 아니었다.

내가 의아한 표정으로 물었다.

"이게…… 뭔가요?"

딜튼 경이 꺼낸 것은 풀을 잔뜩 먹은 것처럼 빳빳한 회백색의 편지봉투였다.

나는 영문을 모르겠는 표정으로 그것을 받아 들었다.

'뭐지? 신종 손수건인가?'

하지만 이렇게 빳빳한 손수건이 있다는 건 듣도 보도 못했다.

그리고 그다음 딜튼 경의 입에서 나온 말은 더 충격적이었다.

"초대장입니다, 레이디 마리스텔라."

……예?

"갑자기 웬 초대장……."

"저희 전하께서 그때 더럽혔던 손수건을 보상하고 싶으시다면서 영애를 서먼궁으로 초대하셨습니다."

"……."

서먼궁은 황태자가 지내는 궁이었다. 나는 순간 당황한 얼굴로 물었다.

"진짜……요?"

"네, 그렇습니다. 영애. 제게 괜찮으신 시간을 여쭙고 오라고 하셨어요."

"어…… 저는 아무 때나 괜찮아요."

아니, 잠깐. 이게 아닌데? 나는 빠르게 정신을 차린 다음 물었다.

"그런데 손수건 때문이라면 그냥 딜튼 경을 통해 전달해 주셨어도 괜찮은데요. 황태자 전하께서 되게 바쁘신 것으로 알고 있는데…….”

책에서는 분명 그가 매우 바쁘다는 식으로 서술되어 있었다.

그런데 굳이 파티에서 더럽힌 손수건 한 장 때문에 나를 서면궁까지 초대한다고? 도대체 왜?

도무지 이해가 가지 않아서 나는 이 상황을 어떻게 받아들여야 할지조차 난감했다.

“어…….”

그런데 정작 대답을 해야 할 사람도 난감한 표정이었다.

아니, 도대체 왜죠……?

“그건…… 전하께서 영애께서 좋아하시는 스타일의 손수건을 모르신다면서, 영애께 한 번 물어보시고 고르시겠다고 하셨습니다.”

그런 거라면 그냥 지금 내가 말해줘도 될 텐데……?

여전히 이해 못 할 표정으로 내가 말했다.

“그럼 제가 지금 말씀드릴게요.”

“오, 아뇨!”

딜튼 경이 재빨리 고개를 저으며 나를 만류했다.

“전혀 그러실 필요 없으십니다. 전하께서 실은…… 다른 사람의 말을 잘 못 믿으시거든요.”

“네……?”

“그러니까…… 영애께 직접 듣고 고르고 싶다고 하셨습니다. 직접이요!”

146

딜튼 경이 '직접'이라는 단어에 유독 힘을 주고 말했고, 나는 얼떨결에 고개를 끄덕이며 말했다.

"저는 괜찮은데…… 다만 저 때문에 전하께서 시간을 빼앗기실까 봐 그게 염려되네요."

"그런 부분은 영애께서 신경 쓰실 필요가 전혀 없으십니다. 저희 전하께서는 시간 관리의 달인이시니까요."

"어…… 그렇군요."

본인이 괜찮다는데 내가 더 뭐라고 하기도 뭣해서, 나는 하는 수 없이 고개를 끄덕인 다음 말했다.

"괜찮으시다면 내일도 괜찮아요."

"그럼 내일로 전달 드리겠습니다."

잉? 이렇게 빨리?

내가 당황하며 물었다.

"전하의 스케줄도 고려해야 하지 않나요?"

"어……."

내 질문에 딜튼 경은 또 당황했다.

아니, 이분은 뭐 이렇게 쉽게 당황하시지?

"전하께서 내일은 괜찮으신 것으로 알고 있습니다. 괜찮을 겁니다."

"아, 다행이네요. 그럼 시간은 언제쯤……."

"그 또한 영애께서 편하신 시간에 방문해 주시면 됩니다."

아니, 이렇게 다 나한테 맞춰도 괜찮은 거야?

나는 영 이해가 안 갔지만, 일단은 내일 3시쯤에 가겠다고 말해주었다. 식사 시간은 피하는 게 예의였으니까.

내 말을 들은 딜튼 경은 알겠다고 대답한 다음 곧바로 저택 밖으로 나갔다.

현관 앞까지 그를 배웅한 내가 다소 멍한 표정으로 서 있는데, 저쪽에서 눈치를 보고 있던 플로린다가 슬그머니 다가와 내게 물었다.

"황궁에서 왜 오신 거예요, 아가씨?"

"음…… 내일 서면궁으로 가야 할 것 같아요."

내가 얼떨떨한 목소리로 부탁했다.

"단정한 드레스로 하나만 준비해 줄래요?"

결국 나는 그다음 날 일찍 점심을 먹고 단장을 마친 뒤, 마차를 타고 황궁으로 갔다. 이곳에 와서 파티 이외의 목적으로 황궁은 처음 가는 것이었기 때문에 내 마음은 걱정 반, 기대 반이었다.

사실 그것보다는 손수건 하나 때문에 그 바쁜 사람이 나를 서면궁까지 초대한다는 게 아직까지 이해가 안 갔다. 내가 책에서 봤을 때 자비에르는 정말로 일이 많아서 하루에 3시간을 겨우 자는 사람이었기 때문이었다.

"도착했습니다, 아가씨."

다행히 벨플레어 저택에서 황궁까지는 그리 먼 거리는 아니었다.

황궁 안까지는 마차가 출입할 수 없었기 때문에 나는 궁문 앞에서 내릴 수밖에 없었다. 내가 내리자마자 누군가가 내 쪽으로 다가왔다.

"레이디 마리스텔라?"

"어, 딜튼 경!"

익숙한 얼굴에 나도 모르게 탄성을 질렀다. 나를 발견한 딜튼 경도 조용히 미소 지으며 내가 있는 쪽으로 다가왔다.

"어서 오십시오, 레이디 마리스텔라. 다시 뵙게 돼서 반갑습니다."

"저도요. 마중을 나오실 줄은 몰랐어요."

"황궁이 워낙 복잡하니까요. 자칫 길을 잃을 수도 있답니다. 그래서 황태자 전하께서 영애를 모셔 오라고 하셨어요."

"와, 정말요?"

"네, 영애. 저를 따라오시지요."

소설 속에서도 소개된 내용이지만, 자칫 서늘해 보일 수 있는 겉모습과는 달리 자비에르는 묘하게 다정한 속을 가진 남자였다.

소설에서는 그 다정함이 도로테아에게로만 향해서 문제였지만……

"황태자 전하께서는 정말 친절하고 다정하신 것 같아요."

나는 솔직한 내 감상을 말했다. 그리고 내 말이 끝나기가 무섭게 딜튼 경이 맞장구를 쳤다.

"영애께서도 그렇게 생각하시나요?"

되게 반가운 듯한 목소리여서 나는 순간 떨떠름했지만, 사실이었기 때문에 그냥 고개를 끄덕이며 응수했다.

"네. 사실 고작 손수건 하나 더럽힌 걸로 이렇게 황궁까지 초대해주실 줄은 몰랐거든요."

"저희 전하께서는 정말 좋으신 분이랍니다. 자기 사람들에게도 끔찍하게 대해주셔서, 서먼궁 시종들의 복지는 다른 궁전에 비해 몇 배 정도 훌륭한 편이지요."

"그렇군요."

"또 저희 전하께서 얼마나 다정하시냐면…… 음…… 제가 아팠을 때 직접 제게 약을 보내주신 적도 있으세요!"

"아, 정말요?"

열심히 대꾸하기는 했는데, 사실 좀 낯선 기분이 들었다.

'어제 한 번 봤을 때는 그렇게 말이 많은 분이 아니셨던 것 같은데.'

어쩐지 갑자기 말이 많아지신 듯했다.

나는 그저 자비에르에 충성심이 대단한 분인 것 같다고만 생각하며 계속 걸음을 옮겼다.

꽤 한참을 걸어서야 우리는 서먼궁까지 도착할 수 있었다.

딜튼 경은 궁전 안의 응접실로 나를 데려가더니, 잠시만 기다리라고 말한 다음 어디론가 가버렸다. 아무래도 자비에르를 불러오려는 듯했다.

"레이디 마리스텔라, 혹시 좋아하시는 차가 있으십니까?"

딜튼 경이 나가자마자 안에 있던 다른 시종들이 내게 물어왔고, 나는 아무거나 상관없다고 대답했다. 하지만 그 대답을 마치자마자 갑자기 시종들의 표정이 어두워져서, 나는 얼른 말을 바꾸었다.

"장미차로 주세요!"

그제야 시종들은 얼굴이 환해지면서 잠시 후에 장미차를 내왔다. 거기에 마카롱, 다쿠아즈, 푸딩까지 다양한 디저트는 덤이었다. 이런 대접은 이곳에 와서 거의 처음 받아봤기 때문에 나는 신기한 기분이 들었다.

'뭔가 극진히 대접받는 느낌이네.'

심지어 맛도 완벽했다! 맙소사, 궁에 사는 사람들은 매일 이런 것만 먹겠지? 한 번도 황궁 사람들을 부러워한 적이 없었는데 오늘 처음 부러워졌다.

"레이디 마리스텔라, 황태자 전하께서 오셨습니다."

그때 시종의 목소리와 함께 응접실의 문이 열렸다. 나는 얼른 차를 내려놓은 다음 자리에서 벌떡 일어났다. 자비에르는 크림색 연미복을 입고 있던 저번과는 달리 이번에는 감색 제복을 입고 있었다.

사실 그건 별로 중요하지 않았는데, 그때나 지금이나 변함없이 잘생겼기 때문이었다.

하, 저 얼굴을 또 보게 되다니. 가문의 영광이었다.

"제국의 작은 태양, 황태자 전하를 뵙습니다. 요나스에 영광을."

"앉으십시오, 레이디 마리스텔라."

자비에르가 우아한 미소를 지어 보이며 내게 인사를 건넸다.

"다시 만나게 돼서 반갑습니다."

"……."

오, 하느님. 인간적으로 너무 잘생긴 거 아닙니까?

"초대해 주셔서 감사합니다, 황태자 전하."

어떻게 된 게 무슨 옷을 입든 주변을 패션쇼로 만들어 버리는지.

역시 패션의 완성은 얼굴이라고 생각하며 나는 최대한 얌전하게
자리에 앉았다.

춤출 때도 무지하게 떨렸는데 독대라니! 오늘 내 심장이 남아날
수 있을지 모르겠다. 이건 거의 연예인을 눈앞에서 생생하게, 그것
도 1:1로 보는 기분이었으니까.

"차는 입에 맞으십니까, 레이디 마리스텔라?"

"네, 전하. 훌륭합니다."

인사치레가 아니라 진짜 훌륭했다. 벨플레어 저택에서 마시는 차
도 대단하다고 생각했는데, 확실히 황실에서 대접받는 차는 뭔가
달라도 달랐다. 차에 대해서 문외한인 나도 이게 좋은 품질의 차라
는 것쯤은 대충 눈치챌 수 있는 정도의 수준이랄까. 심지어는 찻잔
까지도 척 보아도 고급이었다.

"그보다 절 여기까지 부르신 게…… 정말 제가 원하는 손수건의
디자인을 물어보기 위함이신가요, 전하?"

"네? 아……."

무슨 생각을 하고 있었던 건지 황태자가 약간 당황한 표정을 지었다. 아무래도 못 들은 것 같아서 나는 다시 한번 말해주었다.

"전 사실 아무 디자인이나 상관없는데…… 전하께서 이렇게까지 해주셔서 뭔가 죄송한 기분이 드네요. 바쁘신 분이라고 알고 있는데 말이지요."

"물론 그렇긴 하지만 어쨌든 저 때문에 영애의 손수건이 더러워진 건 사실이니까요."

"하지만 그렇게 치면 재킷을 먼저 더럽힌 사람은 저…… 아, 그러고 보니 재킷에 대해 묻지 못했네요."

내가 완전히 잊고 있었다는 듯 빠르게 자비에르에게 물었다.

"혹시 재킷의 수선비용을 여쭤봐도 괜찮을까요?"

"그 부분에 대해서는 신경 쓰지 않으셔도 괜찮습니다, 레이디 마리스텔라. 실수에 보상을 바라는 건 온당치 못한 일이니까요."

"하지만 그렇게 치면 제 손수건도 굳이 보상해주실 필요는 없는데요."

"……."

"오히려 저는 전하의 발까지 그날 12번을 밟아서 보상을 해드려야 하는 상황이고요."

"15번입니다."

아무렇지 않게 내 말을 정정해준 자비에르가 – 지금까지 기억할 정도면 진짜 아팠던 게 틀림없다. 새삼 미안하네 – 태연한 얼굴로 말을 이었다.

"어쨌든 그날 일은 너무 신경 쓰지 마십시오. 발도 멀쩡했으니까요."

발이 티타늄으로 만들어지지 않은 이상은 불가능할 텐데……?

영 신뢰가 가지 않는 말이었지만, 본인이 괜찮다는데 제3자가 아니라고 딴죽을 거는 것도 웃기는 일이라 그냥 가만히 있기로 했다.

"그런데 사실 제가 원하는 손수건이 있을 만큼 디자인에 조예가 깊은 편이 아니라서요."

"그런가요?"

"네. 그래서 사실 별로 도움은 못 될 것 같아요. 전 그냥 아무거나 주셔도 감사하게 쓰겠습니다."

"특별히 수를 놓고 싶은 건 없으시고요?"

"음……."

자비에르의 말에 곰곰이 생각하던 내가 느릿하게 입을 열었다.

"장미를 좋아하는데, 장미꽃 한 송이만 수놓아주시면 정말 감사할 것 같아요."

"장미를 좋아하십니까?"

"네. 제일 좋아하는 꽃이거든요. 그중에서도 빨간색 장미를 가장 좋아해요."

내 말에 자비에르가 약간 심각해진 표정으로 고개를 끄덕였고, 나는 혹시라도 너무 까다롭게 요구한 건 아닌가 해서 슬며시 걱정이 되었다. 내가 조심스럽게 덧붙였다.

"그…… 제 얘기에 너무 신경 쓰실 필요는 없어요, 전하."

"아닙니다, 레이디 마리스텔라. 본래 선물이란 건 받는 사람이 기뻐할 수 있어야 진가가 발휘되는 것이니까요. 그게 아니라면 단순한 과시에 지나지 않지요."

"……."

아, 진짜 이래도 되는 거야? 가치관까지 완벽하잖아!

역시 이런 남자랑 도로테아가 잘 되는 건 너무 아까운 일이었다.

나는 아무래도 오델레타 이야기를 꺼내 봐야겠다고 생각하며 앞에 놓인 장미차를 한 모금 더 마셨다. 향이 정말 좋았다.

"저, 전하."

"네, 레이디 마리스텔라."

"혹시 전하께서는 결혼을 생각하신 영애가 있으신가요?"

"콜록콜록."

그때 차를 마시던 자비에르가 돌연 기침을 했고, 당황한 나는 얼른 물었다.

"괜찮으세요, 전하? 손수건이라도……."

아, 맞다. 오늘은 놓고 왔지?

내가 머쓱해진 표정으로 입을 다물었고, 자비에르는 괜찮다는 듯 손을 들어 올리며 말했다.

"괜찮습니다. 사레가 약하게 들었네요. 그런데 갑자기 결혼 이야기는 왜……."

"아, 이제 전하께서도 결혼 적령기시고, 또 차후 제국을 이끌어 나가야 하실 분이시니까요."

은근한 눈빛으로 자비에르의 표정을 살펴보니 다행히 나쁘지 않아 보였다. 속으로 안도의 한숨을 쉰 내가 그에게 물었다.

"혹시 황태자비로서 생각해 두신 영애가 있으세요?"

"아뇨."

자비에르가 짧게 대답했다.

"아직 없습니다. 그런데 갑자기 그건 왜……."

"아, 정말요?"

자비에르의 말에 나는 단박에 기쁜 표정을 지었다. 사실 이미 원작을 읽은 나로서는 그가 특별히 마음을 두고 있는 사람이 없다는 걸 알고 있었지만, 그래도 혹시 모르는 일이었으니까.

나도 모르게 흥분한 목소리가 입속에서 흘러나왔다.

"실례가 안 된다면, 혹시 제가 한 분 소개해 드려도 괜찮을까요?"

"……소개요?"

자비에르가 약간 느릿한 어조로 물었고, 나는 고개를 끄덕였다.

그는 내 말이 의외라고 생각했는지 미간을 살짝 좁힌 채로 물었다.

"소개라니요? 누굴……."

"혹시 레이디 오델레타라고 알고 계세요?"

"……아."

자비에르가 알고 있다는 듯 고개를 끄덕였다.

"들어본 것 같습니다. 트라코스 영애를 말씀하시는 건가요?"

"네, 맞아요!"

내가 빙긋 웃으며 말을 이었다.

"제가 보기에는 트라코스 영애처럼 황태자비에 어울리는 분이 안 계셔서요. 물론 제 식견이 그렇게 넓은 건 아니니까 제 말이 틀릴 수 도 있지만…… 트라코스 영애는 정말 괜찮은 분이에요."

"……네, 뭐."

자비에르가 대충 고개를 끄덕이며 대꾸했다.

"외모와 성격 모두 훌륭하시다고는 들었습니다."

"그렇죠?"

긍정적인 대답에 나도 모르게 목소리를 높였다가, 문득 시야로 들어온 자비에르의 표정을 보고 슬며시 입을 다물었다.

뭔가 입 밖으로는 좋다고 반응하는데, 표정이 그리…… 좋아하 는 사람의 것이 아니었다.

그렇다고 완전 싫어하는 사람 같아 보이진 않았지만, 막 좋아하 는 사람 같지도 않은…… 그런 표정?

'설마 별로인 건가?'

너무 내 입장에서 생각하고 말했나? 그렇지만 내가 특별히 경솔 하게 말한 부분은 없는 것 같은데…….

아니면 너무 처음부터 말했나? 거의 헤어질 때 즈음에나 말을 꺼 내 볼 걸 그랬나?

머릿속으로 온갖 생각이 둥둥 맴돌고 있는데, 갑자기 자비에르가 나를 불렀다.

"레이디 마리스텔라."

"네?"

반사적으로 얼른 대답했지만, 자비에르는 나를 빤히 처다만 볼 뿐 별다른 말이 없었다.

괜히 불안해져서 무슨 말을 꺼내야 할지 고민하려던 찰나에야 다시 그의 목소리가 들려왔다.

"서면궁의 후원이 꽤 볼만 하답니다. 꽃이 많거든요."

갑자기 웬 후원 이야기?

아까 화제와 너무나도 동떨어진 이야기에 순간 당황했지만, 나는 아무렇지 않게 대꾸했다.

"아, 정말요?"

"네. 마침 날이 좋은데, 산책이라도 가시겠습니까?"

여기서 거절하면 분위기 더 싸늘해진다. 나는 냉큼 대답했다.

"네, 좋아요."

자비에르의 말마따나 날씨는 정말 좋았다. 한국에서라면 이런 봄 날씨에는 미세먼지가 가득했을 텐데, 기쁘게도 여기엔 그런 개념이 없었다.

나는 자비에르와 함께 후원을 거닐다가, 슬그머니 그의 표정을 살폈다.

안에서는 대화가 나름 오갔던 것 같은데, 이상하게 밖으로 나와서는 말이 없어졌다.

나는 머릿속으로 무슨 이야기를 할지 계속 머리를 굴리다가, 가장 무난하게 좋아하는 음식에 대해서나 물어보기 위해 입을 열었다. 하지만 공교롭게도 자비에르가 나보다 더 빨랐다.

"레이디 마리스텔라."

"아, 네!"

그의 목소리가 들리자마자 나는 내가 방금까지 무슨 말을 하려고 생각 중이었는지 완전히 잊어버리고선 냉큼 고개를 끄덕였다.

자비에르가 입술을 달싹이다 내게 물었다.

"영애께서는 혹시 뭘 좋아하시나요?"

"저요……?"

방금 물어보려던 '무슨 음식을 좋아하시나요?'보다 좀 더 포괄적인 질문이어서 나는 약간 당황했지만, 이내 아무렇지 않게 대답했다.

"아까 말씀드렸듯 빨간 장미를 좋아하고, 마카롱도 좋아해요."

"단 음식을 좋아하시나요?"

"비교적 그런 편이에요."

대답을 마친 내가 잠시 후 조심스럽게 물었다.

"전하께서도 단 음식을 좋아하시나요?"

"특별히 좋아하지는 않습니다만, 싫어하지도 않습니다."

"아, 그렇군요……."

"하, 하지만 이따가 한번 먹어볼 생각입니다. 단 건 기분 전환에 좋으니까요."

"기분 전환이요? 혹시 안 좋은 일이라도 있으셨어요?"

"그건 아닌데…… 기분이 좋아서 나쁠 건 없으니까요."

"그건 그렇죠. 저도 무슨 일이 없어도 기분이 좋아지고 싶을 때면 항상 달콤한 걸 먹어요."

내가 배시시 웃으며 자비에르를 쳐다보았고, 그 모습을 바라보던 자비에르의 눈빛은 어쩐지 흔들리고 있었다. 그 모습을 본 나는 얼른 입가에서 미소를 감추었다.

'아, 너무 먹을 걸 밝히는 것처럼 보였나?'

괜히 쓸데없는 생각이 들어서 나는 뒤에 한마디를 더 덧붙였다.

"그, 그렇다고 매일 먹는 건 아니랍니다. 사흘에 한 번씩만 먹어요."

아, 잠깐만. 이것도 꽤 자주 먹는 거 아닌가?

갑자기 심각해져서 나 혼자 고민하고 있는데, 옆에서 자비에르가 부드러운 음성으로 물었다.

"벨플레어 저택으로 가실 때 마카롱을 조금 드려도 괜찮겠습니까?"

"네?"

"좋아하신다고 하셔서요. 서면궁의 요리장이 디저트를 아주 잘 만든답니다."

"와, 정말요?"

아까 맛보았던 그 훌륭한 마카롱을 또 먹을 수 있다는 생각에 나도 모르게 입가가 다시 벌어졌다.

그 모습을 빤히 바라보던 자비에르가 피식 미소 지었다가, 이내 무언가 생각났는지 내게 물었다.

"참, 그러고 보니 그때 그 영애와는 정말로 무슨 사이십니까?"

"그때 그 영애라뇨?"

"지난 파티 때 영애께 무례하게 굴었던 분 말입니다. 그때는 그 영애도 그렇고, 주변의 눈이 많아 제대로 대답을 못 하셨던 것 같아서요."

"아."

그제야 나는 그 사람이 도로테아라는 사실을 깨닫고선 고개를 끄덕였다.

"그냥 좀 복잡해요. 표면적으로는 뭐…… 친구 사이네요."

"영애의 인간관계에 오지랖 넓게 끼어들 생각은 없습니다만, 그리 좋은 분 같지는 않았습니다."

"전하께서 보시기에도 그런가요?"

역시 사람 보는 눈은 다 똑같다니까. 근데 왜 원작에서는 도로테아 같은 애랑 사랑에 빠진 거냐고!

물론 콩깍지 씌면 전부 소용없는 노릇이긴 하지만…….

"저도 알고 있어요."

"그런데도 같이 다니신다는 말씀이십니까?"

"정리해야 할 것도 있고, 되갚아줄 것도 있어서요. 하지만 최대한 엮이지 않게 노력하고 있는 중이에요."

말을 마친 내가 어색하게 웃으며 물었다.

"이런 제가 답답하게 보이시나요?"

"어떤 사람들은 그렇게 볼 수도 있겠네요."

자비에르는 굳이 부정은 하지 않았지만, 그렇다고 해서 나를 아주 이해하지 못한다는 표정도 아니었다.

그가 잠깐 생각에 잠긴 표정을 짓다가 입을 열었다.

"사실 영애를 아주 이해하지 못하는 건 아니랍니다. 인간관계를 칼같이 맺고 끊는 건 말은 쉽지만, 정작 당사자가 되면 그리 쉬운 일은 아니지요. 생각보다 신경 쓰이는 게 많더라고요."

"비슷한 경험이 있으신가 봐요?"

"영애와는 상황이 좀 다르긴 하지만, 저도 있습니다."

"전하께서도 그러신다니 상당히 놀라운걸요."

왜냐하면 자비에르는 황태자였으니까.

무려 다음 대의 황제가 될 사람인데, 굳이 다른 사람의 눈치를 봐 가면서 행동해야 할 필요가 있나?

그의 말이, 그의 의지가 곧 권력인데 말이다.

"전 약간 애증 관계라서요."

그 말을 들은 나는 속으로 깜짝 놀랐다.

애증 관계……면 설마 여자는 아니겠지? 내가 조심스럽게 물었다.

"혹시 전에 교제하셨던 분이시라던가……."

"네?"

자비에르는 내 말을 이해하지 못하는 표정으로 갸우뚱거렸다가, 이내 낮게 웃음을 터뜨렸다.

그 듣기 좋은 웃음소리에 나는 순간 멍한 표정으로 자비에르를 응시했다.

"아닙니다, 레이디 마리스텔라. 그 친구는 남자거든요."

"아, 그랬군요."

머쓱해진 내가 저도 모르게 얼굴을 붉혔다. 으, 창피해!

"꽤 복합적인 감정이 뒤섞인 관계라서 완전히 끊어내기도 어렵고, 완전히 가까이하기도 어려운…… 뭐 그런 복잡한 관계입니다. 영애야말로 이런 절 이해하지 못하시려나요?"

"전 제3자인데요, 뭘. 잘 모르는 사람이 왈가왈부하는 건 무례한 일이라고 생각해요."

"그렇게 말씀해 주신다니 감사합니다. 하지만 언젠가는 정리될 거라고 생각하고 있어요. 아니, 그러길 바랍니다."

"원하시는 대로 되실 거예요. 너무 걱정하지 마세요."

"그렇게 말씀해 주시니 감사합니다, 레이디 마리스텔라."

빙긋 웃은 자비에르가 내게도 덕담을 건넸다.

"영애께서도 모쪼록 즐겁게 그분과 이별하셨으면 좋겠습니다."

"당연히 그래야죠."

내가 기분 좋은 표정으로 씩 웃었고, 자비에르는 묘한 얼굴로 나를 물끄러미 바라보다가 문득 물었다.

"가끔씩 서먼궁에 들러주실 생각은 없으신가요?"

"네?"

"가끔씩이요. 주변에 마음을 터놓고 이야기할 사람이 없어서 가끔 심심할 때가 있어서……. 혹시 불편하시면 거절하셔도 됩니다."

"아……."

하긴 신분의 특성상 마음 편히 이야기를 나눌 수 있는 상대가 적을만했다. 원작에서도 자비에르의 주변 인물이라고 나오는 사람들이 거의 없었으니까. 어쩐지 측은지심이 들었다.

난 적어도 마티나가 있지만, 자비에르는 외동이었기 때문에 그런 사람도 없을 테니까.

내가 흔쾌히 고개를 끄덕이며 대답했다.

"물론이죠. 전하께 방해만 되지 않는다면 원하실 때 언제든 서면 궁을 방문할게요."

"그렇게 말씀해 주시니 감사합니다, 레이디 마리스텔라."

그가 차분하게 미소 지으며 내게 물었다.

"이만 들어가시겠습니까?"

서면궁 안으로 들어가서도 나는 한참 동안 자비에르와 이런저런 이야기를 나누었다.

처음에는 무지하게 어색했는데, 한 번 대화의 물꼬가 트이고 나니 그가 그렇게 어렵게 느껴지지도 않아서 나도 모르게 말이 많아졌다.

가끔씩 자비에르가 멍한 얼굴로 나를 쳐다볼 때가 있긴 했는데, 그럴 때면 나 혼자 너무 떠든 것 같은 느낌이 들어서 슬머시 입을 다물기도 했다.

어쨌든 큰 문제 없이 이야기를 나누다가 저녁 시간이 되어서야 서면궁에서 나올 수 있었다.

자비에르는 저녁까지 같이 먹어도 된다고 말했지만, 그건 너무 민폐인 것 같아서 애써 거절했다.

나는 그가 건네는 커다란 마카롱 상자를 든 채 집으로 귀가했다.

"아가씨, 오셨어요?"

벨플레어 저택으로 들어서자마자 언제나와 같이 플로린다가 나를 맞아주었다.

그녀는 내 손에 들린 커다란 갈색 상자를 보며 의아한 표정으로 물었다.

"어머, 그건 뭐예요?"

"황태자 전하께서 선물해 주셨어요. 무려 황실 요리사가 만든 마카롱이라고요! 같이 먹을래요?"

"어휴, 아가씨. 제가 어떻게 그런 귀한 걸⋯⋯."

하지만 플로린다는 잠시 후 배시시 웃으며 손가락 한 개를 펴 올렸다.

"딱 하나만 주시면 안 될까요?"

"안 되긴요. 많은데."

나는 스스럼없이 상자 안에서 마카롱 한 개를 꺼낸 다음 플로린다에게 내밀었고, 그녀는 기뻐하는 얼굴로 마카롱을 받아 들었다. 플로린다가 신나는 표정으로 마카롱을 쳐다보며 이것저것 이야기하다가, 이내 기억났다는 듯 내게 말했다.

"참, 아까 레이디 도로테아가 다녀가셨어요."

"……."

아, 이 기분 좋은 상황에 도로테아를 뿌리다니.

나는 순간적으로 얼굴이 굳어질 뻔했지만, 품에 들린 마카롱 상자를 꼭 붙든 채 마음을 진정시켰다.

"무슨 일로 왔는데요?"

"그건 말씀하지 않으셨어요. 하여튼 아가씨가 어디 계시냐고 자꾸 물으셔서, 황태자 전하의 초대를 받고 황궁에 가셨다고 말씀드렸죠."

그 말을 들은 내가 저도 모르게 웃음을 터뜨렸다.

'맙소사, 그 광경을 직접 못 본 게 한이네?'

도대체 그 말을 듣고 무슨 표정을 지었을지 상상조차 가지 않았다.

'그러니까 미리 이야기를 하고 오라니까. 말 안 듣더니 이럴 줄 알았지.'

내가 흥미진진한 얼굴로 물었다.

"그래서 어떻게 됐어요?"

"갑자기 얼굴이 구겨지시면서 저한테 캐물으시는 거예요. 하지만 뭐 제가 아는 게 있나요? 그냥 황태자 전하의 시종이 어제 다녀갔는데, 전하께서 아가씨를 서먼궁으로 초대하셔서 거기 가셨다는 말씀만 드렸죠. 그랬더니 얼굴이 더 굳어지셔서는 댁으로 돌아가셨어요."

"그랬군요."

나는 삐져나오는 웃음을 억지로 참으며 대꾸한 다음 이내 궁금한 목소리로 물었다.

"그런데 커클러 영애의 티파티는 무슨 소리예요?"

"그것도 아가씨께서 저택을 비우셨을 때 왔는데…… 커클러 저택에서 다음 주에 있을 티파티에 초대한다는 초대장을 보내왔거든요. 아가씨가 황궁에 가시고 곧바로요."

"내가 집을 비운 사이에 일이 많이 일어났네요."

"정말 그랬어요. 서면궁에서는 어떠셨어요? 즐거우셨나요?"

"좋았어요."

내가 씩 웃으며 대답하자, 플로린다가 묘한 미소를 지으며 내게 물었다.

"혹시 황태자 전하께서 아가씨를 좋아하시는 건 아닐까요?"

"뭐라고요?"

그리고 그 말을 들은 나는 하마터면 폭소를 터뜨릴 뻔했다. 맙소사, 자비에르가 나를 좋아한다고?

"그럴 리가 없어요, 플로린다."

내가 단호하게 대답하자, 플로린다가 이해할 수 없다는 표정으로 내게 물었다.

"어째서요? 솔직히 제 입장에서는 그렇게밖에는 생각이 안 되는 걸요. 전하께서 특별히 마음에 두고 계신 영애도 없으신 상황에서 아가씨를 황궁으로 불렀다는 건, 솔직히 전하께서도 아가씨를 좋아하시는 거죠."

"전하께서는 그냥 마음을 터놓고 이야기할 친구가 필요하신 것뿐이에요, 플로린다. 날 좋아하신다니. 가당찮은 이야기예요."

사실 플로린다의 이야기에도 일리가 있었다. 결혼 적령기의 황태자가 나이 비슷한 영애를 황태자궁으로 직접 불러 이야기를 나누었다는 건 모르는 사람이 본다면 분명 그렇게 생각할 소지가 다분했으니까.

그렇지만 적어도 나는 아니었다.

원작 속에서 마리스텔라와 자비에르는 수도 없이 마주쳤을 것이다. 당시 마리스텔라는 도로테아의 시녀로서 황궁에 머물렀으니까. 하지만 자비에르가 마리스텔라에게 호감을 주었던 적은 단 한 번도 없었다.

물론 그때는 도로테아에게 한참 빠져 있었을 때니까 그게 당연한 것일 수도 있겠지만, 어쨌든 나는 함부로 그런 단정을 해버리고 싶지 않았다.

무엇보다 이미 오델레타와 황태자를 이어주기로 마음먹은 상황에서 황태자가 나를 좋아하게 된다면 일이 상당히 꼬여 버린다.

오델레타와 친구가 된 지도 얼마 안 됐는데, 날 뭐라고 생각하겠느냐는 말이다.

"괜히 쓸데없는 생각 하지 말고, 티파티 때 입고 갈 드레스나 골라 줘요."

커클러 영애의 티파티가 열리는 날이 되었을 때, 나는 그전부터 입고 싶었던 푸른색 드레스를 입었다.

지난주에 연락 없이 방문했다 내게 바람을 맞은 이후, 도로테아가 다시 벨플레어 저택을 찾는 일은 없었고, 벨플레어 저택에 편지를 보내는 일도 없었다.

그간의 일과 평소의 성격으로 미루어봤을 때 같이 가자고 징징거릴 줄 알았는데, 생각보다 조용해서 의외였다.

물론 도로테아가 평소답지 않다는 사실이 약간 불안하긴 했지만. 원래 사람은 죽을 때가 되어서나 바뀐다고 하니까.

"언제쯤 오실 예정이세요, 아가씨?"

커클러 저택으로 가기 위해 마차 안에 올라탄 내게 플로린다가 물어왔다. 나는 엷게 웃으며 대답해 주었다.

"늦지 않게 올 것 같은데요. 파티도 아니고."

"그럼 아가씨께서 좋아하시는 랍스터 요리를 해 놓으라고 요리사에게 말해둘게요."

"좋죠."

마리스텔라와 마찬가지로 나 역시도 랍스터를 좋아했다. 플로린다가 마차의 문을 닫아주었고, 곧바로 마부가 커클러 저택을 향해 마차를 출발시켰다.

생각보다 일찍 단장을 마쳤기 때문에 가는 길에 무슨 일이 생기지만 않는다면 아마 생각한 시간보다 넉넉하게 도착할 수 있을 터였다.

다행히 마차는 안전하게 커클러 저택까지 도착했고, 나는 하인의 안내를 받으며 후원으로 들어섰다.

나름 일찍 왔다고 생각했는데도 이미 후원 안은 영애들로 북적거리고 있었다.

나는 어떻게 하면 무리에 자연스럽게 끼어들지 고민하다가, 그냥 맨 처음 그랬던 것처럼 무작정 인사를 건네 보기로 마음먹었다.

자연스럽게 가장 근처에 있던 무리 쪽으로 걸어가고 있을 때였다.

"레이디 마리스텔라?"

익숙한 목소리에 나는 목소리가 나는 쪽으로 몸을 틀었다.

보라색 드레스를 입은 오델레타가 반가운 얼굴을 한 채 내가 있는 방향을 향해 걸어오고 있었다.

'아, 오델레타도 여기 왔구나.'

어느 정도 예상은 하고 있었지만, 그래도 이렇게 일찍 만나니 다른 감정보다도 반가움이 먼저 들었다.

나도 모르게 입가에 미소를 지으며 오델레타를 불렀다.

"레이디 오델레타!"

"아, 역시. 레이디 마리스텔라가 맞았군요!"

오델레타 역시 반가움이 가득한 얼굴로 나를 향해 다가오더니 내 손을 덥석 잡으며 물어왔다.

"반가워요, 레이디 마리스텔라. 지난 황태자 전하의 탄신 연회 이후 처음이지요?"

"네. 그렇네요."

그 대답을 하는데 순간 마음이 불편해졌다.

'오델레타도 내가 자비에르와 춤추는 모습을 보았을까?'

연회장에 있었다면 못 봤을 리 없는데…….

혹시 이상한 오해를 한 건 아니겠지? 나한테 실망했을까?

온갖 생각이 머릿속을 둥둥 떠다니며 나를 괴롭히고 있는데, 여전히 밝은 얼굴을 한 오델레타가 내게 물어왔다.

"언제 오셨어요?"

"온 지는 얼마 안 됐어요. 방금 도착했거든요."

"아, 어쩐지. 순간 왜 혼자 계셨는지 의아했어요."

그녀가 입가에 아름다운 미소를 띤 채로 내게 물었다.

"실례가 되지 않는다면 저와 같이 가시겠어요? 제가 있던 테이블의 차가 정말 맛있답니다."

"저야 영광이죠."

"영광이라니요, 레이디 마리스텔라. 당치도 않아요."

내 말에 고개를 저은 오델레타가 돌연 내게 팔짱을 껴왔다. 갑작스러운 스킨십에 나는 자연스럽게 당황했고, 그걸 눈치챘는지 오델레타가 조심스럽게 물어왔다.

"아, 혹시 팔짱이 부담스러우시다면……."

"아, 아뇨!"

여기서 부담스럽다고 했다가는 어쩐지 오델레타와 사이가 서먹해질 것 같아서, 나는 재빨리 고개를 저었다.

"그냥 잠깐 놀랐을 뿐이랍니다, 레이디 오델레타. 신경 쓰지 않으셔도 돼요."

그리고 실제로도 싫은 건 아니었다. 오히려 영광이지, 뭐. 내가 언제 이런 유명한 미인과 팔짱을 껴보겠어?

나는 빙긋 웃으며 오델레타와 함께 그녀가 원래 있었던 테이블로 걸음을 옮겼다. 그 모습을 발견한 다른 영애들이 높은 목소리로 하나둘씩 말을 던지기 시작했다.

"어머, 레이디 오델레타. 갑자기 어디로 가시나 했는데, 레이디 마리스텔라와 같이 오셨군요?"

"두 분 원래부터 친분이 있으셨나요?"

마리스텔라는 사교계에서 이름을 날리고 있던 오델레타와는 달리 상당히 조용하게 지내는 편이었기 때문에, 두 사람의 조합은 기존의 영애들에게 상당히 신선하게 느껴질 수밖에 없었다.

영애들의 쏟아지는 질문에 오델레타는 아무렇지 않게 웃으며 대답했다.

"지난번 벨플레어 영애께서 제가 곤경에 처해 있을 때 '유일하게' 도움을 주셨잖아요. 그때 일로 제가 벨플레어 영애께 호감을 가지고 먼저 인사를 드렸답니다. 영애께서 워낙 성품이 좋으셔서 다행히 금방 친해질 수 있었어요."

겉으로 보기에는 전혀 문제 될 것 없는 발언이었지만, 오델레타의 말은 지난번 그녀가 곤경에 처했을 때 도움의 손길을 내민 이가 마리스텔라 혼자였다는 사실을 영애들에게 다시금 상기시켰다.

물론 오델레타 역시 그 사실을 꼬집기 위해 그런 말을 한 듯했고.

오델레타가 곤란한 상황에서 모른 척을 했던 전과가 있었기 때문에 영애들은 서로 어색하게 웃기만 했고, 그 모습을 묘한 눈빛으로 바라보던 오델레타는 이내 아무렇지 않게 그들에게 물었다.

"레이디 마리스텔라가 합석해도 괜찮겠지요, 여러분?"

"무, 물론이지요, 레이디 오델레타!"

"저희는 언제든 환영입니다. 레이디 오델레타의 친구시라면 저희들에게도 친구 같은 존재 아니겠어요?"

"다들 이해해 주셔서 감사해요."

긍정적인 반응에 오델레타는 빙긋 웃더니 내게 친절하게 차까지 따라주었다. 그 모습을 지켜보던 다른 영애들은 당황한 표정으로 슬그머니 마른침만 삼켰다.

나는 그들의 반응을 충분히 이해할 수 있었는데, 나 또한 소설 속에서 봐왔던 오델레타의 이미지와는 너무나도 다른 모습에 약간 충격을 받았기 때문이었다.

소설 속에서 오델레타는 황태자를 제외한 다른 사람들에게 이렇게 특별하게 대한 적이 없었다.

물론 그녀는 기본적으로 누구에게나 친절했지만, 이렇게 자기 사람이라는 표식을 대놓고 하면서 챙기는 경우는 드물었다.

"향이 좋답니다, 레이디 마리스텔라. 제가 여기까지 영애를 모시고 왔으니 모쪼록 차가 마음에 드셔야 할 텐데요."

그 말에 나는 얼른 차 한 모금을 마신 다음 대답했다.

"정말 맛이 좋아요, 레이디 오델레타."

사실 차를 그렇게 즐기는 성격이 아니었기 때문에 이 차가 좋은 찬지 나쁜 찬지도 잘 몰랐지만, 어쩐지 기대하는 듯한 오델레타의 눈빛을 보고 있자니 잘 모르겠다고 말할 수가 없었다.

하여튼 오델레타는 내 말을 듣고 진심으로 기뻐하는 표정을 지었고, 나는 거짓말을 했다는 사실을 들키지 않기 위해 의식적으로 그 차를 홀짝거렸다.

영애들끼리의 이야기는 늘 그렇듯 틀에 박힌 화제를 맴돌았다. 어느 후작부인의 부티크에 새로 나온 드레스라든가, 어떤 영식이 결혼을 앞두고 다른 여자와 여행을 떠났다는 이야기같이 황성의 새로운 정보나 사교계의 자극적인 가십이 주를 이루었다.

다행스럽게도 나는 책 속에서 어느 정도 본 게 있었기 때문에 열심히 맞장구를 치고 간간이 주도적으로 이야기를 이끌어가면서 그들 무리 속에서 어렵지 않게 적응할 수 있었다.

"참, 그런데 그 이야기 들으셨어요? 에스클리프 공작 전하께서……."

"마리?"

그런데 그때, 끼어들 거라고는 생각지도 않았던 목소리가 무리 속을 파고들었다.

자연스럽게 당황한 얼굴로 옆을 돌아보았다.

"역시 너였구나!"

도로테아였다.

그녀는 갑작스럽게 자신이 끼어드는 바람에 대화의 흐름이 깨졌다는 사실을 조금도 눈치채지 못한 것인지, 아니면 눈치채고도 아무렇지 않게 모른 척을 하는 것인지는 모르겠지만, 꽤나 태연한 표정으로 나와 오델레타 사이를 파고들었다.

그 모습에 오델레타가 자연스럽게 눈살을 구겼고, 그건 나 역시도 마찬가지였지만, 표정 관리에 능숙한 사교계의 여왕답게 오델레타는 빠르게 원래의 표정으로 돌아와 도로테아를 맞아들였다.

"레이디 도로테아, 안녕하세요."

"어머, 레이디 오델레타?"

도로테아가 마치 지금 그녀를 발견했다는 듯 태연하게 오델레타의 인사를 받았다.

"여기 계셨군요. 지금 봤네요."

그럴 리 없었다.

오델레타의 분홍색 머리카락은 황성의 영애들 중 가진 사람이 드물었으니까.

'더구나 내 옆에 있었던 사람을 못 알아 봤을 리는 없고……'

노렸네, 이거. 나도 모르게 피식 웃음이 새어 나왔다.

"마리, 여기 있는 줄은 몰랐어. 내가 얼마나 열심히 너를 찾아다녔는지 알아?"

"하하……"

마음 같아서는 '내가 안 보이면 그냥 혼자 놀지 그랬어? 혹시 친구가 없어서 곤란했던 거야?'라고 쏘아붙이고 싶었지만, 유감스럽게도 보는 눈이 너무 많았다.

도로테아를 이곳에서 쫓아내고 싶은 마음만큼이나 마리스텔라의 이미지도 중요했기 때문에, 나는 그냥 어색하게 웃기만 했다.

그때 오델레타가 아무렇지 않게 웃으며 도로테아에게 말했다.

"어머, 코르노헨 영애께서 벨플레어 영애를 찾아다니실 줄은 몰랐네요. 실은 제가 영애께서 후원에 도착하시자마자 영애를 이곳으로 데려오는 바람에……. 괜히 저 때문에 고생하신 것 같아서 죄송스럽네요."

"……트라코스 영애께서 마리를 이곳으로 데려오셨다고요?"

"그렇답니다."

"어째서요?"

"굳이 이유를 물으신다면……."

오델레타가 눈 하나 깜짝하지 않고 도로테아의 질문에 답해주었다.

"레이디 마리스텔라는 코르노헨 영애의 친구일 뿐 아니라, 제 친구이기도 하니까요."

"……."

그 말에 도로테아의 얼굴이 눈에 띄게 창백해졌고, 나는 속으로 유난이라는 생각밖에는 들지 않았다.

모르는 사람이 본다면 오델레타가 방금 '저 레이디 마리스텔라와 결혼하려고요' 정도의 폭탄 발언을 한 줄 알겠어.

"레, 레이디 오델레타의 친구라니요?"

"어머, 모르셨어요?"

오델레타가 배시시 웃으며 내 곁으로 다가오더니, 아까처럼 나와 다정하게 팔짱을 끼며 말했다.

"사실 황태자 전하의 탄신 연회 때 친구가 되었답니다. 그때 영애께서도 같이 계셨던 것으로 기억하는데…… 잊어버리셨나 봐요."

"……."

그때가 언제인지를 기억해냈는지, 도로테아가 슬며시 입술을 깨무는 모습이 보였다.

오델레타는 거기에서 멈추지 않았다.

"이젠 뭐 입 밖으로 내밀기도 지겨운 수준이지만…… 전 레이디 마리스텔라와 친구가 되어서 정말 기쁘답니다. 심성이 정말 고우시거든요. 남을 배려할 줄 아시고, 마음이 따뜻하세요."

"……."

"코르노헨 영애께서 이렇게 좋은 분과 어떻게 친구가 되셨는지 정말 궁금해질 정도랍니다."

한마디로 그건 '어떻게 너 같은 성격을 가진 애가 이렇게 좋은 사람과 친구가 될 수 있었느냐'라고 물은 것과 진배없었다.

도로테아도 아주 바보는 아니었기 때문에 그 말의 진의를 알아들었고, 이내 창백했던 그녀의 얼굴이 붉으락푸르락해지기 시작했다.

그 모습을 보고 나는 하마터면 웃을 뻔했지만, 속으로 온갖 슬픈 생각을 하며 애써 참아냈다.

"그만큼 제가 좋은 사람이니 마리 같은 아이와 친구가 될 수 있었다고 생각해요."

스스럼없이 자화자찬을 마친 도로테아가 싱긋 웃었고, 오델레타는 피식 웃음을 흘리며 대꾸했다.

"그런가요?"

"그럼요. 끼리끼리 논다는 말도 있잖아요?"

저기, 도로테아. 미안하지도 않지만 제발 너와 나를 동일 선상에 놓고 말해주지 말아 줄래? 너와 맨 처음 친해진 건 원래의 마리스텔라지 내가 아니라고!

"음, 맞다. 이 이야기를 잊고 있었네요."

그때 도로테아가 느릿하게 웃으며 의미심장한 말을 꺼냈고, 다른 영애 한 명이 냉큼 미끼를 물었다.

"무슨 이야기요?"

"아주 재미있는 이야기인데…… 아시는 분들은 아마 아실지도 모르겠어요."

"도대체 무슨 이야기인데요?"

그게 무슨 이야기인지 나는 대충 짐작이 가서, 순간적으로 내 얼굴은 아까 도로테아가 그랬던 것처럼 창백해졌다.

미친 게 틀림없다. 도로테아, 너 설마 그런 이야기를 이 자리에서 꺼내려고 하는 거야?

"얼마 전에 마리가 서면궁으로 초대를 받았다고 하더라고요."

"서면궁이면…… 황태자 전하의 궁전 말씀이신가요?"

"네. 그 서면궁이요."

도로테아가 환하게 웃으며 내게 물어왔다.

"그렇지, 마리?"

"……"

모두의 눈이 내게로 쏠려왔고, 갑작스럽게 집중된 시선에 나는 자연스럽게 당황할 수밖에 없었다.

어떻게 대처해야 할지 고민하던 나는 문득 오델레타와 눈이 마주쳤는데, 그녀 역시도 퍽 당황한 모습이었다. 그 모습에 나도 모르게 입술을 깨물었다.

도로테아, 너 정말…… 한번 해보자는 거지?

"네, 맞아요."

나는 최대한 환하게 웃으며 도로테아의 물음에 솔직하게 대답했다.

"레이디 도로테아의 말씀이 다 맞답니다. 정확히 저번 주에 서면궁으로 초대를 받았어요."

"어머, 정말인가요?"

"어째서요? 설마 황태자 전하께서 직접 영애를 초대하신 건가요?"

"그뿐이에요?"

그때 도로테아의 목소리가 다시 한번 끼어들었다.

"지난번 황태자 전하의 탄신 연회 때는 황태자 전하와 춤도 추었던걸요. 다들 보시지 않으셨어요?"

"어머, 맞아요. 그런 일도 있었죠?"

"전 그 운 좋으신 영애가 누구실까 궁금했는데, 벨플레어 영애셨군요!"

"설마 황태자 전하와 사귀고 계신 거예요?"

나는 대답하기에 앞서 오델레타가 눈치채지 못하게 그녀의 안색을 살폈다. 무덤덤한 듯했지만 약간 충격을 받았다는 사실을 어렵지 않게 잡아낼 수 있었다.

그러다 우연찮게 도로테아의 얼굴도 흘긋 쳐다보았는데, 오델레타를 향해 조소를 지어 보이고 있는 모습을 발견할 수 있었다.

그 모습을 본 나는 순간 너무 화가 나서 이런 식으로 유치하게 굴면 좋냐고 따져 묻고 싶었지만, 이건 그런 식으로 해결될 문제가 아니었다.

나는 여전히 환하게 웃는 얼굴을 유지한 채 큰 소리로 웃음을 터뜨렸다.

"아하하하하."

갑자기 크게 웃음소리를 내자 무리에 끼어 있던 영애들은 물론이고 다른 테이블에 있던 영애들까지 전부 시선이 이쪽으로 쏠리는 게 느껴졌다.

나는 엄청난 부끄러움을 느꼈지만, 지금은 이 방법이 최선이었다.

"잠시만요, 잠시만요. 좀 웃어도 될까요?"

그 말을 마친 뒤에 나는 또다시 큰 소리로 웃기 시작했다. 다른 영애들이 나를 이상하게 쳐다보는 시선이 느껴졌다. 하지만 나는 굴하지 않고 계속 경박스러운 웃음소리를 내다가, 적당한 시간이 흘렀다고 판단했을 때가 되어서야 웃음소리를 갈무리했다.

그렇지만 여전히 작은 웃음소리를 입 밖으로 흘리면서, 나는 웃겨 죽겠다는 표정으로 모두에게 말했다.

"아아, 실례를 범했다면 정말 죄송해요, 모두들. 하지만 너무 웃겨서 도무지 웃지 않고서는 배길 수가 없었답니다."

"뭐, 뭐가 그렇게 웃기다는 거예요, 레이디 마리스텔라?"

"저와 황태자 전하가 그렇고 그런 사이냐고 물어보셨잖아요, 방금."

"그, 그랬죠."

"아니라는 건가요?"

"당연히 아니죠!"

나는 무슨 그런 얼토당토않은 소리를 하냐는 듯 눈매를 잔뜩 휘게 한 채 말을 이었다.

"다들 그런 오해를 해주시니 감사하긴 한데, 유감스럽게도 전혀 그런 상황이 아니었답니다. 제가 우연히 황태자 전하의 재킷에 칵테일을 쏟았는데, 변상을 하려던 전하께서 굳이 그럴 필요까지는 없다고 하셨거든요. 하지만 그래도 예의가 아닌 것 같아서 연신 보상을 하고 싶다고 말씀드렸더니, 댄스 파트너가 없으시다면서 춤한 번으로 보상해 주면 안 되겠느냐고 제안하셨어요."

"어머, 어머. 정말요?"

"어쩜, 전하께서는 얼굴도 훌륭하신데 마음까지 훌륭하신 걸까요?"

"황태자 전하의 옷인데 좀 비싸겠어요? 전하께서 절 배려해 주신 거죠."

말을 마친 내가 슬며시 주변을 둘러보며 다른 영애들의 반응을 살폈다. 과장스러운 웃음에 다행스럽게도 다들 속아 넘어가는 듯했다. 하지만 당연히, 여기서 끝은 아니었다.

"그리고 서면궁으로 초대를 받은 건 그때 전하의 재킷을 닦느라 더럽혔던 손수건을 손수 돌려주시기 위해 그러신 겁니다. 시종을 보내셔도 되었을 텐데 직접 초대까지 해주셔서 정말 너무 감동했지 뭐예요? 황태자 전하의 인품이 훌륭하시다는 사실은 진즉 들어 알고 있었지만, 그 정도일 줄은 몰랐어요."

사실 이 말은 해석하기 나름이었다.

상식적으로 손수건 좀 더럽혔다고 황궁에까지 초대한다는 건 다소 과하게 여겨질 수 있었으니까. 하지만 말이 '아' 다르고 '어' 다르다고, 그걸 '황태자의 인품이 훌륭하다'는 식으로 포장하니 정말 누구에게나 주어지는 행운처럼 들렸다.

영애들은 어느새 사소한 일 하나에도 신경 쓰는 황태자에게 찬사를 보내기 시작했고, 나는 안도의 한숨을 쉬며 슬며시 오델레타를 흘긋거렸다.

그녀는 아까보다는 안색이 조금 나아진 듯했지만, 도로테아가 했던 말을 신경 쓰고 있는 게 분명한 것처럼 보였다.

나는 속으로 한숨을 내쉬며 아무래도 그녀와 대화를 나누어야겠다고 생각했다. 자비에르와 나는 정말 아무 사이도 아니었기 때문에 그런 오해를 사는 것은 정말로 억울했다. 심지어 나는 자비에르에게 오델레타를 황태자비로 추천하기까지 했다고!

"레이디 오델레타."

내가 조심스럽게 오델레타를 부르자, 오델레타가 아무렇지 않은 목소리로 내게 대답했다.

"네, 레이디 마리스텔라. 무슨 일이세요?"

"잠시 이야기를 좀 나눌 수 있을까요?"

오해는 그때그때 푸는 게 정답이었다. 더구나 그 상대가 앞으로 더 친해지고 싶은 친구라면 더더욱.

나는 오델레타와 함께 다른 테이블로 자리를 옮겼다.

원래 있던 테이블에서 꽤 멀리 떨어진 테이블이었기 때문에 기존까지 함께 있던 영애들이 우리를 찾는 일이란 어려울 터였다.

"레이디 마리스텔라, 드세요."

오델레타는 새로운 찻잔에 찻물을 부은 다음 내게 건넸고, 나는 어떻게 이야기를 꺼낼지 그때까지 계속 고민하고 있었기 때문에 약간 놀란 음성으로 감사의 말을 건네며 찻잔을 받아들었다.

"가, 감사합니다."

하지만 그 말을 내뱉은 직후에 나는 작은 괴성을 지르며 찻잔을 떨어뜨렸다.

쨍그랑!

날카로운 소리와 함께 찻잔 조각이 사방으로 튀었다.

아니, 뭔 차가 이렇게 뜨거워? 내가 화들짝 놀란 얼굴로 뒤로 물러서자, 오델레타는 당황한 게 분명한 목소리로 내게 물었다.

"괘, 괜찮으세요, 레이디 마리스텔라?"

오델레타가 얼른 내 앞으로 팔을 뻗어 나를 보호하는 시늉을 했고, 그 모습을 본 나는 순간 그녀에게 반할 것…… 아, 이게 아닌데.

어쨌든 그 모습을 보고 약간 감동을 받았다. 내가 멍하니 있는 사이 오델레타가 다급하게 물어왔다.

"레이디 마리스텔라? 괜찮아요?"

"아."

그제야 정신을 차린 내가 얼른 고개를 끄덕이며 답했다.

"네네, 레이디 오델레타. 저는 괜찮아요."

"무슨 일이십니까, 영애."

그때 커클러 저택의 고용인들이 다가와 우리에게 물었다.

나는 딱히 놀라진 않았지만, 오델레타는 내가 놀랐다고 생각했는지 나를 대신해 그들에게 대답했다.

"제가 실수로 찻잔을 놓쳐서 깨뜨렸네요. 미안합니다."

저, 오델레타. 그거 내가 그런 건데…….

왜 내 실수를 대신 뒤집어쓴 건지 약간 의아했지만, 그래도 뭔가 고맙고 미안해서 나는 아무 말도 하지 못했다.

그러다 오델레타와 우연찮게 눈이 마주쳤는데, 그녀는 나를 향해 싱긋 웃어 보이며 괜찮다는 듯 눈을 찡긋거렸다.

"다치신 곳이 없으시니 다행입니다, 영애. 괜찮으시다면 다른 테이블로 옮겨 주실 수 있으십니까?"

"레이디 마리스텔라, 괜찮으시지요?"

오델레타아 부드러운 음성으로 내게 물었고, 나는 고개를 끄덕였다.

결국 우리는 가장 근처에 있던 빈 테이블로 다시 자리를 옮겼고, 오델레타는 걱정스러운 얼굴로 내가 괜찮은지부터 물었다. 나는 괜찮다는 표시로 고개를 끄덕여주었다. 내가 입은 피해라고는 자기로 된 찻잔이 깨져서 그 잔해가 내가 입고 있던 드레스에 살짝 튄 것뿐이었기 때문에.

"전 멀쩡해요, 레이디 오델레타. 영애야말로 다치신 곳은 없는지 걱정이네요."

"저도 괜찮아요."

그렇게 대답한 뒤에 오델레타는 미안하다는 얼굴로 내게 사과했다.

"미안해요, 레이디 마리스텔라. 제가 좀 더 안전하게 건네 드렸어야 했는데……."

"아니에요, 레이디 오델레타. 부주의했던 제 책임이죠. 아까는…… 그렇게 말씀해주셔서 감사했어요."

"하지만 정말 제 잘못이에요, 레이디 마리스텔라. 아까 일은 제가 영애께 컵받침을 함께 드리지 못했기 때문이니까요."

말을 마친 오델레타가 잠깐 침묵했다가 슬며시 나를 쳐다보았다.

그제야 나는 내가 말할 차례라는 사실을 깨닫고선 아까부터 하려고 묵혀두었던 이야기를 꺼냈다.

"그, 실은 영애께 드릴 말씀이 있어서 따로 불러냈어요."

"제게요?"

"네. 그…… 황태자 전하와 저의 관계에 대해 말이에요."

"아."

그 말을 들은 오델레타가 눈에 띄게 당황해했고, 나는 그 모습에 약간의 미안함을 느끼며 입을 열었다.

"아까 도로테아가 그렇게 말해 버리는 바람에 오해하셨을 것 같아서요. 전 전하와 아무 사이도 아니랍니다. 제 신조가 '친구가 좋아하는 남자는 절대 좋아하지 말자'거든요. 전 황태자 전하께 아무런 마음도 없고, 그건 전하도 마찬가지세요. 전 오히려 그때 서편궁으로 가서 황태자 전하께 영애를 황태자비로 추천해드리고까지 왔는걸요."

"정말요?"

"네."

내가 간결하게 대답한 다음 뒷말을 덧붙였다.

"전 영애가 다른 어떤 영애보다도 황태자비에 잘 어울린다고 생각해요. 영애가 바라시는 대로 영애께서 황태자비가 되셨으면 좋겠어요."

"그렇게 말씀해 주시니 고마워요, 영애."

"영애가 오해하지 않으시길 바랐어요. 전 정말 전하께 아무런 사심이 없거든요. 물론 전하도 그러시겠지만."

"고마워요, 레이디 마리스텔라."

오델레타가 갑자기 그렇게 말했고, 나는 의아한 눈으로 그녀를 쳐다보았다.

"절 전하께 말씀해주신 것도 그렇고, 그리고…… 저랑 친구가 되어 주신 것도요."

오델레타가 수줍은 듯 약간 얼굴을 붉히며 말했고, 나는 그 모습을 보고 그녀가 진심으로 자비에르를 좋아하고 있음을 새삼 깨달았다.

일단 자비에르가 상당한 미남이었기 때문에 오델레타가 이해 가지 않는 건 아니었지만, 그래도 궁금했다. 도대체 그의 어떤 점이 좋은 걸까? 궁금해진 내가 물었다.

"저, 영애…… 이런 말씀은 실례일지도 모르겠지만요."

"네, 레이디 마리스텔라. 말씀하세요."

"황태자 전하의 어떤 점이 좋으신 건가요?"

"황태자 전하의 어디가 좋으냐고요?"

예상치 못한 질문이라는 듯 오델레타가 당혹스러운 표정을 지었다가, 이내 얼굴을 붉혔다.

"전하께서는 다정하신 분이세요."

"다정이요?"

당혹스러웠다. 자비에르가 다정한 축에 속했던가……?

내 기억 상 그는 원작에서조차 '나는 차가운 제국(?) 남자. 하지만 내 여자에게는 따뜻하겠지!' 형이었다.

남들을 대할 때와 (인정하고 싶지는 않지만) 도로테아를 대할 때의 갭이 커서 거기에 설렘을 느끼는 독자들이 많았다.

물론 나는 아니었지만.

하여튼 자비에르는 아직 사랑하는 사람을 만나기 전이었고, 때문에 아직까지는 '차가운 제국 남자'여야만 했다.

'아니면 설마 자비에르가 벌써 오델레타와 사랑에 빠진 건가?'

아닌데? 그럼 내가 소개해주겠다고 했을 때 그런 반응을 보일 리 없잖아!

'뭐야, 도대체?'

아니면 설마 원작에서 소개되지 않았던 자비에르만의 '다정함'이 있는 걸까?

도무지 감이 잡히지가 않아서 나는 결국 한 번 더 물어보았다.

"다정하시다고요? 전하께서요?"

"네, 레이디 마리스텔라."

"어떤 점이……"

정말로 궁금해서 물어보자, 오델레타가 잠시 고민하는 표정을 짓다가 대답했다.

"전하께서는 인상 때문에도 그렇고…… 자칫 차가워 보일 수 있지만, 실은 누구보다도 마음이 따뜻하신 분이랍니다. 여리시고요."

따……뜻해? 여리다고?

난생처음 듣는 소리에 나는 당황할 수밖에 없었다.

설마 나도 모르는 사이에 이미 러브라인이 생성이 된 건가?

"제가 어릴 때, 그러니까 아마 10살이었을 거예요. 그때 정말 영광스럽게도 황태자 전하와 춤을 출 기회가 있었어요."

"네네."

"그런데 제가 그때 춤이 정말 미숙해서…… 전하의 발을 많이 밟았거든요. 아마 20번인가? 어쩌면 그보다 더 많이 밟았을 거예요. 아직도 기억이 나네요."

"……."

아, 다행이다. 내가 최초가 아니었구나.

"제가 그때 정말 전하께 죄송해서…… 어쩔 줄 모르고 울먹이고 있었는데 전하께서 절 많이 위로해주셨어요. 처음이면 다 그런 거라고, 자기도 교사의 발을 많이 밟아서 많이 미안해했다고 말씀해주시는데, 그때 너무 감동을 받았어요."

"와, 정말요?"

자비에르한테 그런 다정함이 있었다는 말이야?

평소의 차가운 냉미남 이미지와 어쩐지 어울리지 않아서 나는 많이 신기해했다.

역시 바깥에서 보여지는 이미지가 다는 아니었나 보다.

'하긴 내게도 꽤 다정했으니까.'

그렇게 생각하면 개인적으로 만나는 사람에게는 다정한 것 같기도 하다. 대외적인 이미지는 차갑다고 하더라도.

내가 일리 있다는 듯 고개를 끄덕였다. 현실에도 그런 사람은 많으니까.

"조금 차가운 이미지시니까…… 뜻밖의 다정함을 발견하면 반하실 수도 있죠. 충분히 가능하다고 생각해요."

경험한 바로는 그 사람을 좋아하는 건 그 사람의 친절한 행동 하나 때문인 경우가 많았다.

아마 오델레타도 그런 경우였으리라.

'그리고 뭐…… 자비에르가 오델레타의 취향일 수도 있는 거고.'

사실 어느 한 가지로 좋아하는 이유를 정의하기에 우리 마음은 너무 복잡했으니까.

그러다 오델레타가 가장 중요한 이유를 빼먹었다는 듯 손뼉을 쳤다.

"그리고 무엇보다…… 잘생기셨잖아요."

아, 그건 인정.

내가 까르르 웃음을 터뜨렸다.

"저는 정말 연예인…… 아니, 조각상을 보는 줄 알았다니까요. 정말 외모가…… 감탄이 나오더라고요."

그렇게 말한 내가 오해할세라 얼른 덧붙였다.

"물론 그렇다고 해서 반한 건 아니랍니다. 절대로요!"

"네. 알겠어요."

오델레타가 재미있다는 듯 키득키득 웃었고, 나는 그녀가 이런 식으로 웃는 모습을 처음 봤기 때문에 조금 멍한 기분이었다.

잠시 후에 웃음소리를 갈무리한 오델레타가 내게 물었다.

"아까 표정 굳어졌던 것…… 보셨나요?"

"네?"

"아까 저 흘긋거리셨던 것, 알고 있었어요. 제가 그때 표정 관리가 잘 안 됐죠."

"아하하."

그 말을 들은 내가 어색한 웃음을 터뜨렸다.

뭐야, 알고 있었어?

갑자기 엄청나게 민망해져서, 나는 다 웃고 난 다음에는 헛기침을 했다. 아이고.

"제가 한 번도 아니고 계속 그래서…… 저도 실은 조금 신경 쓰였거든요."

그렇게 말한 오델레타가 민망한 듯한 얼굴로 시선을 살짝 아래로 내리며 말했다.

"사실 영애에 대해 편견이 조금 있었어요. 그때도 말씀드렸지만…… 레이디 도로테아와 친하게 지내셨으니까요."

아, 도로테아. 정말 마리스텔라, 아니, 이제는 내 인생에 도움이 하나도 안 되는구나.

나는 속으로 푹 한숨을 내쉬고선 입 밖으로 어색한 웃음을 흘렸다.

지극히 당연한 일이다. 나도 현실에서 도로테아 같은 애와 친하게 지내는 사람이 있다면 유유상종이라고 생각해서 선입견을 가지고 멀리했을 테니까.

"사실 그걸 떠나서 영애가 황태자 전하와 춤을 추고 그분께 직접 초대를 받았다고 해서 기분이 좀 묘하긴 했어요. 영애가 누구와 친하게 지내는지는 별개로 보더라도, 어쨌든 질투가 나는 건 사실이었거든요."

나는 그녀가 이렇게 솔직하게 내게 속마음을 털어놓는다는 걸 조금도 생각하지 않고 있었기 때문에 조금 놀랄 수밖에 없었다.

질투가 났다는 것도, 도로테아와 비슷한 유일 거라고 생각했다는 것도, 상대방에게 솔직하게 말하기에는 다소 은밀한 감정이었으니까. 하지만 그렇다고 해서 기분이 나빴다거나 그런 건 절대 아니었고, 오히려 고마웠다.

원래 오해라는 건 그때그때 풀어야 하는 게 맞았다.

소설이 아니라 현실에서조차 고구마를 100만 개 먹은 것 같은 기분을 느끼고 싶지 않다면 말이지.

"그래서 이렇게 솔직하게 말씀해주신 것에 대해 매우 감사히 생각하고 있어요. 사실 전하께서 영애를 좋아하시든, 영애께서 전하를 좋아하시든 그건 제가 관여할 수 있는 문제가 아니니까요. 그런 감정이 의지로 조절되는 것도 아니고."

"……."

"지금은 아니지만, 나중에라도 상황이 바뀔 수는 있어요. 그래도 지금만큼은…… 그렇게 말씀해주셔서 감사해요."

"영애처럼 좋으신 분을 황태자 전하께서 좋아하지 않으실 리 없잖아요."

나는 확신에 찬 목소리로 그녀에게 말했다. 솔직히 이런 여자를 안 좋아한다는 건 말이 안 된다.

내가 만약 여자인 마리스텔라가 아니라 남자로 빙의했다면, 난 아마 그녀의 뒤꽁무니만 쫓아다녔을지도 모른다.

이렇게 멋진 여자를 안 사랑하고 어떻게 배겨?

"분명 전하께서도 영애의 멋짐에 반하실 거예요. 전 자신할 수 있어요."

"아하하, 되게 듣기 좋은 말이네요."

오델레타가 청량하게 웃으며 내게 말했다.

"전 사랑도 우정도 중요하다고 생각하지만, 적어도 영애와는 사랑 때문에 틀어지고 싶지는 않아요."

"저도요! 둘 다 중요해요!"

얼른 맞장구친 내가 잠시 후에 슬며시 오델레타에게 물었다.

"그럼 우리…… 이제 서로 어색해 하지 말기로 해요. 알았죠?"

"물론이죠, 레이디 마리스텔라. 우리가 언제 그랬다고요."

오델레타가 밝게 웃으며 나와 눈을 맞추었고, 나는 그제야 마음이 편해질 수 있었다.

휴, 역시 미리 말하길 잘했다니까.

'그럼 이제……'

한 사람만 남은 건가?

'이 모든 일의 원흉.'

도로테아, 어디 있어.

"마리!"

높고 날카로운 목소리에 나는 반사적으로 뒤를 돌기 전 웃음을
터뜨렸다.

오델레타와 헤어지고 난 후 혼자 도로테아를 찾아다니고 있는데
때마침 들려오는 목소리라니.

타이밍 한번 기가 막히다고 생각하며 나는 건조한 얼굴로 뒤를
돌았다.

도로테아가 뭐가 그렇게 좋은 건지 모를 해맑은 얼굴로 나를 향
해 달려오고 있었다.

이건 원작에는 없는 장면이었지만, 만약 있었다고 해도 원작 작
가는 보나마나 도로테아에게 '언제나 그렇듯 활기찬 표정으로' 따
위의 표현을 썼을 것이다.

그렇게 생각하니 뭔가 기분이 팍 상했다.

도대체 그 원작 작가라는 작자는 뭐 하는 사람이야?

"마리, 너 어디 있었어? 갑자기 사라져 놓곤."

"……레이디 오델레타와 있었어."

그 말을 들은 도로테아가 인상을 확 찌푸렸다.

어쭈, 이것 봐라? 지금 네가 나한테 이래도 되는 상황이 아닐
텐데?

어이가 없었지만 일단은 말을 아끼기로 했다. 솔직히 얘랑은 말

도 섞고 싶지 않았으니까.

"도대체 왜?"

도로테아가 몸을 부들부들 떨기까지 하며 내게 따지듯 물었다.

"너 왜 파티장에서도 그렇고, 오늘 티파티도! 방금까지 계속 오델레타와 있는 거야?"

"……내 마음인데."

유치하지만 진짜, 내 마음인데. 왜 네가 그런 것까지 간섭해?

내가 똑같이 인상을 찌푸리며 말을 맺었다.

"왜 네가 참견이야?"

"왜냐니!"

아, 왠지 이다음으로 도로테아의 메인 대사가 나올 것만 같아서, 나는 미리 눈살을 구겼다.

"우린 친구잖아!"

우린 친구잖아. 친구, 친구, 친구! 그 빌어먹을 친구!

이거 장르가 언제부터 청춘물이었어?

"친구?"

나는 같잖다는 듯한 표정으로 피식 웃었다. 얘랑 친구할 바에야 길 위를 기어다는 개미와 말을 섞는 게 더 낫겠다.

개미는 적어도 날 이렇게 뒤통수치지는 않을 거니까.

"내가 정말 네 친구야?"

"넌 내 가장 친한 친구, 마리스텔라 제니즈 라 벨플레어. 이 명제에 문제 있어?"

완전 거짓인 명제다.

내가 냉소적으로 맞받아쳤다.

"넌 날 친구로 생각 안 해. 사실 그전까지는 긴가민가했는데, 오늘 확실하게 알았어."

"무슨 근거로……!"

"너 내가 곤란해 하는 게 좋지?"

"뭐?"

"내가 남들 앞에서 창피당했으면 좋겠지?"

"무슨 소리야, 마리."

"네가 날 정말 친구로 생각했으면, 황태자 전하 이야기를 그곳에서 꺼내서는 안 됐어."

"난……!"

도로테아가 억울하다는 듯 목소리를 높였다.

"널 위해서 그런 거야, 마리."

"헛소리는 집어치워. 널 위해서겠지."

"……."

"날 위해서가 아니라. 아니야?"

내가 비뚜름하게 웃으며 대꾸했다.

"주목이라도 받고 싶었어? 내가 전하의 초대를 받아 서먼궁에 간 게 뜨거운 감자라도 될 거라고 생각했나 봐?"

"난 그냥 있는 사실 그대로를 말했을 뿐이야."

"그러니까."

내가 피식 웃으며 물었다.

"왜 나와 전하 사이에 있었던 일을 주제넘게 네가 말하고 다니는 거야? 말해도 내가 말해야지. 당사자가. 제3자인 네가 아니라."

"……."

"그거 굉장히 무례한 거야, 도로테아. 예절 시간에 배우지 못했어? 남의 이야기를 그 사람 동의도 받지 않고 퍼뜨리고 다니는 거, 매우 무례하고 경우 없고 막돼먹은 행동이라고."

"난 다른 사람도 아니고 네 친구야. 그런데도 그걸 무례하다고 생각하는 거야?"

"가족끼리도 지켜야 할 선이 있는데, 네가 뭐라고?"

내가 웃기지도 않다는 듯 코웃음을 치며 그녀에게 쏘아붙였다.

"나 오늘 너한테 정말 실망했어. 네가 이렇게 천박하게 굴 줄은 몰랐거든. 그런 건 시정잡배들이나 하는 짓이야."

"……."

"우리 귀족이잖아. 귀족이면 귀족답게 굴자, 응?"

"너……."

도로테아가 입술을 질끈 깨물며 내게 물었다.

"너 뭐가 이렇게 당당해?"

"……뭐?"

이건 또 무슨 어이없는 소리야.

"너 막말로 나 빼놓고 서면궁에 간 거잖아. 나한테 말 한마디도 없이!"

"전하께서 나만 초대하셨으니까."

그렇게 대답한 내가 뒷말을 힘주어 다시 말했다.

"나만."

"……."

"너 말고, 나만."

"너야말로 날 친구로 생각 안 하는 거지. 내가 황태자 전하 좋아한다고, 그때 오델레타의 티파티에서 분명히 말했잖아!"

도로테아가 거의 악을 지르는 듯한 목소리로 내게 쏘아붙였다.

"오델레타도 전할 좋아하는 걸 알면, 네가 친구라면 날 응원해 줬어야지. 걔랑 나랑 사이 안 좋은 것 알잖아. 나도 같이 데리고 갔어야지!"

"초대한 사람의 동의도 받지 않고? 도로테아, 그렇게 하라고 교육받았니, 우리?"

"……."

"아니잖아. 그거 무례하다고 우리 수도 없이 배웠잖아. 어린애도 그 정도는 안다고. 그런데 다 큰 성인이 이러는 건, 상당히 어이없고. 말하면서도 그런 생각 안 들어?"

"우린 친구인데 그런 게 뭐가 중요해."

"설령 내가 안 중요하다고 해도 전하께 중요하지. 다른 분도 아니고 황태자 전하야. 우린 일개 백작 영애고. 심지어 그분께서 초대하셨는데 당연히 전하를 신경 써야지, 그럼. 누굴 신경 쓰니?"

늘 생각하는 거였지만, 도로테아와는 말이 안 통했다. 아, 오델레타 같은 사람과 이야기하다가 얘랑 이야기하려니까 죽을 맛이다, 아주. 누구 말마따나 말을 해도 못 알아들으니 이길 자신이 없잖아.

"나한테 그런 식으로 구니까 네가 점점 현실 감각을 잃어가는 거야. 그러다 정말 큰일 난다?"

"……."

"조언해 주는 거야, 도로테아. 새겨들으라고."

내가 너한테 해주는, 처음이자 마지막 조언이 될 거 같으니까.

"그리고 뭔가 착각하고 있는 것 같은데, 네가 내 친구라고 해도 레이디 오델레타도 내 친구야."

"……."

"두 친구가 모두 좋아한다면 난 끼어들지 않는 게 예의지."

"언제 레이디 오델레타와 그런 가깝고 막역한 사이가 되었어?"

나는 사실 책 밖에서부터 너보다는 오델레타를 더 좋아했어.

물론 넌 모르겠지만. 물론 그 말까지는 하지 않은 채 나는 대꾸했다.

"오래 사귄 비상식적인 사람보다는 짧게 사귄 상식적인 사람에게 더 정이 가더라."

"뭐?"

도로테아가 붉으락푸르락해진 얼굴로 내게 따져 물었다.

"내가 상식적이지 않다고? 마리, 말조심해. 자꾸 이런 식으로 나오면 아무리 내가 널 아껴도 봐줄 수가 없다고."

"……."

봐주긴 누가 봐줘, 진짜. 어처구니없는 것도 정도껏이지.

나는 어이없다는 표정을 만면에 드러내며 진심으로 궁금한 목소리로 물었다.

"본인이 상식적이라고 생각하나 봐?"

"아니라는 거야?"

"남 이야기 허락도 없이 하는 게 상식적이야? 지나가는 아무나 붙잡고 물어봐."

"……."

"아니라고 할걸?"

나는 조롱조로 웃으며 마지막 쐐기를 박았다.

"나 솔직히 남의 동의도 받지 않고 남 얘기 말하고 다니는 사람하고는 상종하고 싶지 않다. 오늘은 내가 그 자리에 있었지만, 다음번엔 나 없는 자리에서 그런 이야기가 퍼질 줄 누가 알겠어? 무서워서 어디 같이 다니겠니?"

그건 정말…… 끔찍하지.

건조한 목소리로 중얼거린 내가 싸늘하게 마지막 말을 남겼다.

"이만 가볼게."

"……."

"앞으로는 안 봤으면 좋겠다."

진심으로.

낮게 읊조린 내가 미련 없이 그 자리를 빠져나왔다. 함께해서 더러웠고 다시는 보지 말자, 도로테아.

"제발."

그때 나는 도로테아가 어떤 표정을 짓고 있었는지 조금도 관심 두지 않은 채 곧바로 그 자리를 벗어났다. 하지만 분명 좋은 표정은 아니었을 도로테아를 지나치면서 나는 알 수 없는 희열에 사로잡혔다.

이제 제발 똥차는 버리고 벤츠만 타자, 그렇게 생각하면서.

도로테아에게 한 방을 먹인 다음에는 완전히 기진맥진해져서, 나는 아무래도 집으로 돌아가는 게 좋겠다고 판단했다.

더구나 상황이 이렇게 된 마당에 이곳에 더 남아 있고 싶지도 않았고, 다른 영애들과 이야기를 나눈다고 해도 기껏해야 황태자와 관련된 화제에만 얽힐 것 같아서 껄끄러웠다.

일찍 마차를 부른 뒤 이만 커클러 저택의 후원에서 나가기 위해 걸음을 옮기던 찰나였다.

"지금 가세요?"

이제는 완전히 익숙해진 목소리에 나는 엷게 웃으며 뒤를 돌았다.

오델레타가 우아하게 미소 지으며 이쪽으로 걸어오고 있었다.

아까는 정신이 없어서 자세히 보지도 못했는데, 그녀는 정말 아름다웠다.

나는 작게 웃으며 고개를 끄덕였다.

"네, 레이디 오델레타."

"혹시 몸이 안 좋으신 건가요?"

오델레타가 걱정스럽게 물었고, 나는 아니라는 듯 서둘러 고개를
저었다.

"그럴 리가요! 아니에요. 전 아주 튼튼하답니다!"

나는 그 말을 증명하기 위해 괜히 함박웃음까지 지어 보이자, 그
모습을 본 오델레타는 다행이라는 듯 따라서 활짝 웃어 주었다.

"아프신 곳이 없으시다니 다행이에요. 걱정했어요."

우리 오델…… 치아 미인이구나? 치열이 진짜 가지런해.

새삼스럽게 속으로 감탄하다가, 나는 궁금한 얼굴로 물었다.

"혹시 무슨 일이 있으세요?"

"네? 아…… 아뇨! 무슨 일이 있어서 영애를 불러 세운 건 아니고,
그냥 왜 이렇게 일찍 가시는지 궁금해서요."

"아픈 건 아닌데 살짝 피곤해요. 오늘은 집에 가서 일찍 쉬는 게
좋겠다 싶어서요."

"그러셨군요. 아프시면 안 되죠. 좋은 선택이세요."

고개를 끄덕이며 예쁘게 미소 지은 오델레타가 잠시 후 조심스러
운 표정으로 물었다.

"저, 혹시……."

"네, 레이디 오델레타."

"이런 걸 물어보는 게 실례가 되는지도 모르겠지만……."

자꾸 주저하는 게 그녀답지 않아서 나는 더 궁금해졌다.

도대체 뭣 때문에 이러는 거지?

"괜찮아요, 레이디 오델레타. 그게 뭔지는 모르겠지만, 물어보셔도 돼요."

"아……."

하지만 내 대답을 들은 뒤에도 오델레타는 상당히 주저하는 빛을 보여서, 나는 도대체 무슨 질문을 하려고 이러는 건지 진지하게 궁금해졌다.

그러다 결국 오델레타가 조심스러운 목소리로 물었다.

"레이디 도로테아와 다투셨나요?"

"……."

아, 뭐야. 고작 그거 물어보려고 한 거야?

생각보다 너무 싱거운 질문이라서 나도 모르게 피식 웃음을 터뜨리려다, 괜히 이상하게 비칠 수도 있을 것 같아서 자제했다.

나는 간결하게 대답해 주었다.

"네. 그랬어요."

"역시……. 그러셨군요."

오델레타가 조심스럽게 말을 보탰다.

"실은 목소리가 너무 크게 들려서……. 안 들으려고 했는데 죄송해요."

"아, 아니에요."

도로테아 목소리가 좀 커서 누가 눈치챌 거라고는 생각했는데,

그게 오델레타일 줄은 몰랐다.

일이 이렇게 되면 오델레타 말고 다른 사람들도 나와 도로테아 사이를 눈치챘을 가능성이 농후했다.

나는 거의 자포자기한 심정으로 대꾸했다.

"괜찮아요. 뭐, 사실 상관도 없어요."

"왜 싸우신 건지 여쭤보는 건 너무 오지랖이려나요?"

"예상하시겠지만, 아까 일 때문에요. 영애뿐만 아니라 대부분 그러시겠지만, 저도 누가 제 얘기를 함부로 하고 다니는 걸 별로 좋아하지 않아요."

"아까 레이디 도로테아의 행동은 무례하긴 했어요. 더구나 영애가 계신 앞에서 대놓고 그렇게 말씀하실 줄은 몰랐으니까요."

오델레타가 이해한다는 듯 고개를 끄덕였고, 나는 괜찮다는 듯 웃으며 대화를 마무리 지었다.

"어쨌든 그랬어요. 후련하네요."

"잘은 모르지만 영애께서 기분 좋아 보이시는 것 같아서 다행이에요."

"감사합니다, 레이디 오델레타. 그럼 저는 이만……."

"아, 레이디 마리스텔라."

그때 오델레타가 다시 뒤를 돌려던 나를 붙잡았고, 나는 의아한 표정으로 그녀에게 물었다.

"무슨 일이세요, 레이디 오델레타?"

"저……."

이번에는 조심스럽다기보다는 수줍은 얼굴이었다. 그녀가 주저하다 물었다.

"실례가 안 된다면, 언젠가 영애를 저희 집으로 초대하고 싶어요."

"네?"

"단둘이 만나 뵙고 싶다는 말씀이에요."

그 말이 그렇게…… 볼에 홍조를 띠면서까지 해야 할 정도로 조심스러운 질문인가?

나는 어쩐 알쏭달쏭해졌지만, 그냥 부끄럼이 많은가보다 생각하고선 고개를 끄덕였다.

"물론이죠, 레이디 오델레타."

환한 미소는 덤이었다.

"우린 이제 친구잖아요. 친구끼리 서로의 집에 놀러 가는 건 흔한 일이죠."

"그렇게 말씀해주시니 감사해요."

오델레타가 눈에 띄게 기뻐하는 얼굴로 내게 말했다.

"언제 벨플레어 저택에 사람을 보낼게요, 레이디 마리스텔라."

"기다리고 있을게요."

나는 씩 웃으며 덧붙였다.

"남은 시간도 즐겁게 보내시고요."

"영애도 편히 쉬시길 바라요."

끝까지 미소를 잃지 않은 채 오델레타가 나를 배웅했고, 나는 가볍게 묵례한 다음 완전히 후원에서 벗어났다.

저택 밖에는 내 마차가 대기하고 있었다. 나는 다소 피곤한 표정으로 그 안에 올라탔다.

마부가 의아한 목소리로 내게 물었다.

"어디 아프신가요, 아가씨? 평소답지 않게 일찍 오셨네요."

"조금 피곤해서요. 오늘은 집에서 좀 쉬는 게 좋을 것 같아요."

"아, 그러시군요. 알겠습니다."

마부는 그 말을 끝으로 마차를 출발시켰고, 나는 슬슬 몸이 나른해지는 것을 느끼며 크게 하품했다.

사실 일찍 집에 돌아간다고 해봤자 오후 5시였다. 대부분 7시에 티파티가 끝났기 때문에 따지고 보면 아주 이른 시각도 아니었다.

'좀 자둘까.'

커클러 저택에서 벨플레어 저택까지 아주 먼 거리는 아니었지만, 그래도 눈을 조금 붙이기에는 적당한 시간이었다.

나는 의자에 몸을 눕히듯 기댄 다음 서서히 잠에 빠져들었다.

"저 인간이 미쳤나?!"

그리고 어느 정도 지났을까. 날카로운 마부의 목소리에 잠이 깨 버린 나는 자연스럽게 눈을 떴다.

그러는 사이에 다시 한번 마부의 당황한 목소리가 들려왔다.

"아니, 저 말이 진짜…… 미친 건가?"

"무슨 일이에요?"

"반대쪽 마차가 우리 쪽으로 돌진하고 있습니다, 아가씨. 혹시 모

206

르니 마차를 붙잡아 주세요. 아니, 진짜 저 마차가!"

뭐야, 이게 도대체. 뜻밖의 상황에 당황한 내가 생존 본능을 발휘해 마차 창가를 세게 붙잡았다.

설마 교통사고…… 같은 거 나는 건 아니겠지? 나는 두려움에 질린 표정으로 저도 모르게 입술을 꾹 깨물었다.

이게 도대체 뭔 상황인가 싶었다. 그래도 큰일은 안 나겠지……?

"아가씨! 꽉 잡으십시오!"

……는 내 착각이었다.

마부의 다급한 목소리를 다 듣기도 전에 마차는 앞의 마차와 세게 부딪혔고, 안전벨트 따위 있을 리 없던 마차 안에서 나는 허공으로 붕 떴다.

순간적으로 어마어마한 공포감과 함께 이대로 죽을지도 모른다는 두려움이 엄습했다.

심지어는 어떤 생각까지 들었느냐면, 원작대로 일이 흘러가지 않아서, 그러니까 내가 도로테아에게 할 말 다 하고 이별을 고하는 바람에 캐릭터로서의 내 효용 가치가 다 떨어져서 죽는 건가 하는 생각까지 들었다.

처음에는 그럴 리 없다고 생각했는데, 진짜로 이게 만약 도로테아가 주인공인 세계고 그래서 조연이었던 마리스텔라가 감히 그 자리를 위협해서 그런 거라면 이 상황이 말이 될지도 모른다.

그게 이 세계의 질서를 어지럽히는 거라면, 아예 말 안 되는 이야기도 아닐지도.

'그럼 너무 억울하잖아…….'

다른 거 다 떠나서, 난 그냥 내가 하고 싶은 대로 행동한 것뿐인데.

만약 그런 거면 진짜 억울하잖아.

어느 순간 나는 끝없는 바닥으로 추락하는 듯한 기분에 휩싸였고, 곧 강한 충격과 함께 눈을 감았다.

4. Accident

결론부터 말하자면 나는 죽지 않았다.

"아가씨!"

얼마나 잤는지 원치도 않았는데 눈이 떠졌고, 곧바로 플로린다가 나를 외쳐 부르는 소리가 들려왔다.

갑작스럽게 들려오는 큰소리에 나도 모르게 눈살을 구겼다.

"목소리 좀 줄여줘요, 플로린다. 머리가 울리네요."

"어머, 어머. 죄송해요!"

플로린다가 깜짝 놀라는 얼굴로 내 한쪽 손을 붙잡았고, 나는 게 슴츠레 뜬 눈으로 시선을 이리 돌렸다, 저리 돌렸다 했다.

나, 진짜 살아 있는 거 맞지?

숨이 멀쩡히 쉬어지는 걸 보니 아직 죽은 건 아닌 듯했다.

그 사실만으로도 감사해져서, 나도 모르게 깊은 안도의 한숨이 나왔다.

"그…… 주인님과 주인마님을 모셔 올게요!"

플로린다는 그 말만 남기고선 후다닥 어딘가로 뛰어나갔다.

아무래도 벨플레어 백작부부를 이곳으로 데려오려는 듯했다.

환자의 절대 안정을 위해서인지 그 넓은 방에는 나 혼자밖에 없었고, 그래서 나는 솔직히 플로린다를 기다리는 시간 동안 매우 심심할 수밖에 없었다.

'으, 확실히 살아 있는 건 맞아.'

움직일 수 있나 해서 슬며시 팔다리를 움직여봤는데, 움직일 수는 있었지만, 가급적 그러지 않는 것이 이롭다고 판단될 정도로 고통이 수반되었다.

내가 깊게 한숨을 내쉬었다. 어디 한 군데 못 쓰게 되거나 그러는 건 아니겠지…….

'그래도.'

살아 있어서 진짜 다행이다.

아직은 이 생각밖에는 들지 않았다.

'그러고 보니 마부 아저씨는 무사하시려나 모르겠네.'

그분은 나보다 앞에 계셨고, 마차와 직접적으로 충돌하셨으니 아마 충격이 더 크게 가해졌을 것이다.

그 생각을 하니 갑자기 불안해졌다.

나야 무사히 눈을 뜨긴 떴는데, 그분도 그랬는지는 아직 알 수 없었으니까.

아, 이럴 줄 알았으면 아까 플로린다에게 그것부터 물어볼걸.

내가 초조한 표정으로 혼자 생각했다.

'도대체 그때 그건, 무슨 일이지?'

멀쩡하게 잘 가고 있는 마차를 향해 갑자기 돌진했던 반대쪽의 마차 한 대. 지금 이 모든 일의 원흉이 그 마차 때문이잖아.

도대체 미치지 않고서야 왜 그런 짓을 벌였던 거지?

"마리!"

그때 누군가가 나를 부르는 소리와 함께 문이 벌컥 열렸다. 누워 있어서 그게 누군지는 정확히 몰랐지만, 목소리를 들어보니 유추가 되었다.

나는 엷게 미소 지으며 두 사람, 아니 세 사람을 반겼다.

"엄마, 아빠."

"오, 내 딸."

벨플레어 백작부인이 깊은 시름에 잠긴 얼굴로 나를 부르며 그 자리에 털썩 주저앉았고, 그 모습을 본 나는 너무 놀라서 얼른 말했다.

"엄마, 전 괜찮아요."

"괜찮긴!"

벨플레어 백작부인이 파들파들 떨리는 목소리로 내 말에 반박했다.

"너 무려 닷새를 꼬박 누워 있었단다. 닷새를!"

"……"

오래도 잤네.

나는 떨떠름한 표정을 지었다. 책 속 세계로 들어오기 전에도 이렇게 아파본 적은 없었다. 교통사고도 난 적이 없었고, 큰 수술을 받은 적도 없었기 때문이었다. 나는 두 사람이 걱정할까 봐 애써 괜찮다는 얼굴로 고개를 끄덕였다.

"하지만 정말 전 괜찮아요, 엄마. 이렇게 멀쩡하게 웃고 얘기도 하잖아요."

내 말에 나를 빤히 바라보던 벨플레어 백작부인이 여전히 침울한 목소리로 입을 열었다.

"……의사 말론."

그녀는 고작 두 어절만 내뱉고서 깊게 한숨을 내쉬더니, 잠시 후에야 다시 이야기를 시작했다.

"온몸에 멍이 안 든 곳이 없다더라. 오른쪽 다리는 완전히 부러졌고, 갈비뼈도 마찬가지래."

"……."

좀 심각하긴 했구나, 나…….

그래도 장애가 생길 정도로 부상이 심각하진 않았으니까, 다행 아닌가. 꽤 크게 부딪쳤던 것 같은데.

"그 이외에는 타박상만 좀 심할 뿐, 괜찮다고는 했어. 확실히 죽지 않은 것만 해도 다행이긴 하구나. 장애를 얻지도 않았고."

벨플레어 백작부인이 슬픈 미소를 지어 보이며 내게 말했고, 나는 어색하게 웃어 보였다.

솔직히 안전벨트도 안 맸는데 이 정도면 아주 운이 좋은 축에 들 거라고 나는 생각했다.

그러다 나는 이내 아까 했던 걱정을 기억해 내고선 초조한 목소리로 물었다.

"꽤 크게 부딪쳤던데, 마부는 괜찮은가요?"

"말은 그 자리에서 즉사했는데, 다행스럽게도 마부는 살아 있단다. 물론 그 역시도 부상이 심해서 한동안 고삐는 잡지 못할 것 같지만 말이야."

벨플레어 백작부인이 너무 염려 말라는 듯한 목소리로 나를 안심시켰다.

"마부에게도 너와 비슷하게 최고 수준의 치료를 받게 하고 있으니 너무 걱정하지 말거라. 두 사람 모두 무사해서 정말 다행이야."

"정말 그래요."

나는 힘없이 웃다가, 잠시 후 슬며시 얼굴을 굳힌 채로 물었다.

"저, 궁금한 게 있는데요, 엄마."

"그래, 아가. 뭐든 말해보려무나."

"저희와 부딪친 마차는 어떻게 되었나요?"

그 말을 들은 벨플레어 백작부인이 퍽 난감한 표정을 지었고, 그건 벨플레어 백작도 마찬가지였다.

나는 그들의 표정에서 이미 대답을 얻어냈고, 곧 조용한 목소리로 중얼거렸다.

"죽었군요."

"뭐? 아냐, 아냐. 아니란다, 마리."

무려 세 번이나 내 말을 부정한 벨플레어 백작부인이 아까보다 훨씬 침착해진 얼굴로 내게 설명해주었다.

"상대 쪽 마차도 멀쩡…… 아니, 멀쩡은 아니지. 그쪽도 말은 즉사했지만, 마부와 안에 타고 계시던 분은 멀쩡하단다."

그렇게 말한 벨플레어 백작이 이내 말을 정정했다.

"아니, 멀쩡하지는 않지. 우리 쪽과 상황이 크게 다르지 않아. 하지만 충분한 휴식을 취하고 치료를 받는다면 두 사람 모두 정상적인 일상생활이 가능할 거라고 들었어."

"도대체 왜 그런 거래요?"

내가 진심으로 화난 목소리로 묻자, 벨플레어 백작부인은 살짝 난감한 표정을 지어 보이다가 다시 입을 열었다.

"말이 독초를 잘못 먹은 모양이야. 말에게는 환각 작용을 불러일으키는 풀인데, 그것 때문에 말이 갑자기 흥분해서 마부의 지시도 받지 않고 제멋대로 움직인 모양이더라고."

"아……."

"그 풀이 꽤나 흔한 풀이라 이런 유의 마차 사고가 꽤 자주 일어나긴 한단다. 물론 왜 하필이면 우리에게 그런 일이 일어났는지는 모르겠지만……."

벨플레어 백작부인이 깊게 한숨을 내쉬었고, 그때까지 가만히 옆에서 서 있기만 하던 벨플레어 백작이 내게로 다가와 낮은 음성으로 말했다.

"무사해서 정말로 다행이다, 아가. 네게 무슨 일이 생겼더라면 난……."

벨플레어 백작이 괴로운 표정으로 내 앞에서 눈물을 뚝뚝 흘리기 시작했다. 물론 원래부터 심각한 분위기였지만, 아까보다 훨씬 더 심각해진 분위기에 나는 당황할 수밖에 없었다.

뼈 몇 군데가 부러진 데다 한동안 침대에서 벗어날 수 없을 거란 걸 생각하면 정말 우울하긴 했지만, 어쨌든 나는 치료만 잘 받는다면 앞으로도 그전과 같은 생활이 가능할 테니까. 지금 이렇게 두 콧구멍으로 숨도 쉬고 있고.

내가 얼른 밝은 목소리를 내어 두 사람을 안심시켰다.

"전 정말 괜찮아요, 엄마아빠. 너무 걱정하지 마세요."

"우리도 네가 이렇게 무사히 일어난 모습을 보니 정말 기쁘단다. 신께 감사드릴 따름이야."

"신께서 도우셨지. 네 사람 모두 다. 대부분은 그 자리에서 즉사하거나, 운 좋게 살아난다고 해도 평생 불구로 살아가야 하거든."

"맞아, 마리. 이렇게 멀쩡하게 우리를 다시 봐주어서 엄마아빠 정말 기뻐."

두 사람의 진심 어린 걱정 속에서 내가 할 수 있는 일이라곤 최대한 괜찮다는 시늉을 하는 것뿐이었다.

그 닷새 동안 얼마나 힘드셨으면 못 보던 사이에 두 분 모두 얼굴이 해쓱해지셨을까.

두 분 모두에게 감사한 마음과 동시에 죄송스러운 마음이 들었다.

물론 내가 다친 게 내 잘못은 아니었지만.

"그보다 마티나는 어디에 있나요?"

내 질문에 벨플레어 백작부인이 잠깐 주저하는 기색을 보이다가, 이내 솔직하게 대답했다.

"네가 침대에 누워 있는 사이, 마티나가 널 지극정성으로 간호했단다."

"오늘도 아침까지 네 침대 옆을 지켰단다. 아까 보니 너무 힘들어 보여서 우리가 억지로 그 앨 방으로 데려가 재웠어. 무려 사흘 동안 잠을 한숨도 자지 못했거든."

"아……."

그 말을 듣고 나니 갑자기 가슴이 뭉클해졌다.

마리스텔라는 정말 좋은 동생을 두었구나, 이런 생각이 가장 먼저 들었고, 어느 순간부터는 이런 다정하고 멋진 사람들을 가족으로 둔 마리스텔라가 부러워졌다.

내가 미안한 목소리로 말했다.

"그러다 괜히 그 애까지 병이 나는 건 아닌지 걱정이에요."

"다행히 의사가 며칠 푹 잠들고 나면 괜찮아질 거라고 말했단다. 일시적인 과로니까."

"곧 네 주치의인 베일리 경이 이곳으로 올 거란다, 아가. 그때까지 좀 더 쉬는 게 좋겠어."

"전 괜찮은데……."

"무슨 소리! 넌 환자야. 그것도 그냥 환자가 아니라 중환자! 무조건 절대 안정을 취해야 한단다."

"꼼짝 말고 침대에만 누워 있어야 한단다, 아가. 이 엄마 말 알겠지? 괜히 잘못 움직였다가 상태가 더 나빠지기라도 하면 어떡하니?"

"……알겠어요."

닷새 동안 누워서 잠만 잤다는 게 거짓이 아니라는 듯 온몸이 찌뿌듯하고 입안에서는 단맛이 나서 잠깐만이라도 활동적인 일을 하고 싶었지만, 두 분 말마따나 그럴만한 상태도 아닌 듯했고, 무엇보다 조금이라도 움직였다가는 두 분 모두에게 크나큰 걱정을 끼쳐 드릴 것만 같아서 나는 그냥 가만히 있기로 했다.

하지만 그 상태로 하루, 이틀, 사흘, 열흘, 보름, 마침내는 한 달을 보내고 나니 나는 한마디로 미치기 일보 직전이었다.

사람이 아무것도 안 하고 침대 위에서만 한 달을 보낸다는 건 생각했던 것보다 더 괴로운 일이었다. 하지만 한 달이 지난 다음에도 가족들은 내가 움직이는 것을 절대 허락하지 않았고, 그건 주치의인 베일리 경도 마찬가지였다.

나는 내가 괜찮다는 사실을 모두에게 피력하기 위해 애썼지만, 유감스럽게도 믿어주는 사람이 없었다.

가족들을 포함한 저택 안의 모든 고용인들이 나를 금방이라도 부서질 듯한 유리 취급을 했고, 결국 나는 무려 한 달 동안 자리에서 꼼짝하지 못하는 괴로운 상황을 보내야 했다.

그나마 마티나와 함께 내가 누워 있는 침대 옆에서 이야기를 나누거나, 두꺼운 책을 읽는 것이 내가 할 수 있는 전부였다.

심지어는 문병조차도 일절 허락되지 않을 거라고 마티나는 사고 보름 뒤의 내게 말해주었는데, 그 이유는 베일리 경이 뼈가 다 붙고 몸이 회복되지 전까지는 감정 역시 최대한 차분하고 정적인 상태를 유지해야 한다고 벨플레어 백작부부에게 신신당부했기 때문이었다.

책 바깥에서 나의 직업은 의사가 아니었기 때문에 어쩐지 일리가 있는 것도 같아서, 나는 차마 거기에다 대고 불만을 토로할 수 없었다. 그리고 어차피 문병 올 사람도 없었으니까.

'아니, 한 사람 정도는 있나.'

내 머릿속에 떠오른 사람은 당연하게도, 도로테아가 아니라 오델레타였다.

도로테아와는 그렇게 헤어졌는데 걔가 미치지 않고서야 문병을 올 리 없었다. 물론 그 반대의 경우에도 마찬가지겠지만.

뭐, 예의상 쾌유를 기원하는 꽃다발 하나 정도는 보내줄 수 있을지도 모르겠다. 하지만 도로테아는 그런 걸 보내오지 않았다. 물론 기대도 안 했지만.

그러다 마침내 내가 침대에서만 생활한 지 2달째가 되었을 때, 나는 내 몸이 거의 회복 되었다고 생각했다. 하지만 주치의인 베일리 경은 아직도 멀었다면서 완전한 회복을 위해서는 3달까지는 침대에서 보내야 한다고 강력하게 주장했다.

당연히 의사가 아니었던 벨플레어 백작부부는 그 말을 철석같이 믿었고, 심지어는 나와 대부분의 시간을 함께 보내는 마티나마저 그 말을 믿었는지, 바깥바람을 너무나도 쐬고 싶다는 내게 안쓰러운 시선을 보내면서도 무조건적인 안정을 취해야 한다고 못을 박았다.

여기에는 유감스럽게도 휠체어라는 개념이 아직 없었기 때문에 그런 걸 타고 산책을 나가는 건 꿈도 못 꿀 일이었다.

그나마 다행인 건 문병이 허락되었다는 점 정도였다. 하지만 유감스럽게도 내게는 찾아올 사람이 없었다. 그나마 기대할 수 있는 게 몇 번 만나지도 않은 오델레타라는 사실이 많이 슬프기 했지만, 어쩔 수 없었다. 원작에서라면 마리스텔라의 친구는 도로테아뿐이었으니까.

적어도 문병 올 사람이 도로테아뿐이라고 기대하는 것보다는 다행한 일이었다.

"도로테아랑 싸웠다며. 아마 그 여자 성격에 문병은커녕 꽃 한 송이도 안 보낼 거야."

마티나는 이미 나와 도로테아 사이에 있었던 일을 알고 있었다.

내가 사고 직후 마티나와 나누었던 이야기에서 가장 첫 화제로 나온 것이 바로 도로테아와 다투었던 일이기 때문이었다.

참고로 그때 마티나는 내 말을 듣자마자 엄청나게 환한 얼굴을 한 채 '언니가 멀쩡하기만 했다면 잘했다고 등을 세게 때려 줬을 거야라고 말했다.

"기대도 안 해."

나는 코웃음을 치며 고개를 저었다. 솔직히 말해준다고 해도 사양이었다. 껄끄러웠으니까. 괜히 다시 잘해보자는 의미로 받아들일까 봐 걱정되기도 했고.

"오면 분위기가 얼마나 어색해지겠어. 그렇게 사이가 끝났는데."

"그건 그래."

가만히 고개를 끄덕이던 마티나가 이내 잊고 있었다는 듯 다른 이야기를 꺼냈다.

"맞다, 언니. 내가 그 이야기 안 했지?"

"뭔지는 모르겠지만, 안 했을 것 같아."

"그런 것 같네. 그때 언니랑 사고 났던 마차 말이야."

그 말을 들은 내 얼굴이 자연스럽게 찌푸려졌다.

물론 엄밀히 말해 2달 전의 사고는 누구의 책임도 아니었다. 저쪽에서 먼저 우리 마차를 들이받았다고 해도 그쪽 역시 고의적으로 저지른 일은 아니었으니까. 그건 말 그대로 사고였다. 하지만 그리 달갑지 않은 주제임은 분명했다.

"갑자기 그 이야기는 왜 꺼내는 거야?"

"그때 안에 타고 있었던 사람, 누군지 모르지?"

"무슨 소리야?"

"그 마차의 주인이 누구인지 모르냐고."

"모르지."

내가 어깨를 으쓱인 다음 덧붙였다.

"아무도 말해주지 않았는걸. 엄마랑 아빠도 마차 사고 이야기는 가급적 피하시는 것 같더라."

"나도 얼마 전까지는 엄마 아빠가 말씀을 안 하셔서 몰랐는데, 어제 우연하게 알게 됐다?"

"누군데?"

"놀라지 마, 언니. 그건 바로……."

똑똑.

그때 노크 소리가 마티나의 말을 가로챘다. 본의 아니게 말문이 막힌 마티나가 당황한 얼굴을 했고, 나는 의아한 얼굴로 물었다.

"누구세요?"

"플로린다예요, 아가씨."

"아, 들어와요."

자연스럽게 대화가 끊겼고, 곧이어 양손 가득 거대한 꽃다발을 든 플로린다가 병실 안으로 들어왔다.

꽃다발을 발견한 내가 의아한 목소리로 물었다.

"그게 뭔가요?"

"문병 오신 손님이 아가씨를 위해 가져오신 선물이랍니다. 예쁘죠?"

"문병을 와요?"

내가 당황한 목소리로 물었다.

"누가요?"

오델레타인가? 내가 멍한 얼굴로 대답을 기다리고 있는데, 플로린다의 입속에서는 전혀 의외의 이름이 나왔다.

"에스클리프 공작님께서 오셨어요."

"그게⋯⋯."

누구더라?

어디서 들어본 것 같긴 한데, 도무지 기억이 나지 않았다.

내가 끙끙거리는 시늉을 하며 에스클리프 공작이라는 이름을 어디서 들었는지 기억해 내고 있는데, 옆에 있던 마티나가 답답하다는 얼굴로 내게 말해주었다.

"언니 그걸 그새 잊어버렸어? 내가 3달 전에도 이야기해준 것 같은데."

미안, 마티나. 언니 기억력이 그렇게 좋지가 않단다.

내가 머쓱해진 얼굴로 해명했다.

"이름이 너무 길잖아."

"핑계는⋯⋯ 그보다 플로린다, 정말로 에스클리프 공작님이 오셨다고요?"

"네, 마티나 아가씨."

"맙소사."

마티나가 퍽 놀란 표정으로 탄성을 내뱉었고, 그 유별난 반응에 의아해진 내가 그녀에게 물었다.

"왜 그래?"

"⋯⋯음, 언니."

마티나가 하고 싶은 말을 정리하려는 듯 아까보다 침착해진 목소리로 말했다.

"일단 에스클리프 공작님은, 내가 황태자 전하의 탄신 연회가 열리기 전에 말해주었던 그분이야. 엄청나게 잘생기고 엄청나게 다정하신 그 공작님!"

아아, 설명을 듣고 보니 기억이 나는 것도 같았다.

내가 알았다는 듯 고개를 끄덕이며 물었다.

"그다음은?"

"그리고…… 그분이 언니랑 같이 마차 사고가 나신 분이야. 반대쪽 마차에 타고 계셨던 분."

"……뭐라고?"

그 말을 듣자마자 내 눈이 동그랗게 커졌다.

맙소사, 어쩐지 그때 벨플레어 백작부인이 마차 안에 타고 있던 사람을 설명할 때 경칭을 썼던 것도 같았다.

내가 멍한 표정으로 중얼거렸다.

"와…… 완전 신기하네요."

아니, 그보다 중요한 사실을 잊고 있었던 것 같은데, 원작에는 이번 마차 사고에 대한 이야기가 전혀 없었다.

물론 마차 사고의 가해자 겸 피해자가 에스클리프 공작이라는 말 또한 없었다. 마리스텔라와 에스클리프 공작의 접점은 소설 속에서 아예 한 줄도 나와 있지 않았고. 하지만 곰곰이 생각하다가, 나는 이내 그럴 수도 있다는 듯 고개를 저었다. 애당초 내가 도로테아에게 하고 싶은 말을 다 뱉어내던 순간부터 이 이야기는 틀어질 대로 틀어진 상태였으니까. 여기서 더 틀어진다고 해도 이상할 게 있을까.

"참, 그리고 공작님께서 아가씨를 뵙고 싶다고 하셨어요."

"……저를요?"

날 왜? 뭐, 2개월 전에 있던 일에 대해 사과라도 하려는 건가?

나는 어벙한 표정으로 플로린다와 그녀가 들고 있는 거대한 꽃다발만 번갈아 쳐다보았다. 지금 이게 무슨 상황인 건지 영 감이 안 잡혔다.

"네, 아가씨. 에스클리프 공작님께서는 아가씨가 응접실로 오시는 게 무리라고 생각하셨는지 이곳까지 올라오실 수 있다고 하셨는데, 어떻게 할까요?"

"음……."

이런 상황은 정말 생각해본 적이 없어서 나는 자연스럽게 당황했다.

내가 어쩔 줄 몰라 하는 얼굴로 옆에 있던 마티나를 쳐다보며 물었다.

"마티나, 어떻게 할까?"

"언니도 참. 그걸 왜 내게 물어보는 거야. 언니 마음 가는 대로 해. 공작님은 언니를 뵈러 오신 분인걸!"

하지만 마티나는 곧바로 이렇게 덧붙였다.

"그래도 이왕 오셨는데, 거절하는 건 좀 그렇지 않을까? 이젠 언니 상태도 많이 나아졌고, 공작님도 어려운 발걸음 하셨을 거 같은데."

"역시 그렇겠지?"

일리가 있었다. 어쨌든 그쪽도 2달 전의 마차사고로 크게 다쳤다고 들었는데, 여기까지 와준 성의를 봐서라도 그냥 돌려보내기가 뭣했다.

나는 고개를 끄덕이며 플로린다에게 말했다.

"그래도 손님 오셨는데 준비를 아주 안 하기는 곤란한 것 같고…… 잠시만 응접실에서 기다려 달라고 말을 전해주세요, 플로린다."

"네, 아가씨. 그렇게 말씀 전달해드릴게요."

곧 플로린다가 바깥으로 나갔고, 다른 하녀들은 내가 에스클리프 공작을 맞는 것을 도와주었다.

옷도 새것으로 갈아 입혀주었고, 머리도 단정하게 빗질해주었고, 파리한 얼굴을 숨기기 위해 약간의 화장도 해주었다.

그런 다음에야 나는 꽤 손님 맞기 괜찮은 상태가 되었고, 플로린다는 에스클리프 공작을 내 병실로 데리고 왔다.

"아가씨, 에스클리프 공작님께서 오셨습니다."

"안으로 모시도록 해요, 플로린다."

그 말을 마친 직후 나는 긴장으로 마른침을 삼켰다.

일단 내가 알고 있는 에스클리프 공작에 대한 정보는…… 유감스럽게도 극히 적었다. 원작에서 그의 비중이 거의 마리스텔라 급이었기 때문이었다.

그는 흔히 말하는 '서브 남주'도 아니었기 때문에 어찌 보면 당연한 결과였다.

클로드 이스트반 폰 에스클리프.

에스클리프 공작인 그는 작중에서라면 1년 전 죽은 아버지의 뒤를 이어 에스클리프 가문의 가주 자리를 이어받았고, 현재 황태자와 함께 '사위 삼고 싶은 남자', '결혼하고 싶은 미혼 남자' 투표에서 자비에르 황태자와 함께 1, 2위를 치열하고 다투고 있었다.

'헐.'

그리고 처음으로 클로드를 보았을 때, 나는 왜 그가 그런 유치한 투표에서 자비에르와 1, 2위를 다투고 있는지를 깨달을 수 있었다.

'완전 잘생겼잖아⋯⋯.'

미모가 자비에르 빰쳤던 것이다.

단순히 재력, 권력, 이런 걸 다 떠나서, 그는 잘생겼다. 그것도 아주 많이.

자비에르가 얼굴에서 차가운 매력이 느껴졌다면, 클로드는 얼굴에서 따뜻하고 다정한 매력이 느껴졌다.

물론 그런 인상적인 문제를 다 떠나서 두 사람 모두 잘생겼다는 사실은 부정할 수 없었지만.

"안녕하십니까, 레이디 마리스텔라."

"⋯⋯."

와, 목소리에 꿀 바른 것 좀 봐.

만약 이 시대에도 라디오 방송이 있었다던가, 혹은 성우라는 직업이 있었다면 무슨 수를 써서라도 추천해주고 싶을 정도로 완벽하게 달콤한 목소리였다.

나는 클로드의 목소리를 멍한 표정으로 감상하다가, 이내 대답을 해주어야 한다는 사실을 자각하고선 얼른 정신을 차렸다.

"아, 에스클리프 공작님. 어서 오세요."

그렇게 대답한 뒤에는 뭔가 허전하게 느껴져서, 나는 한마디를 더 덧붙였다.

"방문을 환영합니다."

아…… 이건 좀 아닌 것 같았다. 좋은 일로 온 것도 아닌데.

아니지, 내가 마차사고에서 죽지 않고 살아났는데 문병을 온 거니까 좋은 일 아닌가……?

갑자기 알쏭달쏭해져서 고개를 갸웃거리고 있는데, 내 말을 들은 클로드가 피식 웃음을 흘리는 소리가 들려왔다.

그 모습을 본 나는 어쩐지 부끄러워져서 얼굴을 붉혔고, 클로드는 빠르게 사과했다.

"아, 죄송합니다, 레이디 마리스텔라. 절대 비웃은 게 아니에요."

그가 침착하게 내게 해명 아닌 해명을 했다.

"그저 말씀하시는 게 귀여우셔서 그만…… 죄송합니다, 영애. 실례했다면 사과드리겠습니다."

"아닙니다, 뭐…… 괜찮아요."

심지어 아까 그 피식 웃던 모습조차 지나치게 잘생겼기 때문에 – 이쪽도 무슨 조각이 웃는 줄 알았다 – 나는 평소보다 훨씬 더 너그러워졌다.

엷게 미소 지은 얼굴로 고개를 끄덕인 내가 얼른 그에게 자리부터 권했다. 몸도 안 좋을 손님을 너무 세워두었다.

"일단 앉으세요, 전하. 전하께서도 몸이 그리 좋지는 않으실 텐데요."

"아."

내 말을 들은 클로드가 어색하게 웃으며 입을 열었다.

"다행히 저는 얼마 전에 주치의로부터 외출 허가를 받았습니다."

"공작님이 부럽네요. 저희 주치의는 저더러 1개월은 더 침대 위에 누워만 있어야 한다고 말했어요."

"아, 아직도 많이 편찮으신 건가요?"

"그건 아닌 것 같아요. 아무래도 젊은 나이라 회복이 빠르기도 하고…… 뼈도 거의 다 붙었거든요. 그런데 저희 주치의가 좀 유별나서요. 물론 안전하게 가는 게 최고이긴 하지만……."

나는 끔찍하다는 듯 고개를 저으며 덧붙였다.

"2달 동안 움직이지도 못하고 침대 위에만 꼼짝 않고 있으려니 미치는 줄 알았답니다. 그건 정말 사람이 못 할 짓이에요."

"아……."

그 말을 들은 클로드의 안색이 급격하게 나빠지더니, 갑자기 자리에서 벌떡 일어섰다.

내가 의아한 표정으로 그 모습을 보고 있는데, 갑자기 클로드가 내 앞에 무릎을 꿇었……다? 영문을 모를 상황에 내 눈이 빠르게 커졌다.

"죄송합니다, 영애. 죽을죄를 지었습니다."

"네⋯⋯?"

"사과부터 드리는 게 옳은 일 같군요. 정말 죄송합니다, 영애. 다 저의 불찰입니다."

"그⋯⋯ 마차 사고는 전하께서도 피해자신걸요. 일부러 그러신 것도 아니고요."

"그래도 어쨌든 1차적으로는 저희 쪽의 잘못이고, 영애께서는 아무 죄도 없으시니까요. 그 점에 대해서는 정말 사죄드립니다. 이번 일로 입으신 금전적, 정신적 피해는 에스클리프 가문에서 책임지고 보상해드리겠습니다."

"⋯⋯."

금전적은 그렇다 치더라도, 정신적 보상은 어떻게 하겠다는 거지⋯⋯?

의외의 포인트에서 궁금증이 생긴 내가 별생각 없는 목소리로 물었다.

"정신적인 피해 보상은 어떻게 해주시겠다는 건지⋯⋯."

"아."

내 말을 들은 클로드가 얼른 물어왔다.

"혹시 특별히 원하시는 정신적인 피해 보상이 있으신가요?"

아니, 그걸 왜 나한테 물어봐?

당황한 내가 되물었다.

"공작님께서 따로 생각해 두신 방안이 있으셔서서 제게 그런 말씀을 하신 것 아닌가요?"

"물론 저도 특별히 생각해 둔 방안이 있긴 합니다만, 그래도 혹시 모르니까요. 무릇 보상이란 피해자의 의사를 가장 잘 반영해야 한다고 배웠습니다."

"전 특별히……. 처음에는 많이 충격을 받긴 했는데, 시간이 지나서 그런지 많이 괜찮아졌어요."

물론 나도 알지 못하는 사이 마차에 대한 PTSD(외상 후 스트레스 증후군)가 생겼는지는 또 모를 일이었지만, 어쨌든 아직까지는 괜찮았다.

그러자 내 말을 들은 클로드가 심각한 표정으로 물었다.

"혹시 정신적 피해 보상을 원치 않으시는 건가요?"

"어, 아뇨. 아니, 그게 아니라."

말이 꼬인 내가 재빨리 요점으로 돌아와 물었다.

"그 '정신적 피해 보상'이라는 게 도대체 뭔가요, 전하?"

"좋은 질문입니다."

클로드가 환하게 웃었다.

와, 저 미소를 현금으로 계산하면 분명 백만 불은 될 거라고 생각하면서, 나도 모르게 마른침을 삼켰다. 세상에 저렇게 예쁘게 미소 짓는 남자가 있다니.

자비에르의 미소도 물론 아름답긴 했지만, 그건 뭔가 조각 같은 미소였고, 이쪽은 좀 더 그림 같은……. 사실 그 말이 그 말이긴 하지만.

"병상에만 누워 계시는 동안 영애께서 많이 심심하실 것 같다는 생각이 들었습니다."

"정말 그래요."

내가 한탄하듯 말을 뱉어냈다.

"책도 읽고 동생과 이야기도 나누지만, 아무래도 바깥활동도 하지 않으니 심심한 건 어쩔 수 없답니다."

"그래서 제가 영애께서 완벽히 회복하실 때까지 이곳을 방문할 예정입니다."

"그렇군요…… 아니, 잠깐."

내가 동그랗게 눈을 뜨며 당황한 목소리로 물었다.

"지, 지금 뭐라고 하셨어요?"

"이런, 제대로 듣지 못하신 모양이군요."

능청스럽게 아쉽다는 목소리로 대답한 클로드가 이내 친절하게 한 음절, 한 음절에 힘을 주며 다시 말해주었다.

"영애께서 완쾌하실 때까지 제가 벨플레어 저택을 방문하겠다고 말씀드렸습니다."

"그……런 보상이라면 딱히 원하지 않아요, 전하."

나는 예의 바르게 고개를 저으며 거절했지만, 클로드는 그 말을 듣고 꽤나 충격받은 표정을 지었다.

"어째서죠……?"

아니, 정말 몰라서 물으세요?

"저흰 그렇게 매일 만날 정도로…… 친분이 깊은 관계가 아닌 걸요."

최대한 불쾌하게 들리지 않도록 순화해서 말한 내가 슬며시 클로드의 눈치를 살폈는데, 그는 여전히 충격에서 헤어 나오지 못한 얼굴이었다.

아니, 솔직히 당연한 거 아닌가?

물론 클로드의 얼굴이 거의 국보급이기 때문에 바라보고만 있어도 행복해지는 건 맞았지만, 그렇다고 하더라도 처음 만난 사이에, 그것도 이렇게 좋지 못한 일로 만나게 된 마당에 매일 마주 보고 이야기를 나누라니!

'와, 생각만 해도 어색해 죽을 것 같아.'

아무리 미남 좋아하는 나라도 그건 좀 아니었다. 더구나 미혼의 공작이 미혼의 영애의 집을 단순히 친교를 이유로 '가끔'도 아니고 '매일' 방문한다?

이상한 소문 나기 딱 좋았다. 이 바닥 소문이 얼마나 빠른데.

"제가 생각이 짧았습니다, 영애."

아, 드디어 클로드가 자신이 건넨 제안이 얼마나 어이없는 제안인지 깨달은 듯했다.

내가 속으로 뿌듯함을 느끼며 고개를 끄덕였다.

"알아주셔서 고맙습니다, 전하. 문병은 이번 한 번으로 충분……."

"일단 친분이 깊은 관계부터 도전해야겠네요."

"……뭐라고요?"

아니, 도대체 어떤 식으로 내 말을 받아들여야 그런 결론이 나오는 건데? 내가 황당한 표정으로 두 눈만 껌뻑였다.

말이 안 통하는 남자였다.

나는 차분하게 목소리를 가다듬은 다음 클로드에게 말했다.

"공작님, 군이 그러실 필요는 없을 것 같아요."

"어째서요?"

"음……."

이유를 묻는다면, 아 정말 말해줄 게 없었다.

그러게, 왜 안 되지? 본인이 나랑 친해지고 싶다는데 내가 막을 권리가 있나? 내가 이 남자를 엄청 싫어하는 것도 아닌데 군이 막을 필요가 있나?

무수한 생각들이 머리를 떠돌고 있는데, 앞에 있던 클로드가 그럴 줄 알았다는 듯 아름다운 미소를 지었다.

하, 잘생겼어.

"아무래도 마땅한 이유를 찾지 못하신 모양이군요."

"……."

정답이었다.

말문이 막힌 나는 나도 모르게 입을 다물었고, 클로드는 여전히 아름답게 웃으며 내 심장을 자극시켰다.

"제가 이래 봬도 그렇게 재미없는 남자는 아니랍니다. 적어도 자, 아니 지루하지는 않으실 거예요."

"하지만 저는 공작님에 대해 아는 게 하나도 없어요."

"그런 건 차차 알아 가면 되는 일이랍니다, 레이디 마리스텔라. 그렇게 중요한 문제는 아닐 거예요."

멋대로 상황을 단정 지은 클로드가 잠시 시선을 돌려 시계를 쳐다보았다. 잠시 후 그가 온화한 미소를 지으며 마리스텔라에게 말했다.

"일단 오늘은 물러가도록 하겠습니다, 레이디 마리스텔라. 첫 만남부터 영애를 괴롭힐 수야 없지요."

"……."

"내일 또다시 찾아뵙겠습니다."

"아니, 괜찮은데……."

"너무 부담 갖지 않으셔도 됩니다."

"……."

댁처럼 대단한 미녀가 맨날 댁을 찾아온다고 생각해 보세요, 클로드 씨. 아무리 생각해봐도 심장에 무리가 올 것 같지 않나요? 잔뜩 부담될 것 같지 않나요? 그건 나도 매일 매일을 신경 써서 꾸며야 한다는 뜻이라고요!

"그럼 모쪼록 몸조리에 신경 쓰십시오, 레이디 마리스텔라."

"가, 가시는 건가요?"

"아."

클로드가 순간 얼굴에 홍조를 띤 채로 마리스텔라에게 물었다.

"혹시 제가 가지 않기를 바라시나요?"

"……서둘러 가주세요."

내 말에 클로드는 한 번 낮게 웃음을 터뜨렸다가 이내 정중하게 허리를 굽혀 인사하고선 방 바깥으로 나갔다.

그가 나가고 난 후에도 나는 여전히 어안이 벙벙해진 얼굴로 그가 있던 자리만 멍하니 쳐다보았다.

이거 도대체 무슨 상황이지? 나 방금까지 뭐한 거야?

"언니."

그때 마티나가 열린 문틈 사이로 빠끔 얼굴을 내밀며 나를 불렀다.

나는 그제야 정신을 차리고선 마티나에게로 시선을 옮겼다.

"마티나."

"들어가도 돼?"

"물론이지. 들어와."

그 말을 들은 마티나가 종종걸음으로 방 안까지 들어오더니 내가 있는 침대 곁에 앉았다. 그런 다음 무언가를 잔뜩 기대하는 표정을 지은 채 나를 바라보며 물었다.

"둘이 무슨 이야기 했어?"

"음…… 그때 일어났던 마차 사고에 대해 사과를 하셨어."

"그리고?"

"음…… 보상을 하시겠대."

"무슨 보상?"

"금전적, 정신적 보상."

"금전적 보상은 알겠는데, 정신적 보상은 또 뭐야?"

"……"

마티나는 그 '정신적 보상'이라는 것에 대해 상당히 궁금해 하는 눈치였지만, 문제는 내가 그걸 솔직하게 말하기가 영…… 민망하다는 사실에 있었다.

아니, 그 남자가 정신적 보상을 해준답시고 매일 나를 보러 온다고 어떻게 말해? 그럼 마티나는 분명히 눈을 반짝이면서 '혹시 공작님이 언니한테 호감 있는 거 아냐?' 하고 물어올 게 뻔했다.

그러다 순간 나는 멈칫한 채 얼굴을 굳혔다.

'잠깐, 호감?'

아, 잠깐만. 설마, 정말, 진짜 나한테 호감이 있나?

'진짜 그런 건가?'

애당초 '정신적 보상' 운운하면서 매일매일 찾아온다는 것 자체가 수상해. 그건 나한테 호감이 있지 않고서야 도무지 말이 안 되는 행동이잖아!

하지만 그렇다고 해도 그것 역시 수상한 일이었다. 아니, 우리가 언제 만났다고 호감을 가지고 말고 해? 한 번이라도 만났어야 호감을 가지든 말든 하지.

'설마 마리스텔라의 얼굴에 반한 건가?'

음…… 하지만 그건 좀 아닌 것 같았다. 마리스텔라가 아름답지 않다는 이야기는 아니었지만, 첫눈에 보고 반할 만큼 마리스텔라가 엄청나게 아름다운 세기의 미녀는 아니었다.

그리고 솔직하게 말하자면 클로드의 미모가 상당히 수준급이었기 때문에 - 남신이란 게 있다면 클로드와 비슷하게 생겼을 것이다 - 만약 여장을 시켜 놓는다면 마리스텔라보다 더 아름다울지도 몰랐다.

'그럼 도대체 뭐지?'

뭐에 꽂힌 거야? 아니, 애당초 나한테 호감이 있기는 한 건가?

무수한 고민들 속에서 내가 혼란스러워하고 있는데, 그런 내가 이상했던 건지 갑자기 마티나가 나를 애타게 불렀다.

"언니, 언니!"

"어, 응. 그래."

다시 한번 정신을 차린 내가 마티나에게 물었다.

"무슨 일이야?"

"언니야말로 무슨 일이야. 무슨 생각을 하기에 이렇게 정신을 놓고 있어?"

"그러게 말이다……."

"공작님이랑 무슨 일이 있었네. 도대체 그 '정신적 보상'이라는 건 또 뭐고."

어차피 숨기려고 해봤자 숨길 수도 없었다. 한집에 사는데 어떻게 방문 소식을 숨길 수 있다는 말인가.

나는 별수 없이 사실대로 말해야 했고, 내 설명은 들은 마티나는 처음으로 내 앞에서 입을 떡 벌린 채 매우 놀라워하는 반응을 보였다.

"진짜? 정말? 진심?"

"진짜. 정말. 진심."

"어머 어떡해, 언니. 공작님이 언니한테 관심 있나 봐."

"······내가 너 이 말 할 줄 알았지."

"봐, 언니. 지금 이런 말을 한다는 것 자체가 언니도 나랑 똑같이 생각했다는 거잖아?"

마티나는 묘하게 예리한 데가 있었다.

내가 뜨끔한 표정으로 그녀의 시선을 피했다. 정답이었다.

"언니 정말 멋지다. 황태자 전하에 이어 이제는 공작 전하까지······."

"두 사람 모두 아니야. 설레발 좀 치지 마, 마티나."

"하지만 지금 이건 누구한테 말해줘도 설레발 칠 그렇게 생각할 상황인걸? 설마 두 분이서 언니를 가운데에 두고 싸우기라도 하는 거 아냐? 와, 어떻게 해. 너무 멋져!"

도대체 어디가······?

도무지 이해할 수 없는 마티나의 사고 흐름에 나는 떨떠름한 목소리로 물었다.

"두 남자가 한 여자 가지고 싸우는 게······?"

"완전 멋있지 않아? 로맨틱하잖아! 연애 소설에 나오는 이야기 같아!"

"······."

이것도 엄밀히 말해 연애 소설이긴 하지만 마티나 너, 소설을 너무 많이 봤어. 그런 건 허구의 이야기라고.

내가 말도 안 되는 소리라는 듯 피식 웃으며 고개를 내저었다.

"그럴 일 절대 없어, 마티나. 내가 뭐라고 그런 일이 일어나겠어?"

"언니는 자신을 너무 평가 절하하는 버릇이 있어. 우리 언니가 뭐 어때서? 지덕체를 겸비한 미인이라고!"

"……."

여기에 나랑 너만 있어서 다행이다, 마티나. 누가 들었으면 얼마나 부끄러웠을 뻔했니.

"수다는 그만 떨고, 이만 방으로 돌아가는 게 좋겠다, 마티나. 조금 피곤해서 쉬어야 할 것 같아."

"앗, 정말? 우리 언니 피곤하면 안 되지. 나 지금 갈 테니까 쉬어, 언니."

마티나가 얼른 내 이마에 작은 키스를 남긴 다음 또다시 종종걸음으로 방을 나갔다.

쿵, 문이 닫히고 나는 마티나가 나간 자리를 바라보다가 이내 피식 미소를 흘렸다.

"하여튼 귀여워 죽겠다니까."

그러다 문득 아까 클로드가 했던 말이 떠올랐다.

그는 분명 내일 다시 오겠다고 했다.

그래, 뭐. 하루 정도는 문병 차 더 올 수도 있었다. 하지만 그게 '매일' 지속되는 것이 과연 가능할까?

나는 아마 그가 헬스클럽을 다니는 것처럼 처음 몇 번 정도는 우리 집에 오다가 어느 순간부터 방문이 뜸해질 것이라고 자신했다.

매일매일 어느 한 장소를 방문한다는 건 결코 쉬운 일이 아니었고, 거기에 강제력이 없다면 더더욱 어려운 일이 되었다.

와도 그만, 안 와도 그만인데 매일매일 꼬박꼬박 올 리 없었다.

'며칠 오고 안 온다는 데에 내 발톱 밑의 때를 건다.'

그만큼 나는 자신이 있었다.

……는 건 나의 완벽한 착각이었다.

"안녕하세요, 레이디 마리스텔라."

정확히 오늘부로 열흘째 우리 집으로 출근 중인 클로드를 보면서 나는 인생의 중요한 교훈 두 가지를 얻게 되었다.

첫째, 절대로 어떤 일도 함부로 확신하지 말자.

"오늘 날씨가 너무 좋네요. 몸은 좀 어떠신가요?"

둘째, 뭘 걸 때는 절대로 중요한 걸 걸지 말자.

발톱 밑의 때가 아니라 손목이라도 걸었다면 어쩔 뻔했어?

"좋습니다, 공작 전하."

내가 피곤한 표정으로 눈앞의 잘생긴 남자를 쳐다보았다.

이렇게 잘생긴 남자를 열흘 동안 빠짐없이 보았다면 그 얼굴에 질릴 법도 한데, 어떻게 된 얼굴이 보면 볼수록 잘생겼고, 날이 갈수록 미모에 물이 올랐다.

그는 우리 집에 올 때마다 관리를 받는 것이 틀림없었다. 그게 아니라면 사람 얼굴이 저렇게 잘생길 수는 없는 것이야.

"어제는 주치의 선생님이 좋은 소식을 전해주셨어요."

"좋은 소식이라니 정말 기대되네요. 그게 뭔가요?"

"다음 주부터는 산책해도 좋다고 하셨어요."

결국 나는 3달을 꽉 채운 다음에야 비로소 걸을 수 있게 된 것이다. 내가 진심으로 기뻐하는 얼굴로 웃으며 클로드에게 물었다.

"잘됐죠?"

"……."

그런데 상대 쪽에서 답이 없었다.

뭐야, 설마 안 잘됐다는 건가?

당황한 내가 얼른 클로드를 불렀다.

"공작님?"

"……아."

한참 후에야 얼빠진 듯한 얼굴로 그가 중얼거렸다.

"죄송합니다, 레이디 마리스텔라. 제가 잠시 정신을 놓고 있었네요."

"아뇨, 뭐 죄송할 것까지야……. 그보다 피곤하신 건 아닌지 걱정스럽네요."

"절대 아닙니다!"

그게 무슨 대단히 잘못된 말인 것처럼, 클로드가 과민하게 내 말을 부정했다.

"전 절대 피로하지 않습니다, 레이디 마리스텔라. 아주 건강하고, 아주 멀쩡해요."

"다, 다행이네요."

내가 어색하게 웃으며 눈앞의 남자를 쳐다보았다.

일단 열흘간 우리 둘 사이의 관계 변화에 대해 말해보자면, 의외로 진전이 있었다. 클로드는 생각했던 것보다 달변가였고, 대화를 이끌어 나가는 데 능숙했다.

그는 매우 자연스럽게 나와 대화를 시도했고, 덕분에 나는 어렵지 않게 열흘 동안 그와 대화를 이어 나갈 수 있었다.

거기에서 내가 의도적으로 노력했던 것은 하나도 없었는데도 그 정도라는 건 상당히 대단한 일임이 틀림없었다.

그런 점을 고려해 봤을 때 클로드가 '이래 봬도 재미있는 남자'라고 말했던 건 허언은 아닌 듯했다.

"어쨌든 다른 것보다 열흘 전보다 나아지신 것 같아 많이 기쁘군요."

"……그러니 이제 뼈에 좋은 음식은 더 보내지 않으셔도 돼요."

"하지만 모든 일은 끝날 때까지 끝난 게 아니랍니다. 다음 주까지는 보내드리겠습니다."

"……."

나는 순간 할 말을 잃었다. 참고로 이 남자의 '금전적 보상'은 다친 두 사람 몫의 치료비와 부서진 마차에 국한되지 않았다.

하루가 멀다 하고 우리 집으로 뼈가 붙는 데 좋다는 음식이라는 음식을 바리바리 거대한 상자에 보내왔던 것이다.

제발 좀 그만 보내라고 말했는데도 별로 소용이 없어서 나는 이제 거의 체념하고 있는 중이었다.

아마 오늘도 그래야 할 것 같았다.

똑똑.

그때 노크 소리와 함께 플로린다가 안으로 들어왔다. 손에는 은색 쟁반이 들려 있었는데, 그 위에는 따뜻한 차 두 잔과 한눈에 봐도 달콤해 보이는 버터 쿠키가 담겨 있었다.

클로드가 빙긋 미소 지으며 찻잔을 들어 올렸고, 나 또한 마찬가지였다. 달콤한 실론티였는데, 맛이 상당히 좋았다.

대단히 만족스러운 표정을 지은 클로드가 감탄하며 차 맛을 칭찬했다.

"차 맛이 일품이네요."

"그러게요."

나도 살짝 놀랐다. 이런 차를 언젠가 먹어봤던 것 같기도 한데, 기억이 잘 나지 않았다.

내가 의아한 목소리로 플로린다에게 물었다.

"이번에 새로 구입했나 보죠?"

"아, 아뇨. 실은 방금 황태자 전하께서 보내주신 찻잎이랍니다."

"아, 정말요? 전하께서 언제……."

푸흡!

그때 어디선가 차를 요란하게 내뿜는 소리가 들려왔고, 놀란 나는 서둘러 소리가 난 진원지로 고개를 돌렸다.

"……죄송합니다, 레이디 마리스텔라."

클로드가 당황한 얼굴로 품 안에서 손수건을 꺼내 입가를 닦고 있었다.

뭐야, 갑자기 왜 이래?

아니 그보다 차 뿜는 모습도 멋있는 거…… 실화인가.

역시 잘생긴 사람은 무슨 짓을 해도 다르다고 생각하면서 나는 당황한 목소리로 물었다.

"무슨 문제라도 있나요, 공작님?"

"네? 아뇨, 아니, 네!"

어쩌라는 거야……?

의외의 바보 같은 모습에 나는 웃음이 나온다기보다는 어리둥절했다. 클로드가 다정하고 능글맞고 유쾌하긴 했지만, 바보는 아니었던 것 같은데 갑자기 바보가 되어 버린 기분이다.

내가 당황한 목소리로 물었다.

"문제가 있다고요?"

"아니, 문제라기보다는……."

클로드가 미간을 좁히며 물었다.

"이걸 자, 아니 황태자 전하께서 보내주셨다고요?"

"저도 잘 모르겠어요."

그렇게 대답한 내가 설명이 필요한 얼굴로 플로린다를 쳐다보았고, 본의 아니게 주목받게 된 그녀는 얼른 우리에게 설명해주었다.

"공작 전하께서 아가씨의 병실로 올라오시고 얼마 후에 서면궁에서 딜튼 경이 왔어요. 그때 서면궁으로 초대하셨을 때 아가씨께서 차를 좋아하시는 것 같아서 심신 안정에 좋다는 차를 많이 가져오셨죠."

"아, 그랬군요……."

딜튼 경이 왔는지는 몰랐다. 클로드만 없었어도 마주 보고 이야기라도 나누었을 텐데.

나는 새삼 아쉽다고 생각하며 플로린다에게 물었다.

"그럼 딜튼 경은 지금 가셨나요?"

"백작부인께서 차라도 한 잔 대접해드리라고 말씀하셨는데, 딜튼 경이 아쉽게도 급한 일이 있다고 하시면서 가셨답니다."

플로린다도 덩달아 아쉬운 목소리로 말한 다음 뒤에 덧붙였다.

"어쨌든 한눈에 보기에도 귀한 찻잎 같아서, 공작님께서도 맛보시면 좋을 것 같아 가지고 왔어요."

"아, 혹시 차가 입에 맞지 않으시나요, 전하?"

내가 걱정스러운 목소리로 아까 차를 뱉어낸 클로드를 쳐다보았다.

그러자 클로드의 얼굴이 갑자기 빨개지면서 그가 당황하는 표정을 지었다.

"차, 차요?"

"네. 아까 차를 드시자마자 뱉어내셔서……."

내가 심각한 표정으로 말했다. 물론 내 입맛에 차는 아주 상급이었지만 원래 차 맛이라는 건 사람의 기호에 따라 얼마든지 달라질 수 있는 문제였으니까. 내가 걱정스러운 목소리로 덧붙였다.

"혹시 마음에 들지 않으셨다면 다른 차로 내올 수 있도록 하겠습니다."

"아……."

내 말에 갑자기 클로드가 짧게 한숨을 쉰 다음 고개를 저었다.

"아닙니다, 영애. 차가 맛이 없었던 게 아니라 제가 너무 뜨거워서…… 뿜은 것뿐이에요. 그뿐이랍니다."

"아, 그러셨군요."

그 말이 다행인지 불행인지는 모르겠지만, 적어도 차가 맛없다는 이야기는 아니었기 때문에 나는 내심 안심했다.

어쩐지 이 훌륭한 차 맛을 인정해주는 동지가 하나 더 생긴 것 같아서 기뻤다.

내가 신나는 목소리로 말했다.

"실은 지난번 서먼궁에 초대받았을 때 맛있게 마셨던 차라서요. 공작 전하께서도 이 차가 마음에 드시나요?"

"……아주 마음에 드네요."

클로드가 아름답게 미소 지으며 대답한 다음 아까보다 어쩐지 더 조심스러워진 듯한 목소리로 물었다.

"그보다 황태자 전하와 친하신가 봅니다?"

그 말을 들은 나는 순간 '아차' 싶었다. 혹시 클로드가 오해할 수도 있었으니까. 나는 얼른 고개를 저었다.

"친하긴요. 그냥 그때 제가 전하께 실례를 끼치면서 손수건을 버렸는데, 그 문제로 한 번 부르신 것뿐이랍니다."

그러고 보니 손수건은 왜 안 가져다주는 건지 싶었다. 아까 딜튼 경을 통해서 전해주었어도 좋았을 텐데. 설마 그새 마음이 바뀌었나?

"그렇군요."

그 말을 들은 클로드의 표정이 갑자기 밝아졌다. 내 말에 무슨 기뻐할 만한 거리가 있었나 생각해 봤는데 그것도 아니었다. 도대체 뭐지?

"그보다 영애께서는 차를 좋아하시나 봅니다."

"그렇게 좋아하는 건 아닌데, 가끔가다 입에 맞는 게 있어서 그런 것들만 마시고 있어요."

"에스클리프 저택에는 훌륭한 찻잎들이 주기적으로 들어오지요. 가끔 보내드리도록 하겠습니다."

"아, 감사……."

……가 아니라 댁이 왜?

내가 당황한 목소리로 냉큼 말을 거두었다.

"괜찮습니다, 전하. 그런 선물은 부담스러워서요."

"선물이 아닙니다, 레이디 마리스텔라."

이게 선물이지 그럼 뭐, 뇌물인가?

나는 황당한 기분으로 물었다.

"그럼요?"

"엄밀히 말하면 이것 또한 일종의 '정신적 보상'에 해당되지요. 3개월 전의 마차 사고로 인해 지친 영애의 심신을 차로 진정시켜 드려야 하니까요."

"그…… 공작님의 성의는 고맙지만 차까지는 정말 보내주지 않으셔도 돼요. 그건 좀 부담스러워서……."

"네……?"

그 말을 들은 클로드가 돌연 충격받은 표정을 지었다.

뭐야, 갑자기 왜 이래?

"황태자 전하의 선물은 괜찮으시면서 제 선물은 부담스러우시다는 건가요?"

"……."

아니, 왜 이야기가 그렇게 흘러가?

당황한 내가 얼른 손을 내저었다.

"아뇨, 전하. 그런 의미가 아니라요. 저는 그냥……."

"만약 3개월 전의 일로 저를 미워하시는 거라면 저도 드릴 말씀은 없지요. 역시 제가 죽을죄인……."

"아니, 뭘 또 그렇게까지 말씀하세요?"

"사실이니까요. 제가 감히 영애의 귀한 몸에 전치 3개월의 상해를 입혔으니 절 미워하시는 것도 이해는 갑니다."

"아니, 공작님 뭔가 대단히 오해를 하고 계신 것 같은데! 제가 공작님의 선물을 거부하겠다는 건 그런 의미가 아니에요. 그리고 황태자 전하께서도 이런 선물을 보내주신 건 이번이 처음이었고요. 제가 심하게 아파서 누워 있으니까 보내주셨겠죠."

"그럼 가끔씩 보내드리면 상관없는 겁니까?"

"그……."

이야기가 그렇게…… 되나?

순간 당황한 내가 아무 말도 못 하고 있는데, 갑자기 클로드가 눈을 빛내며 말했다.

"알겠습니다, 레이디 마리스텔라. 그렇게 이해하도록 하겠습니다."

"뭐, 뭘 이해해요?"

"'가끔씩'만 선물을 보내드리도록 하지요. 영애의 정신적인 보상 차원에서요."

"……."

그 '가끔씩'이라는 게 상당히 기준이 모호해서 나는 심히 걱정되었지만, 일단은 고개를 끄덕였다.

아까 클로드의 표정은 내가 조금만 더 거부했다가는 거의 울 것 같은 얼굴이었으니까.

아까 그 얼굴이 이 세상 귀여움이 아니어서 솔직히 더 보고 싶긴 했지만…… 잠깐, 이게 아닌데.

똑똑.

그때 바깥에서 노크 소리가 들려왔고, 나는 자연스럽게 물었다.

"누구세요?"

"실례합니다, 레이디 마리스텔라. 저희 공작님께 드릴 말씀이 있는데요."

그 말을 들은 클로드가 얼른 자리에서 일어나 문 쪽으로 갔다. 그는 바깥으로 아예 나가서 이야기를 나누었다가, 잠시 후에 다시 병실 안으로 들어왔다.

내가 궁금한 목소리로 물었다.

"급한 일이 생기셨나요?"

"유감스럽게도 그렇게 되었습니다, 레이디 마리스텔라. 가문에서 운영하는 상단 쪽에 작은 문제가 생겼다고 하네요."

클로드는 '작은' 문제라고 말했지만 나는 그것이 본능적으로 '작은' 문제가 아니라는 사실을 눈치챘다. 정말로 '작은' 문제라면 가주인 클로드를 나와 만나고 있는 상황에 불러내지는 않았을 테니까.

"얼른 가보시는 게 좋겠어요, 전하."

"이해해 주셔서 감사합니다, 레이디 마리스텔라."

그가 아쉽다는 듯한 얼굴로 내 병상 옆까지 걸어왔다.

작별 인사를 하기 위해 가까이 오는 줄 알았는데, 결과적으로 말하자면 내 예측은 맞아떨어졌다.

"어……."

그가 갑자기 내 앞에 무릎을 꿇고 앉았고, 그 돌발 행동에 나는 당황했다. 아니 정확히는 그 행동이 갑작스러운 것보다, 그가 내 앞에 무릎을 꿇었다는 사실 자체에 더 당황했다.

내가 어버버하면서 아무 말도 못 하고 있는 사이 그가 내 손등에 입을 맞추었다. 그 순간에 나는 눈이 평소의 한두 배쯤 커졌다. 도무지 이게 현실인지 꿈인지 구분이 안 갔다.

이게 꿈이거나 내가 미쳤거나 둘 중 하나다.

아니 애당초 내가 이 책 속으로 들어온 게 말이 안 되는 거니까 말이 안 되는 거의 말이 안 되는 거는 말이 되는 건가……?

"레이디 마리스텔라."

"……."

"내일 또 뵙겠습니다."

그렇게 말한 클로드가 빙긋 웃었고, 그 순간 나는 만약 여기 사진기란 게 있었다면 실례를 무릅쓰고서라도 이 모습을 찍었을 거라고 생각했다.

아니, 잘생긴 것도 웬만큼 잘생기셔야지…… 사람이 이렇게 얼굴에서 빛이 나도 되는 거예요?

"네……."

그래서 결국 나는 아까 클로드가 내게 한 행동도 완전히 잊어버린 채 그저 멍청하게 대답할 수밖에 없었다.

그 사실을 알아차린 건 이미 그가 내 병실에서 완전히 사라진 뒤였고, 나는 답이 없다는 듯 절레절레 고개를 저었다.

아, 이놈의 외모지상주의 진짜 버려야 하는데.

'아까 그건 뭐냐고, 진짜…….'

심란한 표정으로 아까 있었던 일을 다시금 상기하고 있는데, 바깥에서 또 노크 소리가 들려왔다.

"누구세요?"

"플로린다예요, 아가씨. 공작님은 어디 가시는 것 같던데……."

"맞아요."

곧 문이 열리며 플로린다가 안으로 들어왔다. 부족한 다과를 더 채우려고 했는지 그녀의 손에는 러스크가 담긴 흰색 접시가 들려 있었다.

내가 먹으면 되지, 뭐! 내가 배시시 웃으며 말했다.

"전하께서 일찍 가신 덕에 나만 배부르게 생겼네요."

"좀 더 가져다드릴까요? 요리장이 넉넉히 구웠어요."

"음, 일단 이거 다 먹고요."

나는 무릎 위에 올려진 접시 위에서 러스크 한 개를 집어 든 다음 오독오독 소리를 내며 먹기 시작했다. 그때 플로린다가 깜빡했다는 듯 나를 불렀다.

"참, 아가씨, 아가씨."

"응?"

"제가 아까 미처 전해드리지 못한 말이 있어요."

"그게 뭔데요?"

"내일 황태자 전하께서 이곳으로 오신대요."

툭.

그 말을 듣자마자, 나는 먹고 있던 러스크를 저도 모르게 무릎 위로 떨어뜨렸다.

방금…… 뭐라고?

"……내가 잘못 들은 거죠?"

"아뇨. 맞아요, 아가씨. 딜튼 경이 틀림없이 그렇게 말하고 갔어요."

"말도 안 돼⋯⋯. 엄마 아빠도 이 사실을 아시나요?"

"마님께서는 알고 계세요. 주인님께서도 그러신지는 잘 모르겠지만⋯⋯ 아마 마님께서 말씀하시지 않았을까요?"

"하지만 황태자 전하께서 한번 이쪽으로 오시려면 복잡할 게 많을 텐데요. 호위나 뭐 그런 것들⋯⋯."

"그런 것까지는 걱정하지 않아도 괜찮다고 딜튼 경이 말하던걸요?"

"흐음⋯⋯. 그보다 왜 오시겠다는 거지?"

"안 그래도 내일 외출 일정이 있으신데, 시내로 나가면서 잠시 들르시겠다고 하셨대요."

"아, 그랬군요."

하긴. 특별한 일 없이 황태자씩이나 되는 사람이 일개 영애의 병문안을 일부러 온다는 건 말이 안 되는 일이었다.

나는 고개를 끄덕인 다음 플로린다에게 미리 말했다.

"만약 내일 황태자 전하께서 오시면 오늘 받은 차를 내오도록 해요, 플로린다."

"네, 아가씨. 아참, 그런데요⋯⋯."

플로린다가 조심스럽게 말머리를 뗐고, 나는 의아한 표정으로 그녀를 재촉했다.

"왜요? 말해 봐요."

"에스클리프 공작님께서 매일 이곳에 방문하시잖아요. 만약 둘이 겹치는 시간에 방문하시면 어쩌죠?"

"에이, 설마요."

플로린다의 말을 듣자마자 나는 그럴 리 없다는 듯한 표정으로 고개를 저었다.

아무렴 내일 하루 24시간 중에서 두 사람이 우연히 마주칠 가능성이 얼마나 된다고.

나는 피식 웃으며 쓸데없는 걱정 하지 말라는 듯 말했다.

"차라리 내가 벼락 맞아 죽을 확률이 더 높겠어요."

그다음 날이 되었을 때 내가 했던 고민이라곤 딱 하나였다. 과연 클로드가 먼저 우리 집을 찾을 것인지, 아니면 자비에르가 더 먼저 이곳으로 올 것인지.

클로드는 상당히 불규칙적인 시간에 방문했고 가끔은 예고 없이 올 때도 있어서 날 놀라게 만들었지만, 자비에르는 오늘 2시에 방문하겠다고 아예 못을 박아 두었기 때문에 나는 당연히 클로드가 자비에르보다는 늦게 오겠거니 하고 생각하고 있었다.

"마리 아가씨, 황태자 전하께서 도착하셨어요!"

정확히 2시가 되었을 때 플로린다가 해맑은 목소리로 내 방에 들어와 소식을 전했고, 나는 알았다는 듯 고개를 끄덕인 다음 플로린다에게 물었다.

"겉보기에 이상하거나 그런 건 없지?"

어쨌든 황태자와 만나는 자리인 만큼 최대한 예의를 갖추는 게 좋았다. 내 말을 들은 플로린다가 무슨 그런 당연한 소리를 하느냐는 듯 고개를 끄덕이며 대답했다.

"당연하죠, 아가씨! 지금 얼마나 아름다우신데요."

"하하……."

그 말은 좀 신뢰가 안 갔다. 환자가 예뻐 봐야 얼마나 예쁘다고.

"일단 이쪽으로 잘 모시고…… 다과는 어제 황태자 전하께서 주셨던 것으로 준비해 줘, 플로린다."

"그럴게요, 아가씨."

플로린다가 나간 지 얼마 되지 않아 노크 소리가 들려왔고 나는 목소리를 가다듬은 다음 대답했다.

"네."

"레이디 마리스텔라, 들어가도 되겠습니까?"

익숙한 목소리가 방 바깥에서 들려왔다. 나는 짧게 심호흡하며 긴장을 푼 다음 대답했다.

"네, 황태자 전하. 들어오세요."

대답을 마치고 잠시 후에 문이 열리며 자비에르가 모습을 드러냈다. 마지막으로 봤던 것과 변함없이 잘생긴 모습에 나도 모르게 속으로 떨림 섞인 한숨을 내쉬었다.

이렇게 미남만 보다가는 쓸데없이 남자 보는 눈만 높아지겠어.

"레이디 마리스텔라, 많이 괜찮아지신 것 같아 다행입니다."

자비에르는 특유의 예의 바른 미소를 내게 지어 보이며 말을 건넸고, 나는 엷게 웃으며 고개를 끄덕였다.

"3개월이나 꼼짝 않고 침대에서 썩어…… 아니, 보냈으니까요."

"완치하기 전까지는 다소 심한 감이 있더라도 충분한 휴식과 안정을 취하는 일이 우선이지요. 그래서 그간 병문안도 오지 못했습니다."

그렇게 대답한 자비에르가 잠시 후에 물었다.

"혹시 서운하셨나요?"

"네? 아뇨. 그럴 리가요."

나는 한 치의 망설임도 없이 고개를 절레절레 저었다.

설마 이런 걸로 서운함을 느낄 리 없었다. 문병은 선택이지 필수가 아니었고 자비에르는 바쁜 사람이었는 데다, 결정적으로 우리 둘은 아직 그렇게 가까운 사이가 아니었다.

서운함을 느끼고 말 것도 없는 사이.

음…… 이렇게 말하고 나니 조금 씁쓸하긴 하네.

"황태자 전하께서 얼마나 바쁘신 분인지 아는데……. 그리고 사실 굳이 문병 오실 이유도 없고요."

"……."

그 말을 들은 자비에르의 얼굴이 약간 심각해졌고, 그 모습을 본 나는 혹시 내 말이 그의 심기를 거스르게 한 건지 잠깐 고민해봤다. 하지만 특별히 그럴 만한 부분이 없어서 가볍게 넘겨버렸다.

똑똑.

그때 문이 열리고 다과를 든 플로린다가 들어왔다.

그녀 역시 자비에르와는 첫 대면이었기 때문에 긴장한 기색이 역력했다. 플로린다는 조심스럽게 우리 두 사람 앞에 다과가 든 쟁반을 내려놓은 다음 도망치듯 자리를 떴다.

내가 낮게 웃으며 자비에르에게 차를 권했다.

"드세요, 전하."

"아."

자비에르가 묘하게 기뻐하는 목소리로 말했다.

"제가 보내 드린 차로군요."

"네. 맛이 아주 좋아요. 어제는 정말 감사했습니다. 덕분에 한동안은 즐겁겠네요."

"마음에 들어 하신다니 다행입니다, 레이디 마리스텔라. 원하신다면 추후에 한 번 더 보내드리도록 하지요."

"네?"

그 말에 나는 당황한 얼굴로 고개를 저었다.

문병 선물로 한 번은 괜찮았지만, 두 번부터는 약간 부담스러웠다.

"괜찮습니다, 전하. 그러기에는 제가 부담스러워서……."

"그리 값비싼 차도 아닌걸요. 부담스러워 하실 필요 없습니다."

"……?"

전혀 신빙성 없는 말에 내가 고개를 갸웃거렸다.

차에 대해 잘 모르는 내가 마셔 봐도 한 번에 알 만큼 좋은 차인데 값이 나지 않는다고?

'아, 혹시 나와 자비에르의 금전 감각이 완전히 다른 건가?'

그럴 가능성이 컸다. 아무렴 황궁에서만 지내시던 황자님이신데 금전 감각이 일반 사람들하고 같을 리가.

그러다 문득 시선을 아래로 내리자, 이상한 점 하나가 눈에 들어왔다.

"저, 전하."

"네, 레이디 마리스텔라."

"손이…… 혹시 다치셨어요?"

분명 섬섬옥수였던 자비에르의 손이 어쩐지 상처로 한가득이었다. 내 말에 자비에르가 갑자기 부끄러워하는 사람처럼 얼굴을 붉히며 손을 뒤로 숨겼다. 내가 걱정스럽게 그에게 물었다.

"손이 많이 엉망인데요. 무슨 일이 있었나요?"

"벼, 별일 아닙니다, 레이디 마리스텔라. 그저 살짝 다친 것뿐이니 너무 걱정하지 않으셔도 됩니다."

"그렇다면 다행이지만……."

내가 여전히 걱정스러운 눈으로 그의 손을 바라보는데, 자비에르가 갑자기 화제를 틀었다.

"그보다 몸은 좀 괜찮으신지 모르겠습니다."

"네, 이제 괜찮아요."

나는 엷게 웃어 보이며 대답했다.

"사실 지금도 뼈가 거의 다 붙어서 움직일 수는 있는데…… 저희 주치의 선생님이 너무 조심성이 많으셔서요. 움직이는 건 다음 주부터 본격적으로 할 수 있을 것 같아요."

"그렇군요. 다행입니다."

잔잔한 미소를 지어 보인 자비에르가 이내 눈썹을 찡그리며 물었다.

"그보다 마차 사고는 도대체 왜 난 겁니까, 레이디 마리스텔라?"

"아……."

문득 머릿속으로 클로드가 떠올랐다. 물어보는 걸로 봐서는 자비에르는 아직 마차사고를 낸 사람이 클로드라는 사실을 모르는 듯했다.

내가 민망한 듯 웃다가 간단히 답해주었다.

"그게 실은 그 마차를 몰던 말이 환각을 일으키는 풀을 잘못 먹었다고 하더라고요."

"세상에."

"그래서 결국 상대 쪽도 많이 다쳤어요."

"도대체 그 극악무도한 자가 누굽니까?"

자비에르가 드물게 화난 표정을 지었고, 그런 그의 모습에 나는 순간 당황했지만, 어쨌든 진실은 말해줘야 할 것 같아서 천천히 입술을 벌렸다.

똑똑.

하필이면 그때 또 노크 소리가 들려왔다. 하지만 아까 플로린다는 들어 왔다 갔는데?

내가 의아한 목소리로 물었다.

"누구세요?"

"……."

물음에도 답은 없었다.

플로린다는 내 말에 단 한 번도 대답하지 않은 적이 없었기 때문에 적어도 문밖에 있는 사람이 플로린다는 아니었다.

그렇다면 누구지? 내가 이상하다는 듯 한쪽 눈썹을 구기다가 이내 자리에서 일어나려는 시늉을 했다. 그러자 자비에르가 단호하게 나를 말렸다.

"환자를 움직이게 할 수는 없지요. 제가 가보겠습니다."

말을 마친 자비에르가 자리에서 일어난 다음 문가로 걸어갔고, 이내 망설임 없이 문을 열었다.

"누구……."

"짜잔!"

아, 이 목소리는 분명 클로드였다.

내가 정말 깜짝 놀란 목소리로 클로드를 불렀다.

"고, 공작 전하?"

"……."

내가 당황한 얼굴로 문가를 응시했다. 자비에르의 어깨 너머로 보이는 건 분명 클로드였다.

그런데…… 아까까지만 해도 웃음기가 넘쳤던 클로드의 얼굴이 순식간에 찌푸려졌다. 그 모습을 본 나는 순간 나를 보고 인상을 찌푸리나 했지만, 그건 또 아닌 것 같았다. 그보다는 자비에르를 보자마자 인상이 굳어졌다는 것이 좀 더 맞는 추측이었다.

내가 의아한 얼굴로 천천히 자리에서 일어서 문가로 걸어갔다.

걱정했는데 처음에 약간 비틀거린 것 빼고는 다행히 멀쩡했다.

"왜 그러……."

"공작 전하, 이미 안에 황태자 전하께서 와 계십……."

그때 뒤늦게 달려온 플로린다의 모습이 클로드의 뒤로 보였는데, 그녀는 이미 벌어져버린 상황에 자신이 끼어들 만한 문제가 아니라고 판단했는지 조용히 다시 물러났다.

어쩐지 이상하다 싶었는데 클로드가 나름 '서프라이즈'를 해주기 위해 막무가내로 올라온 모양이었다.

"……."

"……."

한동안 두 사람 사이에는 침묵이 감돌았고, 나는 그 침묵에 흠칫 놀라 아무 말도 하지 못한 채 둘만 번갈아 쳐다보았다. 눈치를 보아하니 두 사람, 초면은 아니었다. 돌아가는 분위기가 어쩐지 이상했다.

"……위대한 요나스의 작은 태양, 황태자 전하를 뵙습니다."

한참 후에 먼저 입을 연 사람은 클로드였다. 그는 평소답지 않은 무표정한 얼굴로 허리를 굽혀 자비에르에게 인사했다.

상식적으로도 그게 맞았다. 어쨌든 신분은 황태자인 자비에르가 더 높았으니까. 아무리 클로드가 공작이라 하더라도 차기 황제인 자비에르에게 비빌 만한 수준은 아니었던 것이다.

"에스클리프 공."

"바쁘시다 들었는데."

클로드가 한쪽 입꼬리를 비뚜름하게 올리며 말을 이었다.

"아니 신가 보군요. 서면궁이 아닌 이곳에 계신 모습을 다 보게 될 줄이야."

"그러는 공은 이곳까지 어쩐 일이지?"

"보시다시피 저는⋯⋯."

클로드가 나를 곁눈질하며 말을 맺었다.

"레이디 마리스텔라를 뵈러 왔습니다."

"⋯⋯."

그 말을 들은 자비에르의 눈이 차갑게 식었고, 나는 그제야 그의 냉정한 모습을 실감했다.

늘 내게는 친절하고 예의 바른 모습만 보여주었던 탓에 소설 속에서 소개되었던 '서늘하고 비정한' 모습은 볼 수 있는 기회가 거의 없었는데, 그 모습을 이런 식으로 보게 될 줄은 몰랐다.

갑자기 가라앉은 분위기에 나도 모르게 마른침을 삼켰다.

"공이 말인가?"

"⋯⋯네."

"무슨 연유지?"

자비에르가 깐깐하게 클로드에게 물었고, 클로드는 그런 자비에르를 빤히 쳐다보다가 이내 내게로 시선을 옮겼다.

나는 눈썹을 살짝 찡그린 채로 클로드와 눈을 맞추었고, 이내 클로드가 빙긋 미소 지었다.

"매일 보기로 약속했으니까요."

"……."

내가 언제?

당황한 내가 클로드에게 뭐라 말하기 위해 입술을 열었지만, 말이 조금이라도 새어 나오기 전에 클로드의 목소리가 나를 가로막았다.

"영애께 정신적 보상을 해드리고 싶었는데, 저와 그렇게까지 친한 사이가 아니라며 거부하시더군요. 그래서 일단 친분을 쌓기 위해 요 근래 매일 벨플레어 저택을 방문하고 있었습니다."

"정신적 보상이라니."

클로드의 말에서 이상한 부분을 잡아낸 자비에르가 한쪽 눈썹을 실룩인 다음 물었다.

"그게 무슨 뜻이지?"

"말씀드린 그대롭니다, 위대하신 황태자 전하. 제가 영애께 정신적 상해를 입혔거든요."

"……알아듣게 말해."

"제가 한 달 동안 귀족 회의에 참석하지 못했습니다."

"……."

자비에르는 그 말을 오늘 처음 들었는지 살짝 놀란 눈치였다. 그가 낮은 목소리로 대꾸했다.

"몰랐군."

"그러시겠지요. 제게 관심이 없으셨을 테니. 하지만 황제 폐하께서 말씀하셨을 법도 한데…… 그러지 않으셨나 보군요."

"……."

클로드의 말에 자비에르가 아까보다 더 무서운 눈빛으로 클로드를 쳐다보았고, 나는 그사이의 기 싸움에 눌려 질식할 것만 같았다.

둘이 무슨 사이인지는 잘 모르겠지만, 그리 우호적인 관계가 아닌 것만은 확실했다.

친구는, 더더욱 아닐 것이고.

"제가 왜 귀족 회의에 참석하지 못했겠습니까?"

"내가 그런 사소한 이유까지 알아야 하나?"

"글쎄요. 뭐…… 굳이 모르셔도 상관은 없지만."

자비에르가 빙긋 웃으며 고개를 저었다.

"아시는 게 좋을 것 같아서요."

"빙빙 돌리지 말고 핵심만 말하도록 해. 공은 아직도 그 버릇을 못 고쳤군."

"전하께서 지나치게 직설적이고 단도직입적이신 겁니다. 하긴, 굳이 돌려 말해야 할 위치에 계신 것은 아니니 상관없으려나요."

"……."

"원하시는 핵심만 말씀드리자면, 그 마차 사고의 가해자 겸 피해자가 바로 접니다."

그 말을 들은 자비에르의 눈이 크게 커졌고, 잠시 후, 내가 손쓸 새도 없이 그가 클로드의 멱살을 부여잡았다. 하지만 멱살을 잡은 자비에르나 부여 잡힌 클로드나 아까와 눈빛이 똑같이 흉흉해서, 나는 끼어들어야 하는지 말아야 하는지에 대해 심각한 고민에 빠졌다.

분명 내가 말려야 할 상황 같았지만, 이상하게 두 사람 사이에 끼어들어서는 안 될 것 같다는 느낌을 받았다.

그러니까, 엄밀히 말하자면 내가 끼어든다 해도 일이 해결될 것 같지 않았다. 오히려 상황이 더 악화된다면 또 모를까.

"그게 네놈이었나."

"……."

"레이디 마리스텔라를 거의 죽기 직전의 상태로 만든 게 네놈이냐고 물었다, 에스클리프 공."

"……전하, 아까도 말씀드렸다시피 저는 가해자이기도 하지만, 피해자이기도 합니다."

클로드는 자비에르의 위압적인 태도에 조금도 굴하지 않은 채 덤덤한 표정으로 대꾸했다.

"저 또한 원치 않았던 사고였고 그로 인해 한 달이 넘는 시간을 침대에서 보내야 했으니까요."

"공의 안위 따위는 내게 조금도 중요한 게 아니야. 중요한 건 레이디 마리스텔라가 공으로 인해 크게 다치셨다는 거다. 다른 사람도 아니고, 공 때문에."

"말이 환각을 일으키는 풀을 실수로 먹었습니다. 말을 잘못 관리한 건 분명 이쪽 잘못입니다. 그건 저도 드릴 말씀이 없군요."

"……."

"이것 좀 놓아주시겠습니까. 지고하신 황태자 전하께서 하실 만한 행동은 아니라고 생각됩니다만."

클로드가 싸늘한 목소리로 자비에르에게 요구 같은 부탁을 했고, 자비에르는 그런 그를 맹렬히 노려보다가 이내 맥이 풀린 사람처럼 손을 놓았다.

그 바람에 구겨져 버린 재킷을 정리하며, 클로드가 덧붙였다.

"영애께서 저로 인해 입으신 피해에 대해 마땅히 보상해야 한다고 판단했습니다. 그로 인해 금전적인 보상은 물론이고 정신적인 보상 또한 함께해드리려 했던 것이고요."

"그게 영애와 함께 하루 한 번 대화를 나누는 것이고?"

냉소를 지은 자비에르가 다시 싸늘하게 중얼거렸다.

"핑계도 좋군. 누가 보면 일부러 사고를 일으킨 줄 알겠어."

"……말씀 조심하십시오, 전하."

"하."

그 말에 헛웃음을 터뜨린 자비에르가 무표정한 얼굴로 클로드를 응시하며 물었다.

"공작위에 오르더니 많이 대담해졌군, 공. 감히 내게 말조심을 하라고 말하는 건가?"

"방금 전하께서 하신 말씀은 제 명예를 깎아내릴 소지가 충분하니까요. 절 미워하시는 건 알겠지만, 유언비어를 퍼뜨리는 건 다소 격이 떨어지는 일이 아니겠습니까."

"……."

자비에르가 침묵했고, 그때가 되어서야 나는 비로소 조심스럽게 입을 열어 두 사람 사이에 끼어들었다.

"저, 일단 들어가셔서 말씀 나누시는 게 좋겠어요. 고용인들이 들으면 곤란하니까⋯⋯."

그제야 두 사람이 내게로 시선을 옮겼는데, 서로를 바라볼 때와는 다르게 상당히 누그러진 눈빛이어서 나는 놀랄 수밖에 없었다.

나는 어색하게 웃으며 두 사람의 손목을 한쪽씩 잡은 다음 방 안으로 질질 끌고 들어갔다.

당연히 내가 성인 남자 둘을 끌고 들어갈 만한 힘은 없었지만, 내말에 동의를 한 것인지 두 사람은 내가 걷는 방향으로 발을 옮겨주었다.

참, 고맙다고 해야 하나.

"자, 일단 두 분 모두 앉으세요."

나는 침대 위로 다시 올라갔고, 두 사람은 침대 양옆으로 자리를 잡고 앉았다. 오른쪽에 자비에르, 왼쪽에 클로드.

본의 아니게 둘이 마주 보는 형상이 되었지만, 그렇다고 해서 같은 쪽에 앉으면 분위기가 더 심각해질 것 같았기 때문에 어쩔 수 없는 선택이었다.

"자, 다들 차 한 잔씩 드시면서 진정하세요."

그렇게 말한 다음 나는 이미 식어 버린 차를 입안에 흘려 넣었다.

이미 차갑게 변해 버려 맛은 아까보다 덜했지만, 그래도 꽤 괜찮았다. 그러면서 슬쩍 두 사람을 쳐다보았는데, 아까보다는 다행히 두 사람 모두 조금 누그러진 느낌이었다.

나는 길게 한숨을 내쉰 다음 분위기를 반전시키기 위한 화제를 생각하다가 이내 아무 말이나 내뱉었다.

"두 분이서 원래 아시는 사이신가 봐요."

"……."

"……."

대답……이 없었다.

'설마 나 씹힌 건가?'

의외의 상황에 당황해버린 내가 두 눈만 껌뻑였고, 그때 누군가가 입을 열었다.

"아카데미 동기였습니다."

자비에르였다.

아카데미는 일종의 학교였다. 9살부터 19살까지 귀족이나 황족의 자제들이 다니는 교육기관.

물론 의무 교육기관은 아니었기 때문에 입학은 자율적으로 결정할 수 있었다. 굳이 황립 아카데미에 다니지 않아도 홈스쿨링을 하는 경우도 많았기 때문이다.

요나스 제국의 경우 다소 보수적인 사회적 인식으로 인해 여자들은 대부분 홈스쿨링을 했고, 남자들은 일부만 홈스쿨링을 했다.

훗날 정계에 진출하게 될 남자들에게 아카데미 입학은 거의 필수에 가까웠는데, 정계에 진출한 다음 요긴하게 작용할 인맥을 구축하는 데 아카데미처럼 좋은 수단도 없었기 때문이었다.

어쨌든 여기서도 학연, 지연, 혈연이 최고였다.

"네, 레이디 마리스텔라."

클로드도 한숨을 쉬며 거들었다.

"유감스럽게도 저희가 52기 동기랍니다."

"……."

'유감스럽게도'라는 말이 거슬렸던 건지 자비에르가 언짢은 눈빛으로 클로드를 바라보았다. 하지만 클로드는 그런 그의 눈빛을 무시한 채 계속 말을 이었다.

"그때의 인연이 지금까지 이어져 오고 있지요."

확실히 클로드는 이제야 슬슬 원래의 모습으로 돌아오는 듯했다. 내가 속으로 안도의 한숨을 내쉬며 응수했다.

"두 분 모두 제국의 거대한 기둥이시니 친하게 지내시면 좋을 듯해요."

제발 내 앞에서는 싸우지 말아 달라는 무언의 압박 아닌 압박이었다. 그걸 알아들은 것인지 클로드와 자비에르가 슬며시 입을 다물었다. 나는 그제야 부드럽게 미소 지을 수 있었다.

아, 이제 좀 분위기가 편하네.

"저희 두 사람, 그렇게 사이 나쁘지 않습니다. 아시다시피 동기니까요."

"……."

그 말을 들은 자비에르가 황당하다는 듯한 표정을 지었지만, 클로드는 아무렇지 않게 계속 말했다.

"다만 황태자 전하께서 다소 비정하신 면이 있으시다 보니……

가끔 맞지 않는 부분이 생길 때가 있습니다."

"……내가 말인가?"

"전하께서야 잘 모르시겠지만, 사실 전하는 엄청나게 비정하시고 차가우신 분이시랍니다. 그러니 지금까지 결혼을 못 하고 계신 것도 어느 정도 이해는 갑니다. 아무래도 요즘의 영애들은 다정하고 재미있는 남자들을 더 좋아하니까요."

"글쎄요……. 저는 그렇게까지 전하께서 비정하시다는 느낌은 못 받았는데."

내가 아리송하다는 듯 고개를 갸웃거리자 자비에르의 표정이 갑자기 밝아졌다. 그 모습을 본 클로드가 헛웃음을 터뜨리며 내게 말했다.

"영애께서 완전히 속아 넘어가신 것입니다. 황태자 전하께서 얼마나 냉정하시냐면……."

"그쯤 하는 게 좋겠군, 공. 지금 그대 선을 넘으려 하고 있어."

자비에르가 낮은 목소리로 클로드에게 경고했고, 그 말을 들은 클로드는 묘한 눈빛으로 자비에르를 쳐다보았다.

그사이에 또 무언가가 있는 것 같았지만, 제3자인 나로서는 짐작도 못 할 일이었다.

나는 어색하게 웃은 다음 대충 상황을 종결지었다.

"두 분 모두 좋으신 분이세요."

"그보다 레이디 마리스텔라, 에스클리프 공이 이곳을 매일 드나들었다는 말씀이신 겁니까?"

"네, 황태자 전하."

내가 별생각 없이 고개를 끄덕였고, 자비에르는 그 대답을 듣자마자 어쩐지 심각해진 표정을 지었다.

혹시 무슨 문제라도 있나 해서 나는 의아한 목소리로 물었다.

"무슨 문제가 있나요?"

"아뇨, 아닙니다."

자비에르가 희미하게 웃으며 고개를 끄덕였다가, 잠시 후에 다시 입을 열었다.

"다만 약간 걱정스러운 문제가 하나 있긴 합니다."

"걱정스러운 문제라니요?"

"혹 없어지거나 한 물건은 없는지 하녀를 통해 확인해 보시는 게 좋겠습니다."

"네?"

생뚱맞은 소리에 내가 이해 가지 않는 표정을 지었고, 자비에르는 여전히 심각한 얼굴을 한 채로 말을 이었다.

"실은 에스클리프 공의 손버릇이 그리 좋지 않아서요. 어릴 적부터 손버릇이 나쁘기로 유명했습니다."

그⋯⋯러니까 지금 그 말은 클로드가 내 물건을 훔치기라도 했다는 건가? 내가 설마 하는 목소리로 말했다.

"하지만 공작 전하께서 저보다 더 부유하신걸요. 거기다 제 병실에는 특별히 값나가는 것도 없는데⋯⋯."

"레이디 마리스텔라, 믿지 마십시오."

그때 갑자기 클로드가 당황한 목소리로 나를 불렀다. 그리고 정말로 억울하다는 목소리로 내게 하소연했다.

"그건 제가 아주 어릴 적의 일이랍니다. 도덕과 윤리가 무엇인지 모를 나이에요. 이 나이를 먹고 제가 그럴 리가요. 모함입니다."

"세 살 버릇이 여든까지 가는 법이지."

"황태자 전하."

클로드가 으르렁거리는 목소리로 자비에르에게 따졌다.

"전하께서 어린 시절의 치기 어린 일까지 굳이 들먹이시며 제 명예를 훼손하시는 이유가 무엇인지 정말 궁금합니다."

"그저 영애께서 조심하셨으면 하는 것인데, 민감하게 받아들이지 말게. 그리고 내가 거짓말을 이야기한 것도 아니고."

"……."

진짜 사실이긴 한 건지 클로드는 거기서 더 반박하지 못했다.

조금 깨긴 하지만 어릴 때 그런 애들은 주변에 꽤 있지 않나?

아닌……가?

어쨌든 이 이야기를 더 끌고 나갔다간 싸움으로 번질지도 몰라서, 나는 빠르게 화제를 돌리기로 했다. 하지만 그전에, 자비에르의 목소리가 나를 가로막았다.

"참, 레이디 마리스텔라. 그러고 보니 제가 잊고 못 드린 게 있었습니다."

"잊고 못 주신 것이라니요?"

"여기……."

자비에르가 품 안에서 무언가를 꺼내 내게 내밀었는데, 작고 넓적한 상자였다.

내가 궁금한 얼굴로 상자를 열자, 그 안에는 새하얀 손수건이 들어 있었다.

아래쪽에 마리스텔라의 이니셜과 함께 붉은 장미가 새겨진 채로. 만들어진 천도 척 보아하니 엄청난 고급이었다.

뜻밖의 선물에 내가 저도 모르게 미소 지었다.

"이건……."

"일찍 전해드리고 싶었는데…… 사고를 당하셔서 전해드릴 기회가 없었습니다."

자비에르가 부드럽게 미소를 지으며 내게 말했고, 나는 미소를 짙게 하며 그에게 말했다.

"감사해요, 황태자 전하. 기억하고 계실 줄은 몰랐네요."

"약속은 지키라고 있는 것이니까요. 마음에 드실지는 모르겠습니다."

"그럼요. 정말 예뻐요."

그러다 자비에르가 잠깐 머뭇거렸다.

"그, 그리고……."

"네?"

"자수는 제가 직접 놓았습니다."

"……네?"

그 말에 나는 깜짝 놀란 표정을 지었다.

잠……깐. 이 복잡해 보이는 걸 자비에르가 직접 수놓았다고?

내가 어안이 벙벙해진 얼굴로 물었다.

"정말요?"

"그래서 좀 부족해 보일 수는 있는데…… 혹시 마음에 들지 않으신다면 전문가가 수놓은 손수건으로 바꿔 드리겠습니다."

"아, 아니에요, 전하. 지금도 충분히 예쁜걸요."

내가 얼른 고개를 저은 다음 손수건 상자의 뚜껑을 덮었다. 수놓은 사람 성의를 봐서라도 그건 안 될 말이었다. 내가 빙긋 웃으며 자비에르에게 말했다.

"전하의 정성 잘 간직하겠습니다. 그보다 이런 귀한 걸 제가 받아도 될는지……."

"바쁘시다는 분이 자수는 또 언제 놓으셨는지 모르겠군요."

옆에서 클로드가 못마땅하다는 목소리를 냈지만, 자비에르는 무시하고 계속 말했다.

"틈틈이 배워서 놓았습니다. 처음이라 미숙해 많이 민망하네요."

"처음이시라고요?"

나는 그 말에 더 놀랄 수밖에 없었다. 그럴 수밖에 없었던 게, 이건 누가 봐도 처음인 사람의 솜씨가 아니었다. 내가 떨떠름한 목소리로 중얼거렸다.

"처음인데도 이렇게 잘하시다니……. 소질이 있으시네요, 전하."

"칭찬을 들을 만한 솜씨는 아닙니다."

자비에르가 슬쩍 얼굴을 붉혔고, 나는 그 모습에 순간 가슴이 두

근거렸다.

아, 잠시만. 얼굴 붉히는 게 원래 이렇게 잘생긴 건 줄은 몰랐다고.

"그보다 황태자 전하, 일정이 바쁘신 것으로 아는데 계속 이곳에 계서도 되는지 모르겠습니다."

그때 클로드가 끼어들어 말했고, 그 말에 나 또한 덩달아 걱정이 되었다.

그러고 보니 클로드가 예기치 못하게 들이닥친 탓에 다소 시간이 늘어졌다.

"이만 가보셔야 하는 것 아닌지 모르겠습니다, 황태자 전하."

"전 괜찮⋯⋯."

"내일까지 보셔야 할 책이 산더미인 것으로 아는데 너무 안일하신 듯합니다, 황태자 전하. 황제 폐하께서 아신다면 필히 걱정하실 텐데요."

"⋯⋯."

그 말에 자비에르가 소리 없이 클로드를 노려보았다가, 이내 포기했는지 짧게 한숨을 쉬고선 내게 말했다.

"아무래도 저는 이만 가봐야 할 듯합니다, 레이디 마리스텔라."

"네, 전하. 전하의 시간을 너무 빼앗은 것 같아 죄송하네요."

"아닙니다. 저도 즐거웠는걸요."

자비에르가 끝까지 우아한 미소를 잃지 않은 채로 자리에서 일어섰다. 하지만 그 순간, 그의 입에서 낮은 신음이 터져 나왔다.

"윽……."

"전하?"

내가 의아한 목소리로 자비에르를 불렀지만, 자비에르는 클로드만 맹렬하게 노려볼 뿐 답이 없었다.

걱정스러워진 내가 다시 한번 그를 불렀다.

"전하, 왜 그러세요?"

"아…… 아닙니다, 레이디 마리스텔라 갑자기 발이 아파와서……."

"설마 제가 그때 밟았던 발인 건가요?"

"아닙니다, 레이디 마리스텔라. 그게 언제 적 일인데요."

미소 띤 얼굴로 고개를 가로저은 자비에르는 이제 정말로 가봐야겠다는 말과 함께 자리를 떴고, 드디어 클로드 한 사람만이 남았다.

나는 남은 찻물을 호로록 마시며 그에게 물었다.

"안 가시나요, 전하께서는?"

"전 이제 왔는걸요, 레이디 마리스텔라."

"그래서 더 계실 거라고요?"

"하지만 저는 황태자 전하와는 달리 영애와 단둘이 이야기를 나눌 시간이 없었는걸요."

"굳이 저랑 단둘이 이야기를 나누셔야 하나요?"

"네."

"왜요?"

"영애의 정신적 치료를 위함입니다."

"……."

아니, 제 정신은 지금 매우 건강한데요.

"오늘은 아까로 충분했으니 가주셔도 돼요."

"……."

그 말을 들은 클로드가 갑자기 비 맞은 강아지 같은 표정을 지었다.

그 모습에 나도 모르게 흠칫했다가, 이내 그전부터 묻고 싶었던 질문을 꺼냈다.

"근데 언제까지 계속 이렇게 오실 건가요? 저 이제 다 나았어요. 정신적으로도, 신체적으로도."

"……."

그 말에 클로드가 또다시 심각한 표정을 지었다. 이 정도면 필히 조증을 의심해 봐야 한다.

"회복 후에도 저를 매일 보실 생각은 없으신 겁니까?"

"네?"

"저와 계속 매일 만날 생각은 없으시냐는 말씀입니다."

"제가 왜요……?"

순수하게 궁금해서 물었는데 어쩐지 상대 쪽은 상처받은 표정이어서, 나는 순간 내가 그렇게 잘못했는지 생각해 보았다.

아니, 내가 궁금해서 물어본 건데 그게 그렇게 치명적인 질문이었나?

"그야……."

"그야……?"

"제가 영애를 좋아하니까요."

"……."

정보 입력이 한 단계 늦었던 나는, 결국 3초 정도가 흐른 후에야 놀랄 수 있었다.

"뭐라고요?"

"아, 물론 친구로서 좋아한다고 말씀드리고 있는 겁니다, 저는."

"친구라뇨?"

"영애가 좋은 사람 같다는 판단이 들어서요. 저와 친구로 지내실 생각, 없으십니까?"

"자, 잠시만요. 이건 너무 갑작스러워서……."

자비에르, 클로드와 함께 삼자대면을 하지 않나, 갑자기 친구로서 좋아한다면서 계속 만나자고 하지를 않나.

어쩐지 혼란한 일만 일어나는 오늘이었다.

내가 당황스러움을 숨기지 못한 얼굴로 클로드에게 말했다.

"친구라고 하면…… 같이 밥 먹고, 대화 나누고, 쇼핑하는 그런 친구 말씀하시는 건가요?"

"네. 어렵게 생각하지 않으셔도 됩니다."

클로드가 다정하게 웃으며 내게 말했다.

"근래 레이디 오델레타와 친구로 지내고 계시다고 들었습니다. 그런 관계라고 생각하시면 어렵지 않죠. 우정을 나누는 사이 말입니다."

"어······."

근데····· 남녀 사이에도 친구가 가능한가?

단 한 번도 남자인 사람과는 친구를 해본 적이 없어서, 나는 주저할 수밖에 없었다.

그 모습을 빤히 바라보던 클로드가 연하게 웃으며 물었다.

"생각할 시간이 필요하신가요?"

"······."

하지만 사귀자고 하는 것도 아니고 고작 친구하자는 말에 오래 기다리게 하는 것도 분명 우스운 일이었다.

결국 나는 별생각 없이 고개를 끄덕였고, 내 무언의 대답에 클로드는 갑자기 환하게 웃었다.

순간 눈이 부실 뻔해서 나도 모르게 한쪽 눈살을 구겼다.

"감사합니다, 레이디 마리스텔라. 영광이군요."

"아니, 영광까지는 아닌데······. 그렇게 말씀하시니 도리어 제가 쑥스럽네요."

"사실 거부하실 줄 알았거든요. 그래서 조금 걱정했습니다."

"제가요?"

내가 그렇게 비싸게 구는 사람처럼 보이나?

클로드의 말에 나는 뜻밖의 고민에 빠졌다.

나름 쉬운 여자라고 생각했는데 다른 사람들 보기에는 설마 아닌건가.

"가끔 선을 그으실 때가 있어서요. 그래서 그랬는데······ 흔쾌히 허락해 주서서 기쁩니다."

"아뇨, 뭘……."

어쩐지 쑥스러워져서 나도 모르게 어색하게 웃었다.

그 모습을 묘한 눈빛으로 바라보던 클로드가 슬며시 일어섰다.

"지금 가시는 건가요?"

"아까 가라고 하실 때는 언제고. 제가 가니 아쉬우십니까?"

"그런 건 아니지만…… 조심히 가세요."

"네, 레이디 마리스텔라. 이틀 후에 또 찾아뵙겠습니다."

이틀 후? 내일이 아니라?

내가 의아한 목소리로 물었다.

"내일은 무슨 일이 있으신가요?"

"제가 찾아뵙지 않는 게 아쉬우신가요?"

"그냥……."

이건 그냥 규칙성이 어긋났을 때의 불쾌감일 뿐이었다. 다른 감정은 없는. 내가 솔직하게 말했다.

"매일 오시던 분이 내일은 오지 않으신다고 말씀하셔서 의아했어요."

"좀 중요한 거래가 있어서요."

"중요한 거래요?"

"네."

클로드가 빙긋 웃으며 내게 말했다.

"코르노헨 가문과 해결해야 할 문제가 있거든요."

"……."

익숙한 이름에 나는 순간 헛숨을 들이켰다.

코르노헨 가문. 도로테아의 가문이었다.

묘하게 굳어지는 내 얼굴을 발견했는지, 클로드가 물어왔다.

"괜찮으신가요, 레이디 마리스텔라? 안색이 갑자기……."

"아무것도 아니에요, 전하."

내가 문제없다는 듯 고개를 저으며 덧붙였다.

"그저 잠깐 좋지 않은 기억이 떠올라서요."

"그렇군요."

고개를 끄덕인 클로드가 이해한다는 듯 덧붙였다.

"코르노헨 백작부부는 탐욕스러운 작자들이지요. 무슨 일인지는 잘 모르겠지만…… 벨플레어 백작부부께서 코르노헨 가문과 친분이 깊으시다고 들었습니다."

"……."

클로드까지 알 정도라니. 정말 친하긴 한가 보다. 그런데 과연 나 때문에 틀어지는 게 맞는 걸까?

내가 어쩐지 찜찜한 표정을 짓고 있는데, 클로드가 내게 말해 왔다.

"혹시라도 그들이 영애에게 귀찮게 군다면 제게 말해 주십시오."

"네?"

뜻밖의 말에 내가 당혹스러운 목소리로 물었다.

"갑자기 왜……."

"우린 이제 친구잖아요?"

"……."

'친구'라는 한마디에 순간 할 말을 잃어서 나는 아무 말도 하지 못했고, 클로드는 그런 내 손등에 우아하게 입을 맞추었다.

내가 뭐라 하기도 전에 클로드의 입이 열렸다.

"친구란 서로 보호해주는 관계이지요. 그러니 언제라도 내게 말해요."

"……."

내가 멍하니 그를 쳐다보는 사이, 클로드는 뚜벅뚜벅 걸어 바깥으로 나갔고, 혼자 남겨진 나는 멍한 표정으로 자비에르가 주었던 손수건만 꼭 잡아 쥐었다. 너무 많은 일이 한꺼번에 일어나서 혼란스러웠다.

"언니?"

그때 노크 소리와 함께 문이 열리며 마티나가 들어왔다.

나는 멍한 표정으로 그녀를 바라보며 힘없이 중얼거렸다.

"안녕, 마티나."

"표정이 왜 그래? 무슨 일 있었어?"

"오늘은 뭔가 이상하게 기가 빠지는 날이야."

"그래? 어…… 그보다 못 보던 손수건이네?"

"아."

내가 어색하게 웃으며 설명했다.

"그때 황태자 전하께서 주시기로 했던 손수건인데…… 어때? 예쁘니, 마티나?"

"단순하지만 우아하고 아름답네. 자수도 놓여 있고. 언니 이니셜이야?"

"응. 전하께서 직접 수놓으신 거래."

"세상에. 엄청 정성스럽다."

마티나가 깜짝 놀란 얼굴로 내게 말했다.

"황태자 전하가 다분야에 능통하시다는 건 알고 있었지만, 수까지 잘 놓으실 줄은 몰랐네? 진짜…… 완벽하시다. 못하시는 게 없으시네."

"나도 깜짝 놀랐어. 사실 네 말만 듣고 황태자 전하께서 매우 차갑고 냉정하신 분인 줄 알았는데, 그런 것 같지는 않더라고."

내가 엷게 미소 지은 다음 덧붙였다.

"좋으신 분 같아."

오델레타와 많이 잘 어울릴 정도로.

자연스럽게 오델레타가 떠올랐고, 나는 문득 그녀가 보고 싶어졌다. 사실 문병 올 기대를 안 한 건 아니었지만, 그래도 조금 서운하긴 했다.

혹시 많이 바쁜 건가?

궁금해진 내가 마티나에게 물었다.

"마티나, 혹시 오델레타 소식 알아?"

"트라코스 영애? 아, 맞다. 그러고 보니 내가 그 이야길 안 했네."

"뭔데?"

"언니 문병 허락이 떨어졌다는 걸 알고 트라코스 영애가 아까 전에 편지를 보내왔어. 괜찮으면 문병을 오고 싶다고 하더라고."

"정말?"

그 말을 들은 내가 환하게 웃었고, 내 반응을 본 마티나는 의외라는 듯 물었다.

"언제 그렇게 트라코스 영애와 친해졌어? 그럼 오라고 한다?"

"레이디 오델레타에게 내일 오라고 전해 줄 수 있어?"

마침 내일 클로드도 오지 않는 날이었다.

그러니 이번에는 시간이 겹치는 일도 없을 것이다.

내 말에 마티나가 알았다는 듯 고개를 끄덕였다.

"그렇게 전해 줄게."

그렇게 대답하는 마티나의 목소리가 어쩐지 신나 보여서, 나는 궁금한 목소리로 물었다.

"그보다 뭐 좋은 일 있어, 마티나? 어쩐지 신나 보여."

"음…… 사실 좀 신나긴 해."

"뭐가?"

"언니가 드디어 좋은 사람하고 친구가 된 것 같아서. 사실 나도 레이디 오델레타에 대해 잘 아는 건 아니지만, 적어도 도로테아보다는 나을 테니까."

"그 앤 다시 엮일 일 없는 사람인걸."

"당연히 그래야지! 그런 여자랑 논다는 건 시간이 너무 아까운 일이야."

마티나가 고개를 절레절레 저은 다음 바깥으로 나갔고, 나는 뒤늦게 동의한다는 듯 고개를 끄덕였다.

어차피 그녀 역시도 날 그렇게 생각하고 있을 것이다.

아픈데도 문병 한 번 오지 않고, 편지 한 장, 꽃 한 송이 보내주지 않는다는 것이 그 증거였다.

'이제 오델레타만 자비에르와 이어주면 돼……'

그렇게만 된다면 모든 것이 정상적으로 돌아오는 것이다.

나는 만족스러운 얼굴로 미소 지었다.

그다음 날, 오델레타는 정말 이른 시간에 벨플레어 저택을 찾았다.

"레이디 마리스텔라."

그녀가 걱정이 한가득 묻은 얼굴로 내 병상까지 다가와 내 손을 꼭 부여잡았다. 바깥이 찼는지 원래 그런 것인지 오델레타의 손은 약간 냉기가 돌았다. 내가 연하게 웃으며 그녀를 맞아들였다.

"오랜만에 뵙네요, 레이디 오델레타."

"정말 오랜만이죠. 한 3개월 되었나요?"

오델레타가 눈꼬리를 강아지처럼 내리며 내 상태를 살피다가, 적어도 외관은 멀쩡한 것을 보고 안도의 한숨을 내쉬었다. 하지만 그것도 잠시, 그녀가 안타깝다는 목소리로 말했다.

"너무 말랐어요."

그럴 만했다. 먹은 게 많이 없었으니까.

병상에만 누워 있어서 입맛이 없었기 때문에, 나는 본의 아니게 다이어트를 할 수밖에 없었다. 하지만 적어도 근래에는 매일 클로드가 방문하는 바람에 다과를 잔뜩 먹어 평소의 마리스텔라와 특별히 체격에 차이가 있지는 않았다.

내가 어색하게 웃으며 그녀의 걱정을 일축시켰다.

"요즘 살을 찌우려고 많이 먹고 있답니다."

"안 그래도 뼈 붙는 데 좋다는 음식들을 좀 가지고 왔답니다. 빨리 드시고 어서 나으셔야 할 텐데……."

"이미 다 나았어요, 레이디 오델레타. 거의 다 나았답니다. 다만 저희 주치의가 워낙 걱정이 많은 바람에……."

"주치의의 말을 들어 나쁠 건 하나도 없어요, 레이디 마리스텔라. 어쨌든 병이든 부상이든 확실히 나을 때까지는 주의에 주의를 기해야지요."

"그보다 아침은 드시고 오셨는지 모르겠어요. 괜히 저 때문에 건강을 해치시는 것은 아닌지……."

내가 시계를 쳐다보며 물었다.

지금 시간은 무려 10시 5분 전. 일찍 올 줄은 알았지만, 이렇게까지 일찍 올 줄은 몰랐다.

내 물음에 오델레타가 걱정하지 말라는 듯 고개를 저으며 대답했다.

"간단히 먹었답니다. 걱정 감사해요, 레이디 마리스텔라. 환자에게 건강 걱정을 듣다니 기분이 묘하네요. 레이디 마리스텔라도 드셨나요?"

"드셨다니 다행입니다. 저도 오시기 전에 간단히 먹었어요."

"아아, 잘하셨어요. 환자는 모쪼록 많이 먹어야 한답니다."

오델레타가 진심으로 기뻐하는 얼굴을 한 채 내게 무언가를 내밀었다. 웬 예쁜 팔찌였는데, 구슬과 깃털로만 이루어져 있었다. 이곳에서 흔히 보이는 서구적인 디자인이 아니어서 더 눈길을 끌었다.

내가 신기하다는 목소리로 물었다.

"이게 뭔가요, 레이디 오델레타?"

"저희 아버지께서 이번에 남쪽 대륙에 외교사절로 다녀오셨는데, 그 나라의 전통적인 팔찌라고 하더라고요. 행운을 불러다 주는 팔찌래요."

"예쁜걸요. 특이하고."

"선물이에요, 레이디 마리스텔라."

"아…… 설마 저 주려고 가져오신 건가요?"

"사실은……."

오델레타가 슬쩍 얼굴을 붉히며 내가 든 것과 똑같은 모양의 팔찌를 손에 들고 흔들었다.

"저도 똑같은 게 하나 있어요."

"아……."

"실례가 되지 않는다면 혹시…… 차주실 수 있나요, 레이디 마리스텔라?"

"물론이죠."

내가 해사하게 웃으며 고개를 끄덕였다. 기쁜 감정이 가슴 깊은 곳에서 샘솟았다.

"너무 좋은걸요. 우정 팔찌인 건가요?"

"우정 팔찌요?"

이 세계에는 없는 용어인지 오델레타가 고개를 갸웃거렸다.

"그게 뭔가요?"

"친구들끼리 우정을 약속하며 나눠 가지는 팔찌예요."

"말이 멋지네요. 우정 팔찌."

오델레타가 입꼬리를 끌어 올리며 웃었다.

"마음에 들어요. 뭔가 좀 더 가까워진 느낌이 들어서…… 설레네요."

그렇게 말하는 오델레타의 얼굴에서는 진심이 느껴졌다.

무슨 이익에 의해 마리스텔라와 사귀는 게 아니라, 순수하게, 진심으로 마리스텔라를 좋아해서 사귀는 느낌. 도로테아의 얼굴에서도 분명 마리스텔라를 좋아한다는 빛이 드러나긴 했지만, 그건 오델레타와는 조금 달랐다.

그녀는 정확하게 말하자면 마리스텔라가 가져다줄 편의를 좋아한 것이었으니까.

만약 마리스텔라가 그녀에게 기대한 만큼의 편의를 제공해주지 않는다면 그녀는 마리스텔라를 쓸모없다고 여겼으리라. 하지만 어쩐지 오델레타에게서는 그런 기색이 보이지 않았다.

적어도 아직까지는.

"그럼 우리 진짜 친구인 거네요. 그렇죠?"

"그렇죠."

당연하고 아무렇지 않은 말이었는데 이상하게 가슴이 간질간질 거려서 느낌이 이상했다.

오델레타가 수줍게 웃으며 내게 물었다.

"그럼…… 부탁이 하나 있는데, 여쭤봐도 괜찮을까요?"

"물론이죠, 레이디 오델레타."

내가 빙긋 웃으며 고개를 끄덕였다.

"말씀하세요."

"아실지는 모르겠지만…… 우리 동갑이거든요."

알고 있었다. 나, 그러니까 마리스텔라는 방년 스무 살이었고, 오 델레타도 스물이었다.

그리고 별로 끼워 주고 싶지는 않지만 도로테아도 스무 살이었 다. 공교롭게도 우리 세 사람은 모두 태어난 해가 같았다.

"이제 친구 사이도 되고, 우정 팔찌도 나눠 끼웠는데…… 말 놓지 않을래요?"

뜻밖의 제안에 나는 놀라면서도 당황했다. 책 속에서 오델레타는 그 누구에게도 반말을 한 적이 없었다. 시녀나 하녀라면 모를까.

더구나 황태자비 시절이라면 모를까 영애 시절 때는 더더욱 반말 을 사용한 적이 없었다.

그런 그녀가 지금 내게 말을 놓자고 제안하고 있는 것이었다.

'확실히…… 원작과는 달라지고 있어.'

오델레타의 발언을 통해 나는 새삼 그 사실을 인지했고, 문득 이런 생각이 들었다.

만약에, 아주 만약에 내가 이 소설 속으로 들어옴으로써 모든 것이 서서히 바뀌어 가고 있다면, 궁극적으로는 소설을 지탱하는 거대한 뿌리, 이를테면 결말 같은 것도 바뀔까?

누가 누구와 결혼하고, 누가 누구의 아이를 낳고, 누가 누구를 죽인다는 것까지 전부 다?

"……레이디 마리스텔라?"

그때 오델레타가 나를 부르는 소리가 들렸고, 나는 그제야 상념에서 깨어났다. 오델레타는 혹시라도 내가 자신의 제안을 불쾌하게 여기는 건 아닌지 걱정하고 있는 표정을 짓고 있었다.

혹시라도 오해할까 봐 나는 얼른 그녀에게 대답해 주었다.

"저는 좋아요. 레이…… 아니, 오델레타."

"말도 놓아야지, 마리스텔라."

"아, 맞아요. 아니, 맞다."

어쩐지 모든 게 다 어색하게 느껴져서 나도 모르게 웃음이 튀어나왔다. 그 모습에 오델레타도 웃겼는지 낮게 소리 내어 웃었다.

"지금은 좀 어색하지만…… 분명 차차 나아질 거야."

"맞아."

그럴 거야.

웃음기 띤 얼굴로 오델레타와 눈을 맞추며, 나는 천천히 고개를 끄덕였다.

오델레타는 그날 점심이 될 때까지 나와 이야기를 나누다가, 점심때가 다 되어서야 그녀의 집으로 돌아갔다.

1시 즈음이 되었을 때 나는 그녀에게 점심을 먹고 가라고 권유했지만, 오델레타는 환자를 너무 오래 괴롭힌 것 같다고 미안해하면서 다음을 기약하자고 말했다. 그러면서 완전히 병상에서 벗어나면 꼭 나를 자신의 집으로 초대하고 싶다는 말까지 덧붙였다.

"그래, 뭐. 이렇게 친해지는 거지."

"레이디 오델레타 말하는 거야?"

"응."

점심을 먹은 후 내 옆에서 자수를 놓고 있던 마티나에게, 나는 어쩐지 평소보다 신난 목소리로 말했다.

"오늘 말도 놓고, 이름까지 직접 불렀어."

"장족의 발전이야. 매번 볼 때마다 '레이디 오델레타'라고 딱딱하게 굴더니."

"이제는 진짜 친구 사이거든. 우정 팔찌도 나눠 꼈어."

나는 그렇게 말하며 흰 깃털 팔찌를 낀 허여멀건 팔을 흔들어 보였다. 그 모습을 보던 마티나가 신기하다는 얼굴로 내게 얼굴을 가까이 한 뒤 물었다.

"와, 오델레타 언니가 선물해 준 거야?"

"응. 트라코스 후작님께서 대륙 남쪽에 외교 사절로 다녀오셨다가 선물로 사 오셨대. 그 나라의 전통 팔찌라나."

"그 귀한 걸 언니를 준 거네?"

그렇게 비싼 재료 같지는 않았기 때문에 귀한 건지는 모르겠지만, 중요한 건 마음이었다.

내가 빙긋 웃으며 대답했다.

"진심이 담긴 귀한 선물이지."

"정말 오델레타 언니와 친해졌구나. 다행이다."

"그런 것 같아."

내심 뿌듯한 얼굴로 고개를 끄덕이다가, 문득 이상한 점을 발견하고선 마티나에게 물었다.

"그런데 아까부터 너도 오델레타를 편하게 부르고 있어."

"아, '오델레타 언니'라고 부르는 것 때문에 그래?"

마티나가 씩 웃으며 내게 설명했다.

"언니 친구면 나한테도 언니나 다름없으니까."

"그래도 혹시 모르니까 직접 물어서 허락받기 전까지는 예의를 지켜야 해, 알고 있지?"

"물론이지! 언니도 참. 내가 바보인 줄 알아?"

마티나가 가슴을 팡팡 치며 걱정하지 말라는 시늉을 해 보였고, 나는 그런 그녀가 귀여워서 결국 웃어버렸다.

그러다 갑자기 마티나가 내게 물어왔다.

"언니, 나랑 산책 안 갈래?"

"산책?"

"응, 산책. 어차피 언니 이제 다 나았잖아. 굳이 다음 주까지 기한을 지킬 필요가 있어? 그리고 다음 주라고 해도 기껏해야 사흘 남았는걸."

"그건 그래."

고개를 끄덕인 내가 이내 조심스럽게 물었다.

"괜찮겠지……?"

"응, 언니. 괜찮아. 너무 안 걷다가 걸으면 오히려 더 위험할 수 있어. 나랑 천천히 걸어보자. 방에만 있기에는 날씨가 너무 좋다구!"

확실히 그랬다.

누가 봐도 지금 내 창가에는 햇살이 쏟아질 것처럼 들어오고 있었으니까. 잠시 고민하던 내가 이내 가볍게 고개를 끄덕였다.

"대신 혹시 모르니까 네가 언니 부축 좀 해줘야 해. 알았지?"

"물론이지! 내가 혹시 모르니까 목발도 챙겨 갈게."

"좋아."

내가 빙긋 웃으며 고개를 끄덕였다.

아, 오래간만의 광합성이었다.

지난번에도 한 번 걸어봐서 알고 있었지만, 이제 완전히 괜찮아진 듯했다.

처음 계단을 내려갈 때는 다리가 너무 후들거려서 하마터면 그 자리에 주저앉을 뻔했지만, 다행히 마티나가 나를 꼭 붙잡아준 덕분에 무서워하지 않고 무사히 내려올 수 있었다.

벨플레어 백작부부는 병실 밖으로 나온 나를 보고 매우 걱정스러워하는 눈빛을 보냈지만, 내가 멀쩡하다는 티를 가감 없이 드러내자 그제야 안심하는 듯했다. 그렇게 굴곡 많은 길을 지나서야 나는 마티나와 함께 무사히 정원까지 도착할 수 있었다.

"와……."

정원으로 들어선 내가 나도 모르게 감탄사를 내뱉었다.

3개월 만에 처음 보는 정원은 오랜만에 봐서 더 아름다웠다.

게다가 지금이 막 내가 좋아하는 붉은 장미가 피기 시작하는 시기라, 나는 지금 병상에서 일어났다는 사실이 더없이 기뻤다.

"정말 예쁘다, 마티나. 그렇지 않니?"

"맞다. 언니 붉은 장미 좋아했지?"

"……."

마리스텔라도 나처럼 붉은 장미를 좋아했던 모양이었다. 검은색의 긴 머리카락 말고도 그녀와 공통점이 하나 더 생긴 것 같아 이상하게 기뻤다.

나는 빙긋 웃으며 천천히 마티나와 함께 정원을 거닐었다.

"언닌 결혼 생각 없어?"

그러다 갑자기 튀어나온 뜬금없는 주제에 나도 모르게 헛웃음을 터뜨렸다. 잠시 후에 내가 물었다.

"갑자기 또 결혼 이야기야?"

"아니, 그냥. 사실 내 친구들은 벌써부터 누구랑 결혼하고 싶다, 어떤 가정을 꾸리고 싶다, 이런 이야기를 하는데 언니는 그런 이야기를 한 번도 하는 걸 들어본 적이 없어서."

"하지만 너도 안 하잖아?"

"난 해. 언니 앞에서 안 할 뿐이지."

"그래?"

내가 짙은 미소를 지으며 마티나에게 물었다.

"누구랑 결혼하고 싶은데?"

"사실 내 이상형은 공작님이야."

"……."

맙소사. 내 주변 사람들 이상형이 전부 자비에르 아니면 클로드라니. 하긴 이상할 것도 없긴 했다. 그들은 이곳에서 연예인이었으니까.

"물론 공작님하고 결혼하고 싶다는 건 아니야. 나이 차이도 너무많이 나고…… 사실 황태자 전하나 공작 전하는 진짜로 막 '결혼하고 싶다' 이런 게 아니라, 우상 같은 거지, 뭐."

적합한 표현인 것 같아서 나도 모르게 낮게 웃었다.

도대체 그 우상들은 누구와 결혼하게 될까, 궁금해 하면서.

"어쨌든 난 다정하고 나만 바라봐주는 남자가 좋아!"

"대부분의 여자들이 원하는 거네."

"나도 '대부분의 여자들'에 속하잖아. 어쨌든 얼굴도 좋지만 중요한 건 뭐니 뭐니 해도 성격이라고!"

어린 나이에 그 진리를 깨달아 다행이었다.

솔직히 얼굴 잘생긴 것도 하루 이틀이지, 평생 얼굴만 뜯어먹고 살 수는 없는 노릇이다. 그보다는 나와 얼마나 맞느냐, 얼마나 서로를 잘 이해하고 배려할 수 있느냐가 더 중요하지.

"옳은 말이야."

"언니도 무조건 그런 사람을 만나야 해. 알았지? 막 잘생기거나 신분이 높다고 해서 무턱대고 결혼하면 안 된다고. 알았지?"

"아하하, 알았어."

나보다 나이도 어리면서 내게 열변을 토해내는 마티나는 건방지다기보다는 귀여웠다. 내가 그녀의 머리를 쓰다듬으며 대답했다.

"물론이지. 언니 꼭 그런 남자 만날 테니까, 우리 마티나도 꼭 그런 남자랑 결혼해야 한다?"

"언니도 참. 난 걱정하지 말라니까."

"그건 그래. 우리 마티나가 얼마나 똑 부러지는데."

내가 흐뭇하게 웃으며 그녀의 이마에 키스했고, 그 순간 누군가가 우리 둘을 부르는 소리가 들려왔다.

"마리스텔라 아가씨! 마티나 아가씨!"

"이 목소리, 플로린다 아냐?"

마티나가 고개를 갸웃거리며 내게 물었고, 정말로 그랬다. 나는 의아한 얼굴로 우리가 있는 쪽을 향해 달려오는 플로린다를 응시했다. 그녀는 잠시 후 내 앞에 숨을 헐떡이며 멈춰 섰다. 나는 걱정스럽게 플로린다에게 물었다.

"갑자기 무슨 일이에요, 플로린다? 큰일이라도 난 건가요?"

"그건, 그건 아니에요, 아가씨……."

여전히 거친 호흡을 진정시키며 플로린다가 말을 이었다.

"소, 손님이, 아이고 힘들어. 차, 찾아오셨어요."

"손님 누구요?"

"그러니까 레……."

"마리!"

그때 익숙한 목소리가 내 귓가를 파고들었다. 누군지 단박에 알아챈 마티나가 인상을 썼고, 나 또한 인상을 찌푸리려는 걸 겨우 참았다.

이 목소리는 분명…….

"여기 있었구나, 마리!"

도로테아였다.

꽤나 오랫동안 그 존재를 눈앞에서 지워두었던.

5. Fake Friend

나는 당황한 얼굴로 내가 있는 곳을 향해 달려오는 도로테아를 쳐다보았다. 저 애가 왜 여기에 있지?

"……도로테아?"

"마리!"

그녀는 내가 환자인 것을 잊어버린 듯했다. 속력을 조금도 줄이지 않은 채로 내게 달려와 안겨드는 것을 보면.

"정말 오랜만이야! 이게 얼마 만이야?"

대략 3개월 만이었지만, 중요한 건 그게 아니었다. 나는 도무지 적응할 수 없겠다는 얼굴로 도로테아를 쳐다보았다. 뻔뻔한 건지, 당당한 건지, 아무 생각이 없는 건지, 아니면 기억력이 좋지 않은 건지.

그녀는 아무래도 우리가 마지막에 어떻게 헤어졌는지를 완전히 까먹어 버린 듯했다.

"3개월."

"너무 오랜만이다! 무려 일 년의 1/4을 못 봤잖아? 내가 얼마나 보고 싶었는지 알아?"

"……그렇게 보고 싶었더라면 문병이라도 오지 그랬어?"

"너무 바빴거든! 티파티도 나가고 부티크도 다니느라. 거기다 네가 많이 아프다고 들었어. 환자에게는 무조건적으로 휴식이 필요하잖아! 그렇지?"

"……."

한마디로 귀찮았다는 건데, 나는 그 말을 듣고 할 말을 잃었다.

누가 들으면 세계 방방곡곡에서 열리는 모든 티파티와 전 세계에 있는 모든 부티크에 다닐 정도로 바쁜지 알겠다. 자칭 '가장 친한 친구'의 문병도 못 올 정도라면.

물론 이렇게 비꼬고 있는 것과는 별개로, 나는 그녀가 이곳에 오지 않기를 바랐다. 유감스럽게도 이미 와버렸지만.

"어쩐 일이야?"

내가 떨떠름한 목소리로 묻자, 도로테아는 마치 나와 그녀 사이에 일도 없었던 것처럼 태연하게 맞받아쳤다.

"내 베스트 프렌드 문병 왔지."

"……."

뻔뻔하긴.

"오랜만이야, 마티나?"

이제 도로테아의 관심은 마티나에게로 옮겨갔는데, 알다시피 마티나는 도로테아를 많이 좋아하지 않았다.

그녀는 무슨 똥이라도 씹은 표정을 지었다가, 도로테아가 인사를 건네오자 최소한의 예의는 귀족으로서 갖추어야겠다고 생각했는지 인사를 받아주었다.

"오랜만에 뵙습니다, 레이디 도로테아."

의도적으로 거리를 둔 인사에 도로테아가 노골적으로 서운하다는 티를 냈다.

"어머, 우리 사이에 그런 식의 인사는 좀 그렇다, 마티나. 내가 이래 봬도 네 언니 가장 친한 친구인데."

"……."

'까고 있네'라고 말하는 듯한 마티나의 표정에 나는 괜히 가슴이 선득거렸다.

아버지가 보시면 또 화내실라.

괜히 걱정이 된 내가 얼른 두 사람 사이에 끼어들었다.

"어쨌든 나는 이제 멀쩡해, 도로테아."

"정말 다행이야! 마차 사고를 당했다면서?"

"맞아."

"에스클리프 공작님이 사고를 낸 거라고 들었어."

"그분도 엄밀히 말해 가해자는 아니셔. 마차를 끄는 말이 독초를 실수로 먹어서 사고가 난 것뿐이야."

"어쨌든 큰일이 나지 않아서 다행이야, 마리. 엄청 걱정했어."

"······그래."

신빙성 없는 도로테아의 말을 들으며 나는 건성으로 고개를 끄덕였다.

그때 저쪽에서 또 다른 목소리가 나를 불렀다.

"마리!"

마리스텔라의 어머니인 벨플레어 백작부인이었다.

나는 자연스럽게 그녀의 부름에 호응하기 위해 손을 들어 올렸지만, 그 옆에 있는 낯선 여자를 보고서는 순간 멈칫했다.

화사한 금발에 산호빛 바다를 닮은 푸른색의 눈동자. 누군가 싶어 유추해봤지만, 유감스럽게도 떠오르는 사람이 없었다.

"아, 엄마!"

그때 오른쪽에서 들려오는 목소리에 나는 경악했다.

엄······마?

"코르노헨 백작부인?"

왼쪽에서 마티나의 목소리도 들려왔다. 믿을 수 없다는 듯한 말투. 그렇다면 저 여자가 도로테아의 친어머니이자 코르노헨 가문의 안주인인 코르노헨 백작부인이라는 소리였다.

나는 당황한 얼굴로 코르노헨 백작부인과 벨플레어 백작부인을 번갈아 쳐다보았다.

잠시 후 두 사람이 우리가 있는 쪽으로 걸어왔다.

"오랜만이에요, 레이디 마리스텔라."

화려한 금발을 틀어 올린 코르노헨 백작부인이 내게 인사를 건넸다.

"못 보던 사이 더 아름다워졌네요. 사고를 당했다고 들었는데…… 몸은 좀 괜찮은가요?"

"걱정해주신 덕분에 지금은 괜찮습니다."

나는 관례적인 대답을 한 다음 덧붙였다.

"걱정해주셔서 감사해요."

"레이디 마리스텔라는 내게 친딸과도 같은 존재인걸요. 걱정하는 게 당연하지요."

"……"

그런 사람이 내가 병상에 누워 있는 동안 도로테아와 똑같이 코빼기도 비치지 않았다 이거지.

나는 속으로 헛웃음을 터뜨린 다음 대충 대꾸했다.

"어쨌든 이렇게 다시 뵐 수 있어서 정말 기쁩니다. 오랜만에 들러주셨네요."

"아, 네. 실은 지난번 말씀 주셨던 여행 문제에 답을 드리기 위해 찾아뵈었답니다. 겸사겸사 레이디 마리스텔라에게 할 말이 있기도 해서요."

"……제게요?"

"네."

코르노헨 백작부인이 화사하게 미소 지은 다음 옆에 있던 벨플레어 백작부인에게 물었다.

"벨플레어 백작부인, 괜찮으시다면 제가 따님과 이야기를 좀 나누어도 될까요?"

"저야 괜찮지만…… 제 딸아이의 의사가 중요해서요."

벨플레어 백작부인이 나를 쳐다보며 물었다.

"괜찮겠니, 마리? 엄마는 네 몸 상태가 걱정이구나."

"……"

몸 상태보다는 마음 상태가 별로였다.

어쨌든 상황을 보아하니 거절하면 꽤 난처해질 상황 같아서, 나는 어색하게 웃은 다음 고개를 끄덕였다.

"괜찮을 것 같아요, 어머니. 이제 다 나았는걸요."

"다행이네요, 레이디 마리스텔라. 그렇다면 응접실로 안내해 주시겠어요?"

"물론이죠, 부인."

내 말에 벨플레어 백작부인이 어쩐지 안심한 얼굴로 플로린다에게 말했다.

"플로린다, 두 분을 응접실로 모셔다드리렴. 그리고 코르노헨 영애는 저와 같이 집 안으로 들어가요. 마침 귀한 찻잎이 들어왔거든요."

"귀한 찻잎이요?"

도로테아가 관심을 보이자, 벨플레어 백작부인이 조금 신이 난 목소리로 대답해 주었다.

"그래요. 황태자 전하께서 마리의 쾌유를 기원하시면서 보내주셨답니다."

"……."

그 말을 들은 도로테아의 얼굴이 노골적으로 굳어졌다.

예상했던 일이었기에 그리 놀라운 모습은 아니었다.

이번에는 슬며시 코르노헨 백작부인에게로 시선을 돌렸다.

똑같이 굳어져 있었다.

역시 모전여전인가보다. 코르노헨 백작부인도 마리스텔라가 자비에르와 가깝게 지낸다는 사실이 영 못마땅한 걸까.

'하긴 콩 심은 데 콩 나고, 팥 심은 데 팥 나는 법이니까.'

안 그런 경우도 있긴 했지만, 경험상 대개 그랬다. 코르노헨 백작부인의 성격 같은 경우 작중에서 나쁘게 묘사되어 있지는 않았다.

도리어 그녀는 딸의 안위만을 걱정하는 착한 어머니로 소개되었는데, 애당초 원작은 내 입장에서 그리 믿을 게 못 되었기 때문에 많이 신뢰하지는 않았다.

그리고 짐작대로, 그녀 역시 도로테아와 크게 다르지 않은 인간인 듯했다.

"황태자 전하께서 참 자애로운 분이시랍니다. 제게 그렇게까지 친절을 베풀어 주실 줄은 정말 몰랐어요."

한술 더 뜨자, 두 사람의 얼굴이 나란히 굳어졌다.

'이거 참 볼만하군.'

어디 한번, 더 해볼까.

"사흘 전에 공작 전하께서 다녀가셨는데, 그분께서도 맛있다고 하셨어요."

"공작 전하라니요, 레이디 마리스텔라?"

"에스클리스 공작님 말이에요."

내가 약간 으스대는 목소리로 덧붙였다.

"자주 오신답니다."

"자주요?"

"매일 오세요!"

옆에 있던 마티나도 거들었다. 두 모녀의 표정이 점점 썩어들어가는 모습을 실시간으로 바라보면서, 나는 딱 두 마디를 더 내뱉었다.

"그래도 오늘은 안 오신답니다. 내일은 오시지만요."

"그, 그래요?"

"왜 공작님이 그렇게 자주 오시는 거야?"

도로테아가 어쩐지 못마땅한 듯한 목소리로 질문했고, 나는 좋은 질문이라는 듯 환하게 웃으며 대답했다.

"별 이유가 있는 건 아니야."

"용건이 없는데도 매일 오신다고?"

"뭐 어때."

내가 대수롭지 않은 척 대답했다.

"친구 사이에."

"친구?"

"응. 친구."

설핏 미소 지은 얼굴로 도로테아를 쳐다보자 얼굴이 더 굳어지는 것이 보였다.

이쯤 되면 어떻게 이렇게까지 표정 관리를 못 할 수 있는지가 의문이다.

"친구가 되고 싶다고 어제 말씀하셨어."

"……공작님께서?"

"먼저 말씀하셨다니까."

'감히 네게?'라는 말이 뒤에 생략되어 있는 것 같아서 나는 조용히 웃었다.

원작에서 도로테아는 클로드에게 그리 신경 쓰는 편이 아니었는데, 그가 작중에서는 조연에 머물러 있었기 때문에 이야기 흐름상 당연한 일이었다.

하지만 어쨌든 공작이라는 작위를 무시할 수는 없을 테니 분명 지금쯤 속이 말이 아닐 것이다. 그리고 코르노헨 백작부인도 그런 듯 보였다.

나는 가볍게 한마디를 더 덧붙였다.

"얼떨떨해."

"나도 그렇네. 공작님과 친구라니."

도로테아가 어쩐지 마뜩잖은 표정으로 나를 바라보다 입을 열었다.

"그런데 남녀 사이에도 친구가 가능한가?"

"……그럼 이번 기회에 공작님을 꼬셔보기라도 할까?"

내가 야살스럽게 웃으며 묻자, 도로테아는 꿀 먹은 벙어리가 되었다.

싫겠지.

도로테아는 제 친구가 자신보다 위에 있는 것을 참지 못했다. 적어도 지금까지 봤을 때 그녀는 그런 성격이었고, 그러니 지금 내가 클로드와 친구가 되었다는 사실이 더없이 짜증스럽게 느껴질 것이다. 그 어벙해진 얼굴을 빤히 바라보던 내가 곧바로 빙긋 웃으며 말을 거두었다.

"농담이야, 도로테아. 남녀 사이에 친구가 왜 불가능해? 너무 구시대적 사고다, 그건."

그렇게 말한 내가 잠시 후 한쪽 눈꺼풀을 살짝 들었다 올리며 덧붙였다.

"하긴, 넌 교류하고 지내는 영식이 없으니 그렇게 생각할 수도 있겠구나."

"뭐?"

"굳이 연애 목적이 아니더라도 교류하고 지내면 좋은 사람들이 많거든."

"자, 이야기가 길어지겠구나, 마리."

그때 가만히 듣고만 있던 벨플레어 백작부인이 끼어들었다. 분위기가 그리 좋지 않다는 것을 눈치챈 것이 틀림없었다.

"손님을 너무 오래 세워두는 것은 예의에 어긋나는 일이지. 플로린다, 어서 두 사람을 모시고 응접실로 가려무나."

"네, 마님. 아가씨, 부축해드릴까요?"

"괜찮아요, 플로린다. 멀쩡하다니까요."

내가 입가에 엷은 미소를 띤 채로 코르노헨 백작부인에게 말했다.

"그럼 가실까요, 부인?"

어째서 코르노헨 백작부인이 나와의 독대를 요청했을까?

이유는 다양했지만, 답으로 택할 수 있는 것들은 그리 많지 않았다.

나는 맞은편에 앉은 코르노헨 백작부인을 바라보다가 가만히 입을 열었다.

"차는 입에 맞으시나요?"

자비에르가 선물해준 차였다. 내 질문에 코르노헨 백작부인은 다소 떨떠름한 미소를 지은 채로 대답했다.

"……그래요, 영애."

"입에 맞으신다니 다행이네요."

호로록 찻물을 들이킨 내가 단도직입적으로 그녀에게 물었다.

"제게 하실 말씀이 있으시다고……."

"……."

바로 물어올 줄은 몰랐는지 코르노헨 백작부인의 눈가에 이채가 서렸다. 그녀 역시 시간 낭비를 하고 싶지 않다는 듯 곧바로 입을 열었다.

"그렇답니다, 영애."

"어디 말씀해 보세요, 부인."

나는 부드러운 미소를 띤 채로 코르노헨 백작부인을 재촉했고, 그녀는 굳이 머뭇거리는 기색 없이 입을 열었다. 어지간히 말하고 싶었던 게 틀림없었다.

"다름이 아니라 우리 로테 때문에 영애를 만나고 싶었어요."

"……."

예상했던 주제에 나는 침묵했고, 코르노헨 백작부인은 계속해서 말을 이어나갔다.

"로테와 말다툼이 있었다고요."

"그랬습니다, 부인."

나는 최대한 입을 열지 않을 작정이었다. 그게 내게 이로우리라는 사실을 직감적으로 알고 있었기 때문이었다.

"무슨 일이었는지 물어봐도 될까요?"

"도로테아가 말하지 않았나 보네요."

"로테는 그저 레이디 마리스텔라가 갑자기 화를 냈다고만 설명하더군요."

"'갑자기' 화를 내지는 않았어요, 부인. 그 설명만 들으셨다면 제가 분노 조절에 장애라도 있는 줄 아셨겠군요."

"그렇다면 영애의 설명을 직접 듣고 싶은데요."

"도로테아가 제 사생활을 티파티에서 함부로 입에 올렸습니다. 타인의 개인적인 신상을 당사자의 허락도 없이 입방아에 올리는 건 상당히 무례한 행동이라고 배웠는데요."

"······로테가 정말 그랬다고요?"

이건 무슨, 교무실에 불려온 학부모도 아니고.

내가 속으로 한숨을 내쉬며 다시 한번 사실에 못을 박았다.

"그랬습니다."

"······."

코르노헨 백작부인은 내 대답을 듣고 한참 동안 말이 없다가, 어느 순간 입을 열었다.

"도대체 우리 애가 무슨 사생활을 입에 담았기에 그렇게 화를 냈나요?"

"내용에 상관없이 제 개인적인 일을 허락 없이 함부로 입에 올렸다는 점이 화가 난 것입니다, 부인. 부인 같으면 안 그러시겠나요?"

"그 점은 그렇다 치더라도, 무슨 사생활을 입에 담은 건지 묻고 싶네요."

"······제가 사고를 당하기 전 서면궁에 다녀왔습니다. 황태자 전하께서 제게 주셔야 할 것이 있어서 저를 초대하셨거든요."

사실 이런 시시콜콜한 내용까지 말하고 싶지 않았는데, 어쩔 수 없었다. 느낌상 앞에 앉은 부인께서 딱히 제 따님의 잘못을 반성하고 있지 않은 것 같아서.

그러니 확실히 해두어야 나중에 억울한 소리가 안 나올 것이다.

"아시다시피 황태자 전하께서는 혼기가 꽉 차신 성인이시고, 저 또한 그렇지요. 황태자비가 누가 될지가 초유의 관심사가 되고 있는 현재 상황에서, 도로테아는 괜한 말을 꺼내 저와 황태자 전하를 곤란하게 만들었어요."

아, 말하다 보니 점점 그때의 일이 생각나서 분노가 올라왔다.

그때 내가 얼마나 당황했는지를 생각하면 아직도 화가 풀리지 않았다. 물론 앞으로도 풀 생각은 없었지만.

"제가 그 자리에서 얼마나 난처했을지는 굳이 말씀드리지 않아도 아시겠지요. 부인께서는 사교계에 저보다 훨씬 더 오랜 시간 동안을 계셨으니까요. 자그마한 말 한마디가 순식간에 불어나 허황된 소문까지 만들어 내는 동네 아닙니까."

"흐음……."

그 말을 들은 코르노헨 백작부인이 잠시 생각하는 표정을 짓다가, 이내 상상을 초월하는 수준의 발언을 내뱉었다.

"그런데 사실 우리 애의 잘못만 있는 건 아니잖아요?"

그 말을 듣고 나는 순간 잘못 들었나 해서, 어벙한 표정으로 눈만 가만히 깜빡이다가 되물었다.

"……네?"

"말을 들어보니 더 명확해지네요. 명백하게 우리 애만 잘못한 건 아니지 않나요?"

"부인, 그게 무슨……."

"솔직하게 말하면 영애께서 처신을 잘못한 까닭도 있지요. 왜 굳이 오해의 소지를 살 만한 행동을 한 건가요? 영애 말마따나 혼기가 꽉 찬 황태자의 궁을 드나들면 그런 소문이 나는 건 당연한 일인데요."

"……그래서 지금 온전히 제 잘못이라고 말씀하시는 건가요?"

"그런 말이 나오지 않게끔 행동할 수 있었는데도 그렇게 하지 않았잖아요. 황태자 전하께 받으실 게 있다면 시종을 통해 받아도 되었을 텐데, 왜 굳이 직접 서먼궁까지 갔나요?"

"황태자 전하의 초대를 거절했어야 한다고 말씀하시는 건가요, 부인? 귀족 된 도리로 감히 전하의 명을 거절하는 게 얼마나 어려운 일인지 모르지 않으실 텐데요."

"아니, 그래도 처신을 잘했어야죠, 영애. 영애 말마따나 지금 한창 다들 민감한 시기인데요. 더구나 영애는 황태자 전하와 연회 때 춤까지 춘 전적이 있지 않나요?"

"……."

도로테아의 잘못은 하나도 인정하지 않은 채 오로지 내 탓으로만 몰아가는 코르노헨 백작부인을 바라보며, 나는 도대체 무슨 말을 해야 이 여자가 제 딸에게 조금이라도 잘못이 있다는 걸 깨달을 수 있을지 고민했다.

하지만 얼마지 않아 나는 그냥 포기하기로 마음먹었는데, 결국 이 여자는 도로테아의 잘못을 조금도 인정하려 들지 않을 것이라는 직감이 머릿속에 강하게 들었기 때문이었다. 만약 그럴 기미가 조금이라도 있었다면 한마디의 사과도 없이 곧바로 내가 잘못했다고 말하지는 않았을 터였다.

"결국 부인께서는 전부 제 잘못이라고 말하고 싶으신 건가요?"

"아니 뭐…… 꼭 그렇지는 않더라도 그게 우리 애한테 화까지 내야 할 일인가 싶군요. 솔직히 떳떳한 일이라면 밝히는 걸 굳이 꺼릴 이유가 있나요?"

"떳떳하고 당연한 일이라고 해도 개인의 사생활을 동의 없이 발설한 건 무례한 일입니다, 코르노헨 백작부인. 부부관계가 자연스럽고 떳떳한 일이라고 해도 부인께서 그 과정을 타인에게 미주알고주알 떠벌리지 않으시는 것처럼요."

"뭐, 뭐라고요?"

자극적인 예시에 코르노헨 백작부인이 얼굴을 붉히며 불쾌감을 드러냈지만, 나는 개의치 않은 채 말을 이었다.

"예를 든 것뿐입니다. 부부 사이에 사랑을 나누는 게 부끄럽고 온당치 않은 일은 아니잖아요? 하지만 그렇다고 해서 부인께서 침대 위의 사정을 남들에게 말씀하시지는 않으시지요."

"이봐요, 벨플레어 영애. 그런 말은 매우 불쾌합니다."

그 사실을 모르지 않았기 때문에 굳이 그 예시를 든 것이었다. 그때의 내 기분, 지금의 내 기분을 똑같이 느껴보라고.

나는 아무렇지 않게 미소 지으며 나긋하게 대꾸했다.

"제가 그랬답니다, 코르노헨 부인."

"……."

"지금 부인의 기분과 그때 저의 기분이 크게 다를 바가 없었어요. 제가 여기서 좀 더 자세하게 예를 들어 드려야 할까요?"

"됐습니다!"

코르노헨 부인은 '뭐 이런 미친년이 다 있어?' 같은 표정을 짓고 나를 쏘아보았다.

나는 그 시선을 무시한 채 가만히 남은 찻물만 홀짝였다.

"이렇게 상식적이지 못한 사람인 줄 몰랐네요, 레이디 마리스텔라."

"유감스럽게도 저 또한 그랬습니다, 코르노헨 백작부인. 댁의 따님께서 남의 개인적인 일이나 허락 없이 떠벌리고 다니는 비상식적인 사람인지, 그때는 몰랐거든요."

"……."

"지금이라도 알게 되어 다행이라고 생각하고 있어요."

나는 그 말을 마친 다음 찻잔을 테이블 위에 내려놓고 코르노헨 백작부인을 바라보았다. 그녀는 누가 보아도 불쾌해 보이는 표정으로 나를 쏘아보는 데 여념이 없었다. 눈빛 하나만큼은 모녀가 꼭 닮았다고 생각하며 내가 물었다.

"그래서, 절 보자 하신 까닭이 뭔가요?"

"……."

이상하게도, 내 질문에 코르노헨 백작부인의 눈빛이 살짝 누그러졌다. 그리고는 의외로 긴 시간 동안 침묵을 지켰다.

그 모습이 나는 어쩐지 불안해졌고, 코르노헨 백작부인을 따라 잠깐 입을 다물었다가 한참 뒤에 그녀를 불렀다.

"부인?"

재촉 같은 내 부름에 코르노헨 백작부인은 그제야 나를 똑바로 바라보았다. 아까에 비하면 많이 누그러진 눈매가 눈에 띄었지만,

역시 아까의 일을 기억하고 있었기 때문인지 나는 여전히 백작부인이 나를 노려보고 있다고 느꼈다.

그녀가 내게 물었다.

"……우리 로테를 다시 보지 않을 생각인가요?"

"그러려고 했습니다만."

내가 짧게 한숨을 내쉰 다음 말을 맺었다.

"그게 제 마음대로 되는 것은 아니더군요. 지금 상황도 그렇고요."

"레이디 마리스텔라, 요점만 말하겠습니다."

코르노헨 백작부인은 아까보다 싸늘함이 느껴지는, 하지만 어쩐지 간곡하게 들리는 목소리로 내게 부탁했다.

"로테와 다시 친구가 되어줘요."

"……제가 아까 드린 말씀을 전부 잊어버리신 듯하군요."

내가 피곤하다는 기색을 드러내며 말했다.

"저는 부인의 따님과 다시 친구로 지내고픈 마음이 없습니다. 지난번의 일로 너무 상처를 받아서요."

"부탁합니다, 레이디 마리스텔라. 그렇게 해주세요."

하지만 말하는 걸 보면 부탁이라기보다는 요구, 아니 강권에 가까웠다. 나는 속으로 코웃음을 쳤지만, 바깥으로는 정중하게 대꾸했다.

"죄송합니다, 부인."

"……정말 이럴 건가요?"

댁의 따님이나 '정말 계속 이럴 건지' 물어봐 주시겠어요, 부인?

"죄송합니다, 부인."

나는 앵무새처럼 아까 했던 말을 반복했고, 내 대답에 코르노헨 백작부인은 기가 찬다는 얼굴로 눈을 가늘게 뜬 채 나를 쳐다보았다. 솔직히 저 표정은 내가 그녀를 향해 짓고 싶은 것이었으나, 그럴 수 없다는 게 상당한 유감이었다.

"그럼 저는 이만 일어나 보겠습니다."

사실 일어나는 쪽은 나보다는 그녀가 되어야 했지만, 이 어색한 분위기 속에서 더 앉아 있을 자신이 없었다. 하지만 내가 몸을 일으키려던 그때, 코르노헨 백작부인이 나를 붙잡았다.

"영애."

그 짧은 한마디에 나는 가만히 코르노헨 백작부인을 응시했다.

내가 물었다.

"네, 부인. 더 하실 말씀이 있으신가요?"

"앉아 봐요. 이렇게 나올 줄 알고 한 가지를 더 준비했으니까."

무언가를 '준비'했다는 그녀의 말에 나는 무의식적으로 코르노헨 백작부인을 훑었지만, 무언가를 특별히 '준비'한 느낌은 받지 못했다. 이대로 그녀의 말을 무시하고 자리를 박차고 나가는 건 누가 봐도 무례한 행동이었기 때문에, 나는 다시 자리에 앉을 수밖에 없었다.

내가 피곤한 눈으로 그녀를 쳐다보며 말했다.

"말씀하세요, 부인."

"영애도 알고 있겠지만, 영애의 가문은 막대한 빚을 지고 있지요."

"네?"

"영애의 가문이 코르노헨 가문에 빚을 지고 있다고요. 다 알면서 왜 모르는 척해요?"

"……."

금시초문이었다.

아니, 마리스텔라네 집에서 도로테아네 집에 빚을 졌다고?

나는 순간 어벙한 표정을 지으려다가 얼른 표정을 갈무리했다.

정황상 마리스텔라는 방금 코르노헨 백작부인이 말한 사실을 알고 있었다.

내가 대충 대꾸했다.

"그……렇죠."

"매달 벨플레어 백작께서는 저희 가문으로 막대한 양의 이자를 내시고요."

"막대한 양의…… 이자요?"

"어머. 그건 모르셨나요?"

그렇게 말하는 코르노헨 백작부인의 눈빛이 날카롭게 변했다.

"모르실 리가 없는데. 조부 대에 지신 빚의 액수가 상당하니까요. 빚을 지면 당연히 이자를 다달이 내야 하는 법이죠."

"……."

조부 대에…… 빚을 졌다고?

코르노헨 가문에?

전부 내가 모르는 내용투성이라서 당황스러웠다. 코르노헨 백작부인이 거짓말을 하는 것 같지는 않았는데, 그렇다면 정말 마리스텔라의 조부모가 코르노헨 가문에 막대한 양의 빚을 졌다는 걸까?

나는 혼란스러워졌다.

"어쨌든, 그 이자의 액수를 더 높일까 해요."

"네?"

"만약 영애가 로테와 다시 친구로 지내지 않는다면 말이죠."

잠깐, 잠깐.

"하지만 만약 영애가 다시 로테와 친구가 되어준다면, 이자를 감면해주는 방향을 생각해 볼게요."

"……."

그러니까 이건 노골적으로 말하자면 돈으로 친구를 사겠다고 말하고 있는 것과 진배없었다. 내가 제대로 이해한 게 맞다면 말이다.

맙소사, 이런 사고방식이라니.

도로테아가 어째서 그런 인성을 가지게 되었는지 이해 못 할 바가 아니었다. 나는 한동안 어벙한 표정으로 아무 말도 못 하고 앉아만 있었다.

그리고 내가 제안을 당연히 수락할 거라고 생각했는지 코르노헨 백작부인이 으스대는 목소리로 물었다.

"어때요, 영애. 좋은 조건이지요?"

"부인, 죄송하지만 무언가 착각을 하고 계신 것 같은데…… 지금 부인께서는 저더러 다시 도로테아의 친구가 되어 달라고 말씀하고 계신 것이지, 상단 간의 거래를 하고 계시는 게 아니랍니다."

"그게 무슨 말이죠?"

"다시 말씀드리자면 코르노헨 부인, 친구 관계는 비즈니스가 될수 없습니다. 아시잖아요? 그런 관계는 진실하지 않……."

"이해가 안 가네요."

내 말을 끊고 들어온 코르노헨 백작부인은 정말 이해가 되지 않는 사람처럼 고개를 갸웃거렸다.

"그래서 다시 로테의 친구가 되어 줄 건가요, 안 되어 줄 건가요?"

말이 안 통하는군.

"잘 생각해봐요, 영애. 이건 아주 좋은 기회예요."

"……."

"벨플레어 가문에서 다달이 내는 이자, 10년만 모아도 변방의 성한 채를 살 수 있어요. 그 막대한 이자를 영애의 조부 대부터 쉬지않고 내고 있는 거예요. 원금 상환은 거북이가 기어가는 속도로 이루어지고 있고요."

그렇게 심각한 상황일 줄은 몰랐다. 생활에는 전혀 지장이 없었으니까.

"물론 허리띠를 졸라매고 긴축재정을 하면 금방 갚아 나갈 수 있을지도 모르죠. 하지만 영애도 알고 있잖아요? 귀족으로서의 품위와 긍지를 지키는 데는 어마어마한 액수의 돈이 필요하다는 거. 그비용을 남기면서 빚을 갚아 나가려면 당연히 시간이 아주 많이 걸릴 수밖에 없어요."

"……."

구구절절 맞는 말이었는데, 솔직히 20년 넘게 소시민으로 살았던 나로서는 살짝 거리감이 느껴지는 발언이었다. 하지만 그렇다고 해서 이해가 아예 안 가는 것도 아니었다. 어쨌든 귀족들은 품위 유지라는 게 필요하니까. 사용인들을 부릴 돈, 영지의 성을 관리할 돈, 파티에 입고 갈 드레스와 턱시도를 살 돈…… 전부 다 돈이었다.

"다달이 내야 하는 이자를 없애줄게요. 어때요, 내 제안? 솔깃하지 않아요?"

"……."

"그리고 가문 간의 관계를 생각해요, 벨플레어 영애. 고조부 대부터 양가는 절친하게 지내왔어요. 그 유서 깊은 교류를 설마 영애 대에서 끊어 버릴 생각인가요?"

"……지금 주시는 제안은 부군께서도 알고 계신 내용인가요?"

"물론이죠. 나는 남편의 대리인과도 같은걸요."

그렇게 말하는 코르노헨 백작부인의 목소리에서는 어떠한 자부심이 묻어났다. 그게 부호로서의 타고난 자부심인지 아니면 권력을 행사할 수 있는 위치에 있는 사람으로서의 과시적인 자부심인지는 모르겠지만.

"제 부모님께서도 알고 계세요?"

"아뇨, 몰라요."

코르노헨 백작부인이 방긋 웃으며 덧붙였다.

"모르시는 게 좋지 않겠어요?"

내가 만약 이 제안을 받아들인다면, 확실히 그랬다.

나는 잠시 고민하는 표정을 짓다가 이내 물었다.

"……부인께서는 제가 이런 식으로 다시 따님의 친구가 되는 것을 바라세요?"

"내가 영애에게 원하는 건 특별한 게 아니에요."

코르노헨 백작부인이 대수롭지 않은 목소리로 말했다.

"그저 내 딸의 옆에 서줄 '동등한 위치의' 사람이 필요하답니다, 영애. 가끔은 고민도 들어주고, 또 가끔은 누군가를 욕해줄 때 맞장구를 쳐주기도 하고, 그런 사람이요."

"……."

요약하자면 시녀가 필요하다는 것이었다.

코르노헨 백작부인이 원하는 건 딸과의 진실한 우정이 아니었다. 그저 딸을 보좌해줄 비서 한 명이었다. 나는 진심으로 궁금해져서 물었다.

"어째서 이렇게까지 하세요, 부인? 친구라는 건 없어도 그만이고, 있어도 그만인걸요."

"우리 로테가 그걸 원하니까요. 또 우리 로테를 옆에서 도와주고 빛내줄 누군가가 필요해요."

"그게 도로테아에게 도움이 된다고 생각하세요, 부인? 도로테아가 정말로 그런 걸 좋아할까요?"

"그래요, 영애. 나는 그렇다고 믿고 있어요."

"부인의 착각이 아니라요?"

"영애."

코르노헨 백작부인이 조금 힘주어 나를 불렀다.

"잡담은 이만해요. 나는 아주 바쁜 사람이랍니다."

"……"

"내 제안, 받아들일 건가요, 안 받아들일 건가요?"

"……요지를 말씀드리자면, 부인께서는 그저 따님의 곁에 세울 들러리가 필요하신 게로군요. 그렇지요?"

"그런 표현은 불쾌하니까요, 벨플레어 영애."

"아뇨, 부인. 차라리 그편이 낫겠네요."

나는 고개를 저으며 그녀에게 말했다.

"좋습니다, 코르노헨 백작부인. 제가 따님의 들러리가 되어 드릴 게요."

"……"

"대신 약속은 꼭 지켜주세요. 이번 달부터 코르노헨 가문으로 지불하는 이자가 단 한 푼도 없도록 해주세요. 그렇게만 해주신다면, 원하시는 대로 따님의 들러리 노릇은 착실히 해드릴 수 있습니다. 하지만 딱 거기까지예요."

진실한 친구가 되어 버리기에는 너무 멀리 왔거든요. 내가 차분하게 그녀와 눈을 맞추며 물었다.

"그래도, 만족하시겠어요?"

"그래요." 코르노헨 백작부인이 엷게 웃으며 내게 말했다.

"충분합니다. 역시 영애는 영특하네요."

"……부모님께는 비밀로 해주셨으면 좋겠어요."

벨플레어 백작부부가 이 사실을 알게 된다면 분명 내게 왜 그랬냐고 물을 것이다. 그리고 내게 미안해 할 것이다.

그런 건 원치 않았다. 나는 이미 마리스텔라의 몸을 차지한 것만으로도 그들에게 미안했으니까. 내가 조금이라도 이 집에 도움이 된다면 나는 그것으로 좋았다.

물론 나라고 다시 도로테아와 어울리게 된 게, 정확히는 들러리 노릇을 하게 된 게 좋지는 않았다. 그건 내가 지금까지 노력해 왔던 것들을 전부 물거품으로 만들어 버리는 것이었으니까.

이 소설 속으로 들어와서 도로테아의 조연으로, 들러리로 살지 않기 위해 그렇게 다짐하고 애썼는데, 고작 돈 때문에 마음을 바꿨다는 게 누군가는 우습다고 생각할 수도 있을 것이다. 하지만 고고하게 자존심을 지키기에는 코르노헨 백작부인이 제시한 것들이 너무 컸다.

그리고 나는 그런 것들 앞에서 끝까지 꼿꼿해질 수 있는 사람은 아니었다. 더구나 다른 것도 아니고 마음의 빚을 지고 있는 집안에 조금이라도 도움이 될 수 있다면.

"물론이지요, 영애. 그 정도의 눈치는 있답니다."

걱정하지 말라는 듯 웃어 보인 백작부인이 내게 살갑게 말을 건네 왔다.

"이만 거실로 가보는 게 어때요? 로테와 벨플레어 백작부인이 우리가 나오기만을 기다리고 있을 거예요."

◇◆◇

"마리!"

코르노헨 백작부인과 함께 거실로 들어서자마자 도로테아가 반갑게 나를 불렀다.

나는 어떻게 대처해야 할지 고민하다가, 옆에 서 있던 코르노헨 백작부인의 눈치를 살피고선 입꼬리에 가식적인 미소를 걸어 보았다.

"로테."

진심이 담기지 않은 들러리 노릇쯤이야 어렵지 않았다.

이건 일종의 비즈니스. 아르바이트 같은 것이었으니까. 다만 그 관계를 친구라고, 우정이라고 포장하는 게 역겹긴 했다.

"차는 어떻게 입에 맞아?"

"황태자 전하께서 보내주신 거라 그런가? 맛이 일품이네."

도로테아는 그렇게 말하면서 얼굴을 붉혔다. 솔직히 역겨웠다.

자비에르가 보내준 차가 아니었다면 저 정도의 호평은 하지 않았으리라고 나는 생각했다.

"입에 맞았다니 다행이네."

나는 그렇게 말하면서 뒤를 돌아 코르노헨 백작부인에게 물었다.

"부인께서도 한 잔 드시겠어요?"

내 질문에 코르노헨 백작부인은 벨플레어 백작부인에게로 시선을 옮기며 물었다.

"한 잔 대접받을 수 있을까요, 부인?"

"물론이죠, 부인."

벨플레어 백작부인이 흔쾌히 대답한 다음 하녀를 불러 차 두 잔을 더 부탁했고, 나는 그 모습을 빤히 바라보다가 이내 두 사람이 앉아 있던 소파로 걸음을 옮겼다.

벨플레어 백작부인의 옆에 앉은 내가 도로테아에게 물었다.

"정말 문병으로 온 거야, 도로테아?"

"당연하지. 네가 나았다는 말을 듣고 얼마나 기뻤다고."

"……."

진심인지 가식인지 모를 말에 나는 잠시 침묵했다가, 이내 아무렇지 않게 코르노헨 백작부인에게 말을 건넸다.

"하지만 부인까지 오실 줄은 몰랐어요."

"아무렴 우리가 어떤 사이인데요."

관계를 돈으로 사고파는 사이지, 뭘.

"그리고 겸사겸사 할 말도 있었고요."

코르노헨 백작부인이 제 딸의 곁으로 와 앉은 다음 말을 계속했다.

"그때 말씀드렸던 여행 말이에요. 그걸 논의하려고 왔어요."

"어머, 바쁘시다고 하지 않으셨어요? 그래서 저희는 한겨울 즈음에나 가실 수 있다는 걸로 알아들었는데……."

"물론 바쁘죠."

코르노헨 백작부인이 으스대는 목소리로 말했다.

모녀가 쌍으로 재수가 없다.

"하지만 벨플레어 가문과의 연은 소중하니까요. 저희가 어디 보통 사인가요?"

"……."

역겹다.

"그럼 언제쯤으로 생각하고 계세요, 부인?"

"벨플레어 백작님께서는 시간이 어떻게 되시나요?"

"아시다시피 각하께서는 황궁의 일 이외에는 하고 계신 일이 없으세요. 괜찮으신 날짜를 일러주신다면 남편에게 일러 휴가를 받아 보도록 하겠습니다."

"어머, 그렇다면 가을 즈음이 어떠세요? 날씨도 선선하고 좋으니까요."

"가을도 좋지요."

그렇게 화기애애한 대화가 오가는 사이 나는 도로테아를 빤히 쳐다보았다. 그녀는 어른들의 대화에는 별로 관심이 없는지 앞에 놓인 차만 홀짝이고 있었는데, 누가 보아도 그 차를 마음에 들어 한다는 의미였다.

'설마 찻잎을 달라는 터무니없는 요구는 하지 않겠지.'

그렇게 생각하고 있는데, 갑자기 코르노헨 백작부인이 제 딸에게 말을 건네왔다.

"차가 입에 많이 맞나 보구나, 로테."

"네, 엄마."

도로테아가 아이같이 순수한 미소를 지어 보인 채 말을 이었다.

"이렇게 맛있는 차는 태어나서 처음 먹어봐요."

"어머, 그래?"

"네. 너무 맛있어서 집에서까지 먹고 싶은 차예요."

설마⋯⋯.

내가 불안한 표정으로 도로테아를 쳐다보았다. 하지만 도로테아는 내 표정을 못 본 것인지 아니면 보고도 모르는 척하는 것인지 태연하게 해맑은 목소리로 질문했다.

"마리, 괜찮다면 내게도 이 찻잎을 좀 나누어줄 수 있을까?"

아아⋯⋯.

'왜 불안한 예감은 항상 틀린 적이 없나.'

내가 속으로 썩은 미소를 지었다. 도로테아는 바뀐 게 없었다.

차라리 다행이려나. 이로써 그녀를 좀 더 죄책감 없이 미워할 수 있게 되었으니까. 나는 표정 변화 없는 얼굴로 도로테아를 빤히 쳐다보다가 천천히 입을 열었다.

"안 돼."

친구라면 나눠줄 수도 있겠지만, 나는 그녀의 들러리였다.

굳이 그런 것까지 양보해야 할 이유가 없다. 내 단호한 대답에 도로테아가 당황한 표정을 지었고, 그 옆에 있던 코르노헨 백작부인은 나를 말없이 노려보았다. 본인 딴에는 눈치를 주는 것이라고 생각할 수도 있겠지만, 누가 봐도 이건 노려보는 거였다.

내가 대놓고 코르노헨 백작부인을 쳐다보자, 그녀는 그제야 적의 어린 시선을 거두었다.

"미안해, 로테. 다른 찻잎도 아니고 황태자 전하께서 주신 것이라. 자칫하다간 불경죄로 곤욕을 치를 수도 있을 것 같아."

"마리, 하지만 정말 맛이 좋아서 그래."

"그렇다면 황태자 전하께 한번 말씀드려볼게. 내게 주신 찻잎을 네가 너무 가지고 싶어 했다고."

내가 적의 한 점 없어 보이는 환한 미소를 입가에 걸며 말하자, 도로테아는 황당하다는 얼굴을 했다. 사실 저 표정은 지금 내가 지었어야 할 것이었는데.

코르노헨 백작부인이 그 사이로 끼어들었다.

"많이 달라는 건 아니랍니다, 영애. 그저 조금만이면 돼요."

"그렇게는 제가 죄스러워 안 되지요."

내가 아무렇지 않게 웃으며 그녀에게 말했다.

"마침 몸이 다 나아 황태자 전하께 감사 인사라도 드릴까 했던 참이랍니다. 다른 사람들의 시선 때문에 다소 망설인 감이 없잖아 있었는데…… 마침 로테도 전하께서 주신 찻잎을 원하니 겸사겸사 찾아뵈면 아무런 문제가 되지 않겠지요."

"……."

"그럼 되겠지, 로테?"

태연자약하게 도로테아를 바라보며 묻자, 그녀가 대놓고 떨떠름한 표정을 짓고 있었다.

벨플레어 백작부인도 계신데 저런 표정이라니.

어쩐지 속이 상했다. 물론 내색하지는 않았지만.

"으, 응."

"너무 오래 기다리게 하진 않을게. 코르노헨 백작부인, 조만간 찻잎을 들고 찾아뵙도록 하겠습니다."

"하지만 수고스러울 텐데요. 그 정도는 하인을 통해 얼마든……."

"아뇨."

내가 고개를 저으며 그녀의 말을 끊었다. 말이 끊긴 코르노헨 백작부인의 표정 역시 묘하게 일그러졌으나, 상업에 종사하는 사람답게 티가 많이 나는 것은 아니었다.

"저와 로테는 친구인걸요. 친구를 보기 위해서라면 그런 수고로 움쯤이야 얼마든 감수할 가치가 있지요."

"……그래요, 그럼. 영애의 뜻대로 하세요."

"그러겠습니다."

싱긋 미소 지은 내가 슬며시 벽에 걸린 시계를 보았다. 벌써 저녁 시간이 다 되어 가고 있었다.

여전히 시계에 고개를 고정시킨 내가 아무렇지 않게 앞에 앉은 두 사람에게 말을 건넸다.

"시간이 이렇게 빨리 지나가네요. 벌써 저녁 시간이에요."

이만 가달라는 의미였다. 눈치를 보아하니 코르노헨 백작부인은 알아들은 듯했지만, 도로테아는 그렇지 못한 듯했다.

그녀가 신나는 목소리로 벨플레어 백작부인에게 물었다.

"괜찮다면 석찬을 대접받을 수 있을까요, 부인?"

"물론이에요, 영애."

"로테."

그때 코르노헨 백작부인이 다소 엄한 목소리로 도로테아를 불렀다. 나는 그녀가 어떻게 나올지 궁금한 마음으로 그 모습을 빤히 지켜보았다.

"그런 건 무례한 일이랍니다. 이만 돌아가는 게 좋겠어요."

사실 아까 했던 말과 행동들이 고작 석찬을 대접하는 일에 비하면 훨씬 더 무례한 것이었지만, 아무래도 코르노헨 백작부인은 그 사실까지는 모르는 듯했다. 아니면 그녀에게는 '무례'라는 것의 기준이 고무줄놀이처럼 왔다 갔다 하거나.

개인적으로 후자에 걸겠다.

"하지만 엄마……."

"로테."

코르노헨 백작부인이 다시 한번 엄하게 딸을 타이르자, 그 모습을 보고 있던 벨플레어 백작부인이 조심스럽게 말을 걸었다.

"저…… 부인, 저흰 괜찮습니다. 석찬을 들고 가세요."

"곧 남편이 들어올 시간인 데다, 너무 죄송해서 그렇게는 안 되겠어요."

코르노헨 백작부인이 고개를 절레절레 저으며 자리에서 일어섰고, 강경한 백작부인의 태도에 도로테아 역시 하는 수 없다는 듯 일어섰다. 나 역시 벨플레어 백작부인과 함께 자리에서 일어서 두 사람을 배웅할 준비를 했다.

"이만 가보겠습니다, 벨플레어 부인. 저희가 지나치게 오래 있었 군요. 폐를 끼친 것 같아 죄송합니다."

"그렇지 않아요, 부인. 폐라니요. 말씀대로 저희가 어디 보통 사이 인가요."

벨플레어 백작부인이 온화한 미소를 지은 다음 도로테아에게 따 뜻한 목소리로 말했다.

"자주 방문해 주세요, 코르노헨 영애."

"네, 부인."

"그럼 이만 가보겠습니다."

코르노헨 백작부인은 그 말만 마치고선 도로테아와 함께 거실을 나섰다.

이내 두 사람이 바깥으로 나가는 소리가 들렸고, 나는 그제야 온 몸의 긴장이 다 풀린 사람처럼 피곤한 얼굴로 소파 위에 털썩 주저 앉았다. 덤으로 길게 한숨까지 쉬자, 그 모습을 보고 있던 벨플레어 백작부인이 내게 물어왔다.

"코르노헨 부인과 무슨 일이 있었니, 마리?"

"아뇨, 엄마."

내가 태연하게 거짓말했다.

"아무 일도 없었어요."

"……정말?"

벨플레어 백작부인이 영 믿기지 않는다는 얼굴로 나를 쳐다보 았다.

그 시선에 약간의 죄책감이 들었으나, 나는 아무렇지 않게 다시 거짓말을 했다. 양심의 가책이 느껴지긴 했지만, 차라리 이편이 나았다.

"네, 엄마. 그냥 도로테아와 지금처럼 친하게 지내 달라는 말씀만 하셨어요."

"그랬구나."

그제야 벨플레어 백작부인은 이해하겠다는 얼굴로 내게 말했다.

"곧 아버지가 오실 거야. 그보다 몸은 좀 괜찮니? 주치의 말로는 지금쯤이면 움직여도 된다고 했지만…… 갑자기 너무 많이 움직인 것 같아 걱정스럽구나."

"그전부터 진즉 나았는걸요, 엄마. 이제는 정말 괜찮아요."

나는 그렇게 말한 다음 화사한 미소를 띤 얼굴로 덧붙였다.

"간만에 가족들과 함께 다 같이 식사하고 싶어요."

얼마 지나지 않아 벨플레어 백작부인의 말대로 외출했던 벨플레어 백작이 돌아왔고, 나는 그들과 함께 정말 오랜만에 같이 식사했다.

자연스럽게 식사 자리에서는 아까 코르노헨 모녀가 다녀갔다는 사실이 나왔고, 이미 알고 있던 사실인데도 마티나는 대놓고 얼굴을 구겼다. 물론 벨플레어 백작부인의 지적으로 금세 표정을 바꾸긴 했지만.

어쨌든 그날 저녁 식사에서는 올해 가을에 코르노헨 가족과 함께 여행을 떠나겠다는 결정이 내려졌다.

"정말 끔찍해! 그 여자와 무려 2박 3일간을 함께 지내야 한다니."

그날 밤늦게 내 방을 찾은 마티나가 노골적으로 싫은 티를 냈고, 그 모습을 빤히 바라보던 나는 절대로 마티나에게만큼은 오늘 코르노헨 백작부인과 있었던 일을 말하지 않아야겠다고 다짐했다. 하지만 그런 내 생각을 읽기라도 한 건지, 갑자기 마티나가 물어왔다.

"그보다 오늘 코르노헨 백작부인과는 무슨 말을 몰래 한 거야?"

"어?"

"아까 두 사람 응접실에서 따로 이야기했잖아. 무슨 이야길 했어?"

절대, 절대 말하지 말자. 만약 말했다가는 코르노헨 백작부인이 그런 제안을 했다는 것 자체로 마티나는 화를 낼 게 뻔했다. 그리고 마티나가 우리 가문에 그런 빚이 있다는 걸 아는지 모르는지도 정확하지 않은 상황에서 함부로 입을 놀릴 수가 없었다. 자칫하다가는 애만 충격받는다.

"그냥 별 이야기 아니었어."

"그렇게 말하니까 수상한걸."

"정말이야. 그냥…… 그냥 앞으로도 도로테아와 친하게 지내 달라고 말했어."

"맙소사."

마티나가 고개를 절레절레 저으며 말했다.

"둘 사이에 있었던 일을 들었기는 했나 봐."

"그런 것 같아."

조용한 목소리로 긍정한 내가 잠시 후에 조심스럽게 덧붙였다.

"너무 걱정하지 마, 마티나. 네가 생각하는 것처럼 언니가 바보는 아니야."

"누가 뭐래? 언니 똑똑해. 그건 내가 제일 잘 알아."

마티나가 열정적인 목소리로 내게 말했다.

"근데 이상하게 그 여자에 한해서만큼은 언니가 약해진단 말이야."

"……."

어쩌면 마리스텔라도 이런 부탁을 받고 있었는지도 모른다. 그래서 알면서도 괜히 호구 잡힌 걸지도. 물론 정답인지는 확실하지 않지만.

"그래서 그 여자와는 원래대로 지낼 거야?"

"일단은."

말을 마친 내가 슬며시 마티나의 눈치를 보며 물었다.

"마음에 들지 않나 보구나."

"당연하지."

하지만 마티나는 잠시 후 이렇게 덧붙였다.

"그래도 언니 선택을 존중할게."

"정말?"

"응. 언니가 그래도 예전하고는 많이 달라진 것 같아서."

마티나가 환하게 웃으며 말을 보탰다.

"난 언니 믿어. 믿는 만큼 사랑하고."

"……기특하긴."

내가 설핏 웃으며 마티나의 머리를 쓰다듬었다.

그러다 문득 아까 도로테아에게 했던 말이 떠올랐다.

황태자 전하께 찻잎을 따로 얻어오겠다는 말.

'정말 가야 하나.'

아까는 도로테아를 약 올리려고 괜히 호기롭게 말하긴 했는데, 막상 시간이 지나고 다시 생각해보니 도대체 무슨 짓을 한 건가 싶다. 그 귀한 찻잎을 받았으니 감사해 하지는 못할망정 더 달라고 보채야 한다는 상황이다.

맙소사, 나 엄청 민폐잖아?

그냥 내 걸 줄까 생각도 해봤는데, 그건 그것대로 싫었다. 어쨌든 자비에르가 나 마시라고 보내준 찻잎인데 그걸 도로테아에게 준다는 건 상대방에 대한 예의도 아니었을뿐더러 무엇보다 내가 싫었다.

'역시 값을 치르고 받아오는 게 낫겠어.'

나는 그렇게 결론 내렸다. 더구나 병상에 있을 때 선물을 보내주고 문병까지 와준 정성을 생각하면 한 번쯤은 방문하는 게 예의이긴 했다.

나는 내일쯤 서먼궁으로 편지를 보내야겠다고 다짐했다.

"무슨 생각을 그렇게 해, 언니?"

그때 조용히 있던 마티나가 물어왔고, 나는 그제야 아래쪽으로 시선을 옮겼다. 설핏 미소 지은 내가 솔직하게 말했다.

"내일 황태자 전하께 서신을 보낼 생각이야."

"응? 갑자기 왜?"

"귀한 찻잎도 보내 주시고, 문병까지 와주셨으니 한 번쯤 찾아뵙는 게 예의가 아닐까 싶어서."

"확실히 그렇지."

마티나가 일리 있는 말이라는 듯 고개를 끄덕이며 말했다.

"바쁘신데 이것저것 신경 써주셨으니까. 황태자 전하께서 언니가 마음에 드신 걸까?"

"친구로서는 그러셨을 수도 있겠네."

"친구? 맙소사."

마티나가 무슨 그런 말을 하느냐는 듯 고개를 절레절레 저으며 부정했다.

"남녀 사이에 친구가 어디 있어?"

"없긴 왜 없어. 당장 에스클리프 공작님과도 친구가 되었는걸."

"꼭 동성 간에만 우정이 존재하는 건 아니야."

나는 그렇다고 굳게 믿고 있었다. 지금까지 그렇게 살아왔으니까. 확고한 내 태도에 마티나가 모르겠다는 듯 고개를 절레절레 저었다.

"에휴, 모르겠다. 우리가 황태자 전하도 아닌데 뭐, 어떻게 알겠어."

"그런 관계 아니라니까."

"왜 이렇게 자신만만해? 틀리면 어쩌려고."

"내 감이 그게 아니라고 확실하게 말해주고 있으니까."

흰 치아를 드러내고 씩 웃은 내가 마티나의 머리를 빠르게 어루만지며 헝클어뜨렸다.

자연스럽게 마티나가 싫은 소리를 냈고, 나는 그제야 속력을 조금 줄여 마티나의 머리를 쓰다듬었다.

'자비에르가 날 좋아한다는 건 말도 안 되는 소리야.'

물론 지금 상황에서 그런 생각을 품는 게 전혀 말도 안 되는 일은 아니었지만, 이미 모든 사정을 알고 있는 나로서는 그게 아니라고 당당하게 말할 수 있었다.

마티나가 그렇게 짐작할 수 있는 건 그녀가 책 속의 인물이기 때문이었다. 책 바깥의 사정은 그게 아니라는 걸 모르는.

"자, 쉰 소리 그만하고 이만 자는 게 좋겠어. 시간이 너무 늦었다."

"흐잉, 더 이야기하고 싶은데."

마티나가 애기처럼 눈을 올망졸망하게 뜨며 나를 쳐다보았다.

아, 너무 귀엽잖아. 내가 당황한 얼굴로 어쩔 줄 몰라 하고 있는데, 그 순간 누군가가 방문을 똑똑 두드렸다.

"마리, 자니?"

맙소사, 벨플레어 백작부인이었다.

"마티나가 침실에 없어서 말이야. 혹시 여기에 있니?"

이런, 아무래도 더 이야기하는 건 그른 듯했다.

내가 낮게 웃으며 대답했다.

"네, 엄마."

대답이 끝나기가 무섭게 벨플레어 백작부인이 엄한 표정으로 문을 열고 들어왔다. 마티나가 낭패라는 듯한 표정으로 투덜거렸다.

"엄마 타이밍이 너무 절묘한걸요."

"지금 이 시간까지 자지 않으면 피부가 상한단다, 우리 예쁜 마티나. 언니 그만 괴롭히고 이만 방으로 돌아가렴."

"알았어요."

마티나가 하는 수 없다는 듯 풀 죽은 얼굴로 나를 꼭 안아주었다. 그녀는 이마에 키스까지 해준 다음에야 내 침실을 나섰다.

그렇게 해서 방 안에는 나와 벨플레어 백작부인밖에 남지 않았는데, 나는 직감적으로 그녀가 내게 무슨 할 말이 있다는 것을 눈치챘다.

"제게 하실 말씀이라도 있으세요, 어머니?"

하지만 벨플레어 백작부인은 그 말을 듣고 나서도 어쩐지 난처한 얼굴이었다. 도대체 왜 그러나 싶어 나는 그녀를 재촉했다.

"일단 들어오세요, 어머니."

내 말에 벨플레어 백작부인은 머뭇거리면서도 안으로 들어왔다. 침대 한켠으로 물러난 내가 편안한 표정으로 그녀에게 다시 물었다.

"제게 하실 말씀이 있으세요?"

"으음……."

난감한 소리를 흘린 백작부인이 이내 내 옆으로 다가와 앉았다. 그런 후에도 그녀는 한참을 머뭇거리다가, 잠시 후에 물었다.

"아까 코르노헨 백작부인과 정말 아무 일도 없었니?"

"……없었어요."

그렇게 대답하면서도 직감적으로 무슨 일이 있었다고 판단이 들어서, 나는 그녀에게 물었다.

"무슨 일이 있나요?"

"코르노헨 가문에서 저녁 늦게 서신을 보내왔어."

"그랬군요."

내용은 대충 예측 가능한 것이었다. 물론 나는 시치미를 뗐다.

"너도 알겠지만, 우리 집안에서 코르노헨 가문에 막대한 채무를 지고 있단다. 네 조부 대부터 내려온 빚이지. 우린 다달이 그에 상응하는 이자를 내고 있고."

"……"

"그런데 갑자기 당장 다음 달부터 이자를 면제해주겠다는 서신을 보내왔어. 이런 적은 처음이란다. 나와 네 아버지는 갑자기 그쪽에서 태도를 바꾼 까닭을 도무지 모르겠구나."

"갑자기 마음이 바뀌기라도 했나 보지요."

나는 끝까지 모르쇠로 일관했고, 벨플레어 백작부인은 순간 말을 잃은 사람처럼 아무 말도 하지 않았다. 나는 그런 그녀를 빤히 바라보다가 이내 고개를 돌렸다.

사실은 나도 알고 있었다. 그녀는 아마 내가 거짓말을 하고 있다는 사실을 알고 있을 것이다. 내가 봐도 지금 내 태도는 무언가 이상했으니까. 하지만 내가 계속 입을 다물고 있는 이상 일의 진상을 파악할 방법은 없을 것이다.

코르노헨 백작부인은 나와 한 약속을 지킬 것이고, 그렇다면 벨플레어 가문에서 일의 경위를 알게 될 일은 아예 없게 되는 것이다. 결국 나는 계속 모르는 척해야겠다고 다짐했다.

"정말 아무 일도 없었어요, 어머니."

"……그래."

더 캐물어봤자 답이 나오지 않을 것이라고 판단했는지, 벨플레어 백작부인은 생각보다 일찍 물러났다.

그녀는 태연자약한 표정을 짓고 있는 나를 빤히 바라보다가 이내 걱정스러운 얼굴로 입을 열었다.

"혹시라도 무슨 일이 생긴다면 꼭 우리에게 말하렴, 마리. 우린 늘 네 편이니까."

"물론이죠, 어머니."

내가 걱정하지 말라는 듯 웃으며 덧붙였다.

"꼭 그럴게요."

"그래."

내 대답에 그제야 벨플레어 백작부인은 안심한 듯했다. 그녀는 내게 잘 자라는 말을 속삭이며 나를 안아준 뒤에야 내 침실에서 나갔다.

쿵, 문이 닫히고 혼자 남겨진 나는 완전히 긴장이 풀린 사람처럼 뒤로 드러누웠다.

저도 모르게 입속에서 긴 한숨이 새어 나왔다.

"하아……."

거짓말을 한 게 조금 양심에 찔리긴 했지만, 사실대로 말해서 두 분을 걱정시키는 것보다는 이편이 나았다.

나는 잘한 행동이라고 자위하며 천천히 눈을 감았다. 오늘 너무 많은 일을 겪어서 그런가, 피곤했다.

그다음 날 아침, 나는 서면궁으로 편지를 보냈다. 주저리주저리 썼지만 요지는 간략했다.

그간의 일로 감사를 표하기 위해 방문하고 싶은데, 언제든 좋으니 괜찮으신 시간에 찾아뵐 수 있느냐는 내용이었다.

'설마 거절당하지는 않겠지.'

문득 그런 생각이 머릿속을 비집고 튀어나왔지만, 나는 이내 고개를 저어버렸다. 고작 손수건을 버린 일로 황궁까지 초대해준 자비에르였다. 거절당할 가능성은 희박하리라.

'그보다 오늘부터는 뭘 해야 하지.'

3개월 동안 침대 위에서만 있었더니 그전에 뭘 하며 지냈는지가 기억이 안 났다. 티파티도 가고, 다른 영애들도 만나고, 나름 바쁘게 지냈던 것 같은데……. 그러다 나는 문득 무언가를 잊어버린 것 같은 기분이 들어 기분이 묘해졌다.

'뭔가 빠진 기분이야.'

그게 뭔지 설명은 안 되는데 무언가를 빠뜨린 듯한 기분이 들었다. 그게 뭔지 고민하면서 테이블 위에 놓인 머핀을 떼어 먹고 있는데, 누군가가 내 방의 문을 두드렸다.

"아가씨, 플로린다입니다."

"들어와요."

잠시 후 문이 열리며 플로린다가 들어왔는데, 그녀는 어쩐지 신나 보이는 표정이었다. 내가 한쪽 눈썹을 위로 치켜뜨며 물었다.

"무슨 좋은 일 있나 봐요? 표정이 밝네."

"손님이 찾아오셨어요."

"손님?"

날 찾아올 손님이 있었던가? 의아한 표정으로 머릿속을 뒤져 그게 누군지를 찾아내고 있는데, 플로린다의 대답이 먼저 들려왔다.

"네. 에스클리프 공작 전하요."

"아."

세상에, 맙소사. 다른 사람도 아니고 그를 잊어버리다니. 어제 하루 못 봤다고 이 정도로 기억을 못 해낼 줄이야.

거지발싸개 같은 기억력에 충격을 받은 내가 떨떠름한 얼굴로 고개를 끄덕였다.

맞다, 매일매일 클로드가 우리 집에 와주었지. 고작 하루 안 왔다고 그 존재를 머릿속에서 지워 버리다니. 미안해서 죽을 것 같았다.

"응접실로 모시세요. 지금 바로 내려갈게요."

"네, 영애."

뛰지는 않았지만 빠른 걸음으로 응접실을 향해 내려갔다.

잠시 후 응접실의 유리문 너머로 클로드가 보였다. 그는 의자 위에 우아하게 앉아 무엇인지 모를 차를 홀짝이고 있었는데, 마치 한 폭의 그림 같은 모습이었다.

대개 장난스럽고 능청스러운 모습을 많이 보여주는 클로드였지만, 이럴 때면 마치 현실 너머에 사는 왕자님처럼 비현실적인 고급스러움이 존재 자체에 묻어났다.

조용히 문을 두드리자, 곧바로 안쪽에서 응답이 들려왔다.

"들어오세요."

너무 높지도 낮지도 않으면서, 듣는 사람으로 하여금 기분 좋게 만드는 목소리.

나는 싱긋 웃으며 유리문을 열고 응접실 안으로 들어갔다. 클로드는 나를 보자마자 얼굴이 환해졌고, 나 또한 화답하듯 따라 웃었다.

"오랜만에 뵙네요, 레이디 마리스텔라."

"고작 이틀 만에 다시 뵈었는걸요."

능청스러운 소리에 내가 낮게 웃으며 대꾸했다.

그 이틀이라는 짧은 시간 동안 그의 존재를 까맣게 잊어버린 게 상당히 미안해서, 말하면서도 어쩐지 양심의 가책이 들었다.

클로드의 맞은편에 앉은 내가 조용한 목소리로 물었다.

"상단 일은 잘 마무리하셨나요?"

"그랬습니다."

답변이 거짓말이 아니라는 듯 그의 얼굴이 아까보다 더 밝아졌다. 나는 내심 다행이라고 생각하면서 그에게 물었다.

"무슨 차를 드시고 계세요?"

"아."

내 질문에 그가 씩 웃으며 대답했다.

"녹차랍니다."

"좋죠, 녹차."

말이 끝나기가 무섭게 하녀 하나가 다가와 내 몫의 녹차를 건네주었고, 나는 한 모금을 홀짝인 다음 찻잔을 바닥에 내려놓았다. 갓 끓인 찻물이라 그런지 상당히 뜨거웠다. 좀 식으면 마셔야 할 듯싶었다.

"응접실에서 영애를 만나니 이제 완전히 다 나으셨다는 게 실감이 나네요."

"지난 3개월 동안 죽은 사람처럼 꼼짝 않고 침대 위에만 있었는걸요. 나아야지요."

말을 마친 내가 잠시 머뭇거리다가 그에게 질문했다.

"내일도 오실 건가요?"

그 질문에 클로드는 잠깐 당황한 표정을 지었다가, 이내 섭섭하다는 듯 물었다.

"제가 안 오길 바라시나요?"

"아뇨, 그런 말씀이 아니라……."

혹시라도 오해할까 봐 나는 얼른 말을 보탰다.

"바쁘신 분이잖아요. 전 이제 다 나았고, 공작님께서는 저보다도 훨씬 바쁘신 분이시니 계속 이렇게 저희 집을 방문하시면 일상에 차질이 생기지 않을까 해서요."

"사실 아니라고 하면 거짓말이긴 합니다만…… 사실 전 하루 중 영애를 만나 뵙는 시간이 제일 즐거워서요."

"저를요?"

내가 당황한 목소리로 물었다. 나는 그렇게 유머러스한 사람도 아니고, 이야기를 나누었을 때 재미있는 사람과는 거리가 멀었다.

도리어 클로드가 그런 편이었다.

내가 얼떨떨한 목소리로 그에게 말했다.

"전 그렇게 재미있는 사람이 아닌걸요. 도리어 전하께서 재치 있으신 편이시지요."

"그렇게 봐주시니 감사합니다만, 저도 다른 사람에게는 그렇게 굴 일이 거의 없답니다."

"네?"

아리송한 말에 내가 고개를 갸웃거렸지만, 클로드는 아무것도 아니라는 듯 고개를 저으며 대답했다.

"아닙니다. 그저 영애와의 시간이 제게는 정말 즐겁다는 말이었어요."

그는 여전히 입가에서 미소를 지우지 않은 채로 내게 말했다.

"하지만 영애의 걱정도 일리가 있군요. 앞으로도 매일 방문하는 것은 확실히 무리이긴 하지요."

"저와의 만남이 즐거우시다니 영광이네요. 하지만 그때 말씀하셨던 것처럼 저희는 이제 친구니까요. 원하신다면 언제든 만나실 수 있으니 강박적으로 매일 이곳을 찾지는 않으셔도 돼요."

"그렇다면 제가 원할 때 언제든 만나주실 겁니까?"

갑작스러운 질문에 나는 당황했지만, 곧 아무렇지 않게 고개를 끄덕이며 대답했다.

"물론이죠."

"그렇게 말씀해주시니 기쁘네요."

그가 입가에 환한 미소를 띤 채로 나를 똑바로 쳐다보았다. 미남의 시선을 직격으로 받는 것처럼 당황스러운 일이 또 있을까.

나는 어색하게 웃으며 슬며시 그의 시선을 피했다.

자비에르든 클로드든 잘생긴 남자가 나를 뚫어지게 바라보는 것처럼 부담스러운 일도 없었다.

"그보다, 제가 없는 어제는 무슨 일이 있으셨나요?"

"별것 없었답니다."

그렇게 대답한 직후에 나는 속으로 웃긴다는 생각을 했다.

별것 없긴. 오델레타와 도로테아 두 사람이 이 집에 다녀갔다는 사실 자체가 '별것'이었다. 나는 곧바로 방금 했던 말을 거두었다.

"사실은 레이디 오델레타와 레이디 도로테아가 다녀갔어요."

그렇게 말한 나는 혹시라도 클로드가 그 두 사람에 대해 전혀 모를까 봐 말을 바꾸었다.

346

"트라코스 영애와 코르노헨 영애요."

"두 분 모두 알고 있습니다, 레이디 마리스텔라. 듣기로는 그 두 분과 많이 친하시다고요."

"으음……."

감정을 숨기기도 전에 내 입가에는 어색한 미소가 떠올랐다.

오델레타와는 이제 '친하다'의 범주에 들어섰지만, 도로테아와는 그 범주에서 거의 벗어나 버린 상태였다.

물론 이런 속사정을 그가 자세히 알 리 없었다. 하지만 뭔가 이상한 기류를 눈치챘는지, 클로드가 슬며시 날카로운 말을 던졌다.

"소문이 늘 맞는 것은 아니지요. 제 말이 틀렸나 보군요."

"반은 맞고 반은 틀리답니다. 레이디 도로테아와는 이제 친구가 아니에요."

그렇게 말한 나는 잠시 고민한 다음 뒤에 덧붙였다.

"들러리라면 또 모를까."

"들러리라뇨?"

"개인적인 이야기인데."

내가 슬며시 클로드의 눈치를 보며 한마디를 내뱉었고, 그 말에 그는 사람을 편안하게 만드는 미소를 지어 보였다.

"불편하시다면 말씀하지 않으셔도 괜찮습니다."

"그래도 될까요?"

"하지만 저희는 이제 친구니까요."

그가 여전히 웃는 낯으로 내게 말했다.

"말씀해주신다면 얌전히 듣도록 하겠습니다."

"······아무에게도 말씀하지 않으실 거죠?"

"제가 얼마나 입이 무거운지 잘 모르시나 보군요."

그가 걱정하지 말라는 듯 인자해 보이기까지 한 미소를 지으며 내게 말했다.

"친구가 없어서 괜찮습니다."

"······."

"아아, 물론 영애를 제외하고요."

"아, 알겠어요."

뜻밖의 변명에 당황한 내가 잠깐 동안 생각하는 표정을 지었고, 클로드는 그런 나를 인내심 있게 기다려주었다. 내가 입을 다시 연 것은 한참이 지나서였다.

"실은······."

나는 그에게 어제 있었던 모든 일을 이야기했다.

도로테아와 다투었던 일부터 그녀의 어머니가 내게 제안했던 것, 우리 집안에서 그쪽 집안에 진 상당한 액수의 부채까지.

클로드는 그가 말했던 것처럼 입을 꾹 다물고 내 이야기를 들어주었고, 나는 처음으로 이런 이야기를 남에게 했다는 사실이 뒤늦게 걱정되면서도 어쩐지 후련해졌다.

이야기를 마친 내가 조심스럽게 몇 마디를 더 덧붙였다.

"사실 레이디 도로테아와는 가급적 더 엮이지 않으려고 했는데, 빚 이야기를 들으니 머릿속이 하얘졌어요. 그래서 고민했죠. 내 자존심이냐, 아니면 부모님의 자존심이냐. 고민은 그리 길지 않았어요."

"그렇다고 해서 영애가 자존심을 포기한 것은 아닙니다. 너무 마음 쓰지 마세요."

"그냥 좀…… 제가 이중적인 사람이 된 것 같아서 괴로웠어요. 결국 전 돈에 굴복했으니까요."

"제가 영애였더라도 똑같은 선택을 했을 겁니다. 다른 사람도 마찬가지일 테고요. 괜한 일에 괴로워하는 것만큼 어리석은 일도 없어요. 영애가 너무 신경 쓰지 않았으면 좋겠군요."

"그럴게요."

나는 엷게 미소 지으며 고개를 끄덕였다.

신기한 일이었다. 고작 어제 있었던 일을 말해준 것뿐인데, 마음을 위로받는 기분이랄까.

말만 재치 있게 하는 줄 알았더니 상담사 기질도 있는 줄은 처음 알았다.

"전하 덕분에 마음이 한결 편해졌네요. 감사합니다."

"조금이라도 도움이 되었다니 기쁘군요."

"전하께서는 무슨 고민 같은 것 없으신가요?"

"저요?"

"네. 제 이야기를 들어주셨으니, 저도 전하의 고민 하나쯤 들어드리는 게 도리라고 생각해요."

내가 고개를 끄덕이자, 그런 나를 가만히 응시하던 클로드가 잠시 후에 입을 열었다.

"……한 가지가 있긴 합니다."

"뭔데요?"

"사실 고민이라기보다는, 이게 정말 가능한지 여부가 궁금한 문제랍니다."

"무슨 뜻인가요?"

"어떤 사람이 있어요. A라고 합시다."

그가 조곤조곤한 말투로 이야기를 시작했다.

"A는 필요에 의해 B라는 사람과 만나고 있어요. 처음에는 B를 이용해야겠다고만 생각했는데, 점점 처음 생각했던 목적은 희미해지고 그 사람과 만나는 게 그냥 기분 좋아져요. 그 사람만 생각하면 웃음이 나고, 그 사람과 만나는 시간이 세상에서 제일 행복하죠."

"……."

"그리고 어느 순간부터는, B에게서 이득을 바라기보다 도리어 자신이 가지고 있는 것을 주고 싶은 마음이 들어요. 처음 B를 통해 이루려던 것들은 전부 상관없어지고, 이제 B가 관계의 모든 목적이자 이유가 되는 겁니다."

이야기가 끝났는지, 클로드가 내 눈을 정면으로 쳐다보며 물었다.

"이게 과연 가능할까요?"

"으음……."

입속에서 고민하는 소리가 흘러나왔다. 이런 경험이 내게는 단

한 번도 없었기 때문에 어려운 문제였다.

하지만 어느 정도 공감은 가능했다. 한참 동안 머리를 굴리다가, 나는 조심스럽게 입을 열어 물었다.

"가능하지 않을까요?"

"그런가요?"

"네, 그럼요. 만나다 보면 생각이 얼마든 바뀔 수도 있겠죠. A가 사람인 이상은 충분히 그럴 수 있다고 생각해요."

"그럼 A가 이상한 게 절대 아니군요."

"B가 A의 생각을 바꿀 만큼 멋지고 좋은 사람이라면 가능한 일이라고 생각해요."

말을 마친 뒤에, 나는 조심스럽게 덧붙였다.

"충분한 답이 됐을지 모르겠네요. 그런 경험은 겪어본 적이 없어서요."

"저도 처음이랍니다."

"네?"

"아, A도 처음이라고요. 제가 말을 잘못했네요."

"혹시 방금 들려주신 이야기, 전하의 이야기인가요?"

"아뇨, 그럴 리가요. 전 그런 불순한 목적으로 사람을 사귀지 않는답니다."

그가 묘한 미소를 지으며 덧붙였다.

"아는 사람 이야기예요. 제가 그 사람이 도무지 이해가 안 가서 여쭤보았답니다."

"그러셨군요."

나는 두어 번 정도 작게 고개를 끄덕인 다음 아까 테이블 바닥에 내려놓았던 찻잔으로 다시 손을 가져갔다.

찻물의 온도는 입에도 댈 수 없을 정도로 뜨거웠던 아까와는 달리 적당히 식어 따뜻했다. 두 모금 정도 찻물을 들이킨 뒤에 다른 이야기로 넘어가려던 찰나였다.

똑똑.

바깥에서 노크 소리가 들려왔다.

"플로린다입니다, 아가씨."

나도 모르게 미간을 슬쩍 좁혔다.

손님이 와계신데 이런 실례라니. 당황한 얼굴로 문가를 향해 몸을 돌린 내가 살짝 언짢아진 목소리로 물었다.

"무슨 일이죠?"

"황궁에서 답장이 왔는데요. 침실에 갖다 둘까요?"

맙소사, 당신이 벌써 왔단 말이야? 생각보다 빠른 답장에 나는 깜짝 놀랄 수밖에 없었다.

편지를 일단 침실에 갖다 두라고 지시한 다음에야 나는 다시 클로드에게로 시선을 집중할 수 있었다.

그때 그가 아까보다 살짝 낮아진 목소리로 내게 물었다.

"황궁에서 답장이 왔다니요?"

"아."

클로드는 모르는 이야기였다. 나는 이 일에 대해 말해야 할지 말지 고민했다.

'지난번에 보니 두 사람 사이가 그렇게 좋아 보이지는 않던데……'

결국 고민 끝에 최대한 간결하게 설명해주었다.

"지난번에 직접 문병 와주신 거나, 찻잎을 보내주신 게 감사해서 한 번 찾아뵈려고요."

"……"

"공작님?"

"……아."

잠시 멍을 때린 사람처럼 눈빛이 가라앉은 그가 언제 그랬냐는 듯 밝게 웃으며 내게 말했다.

"죄송합니다, 레이디 마리스텔라. 어제 잠을 좀 설쳤더니 살짝 졸리네요."

"아, 그러셨군요."

"그보다 그런 일로 굳이 황궁까지 찾아가실 필요가…… 있을까요?"

"으음……"

예상은 했지만 역시 긍정적인 반응은 아니었다. 나는 최대한 부드럽게 말했다.

"아무래도 그게 예의인 듯해서요. 그리고 사실 부탁드릴 일도 있고……"

"제가 들어드리겠습니다."

……네?

"그게 뭐든 제가 들어드리겠습니다, 레이디 마리스텔라."

"아뇨. 전하께서 들어주실 만한 부탁이 아니라……."

"제 사전에 불가능이란 없습니다. 그게 뭐든 말씀하세요."

"제가 황궁에 가는 게 많이 싫으세요?"

결국 나는 단도직입적으로 물었고, 내 질문에 클로드는 잠깐 멈칫했다. 하지만 그것도 잠시, 그가 굳세게 고개를 끄덕였다.

"그리 좋지는 않군요."

"어째서요?"

"아시다시피 제가 황태자 전하를 별로 좋아하지 않아서요. 그분은 아주 냉혈한이시랍니다. 영애에게 어떤 목적을 가지고 그런 식으로 접근하는 건지는 모르겠지만, 가까이해서 좋을 게 없는 분입니다. 괜히 영애만 상처받으실까 걱정되는군요."

상당한 악평에 정신까지 혼미해질 지경이었다.

세상에 제국의 지체 높으신 황태자 전하를 이런 식으로까지 까내릴 수 있는 사람이 과연 몇이나 될까?

그렇게 생각하면 둘이 나름 친한 것 같기도 하고…….

"황태자라는 지위가 아니었다면 진즉 수감되어야 했을 분입니다."

……그냥 내 착각인가.

"가지 마세요, 영애. 그게 무슨 부탁인지는 모르겠지만, 뭐가 됐든 제가 다 들어 드리겠습니다."

"하지만 전하의 말씀이 전부 옳더라도 그건 예의가 아닌 듯해요. 더구나 제가 이미 편지를 보낸 상황에서……."

말을 마친 뒤에 잠깐 고민하는 표정을 짓다가, 나는 이내 좋은 생각이 있다는 듯 입을 열었다.

"이렇게 할게요. 만일 편지의 답이 거절이라면 저 또한 황태자 전하께 다시 편지 드릴 생각은 없습니다. 하지만 거절이 아니라면 그때는 저 또한 거절하기 어려워져요."

"……."

"제 처지를 이해하시지요, 전하?"

"……알겠습니다, 레이디 마리스텔라."

그가 어쩐지 씁쓸한 표정으로 말을 이었다.

"너무 제 생각만 했던 것 같군요. 영애의 의사를 무시하고 본의 아니게 제 의견만 강요했습니다. 존중이 부족했던 점 사과드립니다, 레이디 마리스텔라."

"아니에요, 전하. 전하께서 나쁜 마음으로 그러셨으리라고는 생각지 않습니다."

클로드를 아예 이해하지 못하는 것은 아니었다. 나도 내 친구가 내가 싫어하는 사람을 만난다면 기분 나쁠 테니까.

"이런, 찻잔에 차가 다 떨어졌네요. 한 잔 더 드릴까요?"

"감사합니다."

클로드가 언제 얼굴을 굳혔냐는 듯 금세 환하게 웃으며 내가 따라주는 차를 받았다.

적당히 식었음에도 녹차 향기는 은은하게 내 쪽까지 퍼져나갔다.

그가 찻잔 가득 찬 찻물을 입안으로 넘기며 나긋하게 중얼거렸다.

"차 향기가 좋네요."

"마음에 드신다니 다행이에요."

"참, 레이디 마리스텔라."

그때 클로드가 나를 똑바로 쳐다보며 내 이름을 불렀다.

내가 그의 시선을 그대로 받으며 고개를 끄덕였다.

"네, 전하."

"실은 부탁드리고 싶은 게 있습니다."

"부탁이요?"

"네."

그가 빙긋 웃으며 내게 말했다.

"아실는지 모르겠지만 다 다음 달이 바로 제 탄신일이랍니다."

"……."

몰랐다, 이런. 하지만 클로드의 정신건강을 위해 그냥 원래부터 알고 있던 척하기로 했다.

"그랬지요, 참."

"그때 제 저택에서 파티가 열릴 텐데, 혹시 제 댄스 파트너가 되어주실 수 있으신가요?"

"댄스 파트너요?"

급작스러운 제안에 나는 당황한 표정을 지었다.

그도 그럴 것이, 내가 읽기로 이 책에서 댄스 파트너라 함은 대개 가족이나 배우자, 혹은 교제 중인 이성이 되는 것이 관례였기 때문이었다. 그만큼 춤추는 이와 가까운 관계에 있는 사람이 맡는 것이 정석이었다.

"그래도 괜찮으려나요?"

"아시다시피 전 3년 전에 어머니가 작고하셨고, 배우자는커녕 교제 중인 여성분도 없습니다. 그러니 제 탄신 연회 때 댄스 파트너를 맡아 주실 분도 없지요."

"아……."

"그러니 혹 실례가 되지 않는다면 영애께 요청 드리고 싶습니다."

그렇게 어렵지 않은 일이었다. 어차피 나 역시도 사교계에 아는 남자 귀족이 없었기 때문이었다.

내가 흔쾌히 고개를 끄덕였다.

"물론이에요, 전하. 제가 전하의 댄스 파트너가 되어 드릴게요."

"정말이십니까?"

"당연하죠. 원래 어려울 때 돕는 사람이 진짜 친구라고 하잖아요?"

동서고금을 막론하고 유명한 격언이었다. 하지만 그 유명한 격언을 들은 클로드의 표정은 어쩐지 밝지 못했다.

내가 무슨 말을 잘못했나 생각해 봤는데, 특별히 그런 것도 없어서 나는 당황할 수밖에 없었다.

뭐지? 뭐가 잘못된 걸까?

"전하……?"

내가 조심스럽게 그를 부르자, 그제야 클로드의 표정이 조금씩 풀어졌다.

"아, 네."

"무슨 일 있으세요? 갑자기 얼굴이 어두워지셔서……."

"아무것도 아닙니다. 잠시 딴생각을 했네요."

"어젯밤 잠을 설치셨다더니 많이 피곤하신가 봐요. 오늘은 이만 돌아가셔서 휴식을 취하시는 게 좋을 것 같네요."

내가 걱정스럽게 그에게 말하자, 그가 입가에 엷은 미소를 띤 채로 고개를 끄덕였다.

"아무래도 그래야 할 듯싶군요. 또 너무 오래 있는 게 영애께는 폐가 되는 일이기도 하고요."

"그건 아니에요. 하지만 다른 것보다 전하의 건강이 가장 중요하니까요."

"걱정해주셔서 감사합니다, 레이디 마리스텔라. 감동 받을 것 같네요."

"이 정도로 뭘요. 친구끼리 당연한 일이랍니다."

"……그렇죠. 영애에게 특별해진 존재가 된 것 같아서 기분이 좋네요."

그가 천천히 자리에서 일어났고, 나 역시 따라서 자리에서 일어났다. 클로드가 상냥한 미소를 입가에 머금은 채로 내게 말했다.

"그럼 이만 가보겠습니다, 레이디 마리스텔라. 너무 무리하지 마시고 푹 쉬십시오."

"그러겠습니다, 공작 전하. 조심히 돌아가세요."

나는 클로드를 대문 앞까지 배웅했고, 그가 마차를 타고 우리 집에서 멀어지는 것까지 보고 나서야 내 방으로 들어왔다. 플로린다와 다른 하녀들이 내가 응접실에 있는 틈을 타 침실을 청소하고 있었다. 내가 조용히 물었다.

"나가 있을까요?"

"아니에요, 아가씨. 다 끝났어요."

플로린다의 말이 끝나기가 무섭게 침실 안에 있던 하녀들이 하나둘씩 나가기 시작했고, 어느새 방 안에는 나와 플로린다만 남게 되었다. 침대 위에 털썩 주저앉은 내가 협탁 위에 놓여 있던 편지 봉투를 집어 들었다.

서면궁에서 온 답신이었다.

나는 그것을 뜯지 않은 채로 가만히 중얼거렸다.

"빨리 왔네요, 상당히."

"저도 놀랍답니다. 다행히 황궁과 벨플레어 저택 간의 거리가 멀지 않아서 그런 듯해요."

확실히 여기서 황궁까지의 거리가 아주 먼 것은 아니었다.

나는 기대 어린 표정으로 은색 편지 봉투를 뜯었다.

그리고 내용을 죽 읽어 내려가다가, 어느 순간 길게 한숨을 내쉬었다. 그 모습을 옆에서 지켜보던 플로린다가 조마조마한 얼굴로 물었다.

"왜, 왜 그러세요, 아가씨? 전하께서 설마 거절하셨나요?"

"아뇨. 다행히 허락해 주셨어요."

혹시라도 바쁘다는 이유로 거절당할까 봐 내심 걱정했는데 다행이었다. 내가 안도하는 표정으로 편지지를 다시 봉투 안에 집어넣고 있는데, 플로린다가 덩달아 잘 됐다는 얼굴로 내게 물었다.

"정말 다행이에요! 그럼 언제쯤 황궁으로 가시는 건가요?"

"아."

허락받았다는 기쁨에 겨워서 정작 그걸 지나쳤다. 내가 머쓱한 표정으로 얼른 다시 편지지를 봉투에서 꺼냈다.

그리고 다시 편지를 읽어 내려가던 내 얼굴은 잠시 후 난감함으로 물들었다. 그 모습을 지켜보던 플로린다가 의아한 표정으로 물었다.

"왜 그러세요?"

"이번 주 금요일……이라고 되어 있네요."

"네?"

플로린다가 깜짝 놀란 표정으로 물었다.

"금요일이요? 정말로요?"

"그때가 가장 시간이 괜찮으시다고, 점심에 식사를 같이했으면 좋겠다고 적으셨어요."

"하지만 정말 이른걸요. 금요일이면 이틀 후잖아요."

플로린다가 얼떨떨한 목소리로 말했고, 나는 잠시 고민하다가 어쩔 수 없다는 듯 말했다.

"바쁘신 분께 시간을 맞춰 달라 말씀드릴 순 없으니 제가 맞춰야겠죠. 편지지를 한 장만 더 가져다줘요, 플로린다."

"네, 아가씨."

플로린다가 편지지를 가지러 간 사이 나는 머릿속으로 이틀 후에 무엇을 들고 입궁할 것인지 고민했다. 자비에르는 황태자였고, 그러니 웬만한 사치품으로는 눈 하나 꿈쩍 안 할 공산이 컸다. 무엇을 주어야 그가 좋아할까?

"여기요, 아가씨."

곧 플로린다가 펜과 종이를 가져다주었고, 나는 동글 거리는 글씨체로 금요일 점심에 찾아뵙겠다고 적은 다음 예쁘게 접어 봉투 안에 넣었다.

플로린다에게 서먼궁으로 편지를 보내 달라고 부탁한 나는 자비에르가 좋아할 만한 것들을 생각해보기 시작했다.

'책 속에서 그가 무엇을 좋아했더라?'

사실 지위가 지위다보니 자비에르는 돈으로 살 수 있는 것들은 그리 좋아하는 편이 아니었다.

문자 그대로 '정성이 가득 담긴 선물'을 그는 좋아했는데, 작중 도로테아가 그에게 정성 가득한 편지를 쓰거나 맛은 좀 별로여도 오랜 시간을 공들여 만든 쿠키를 선물하면 그렇게 행복해 할 수가 없었다. 물론 나는 자비에르가 좋아하는 사람은 아니었지만, 작중에서의 행보를 생각했을 때 누가 봐도 정성스러운 선물을 좋아할 확률이 높았다.

'나도 쿠키라도 구워 가야 하나?'

하지만 지난번 서면궁에서 엄청난 클래스의 디저트를 대접받은 적이 있는지라, 아무리 정성이 중요하다고는 해도 디저트류는 가져갈 수 없을 것 같았다.

그건 주는 사람에게도 받는 사람에게도 민망한 일이었다.

"뭘 가져가는 게 좋을까?"

잠시 고민하던 내 머릿속으로 문득 지난번 자비에르가 내게 선물해 주었던 손수건이 떠올랐다.

손수건이야말로 정성의 끝판왕 아닌가? 나는 환한 미소를 지으며 주먹을 불끈 쥐었다. 손수건을 선물해주는 것이다!

'그런데 그때까지 손수건을 완성할 수 있을까……'

내가 난감한 표정으로 고민했다. 수를 놓는 게 얼핏 보면 쉬워 보여도 사실 상당한 정성과 집중력을 요하는 일이었다. 더구나 손수건에 놓을 자수를 이틀도 채 안 되는 시간 동안 다 놓는다는 건 매우 어려웠다.

잠시 고민하다가, 나는 이내 모르겠다는 듯 소리쳤다.

"에이, 모르겠다!"

밤을 새우면 어떻게든 되겠지. 나는 태평하게 생각하며 눈을 비볐다. 녹차 한 다섯 잔 정도 마시면 하룻밤 정도는 충분히 버틸 수 있겠지, 뭐!

결과적으로 내 예측은 맞았다. 목요일 밤 녹차 다섯 잔에 한 잔을 더 추가해서 마시자 어마어마한 양의 카페인이 내 몸을 지배하는 게 느껴졌다. 오글거리는 말이었지만 진짜 그랬다. 이렇게까지 잠이 안 온 적은 이곳에 와서 처음이었다.

"그래도 어찌저찌 완성은 했네……."

나는 손에 들린 회백색의 손수건을 바라보며 뿌듯한 표정을 지었다. 녹차 투혼으로 손수건 귀퉁이에 새길 요나스 황가의 문장을 겨우 완성할 수 있었다. 퀄리티도 밤샘의 결과물치고는 괜찮았다.

황가의 문장답게 상당히 어렵고 복잡한 구조라 고생 꽤나 했지만, 다행히 마리스텔라가 수를 잘 놓는 편이어서 나 역시도 생각보다 수월하게 수를 놓을 수 있었다.

역시 정신은 바뀌어도 몸은 예전을 기억하고 있는 모양이다.

똑똑.

그때 바깥에서 노크 소리가 들려왔다.

"아가씨, 플로린다예요."

"들어와요."

플로린다는 언제나처럼 세숫물을 가지고 방 안으로 들어왔다가, 심각한 내 몰골을 발견하고선 소스라치게 놀랐다.

"어머, 세상에!"

"……."

그렇게 놀랄 정도야……?

하마터면 살짝 상처받을 뻔했다. 나는 민망해진 얼굴로 마른세수를 하며 물었다.

"밤새 얼굴이 많이 상하기라도 했나 보죠?"

"맙소사, 아가씨. 설마 자수 놓으시느라 밤까지 새우신 건가요? 눈 밑이 새까마세요."

플로린다가 당황한 얼굴로 침대 근처까지 다가와 내 얼굴을 자세히 살폈다. 내가 부끄러워하는 목소리로 물었다.

"그 정돈가요?"

거울을 안 봐서 잘 모르겠네.

천연덕스러운 반응에 플로린다는 황당한 얼굴로 내게 말했다.

"금방이라도 쓰러지실 것 같은데요. 정말 괜찮은 것 맞으세요?"

"하하."

플로린다의 말에 그저 낮게 웃기만 하는 사이, 그녀가 침대 위에 놓인 회백색 손수건에 눈길을 주었다.

그와 동시에 그녀의 눈이 1.5배는 더 커졌다.

"그보다 이걸 정말 이틀 만에 완성하셨다고요? 정말로?"

"사실 이틀도 채 안 걸렸죠. 이틀 전 저녁부터 시작했으니까."

"정말 그렇네요. 아가씨 자수 실력 좋으신 건 일찌감치 알고 있었지만 이 정도이실 줄이야……. 너무 대단하세요."

"좀 엉성한 것 같아서 걱정이네요."

"전혀 아니에요. 너무 훌륭하세요!"

플로린다는 끊임없이 나를 칭찬하며 주저리주저리 말을 늘어놓았다.

"분명 황태자 전하께서도 좋아하실 거예요. 너무 정성스러운 선물이잖아요!"

"그러면 좋겠네요."

내가 슬쩍 웃으며 완성된 손수건을 각 잡히게 접었고, 플로린다는 그런 나를 빤히 바라보다가 가만히 입을 열었다.

"오늘 서면궁에 가시기로 하셨는데…… 이대로는 못 가시겠어요. 특단의 조치를 취해야겠네요."

"특단의 조치요?"

"네."

플로린다가 비장한 얼굴로 내게 말했다.

"제가 오늘 혼신의 힘을 다해서 화장을 해드릴게요."

'혼신의 힘을 다하겠다'는 플로린다의 말은 허언이 아니었다.

평소라면 1시간 정도 걸렸을 화장 시간이 오늘은 무려 3시간이나 소요되었다.

그만큼 눈 밑에 내려앉은 다크서클이 심하다는 뜻이리라.

1시간이 지나자 나는 그만하고 싶어 몸살이 날 지경이었지만, 오늘 입궁하는 주제에 밤을 새운 건 어쨌든 잘못이었기 때문에 나는 가만히 입을 다물고 얌전히 화장을 받았다.

'그냥 그 전날 밤을 새울 걸 그랬나'하고 후회도 해봤지만, 이미 늦은 일이었다.

"다 됐어요, 아가씨."

분을 한 다섯 겹은 칠한 것 같은 느낌이 들었을 때가 되어서야 플로린다는 화장을 그만두었다.

다 됐다는 말에 나는 조마조마한 마음으로 플로린다가 건네주는 거울을 받았다. 그리고 내 얼굴을 확인했을 때, 내 입속에서는 탄식 같은 소리가 흘러나왔다.

"맙소사."

이건 사람의 솜씨가 아니야. 어떻게 사람을 이렇게 만들어 놓지?

"마음에 드세요, 아가씨?"

질문의 형식을 띠고 있었지만, 플로린다는 이미 답을 알고 있는 듯했다.

내가 절대 지금의 결과물에 실망할 리 없다는 걸.

나는 어벙한 표정으로 거울 속의 내 모습만 뚫어지게 쳐다보았다. 짙은 다크서클이 가려진 건 기본 옵션이었고, 평소보다 더 공들여 화장했다는 사실을 증명하듯 거의 결혼식 날 신부처럼 얼굴이 변해 있었다.

맙소사, 이게 진짜 나란 말이야?

마리스텔라의 본판이 워낙 훌륭했기 때문에 화장을 조금만 해도 얼굴에서 빛이 났는데, 각 잡고 화장을 받으니 거의 여신 수준이었다.

이런 실력자가 내 하녀라니!

마리스텔라는 대단히 복 받은 여자였다.

"믿기지 않네요. 아까랑 너무 다르잖아요."

"마음에 들어 하시니 다행이에요."

그렇게 말하는 플로린다의 목소리에는 뿌듯함이 잔뜩 묻어났다.

자신의 실력을 정확히 알고 있는 듯했다. 아무래도 보너스라도 쥐야겠다고 생각하며 내가 자리에서 일어났다.

"약속 시각까지 얼마나 남았죠, 플로린다?"

"걱정하지 마세요, 아가씨. 드레스와 액세서리는 어제 미리 골라 놓으셨잖아요. 착용하는 건 그리 오래 걸리지 않아요."

플로린다의 말 대로였다.

다른 하녀들의 도움을 받으니 나머지 준비들은 생각했던 것보다 시간을 많이 잡아먹지 않았다. 나는 아슬아슬한 시간에 마차 위에 올라탔고, 정확히 약속 시각에 맞춰 서면궁에 도착했다. 늦지 않아 다행이라고 생각하면서 서면궁으로 들어서는데, 낯설지 않은 남자가 나를 발견하고 아는 척을 했다.

"레이디 마리스텔라."

딜튼 경이었다. 내 입가에 자연스러운 미소가 번져나갔다.

"딜튼 경."

"오랜만에 뵙습니다, 레이디 마리스텔라."

"네. 오랜만에 뵙네요. 잘 지내셨나요?"

"잘 지냈습니다."

짤막하게 대답한 딜튼 경이 이내 걱정스러운 목소리로 물었다.

"그보다 마차 사고를 당하셨다고 들었는데…… 영애께서는 괜찮으신가요?"

"아."

딜튼 경의 말에 내가 머쓱한 표정으로 대답했다.

"한 3개월 동안 침대 위에서 꼼짝 않고 있었답니다. 이제는 완전히 나았어요."

"신께서 도우셨습니다. 마차 사고는 사망률이 높은데 말이지요."

"저도 그렇게 생각하고 있어요. 운이 좋았지요."

작게 미소 지으며 대답한 뒤에, 나는 곧바로 화제를 돌렸다.

"그보다 황태자 전하께서는 어디 계신가요?"

"아, 전하께서는 집……."

"딜튼 경."

그때 뒤쪽에서 낮은 목소리가 들려왔다. 익숙한 목소리에 뒤를 돌자 익숙한 사람이 서 있었다.

달빛을 닮은 은발에 심해를 닮은 검푸른 눈동자를 가진 남자.

"손님이 오셨는데 정찬실로 모시지 않고 뭐 하는 거지?"

평소와 다름없이 동굴에서 울려 퍼지는 듯한 자비에르의 낮은 목소리가 귓가에 꽂혔다. 내가 멍한 표정으로 자비에르를 처다보고 있는데, 나를 발견한 그가 무표정한 얼굴에 금세 미소를 띄우며 인사를 건넸다.

"레이디 마리스텔라."

"황태자 전하."

그제야 정신을 차린 내가 얼른 자비에르에게 예를 갖춰 인사했다.

"제국의 작은 태양을 뵙습니다. 요나스에 빛나는 영광을."

"이곳까지 오시느라 고생 많으셨습니다. 몸은 좀 괜찮으신지요."

"걱정해주신 덕에 괜찮습니다, 전하."

내 대답을 들은 자비에르가 어쩐지 안심한 표정으로 내게 말했다.

"다행이군요. 마침 오찬 준비가 다 되었습니다. 함께 정찬실로 가시지요."

"네, 전하."

나는 고개를 끄덕인 다음 자비에르를 따라 정찬실로 걸음을 옮겼다.

정찬실까지 가면서 그가 내게 말을 걸어왔다.

"먼저 편지를 보내 주실 줄은 몰랐습니다. 받았을 때 많이 놀랐어요."

"제가 괜히 바쁘신 분의 시간을 빼앗은 건 아닌지 걱정스럽네요."

"그럴 리가요. 바쁘다고 해도 영애와 오찬조차 함께 들지 못할 정도는 아닙니다. 이렇게 또 뵙게 되어 기쁘군요."

그 말을 들으면서, 나는 문득 클로드가 했던 말이 떠올랐다. 그가 묘사한 자비에르는 냉혈한이었고, 관계를 맺는 사람에게 결국에는 상처를 주고 말 나쁜 남자였다.

'하지만 아무리 봐도 그럴 것 같지는 않은걸.'

물론 나보다 자비에르를 더 많이 보고 겪은 사람은 아카데미 동기라던 클로드일 것이다. 하지만 나는 자비에르가 클로드가 말했던 것처럼 나쁜 사람이라는 생각은 좀체 들지 않았다.

내게 행하는 이 모든 것들이 전부 가식이라고?

믿고 싶지 않아서 내가 합리화를 하고 있는 것일지도 모르겠지만, 내 감이 아니라고 말하고 있었다.

잠시 후 나는 자비에르와 정찬실에 도착했고, 시종이 유리문을 열어주었다. 안으로 들어가자 거대한 식탁이 가장 먼저 눈에 들어왔다. 나는 속으로 약간 놀란 소리를 흘렸다. 정찬실에 와보는 건 이번이 처음이었는데, 생각했던 것보다 훨씬 화려했다.

"지난번에 식사를 대접하지 못했던 게 조금 마음에 걸렸습니다. 이번에 대접하게 되어 다행이군요."

그는 그렇게 말하면서 식탁 쪽으로 걸어간 다음 의자 하나를 뒤로 뺐다. 그가 앉지 않고 누군가를 기다리는 것 같은 모습을 보고 나서야 나는 비로소 자비에르가 나를 위해 의자를 빼놓은 것임을 깨달았다. 내가 황망하다는 듯 입을 열었다.

"전하, 이런 호의까지는 베풀지 않으셔도 괜찮은데……."

"숙녀에게 이런 에티켓을 안 지킬 수 없지요."

자비에르는 그렇게 말한 후에도 계속 나를 기다렸고, 결국 부담을 느낀 내가 서둘러 그가 있는 쪽으로 걸어가 앉았다.

난생 이런 호의를 받아본 적이 없던 나로서는 자비에르 같은 높은 신분의 사람이 나를 위해 지켜주는 에티켓이 꽤나 낯설게만 느껴졌다.

내가 의자에 앉은 것을 확인한 자비에르 역시 내 맞은편에 앉았고, 잠시 후 시종들이 줄줄이 들어와 애피타이저와 마실 음료를 서빙해 주었다.

토마토 브루스케타를 시작으로 크림 수프, 단호박 샐러드 등 요리가 줄줄이 나왔는데, 음식으로 인해 자연스럽게 끊겼던 대화가 재개된 것은 시종들이 식탁으로 도버 솔 요리를 가지고 왔을 때였다.

"요즘도 에스클리프 공작이 벨플레어 저택을 방문하나요?"

아, 시작부터 수위가 셌다.

지난번 일로 보아하니 자비에르 역시 클로드를 그리 좋아하는 눈치가 아니었는데.

나는 머뭇거리다가 입을 열었다.

"워낙 바쁘신 분인 데다, 저도 이제 쾌차하였으니 드문드문 오시지 않을까 생각하고 있어요."

'어제도 방문했답니다'라고 말하는 게 가장 솔직한 답변이었지만, 그렇게 말했다간 자비에르가 많이 좋아하지 않을 것 같아서 나는 최대한 돌리고 돌려서 대답했다. 어차피 거짓말도 아니었으니까.

돌아가는 눈치를 보아하니 자비에르는 내가 클로드와 가깝게 지내는 게 영 불만인 듯했는데, 그런 그의 입장이 이해가 가지 않는 것도 아니었다.

내 친구가 내가 싫어하는 사람과 가깝게 지내는 걸 좋아하는 사람이 누가 있겠는가.

"제가 에스클리프 공작님과 가깝게 지내는 것이 마음에 들지 않으신가요?"

내 말에 자비에르가 약간 당황한 목소리로 대답했다.

"그런 걸 제가 영애에게 강요할 권리는 없다고 생각합니다."

"강요라기보다는…… 그냥 궁금해서요. 지난번 두 분을 함께 뵈었을 때 전하께서 공작님을 별로 좋아하지 않으시는 것 같다는 인상을 받았어요."

"……."

내 말에 자비에르는 잠깐 동안 침묵했고, 나 역시 그를 따라 침묵을 지켰다. 그가 입을 연 것은 그로부터 한참이 지난 후였다.

"지난번에 제가 말씀드렸던 내용을 혹시 기억하고 계십니까, 레이디 마리스텔라?"

"지난번에 말씀하셨던 내용이라면……."

"코르노헨 영애에 대한 이야기를 하며 같이 말씀드렸지요. 저 역시도 애증관계에 있는 사람이 있다고요."

"아."

자비에르의 탄신연회가 끝나고 처음으로 서면궁을 방문했을 때를 말하는 듯했다. 그제야 기억이 난 내가 알겠다는 듯한 목소리로 말했다.

"기억이 나네요."

"그때 말씀드린 사람이 에스클리프 공작이랍니다."

"아……."

하긴, 지금 자비에르의 주변에 그런 관계를 유지할 만한 사람은 클로드가 유일했다. 황태자와 감히 애증관계에 있을 정도로 대등하거나 비슷한 위치의 사람이라면.

나는 자비에르에게 두 사람이 그런 관계로 치닫게 된 이유에 대해 물어보려다가 빠르게 마음을 접었다. 내가 묻기에는 지나치게 개인적인 이야기라는 생각이 들어서였다.

나부터가 누군가가 도로테아와의 관계에 대해 묻는 걸 그리 좋아하지 않았으니까.

"그러셨군요."

나는 짧게 대꾸한 다음 입을 다물었고, 자비에르는 그런 나를 빤히 바라보다가 잠시 후에 물었다.

"이유를 묻지 않으시네요?"

"……아."

내가 그의 눈치를 보다 물었다.

"물어봐도 되는 거였나요?"

"하하하."

내 질문을 들은 자비에르가 대답 대신 돌연 웃기 시작했다. 나는 혹시 뭘 잘못 물었나 싶어 머쓱한 표정이 되었다.

잠시 후에 자비에르가 서둘러 웃음을 갈무리한 다음 말했다.

"죄송합니다, 레이디 마리스텔라. 제가 실례를 범했군요."

"아닙니다. 저야말로…… 혹시 실수한 게 있었나요?"

"아뇨, 영애. 그래서 웃은 건 아니었습니다."

그가 작게 헛기침을 한 다음 다시 말을 이었다.

"다만 그런 질문을 하실 줄은 몰라서요."

"말씀하고 싶지 않으신 주제라면 굳이 말씀하지 않으셔도 괜찮아요, 전하. 사람이라면 누구나 말하고 싶지 않아 하는 주제 하나쯤은 있는 법 아니겠어요?"

"영애께는 그게 코르노헨 영애인가요?"

"틀린 말씀은 아닙니다. 확실히 그녀가 제게 달가운 주제는 아니지요."

내가 옅게 웃은 다음 그에게 말했다.

"전하께도 공작님이 그런 존재이신 건가요?"

"대화 상대가 영애라면 괜찮을 것 같기도 합니다."

"무슨 뜻이세요?"

"맨 처음 이 서먼궁에 방문하셨을 때, 가끔씩 제 말 상대가 되어 주시겠다고 약속하셨죠."

"네, 전하. 기억하고 있어요."

"제가 마음을 터놓고 이야기를 나누는 사람이 정말 몇 없답니다. 영애는 그 몇 없는 사람들 중 한 분이시지요. 그러니 영애에게라면 그 주제에 대해 이야기해도 괜찮겠다는 생각이 들었습니다."

"영광, 이네요."

내가 얼떨떨한 얼굴로 대꾸했고, 자비에르는 여전히 미소 짓는 얼굴로 덧붙였다.

"물론 궁금하시다면요."

"솔직히…… 궁금하긴 해요."

"하지만 막상 들으신다면 별것 없다고 생각하실 겁니다. 처음 말씀드렸던 것처럼 우리는 라이벌 관계였거든요."

그가 묘한 미소를 입가에 띤 다음 말을 이었다.

"9살 때 요나스 황립 아카데미에서 처음 만났는데, 그때의 클로드는 상당히 오만하고 자신감이 넘쳐 있던 꼬마였죠."

자비에르가 자연스럽게 클로드를 '에스클리프 공작'이 아닌 본명으로 칭했고, 나는 갑작스럽게 변화한 호칭에 내심 놀랐다. 하지만 옛날이야기를 하느라 그도 모르게 그렇게 말한 것이라고 생각하고선 군이 내색하지 않았다.

"그게 차기 에스클리프 공작이 될 몸이라는 사실을 어릴 적부터 주입받아 그런지, 아니면 원래 성격이 그랬는지는 모르겠지만…… 어쨌든 입학생들 중에서는 가장 거침없는 성격이었습니다."

아마 둘 다일 것이라고 나는 짐작했다. 어쨌든 성격이란 그 지위에서도 영향을 많이 받는 법이었으니까.

"우습게도 저는 그런 클로드가 싫지 않았습니다. 이상하게도 그랬어요. 제가 황태자라 그런 건지, 입학시험에서 수석을 해서 그런 건지, 아니면 또 다른 이유가 있었는지는 몰라도, 클로드 역시 절 싫어하지는 않았죠. 우린 늘 같이 다녔습니다. 군이 관계를 규정하자면…… 단짝 친구처럼요."

그 말까지 하고선 자비에르는 옆에 있던 물 잔을 들어 한 모금 마셨다.

"거의 5년 동안 그런 관계가 유지되었어요. 가장 친한 친구이기도 했지만, 수석과 차석을 번갈아 다투기도 하는 선의의 경쟁자였죠. 그러다 5학년 여름에 언제나처럼 방학을 보내기 위해 황궁으로 돌아왔는데……."

그때 자비에르가 인상을 찌푸렸고, 동시에 그의 말도 끊겼다.

정황상 말을 하다가 그리 좋지 않은 기억을 건드린 듯했는데, 분위기가 차분한 녹색이었던 아까와는 다르게 갑자기 검은색으로 변한 것 같아서 순간 덜컥 겁이 났다.

내가 조심스럽게 그를 불렀다.

"전하."

"……"

"괜찮으세요?"

"……아."

그가 서서히 표정을 푼 다음 나를 쳐다보았다.

나는 걱정스럽게 그를 바라보다가 먼저 입을 열었다.

"그다음 이야기부터는 하지 않으셔도 괜찮아요. 아직은 들을 때가 아닌 듯하네요."

"……죄송합니다, 레이디 마리스텔라. 결례를 범했네요."

"아녜요, 전하. 괜찮습니다."

내가 슬며시 고개를 저으며 그를 달랬다.

"도리어 제가 재촉한 것 같아 마음이 편치 않네요. 아직 입 밖으로 꺼내시기에는 이른 이야기인가 봅니다. 나중에…… 나중에 말씀해

주세요."

"……네. 언젠가 꼭 그러도록 하겠습니다."

때마침 시종이 껍질을 바싹하게 튀겨낸 새끼돼지 요리를 가지고 왔고, 대화는 거기에서 자연스럽게 끊겼다.

나는 속으로 다행이라고 생각하며 나이프로 고기를 썰었다.

돌아가는 눈치로 보니 두 사람 사이의 관계가 생각했던 것보다 더 복잡하고 깊게 얽혀 있는 듯했다. 아직 본인도 정리가 안 된 관계인데 섣부르게 말해달라고 조르는 건 좋지 않았다.

말하는 상대뿐 아니라, 듣는 나를 위해서도.

이후 줄줄이 메인 디시가 식탁 위에 놓여졌고, 나와 자비에르는 그 시간 동안 신변잡기적인 이야기만 나누며 아까의 잔상을 털어내기 위해 애썼다.

그리하여 식사가 마무리될 즈음에는 아까 있었던 일이 완전히 잊힐 지경이 되었는데, 디저트로 수제 아몬드 비스코티와 딸기 소르베가 나올 즈음이 되었을 때 나는 가지고 온 손수건을 기억해내고 입을 열었다.

"아, 참. 전하, 실은 드릴 게 있어요."

내 말에 자비에르가 나를 빤히 쳐다보았고, 나는 슬며시 웃으며 가져왔던 손수건이 담긴 상자를 주섬주섬 꺼내 들었다.

"빈손으로 오는 게 예의가 아닌 듯하여…… 그렇다고 해서 값나가는 선물을 드리기에는 전하께서 그리 좋아하지 않으실 것 같다는 생각이 들어서요."

그렇게 말하면서, 나는 슬며시 손수건이 담긴 상자를 자비에르에게 건넸고, 그는 해석할 수 없는 얼굴로 내가 준 선물을 받아 들었다.

잠시 후 선물 상자를 열어 본 그의 눈이 휘둥그레졌다. 다만 리액션이 생각했던 것보다는 조용해서 나는 슬며시 그의 눈치를 보다 물었다.

"혹시 제가 잘못 생각한 건가요?"

"네?"

그 말에 자비에르가 깜짝 놀란 듯한 소리를 흘리며 대답했다.

"아닙니다, 레이디 마리스텔라. 그럴 리가요. 너무 마음에 듭니다."

"정말요?"

내가 미심쩍은 목소리로 그에게 말했다.

"마음에 들어 하지 않으시는 줄 알았어요."

"그럴 리가요."

자비에르는 고개까지 절레절레 저어가며 내 말을 부정했다. 그제야 나는 안심할 수 있었다.

"정성스러운 선물이라 더 마음이 가네요. 수는 혹시 직접 놓으신 건가요?"

"네."

내가 쑥스럽다는 듯 슬쩍 웃으며 대답했다.

"많이 서툴죠."

"아닙니다, 레이디 마리스텔라. 훌륭한걸요."

자비에르가 빙긋 웃으며 내게 말했다.

"감사히 받겠습니다. 황가의 문장이 그리 단순한 모양도 아닌데 고생하셨겠군요."

"좋아해 주시니 기쁘네요."

수고를 인정해주는 발언에 어쩐지 뿌듯한 기분이 들었다. 나는 아까보다 한결 나아진 기분으로 소르베 한 입을 먹었다.

그때, 머릿속으로 지금 이 상황에서 가장 달갑지 않은 존재가 떠올랐다.

'아, 찻잎.'

서먼궁을 찾게 된 가장 근본적인 원인이었다. 도로테아 생각에 나도 모르게 미간이 좁혀졌다.

그때 내가 뭐 하러 그런 객기를 부렸을까. 내심 후회가 됐다. 마음 같아서는 엎어버리고 없었던 일로 해 버리고 싶은데 그럴 수는 없다는 걸 누구보다도 잘 알고 있어서 더 짜증스러웠다.

'다 내 잘못이지, 뭐.'

다른 데에 화를 낼 자격이 없었다. 어쨌든 이건 내가 잘못한 거니까. 나는 슬그머니 눈치를 보다가 자비에르를 불렀다.

"저, 전하."

"네, 레이디 마리스텔라."

그가 더없이 인자한 모습으로 나를 바라보며 물었다.

"하실 말씀이 있으신가요?"

"제가 병상에 있을 때 보내주셨던 닐기리 찻잎 말인데요."

나는 주저하다가 조심스럽게 물었다.

"혹시 여분을 구매할 수 있을까요?"

"네?"

"제가…… 그러니까 말실수를 해서 전하께서 주신 찻잎을 누군가에게 좀 나누어 줘야 할 상황이 됐어요."

부끄러움에 얼굴이 화끈거렸지만, 나는 우물쭈물거리면서도 끝까지 하고 싶은 말을 다 했다.

"그런데 전하께서 주신 찻잎을 주는 건 예의도 아닌 데다, 또 제가 싫어서요."

"……."

"그래서 실례가 되지 않는다면 별도로 구매하고 싶은데, 가능할까요?"

"흐음……."

자비에르는 무슨 생각을 하는 건지 꽤 긴 시간 동안 입을 열지 않았고, 그의 침묵이 길어질수록 나는 불안해졌다.

도대체 무슨 말을 하려고 저렇게 뜸 들이는 걸까?

기다림에 지친 내가 '너무 무리한 부탁을 드린 것 같아요. 신경쓰지 마세요'라고 말하려던 순간, 자비에르의 입이 열렸다.

"코르노헨 영애인가요?"

그 입에서 나온 뜻밖의 이름에 나는 순간적으로 당황해서 멍청하게 되물었다.

"네?"

"찻잎을 욕심낸 사람이 코르노헨 영애인가요?"

어떻게 알았지?

그 신통방통한 말에 깜짝 놀란 내가 대답도 못 한 채 어버버하고 있는 사이, 내 표정을 보고 대답을 짐작해 낸 자비에르가 빤하다는 얼굴로 중얼거렸다.

"역시 그랬군요."

"어, 어떻게 아셨어요?"

"영애에게 그런 부탁을 할 만한 사람이 그녀뿐이니까요."

그렇게 말하는 자비에르의 표정은 어쩐지 언짢아 보였다. 물론 순전한 내 착각일 수도 있겠지만. 내가 조심스럽게 그에게 말했다.

"방금 말씀드린 내용은 너무 괘념치 말아 주세요, 전하. 무리한 부탁을 드린 듯해 죄송하네요."

"아뇨, 레이디 마리스텔라. 무리한 부탁은 전혀 아닙니다."

그러고 나서 자비에르는 전혀 아무렇지 않게 덧붙였다.

"그냥 드리겠습니다."

이런.

"그건 제가 너무 죄송한걸요."

"선물로 드린 찻잎을 더 드리는 걸로 값을 받는다면 제가 더 죄송하게 됩니다. 제 성의이니 받아주세요. 가시는 길에 챙겨 드리도록 하겠습니다."

자비에르가 단호한 어조로 말했고, 나는 머뭇거리다가 고개를 끄덕였다.

이제 적정선에서의 호의 정도는 받아들일 수 있게 되었지만, 그래도 미안한 마음은 늘 가슴 한편에 남아 있었다.

언젠가는 꼭 갚아야 할 텐데, 아무래도 틈나는 대로 기회를 엿보는 수밖에 없겠다는 생각이 들었다.

"그런데 제게 그런 요구를 한 사람이 도로테아인지는 정말 어떻게 아셨어요?"

"아까도 말씀드렸듯 영애께 그런 요구를 할 사람이 코르노헨 영애밖에는 없습니다. 그녀 외에는 그런 무례한 분과 관계하시지 않는 것으로 아는데요."

"그건 그래요."

나는 슬며시 웃은 다음 그에게 말했다.

"저도 잘못한 점이 있어요. 이상하게 도로테아 앞에서는 사람이 유치해지거든요. 괜히 약 올리고 싶고, 놀리고 싶고……. 제가 좀 옹졸해서 그런가 봐요."

"그렇다기보다는."

자비에르가 낮게 웃은 다음 말을 이었다.

"자연스러운 마음이지요. 저 또한 에스클리프 공작에게 종종 그런 마음이 듭니다."

"정말요?"

"그럼요. 당장 최근에도 그랬습니다."

자비에르 같은 사람도 그런다니 어째 영 매치가 안 됐다.

소설 속 이미지가 너무 강하게 뇌리에 박힌 탓에, 내 기준에서 본 자비에르는 어떤 자극에도 절대 흔들리지 않는 이성적인 남자였기 때문이었다.

하지만 상대가 클로드라면 어째 이해가 가는 것 같기도 하다. 클로드 같은 사람이 작정하고 약을 올린다면 거기에 안 휘말릴 수 있는 사람이 거의 없을 테니까.

물론 나도 포함이었고.

"그러니 너무 자책 마십시오. 결과적으로 일은 잘 마무리되었으니까요."

"그래도 다음부터는 좀 더 신중하게 행동하도록 하겠습니다."

"저는 도리어 좋은걸요."

"네?"

"코르노헨 영애에게 처음으로 감사한 마음까지 들었습니다. 그녀가 아니었다면 영애께서 서먼궁을 방문하실 일이 좀체 없으시니까요. 감사의 의미로 주셨던 손수건도 찻잎이 아니었다면 시종을 통해 서먼궁으로 보내셨겠지요."

"아……."

정곡을 찔린 내가 민망한 표정을 지었다. 그의 말이 맞았다.

"말동무가 필요하시다면 언제든 말씀하세요, 전하. 전 한가한 사람이니 최대한 시간을 내서 서먼궁을 방문하겠습니다."

"그렇게 말씀해주시니 더없이 기쁘군요."

그가 입가에 가늘게 미소를 지은 다음 덧붙였다.

"디저트는 입에 좀 맞으시나요?"

"훌륭하네요."

저번에도 그랬듯 전채 요리에서 시작해 디저트까지 훌륭한 식사였다. 나는 만족스러운 미소를 지어 보이며 그에게 말했다.

"덕분에 즐거운 식사였습니다, 전하."

"마음에 드셨다니 기쁘군요."

"음, 전하. 그리고 혹시……."

내가 머뭇거리다가 그에게 물었다.

"미팅을 해 보실 생각, 있으신가요?"

"……미팅이요?"

"네. 지난번에 말씀드렸듯 제가 레이디 오델레타와 전하와의 만남을 주선해드리고 싶어서요."

그렇게 말한 나는 얼른 곧바로 덧붙였다.

"물론 전하께서 승낙하셔야 가능한 일이지만요."

"으음……."

내 제안을 들은 자비에르가 잠시 고민하는 표정을 지었고, 대답을 기다리는 나는 심장이 두근거렸다. 꽤 오랜 시간이 지난 후에야 자비에르는 입을 열었다.

"한번 생각해보겠습니다, 레이디 마리스텔라. 실은 지금 당장 승낙하기에는 상황이 여의치가 않아서요."

"물론이지요, 전하. 재촉하려는 것은 결코 아닙니다."

내가 이해한다는 듯 고개를 끄덕이며 말했다.

"천천히 생각해 보세요. 급한 일은 아니니까요."

"……그러겠습니다."

자비에르가 싱긋 미소를 지었고, 나는 그제야 숙제 하나를 겨우 해결한 기분이었다.

어쨌든 도로테아를 엿 먹이는 가장 좋은 방법이 자비에르가 다른 여자랑 결혼하는 거였는데, 그 상대로 미워하는 오델레타만한 여자가 없었으니까.

"전하."

그때 바깥에서 딜튼 경의 목소리가 들려왔고, 자연스럽게 대화가 끊겼다. 자비에르가 뒤를 돌아본 다음 물었다.

"손님이 와 계신데. 무슨 일이지, 딜튼 경?"

"송구합니다, 전하. 급한 일인지라……."

밖에 있던 딜튼 경이 어쩐지 쩔쩔매며 말하는 게 느껴졌다.

"황제 폐하께서 찾으십니다."

"……."

딜튼 경의 말을 들은 자비에르의 얼굴이 묘하게 굳어졌고, 나는 슬며시 책 속에서 자비에르의 부자 관계가 어땠는지를 떠올려보았다.

'완전히 좋지는 않았지.'

더구나 자비에르의 아버지인 헨리 14세가 도로테아를 며느리로 삼는 것을 격렬히 반대했기 때문에, 본래도 그리 화기애애하지 않았던 부자 관계는 땅끝으로 추락했다.

지금은 헨리 14세가 아들이 데려온 며느리를 반대하는 상황이 아니었는데도 자비에르의 표정이 좋지 않은 것을 보니, 원래도 부자 관계가 그리 돈독한 것은 아니었던 모양이었다.

"죄송합니다, 레이디 마리스텔라. 부황께서 부르시니 아무래도 가봐야 할 듯하군요."

잠시 후에 자비에르가 내게 양해를 구했고, 나는 괜찮다는 듯 손사래까지 치며 그의 말에 대꾸했다.

"아닙니다, 전하. 마침 저도 너무 오래 있었던 것 같아서…… 가보려던 참이었어요."

하지만 자비에르는 여전히 표정에서 미안함을 감추지 못했다. 미안해 하는 모습에 내가 더 미안해질 지경이어서 나는 정말 괜찮다는 것을 피력했다.

"안 그래도 전하의 시간을 너무 길게 빼앗은 거 같아 이만 일어서려고 했습니다, 전하. 제가 오늘만 서먼궁에 오는 것이 아니니 그리 미안해하실 필요 없어요."

"이해해 주셔서 감사합니다, 레이디 마리스텔라. 배웅해 드리지 못해 죄송스럽군요. 딜튼 경이 영애를 궁 밖까지 모셔다드릴 겁니다."

"그것만으로도 충분히 감사합니다, 전하. 그럼 저는 이만 가보겠습니다."

혹시라도 나 때문에 그가 중앙궁에 가는 것이 지체될까 봐, 나는 얼른 자비에르에게 인사를 남긴 다음 정찬실을 나섰다.

고맙게도 딜튼 경이 궁 밖 마차 앞까지 나를 데려다주었는데, 그는 궁문 앞에서 식사 중 말이 나왔던 닐기리 찻잎을 내게 쥐여 주었다.

"말씀하셨던 찻잎입니다. 영애께서 드실 찻잎이 아니라니 아쉽군요."

"보내주신 닐기리 차는 충분히 잘 마시고 있답니다. 전하의 은혜에 감사드려요."

"서먼궁에서 오래 시간을 보내시지 못하신 것도 안타깝고요. 황태자 전하께서 많이 아쉬워하시는 눈치셨습니다."

"다른 분도 아니고 황제 폐하께서 부르셨으니 어쩔 수 없지요. 또 전하께서는 바쁜 분이시니 너무 오래 시간을 빼앗는 것도 예의는 아닐 듯합니다."

조용한 목소리로 대답한 뒤에, 나는 고개를 살짝 숙이며 딜튼 경에게 작별인사를 했다.

"그럼 딜튼 경, 다시 뵐 때까지 무탈하시길."

"레이디 마리스텔라 역시, 모쪼록 다시 뵐 때까지 건강하십시오."

"네, 딜튼 경. 반드시 그러도록 하겠습니다."

엷게 미소 지으며 대답한 나는 마차에 올라탔다. 마차는 곧바로 벨플레어 저택을 향해 출발했다.

6. Mixed Minds

마리스텔라를 벨플레어 저택으로 보내고 난 다음, 자비에르는 곧바로 뒤생 홀을 향해 걸음을 옮겼다.

아버지를 만나기 위해 걸어가는 자비에르의 얼굴은 아까 전 마리스텔라를 마주할 때와는 완전히 딴판이었다.

감정 하나 실리지 않은 완벽한 무표정은 보는 사람으로 하여금 그가 살아 있는 사람이 아닌 것 같다는 착각까지 들게 만들었다.

마침내 그가 뒤생 홀까지 도착했을 때, 바깥에 있던 시종이 그를 발견하고 '제국의 작은 태양을 뵙습니다'라고 인사했다. 하지만 자비에르는 말없이 고개만 까딱이고선 제 의무를 다한 사람마냥 우두커니 서 있었고, 시종은 곧바로 그가 왔음을 안에 있을 헨리 14세에게 알렸다.

허락이 떨어지자마자 자비에르는 홀 안으로 들어갔다.

"……."

그의 눈앞에 펼쳐진 광경은 대략 다음과 같았다. 귀족 회의에 참석하는 모든 귀족들을 수용할 수 있을 만큼 널따란 홀 안, 그중 가장 높은 곳에 위치한 금빛의 황좌. 자비에르의 시선이 그 가장 높은 곳에 있는 남자에게로 향했다.

황좌 위에 앉을 수 있는 오직 단 한 명. 유일하게 그의 위에 있을 수 있는 남자. 이 제국의 절대자.

"요나스의 빛나는 태양을 뵙습니다. 치세가 영원하시기를."

그의 아버지, 헨리 14세.

하지만 아버지를 바라보는 눈이라기에 청년의 눈은 지나치게 싸늘했다.

"바쁜데 내가 방해했나?"

"……아닙니다, 폐하."

짤막하게 대답한 자비에르가 곧 용건을 물었다.

"무슨 일이십니까."

"아비가 꼭 무슨 일이 있어야 아들을 부르는 건 아니잖느냐."

"……."

물론 그랬다. 부자 관계가 어찌 그런 사무적인 일로만 재단할 수 있겠는가. 하지만 적어도 그의 부자 관계는 그랬다. 더없이 사무적이고, 또한 그래야만 하는 관계. 그 사이에 파고들 한 치의 온정도 허용하고 싶지 않은 관계.

자비에르는 표정을 달리하지 않은 채 말을 이었다.

"특별히 말씀하실 일이 없으시다는 겁니까."

"……아니, 그런 건 아니다."

턱을 쓰다듬던 헨리 14세가 아들을 빤히 바라보다 다시 입을 열었다.

"너도 이제 나이가 스물넷인데."

"……."

뒷말을 어느 정도, 예상할 수 있을 것 같았다. 자비에르가 저도 모르게 입술을 깨물었다. 한동안 잊고 있던 버릇이었다.

"비를 맞이해야 하지 않겠느냐."

"아직 생각해 둔 바는 없습니다만."

자비에르가 최대한 형식적으로 대답했다.

"원하신다면 노력해보겠습니다."

"요즘 가깝게 지내는 영애가 있는 것 같던데."

"……."

누가 들어도 마리스텔라 이야기였다. 자비에르의 몸이 저도 모르게 흠칫 떨렸다.

"그 영애를 비로 들일 생각은 없느냐?"

자비에르는 그 질문에 '개인적인 문제입니다'라고 답하려다 그만두었다.

황태자가 비를 들이는 문제는 결코 개인적이지 않으며, 엄밀히 말하자면 부황인 헨리 14세의 주도하에 이루어져야 하는 국가 행사와도 다름없었다. 하지만 자비에르는 그 관행을 따르고 싶지 않았다. 자신의 아버지가 헨리 14세가 아니었다면 또 모르겠지만, 의미 없는 가정이었다.

"아직 그런 단계는 아닙니다, 폐하. 그저 잠깐 이야기 나누는 관계……."

"어느 쪽이든 얼른 결혼해서 후사를 보아야지. 네게는 형제도 없지 않으냐."

"……그러게 말입니다."

왜 자신에게는 형제가 없었을까. 부황께서는 왜 돌아가신 모후와의 사이에서 나 하나만을 낳으셨을까. 하다못해 황녀라도 한 명 낳아 주셨다면 좋았을 텐데. 그러고 싶지 않으셨던 걸까.

온갖 잡생각이 자비에르의 머릿속을 둥둥 떠다녔다.

그러다 그는 잠시 후에 입을 열었다.

"어쨌든 아직은 아닙니다."

그는 자신이 없었다.

그는 부황의 핏줄이었고, 자식은 부모를 닮는다. 자식이 독립적인 개체라고 아무리 부르짖어봤자 부모를 조금도 닮지 않는다는 것은 불가능했다. 그렇다면 자신 역시 부황의 전철을 밟게 된다는 것일까?

맙소사. 끔찍한 일이었다.

그 살 떨리는 가정이 그를 머뭇거리게 만들었다. 용감하고 저돌적인 그를 꼼짝 못 하게 했다.

"그러다 금방 서른 되겠구나. 혹여 내가 그전에 죽기라도 하면 어쩌려고?"

"……."

부황께서는 그리 일찍 서거하지는 않을 것이다.

그는 막연하게나마 그렇게 생각하다가, 잠시 후에 입을 열었다.

"말도 안 되는 말씀을 하십니다."

"사람의 앞일은 모르니까. 그래도 며느리 될 사람은 보고 죽었으면 좋겠는데 말이다."

헨리 14세가 연신 턱을 쓰다듬으며 덧붙였다.

"네 여자 보는 눈을 믿을 수가 없어서 말이다."

그 역시 부황의 핏줄이니 아주 일리 없는 말도 아니었다. 그가 천천히 입을 열어 대답했다.

"오래 기다리시게 하지는 않을 겁니다."

"실은 내가 염두에 두고 있는 사람이 있어 그런다."

"……."

결국 이런 것이었나. 자비에르가 아까보다 더 어두워진 얼굴로 헨리 14세에게 물었다.

"그게 누굽니까."

"너도 이름은 들어봤을 거다."

헨리 14세가 묘하게 기뻐하는 얼굴로 자비에르에게 말했다.

"트라코스 영애 말이다."

"……."

오델레타였다.

하필이면 마리스텔라가 만나보라고 제안해준 여자와 동일했다.

그 영애와 운명이라면 운명이겠군. 그가 속으로 헛웃음을 지으며 물었다.

"굳이 그녀를 선택한 이유가 있으십니까?"

"명문가의 여식인 데다, 트라코스 후작의 인품이 워낙 훌륭하여 예전부터 탐냈거든. 네가 만약 계속 결혼을 미룰 생각이라면 트라코스 영애와 결혼하거라."

결론은 그거였다.

생각보다 빠른 독촉에 자비에르는 당황했다. 그가 뜬금없다는 표정으로 헨리 14세에게 말했다.

"갑자기 이렇게 서두르시는 까닭이라도 있으십니까, 폐하? 아니면 귀족들이……."

"그런 건 없다. 다만 어제 문득 그런 생각이 들었을 뿐이야. 내가 죽기 전 네가 결혼하는 모습은 물론이고 손주 낳는 모습까지도 봐야 하지 않나 그런 생각이 들어서. 그래서 마음이 다급해졌다."

"정말 건강에 무슨 문제라도 있으신 겁니까?"

"당장은 아니다. 하지만 혹시 모르니까."

자비에르는 고개를 들어 올려 처음으로 헨리 14세의 얼굴을 빤히 쳐다보았다. 본래 황제의 얼굴은 결코 똑바로 쳐다봐서는 안 됐고, 나이가 들어서는 자식인 자비에르에게조차 그 엄격한 규칙이 적용되었다.

사실 그 부분은 자비에르가 먼저 적극적으로 준수하려는 것도 있었다. 그건 그 나름대로 아버지와 거리를 두려는 노력이었다.

"그렇게 급하게 결혼하고 싶은 마음은 없습니다, 부황 폐하. 뭐든 서두르면 일을 그르치는 법이니까요."

"어차피 정략혼 할 생각 아니었느냐. 아니면 네가 요즘 가까이 지내는 영애와 결혼하든가."

"어느 쪽이든 서두르고 싶지 않습니다, 폐하."

자비에르가 마른침을 삼킨 다음 덧붙였다.

"설령 정략혼이라고 해도 상대를 알아갈 시간은 필요하니까요. 잘못하다간 제 비를 돌아가신 모후처럼 불행하게 만들지도 모르잖습니까."

"뭐?"

"모후께서는 일생을 불행에 살다 가셨지요. 부황께서는 아니신 듯하군요."

"네가 어떻게 그런 말을……!"

헨리 14세의 얼굴이 노기로 일그러졌지만, 자비에르는 여전히 표정 변화 없는 얼굴로 아버지의 분노한 얼굴을 그대로 마주했다.

헨리 14세는 금방이라도 고성을 내지를 것처럼 붉은 얼굴을 했다가, 이내 차분하게 숨을 고르며 상태를 진정시켰다.

잠시 후 그가 낮은 목소리로 말했다.

"좋다. 그래서 지금 네가 원하는 게 도대체 뭐냐?"

"……."

"마음이 있는 영애와 결혼하고 싶지도 않고 이 아비가 정해준 상대와 정략혼도 하고 싶지 않다. 일국의 황태자로서 지나치게 안일한 태도 아니냐?"

"부황 폐하."

"넌 요나스의 차기 군주로서 하루빨리 후계를 안정시킬 의무가 있다. 황태자로서의 권리만 진창 누리고 의무는 외면할 셈이냐?"

"오래 걸리지 않을 겁니다, 부황 폐하. 하지만 이렇게 빨리는 아닙니다."

"도대체 널 이해할 수가 없구나. 마음이 있는 영애가 있다면 차라리 빨리 결혼하든가. 이것도 싫다, 저것도 싫다! 이렇게 우유부단할 줄이야."

"……"

사랑에 있어서 사람을 이렇게 조심스럽도록 만들어 놓은 것은, 기실 가정을 제대로 관리하지 못한 헨리 14세의 책임이 8할을 차지한다 해도 과언이 아니었다. 하지만 그는 자신의 과오 따위는 그리 생각지 않는 듯했다.

자비에르는 속으로 한숨을 쉰 다음 그에게 말했다.

"차기 황후가 모후의 전철을 그대로 밟게 할 수는 없지 않겠습니까."

"네 어미가 그렇게 된 게, 마치 전부 내 책임이라는 것처럼 들리는구나."

"아닙니까?"

원망하는 듯한 푸른 눈동자가 헨리 14세를 물끄러미 쳐다보았고, 헨리 14세는 아들의 노골적인 시선에도 침묵했다.

심연을 닮은 자비에르의 푸른 눈동자가 어느새 붉은 빛으로 물들려 할 때쯤 헨리 14세는 입을 열었다.

"아예 책임이 없다고 할 수는 없겠지만."

"……."

"전적으로 내 책임은 아니다. 믿어다오."

"그리 변명하시는 게 폐하께 위안을 드린다면 그렇게 하겠습니다."

"……."

정곡이 찔린 사람처럼 헨리 14세가 아들을 노려보았지만, 자비에르는 여전히 감정 없는 얼굴이었다. 그가 이 긴 대화 동안 감정을 내비친 적은 단 한 번, 원망 서린 눈으로 헨리 14세를 응시할 때뿐이었다.

꽤 오랜 시간 동안 자비에르를 노려보고 있던 헨리 14세가 천천히 입을 열었다.

"벨플레어 영애가 너와 트라코스 영애와의 만남을 주선하고 있다지?"

방금 전에 일어난 일을, 그것도 그 개인적인 대화를 어떻게 부황께서 알고 계신 것일까.

자비에르의 표정이 그곳에서는 처음으로 일그러졌다.

어떻게 알았냐는 듯한 기색이 노골적으로 드러나자 헨리 14세는 비웃는 듯한 얼굴로 말했다.

"내가 너에 대해 모르는 건 단 하나도 없다, 자비에르."

"첩자라도 심어두신 겁니까?"

"아들의 궁에 사람 몇 명 심어 놓는 걸 첩자라고 표현하다니. 참 정 없이 말하는구나."

"도대체 왜 그런 짓을 하신 겁니까?"

"대답을 들어봐야 별로 좋을 게 없을 텐데?"

이유는 빤했으니까. 자비에르도 그 사실을 알고 있었다. 들어봐야 상처밖에 되지 않을 대답.

그가 헛웃음을 머금은 채 헨리 14세에게 물었다.

"제가 어머니처럼 목이라도 매달까 봐 걱정되셨나 봅니다."

"뭐?"

"그렇지 않고서야 서먼궁에 사람을……."

그때 헨리 14세가 황좌에서 몸을 벌떡 일으킨 다음 자비에르가 있는 쪽으로 성큼성큼 내려왔다.

자비에르는 자연스럽게 말이 끊긴 채로 자신을 향해 내려오는 아비를 빤히 쳐다보다가, 이내 마음의 준비를 한 사람처럼 입술을 꾹 깨물었다.

짝!

잠시 후, 날카로운 파열음과 함께 자비에르의 고개가 왼쪽으로 돌아갔다. 하지만 그런 상황에 처한 사람답지 않게 자비에르는 아무렇지 않은 표정이었다.

마치 이런 일이 일어날 줄 알고 있었던 사람처럼.

"네가…… 네가 어떻게 그런 말을!"

"……."

"이런 식으로 나를 능욕할 셈이냐? 자식이라는 놈이!"

"누가 들으면 제가 틀린 말이라도 한 줄 알겠습니다."

그는 여전히 무표정인 얼굴로 말했지만, 목소리에는 숨길 수 없는 슬픔이 덕지덕지 묻어나고 있었다.

그 사실을 눈치챘는지 헨리 14세는 약간 주춤했지만, 이내 다시 노기를 드러내며 자비에르를 몰아붙였다.

"좋다. 내가 무슨 말을 해도 넌 듣지 않겠지."

"……."

"대신 벨플레어 영애가 주선해준 자리에 나가거라."

"폐하!"

"네놈에게 거절할 수 있는 권리 따위는 없어."

헨리 14세가 싸늘한 목소리로 쐐기를 박았다.

"황명이다."

"……."

황명을 거역할 수 있는 사람은 하늘 아래 없었다. 설령 다음 대 황위를 승계할 황태자라고 해도.

자비에르가 싸늘한 목소리로 일갈하듯 말했다.

"예나 지금이나 사람 마음 가지고 노는 데에는 일품이시군요."

"그렇게 말해봤자 결과는 달라지지 않는다."

"알고 있습니다. 그러니 하고픈 말이라도 제대로 해야지요."

자비에르가 원망 섞인 눈초리로 헨리 14세를 똑바로 바라보며 말했다.

"계속 그러신다면 저 또한 살아생전 며느리와 손주를 보게 해 드릴 자신이 없습니다."

"같잖은 협박은 집어치우거라. 그 또한 네가 선택할 수 있는 문제가 아니니까."

"……."

유감스럽게도 그랬다. 적어도 부황이 서거하기 전까지는.

자비에르가 황태자의 지위에서 무력감을 느끼는 순간은 몇 되지 않았는데, 지금이 바로 그 순간이었다. 그가 저도 모르게 주먹을 꽉 말아 쥐었다.

"벨플레어 영애는 지금쯤이면 저택으로 돌아갔겠구나. 그렇다면 편지로 지금 결정된 내용을 알려주는 게 좋겠지."

"……."

"아니면 내가 알려주랴?"

"……하실 말씀 다 하셨으면."

자비에르가 어금니를 꽉 깨물며 읊조리듯 말했다.

"이만 가보겠습니다, 부황 폐하."

"그러거라."

"위대한 요나스의 태양께 광영만이 있기를."

형식적인 인사를 마친 뒤 자비에르는 망설임 없이 뒤를 돌았다.

그는 홀 바깥으로 나갈 때까지 단 한 번도 뒤를 돌아보지 않았고,

서면궁으로 돌아갈 때까지도 그렇게 했다.

집으로 돌아온 나를 가장 먼저 반갑게 맞아준 사람은 역시 플로린다였다.

"다녀오셨어요, 아가씨?"

"네, 플로린다."

나는 기분 좋은 미소를 입가에 건 채 현관으로 들어섰다. 플로린다가 그런 내 모습을 훑어보다가 이내 손에 들린 닐기리 찻잎을 발견하고선 궁금하다는 목소리로 물었다.

"그건 뭔가요?"

"아."

나는 어색한 얼굴로 대답했다.

"'그거'예요, '그거'. 도로테아가 요구했던."

"아."

내 설명에 플로린다가 그제야 생각난 얼굴로 고개를 끄덕였다.

"그래도 전하께서 감사하게도 찻잎을 더 주셨네요."

"거저 받아왔어요. 뭐라도 더 드렸어야 했는데."

"손수건도 드리셨고, 또 전하께서는 그런 걸로 뭘 받으시거나 하실 분은 아닌 듯해요."

"내 생각도 그래."

하지만 그렇다고 해도 미안한 건 미안한 거다. 그나마 상대가 개의치 않아 하니 그 마음이 조금이나마 희석되는 것뿐이지.

"이 찻잎을 코르노헨 저택으로 보내줘요, 플로린다."

"아까워 죽겠어요."

그녀가 불평하는 소리를 냈고, 솔직히 그건 나도 같은 마음이었다.

나라고 왜 아깝지 않겠느냐만, 어쨌든 약속은 지키는 게 맞았다.

안 그러면 나중에 또 이걸로 발목이 잡힐지도 몰랐으니까.

"일단 다녀왔으니 목욕부터 할게요. 준비 좀 해주겠어요?"

"물론이죠, 아가씨. 하녀들에게 말해둘게요."

"부탁할게요."

나는 곧바로 침실로 올라간 다음 하녀들의 도움을 받아 드레스를 벗었다. 황궁에 가느라 격식을 갖춘다고 나름 신경 썼더니 벗겨낼 때도 일이 많았다. 얼마 안 있어 목욕 준비가 완료되었고, 나는 욕실로 이동했다.

욕조 안의 물은 그 따뜻함을 자랑하듯 김을 피워내고 있었다.

'아…… 좋다.'

욕탕 안으로 들어간 내가 기분 좋은 표정으로 천천히 눈을 감았다. 그러다 문득 머릿속으로 아까 자비에르에게 했던 말이 떠올랐다.

"가겠다고 할까?"

어쨌든 원작에서는 부부였으니 두 사람이 아예 인연이 없는 관계는 아니었다.

작중 자비에르가 오델레타를 특별히 핍박하거나 구박한 것도 아니었고. 다만 사랑하지 않았는데도 본인의 의사는 조금도 반영되지 않은 채 황후로 들인 것뿐이었으니까.

내가 만약 자비에르였다면 솔직히 거절하지 않을 것 같지만, 그건 역시 어디까지나 내 이야기였다. 자비에르의 속마음은 또 모르는 거다. 하지만 특별히 좋아하는 사람이 없는데 굳이 만남을 피할 이유가 있나?

알쏭달쏭했다. 어쨌든 지금 이렇게 추측해봐야 어차피 나오는 답은 없었다.

"에이, 모르겠다."

나는 차분히 대답을 기다려 보기로 했다. 하지만 가급적이면 좋은 쪽으로 결과가 나왔으면 좋겠다고 생각하면서, 나는 천천히 욕조 깊은 곳을 향해 몸을 낮췄다.

목욕을 마치고 나오자마자 나를 기다리고 있던 건 플로린다가 가져다준 한 장의 서신이었다.

하녀들의 손길에 머리를 말리고 있는데 플로린다가 편지 하나를 내게 내밀었다. 편지 봉투의 앞뒤를 뒤집어 바라보던 내가 의아한 얼굴로 물었다.

"갑자기 웬 편지?"

"트라코스 저택에서 왔어요."

플로린다의 설명에 나는 그제야 그 편지가 오델레타가 보냈음을 깨달았다.

그러고 보니 개봉부에 트라코스 가문의 문장이 그려진 왁스씰이 찍혀 있었다.

나는 기대 어린 표정으로 편지를 뜯어 안의 편지지를 읽어보았다. 내용은 간단했다.

"이틀 후 트라코스 저택에서 차 한 잔 마실 수 있겠느냐는 내용이에요."

사족이 길었지만 요점은 그것이었다. 내 말을 들은 플로린다가 살짝 놀랍다는 말투로 내게 말했다.

"트라코스 영애와 정말 많이 친해지셨나 봐요."

"그런 것 같아요."

"코르노헨 영애 말고도 친하신 분이 생기셔서 기뻐요. 너무 코르노헨 영애와만 어울리시는 것 같아서 걱정스러웠는데……."

"나도 그래요, 플로린다. 더구나 오델레타는 정말 착하고 좋은 사람이거든요."

나는 엷게 웃으며 오델레타를 칭찬한 다음 고민하는 목소리로 플로린다에게 물었다.

"빈손으로 갈 수는 없겠죠?"

"트라코스 영애는 개의치 않아 하실 것 같지만, 아가씨께서 신경 쓰이시겠죠."

확실히 그랬다. 내가 씩 웃으며 물었다.

"뭘 가져가야 좋을까요? 또 손수건?"

"그러다 손수건 가게 차리시겠어요."

"하하."

농담 아닌 농담에 내가 쑥스럽다는 듯 웃었다. 하지만 마땅한 선물이 도무지 생각나지 않았다.

뭐가 좋을까? 이런 상황에 놓이고 보니 아직 오델레타에 대해 알고 있는 게 많이 없는 것 같아서 기분이 묘해졌다.

'하긴 뭐, 이제부터 차차 알아 가면 되는 거지.'

어떻게 처음부터 모든 걸 다 알 수 있겠어.

나는 최대한 긍정적으로 생각한 다음 결론을 내렸다.

"역시 손수건이 좋겠어요."

무난한 게 최고였다. 또 지난번에 오델레타가 마리스텔라에게 손수건을 빚졌다고도 했으니, 나름 상징적인 선물 아닌가.

"또 이틀 안에 전부 수를 놓으시겠다고요?"

한편 내 대답을 들은 플로린다는 고개를 절레절레 저었다. 너무 무리라고 생각하는 듯했다. 플로린다의 반응에 내가 작게 웃으며 그녀를 안심시켰다.

"이번에는 복잡한 걸 수놓을 생각이 없거든요, 플로린다. 너무 걱정하지 않아도 돼요."

좋아하는 꽃이 무엇인지만이라도 알고 있었다면 좋았을 텐데. 유감스럽게도 그런 걸 물어볼 기회가 없…….

'잠깐.'

무언가 짚이는 게 있었다. 내가 슬쩍 미간을 좁힌 다음 머릿속 기억을 더듬었다. 그러고 보니 언젠가 책에서 나온 적이 있는 것도 같았다. 오델레타가 좋아했던 꽃이 뭔지.

'제비꽃이었던가?'

가물가물하긴 한데 그랬던 것 같다. 튤립을 좋아하는 도로테아와 제비꽃을 좋아하는 오델레타. 도로테아가 튤립을 좋아한다는 사실은 별 쓸모없는 정보이긴 했지만.

'됐어!'

어쨌든 답을 찾아낸 내가 회심의 미소를 지었다. 그리고 빠르게 입을 열어 지시했다.

"반짇고리를 좀 가져다줄래요, 플로린다?"

"마리, 모레 엄마랑 부티크에 가지 않을래?"

저녁 식사 시간에 벨플레어 백작부인이 물어왔고, 나는 조심스럽게 그녀에게 되물었다.

"언제쯤이요?"

"오찬을 들고난 뒤에. 마담 로부아르가 새로운 드레스를 만들었는데, 너한테 참 잘 어울릴 것 같다고, 언제 한번 방문해 달라고 말했어."

"아……."

하필이면 오델레타와 만나기로 한 시간대였다. 내가 곤란한 표정을 지어 보이자, 벨플레어 백작부인이 의아한 목소리로 물었다.

"다른 일이 있나 보구나?"

"실은 트라코스 저택을 방문하기로 했거든요."

"트라코스 저택에?"

벨플레어 백작부인이 의외라는 목소리로 물었다.

"무슨 일로?"

"트라코스 영애가 차 한 잔을 함께 마시자고 서신을 보내왔어요. 이미 가겠다고 답장까지 보냈는데…… 어쩌죠?"

"오, 당연히 트라코스 영애와의 약속이 더 중요하지, 마리. 부티크는 내일도 갈 수 있고, 글피에도 갈 수 있단다."

"이해해 주셔서 감사요. 내일보다는 글피가 더 좋겠네요."

"할 일이 있니?"

"아까부터 손수건에 수를 놓고 있었어요. 트라코스 영애가 좋아하는 제비꽃으로요. 빈손으로 가긴 좀 그런 것 같아서……."

"어머, 좋구나. 하긴 빈손으로 가는 건 좀 그래. 그런 선물도 괜찮겠지. 정성이 담긴 거니까."

트라코스 영애와 만나기로 했다는 말을 듣고 벨플레어 백작부인의 목소리가 묘하게 흥분되어 있다고 느낀다면 그건 내 착각일까. 심지어 기분까지 한층 좋아 보였다. 마티나는 나보다 빨리 그 사실을 눈치채고선 벨플레어 백작부인에게 물었다.

"엄마, 언니랑 레이디 오델레타가 친하게 지내는 게 기분 좋으신가 봐요?"

"당연히 싫지 않지, 마티나. 친구는 많을수록 좋으니까."

빙긋 웃으며 대답한 벨플레어 백작부인이 곧바로 덧붙였다.

"물론 가치 있는 단 한 명의 친구도 때로는 충분하긴 하지만."

그게 적어도 도로테아는 아니었다. 내가 엷게 웃으며 오델레타를
칭찬했다.

"트라코스 영애는 좋은 사람이에요. 성품이 착하고 매사 우아하
거든요."

"많이 본 적은 없지만, 내가 봤을 때도 그랬어. 가까이해서 나쁠
사람 같지는 않았단다. 우리 마리가 사람 보는 눈이 있구나."

"……."

그렇다고 하기에는 도로테아라는 가장 큰 허점이 존재했다.

나는 어색하게 웃은 다음 벨플레어 백작부인에게 말했다.

"부티크는 글피에 가요, 어머니."

"글피도 좋지. 서두를 것 없단다. 파티는 다음다음 달에 열리
니까."

"파티요?"

"설마 몰랐니?"

내 반응에 벨플레어 백작부인이 깜짝 놀란 얼굴로 말했다.

"다다음 달에 에스클리프 공작 전하의 탄신일이 있잖니. 네가 공
작님과 사이가 가까우니 당연히 알고 있을 줄 알았는데……."

"아."

들은 지 얼마 안 됐는데 잊고 있었다. 이런. 내가 맞다는 듯 고개를 끄덕이며 대답했다.

"네, 맞아요. 전하께 들었어요."

"그때 입을 새 드레스를 장만하려고. 아까 네가 황궁에 갔을 때 공작저에서 초대장이 왔단다."

"그랬군요."

"아직 교제하시는 분이 없으시니 파트너도 없으실 텐데…… 그날 누가 전하의 댄스 파트너가 될지 궁금하구나."

"……"

그거…… 저예요, 어머니.

"혹시 언니 아닐까요? 언니 요즘 공작님하고 친해요."

가족 중 가장 눈치가 빠른 마티나가 올바르게 추측했다.

그녀의 말이 맞았다. 나는 요즘 클로드와 친했다. 그가 내게 파트너를 청할 만큼. 마티나의 말을 들은 벨플레어 백작부인은 설마 하는 표정으로 나를 응시했다.

"그럴 수도 있겠구나……가 아니라, 진짜 그러니?"

"마티나 눈치가 국보급인데요?"

내가 능청스럽게 대꾸하자, 대답을 기다리고 있던 벨플레어 백작부인은 물론, 지금까지 이 모든 대화에 별 관심 없는 듯 보였던 벨플레어 백작까지 전부 놀란 눈을 했다. 정답을 맞춘 마티나가 그럴 줄 알았다는 얼굴로 자부심 넘치게 말했다.

"하긴 공작님으로서도 언니밖에 그런 식의 부탁을 할 사람이 없겠네."

"선대 에스클리프 공작부인께서 생존해 계신다면 또 모를까. 아무래도 파트너가 마땅치 않다고 하시더라고."

"그래도 그렇지……. 혹시 우리 딸한테 관심이 있으신 건 아닐까?"

"그럴 리가요."

나는 말도 안 된다는 듯 피식 웃은 다음 대꾸했다.

"정말 저밖에는 부탁할 상대가 없으니 그러셨을 거예요. 아무래도 친한 관계가 아니면 쉽사리 청하기 어려운 부탁이잖아요."

"그렇긴 하지. 그래도…… 굳이 너라는 게 엄마는 좀 신경 쓰이는구나."

"음…… 그런가요?"

하긴. 벨플레어 백작부인의 말에도 일리는 있었다. 나는 마음속으로 가지고 있던 신념 비슷한 것이 살짝 흔들리는 것을 느꼈다.

자비에르야 책 속에서 워낙 도로테아와 오델레타 사이에서 도로테아만 사랑하는 모습을 보여 주었으니 나를 사랑하지 않을 거라는 확신을 할 수 있었지만, 클로드의 경우에는 그 역시 조연이었기 때문에 완벽한 확신이 어려웠다. 잠깐 고민하는 표정을 짓던 내가 결론 내렸다.

'만약 그렇다면, 떠보면 되겠지.'

어렵지 않은 문제다. 아니면 아예 대놓고 물어보거나. 하지만 후자는 별로 내키지 않았다. 괜히 아무렇지 않았던 관계에 금이 갈 것 같아서.

먼저 분위기를 불편하게 흐리는 건 별로였다. 나는 대수롭잖게 입을 열었다.

"어쨌든 전하께서는 좋은 분이세요."

"그래. 좋은 분이시지."

벨플레어 백작부인이 엷은 미소를 띤 얼굴로 내게 말했다.

"내가 했던 말은 잊어버리렴, 마리. 엄마가 괜한 말을 해서 네 마음속을 복잡하게 만들어 버린 것 같구나."

"괜찮아요, 엄마. 그런 건 아니에요."

나 또한 엷게 미소 지으며 대답했다.

"어쨌든 염두에 두고는 있을게요."

그리고 이틀 후. 나는 점심 식사를 마치고 책을 조금 읽은 뒤, 트라코스 저택으로 가기 위한 단장을 했다.

"자, 이 정도면 될 것 같은데. 어떠세요, 아가씨?"

힘을 줘서 꾸미지는 않았으므로 그리 오랜 시간이 소요되는 것은 아니었다. 나는 거울 앞에서 내 모습을 요리조리 비춰본 다음 만족스럽게 입을 열었다.

"괜찮은 것 같아."

"그럼 이제 내려가시겠어요?"

"으음…… 잠시만."

나는 잠깐 머뭇거리다 입을 열었다.

"플로린다, 어제 완성한 손수건 좀 다시 볼 수 있을까?"

"네. 지금 가져올게요."

말이 떨어지자마자 플로린다는 빠르게 내가 어제 완성한, 오델레타에게 줄 손수건을 가져왔다. 어제 봤을 때는 괜찮았지만, 하루 뒤에 본다면 어제는 보이지 않았던 흠을 찾아낼 수 있을지도 모른다. 나는 조심스럽게 종이 상자 안에서 제비꽃이 수놓아진 손수건을 꺼낸 다음 꼼꼼하게 살펴보았다.

다행스럽게도 어제 보았을 때와 느낌이 크게 다르지 않았고, 부족함이 보이는 곳도 없었다.

나는 그제야 만족한 표정으로 손수건을 다시 갠 다음 상자 안에 넣었다.

모쪼록 오델레타가 마음에 들어 해야 할 텐데.

"괜찮으신가요?"

"일단 내가 보기에 더 만질 만한 곳은 없어 보여. 이제 슬슬 내려가는 게 좋겠지?"

"네. 아무래도 넉넉하게 잡고 출발하는 게 좋을 거예요."

"그래."

나는 약속시간을 1시간 남겨두고 현관으로 내려갔다. 벨플레어 저택에서 트라코스 저택까지의 거리가 꽤 되었으므로 일찌감치 출발해야 제시간에 도착할 수 있었다. 그리고 대략 40분에서 50분 정도를 이동한 뒤에야 마차는 트라코스 저택 앞에 멈추어 섰다.

"도착했습니다, 아가씨."

"고마워요."

멈춘 마차 안에서, 내가 문을 열고 내리기도 전에 누군가가 밖에서 문을 열어주었다. 갑작스럽게 일어난 일에 내가 살짝 놀란 얼굴로 문밖의 상대를 바라보았다. 백발이 성성한 노집사였는데, 그는 내 방문을 이미 알고 있었다는 듯 인자한 미소를 띤 얼굴로 내게 인사를 건넸다.

"어서 오십시오, 레이디 마리스텔라. 오시는 길에 불편하셨던 점은 없으셨는지요?"

정석적인 인사에 나는 얼떨떨한 표정을 애써 정리하며 그의 인사에 화답했다.

"괜찮습니다. 실례지만 누구신지……."

"트라코스 저택에서 차석 집사로 있는 로버트 조이스라고 합니다. 편하게 불러주십시오."

"만나 뵙게 되어 반가워요, 조이스 경."

실낱같은 미소를 입가에 건 나는 조이스 경이 내민 손을 붙잡고 마차 위에서 내렸다.

차석 집사씩이나 되는 사람이 나를 마중하러 나왔다는 사실에 살짝 감동을 받은 내게 로버트가 말했다.

"아가씨께서 아까 전부터 영애를 기다리고 계셨습니다."

그 말에 더 기분이 좋아졌다. 나는 쑥스럽다는 듯 웃으며 로버트와 함께 저택 안으로 들어섰다.

트라코스 후작저는 생각했던 것보다 더 고풍스러운 외관을 지니고 있었는데, 내부 구조 역시 사정은 비슷했다. 딱 봐도 몇백 년은 되어 보이는 고택이었는데, 그것이 낡거나 예스럽다는 느낌보다는 유서 깊고 기품 있다는 느낌을 더 많이 받았다. 책 속에서 트라코스 저택에 대해 서술한 적은 단 한 번도 없었기 때문에 좀 더 새로운 기분이었다.

"아가씨께서는 응접실에 계십니다."

로버트는 그 말과 함께 나를 저택의 응접실로 데리고 갔다. 응접실은 입구가 두꺼운 마호가니 문으로 되어 있었는데, 외관상으로는 다소 무거운 느낌을 주었다.

로버트가 문 앞에서 조용히 입을 열었다.

"아가씨, 벨플레어 영애께서 오셨습니다."

"아."

안쪽에서 오델레타의 목소리가 들려왔고, 나는 약간의 기대감으로 심장이 두근두근 뛰었다.

"어서 안으로 모셔주세요, 로버트 경."

가녀린 듯하면서도 우아한 목소리를 들으며 나는 안으로 들어섰다. 안으로 들어서자마자 달콤한 나무 냄새가 풍겨왔고, 오델레타는 나를 발견하자마자 기쁜 표정으로 천천히 자리에서 일어섰다.

"마리스텔라."

나는 익숙하게 그녀를 '레이디 오델레타'라고 부르려다가, 마지막으로 보았을 때 그녀와 말을 놓기로 했던 사실을 기억해 내고선 빠르게 생각을 바꾸었다.

"오델레타."

조금 어색했다.

처음이라 그런가.

그 반작용으로 내가 슬그머니 웃자, 오델레타도 같은 생각을 했는지 슬며시 웃었다.

그녀가 손님을 맞기 위해 한 발짝 내 쪽으로 걸어왔다.

"어서 와, 마리스텔라."

좀 더 어색했다. 하지만 오델레타가 저번에 말했던 것처럼 차차 나아질 문제였다.

나는 아무렇지 않게 미소 지으며 그녀의 환영인사에 답해주었다.

"오래 기다렸어? 나름 빨리 온다고 왔는데."

"기다린 지는 좀 되었어. 네가 오늘 온다고 해서 오전부터 기대했거든. 어서 앉아."

오델레타는 나를 자신이 앉아 있었던 테이블 앞으로 데리고 가 앉혔고, 내가 자리에 앉자마자 바깥에서 하녀들이 다과를 들고 안으로 들어왔다. 아삼 티에 마카다미아가 박힌 쿠키였는데, 갓 구웠는지 쿠키가 담긴 접시에서는 찻잔 속과 마찬가지로 김이 피어오르고 있었다.

그 모습을 본 오델레타가 조심스럽게 물었다.

"너무 뜨거우려나? 우리 저택의 파티시에가 쿠키를 잘 구워. 갓 구운 쿠키를 맛보게 해주려고 조금 늦게 구우라고 말했는데……."

"아냐, 오델레타. 정말 맛있어 보인다. 잘 먹을게."

나는 그 말을 행동으로 옮기기 위해 직접 쿠키 접시 위로 손을 가져갔다. 엄청 뜨거울 것 같았던 외관과는 다르게 쿠키는 손으로 짚지 못할 정도로 온도가 높지는 않았다. 그냥 따뜻한 정도?

'으음……'

마카다미아 쿠키를 한입 베어 문 다음 천천히 음미했다.

맛이 수준급이었는데, 만약 서면궁에서 같은 쿠키를 대접받았더라면 느껴졌을 법한 맛이었다.

나는 놀랍다는 표정으로 탄성을 터뜨렸다.

"와, 맛있어!"

"정말?"

내 대답에 오델레타가 눈에 띄게 환해진 얼굴로 말했다.

"다행이다! 마음에 든다니 기쁘네."

"정말 맛있는데."

나는 감탄하는 소리를 내며 한입을 더 베어 물었다. 고소하고 달콤한 맛이 동시에 느껴지는, 정말 맛있는 쿠키였다. 그런 내 모습을 본 오델레타가 흐뭇한 얼굴로 말했다.

"맛있으면 집에 갈 때 좀 포장해줄게."

"아, 정말? 고마워."

나는 굳이 거절하지 않은 채 씩 웃었고, 그 모습을 엷은 미소를 띤 얼굴로 바라보던 오델레타의 시선은 문득 내 무릎 아래로 향했다. 그 위에 올려진 작은 상자를 발견한 그녀가 물었다.

"그런데 그건 뭐야?"

"응?"

"무릎 위에 올려놓은 작은 상자."

"아아."

나는 살짝 얼굴을 붉히며 무릎 위에 올려 주었던 상자를 테이블 위에 올려 두었다. 상자를 좀 더 자세히 살펴보던 오델레타가 흥미로워하는 목소리로 물었다.

"설마…… 선물이야?"

"눈치가 빠르네."

내가 낮게 웃으며 그녀에게 손수건이 든 상자를 건넸다.

"초대해 줘서 고마워, 오델레타. 약소하지만 내가 직접 만들어 봤어."

"뭐 이런 걸 다……."

오델레타는 마치 장난식으로 질문을 던진 사람처럼, 내 행동에 퍽 놀란 사람의 모습을 보였다. 눈이 커지고 입이 벌어진 것이 분명 그랬다. 오델레타가 얼떨떨한 표정으로 내게서 상자를 받아 들더니 믿기지 않는다는 목소리로 물어왔다.

"정말 네가 만든 거라고?"

"응. 그런데 마음에 들지는 모르겠어."

"당연히 마음에 들지! 마음에 들고말고."

"아직 상자를 열어 보지도 않았잖아."

약간 민망해져서 말하자, 오델레타는 고개를 저으며 내 말을 반박했다.

"네가 직접 만들어 내게 준 거잖아. 날 위해서. 난 그 사실만으로도 충분히 기뻐. 고마워, 마리스텔라."

아, 정말 선물할 맛 나는 반응.

내 가슴 속에서 자부심과 뿌듯함이 샘처럼 솟아올랐다. 동시에 선물의 규모에 비해 너무 과분한 감사를 받았다는 생각이 들어서, 살짝 부끄러워졌다.

"한번…… 열어봐."

내가 수줍은 목소리로 말하자, 오델레타가 기대 어린 표정으로 상자를 열었다.

잠시 후 드러난 선물의 정체에 오델레타가 깜짝 놀란 눈으로 미소를 지으며 물었다.

"이거 설마 손수건이야?"

"응."

"제비꽃이 수놓아져 있네?"

조심스럽게 손수건을 펼쳐 본 오델레타의 입가에 미소가 더욱 짙어졌다. 그 숨겨지지 않는 본심의 반응에 나도 덩달아 기뻐졌다. 나는 살짝 부끄러워하는 목소리로 대꾸했다.

"네가 제비꽃을 좋아한다는 소식을 얼핏 들었거든."

"맞아! 하지만…… 이런 건 정말 예상하지 못했어."

오델레타는 여전히 함박웃음을 짓는 얼굴로 나와 눈을 맞추며 말했다.

"정말 고마워, 마리스텔라. 정말 마음에 들어."

"다행이다. 너무 약소한 선물이라, 사실 좀 걱정했었거든."

"전혀 아니야. 내가 네게 처음 호감을 가지게 된 게 손수건 때문이 었는데…… 처음 널 초대하고 받는 선물도 손수건이라니. 나한테 는 정말 상징성이 있는 선물이야. 잘 쓸게, 마리스텔라."

진심으로 기뻐하는 목소리는 심금을 울리는 듯했다. 나는 눈살을 반으로 접으며 미소 지었고, 오델레타는 신이 난 얼굴로 손수건을 잘 접어 상자 안에 넣어 두었다.

"정말 고마워, 마리스텔라. 그동안 뭐 하고 지냈어?"

오델레타의 질문에 머릿속에서는 그간 있었던 일들이 주마등처 럼 스쳐 지나갔다.

'참 많은 일이 있었네.'

내가 낮게 웃었고, 그 반응에 오델레타는 궁금하다는 표정으로 물었다.

"뭐야? 재미있는 일이라도 있었어?"

"재미있는 일이라기보다는."

많은 일이 있었어. 내가 묘한 미소를 띤 채 대답하자, 오델레타의 눈가에 이채가 서렸다.

"무슨 재미있는 일?"

"음…… 시간 순서대로 이야기해 주자면, 네가 가고 난 뒤에 도로 테아가 왔어."

"……코르노헨 영애가?"

도로테아 이야기에 오델레타가 눈살을 살짝 찌푸렸고, 나는 설핏 웃으며 고개를 끄덕였다.

"왜? 설마 병문안 때문에?"

"응."

표면적으로는. 내가 건조한 목소리로 덧붙였다.

"그녀의 어머니도 함께 왔어."

"코르노헨 백작부인은 왜? 아니, 그보다 두 사람 싸우지 않았어?"

"네가 알고 있듯이 그랬지. 거기서 인연 정리할 생각이었고."

"그런데?"

"코르노헨 백작부인이 도로테아와 다시 친구가 되어 달라고 내게 부탁해왔어."

"허."

당연하게도, 오델레타는 어이없다는 반응이었다.

"나이가 몇인데……."

그녀의 말이 맞았다. 코르노헨 백작부인의 행동은 유치원생을 자녀로 둔 사람들이나 그러는 거다. 아니, 요즘 유치원생들도 그러지는 않는다.

"거절하려고 했어."

"……그런데 하지 않았구나?"

"응."

나는 조용히 고개를 끄덕인 다음 오델레타를 바라보았다.

그녀는 나를 비난하기보다는 내 행동의 이유를 더 궁금해 하는 표정이었다.

"그날 처음 알았는데, 우리 집에 빚이 많다나 봐."

"빚?"

"조부 대에 거액의 빚을 졌는데, 그때부터 다달이 거액의 이자를 납부하고 있대. 그걸 감면해주겠다고 말하면서 다시 제 딸의 친구가 되어 달라고 제안했어."

"……맙소사."

오델레타는 황당한 얼굴이었고, 그때 일을 다시 상기하는 나도 꽤 황당한 기분이었다. 내가 피식 웃으며 말했다.

"정확히 말해 코르노헨 백작부인이 요구했던 건 딸의 친구라기보다는 들러리였어. 그래서 결국 받아들였지."

"그랬구나."

"싫어할 줄 알았는데."

"다른 것도 아니고 그런 이유라면 내가 너한테 이래라저래라할 자격은 없지 않을까? 더구나 우리가 아직 그렇게 깊은 사이도 아닌걸. 반말도 오늘에서야 처음 하는 건데, 너무 앞서나가고 싶지 않아."

오델레타가 특유의 차분한 음성으로 말을 이었다.

"그리고 네가 진짜로 좋아서 그녀와 다시 지내겠다고 한 건 아니니까."

"차라리 마음은 편해. 그냥 시녀 일 하는 것처럼 생각해버리려고."

"그렇게 해, 그럼."

오델레타는 찻물을 한 모금 후루룩 들이마신 다음 다시 입을 열었다.

"또 다른 이야기도 있어?"

"에스클리프 공작님이 다다음 달에 있을 탄신 연회에서 댄스 파트너가 되어 달라고 부탁하셨어."

"정말?"

오델레타는 아까보다 좀 더 놀란 얼굴로 내게 물었다.

"아니, 그보다 공작님과 친했어?"

"마차사고를 내신 분이 공작님이야. 들어서 알고 있겠지만. 그때부터 계속 벨플레어 저택에 방문하셨고."

"어머, 그랬구나."

"그래서 좀 친해지게 되었는데…… 파트너를 신청하실 분이 없으시다면서 내게 부탁하신 거지."

"으음……."

그 말을 들은 오델레타의 표정이 기묘하게 변했고, 나는 어쩐지 그녀가 그다음에 할 말을 짐작할 수 있을 것 같아서 선수를 쳤다.

"생각하고 있는 그런 건 아니야."

"하지만 그렇게 말하고 있는 것 자체가 이미 '내가 생각하고 있는 그런 것' 같은데?"

"모두가 그렇게 말하더라."

그래, 뭐. 호감은 있을지도 모르지.

내가 조심스럽게 덧붙였다.

"확실히 지금까지의 행보를 봤을 때 의심할 여지는 있긴 해. 하지만 그분 성격상 그것만으로는 단정할 수가 없네."

"확실히 공작 전하께서 모두에게 친절한 면이 있긴 하시지."

오델레타가 일리 있다는 얼굴로 고개를 끄덕이며 맞장구쳤다.

"한번 떠보기라도 해봐, 마음이 있으시다면 이번 파티 때 티라도 내지 않으실까?"

"주변에서 하도 그래서, 안 그래도 한번 그래 볼 작정이긴 했어."

그렇게 말한 내가 조심스럽게 물었다.

"내가 예민한 거면 어쩌지?"

"어쩌긴. 뭘 신경 써?"

오델레타가 씩 웃으며 답을 내놓았다.

"그러고 끝이지. 고백을 하겠다는 것도 아니잖아?"

"그건 그래."

"너무 복잡하게 생각하지 마. 남자는 단순해. 기면 기고, 아니면 아닌 거라고."

"으음…… 그러려나."

내가 아리송한 얼굴로 고개를 갸웃거리다가, 이내 생각났다는 얼굴로 그녀에게 말했다.

"참, 그리고 실은 어제 황태자 전하를 만났어."

그 말을 들은 오델레타의 눈빛이 살짝 흔들렸다.

"전하를?"

"응."

"무슨 일로?"

"도로테아가 전하께서 주신 찻잎을 가지고 싶다고 말했는데, 내가 거기다 대고 약 올리려고 서먼궁에서 다시 얻어오겠다고 말해버렸거든. 자존심상 약속을 안 지킬 수가 없었는 데다 전하께서 주신 것도 있고 해서 겸사겸사."

"그랬구나."

"그리고 황태자 전하께 너와 미팅해볼 생각이 있으시냐고 여쭤봤어."

"그랬…… 응?"

예상치 못한 이야기에 오델레타의 눈이 동그래졌고, 나는 그 모습을 보고 설핏 웃었다.

"내가 요즘 두 사람 이어주는 일에 너무 무심했던 것 같아서."

"맙소사, 정말?"

"응. 아예 여쭤보고 왔지."

"와."

오델레타가 얼떨떨한 얼굴로 내게 물었다.

"뭐라고…… 하셨어?"

"일단 생각해 보시겠대. 좋은 대답이 들려와야 할 텐데."

"세상에."

오델레타는 여전히 얼떨떨한 얼굴이었고, 나는 그런 그녀에게 나긋나긋한 목소리로 말했다.

"도로테아가 황태자 전하 좋아하는 거 알지? 내가 싫어하는 애한테 절대 지지 마, 오델레타. 네가 훨씬 더 예쁘고, 성격도 좋고, 똑똑하니까."

"아하하."

내 말에 오델레타가 유쾌하게 웃었는데, 그 청량한 웃음소리가 정말 듣기 좋아서 나도 모르게 빙긋 웃어 버렸다.

잠시 후 웃음을 갈무리한 오델레타가 부드러운 목소리로 내게 말했다.

"이런 이야기 하니까 너무 재미있다."

"왜?"

"사교 모임에서는 이런 이야기를 안 하니까. 대개가 남 뒷담이잖아. 아니면 자기 자랑?"

"그렇긴 하지."

거긴 자기 이야기를 해봤자 약점밖에 안 되는 동네였다. 최대한 적게 자신의 정보를 노출하면서 남의 정보는 많이 뜯어 와야 했는데, 그러다 보니 대화가 기형적으로 변할 수밖에 없었다. 진솔한 이야기를 하면 꼭 와전되어 자신에게 비수로 날아오는 경우가 많았고, 그러다 보니 몸을 사릴 수밖에 없는 게 사교계였다.

"이런 이야기 너무 오랜만이야. 아니다, 거의 처음인가?"

"그래도 다들 알음알음 이렇게 하지 않을까?"

"그럴 수도 있겠다. 그런데 나는 그런 이야기를 할 사람이 없었거든."

오델레타가 묘한 얼굴로 나를 바라보며 덧붙였다.

"너와 이렇게 돼서 다행이야."

"그렇게 생각해 주니 고맙네."

기분이 얼떨떨하기는 나도 마찬가지였다.

절대 가까워질 일 없을 거라고 생각했던 원작 악녀와 이렇게 친구가 되어서 편하게 이야기를 나누고 있다니.

역시 사람 일은 모르는 법이다.

"어쨌든 곧 답변 주시지 않을까?"

그렇게 말하고 잠시 후에, 나는 다소 조심스러운 목소리로 덧붙였다.

"혹시 안 된다고 해도……."

"걱정하지 마, 마리."

오델레타가 빙긋 웃으며 나를 바라보았는데, 그때 나는 나를 바라보는 그녀의 눈동자가 참 깨끗하다고 생각했다. 티 하나 없는 맑은 눈동자.

"전하께 말씀드려준 것만 해도 난 너무 고마운걸. 결과까지 네가 책임져야 할 필요는 없어."

"오델레타……."

"뭐, 코르노헨 영애라면 그랬을지도."

"맞아."

그랬을 거다. 내가 말을 잘못해서 자비에르가 미팅을 거절했다고 했겠지. 안 봐도 뻔하다.

"자, 우리 코르노헨 영애 이야기는 그만하자. 좀 더 산뜻한 이야기도 많으니까."

"좋아."

씩 웃은 내가 쿠키 한 입을 베어 문 다음 우물우물 씹었다. 그러면서 그다음에 무슨 화제로 대화를 끌고 나갈까 고민하다가, 입안을 깨끗이 정리한 다음 천천히 입을 열었다.

"너는 그동안 어떻게 지냈어?"

"나?"

오델레타가 피식 웃으며 대답했다.

"늘 똑같지 뭐. 책 읽거나 수놓기. 인생이 지루해."

……스무 살 먹은 애가 할 소리는 아니었다.

더구나 책에서의 이미지를 고려하자면 오델레타가 할 이야기는 더더욱 아니었고. 하지만 오델레타의 말이 아예 그른 것도 아니었다. 여기 여자들은 책을 읽거나 수를 놓거나, 아니면 사교 모임에 가는 것 이외에는 하는 일이 없었으니까. 관직에 나가는 일은 꿈도 못 꿨고.

'확실히 심심하기는 할 것 같아.'

나야 한국에서 원체 바쁘게 살았으니 지금의 여유로운 인생이 꿀 같이 느껴졌지만, 평생 그러라면 솔직히 자신 없었다. 어느 정도 수고로움이 있어야 휴식도 달콤한 거지.

"이렇게 자주 이야기하면 되겠네, 나랑."

"그럼 나야 환영이지."

오델레타가 대놓고 기쁜 표정을 지었고, 나는 그런 그녀를 보면서 저도 모르게 미소 지었다. 내가 앞으로 이 세계에 계속 살게 된다면 나도 그녀와 다름없는 삶을 살게 될 텐데, 그렇게 되면 나 또한 그녀처럼 지루한 삶을 살 확률이 높았다.

그럼 적어도 평생을 함께 보낼 친구 하나 정도는 두는 게 좋았다. 그래야 무채색 인생에 조금이라도 원색이 칠해질 테니까.

"아, 맞다. 마리, 내 침실 한번 가보지 않을래? 응접실에 계속 앉아 있으려니 불편하다."

"침실에?"

"응. 저녁 먹을 때까지는 여기 있어 줄 거지?"

어쩐지 간절하게 들리는 목소리에 나는 조금의 머뭇거림 없이 고개를 끄덕였다.

"물론이지."

그날 내가 집으로 돌아온 것은 저녁 7시가 조금 넘은 시각이었다. 오델레타는 저녁을 먹고 가라고 내게 애원하다시피 했지만, 첫 방문에 저녁까지 얻어먹는 건 너무 실례되는 행동 같아서 나는 극구 사양하고 집으로 돌아갔다.

참고로 내 말을 들은 벨플레어 백작부인은 내 행동을 칭찬해주었다. 부모님들은 자녀가 친구 집에서 뭘 얻어먹고 오는 걸 대부분 안 좋아하시는 게 틀림없었다. 한국에서 내 부모님도 그랬으니까.

마티나는 내가 오델레타와 점점 친해지고 있다는 사실에 매우 기뻐했고, 그건 벨플레어 백작내외도 마찬가지인 듯했다.

어쨌든 벨플레어 백작부부도 딸이 도로테아와 친하게 지내는 것에 대해 생각했던 것만큼 기꺼운 감정은 없었던 듯하다.

그다음 날 나는 벨플레어 백작부인과 약속한 대로 하루를 전부 비웠다. 점심을 먹은 다음 그녀가 말한 부티크로 갔는데, 백작부인은 딸과 함께하는 오랜만의 데이트에 꽤나 들뜬 듯했다.

나는 그동안 너무 부모님께 무심하지는 않았나 반성이 되었다.

어쨌든 진짜 마리스텔라 대신 이 몸에 들어왔으니 그녀를 대신해서 딸 노릇까지 제대로 해야 하는데.

"어머! 어서 오세요, 레이디 벨플레어."

"안녕하세요, 마담. 오랜만에 뵙네요."

"정말 그래요! 그간 너무 격조했지요?"

벨플레어 백작부인과 함께 부티크 안으로 들어서자마자 마담 로부아르가 꽤나 높은 목소리로 우리를 맞아 주었다. 그것이 진심에서 우러나온 것인지 아니면 손님을 맞이하게 된 주인의 가식인지는 모르겠으나, 우리를 본 마담 로부아르는 꽤나 기뻐 보였다.

굳이 구분할 필요는 없으리라고 생각하면서 나는 그녀에게 인사했다.

"안녕하세요, 마담 로부아르. 오랜만에 뵙습니다."

"진짜로 오랜만에 뵙는군요, 레이디 마리스텔라. 어째서 우리 부티크를 찾아주지 않았어요? 설마 다른 곳으로 옮긴 건가요?"

"그럴 리가요, 마담. 그저 큰 연회가 잦지 않으니 자연스럽게 주머니를 안 열게 되더군요."

대충 얼버무린 내가 어색하게 웃어 보이는 사이, 마담 로부아르는 아까의 서운한 말이 무색하게도 빠르게 나를 끌고 부티크의 안쪽으로 들어갔다. 그 뒷모습을 바라보는 벨플레어 백작부인의 모습이 어쩐지 흐뭇해 보여서, 나는 군소리 없이 그녀의 손에 이끌려 따라갔다.

"자아, 오늘 오라고 한 건…… 영애가 제 뮤즈는 아니지만, 본의 아니게 완성시키고 보니 영애에게 너무 안성맞춤인 드레스가 있어서예요."

"기대되네요."

내가 슬쩍 웃으며 설레는 마음을 표출했다. 소설 속에서 보면 빙의한 여주인공들은 대개 이런 것들을 좋아하지 않던데, 난 아니었다. 화려하고 예쁘고 나풀거리는 거, 정말 예쁘니까.

더구나 나한테 – 물론 정확히는 마리스텔라에게겠지만 – 안성맞춤일 정도로 아름다운 드레스라니. 얼마나 예쁠지 생각만 해도 설렜다.

"마리?"

그런 내 기대감에 금이 간 것은 불과 몇 초 후가 지난 다음이었다.

순간 표정 관리에 실패한 내가 얼른 무표정으로 돌아와 뒤를 돌았다. 낯익은 여자 둘이 서 있었다.

"역시 너였구나!"

도로테아가 대놓고 기뻐하는 얼굴로 내게 다가왔고, 나는 그 자리에서 얼어붙었다.

아니 무슨 놈의 우연이 이렇게도 절묘하다는 말인가. 이게 도대체 말이 되는 이야기인지 운명의 여신이라는 게 있다면 물어보고 싶었다.

하고 많은 날들 중, 24시간 1440분 중 왜 하필이면 지금 이 순간에 도로테아가 나와 같은 부티크를 방문한 건지.

내가 어벙한 얼굴로 그녀의 이름을 입에 담았다.

"도로……테아?"

"마리."

도로테아가 환하게 웃으며 내 손을 잡아왔고, 나는 제지하지 않았다. 못했다는 말이 더 적합했다.

내가 무슨 일인지 설명을 요구하는 얼굴로 뒤를 돌아 마담 로부아르를 쳐다보았다.

본래 한 부티크에 두 팀 이상의 손님을 받는 것은 이곳 요나스 제국에서 그리 일반적인 일이 아니었다. 그래서 더더욱 지금 이 상황을 이해할 수 없었다.

"영애가 방문한다는 소식을 듣고 레이디 도로테아가 꼭 이 시간에 방문하기를 희망해서요. 두 분 친한 관계이시니 괜찮지요?"

내 표정을 본 마담 로부아르가 해명처럼 입을 열었고, 그 해명이 나는 당연히 마음에 들지 않았다. 하지만 그건 어디까지나 나만의 사정이었다.

어쨌든 그 '시녀 아르바이트'를 받아들인 상황에서 대놓고 얼굴을 구길 수는 없는 것이다. 그건 계약 위반이었으니까.

"괜찮긴 하지만, 아무래도 전 혼자 조용하게 보는 걸 선호해서요.

사람이 많아지면 판단이 흐려지는지라……. 그 점을 마담 로부아르가 잘 알고 있다고 생각했는데, 아니었나 보네요."

돌려돌려 불쾌감을 표시하자 눈치 빠른 마담 로부아르가 얼른 대답했다.

"물론 그렇지요. 영애에게 미리 양해를 구하지 않은 점은 죄송합니다. 기분이 상했다면 사과할게요."

"그럴 리가요, 마담 로부아르. 두 사람이 얼마나 친한지는 마담도 아시잖아요? 기분이 상했을 리 없지요. 오히려 이런 곳에서 '가장 친한' 친구를 만났으니 반가울 거예요."

코르노헨 백작부인이 호호 웃으며 대화에 끼어들었고, 나는 무표정한 얼굴로 그녀를 바라보았다.

지금 이 상황이 한 편의 연극이라도 되는 것처럼 그녀는 기꺼워보였다.

설마 내가 이런 상황을 꺼려하는 걸 보는 걸 즐기기라도 하는 걸까. 아니, 무슨 사디스트도 아니고.

"마침 잘됐어요. 우리 로테도 드레스를 고르러 왔는데 영애가 있으니 도움을 주면 되겠네요. 영애의 보는 눈이 상당하다고 들었어요."

"……."

노골적인 계약 행위의 재촉이었다. 나는 속으로 한숨을 쉬면서도 겉으로는 엷게 웃었다.

"과찬이십니다, 코르노헨 부인. 그렇게 감각 있는 사람은 아니라서요. 괜히 제 조언을 구하셨다 로테의 선택에 악영향을 주는 건 아닐지 걱정되네요."

"그럴 리가요. 난 영애를 믿어요."

"그리 믿어주시니 감사하지만요."

나는 건조한 목소리로 대꾸한 다음 다시 마담 로부아르에게로 시선을 돌렸다.

"보여주기로 했던 드레스를 보여주시겠어요?"

"물론이죠, 레이디 마리스텔라. 바로 이것이랍니다."

그 말과 동시에 부티크의 직원 둘이서 드레스 앞을 가리고 있던 커튼을 젖혔고, 나는 그 순간 '말문이 막히다'라는 관용구의 뜻을 절실히 깨달았다.

"세상에. 너무 예쁜걸요, 마담?"

가장 먼저 입을 연 사람은 벨플레어 백작부인이었고, 마담 로부아르는 그녀의 칭찬에 기분이 좋았는지 어깨를 으쓱였다.

그리고 나는 그 순간까지도 입을 다문 채 아무 말도 하지 못하고 있다가, 한참 후에야 입속에서 탄성을 터뜨렸다.

"와……."

정말 예뻤다.

내가 조금만 더 감수성이 풍부했다면 그 자리에서 눈물을 글썽였을지 모를 정도로 아름다운 드레스였다. 저렇게 환상적인 드레스를 내 몸에 걸친다는 생각만 해도 벌써부터 심장이 쿵쾅쿵쾅 뛰었다.

마담 로부아르가 내게 보여준 것은 하얀색이라기보다는 진주색에 더 가까운 드레스였는데, 단아하고 우아한 느낌을 좋아하는 내게는 그것부터가 일단 플러스 요소였다.

가슴 부근은 전부 세공된 진주가 알알이 달려 있었고, 밑단의 경우에는 아주 작고 반짝거리는 보석들이 흩뿌려져 있었는데, 물어보지는 않았지만 전부 다이아몬드이리라고 나는 짐작했다.

매우 비쌀 것 같은 예감이 들었지만, 그런 문제를 전혀 고려하고 싶지 않아질 정도로 눈이 부신 드레스였다. 문자 그대로 계속 바라보고 있으면 눈이 멀 것만 같은 드레스에 나는 계속해서 시선을 고정시켰다.

이곳에 와서 꽤 많은 드레스와 마주했지만, 내 취향에 완벽히 부합하는, 아니 취향이 아니라고 해도 그것을 뛰어넘을 정도로 아름다운 드레스는 이게 단연 최초였다.

내 눈빛이 사정없이 떨리는 것을 잡아낸 마담 로부아르가 재미있다는 듯 웃었다.

"어지간히 마음에 드셨나 보군요, 레이디 마리스텔라. 지금까지 한마디 않고 계속 쳐다보고 계시는 걸 보면 말입니다."

"네. 정말…… 예쁘네요."

내가 얼떨떨한 목소리로 간신히 입을 열었다.

"이런 드레스를 만들고 나서 절 떠올려 주셨다니, 과분하게까지 여겨질 정도예요."

물론 마리스텔라는 무지하게 예뻤으니까 아주 터무니없는 말은 아니었다. 하지만 그렇다고 하더라도 부끄러울 정도로 기분 좋기는 매한가지였다.

"영애가 수도 내에서 이 드레스에 가장 잘 어울릴 것이라고 생각했답니다. 피부는 흰 데 비해 머리카락은 대조적으로 검으니까요. 거기에 이 진주색 드레스는 환상적이죠."

"그렇게 말씀해주시니 감사합니다. 영광스럽네요."

"한번 입어보시는 게 좋겠어요. 아마 영애와 치수가 맞겠지만, 혹시 모르는 일이니까요. 탈의는 저쪽에서……."

"잠시만요."

그때 뒤쪽에서 흥분한 목소리가 들려왔고, 나는 그 순간 불길한 예감에 사로잡혔다.

느낌이 많이, 아니 아주 많이 안 좋았다.

"그걸 정말 마리에게 주신다고요?"

도로테아가 드레스를 향해 눈을 빛내며 물었고, 나는 내 직감이 결코 틀리지 않았다는 사실을 인정해야 했다.

이제 이다음에 나올 말은 분명…….

"왜요?"

"네?"

"왜 굳이 마리에게…… 제게 주시면 안 돼요?"

그 말을 들은 마담 로부아르는 눈에 띄게 당황한 얼굴로 물었다.

"그게 무슨 말씀이신가요, 레이디 도로테아?"

"말씀드린 그대론데요. 저 드레스, 저 주세요."

"……하지만 레이디 도로테아."

마담 로부아르가 떨리는 눈빛으로 도로테아를 바라보며 말했다.

아까와는 비교할 수 없을 정도로 차분한 목소리였는데, 어지간히 당황한 듯 보였다.

"이미 레이디 마리스텔라와 약속을 해버렸답니다. 이제 와서 말을 바꿀 수는 없어요. 그렇게 되면 레이디 마리스텔라의 기분이 많이 상할 것……."

"마리."

도로테아가 마담 로부아르의 말을 끊고 나를 불렀다.

나는 그리 기분이 좋지 않았던 상태였는데, 당연한 일이었다.

이제 하다하다 드레스마저 가로채 가겠다니.

어이가 없으니 말도 안 나왔고, 웃기게도 더 차분해졌다. 건조한 목소리로 내가 입을 열었다.

"그래."

"내게 저 드레스 양보해줄 수 있지?"

"우리는 친구잖아."

이번에는 내가 먼저 선수를 쳤다. 그다음에 나올 말이 제게 유리한 쪽이리라고 예상했는지 도로테아의 얼굴이 눈에 띄게 밝아졌다.

나는 그런 그녀의 얼굴을 바라보며 희미하게 웃었다.

"친구 걸 빼앗으면 어떻게 해, 도로테아."

평소보다 기분이 더 나빠서, 말을 돌릴 여유가 없었다. 도로테아의 웃는 표정에 금이 갔다.

나는 계속해서 조곤조곤하게 말해 나갔다.

"선은 지키자, 친구끼리. 상황 바꿔서 생각해보면 너도 충분히 기분 나쁠 상황이잖아. 그렇지?"

"그래서 지금 나한테 저거 양보 못 하겠다고?"

"양보는 엄밀히 말해 내가 네게 베푸는 호의 같은 거야, 도로테아."

내가 감정 없는 눈동자로 도로테아를 바라보며 덧붙였다.

"그리고 사람들은 꼭 호의가 계속되면 권리인 줄 알더라?"

"……"

"마치 너처럼."

내 양보를 권리처럼, 때로는 나의 의무처럼 여기는 너.

정말 싫었다.

"그럼 내가 베풀 호의는 점점 사라져, 도로테아. 그리고 나는 저 드레스, 누가 됐든 양보하고 싶지 않아. 정말 마음에 들거든."

"마리."

"그러니까 이쯤 되면 단념해줘, 로테. 어린애 아니잖아. 당차게 황태자 전하까지 유혹할 마음 먹을 정도로 다 자라지 않았니, 너?"

나는 잠시 입을 다물었다가, 곧바로 다시 물었다.

"아니면 설마 넌 내게 네가 정말 마음에 드는 드레스가 오는 게 싫은 걸까?"

"그럴 리 없잖아, 마리. 내가 널 얼마나 생각하는데."

"그래. 네 말대로 우리는 친구니까."

내가 빙긋 웃으며 고개를 끄덕였다.

"네 친구는 이 드레스가 너무 마음에 들어. 절대 포기하고 싶지가 않네."

"……."

"내 말 알아듣겠지, 로테? 네가 아닌 그 누구라도 이 드레스 포기하고 싶지 않아. 너무 예뻐서 놓치고 싶지 않거든."

거기서 더 주절주절하고 싶지 않아서, 나는 몸을 다시 마담 로부아르가 있는 쪽으로 돌렸다.

아까의 얼떨떨한 눈빛은 나와 눈이 마주치자마자 다시 다정한 눈빛으로 바뀌었다. 내가 온화한 목소리로 그녀에게 말했다.

"드레스를 입는 걸 도와주시겠어요, 마담 로부아르?"

마담 로부아르와 부티크의 다른 직원들이 드레스를 갈아입는 것을 도와주었고, 나는 생각했던 것보다 그 드레스가 나와 잘 어울린다는 사실에 기뻐했다.

옆에 있던 부티크의 직원들은 계속해서 나를 치켜세워주었고, 마담 로부아르는 역시 당신의 눈이 잘못되지 않았다면서 무지하게 뿌듯해했다.

벨플레어 백작부인 역시 황홀해진 표정으로 미소를 지으며 연신 잘 어울린다고 칭찬해주었다.

여러모로 기분 좋은 시간이었다. 내 앞에서 알짱거리는 도로테아만 아니라면 더 완벽할 시간이었고.

"참, 벨플레어 부인."

그때 마담 로부아르가 깜빡 잊고 있었다는 얼굴로 벨플레어 백작부인에게 말했다.

"부인께도 정말 어울리는 드레스가 있습니다. 그건 어제 입고가 되었어요. 무려 기에스타 왕국에서 들여온 드레스랍니다."

"어머 정말요?"

기에스타 왕국은 패션 산업으로 전 국민의 40%가 먹고 사는 나라였다. 그만큼 패션 부문에서는 타의 추종을 불허했는데, 특히 드레스가 유명했다. 그렇다고 해서 수출량이 많은 것도 아니어서, 외국에서도 엄청난 명품으로 여겨지곤 했다.

마담 로부아르가 빙긋 웃으며 벨플레어 백작부인에게 물었다.

"한번 보시겠어요?"

"저야 환영이지요, 마담 로부아르."

"제가 레이디 마리스텔라만 봐 드리고 바로 가겠습니다. 그때까지는 저희 직원이 부인을 모실 거예요. 이해해 주시겠어요?"

"물론이에요, 마담. 서두를 필요 없이 천천히 오세요."

벨플레어 백작부인의 얼굴이 새 드레스를 만난다는 기대감으로 살짝 상기되었다. 그녀는 곧 내게로 시선을 옮긴 다음 나긋나긋한 목소리로 물었다.

"엄마는 저쪽에 가 있을게, 마리. 그래도 괜찮겠니?"

"물론이죠, 엄마."

내가 아무 상관없다는 듯 고개를 끄덕이며 말했다.

"저도 드레스만 갈아입고 그리로 가볼게요."

"그래, 마리. 기다리고 있을게."

"이쪽으로 오시면 됩니다, 벨플레어 부인."

잠시 후 벨플레어 백작부인이 부티크 직원과 함께 다른 장소로 걸음을 옮겼고, 그로 인해 나는 코르노헨 모녀와 셋이서 남게 되었다. 정말 부담스러운 일이었다.

나는 입을 열지 않고 계속 자리를 지키려다가, 잠시 후 형식적으로 입을 열어 물었다.

"찻잎은 잘 받았어?"

자비에르에게서 받아온 찻잎을 이름이었다. 내 질문에 도로테아가 나를 빤히 바라보다가 이내 입을 열었다.

"응. 하녀를 통해 보냈더라? 네가 직접 오지 않고."

"최대한 빨리 보내주고 싶었는데, 내가 하필 그날 몸이 안 좋았어."

내가 엷게 웃으며 물었다.

"어때, 맛있던?"

"훌륭하더라."

짧게 평을 내린 도로테아가 잠시 후에 미심쩍다는 목소리로 물었다.

"진짜 서먼궁까지 가서 받아온 거야?"

"응."

내가 나른하게 웃으며 대답했다.

"황태자 전하를 '직접' 만나 뵙고 받아왔어. 기꺼이 더 주시더라고."

"너무 오해 살 행동을 자주 한다. 그러다 네 친구라는 오델레타가 불쾌해 하면 어쩌려고?"

"그녀도 알고 있어."

내가 야살스럽게 웃으며 덧붙였다.

"그러니 너무 걱정하지 마."

"……."

내 대답에 도로테아가 입을 꾹 다문 채 나를 쳐다보았는데, 노려보는 건지 응시하는 건지 구분되지 않을 정도로 눈을 가늘게 뜬 상태였다. 나는 속으로 기가 찬다는 표정을 지은 다음 화제를 돌렸다.

"그보다 드레스는 어때, 도로테아?"

내가 보란 듯이 진주색 드레스단을 들어 올리며 연하게 미소 지었다.

"예뻐?"

"……응. 예쁘네."

도로테아가 약간 떨떠름한 얼굴로 대답했다.

"근데 너한테는 조금 안 어울리는 것 같기도 하고."

"어느 부분이?"

"그냥, 다. 너하고는 좀 부조화를 이루는 것 같아."

"……그렇구나."

그냥 네가 이 드레스를 가지고 싶은 거라고 말해. 기가 차서 말이 더 안 나왔다.

"아무리 봐도 너보다는 나한테 더 잘 어울리는 거 같은데."

도로테아는 끝까지 미련을 놓지 못한 얼굴로 모두에게 물었다.

"다들 그렇게 생각하지 않아요?"

"레이디 도로테아."

그때 옆에 있던 마담 로부아르가 슬며시 끼어들었다.

"물론 이 드레스가 워낙 예쁘다 보니 누구에게나 다 잘 어울리지만…… 아무래도 영애는 머리색이 붉으니까요."

"그런데요? 그게 무슨 상관이죠?"

"영애의 머리카락과 보색인 녹색이나, 아니면 자색 드레스가 좀 더 영애께는 잘 어울리지 않나, 그런 생각이 들어요. 진주색은 붉은 머리에 그렇게 잘 어울리는 색이 아니거든요."

"마담 로부아르, 그래서 지금 제가 저 드레스와 어울리지 않는다는 건가요?"

"그런 게 아니라……."

마담 로부아르가 쩔쩔매며 가급적 손님의 비위를 건드리지 않기 위해 애썼지만, 이미 내가 입고 있는 드레스를 가지지 못한다는 사실을 인지했을 때부터 도로테아의 심기는 잔뜩 상해버린 듯했다.

도로테아가 기분 나쁘다는 티를 사방으로 내며 따져 물었다.

"아니긴요! 그러니까 나 말고 마리에게 저 드레스를 주신 것 아닌가요?"

"……."

엄청난 흑백논리에 마담 로부아르는 마침내 할 말을 잃고 황당한 표정이 되었다.

이건 누가 봐도 그냥 떼쓰기에 지나지 않았다. 마담 로부아르가 아무 말도 하지 못하고 있자, 도로테아는 자신의 논리가 먹혀들었다고 생각했는지 의기양양한 얼굴로 더 분해했다.

"절 그런 식으로 생각하고 계실 줄은 몰랐어요."

"아, 영애. 그게 아니라……."

"그게 아니긴요! 그럼 설마 제 말이 틀렸다는 건가요?"

"……."

답이 없었다.

서비스직이란 이다지도 힘든 것이다. 저런 진상 손님들까지도 친절히 웃으며 응대해야 하니까.

마담 로부아르는 이 어이없는 상황에 잠시 말을 잇지 못하다가, 곧 원래의 내공을 살려 사근사근하게 입을 열었다.

"그럴 리가요, 레이디 도로테아. 하지만 레이디 마리스텔라의 드레스는 그만 잊어요. 대신 영애께 정말 잘 어울리는 드레스가 있으니까요. 정말 아름답고, 그만큼 제가 혼신의 힘을 다해 만든 드레스예요."

"……정말요?"

"그럼요, 레이디 도로테아. 아무렴 제가 그런 걸로 영애께 거짓말을 하겠나요?"

마담 로부아르가 어색하게 웃으면서도 이내 아무렇지 않은 척 도로테아의 옆에 찰싹 달라붙었다.

도로테아는 자신에게 정말 잘 어울리는 아름다운 드레스가 또 준비되어 있다는 사실에 살짝 화가 누그러진 듯했는데, 이런 모습을 보면 참 단순하다고 해야 할지, 아니면 순진하다고 해야 할지 알 수 없었다.

나는 할 말 없다는 표정으로 마담 로부아르가 도로테아를 데리고 다른 장소로 자리를 옮기는 것을 지켜보다가, 곧 눈을 가늘게 뜬 채 나를 노려보고 있는 코르노헨 백작부인을 발견하고서는 속으로 어이없는 숨을 삼켰다.

저 아줌마는 또 왜 저래?

"코르노헨 부인."

내가 반쪽 미소를 지은 채로 코르노헨 백작부인을 부르자, 그녀는 나를 노려보고 있었다는 사실을 들킨 것을 아무렇지 않아 하는 사람처럼 당당하게 나를 응시했다.

도로테아의 철면피가 어디서 유래했는지 알 듯했다.

"제게 할 말이 있으신가 봅니다."

"그럴 리가요, 레이디 마리스텔라. 없습니다."

그 목소리에서 어쩐지 알 수 없는 오기가 느껴졌다.

"드레스가 아주 예쁘네요. 하긴, 가장 친한 친구에게까지 양보하지 못한 드레스니 오죽 가지고 싶었겠나요."

"유감스럽게도 도로테아에게는 그리 어울리는 것 같지 않아서요. 그녀의 적발에 이 순백색 드레스는 그리 조화롭지 못하지요."

"……지난번에 약속했던 것과는 좀 다른 모습을 보이는 것 같아 당황스럽네요."

"코르노헨 부인, 저는 지난번의 약속을 지금도 충분히 이행하고 있다고 보는데요."

"그렇다면 우리 애에게 그 드레스를 양보했어야죠."

"도로테아가 저의 진실한 친구였다면 애당초 그런 요구를 하지도 않았겠지만, 했다고 해도 기꺼이 넘겨주었을 거예요. 그녀가 만약 저의 '진실한 친구'였다면요."

"뭐예요?"

"하지만 도로테아는 더 이상 저의 '진실한 친구'가 아니랍니다. 부인께서도 이미 잘 알고 계시지 않나요? 그러니 이자 상환을 빌미로 제가 앞으로도 계속 도로테아의 시녀로 지내기를 바라신 거겠죠."

"레이디 마리스텔라, 그런 말은……!"

"걱정하지 마세요, 코르노헨 부인. 도로테아는 지금 이 자리에 없으니까요. 저 또한 부인과의 거래를 그녀에게 누설할 생각이 조금도 없답니다."

나는 마른침을 삼킨 다음 말을 이었다.

"제게 터무니없는 요구는 하지 말아 주세요. 그건 도로테아를 진심으로 사랑하는 사람에게나 해야 통할 일이니까요. 유감스럽게도 도가 지나친 요구를 들어주기에 저는 그녀에게 지나치게 많이, 그리고 오랫동안 실망했어요."

"하지만 계속 이런 식이라면 나도 영애에게 실망할 거예요. 로테의 심기를 가급적 건드리지 않아 주었으면 하는데."

"충분히 노력했다고 생각합니다. 그녀를 이곳에서 마주했을 때 인상을 구기지 않았으니까요. 그리고 마지막까지 친절하게 대해 주었잖아요? 도대체 제게 어디까지 요구하시려는지 궁금한데, 아마 그걸 다 충족시키기 위해서는 지금 저희 집에서 코르노헨에 지고 있는 빚을 전부 면제해줄 정도는 되어야 할 겁니다. 제 예상으로는요."

"뻔뻔하네요."

"제가 도로테아에게 인상을 쓰며 험한 말을 내뱉는다면 그런 말을 들어야 마땅하겠지요. 하지만 적어도 대외적으로 문제 삼을 만한 행동은 하지 않았어요. 그건 잠시 후 마담 로부아르에게 물어보시면 충분히 인식하실 수 있는 문제라고 보는데요."

"좋아요. 드레스는 과했다고 쳐요."

코르노헨 백작부인이 한 수 접었다는 듯 너그러운 사람처럼 말했다.

"하지만 앞으로는 그녀가 가지고 싶어 하는 걸 좀 양보해 주었으면 좋겠어요. 이자값은 해야 하지 않겠어요?"

"……물론 그럴 생각입니다, 코르노헨 부인. 이번과 같은 과한 일만 아니라면, 자잘한 일 정도는 저도 충분히 관용을 베풀 수 있어요. 다만 그 기준은 제가 정합니다."

"끝까지 방종하군요. 내가 알고 있던 영애는 원래 이런 사람이 아니었는데요."

코르노헨 백작부인이 불쾌하다는 기색을 가감 없이 드러내며 말을 이었다.

"지나치게 당돌…… 아니, 그런 말도 아깝군요. 무례하고 오만해요. 내가 아는 영애가 아니라, 다른 사람 같네요."

틀린 말은 아니었다. 원래의 마리스텔라는 나, '오마리'가 아니었으니까.

내가 잠시 침묵을 지키다가 입을 열었다.

"그럴 수도 있겠네요."

"뭐예요?"

"부인의 따님께 더 이상 호구 잡히지 않겠다고 마음먹었거든요. 그걸 기점으로 다른 사람이 되었다면, 다른 사람이 된 거라고 볼 수 있겠네요."

"말조심해요, 레이디 마리스텔라. 어떻게 그런 말을……!"

하지만 나는 거리낌 없이 하고 싶은 말을 계속해나갔다.

다른 사람도 아니고 이 여자에게 예의를 차려서 무슨 이득을 본단 말인가.

이제 보니 코르노헨 백작부인은 그냥 어른 버전의 도로테아였다.

"그리고 이자 말인데요. 그걸로 협박할 생각은 안 하시는 게 좋을 거예요."

"뭐?"

"이미 받지 않을 생각이라고 저희 집에 말씀하셨잖아요. 그렇죠?"

내가 씩 웃으며 말을 이었다.

"그런데 갑자기 말을 바꾸시면, 남들 보기에도 좋지 않아요."

"영애!"

"어쨌든 우린 대외적으로 아주 친한 관계인걸요. 절친한 친구. 그런 사이에 돈 문제로 잡음이 오가기 시작하면 남들이 우릴 어떻게 볼지는 뻔하지 않아요?"

나는 잠시 생각하다가 곧 피식 웃으며 덧붙였다.

"물론 그런 외적인 부분은 제쳐두더라도, 벨플레어가와 코르노헨가의 내적인 갈등이 불거지게 될 수도 있겠죠. 그러기를 원하시나요, 코르노헨 부인?"

"이런 발칙한……!"

"지금까지 그러지 않았잖아요. 앞으로도 그러지 마요, 우리. 저와 로테, 벨플레어 가와 코르노헨 가, 친하게 지내기를 바라잖아요. 아니면 구설에 오를 텐데, 그래도 상관없으시다면 괜찮지만요."

내 말을 들은 코르노헨 백작부인은 매우 분해 보이는 모습이었다.

나는 그런 그녀의 옆모습을 곁눈질하다 잠시 후에 입을 열었다.

"마지막으로 말씀드리는데…… 전 시녀 일을 하기로 한 거지, 호구 일을 하겠다고 약속한 건 아니거든요."

"……."

"계속 이런 식이면 저도 계약 이행이 어려워져요, 부인. 모쪼록 따님 교육에 정진해 주셨으면 좋겠네요."

아, 싸가지 없어.

평소의 나라면 절대 이렇게 버릇없게 굴지 않을 거다.

어쨌든 코르노헨 백작부인은 나보다 어른이었으니까. 하지만 이렇게라도 하지 않으면 코르노헨 사람들 모두가 벨플레어 가문을, 그리고 나를 무시하고 업신여기고 아랫사람 보듯 할 것 같아서, 이렇게 미친 여자 노릇도 해주는 게 좋겠다고 나는 판단 내렸다.

그리고 설령 이렇게 나간다고 해도 그들이 나를, 우리 가문을 버리지는 않을 거라는 확신이 있었다.

어쨌든 고조부 대부터 내려왔던 친분을 우리 대에서 끊는다는 건 어마어마한 용기가 필요한 일이다.

그게 내적인 이유 때문이든, 아니면 외적인 이유 때문이든.

"그럼 저는 이만 드레스를 갈아입으러 들어가야겠네요. 모쪼록 다음번에 다시 뵀었으면 좋겠어요, 코르노헨 부인."

대놓고 가식적인 멘트에 코르노헨 백작부인은 황당한 얼굴로 나를 쳐다보았고, 나는 그녀의 표정에서 아까 보았던 마담 로부아르의 얼굴을 기억해냈다.

역시 사람 일은 한 치 앞도 모르는 법이다.

내가 피식 웃으며 뒤를 돌았다.

"마리."

드레스를 갈아입은 다음 벨플레어 백작부인이 있는 곳으로 가보자, 녹색과 갈색으로 이루어진 우아한 드레스를 입고 있는 그녀가 눈에 들어왔다.

색깔의 특성상 다소 차분한 느낌이 들었지만, 그녀의 화사한 금빛 머리카락이 그 칙칙함을 희석시켜 주었다. 아름답다고 생각하면서, 나는 벨플레어 백작부인에게로 걸음을 옮겼다.

"너무 아름다우신걸요."

"그러니?"

벨플레어 백작부인이 기분 좋은 얼굴로 배시시 웃었고, 옆에 있던 마담 로부아르가 그것 보라면서 맞장구를 쳤다.

"레이디 마리스텔라가 역시 보는 눈이 있으세요. 마음에 들어 하실 줄 알았다니까요."

"딸애도 좋아하니 바로 계산할게요."

벨플레어 백작부인이 흔쾌히 구매 의사를 보이자, 마담 로부아르는 그럴 줄 알았다는 듯 화사하게 웃으며 고개를 끄덕였다.

"드레스는 부인과 어울리게 조금 더 손을 본 다음 벨플레어 저택으로 보내드리겠습니다."

"고마워요, 마담."

곧 벨플레어 백작부인이 드레스를 갈아입기 위해 탈의실 안으로 들어갔고, 나는 그녀를 기다리는 동안 부티크의 직원들이 가져다준 달콤한 밀크티를 마셨다. 역시 내 입에는 아직 씁쓸한 허브차나 홍차보다는 이런 달콤한 게 더 맞았다.

언제쯤 그런 귀족적인 차에 익숙해질까 생각해보고 있는데, 카우치에 앉아 있던 내 옆으로 마담 로부아르가 다가와 말을 걸었다.

"레이디 마리스텔라, 차는 좀 입에 맞으시나요?"

나는 엷게 미소를 지은 다음 대답해 주었다.

"훌륭합니다, 마담 로부아르. 제가 단 걸 좋아해서요."

"어머, 그러셨나요? 저는 영애가 단 걸 그리 좋아하지 않는 줄 알았는데요."

"……."

아, 이런. 내가 얼른 핑계를 댔다.

"아무래도 요즘 입맛이 변하려나 봐요. 평소 먹고 싶지 않았던 것들도 요즘은 입에 당기더라고요."

"어머, 그러셨군요. 물론 그러실 수 있지요. 저도 영애의 나이 때즈음에 그랬던 것 같거든요. 어릴 때는 잘 먹지 못했던 음식들도 먹게 되고……."

"저도 그러려는 것 같아요."

"드레스는 마음에 드셨나요?"

화제가 바뀌었다. 내가 당연하다는 듯 고개를 끄덕이며 대답했다.

"물론입니다, 마담. 정말 아름다웠어요. 집에 가서 한 번 더 입어보고 싶을 정도네요."

"좋아해 주셔서 다행입니다. 제 눈이 틀리지 않은 것 같아 기쁘네요."

그러다 마담 로부아르는 잠시 주저하다 다시 말을 꺼냈다.

"레이디 도로테아가 조금 어린애 같은 면이 있긴 하지요?"

"네?"

"오늘도 얼마나 당황하셨어요. 난데없이 드레스를 양보해 달라니……."

"아…… 하하."

내가 어색하게 웃었다. 누가 봐도 오늘 그녀의 행동에는 경우가 없었다. 물론 오늘뿐 아니라 늘 그랬지만.

"늘 있는 일이랍니다. 익숙해요."

"사실 전 그런 면에서 볼 때 영애께서 아주 대단하다고 생각해요. 어떻게 레이디 도로테아 같은 분과 친구를 하실 수가 있는지……."

거기까지 말하던 마담 로부아르는 자신이 너무 주제넘었다고 생각했는지 화들짝 놀란 얼굴로 말을 거두었다.

"아, 죄송합니다, 레이디 마리스텔라. 제가 실언을 한 듯하네요."

"아닙니다, 마담 로부아르. 당연히 그렇게 생각하실 만도 해요."

왜냐하면 나도 그랬거든요.

내가 충분히 이해한다는 목소리로 말을 이었다.

"어쨌든 레이디 도로테아는 제 친구니까요."

방금 한 말은 명백한 거짓말이었는데, 혹시라도 지금 나눈 대화가 왜곡되어 안 좋은 소문이 날 것을 대비하기 위함이었다.

마담 로부아르를 불신하는 것은 아니었지만, 그녀가 어떤 사람인지에 대해서는 나도 확실히 알지 못했다. 책 속에서 소개된 사람이 아니었기 때문이었다.

"어쩜 마음씨가 천사 같으세요. 그러고 보면 영애는 외양만 그런 것이 아니라 내면도 정말 천사 같으시군요."

"과찬이십니다, 마담 로부아르."

"하지만 사실 전 정말로 궁금했어요. 영애 같은 분이 어째서 코르
노헨 영애 같은 분과 계속 다니시는지…… 저희들은 가끔 우스갯
소리로 혹시 영애가 레이디 도로테아에게 약점이라도 잡힌 건 아닌
지 농담도 한답니다."

"하하하하."

마담 로부아르의 재치 있는 말에 나는 별생각 없이 웃긴 했지만,
내심 '그럴 수도 있겠다'는 생각이 들었다. 하지만 지금으로서는 진
위 여부를 파악할 수도 없었다.

난데없이 도로테아를 붙잡고 '나 혹시 너한테 약점 잡힌 거 있
냐?'라고 물어볼 수도 없었으니까. 만약 그런 게 진짜 있다면 그건
둘 사이의 비밀일 텐데, 그걸 내가 기억 못 한다는 게 얼마나 어이없
느냐는 말이다.

'그리고 내가 진짜 마리스텔라가 맞는지를 의심하겠지.'

좋은 의미로든 나쁜 의미로든 도로테아는 마리스텔라와 아주 가
까운 관계였다.

사실 지금 내가 원래의 마리스텔라와는 확연히 다른 행동을 취하
고 있는데도 그런 부분에 있어 조금의 의심도 안 하는 게 신기할 정
도였다.

여기서 굳이 더 위험을 자초할 필요는 없지.

'이유가 뭐가 됐든 나랑 무슨 상관이야.'

어차피 다시 친구가 될 일 없는 사람이다. 내게는 처음부터 친구도 아니었고, 그 이유를 알든 말든 그건 더 이상 중요하지 않았다. 설령 약점 잡힌 게 있다고 하더라도 도로테아가 그걸 빌미로 날 협박한 적이 단 한 번도 없었으니까.

그게 정말로 마리스텔라에게 치명적인 약점이라면 지금까지 조용할 리 없었다.

도로테아 성격이라면 더더욱.

'그만 생각하자.'

더 이상 도로테아 생각을 했다가는 괜히 기분만 불쾌해질 것 같았다. 나는 고개를 절레절레 저으며 도로테아 생각을 머릿속에서 지워냈다.

때마침 벨플레어 백작부인이 탈의실에서 나와서, 나는 어렵지 않게 다른 쪽으로 집중을 돌릴 수 있었다.

새 드레스에 관심을 보인 것은 도로테아뿐만이 아니었다.

마티나 역시 내가 마담 로부아르의 부티크에서 가져온 드레스를 보고 지대한 관심을 보였지만, 도로테아와의 차이가 있다면 그녀는 막무가내로 내 드레스를 탐내지 않았다. 양보해 달라는 어이없는 말도 하지 않았다.

도리어 금발인 자신보다는 흑발인 내게 더 어울릴 거라면서, 이

걸 입고 공작저에서 춤출 내 모습이 정말 기대된다고 말해주었다.

나는 그녀에게 도로테아와 있었던 일에 대해 말해주려다가 그만 두었다. 어차피 말해봤자 황당해 하면서 도로테아 욕만 진창 할 거고, 달라지는 건 없을 테니까. 피차 기분 상하기만 할 것이라는 걸 나는 잘 알고 있었다.

"아가씨, 들어가도 되나요?"

그다음 날 나는 평소와 다름없이 책이나 읽으면서 소일을 하고 있었다.

문밖에서 들려오는 플로린다의 목소리에 나는 책에서 시선을 떼지 않으며 대답했다.

"들어와요."

나는 그녀가 다과라도 들고 온 줄 알았지만, 플로린다가 내 방을 찾은 이유는 그런 게 아니었다.

"손님이 오셨어요."

"……손님?"

올 사람이 있나? 내가 그제야 책에서 눈을 뗀 다음 물었다.

"누군데요?"

"서먼궁에서 오셨어요. 딜튼 경이요."

"아."

나는 그제야 그가 벨플레어 저택을 찾은 이유를 대충 짐작했다.

나는 자리에서 벌떡 일어난 다음 곧바로 방 바깥으로 나갔다. 손님을 접대하기에 무례하지 않은 차림이라 다행이었다.

응접실로 가보니 딜튼 경이 평소와 다름없이 허리를 곧추선 바른 자세로 차를 마시고 있었다. 늘 생각하는 것이었지만 그는 가끔 보이는 활기찬 모습이 상상되지 않을 정도로 우아한 사람이었다.

"딜튼 경."

내가 응접실 안으로 들어서자 차를 마시고 있던 딜튼 경이 재빨리 찻잔을 내려놓은 다음 자리에서 일어섰다. 그의 입가에 잔잔한 미소가 번져 나갔다.

"레이디 마리스텔라."

"다시 만나게 되어 반가워요, 딜튼 경. 자주 뵈니 반갑네요."

"정말 그렇습니다. 하녀가 올라간 지 얼마 되지 않았는데, 일찍 오셨네요."

"네. 다행히 차림이 멀쩡해서요."

나는 설핏 웃는 얼굴로 그가 앉아 있던 테이블까지 걸어간 다음 그에게 앉으라는 제스처를 취했다.

그가 그제야 다시 자리에 앉았고, 내가 자리에 앉기 무섭게 하녀가 바깥에서 들어와 내 몫의 다과를 가져다주었다.

나는 오렌지 차 한 모금을 마신 다음 그에게 물었다.

"그보다 어쩐 일이세요? 혹 황태자 전하께 무슨 일이 있나요?"

그는 벨플레어 저택을 찾은 이유는 대충 짐작이 갔지만, 내 입으로 먼저 묻기에는 다소 민망했다.

내 질문에 딜튼 경이 아니라는 듯 웃으며 내게 답했다.

"그런 게 아니라, 일전에 제안 주셨던 일에 대해 답변 드리기 위해 방문했습니다."

"일전에 제안 드린 일이라면……."

"네. 미팅이요."

"어머."

내가 속으로 흥분을 삼키며 딜튼 경에게 얼른 물었다.

"정말 하시겠다고 하셨어요?"

"그러셨습니다. 무슨 심경의 변화가 있으셨는지는 모르겠지만요. 일정은 황태자 전하께서 직접 레이디 오델레타와 상의하신다고 하셨습니다."

"그것 참 잘된 일이로군요."

빙긋 웃으며 대답한 내가 곧바로 딜튼 경에게 물었다.

"그런데 심경의 변화라니요? 그간 전하께 무슨 일이라도 있었나요?"

"아……."

딜튼 경이 살짝 당황한 얼굴로 머뭇거리다가, 이내 조심스럽게 대답했다.

"그…… 저는 전하께서 그런 걸 하실 줄 몰랐습니다. 워낙 관심이 없으셔서요."

"하지만 전하께서도 결혼 적령기이신걸요. 아주 관심이 없으시면 곤란하실 텐데……."

내가 다소 이해 가지 않는다는 표정으로 딜튼 경에게 물었다.

"황제 폐하께서는 결혼을 재촉하지 않으시나 봐요."

"그건 잘 모르겠지만, 확실히 눈치를 주시는 것 같기는 합니다. 지난번 황제 폐하를 만나 뵙고 황태자 전하의 얼굴색이 눈에 띄게 나빠지셨거든요."

"역시 그렇겠죠."

내가 이해한다는 표정으로 고개를 끄덕였다.

"어쨌든 전하께서 긍정적인 답변을 주셔서 기뻐요. 레이디 오델레타가 많이 기대하고 있었거든요."

"아."

내 말에 딜튼 경의 표정이 어쩐지 이상하게 변했고, 나는 의아한 얼굴로 물었다.

"왜 그러세요?"

"아닙니다. 음…… 영애는 전하께서 하루 빨리 결혼하셨으면 하나 보군요."

"저야 뭐…… 황실과 제국이 안정되기 위해서는 황태자 전하께서 하루빨리 결혼하셔서 후사를 보시는 게 맞다고 봐요."

사실은 별생각 없었지만.

솔직히 이 책의 스토리에서 자비에르가 큰 비중을 차지하지 않았다면 자비에르에게 신경을 쓸 일도 없었을 것이다. 하지만 마리스텔라의 미래를 바꾸기 위해서는 그가 얼른 오델레타와 사랑에 빠져 결혼하는 것이 좋았다.

그리고 내 말마따나 제국의 안정을 위해서라도 자비에르는 하루빨리 결혼해야 했다. 그는 황제의 외동아들이었으니까.

"영애께서는 참 착하시군요."

그때 딜튼 경이 뜬금없이 이런 말을 했고, 나는 의아한 표정으로 물었다.

"네? 제가요?"

착한 건 아니었다. 나쁘다고도 생각해 본 적은 없었지만.

"다소 불경하게 들릴 수 있지만, 황태자 전하 정도면 완벽한 신랑 감 아닌가요?"

"물론 그렇죠."

자비에르는 완벽한 신랑감이었다.

첫째로 잘생겼고, 두 번째로 차후 제국을 이끌어나갈 권력자였으며, 셋째로 돈이 많았고, 넷째로 성격이 좋았다.

"그런데 영애께서는 전하가 욕심나지 않으신가 보군요."

"으음…… 무슨 뜻이신가요?"

"대개 이런 상황에서는 친구를 소개해주기보다는, 본인이 직접 전하의 눈에 들기 위해 노력한다는 말씀입니다."

"일리가 있어요."

나는 마치 남의 일을 이야기하는 어조로 말했고, 그런 내 태도에 딜튼 경은 어이가 없었는지 황당한 표정을 지었다.

나는 아무렇지 않게 말을 계속했다.

"하지만 저는 친구가 좋아하는 사람을 빼앗고 싶지는 않아요."

그 이유가 아니었다면 나 또한 자비에르를 욕심냈을지도. 자비에르는 분명 잘생겼고, 능력 있고, 인품도 훌륭한 남자였으니까.

그렇지만 그런 가정은 지금 상황에서 전부 무의미했다.

오델레타가 이미 자비에르를 좋아하고 있었으니까. 괜한 선택으로 애써 사귄 친구를 잃고 싶지는 않았다.

"도덕적이시군요."

"칭찬으로 받아들일게요. 하지만 진심이에요."

"그러시겠지요, 레이디 마리스텔라. 하지만……."

딜튼 경이 잠깐 말을 고르는 듯하다가 입을 열었다.

"황태자 전하의 마음이 다른 사람을 향해 있다면 어쩌실 건가요?"

"네?"

"황태자 전하께서 이미 다른 분을 마음에 품고 계시다면요?"

그 말을 듣고 나는 가슴이 철렁 내려앉는 것을 느꼈다. 그 말은 지금…… 자비에르가 오델레타가 아닌 다른 사람을 좋아하고 있다는 걸까?

하지만 도대체 누굴?

책 속에서 자비에르가 눈길을 준 여자는 오로지 둘뿐이었다.

도로테아와 오델레타. 오델레타가 아니라면 도로테아뿐인데, 아무리 생각해도 도로테아는 아니었다. 하지만 혹시 몰라서 나는 조심스럽게 물었다.

"그게 혹시……."

"……."

"코르노헨 영애인가요?"

"……아닙니다."

아, 다행이었다.

아니 잠깐, 다행이 아니지.

"그럼 도대체 누굴 좋아하고 계시다는 건가요?"

"그 부분까지는."

딜튼 경이 짧게 한숨을 내쉰 다음 말을 이었다.

"저도 잘 모릅니다. 확실치도 않고요."

"네?"

"다만 혹시나 해서…… 가정을 한 것뿐입니다. 혹시나 해서요. 만약 그런 상황이라면 어쩌시렵니까?"

"그렇다면 제 제안을 받아들이시면 안 되겠지요. 그건 전하의 마음을 속이는 일이고, 또 제 친구를 기만하는 일이예요."

"영애께서도 그렇게 생각하시지요?"

"하지만 전하께서는 그런 악한 인품을 가진 분이 아니시랍니다. 그러니 전하께서는 지금 좋아하고 계신 분이 없을 거예요. 딜튼 경은 단순히 추측만 하고 계신 거고요."

내가 조심스럽게 물었다.

"아닌가요?"

"……아뇨, 레이디 마리스텔라. 영애의 말씀이 옳습니다. 그러니 영애의 제안을 받아들이신 것이겠지요. 말씀하신 대로 그냥 제 추측일 뿐입니다."

"그렇죠?"

다행이에요. 내가 어쩐지 안도한 얼굴로 대답했다.

"그런데 왜 뜬금없이 그런 추측을 하셨어요?"

"혹시나, 혹시나 해서요."

"쓸데없는 걱정을 하셨어요. 전하께서 무에 아쉬울 게 있어서 마음을 숨기시겠어요."

"왜 그렇게 생각하십니까? 그러실 수도 있지요."

"그야…… 전하께서는 모든 걸 다 가지셨으니까. 어떤 여자가 전하의 마음을 거부할 수 있겠어요? 그분은 꼭 황태자가 아니시더라도 완벽한 분이신걸요."

"그렇게 봐주시니 감사합니다."

딜튼 경이 어쩐지 으쓱해진 얼굴로 내게 감사를 표했고, 나는 그가 참 충성심이 참 뛰어나다고 생각했다.

"어쨌든 전 레이디 오델레타와 황태자 전하께서 좋은 인연으로 맺어지셨으면 해요."

"……그렇군요."

거기서 잠깐 대화가 끊겼다.

나는 내가 무슨 말실수를 했나 싶었지만, 아무리 생각해봐도 그런 것은 없었다.

내가 이상하다고 생각하며 얼른 다른 화제를 꺼냈다.

"그보다 전하께서는 잘 지내고 계신가요?"

"네, 뭐……. 평소와 다름없이 지내고 계십니다."

"다행이네요."

그리고 또 대화가 끊겼다. 나는 원래부터 딜튼 경과의 대화가 이렇게 어색했는지 고민하다가, 적어도 지난번까지는 이러지 않았다는 사실을 깨닫고 의아해했다.

뭐야. 도대체 뭐가 달라진 거지?

"그러고 보면 레이디 마리스텔라는 이성 교제에 특별한 관심이 없으신 것 같군요."

아, 다행스럽게도 빠르게 다른 화제가 주어졌다. 내가 묘하게 기뻐하는 얼굴로 그에게 대답했다.

"그럴 리가요. 저도 한창 파릇파릇한 나이인데."

"도통 관심이 없으신 듯 보여서요. 제 착각이었나요?"

"아마 그럴 거예요. 저도 좋으신 분이 나타난다면 언제든 만나고 싶은 마음이 있답니다."

"그렇다면 에스클리프 공작님은 어떠세요?"

"……네?"

나는 당황한 나머지 눈만 커다랗게 뜨고 있다가, 잠시 후에 어색하게 웃었다.

"갑작스러운 말씀을……."

"실례였다면 죄송합니다. 근래 두 분이 다소 친하신 듯해서요."

"아주 서먹한 사이는 아닙니다만…… 그런 쪽으로는 생각해본 적이 단 한 번도 없는걸요."

나는 얼떨떨한 목소리로 대꾸했다. 안 그래도 그 문제 때문에 다소 심란해 있던 차에 이런 질문이라니!

내가 헛기침을 한 다음 딜튼 경에게 말했다.

"아직 공작님과는 그런 쪽으로 엮인다는 생각을 해보지 못했어요. 설령 제가 그렇다고 해도 공작님께서 원치 않으신다면 제 마음은 쓸모없어지니까요."

"쓸모없어지다니요, 레이디 마리스텔라. 그렇지 않습니다."

딜튼 경이 묘하게 당황한 목소리로 내게 말했다.

"모름지기 모든 짝사랑은 존중받아 마땅한 감정이랍니다. 그 자체로 소중하고 지켜줘야 하고, 뭐…… 그런 것이지요."

"혹시 지금 짝사랑 중이세요?"

"네?"

내 질문에 딜튼 경이 화들짝 놀란 표정으로 되물었고, 나는 아까보다 더 얼떨떨해진 얼굴로 그에게 말했다.

"아니, 마치 지금 짝사랑으로 고생하고 있는 사람처럼 말씀하셔서요."

"……저는 아닙니다."

"그래요?"

"네. 하지만 저 말고 제 지인이 그래요."

"저런."

내가 진심으로 안타깝다는 듯 눈살까지 폭 구기며 연민의 감정을 내보였다.

모름지기 세상에 짝사랑처럼 지독한 감정은 없다. 포기할 수도 없고, 그렇다고 해서 마음을 전달하기도 어려운 그 절체절명의 상황! 나도 몇 번 겪어본 적이 있는지라 그 지인분의 마음이 헤아려졌다.

내가 안쓰럽다는 목소리로 중얼거렸다.

"많이 힘드시겠네요. 고백은 당연히 못 하셨겠죠?"

"못 하고 계십니다. 그런데 어떻게 아셨어요?"

"그렇잖아요. 고백하자니 그나마 아슬아슬하게 유지하고 있던 관계마저 무너질까 봐 무섭고, 또 거절당할까 봐 무섭고⋯⋯."

"마치 짝사랑 유경험자처럼 말씀하시네요."

딜튼 경의 말이 정곡을 찔렀다. 내가 헛기침을 하며 거짓말했다.

"저 말고 지인이 그랬습니다."

"레이디 오델레타가요?"

"아뇨. 그녀 말고요."

"그렇다면 레이디 도로테아?"

"아."

그녀는 내게 있어 감정적으로 '지인' 취급도 과분했다.

내가 고개를 저었다.

"아뇨. 그녀도 아니에요."

"그러고 보니 코르노헨 영애에게 찻잎은 잘 전달해드렸나요?"

"아."

내가 어색하게 웃으며 대꾸했다.

"네. 하녀를 시켜서요."

"만나기도 싫으시다 이거군요."

"괜히 감정만 상하니까요."

내가 어깨를 으쓱인 다음 화제를 원점으로 돌렸다.

"모쪼록 그 짝사랑 중이라는 지인분께서 사랑을 이루셨으면 좋겠네요. 그게 참 힘들거든요."

그러다 나는 까먹었다는 듯 곧바로 덧붙였다.

"제 지인이 그랬다고요. 제 지인이."

"그러셨군요."

딜튼 경이 잠시 고민하다 물었다.

"만약 영애라면 어쩌실 건가요?"

"네?"

"만약 영애라면 그 짝사랑 상대에게 고백하실 건가요? 아니면 그냥 계속 마음을 숨기고 계실 건가요?"

"전⋯⋯."

내가 머뭇거리다 그냥 웃어버렸다.

"잘 모르겠어요. 생각해본 적이 없네요."

난 겁쟁이여서 짝사랑을 할 때마다 단 한 번도 고백 비슷한 것마저 해보지 못했다.

그걸 지금도 반쯤은 후회했다. 그러니까 반쯤은 후회하지 않는다는 소리였다. 결국은 잊혀 사라질 감정이라는 걸 시간이 조금 지난 후에 깨달아버렸으니까.

그러니까 상황에 따라 다를 것이다.

"하지만 제가 어떻게 한다고 해도, 그게 그 지인분께 도움은 되지 못할 거예요."

"어째서요?"

"생각이 다르고 마음이 다르니까요. 그래서 함부로 조언도 못 해
드리겠네요."

"신중하시군요."

"중요한 문제인걸요, 아무렴."

내가 어깨를 으쓱인 다음 덧붙였다.

"하지만 꼭 성공하시기를 바라요."

딜튼 경이 돌아간 이후 내가 가장 먼저 한 일은 오델레타에게 이
기쁜 소식을 전하는 것이었다.

물론 일정은 두 사람이 상의할 테지만, 적어도 그렇다는 소식 정
도는 미리 알려주어야 오델레타도 마음의 준비를 할 것 같아서.

나는 편지를 보냈고, 특별한 일이 없는 한 오델레타는 늦어도 오
늘 밤까지는 이 소식을 알게 될 터였다.

예상대로 그다음 날 오델레타로부터 한 장의 편지가 도착했다.

내용은 단순했는데, 자비에르의 허락에 대해 자신이 매우 기뻐하
고 있으며, 그와의 단독 만남이 매우 기대된다고 적혀 있었다. 그녀
가 기뻐하고 있을 모습을 생각하니 나도 덩달아 기분이 좋아졌다.

'둘이 잘 됐으면 좋겠는데.'

나는 어느덧 두 사람이 함께하는 미래까지 그려나가고 있었다.

7. Unexpected

오델레타는 그 전날 제대로 자지 못했다.

도무지 잠이 오지 않았기 때문이었다. 내일 피부가 엉망이 된 상태로 황태자 전하를 알현할 수는 없다면서 억지로 잠을 청했지만, 긴장감이 그 모든 의무감을 뛰어넘었다. 결국 그 전날 오델레타는 계속 몸을 뒤척이면서 잠을 이루지 못했다.

"망했어."

거울 앞에 선 오델레타가 어쩐지 어제보다 푸석푸석해 보이는 자신의 분홍색 머리카락을 길게 빗어 내렸다.

사실 그녀의 머리카락 상태는 어제와 크게 달라진 것이 없었지만, 어제 잠을 충분히 자지 못했다는 사실이 그녀를 그냥 불안하게 만들었다.

"머리카락은 물론이고 피부까지 완전히 망가졌어."

오델레타가 침울한 목소리로 중얼거렸고, 옆에 있던 그녀의 유모는 너무 걱정하지 말라는 듯 계속 그녀를 위로했다.

"기우세요, 아가씨. 이렇게 아름다우신걸."

"정말요?"

"그럼요. 아가씨가 이 제국 안에서 가장 아름다우실 거예요."

"그건 너무 나갔고요."

오델레타가 피식 웃으며 대꾸했지만, 별로 기분 상한 듯한 눈치는 아니었다. 그녀가 입가에 엷은 미소를 띤 채로 유모에게 물었다.

"어제 고른 드레스를 황태자 전하께서 좋아하실까요, 유모?"

"그럼요, 아가씨. 제가 봤을 때는 정말 아름답던걸요."

갑작스럽게 잡힌 약속에 부랴부랴 준비한 드레스였다. 물론 그렇다고 해서 아름답지 않다거나 질이 떨어진다거나 하는 건 절대 아니었지만. 유모의 말에 용기를 얻은 오델레타가 아까보다 자신감 있는 표정으로 질문했다.

"서면궁으로 가기로 한 게 몇 시까지였지요?"

"12시랍니다, 아가씨. 너무 서두르실 필요는 없어요. 아직 9시밖에 되지 않았는걸요."

"하지만 서면궁까지 가까운 거리가 아니니 늦어도 11시에는 출발해야 해요. 그러니 실질적으로 주어진 시간은 그렇게 많지 않다고요."

상황을 정확하게 파악한 오델레타가 부드럽게 머리를 빗어 내렸고, 잠시 후 하녀들이 그녀의 방 안으로 들어와 치장을 도와주었다.

그녀는 너무 과하지 않게 화장을 한 다음, 그녀의 분홍색 머리카락에 잘 어울리는 자줏빛의 드레스를 입었다.

너무 센 인상을 주지는 않을까 살짝 걱정했지만, 저택의 하녀들이 전부 그 드레스를 추천했기 때문에 오델레타의 마음도 기울 수밖에 없었다.

그녀는 11시가 되기 10분 전에 방을 나섰고, 5분 전에 집에 있던 트라코스 후작부인을 안아 드린 다음, 3분 전에 마차 위에 올라타 서먼궁으로 출발했다.

그리하여 그녀가 서먼궁에 도착한 것은 약속 시각을 정확히 준수한 12시였다. 하지만 황태자와 만나는 시각이 12시가 아니었기 때문에 오델레타는 이마저도 늦다고 생각했다.

"레이디 오델레타, 서먼궁에 오신 것을 환영합니다."

황궁 안으로는 마차가 들어갈 수 없었다. 그로 인해 서먼궁에서 나왔다는 누군가의 에스코트를 받고 마차 바깥으로 나왔을 때, 오델레타는 익숙한 사람과 마주하고선 미소 지어야만 했다.

"딜튼?"

"오랜만이네요, 레이디 오델레타."

딜튼이 다소 장난스러운 목소리로 오델레타에게 인사를 건넸고, 오델레타는 반가움이 가득한 목소리로 그의 인사에 화답했다.

"도대체 얼마 만이야!"

오델레타의 너스레에 딜튼이 다소 황당한 얼굴로 그녀에게 물었다.

"지난번 너희 어머니와 함께 보지 않았어?"

"하지만 황태자 전하의 시종으로 들어간 뒤에는 정말 많이 못 본 건 사실이잖아. 그래서 그런가? 훨씬 반갑다."

"연고 하나 없는 궁 안에서 아는 사람을 한 사람이라도 만나서 그런 걸 수도 있어."

"그래. 그런 걸지도."

일리 있는 말이라는 듯 딜튼은 씩 웃어 보였다.

그는 오델레타와 소꿉친구 관계였는데, 그의 어머니인 오러스 백작부인과 오델레타의 어머니인 트라코스 후작부인이 소꿉친구 관계였기 때문에 어릴 적부터 오랜 시간을 함께 보냈기 때문이었다.

사정이 그러하다 보니 사교계에서 나름의 염문설이 도는 것도 이상한 일은 아니었으나, 두 사람의 관계가 거의 동성친구와 비슷했기 때문에 그런 일은 생기지 않았다.

한 번 그럴 뻔했던 적이 있긴 했었는데, 두 사람 모두 너무 완강하게 부정하는 바람에 다시는 그런 소문이 돌지 못했다.

어쨌든 두 사람 각자의 어머니들은 요즘까지도 변함없는 우정을 과시하고 있어서, 그 덕택으로 오델레타와 딜튼 역시 어릴 때처럼은 아니더라도 꽤나 빈번하게 마주치곤 했다.

물론 딜튼이 자비에르의 시종으로 서면궁에서 일하고부터는 그 횟수가 눈에 띄게 줄긴 했지만.

"그래서 황태자 전하께서는 어디 계셔?"

"안 그래도 마중 나가라고 날 보내셨어."

딜튼이 어깨를 으쓱이며 대답했다.

"정찬실에서 기다리고 계셔. 이리 따라와."

딜튼의 말에 오델레타가 드레스 자락을 살짝 들어 올린 다음 딜튼의 뒤를 따랐다.

그러다가 어느 순간 딜튼이 오델레타에게 물었다.

"너 정말 황태자 전하를 좋아하는 거야?"

뜬금없는 소리라고 생각했는지 오델레타의 한쪽 눈썹이 살짝 올라갔다.

"무슨 소리야?"

"질문 그대로. 황태자 전하를 정말로 좋아하고 있느냐고 물었어."

"그럼. 당연하지."

깔끔하게 대답한 오델레타가 곧바로 이상하다는 듯한 목소리로 물었다.

"갑자기 그런 건 왜 물어봐?"

"왜긴. 그냥 네가 정말 전하를 좋아하고 있는 건지 궁금해서."

"별 질문을 다 해. 내가 황태자 전하와 엮이는 게 싫은 건 아니지, 설마?"

"그럴 리가."

딜튼이 헛웃음을 머금은 얼굴로 오델레타에게 말했다.

"내가 뭣 때문에 그런 생각을 해."

"혹시라도 네가 날 좋아하고 있다거나."

하지만 오델레타는 이 말을 내뱉은 직후 저도 모르게 낮게 웃어

버렸다.

미친 게 분명하지. 다른 사람도 아니고 딜튼 오러스에게 이런 말을 하다니.

오델레타가 실언이라는 듯 고개를 절레절레 저으며 말했다.

"미안. 그건 우리 사이에 너무 심한 농담이었다. 그런 일로 엮인 게 한두 번이 아닌데. 그렇지?"

"그래."

"지금부터는 서로에게 존대를 하자. 황태자 전하의 궁 안에서 너무 격의 없이 서로를 불렀네."

"……그러지요, 레이디 오델레타."

"그래서 정찬실은 얼마나 더 가야 하나요, 딜튼 경?"

"조금만 더 걸어가시면 됩니다, 레이디 오델레타. 설마 벌써 발이 아프시기라도 한 건가요?"

그러면서 딜튼은 힐긋 뒤를 돌아 오델레타의 발 부근을 확인했다.

그녀는 높은 하이힐을 신고 있었다. 그 모습에 딜튼이 저도 모르게 한숨을 내쉬며 중얼거렸다.

"더럽게도 높은 걸 신었군."

"뭐라고요?"

"아무것도 아닙니다, 레이디 오델레타."

성의 없는 목소리로 대꾸한 딜튼이 쉬지 않고 걸어 마침내 정찬실 앞으로 도착했다.

그가 무뚝뚝하게 입을 열어 안에 있을 자비에르에게 말했다.

"황태자 전하, 레이디 오델레타 드셨습니다."

"……안으로 모시도록 하세요."

"들어가시지요, 레이디 오델레타."

"감사합니다, 딜튼 경."

정중한 목소리로 그에게 감사를 표한 오델레타가 양옆으로 열리는 문 사이로 들어갔다.

딜튼은 그 뒷모습을 문이 닫힐 때까지 빤히 바라보다가, 이내 말없이 뒤를 돌았다.

단둘이 있는 상황은 이번이 처음이었다.

오델레타는 떨리는 심장을 부여잡고 최대한 우아한 걸음으로 황태자의 앞까지 걸어갔다. 가장 먼저 무엇을 해야 할지는 자명했지만, 지나친 긴장으로 이마저도 깊은 고민 끝에 생각해냈다.

"요나스의 작은 태양, 황태자 전하를 뵙습니다. 앞길에 광영을."

"어서 오십시오, 레이디 오델레타. 이리 앉으시지요."

"초대해주셔서 감사합니다, 전하."

엄밀히 말하면 그것은 초대라기보다는 맞선에 더 가까웠으나, 둘 중 그 누구도 그런 말을 직접적으로 꺼내지는 않았다.

잠시 후 애피타이저로 캐비어와 파슬리가 올려진 크래커가 나왔고, 뒤이어 클램 차우더, 바게트가 줄줄이 나왔다.

오델레타와 자비에르는 말없이 서빙된 음식들만 먹기 시작했는데, 식사로 인해 정적이 흐르는 것은 극히 자연스러운 일이었다.

문제가 있다면 이 정적이 청어구이가 나오고 석류 셔벗이 나올 때까지도 지속되었다는 점이었다.

자비에르는 이어지는 정적이 결코 분위기에 좋지 않다고 판단하고선 무슨 이야기라도 꺼내기 위해 머릿속으로 끊임없이 생각했으나, 마땅한 화제가 나오지 않았다.

그는 결국 자포자기한 심정으로 가장 기본적인 것부터 시작하기로 마음먹었다.

"혹시 특별히 가리는 음식이 있으십니까?"

"네?"

한편 오델레타는 오랜 정적 속 갑작스레 찾아온 질문에 어벙해진 얼굴로 자비에르를 쳐다보다가, 곧 정신을 차리고선 대답했다.

"아, 아뇨, 전하. 못 먹거나 가리는 음식은 없습니다."

"다행이군요. 혹시 그런 게 있으신지 뒤늦게 생각나서요."

그가 안도의 미소를 지어 보였고, 그 모습을 가까이에서 바라보던 오델레타는 자신의 심장이 점차 거세게 뛰는 것을 느꼈다.

지금 이 순간이 꿈처럼 느껴졌다.

이게 정말 꿈이 아닐까? 좋아하는 사람과 단둘이 식사를 하고 있다니!

"전하께서는 가리시는 음식이 있으세요?"

"저도 특별히 없습니다."

"그럼 좋아하시는 음식은요?"

"다 잘 먹긴 합니다만……."

자비에르가 잠깐 고민하다가 이내 잔잔한 미소를 입가에 띄운 다음 답했다.

"요즘은 디저트류를 자주 먹습니다."

"디저트를 좋아하시는군요."

유감스럽게도 오델레타 자신은 디저트를 그리 좋아하지 않았다. 하지만 자비에르가 좋아한다니 오늘부터 조금씩 먹어봐야겠다고 생각하면서 오델레타가 슬며시 다른 이야기를 꺼내려던 차였다.

"레이디 오델레타."

시종이 양고기 스테이크를 식탁 위에 내려놓았을 때였다. 노릇하게 구워진 양고기에서 풍겨 나오는 냄새가 오델레타의 코를 자극했고, 오델레타는 별생각 없이 대답했다.

"네, 전하."

"고백할 게 있습니다."

"고백이라니요?"

"실은……."

자비에르는 몇 초 정도 숨을 멈추었다가 입을 열었고, 그 모습을 지켜보는 오델레타는 도대체 그의 입에서 무슨 말이 흘러나올지 걱정 반 기대 반으로 마음을 졸였다.

"오늘 이 자리, 자의로 나온 것이 아닙니다."

그다음 그녀의 귓가에 스쳐 지나가는 목소리는 분명 달콤했지만, 그 뜻은 결코 달콤한 것이 못 되었다.

자비에르의 말에 오델레타의 심장이 다시금 쿵쿵 뛰기 시작했다.

아까와는 달리 부정적인 심장 박동이었다.

그녀가 이해하지 못하겠다는 얼굴로 입을 열었다.

"무슨 뜻이신가요."

"제가 원하여 나온 자리가 아니라는 말씀입니다. 영애를 만나라는 황제 폐하의 명령이 있었습니다."

"왜 그런 이야기를…… 지금, 제게 하시는 거죠?"

"영애께 확실히 말씀드리고 싶어서요."

자비에르는 여기까지 말하고 저도 모르게 입술을 깨물었다.

지금 자신이 얼마나 잔인한 짓을 하고 있는지 모르지 않았다.

지금 이 순간 자신은 오델레타에게 있어 더 없는 쓰레기였고, 마음에 상처만 주는 나쁜 남자였다. 하지만 그렇다고 해서 그녀에게 거짓된 친절을 베풀 수는 없었다.

결국 상처받는 건 이쪽이 아니라 저쪽일 테니까. 상처가 깊어지기 전에 먼저 선을 그어야만 했다.

그게 서로에게 좋은 일이었고, 그나마 오델레타를 배려하는 일이었다.

자비에르가 떨리는 목소리로 입을 열었다.

"부황 폐하께서 제가 영애와 결혼하기를 바라십니다."

기쁜 말이었는데도 오델레타는 이상하게 기쁘지가 않았다.

앞에서 그가 했던 말의 충격이 지나치게 컸기 때문이리라.

오델레타가 마른침을 삼킨 다음 물었다.

"그런데요?"

"죄송합니다, 레이디 오델레타."

자비에르가 이때껏 본 적 없었던 가장 슬픈 눈으로 오델레타에게 사과했다.

"저는 이미 마음에 담아둔 사람이 있습니다."

"……."

그 말을 듣고 오델레타는 한마디도 할 수 없었다. 그녀는 믿을 수 없다는 표정으로 입을 꾹 다문 채 자비에르를 빤히 쳐다보았다.

지금 자신이 들은 게 진실인지 아닌지 구분이 안 갔다. 아니, 사실 머리로는 이해가 갔는데, 가슴으로 이해가 안 갔다. 자신이 좋아하는 남자의 마음에 자리 잡은 이가 자신이 아니라는 사실을 믿고 싶지 않았다.

오델레타의 눈가가 파르르 떨렸고, 그 모습을 본 자비에르는 더욱 죄스러운 마음으로 시선을 아래에 두었다.

"그게…… 누군가요?"

한참 후에야 오델레타는 질문할 수 있었다. 하지만 이미 그 질문에 대한 답마저도 그녀는 알고 있었다.

다만 자비에르의 입에서 직접적으로 튀어나오기 전까지는 사실로 받아들이고 싶지 않았을 뿐이다.

"영애께서도 알고 계신 분입니다."

"전하."

"마리스텔라 제니르 라 벨플레어."

금단의 이름이 좋아하는 남자의 입에서 흘러나왔다.

오델레타의 눈가가 아까보다 더욱 심하게 경련했다. 짐작하고 있던 이름이었지만, 막상 귀로 들으니 그 충격이 어마어마했다.

오델레타의 충격받은 표정에 자비에르의 표정이 더욱 어두워졌다. 오델레타를 볼 면목이 없었지만, 그렇다고 해도 진심을 속이고 가식으로서 그녀를 대할 수는 없는 노릇이었다.

그건 더 나쁜 짓이었으니까.

"그분을 마음에 담고 있습니다, 레이디 오델레타."

차라리, 차라리 그 상대가 도로테아였다면 마음을 쉽게 정리할 수 있었을지도 모른다. 도로테아 같은 여자를 좋아하는 남자라면 그 인성이 말하지 않아도 뻔하다고 자위하면서 자비에르보다 몇 갑절은 더 좋은 남자를 찾아 나섰을 것이다.

하지만 마리스텔라라면 이야기가 달라졌다. 그녀는 여자인 자신이 보아도 반할 수밖에 없는 멋진 여자였다. 그런 여자를 자신이 좋아하는 남자가 좋아한다는 건 사실 이상한 일은 아니다. 오델레타 자신도 마리스텔라에게 반해 친구가 되기를 바랐기 때문이었다.

하지만 그게 문제였다. 친구를 좋아하는 남자를 좋아하게 되다니.

오델레타의 표정이 괴로움으로 일그러졌다. 참 얄궂은 운명이라고 생각하면서, 오델레타가 생각했던 것보다 차분한 목소리로 물었다.

"제게 그런 고백을 하시는 이유가 무엇인가요, 황태자 전하."

"영애께서 제게 마음이 있다는 이야기를 들었습니다."

"……."

"그런 분께 거짓된 마음으로 행동하고 싶지는 않았습니다. 영애의 마음을 기만하고 싶지 않았습니다. 그건 정말 벌 받을 행동이라고 생각했으니까요."

"차라리……."

그냥 계속 숨겨주시지 그러셨어요.

이 말이 목 끝까지 차올랐지만, 오델레타는 입 밖으로 차마 꺼낼 수는 없었다. 추한 짓이다. 오델레타는 말을 끝맺는 대신 입술을 꾹 깨물어 혹시라도 새어 나갈 자신의 본심을 막았다.

이성적으로 생각했을 때 자비에르의 행동은 분명 도덕적이었다. 오델레타가 그의 상황에 처했더라도 그렇게 행동했을 것이다. 그게 마음을 줄 수 없는 상대에 대한 최대한의 배려였으니까.

알고 있었다.

문제는 자신의 가슴이 그 간단명료한 진리를 받아들이지 못한다는 데에 있었다. 짝사랑에 지친 자신의 감정은 그의 가짜 미소라도 얻기를 바랐고, 거짓된 마음이라도 가져가기를 원했다. 그러니 그런 말도 안 되는 말을 할 수 있었던 것이다. 진실을 말하면서 제 가슴을 먼저 후벼 파는 자비에르의 '쓸데없는' 친절을 원망할 수 있는 것이다.

오델레타가 서러운 얼굴로 자비에르를 지그시 바라보다가 입을
열었다.

"마리스텔라도……."

"……."

"알고 있나요? 전하께서 그런 마음을 품고 계시다는 걸요."

"유감스럽게도 벨플레어 영애는 제 마음에 대해 조금도 모릅니
다. 만약 그랬다면 영애와 저를 엮어주려는 시도조차 하지 않았겠
지요."

물론 '엿 먹어봐라'라는 마음으로 그럴 수도 있겠지만, 오델레타
와 자비에르 모두 그건 아니라는 사실을 잘 알고 있었다.

오델레타가 슬픈 표정을 지었다. 결국 이 잔인한 진실을 자신 먼
저 알아 버렸다. 그리고 자신 혼자 감당해야 할 것이다.

이 사실을 말한다면 그녀가 먼저 자신에게 거리를 둘지도 몰랐으
니까. 제가 하지도 않은 일로 미안함을 느끼면서.

제 잘못은 조금도 없는 일로 죄책감을 느끼면서 말이다.

'그럴 수는 없어.'

마리스텔라는 힘들게 얻은 소중한 친구였다. 잃고 싶지 않았다.

'하지만…….'

그렇다고 해서 자비에르를 포기하고 싶지도 않았다.

오델레타는 잠시 고민하는 표정으로 침묵했고, 앞에 앉은 자비
에르는 인내심 있게 그런 그녀가 다른 반응을 보이기를 기다려주
었다.

한참 후에야 오델레타의 입술이 다시 열렸다.

"……황제 폐하께서 전하와 저의 결혼을 원하신다고요."

"그렇습니다."

자비에르가 고개를 끄덕이며 대답했고, 오델레타는 또 말없이 자비에르를 물끄러미 쳐다보다 입을 열었다.

"그렇다면 전하, 황제 폐하께서는 곧 저와 전하의 결혼을 추진하실 것입니다. 그분은 그러고도 남으실 분이에요. 알고 계시겠지만."

"……알고 있습니다."

"전하."

오델레타가 결심했다는 표정으로 자비에르를 불렀다.

"저를 이용하세요."

"그게 무슨 뜻입니까, 레이디 오델레타."

"말씀드린 그대롭니다, 전하. 저를 이용해 달라고 말씀드렸어요."

오델레타가 차분하게 말을 이었다.

"제게도 기회를 주세요."

그 말을 들은 자비에르의 표정이 안타깝다는 듯 변했다.

그 모습을 보고서 오델레타가 느낀 감정은 수치심이라기보다는 슬픔이었다.

그녀도 알고 있었다. 자비에르는 차가워 보이는 겉모습과는 달리 그 누구보다 따뜻한 남자였다.

남에게 상처 주기를 죽기보다 싫어했고, 권력자의 자리에 있으면서도 결코 사람을 경시하는 법이 없었다.

그러니 그는 지금 슬퍼하고 있을 것이다. 자신이 마음을 버리지 못하고 미련을 두고 있는 모습을 보아 버렸으니까.

"제게 전하의 마음을 가져올 기회를 주세요."

"레이디 오델레타, 이러지 마십시오."

그가 안타깝다는 기색을 숨기지 못하며 그녀를 말렸다.

"영애만 힘들어질 겁니다. 영애를 상처 주고 싶지 않아요."

"그건 제가 마리의 친구라서인가요, 아니면 그냥 저라서인가요?"

"둘 다입니다, 레이디 오델레타. 나는 사람에게 상처 주는 일을 끔찍하게 싫어하는 사람입니다. 그 상대가 좋아하는 이의 진실한 친구라면 더더욱이요."

오델레타가 입술을 꾹 깨물었다.

도무지 현실을 받아들일 수가 없었다.

정말로 자신은 안·되는 것일까? 정말 자신은 그와 이루어질 수가 없는 것일까?

거의 울 것 같은 얼굴을 한 오델레타가 애원조로 부탁했다.

"제게 기회를 주세요."

"……나는 영애와 결혼할 수 없습니다."

"결혼하자는 게 아닙니다. 잠시간의 연애 정도는 전하께서도 허락하실 수 있으시잖아요."

그 말에 자비에르가 아까보다 더 슬퍼진 얼굴로 답했다.

"영애에게 상처 주고 싶지 않습니다."

"저는 이미 상처받아 버렸어요. 아시잖습니까."

오델레타가 씁쓸한 얼굴로 읊조렸다.

"제게 기회를 주세요. 전하, 그리 오랜 시간을 달라는 것이 아닙니다. 전하께서 제게 마음이 머무르실 때까지 기다리고 싶지만, 저도 사람인지라 어느 순간에는 그것이 불가능하다는 걸 깨달을 순간이 오겠지요."

"……."

"그때까지만 전하의 껍데기를 빌려주세요. 그저 전하의 옆에 설 수 있도록 허락만이라도 해주세요. 이대로는 전하를 포기할 수 없습니다."

"영애."

"부탁드립니다, 전하."

오델레타가 자비에르를 똑바로 바라보며 물었다.

"제게 이 정도는 허락해주실 수 있는 것 아닌가요?"

"피차 못 할 짓입니다, 레이디 오델레타. 껍데기라고 하더라도 저는……."

"전하께서 지금까지 계속 마리스텔라에 대한 마음을 숨기고 계신 건 아직 고백하실 용기가 없기 때문이겠지요."

"……."

"그때까지만이라도 좋습니다, 전하. 계속 마리스텔라와 만남을 이어가셔도 불쾌해하지 않았습니다. 제게 자비를 내려주세요."

"레이디 오델레타."

자비에르가 조용한, 그러나 단호하기까지 한 목소리로 오델레타를 불렀다.

　오델레타가 애타는 마음으로 자비에르를 응시했다. 그가 부디 자신의 마음을 받아주기를 바랐다. 이 간절한 심정을 알아주기를 바랐다. 그러나……

　"제가 여지를 남겨 두지 않는 것이 영애를 위한 최대한의 자비입니다."

　"……전하."

　"죄송합니다, 레이디 오델레타. 저는……."

　자비에르가 오델레타의 눈을 똑바로 바라보며 한 음절, 한 음절을 똑바로 말해 나갔다.

　"영애의 마음을 받아들일 수 없습니다."

　쿵.

　심장이 땅끝까지 추락했다.

　순간 오델레타는 온 세상이 노래지는 것을 느꼈다.

　현기증이 일며 심장이 고통스럽게 박동했다. 하지만 자비에르는 그런 사정 따위는 봐주지 않겠다는 듯 멈추지 않고 오델레타의 가슴에 비수를 꽂았다.

　"오늘 이 자리에서 확실히 말씀드리고자 나왔습니다. 제가 레이디 마리스텔라를 좋아하고 있는 이상, 제 마음속에 다른 분이 들어올 자리는 없을 겁니다."

　"……."

　온몸의 피가 차게 식어가는 기분이다. 그러니까, 그는 자신이 어떤 짓을 하더라도 그와는 이루어질 수 없다고 못을 박아 버리고 있는 것이었다.

오델레타가 저도 모르게 몸을 잘게 떨며 드레스 자락을 꽉 말아 쥐었다.

'어째서……'

어째서 자신은 안 되고, 마리스텔라는 되는 것일까? 자신과 그녀의 다른 점이 무엇인데? 그녀도 자신도 똑같이 아름답고, 똑같이 명문가의 여식이며, 똑같이 심성이 바른데 말이다.

오델레타가 최대한 침착함을 유지하기 위해 목소리에 힘을 주며 물었다.

"어째서…… 전 안 되는 건가요, 전하."

하지만 처음의 노력이 무색하게도, 오델레타는 점점 자신의 목소리가 무너져가고 있음을 깨달았다.

눈시울이 붉어져가는 것을 느끼며, 오델레타는 마지막까지 희망의 끈을 놓지 않았다.

"제가, 제가 노력하겠습니다. 전하의 마음에 들 수 있도록 제가 더 노력할 테니…… 한 번만 절 보아주시면 안 되겠습니까?"

하지만 자비에르는 그런 그녀를 다소 안쓰럽게 바라보다가 차분한 음성으로 입을 열 뿐이었다.

"누가 누구보다 부족하고 뛰어나서 제가 그분을 마음에 담은 것이 아닙니다. 저는 그냥 그분 자체를 좋아할 뿐이니까요. 그러니…… 이건 노력으로 바꿀 수 있는 문제가 아닙니다, 레이디 오델레타.”

“……저는 정말 안 된다는 말씀이신가요.”

“거듭 말씀드리지만, 처음의 제 마음이, 결심이 바뀌는 일은 없을 것입니다.”

“만약 마리가 전하의 마음을 알게 된 후에도 다른 분을 택한다고 해도 말인가요?”

“그런 미래의 문제까지는 생각해본 적 없습니다만.”

자비에르가 살짝 침울해진 목소리로 말을 이었다.

“그렇다고 하더라도 제 마음이 다른 분께 가는 일은 없을 겁니다.”

“그럼 저는요?”

오델레타가 서러워 보이는 얼굴로 자비에르에게 토로했다.

“제 마음은 다른 분께 옮겨 갈 수 있을 거라고 생각하시는 건가요?”

“적어도 제 마음은 그렇다는 말씀입니다, 레이디 오델레타.”

자비에르는 끝까지 정중함을 잃지 않으면서도, 다소 거리감이 느껴지는 목소리로 말을 이었다.

“레이디 마리스텔라의 선택과 관련 없이, 전 끝까지 그분만을 바라볼 생각입니다.”

“……낭만적인 꿈을 꾸고 계시네요. 차기 황제가 되실 분이 그런 생각을 갖고 계실 줄은 몰랐습니다.”

“그러게 말입니다.”

그렇게 대꾸하면서, 자비에르는 마치 그조차도 그 자신이 이해되지 않는다는 듯한 미소를 지어 보였다. 하지만 그러면서도 그의 얼굴에는 일종의 편안함이 엿보였는데, 오델레타는 그 모습을 보고 어쩐지 속에서 열불이 끓는 듯했다.

그는 어떻게 저렇게까지 편안할 수 있는 것일까?

자신이 반드시 자비에르의 옆에 서게 되리라는 오만한 생각은 해본 적 없었지만, 적어도 이런 상황은 생각하지 못했다. 오델레타는 지금 자신의 처지가 상당히 절망스럽게만 느껴졌다.

그런데 자비에르는 자신과 똑같은 상황에 처하게 되더라도 좋아하는 사람에 대한 마음을 버리지 않은 채 끝까지 간직하겠다는 소리나 하고 있는 것이다.

그녀의 입장에서 봤을 때는 참으로 태연한 말이었다.

어떻게 그럴 수 있는 것일까, 의구심까지 가지게 만드는.

그러다 문득 오델레타는 이런 생각이 들었다.

'내가 만약 이 일로 마리와 멀어지게 된다면, 그는 어떤 표정을 지을까.'

새삼스럽게 궁금해졌다. 그리고 생각을 정리하기도 전에, 그녀의 입 밖으로 의문점이 먼저 튀어 나갔다.

"오늘 일로 인해 저와 마리의 관계에 금이 가면 어쩌실 건가요?"

그 말을 들은 자비에르는 순간 멈칫하는 모습을 보였고, 그 모습에 오델레타는 묘하게 기뻐하고 있는 자신을 발견했다.

잠시 후에 그의 입속에서 조용한 한마디가 터져 나왔다.

"그러지 않기를 바랍니다."

자비에르가 슬픈 표정으로 덧붙였다.

"그리고 그러지 않으시리라고 믿고 있습니다."

"······어째서요?"

"레이디 오델레타는 착한 분이시니까요."

순간 기가 막혀서, 오델레타는 저도 모르게 날 선 목소리로 대꾸했다.

"저는 착하지 않아요. 사람을 잘못 보셨군요."

"레이디 오델레타."

자비에르가 침음성을 내며 오델레타에게 말했다.

"저로 인해 두 사람의 사이가 소원해지는 것을 원치 않습니다. 물론 일이 이렇게 된 이상 피할 수 없을 일이라는 것을 잘 알고 있지만······."

"······."

"제가 너무 욕심이 많은가 봅니다."

"그러신 듯합니다."

오델레타도 똑같이 슬픈 목소리로 답했다.

일이 어쩌다 이렇게까지 꼬여 버렸을까.

그녀는 속으로 한탄하면서도, 아까 전부터 묘하게 치솟아 오르는 마리스텔라에 대한 적개심에 당황스러워했다.

마리스텔라는 분명 제가 가장 아끼는 친구였고, 자신이 더없이 사랑하는 벗이었으나, 그것은 적어도 상황이 이렇게 치닫기 전까지의 이야기였다.

솔직히 말해 오델레타는 지금 이 상황이 더없이 당황스럽게만 느껴졌고, 심지어는 이 상황에 대해 아무런 잘못도 없는 마리스텔라에게 일종의 원망하는 마음까지 드는 것이었다.

그것이 잘못된 생각이고 비논리적인 결론이라는 사실을 머리로는 이해했지만, 가슴으로 온전히 이해하기에는 어려웠다.

그녀는 울컥울컥 치밀어오르는 친구에 대한 원망에 낯설어하면서도, 한편으로는 자신을 연민하며 그 감정을 이해했다.

누군들 그 상황에서 초연하게 대처할 수 있을까.

적어도 자신은 아니었다. 감정을 조절하는 능력이 그렇게까지 뛰어나지도 않았고, 아량이 넓은 사람도 아니었기 때문에.

더구나 오델레타는 평생을 부족함 없는 완벽한 영애로서 살았기 때문에 거절당하는 경험이 손꼽히게 드물었고, 이로 인해 지금 상황이 그녀에게는 더욱 견디기 어렵게만 느껴졌다.

"……일단은 알겠습니다, 전하."

그 말이 오델레타의 입에서 나온 것은 약간의 시간이 흐른 뒤였다. 그녀가 흥분했던 감정을 다소 가라앉히고 난 다음.

"오늘 시간 내주셔서 감사합니다. 오늘은 이만 가보아야 할 것 같군요."

"……."

"이거 하나만 알아주세요. 전하께서 마리스텔라를 포기할 마음이 없으시듯, 저 또한 전하를 포기할 생각이 전혀 없습니다."

오랫동안 지켜온 마음이다. 고작 상대방이 거절했다는 이유 하나만으로 포기하기는 어려웠다.

그건 지독한 미련이었고, 사실은 일종의 집착이었다.

"전하의 마음을 움직일 수 있도록 노력할 겁니다. 어떤 방법을 써서라도요."

"영애."

"이만 가보겠습니다."

그런 다음 오델레타는 미련 없다는 얼굴로 자리에서 일어나 우아하게 허리 굽혀 인사했다.

하고 싶은 말, 해야 할 말, 전부 다 했으니 후회는 없었다.

그녀는 말없이 정찬실을 빠져나왔고, 그곳에는 홀로 남은 자비에르의 깊은 한숨만 이따금씩 울려 퍼졌다.

"괜찮아?"

짤막한 물음에 출구를 향해 걸음을 옮기던 오델레타가 멈칫했다.

뒤를 도니 딜튼이 자신을 빤히 쳐다보고 있었다. 오델레타는 아무 말 없이 딜튼을 주시하다가 곧 뒤를 휙 돌았다.

"괜찮아."

아니, 괜찮지 않았다.

지금 이 상황에서 누가 괜찮을 수 있으리라고. 비참하고, 슬프고,

또 원망스러웠다. 모든 것이.

"걱정하지 마."

착한 내 친구, 딜튼.

오델레타가 힘없이 미소 지었다.

제 소꿉친구가 상처받았을까 봐 전전긍긍하고 있겠지. 티격태격
해도 자신들은 그런 사이였으니까.

"오델."

"……."

"네가 힘들어하지 않았으면 좋겠어. 황태자 전하 말고 다른 사
람을……."

"오해하고 있구나, 딜튼. 나는 힘들지 않아."

절친한 친구의 걱정은 도리어 그녀의 심기만 거스르게 할 뿐이
었다.

오델레타가 드물게 날카로운 소리를 내며 딜튼의 말을 끊었다.

"오늘 일, 부모님들께는 말씀드리지 마. 쓸데없는 걱정하시는 거
싫어."

"……알았어."

"이만 가볼게. 앞으로는 자주 보자."

오델레타는 끝까지 뒤를 돌지 않은 채 그 말만 남기고 자리를 떴
다. 딜튼은 그 자리에 오도카니 서서 오델레타가 사라지는 모습을
말없이 지켜보았다.

궁문 바깥까지 데려다주고 싶었는데, 어쩐지 그녀가 자신이 따라

오지 않기를 바랄 거 같다는 생각이 들었다.

'지금쯤 둘이 좋은 시간 보내고 있겠지.'

침대 위에 앉아 가만히 책만 읽어 내려가면서, 나는 옆에 있던 초콜릿 과자에 손을 가져갔다. 지금쯤 오찬에 디저트까지 다 먹고 즐겁게 대화를 나누고 있을 것이다.

'잘 되면 좋을 텐데.'

운이 좋으면 빠른 시일 안으로 둘이 결혼까지 골인할지 몰랐다. 둘 다 나이가 있었으니까.

'결혼하면 나랑은 자주 만나기 어렵겠지.'

그 생각에 일순 서운해졌지만, 어쩔 수 없었다. 애도 아니고 그런 부분에서 징징댈 수는 없지.

'여차하면 내가 황궁에 시녀로 들어가도 되는 거고.'

방법은 많았다. 나는 괜한 생각하지 말자고 생각하며 고개를 내젓고 다시 책 속으로 몰두했다.

그때 누군가가 방문을 두드렸다.

"누구세요?"

"플로린다예요, 아가씨. 손님이 오셨는데요."

"손님?"

이렇게 급작스럽게 방문할 손님은 한 명밖에 없었다.

내가 영 불길해진 얼굴로 방 바깥에 대고 물었다.

"설마 도로테아는 아니죠?"

"아니에요, 아가씨. 레이디 오델레타가 오셨어요."

휴우.

도로테아가 아니라는 사실에 나는 일단 안도의 한숨부터 쉬었다. 하지만 이윽고 이상하다는 생각이 물밀 듯 쏟아져 들어왔다.

지금 이 시각에 오델레타가 왜?

그녀는 지금쯤이라면 서먼궁에서 자비에르와 즐거운 시간을 보내고 있어야만 했다.

나는 이해할 수 없다는 얼굴로 침대 위에서 일어나 문을 열고 바깥으로 나갔다.

다행히 슈미즈 차림은 아니어서 곧바로 응접실로 내려갈 수 있었다.

응접실 안에서 오델레타가 차를 마시고 있었다.

"오델레타."

두 번의 노크 후에 나는 응접실 안으로 들어가 오델레타를 불렀다. 내 목소리에 오델레타가 나를 빤히 바라보았는데, 어쩐지 얼굴이 조금 부은 듯했다.

그 모습을 본 내가 당황한 얼굴로 그녀에게 가까이 다가가며 물었다.

"울었어, 오델레타?"

"응."

오델레타가 미소 지었다. 하지만 억지로 짓는다는 느낌이 더 강하게 드는 미소였다. 내가 걱정스러운 얼굴로 그녀에게 물었다.

"도대체 무슨 일이야, 오델레타. 이렇게 빨리 오다니. 설마 전하와의 만남이 별로였어?"

"……아니, 그런 건 아니야."

오델레타가 가만히 고개를 저었지만, 나는 그녀의 말이 어쩐지 거짓말 같다고 느껴졌다.

내가 괜히 그녀를 추궁했다.

"무슨 일이 있었구나. 그렇지?"

"아무 일도 없었어."

"그런데 얼굴이 왜 그래."

"……"

오델레타는 답하지 않았고, 나는 자연스럽게 답답한 마음이 들었다. 결국 참다못한 내가 다른 질문을 하려던 찰나, 오델레타의 입이 먼저 열렸다.

"좋아하는 분이…… 이미 있으시대."

쿵.

그 말을 들은 나는 순간 뒤를 세게 가격당했다는 착각에 휩싸였다.

자비에르에게…… 이미 좋아하는 사람이 있다고?

나는 당황한 얼굴로 그녀에게 다시 물었다.

"정말?"

"응."

"좋아하는 사람이…… 이미 있으시다고?"

"그렇다고."

오델레타가 마른침을 삼키며 말했다.

"내게 똑바로 말씀하셨어. 그래서 내 마음을 받아주실 수 없으시대."

"맙소사."

내가 믿기지 않는다는 표정을 지었다.

아니, 그럴 거면 도대체 미팅 제안은 왜 수락한 것일까?

이미 좋아하는 사람이 있다면 그래서는 안 되는 것이었다.

내가 황당하다는 얼굴로 중얼거렸다.

"전하께서 그러실 줄은 몰랐어. 설마 그 상대가 도로테아는 아니지?"

"……그 사람이 누구인지는 모르겠지만, 적어도 그녀는 아니야."

그렇게 말하면서 오델레타는 서글픈 시선을 아래로 떨어뜨렸고, 나는 그 모습을 보자 가슴이 아려왔다.

자비에르가 좋아하고 있는 사람이 도로테아가 아니라는 사실이 다소 위안이 되긴 했지만, 어쨌든 지금 상황은 누가 뭐래도 황당하기 그지없는 것이었다.

내가 얼른 그녀를 안아주며 위로의 말을 건넸다.

"상처받았겠다, 오델레타."

"솔직히…… 그랬어. 상상도 못 했던 상황이라."

"전하께서 그런 식으로 널, 아니 우릴 기만하실 줄은 몰랐어. 그런 마음이셨다면 애당초 내 제안을 받아들이지 마셨어야 했다고."

나는 오델레타 대신 분통을 터뜨렸다.

상황이 이렇게 되면 중간에 낀 내가 제일 오델레타에게 미안해졌다. 상황 파악도 제대로 못 하고 엉뚱한 자리를 주선해준 셈 아닌가. 민망함에 나는 그녀 대신 분통을 터뜨렸다.

"내가 직접 전하를 찾아뵙고 어떻게 된 일인지……."

"……아냐, 마리. 그러지 마."

그때 오델레타가 나를 말렸고, 나는 당황한 눈으로 그녀를 쳐다보았다.

사슴 같은 그녀의 두 눈동자에는 서글픔이 가득 맺혀 있었다.

"그분께 미움받고 싶지 않아."

"……."

이렇게 착하고 순진할 데가!

내가 답답하다는 얼굴로 그녀에게 말했다.

"하지만 오델레타, 화나지도 않아? 나라면 정말 견딜 수 없을 정도로 수치스러워서, 당장에라도 전하께 따지고 들었을 거야. 그럴 거면 뭣 하러 그 자리에 나왔느냐고."

"화가 난다기보다는…… 마리, 나 그분을 포기하고 싶지 않아."

오델레타가 마침내 내 품에 안겨 엉엉 울며 슬픔을 토로했다.

"전하를 향한 마음을 버릴 수가 없어. 그럼 나 정말…… 고장 나버릴지도 몰라."

"오델레타……."

"나 어떻게 해야 할까, 마리. 응? 어떻게 해야 전하께서 날 바라봐 주실까?"

오델레타가 이렇게 감정을 주체하지 못하는 모습은 처음이었다.

오델레타에 대해 내가 가지고 있던 이미지가 늘 차분하고 사려 깊었기 때문에 그런 것일지도 모르겠다.

하지만 원작을 생각하면 지금 상황이 아주 이해되지 않는 것도 아닌 게, 적어도 사랑에 대해서만큼은 그녀가 그 누구보다도 불꽃 같았기 때문이었다.

원작에서도 그랬다. 자비에르가 자신 대신 도로테아를 선택한 상황에 대해 대단히 마음 아파했고, 슬퍼했으며, 그의 사랑을 받기 위해 노력했다. 그 모습을 온전히 바라본 적 있던 나로서는 원작의 수순을 그대로 밟으려는 그녀가 안타깝게만 느껴질 뿐이었다.

내가 조용히 읊조렸다.

"네가 하고 싶은 대로 해, 오델."

오델레타의 등을 토닥이면서, 나는 계속 중얼거렸다.

"나중에 후회 없도록, 네가 하고 싶은 대로 다 해. 그래야 네 마음이 편할 거야."

"이미 전하께서 다른 사람을 좋아하고 계시다는데."

오델레타가 훌쩍이며 내게 물어왔다.

"가망이 있을까, 마리?"

"사람 마음은 변하기 마련이야. 전하라고 다르실까."

내가 너무 걱정하지 말라는 듯 그녀를 위로했다.

"아직 전하께서 그분과 결혼 발표를 하신 것도 아니고, 교제 중이신 것도 아니야. 이유는 모르겠지만, 혼자 그분을 짝사랑 중이신 것 같아."

하지만 도대체 왜?

그렇게 말하면서도 내 머릿속에서는 끊임없이 의구심이 들었다.

도대체 무슨 이유로 자비에르 씨이나 되는 남자가 고백도 하지 못한 채 홀로 좋아하는 마음만 지켜오고 있는 걸까?

'설마 상대가 유부녀인 건 아니겠지.'

심지어는 이런 어이없는 가설까지 생각났지만, 진실을 모르니 그저 답답할 노릇이었다.

어쨌든 확실한 건, 어느 쪽이든 아직 기회는 있다는 것.

"그러니 아직 네게도 기회는 있어, 오델. 난 그렇게 생각해."

"정말 그럴까?"

"당연하지!"

나는 부러 쾌활하게 대답하며 오델레타의 마음을 편안하게 만들어주기 위해 애썼다.

"끝날 때까지는 끝난 게 아니잖아. 물론 지금 상황이 앞으로도 계속 그대로일지도 모르겠지만…… 시도도 하지 않고 그대로 마음을 끝내버린다는 건 너무 억울해."

"……."

"네 마음이 편한 대로 했음 좋겠어, 오델."

"……응."

짧은 침묵을 지키던 오델레타가 여전히 붉은 눈매로 나를 바라보며 읊조렸다.

"고마워, 마리. 나…… 포기하지 않을게. 끝까지 한번 가볼게."

"네가 무슨 선택을 하든 나는 네 편이야."

내가 씩 웃으며 오델레타와 눈을 마주쳤고, 그 순간 오델레타의 눈빛이 살짝 흔들렸다.

나는 그런 그녀의 모습을 보며 안쓰러운 마음이 들었다.

'앞으로는 네게 행복한 일만 있었으면 했는데.'

원작에서 그녀는 결코 행복하다 볼 수 없었다.

명문가의 여식으로 태어나 황태자를 짝사랑했지만, 황태자의 마음은 이미 다른 여자에게 가 있었다. 가문의 힘으로 황태자비가 되었을 때도 황태자의 존중은 받았을지언정 끝까지 그의 사랑만큼은 받지 못했다. 그러다 결국 도로테아에게 살해당하고 마는 비극적인 결말을 맞았고. 너무나도 안타까운 인생이었다.

'그래서 이번 생에서만큼은 네가 행복하기를 바랐다고.'

그런데 이런 상황이라니. 솔직히 말해 절망적인 기분이었다.

적어도 이번에는 오델레타가 행복하기를 바랐기 때문이었다. 하지만 내가 아까 그녀에게 말했듯, 아직 기회가 전부 끝난 것은 아니었다. 어쨌든 자비에르는 지금 솔로였으니까. 공식적으로든, 비공식적으로든.

'그러니 내가 널 도와줄게, 오델레타.'

그녀의 선택을 응원하고 지지할 생각이었다.

오델레타 니네트 잔 트라코스는 내 친구였으니까.

"아까 둘이 분위기가 좀 심각하던데."

그날 저녁, 내 방으로 올라온 마티나가 슬며시 말을 걸어왔다.

나는 아까 전의 일을 떠올리고선 다시 한번 한숨 쉬었다. 이게 도대체 무슨 일인 건지.

"황태자 전하와 오델레타 언니, 오늘 미팅했다고 하지 않았어?"

"그랬지."

"근데 분위기가 좀 안 좋다는 건…… 역시 별로였던 건가?"

"전하께서 오델레타에게 이미 좋아하는 사람이 있다고 말씀하셨대."

"잉? 그게 무슨 소리야? 좋아하는 사람이 이미 있다니?"

"내 말이."

내가 황당한 기색을 숨기지 못하며 말을 이었다.

"애당초 미팅 제안을 받아들이시면 안 되는 상황이었는데 받아들이신 거야. 그래놓고 당사자에게는 이미 좋아하는 사람이 있으니 마음을 받아줄 수 없다고 말씀하신 거지."

"충격적이네."

"아까 민망해서 죽는 줄 알았어. 오델레타 얼굴을 어떻게 봐,

이제."

어쨌든 주선자인 내게도 책임은 일정 부분 있는 셈이었다.

내가 한숨을 푹 내쉬었고, 마티나는 그런 나를 빤히 바라보다가 이내 물었다.

"그럼 오텔 언니의 짝사랑은 이대로 종료인 거야?"

"아니. 일단은 계속 전진할 예정."

"전하께서 이미 좋아하는 사람이 있으시다며."

"하지만 어쩐 일인지 아직 결혼은커녕 교제도 하고 계시지 않다는 말이지."

내가 이상하다는 듯 고개를 갸웃거리며 말을 보탰다.

"한마디로 짝사랑 중이시라는 건데, 솔직히 나는 잘 이해가 안 가. 전하 정도 위치에 계신 분이 어떻게 그러실 수 있지? 나라면 대범하게 고백하고 그분을 비로 삼을 텐데."

"으음…… 혹시라도 그분이 황제 폐하의 눈에 차지 않는다거나?"

일리 있는 말이었다. 도로테아도 반대하던 헨리 14세였으니. 황태자비가 되기에는 다소 한미한 가문 출신이거나 도로테아의 경우처럼 성품적인 면에서 황제의 마음에 차지 않는다면 지금 자비에르의 소심한 행보도 이해 가지 않는 것은 아니었다.

하지만 그건 어디까지나 그네들의 사정이고, 적어도 그 사정을 모르는 사람들에게는 피해를 주지 않아야 할 것 아니냐는 말이다. 괜히 사람 마음 들었다 났다 하는 건 정말 나쁜 행동이었다.

적어도 짝사랑 유경험자인 내 의견은 그랬다.

"어쨌든. 전하께서는 애당초 여지를 주지 않으셨어야 했어."

"그건 동의해. 근데 언니, 설마 그렇다고 해서 서면궁으로 따지러 갈 건 아니지?"

"······귀족이 감히 황족에게 따지지는 못하더라도."

내가 소심하게 물었다.

"물어보는 것 정도는 괜찮지 않을까? 어째서 그랬느냐고."

자비에르가 나와 오델레타를 엿 먹이기 위해서 그랬을 거라는 생각은 들지 않았다. 자비에르는 그렇게까지 악독한 사람은 못 되었으니까. 적어도 내가 본 그는 그랬다.

"전하께서 엄청 불편해 하시지 않을까?"

내 말을 들은 마티나가 걱정스러운 목소리로 말했고, 나는 잠시 고민하는 표정을 지었다. 확실히 기분 좋거나 편안한 상황은 아닐 거다. 하지만 그건 미팅 당시의 오델레타도 마찬가지였으리라.

"그럴지도 모르지. 사실 내가 이렇게 참견하는 것도 전하의 입장에서는 주제넘게 느끼실지도 모르고. 그래도 주선자였던 사람으로서 이유 정도는 알아야겠어."

그리고 그다음 날, 나는 서면궁으로 편지를 보냈다.

찾아뵐 수 있겠느냐는 편지의 답신은 그다음 날 오전에 도착했는데, 이틀 후에 서면궁으로 와주십사 하는 내용이었다. 나는 그러겠노라고 다시 답신을 보냈고, 그렇게 이틀이 흘렀다.

"오랜만에 뵙습니다, 레이디 마리스텔라."

늘 그렇듯 나를 서면궁까지 데려가는 이는 딜튼 경이었다.

내가 연하게 웃으며 그와 인사를 나누었다.

"정말 그렇네요. 잘 지내셨지요, 딜튼 경?"

"저야 늘 똑같지요. 영애께서는 잘 지내셨는지 모르겠습니다."

"저도 뭐 비슷……."

거기까지 말하던 내가 순간 멈칫했고, 딜튼 경은 눈치 빠르게 그것을 알아챘다. 그가 머쓱한 얼굴로 내게 물었다.

"레이디 오델레타는 좀 괜찮으신가요?"

"솔직히 답해드리자면 괜찮지는 않습니다."

내가 한숨을 푹 쉬며 답했다.

"제 앞에서 우는 모습을 보인 건 처음이었어요."

"오델레타가…… 울었습니까?"

내 말에 딜튼 경이 멈칫하며 물었다.

생략된 경칭에 나는 살짝 놀랐지만, 이내 가만히 고개를 끄덕여 보였다. 둘은 소꿉친구 관계였으니 그럴 수도 있겠다 싶었다.

그때 딜튼 경의 표정에 절망 비슷한 감정이 스쳐 지나가는 것을 보면서 내가 무심코 물었다.

"경께서도 알고 계셨나요?"

"무엇을 말씀이신지……."

"전하께서 좋아하시는 분이 따로 계시다고 들었어요."

나는 얕게 숨을 들이쉰 다음 다시 말을 이었다.

"이미 짐작하셨으리라 믿지만, 실은 오늘의 방문도 그 때문입니다."

"……네. 저는 물론이고 저희 전하께서도 짐작하고 계십니다."

"오델레타가 다녀간 이후 문득 경과 나누었던 대화가 떠올랐어요."

나는 살짝 떨리는 목소리로 이야기를 시작했다.

"그때 물어보셨죠, 제게. 이미 전하의 마음이 다른 곳을 향해 있다면, 그때는, 어찌할 거냐고요."

"……그건."

"그때는 대수롭지 않게 여기고 넘어갔지만, 상황이 이렇게 되고 나니 의심이 들더군요. 혹시 딜튼 경께서는 이미 그때부터, 아니, 그보다 훨씬 전부터 전하의 의중을 알고 계셨던 것은 아닌지……."

"……."

"대답을 못 하시네요."

내가 입술을 꾹 깨문 다음 물었다.

"제 말이 틀리지 않았다는 뜻인가요?"

"……아주 모르고 있었던 것은 아니었습니다."

"딜튼 경."

내가 목소리에 힘을 주며 그를 불렀다.

"저와 오델레타를 기만하신 겁니다."

우리 둘을 보고 무슨 생각을 했을까. 미팅을 시켜주겠다고 설레

하는 자신이나, 그 미팅을 고대하고 있던 당사자인 오델레타.

정작 자비에르의 마음은 이미 다른 사람을 향해 있었는데 말이다.

"재미있으셨습니까."

"그런…… 그런 의미로 생각한 적은 단 한 번도 없습니다, 레이디 마리스텔라. 믿어주십시오."

"적어도 제게 귀띔이라도 해주셨어야지요. 결국 상처받은 사람은 오델레타 혼자뿐이에요."

내가 분노를 애써 누그러뜨리며 그에게 일갈했고, 딜튼 경은 저지른 죄가 있었던 탓에 침묵을 지키며 고개만 푹 숙이고 있었다.

"더구나 오델레타는 경의 소꿉친구 아닌가요? 두 분 사이의 우정이 그리도 얄팍한 것이었느냐는 말씀입니다."

"결코 그런……."

딜튼 경이 파르르 떨리는 목소리로 내게 변명했다.

"불순한 의도는 없었습니다, 레이디 마리스텔라. 저와 제 가문의 명예를 걸고, 모시는 분의 위엄을 걸고서까지 맹세할 수 있습니다."

"그렇다면 어째서 일이 이 지경이 되도록 방조하신 건가요. 정말 저는…… 이해를 할 수가 없습니다, 경."

"그건……."

"레이디 마리스텔라."

그때 뒤쪽에서 목소리 하나가 나와 딜튼 경 사이를 끼어들었다.

내가 천천히 뒤를 돌자 익숙한 은발의 미남이 시야로 들어왔다.

"……전하."

"딜튼 경은 죄가 없습니다. 다 제 잘못이니까요."

그가 담담한 얼굴로 말을 이었다.

"추궁은 제게 하시지요."

"추궁이라니요."

내가 얼토당토않은 말이라는 듯 가만히 고개를 가로저었다.

"다른 분도 아니고 차기 황제가 되실 분께 그럴 수는 없지요. 오늘의 방문 또한 추궁을 위함이 아닙니다."

"그럼요?"

"단지 여쭙기 위해 찾아뵌 것뿐입니다. 어쨌든 저는 제3자이니 함부로 이 문제에 끼어들 생각도 없고요. 그저 주선자로서의 역할만 다하려 하는 것입니다."

나는 흥분하지 않고, 하고 싶은 말을 계속해나갔다.

"그저 궁금했습니다. 어째서 마음이 이미 다른 곳을 향해 있으신데도 제 제안을 수락하셨는지가요."

"……그 질문에 대한 답변은."

자비에르가 한숨 섞인 목소리로 대답했다.

"안으로 들어가서 하는 게 좋겠습니다. 손님을 언제까지고 밖에다 세워둘 수는 없는 노릇이니까요."

"……알겠습니다."

나는 굳이 거절하지 않은 채 자비에르와 함께 응접실로 들어갔다. 베이지색의 원탁 테이블을 두고 나는 자비에르와 마주 앉았고,

얼마지 않아 시녀들이 다과를 내왔다.

따뜻한 녹차와 한입 물면 달콤함이 입안 가득 퍼질 게 분명한 마카롱. 그가 단 음식을 좋아하는 나를 배려하여 내온 다과라는 것이 느껴졌지만, 유감스럽게도 지금은 그 무엇도 이해가 가지 않았다.

"드시지요. 요근래 주방장이 새로 선보이고 있는 디저트랍니다."

"감사합니다, 전하."

정중하게 대답한 내가 일부러 입가에 웃음기를 뺀 채 찻잔을 들어 올렸고, 자비에르가 그런 나를 흘긋 쳐다보았다.

그 역시 내 모습이 평소와는 다르다는 사실을 어렵잖게 추론할 수 있을 터였다. 상황이 상황이었거니와, 이곳에 와서 제대로 웃은 적이 단 한 번도 없었기 때문이었다.

"맛이 좋네요."

빈말이 아니라 정말 그랬다. 황궁의 디저트는 단 한 번도 나를 실망시킨 적이 없었으니까. 상황이 이렇다고 해서 비껴가는 것은 아니었다.

내 말을 들은 자비에르가 엷게 웃어 보였다.

"마음에 드신다니 다행입니다."

"그렇다면 전하."

나는 곧바로 본론으로 들어갔다.

"여쭈어봐도 될까요? 어째서…… 다른 분께 이미 마음이 있으신데도 미팅에 응하신 것인지를요."

"……."

내 대답에 자비에르는 당연하게도, 곧바로 대답하지 못했다.

말을 고르고 있는 것인지 아니면 정말로 변명할 거리가 있어서 그런 것인지는 모르겠으나, 그는 한 번 입을 여는 데 있어 상당히 신중을 기하는 모습을 보여주었다.

나는 인내심 있게 그의 입술이 떨어지기를 기다렸고, 그리 길지 않은 시간이 흐른 다음에야 자비에르는 입을 열었다.

"가장 첫 번째로는."

꿀꺽.

나도 모르게 마른침이 목 끝으로 넘어갔다. 과연 그가 무슨 대답을 해올까. 궁금한 동시에 겁도 났다. 혹시라도 그의 입에서 나올 대답이 내가 그에게 지금까지 가지고 있었던 신뢰와 호감을 전부 다 무너뜨릴까 봐 무서웠고, 어째서 그가 답지 않게 그런 행동을 했는지 얼른 알고 싶다는 생각도 들었다.

"황명이 있었습니다."

"……."

"레이디 오델레타에게 들으셨을 테지만요."

"……듣지 못했습니다."

오델레타는 내게 그런 말을 한 적이 없었다.

나는 마른침을 삼킨 다음 앵무새처럼 앞의 말을 반복했다.

"듣지 못했어요."

"아마 영애께는 미처 말씀을 드리지 못하신 모양입니다."

자비에르가 대수롭지 않게 여기는 모습으로 다음 말을 계속했다.

"황제 폐하께서 저와 레이디 오델레타와의 결혼을 원하십니다. 흔한 이유이지요. 혼기 꽉 찬 아들이 아직까지 결혼은커녕 영애와 교제하는 움직임조차 보이고 있지 않으니까요."

"……그게 이유의 전부인가요?"

"네."

자비에르가 다소 건조한 목소리로 대답했다.

"그 이유가 아니었다면 저 역시 레이디 오델레타에게 그리 잔인하게 굴지 않았을 겁니다. 하지만 여지를 남겨두는 게 더 잔인하다는 걸 저도 알고 있어요."

"……."

"그래서 확실히 말씀드린 것입니다. 그렇지만 그와 별개로…… 두 분 모두에게 죄송하고 면목 없는 것도 사실입니다."

"황명으로 나오신 줄은 몰랐습니다."

나는 아까보다 당황한 얼굴로 중얼거렸다.

헨리 14세가 두 사람의 결혼을 원하고 있다니.

이게 좋은 일인지 나쁜 일인지 당최 모르겠다.

어쩐 오델레타가 텔레비전 드라마 속에 나오는 악녀 포지션이 되어 버린 듯한 기분이다.

'그럼 결국 원작과 달라지는 게 없잖아?'

원작에서도 오델레타는 이런 느낌의 캐릭터였으니까.

나는 불안한 기분을 마음속으로 삼키며 입술을 축였다.

결국 원작은 바꿀 수 없는 걸까? 이번에도 오델레타는 그런 역할로만 자신의 생을 다하게 되는 것일까?

'안 돼. 그럴 수는 없어.'

이미 친구 관계가 한 번 바뀌었는데, 남녀관계라고 못 바꿀 리 없었다. 나는 부정적인 생각을 얼른 털어내며 입을 열었다.

"제게 귀띔이라도 해주시지 그러셨어요. 그랬다면 차라리 제 선에서…… 오델레타에게 잘 말할 수도 있었을 텐데요."

만약 그랬다면 중간에 낀 내가 제일 괴로운 상황이 되었겠지만, 그렇다고 하더라도 오델레타가 받을 상처의 크기는 조금 줄어들었을 것이다.

내가 원망스러운 눈으로 자비에르를 바라보며 말을 보탰다.

"너무 잔인하셨어요."

"……죄송합니다."

자비에르가 착잡해 보이는 얼굴로 조용히 말했다.

"그 부분은 전적으로 제 잘못입니다. 부정할 수가 없군요."

"……."

사과하는 자비에르에게 나는 어떤 말을 해야 할지 난감해졌다.

이 상황에서 무슨 말을 해야 대화가 지속될 수 있을까?

대충 아무 말이나 내뱉은 다음 자리를 파할 수도 있었지만, 그건 다소 무리 있는 행동이었다.

전후 상황을 들은 후에도 나는 여전히 자비에르에 대한 원망을 버리기 어려웠다. 하지만 사정을 듣기 전보다는 그를 이해할 수 있는 것도 사실이었다.

그리고 만약 자비에르가 내게 사실대로 말해주었다고 하더라도 오델레타가 상처받으리라는 사실은 변하지 않을 터였다.

어쨌든, 결과는 자비에르가 오델레타 대신 다른 여성을 좋아하고 있다는 것이었으니까.

"무례한 질문일 수 있지만······."

그러다 나는 문득 치미는 궁금함에 참지 못하고 입을 열었다.

"한 가지만 여쭤봐도 될까요, 전하?"

"네, 레이디 마리스텔라."

그가 아까보다는 조금 위축된 기색이 사라진 목소리로 내게 말했다.

"물어보십시오."

"누굴 좋아하고 계신지는 여쭙지 않을 테니 염려 마세요."

경직된 분위기를 풀어내기 위해 일부러 농담을 던진 내가, 곧바로 질문을 시작했다.

"솔직히 말해서 저는 이해가 잘 가지 않아요."

"뭐가 말씀입니까?"

"차기 황제가 되실 분이지요. 수려한 외모로 뭇 영애들의 마음을 설레게 하시고요. 인품 또한 좋으시니 어찌 보면 전하께서는 비현실적일 정도로 완벽한 분이십니다."

"그렇습니까."

자비에르가 쑥스러운 듯 얼굴을 붉혔지만, 나는 사실이라는 듯 거리낌 없는 목소리로 말을 이었다.

"저뿐 아니라 제도의 모두가 그렇게 생각할 거예요. 어쨌든……
전 이해가 잘 안 간단 말이죠."

"뭐가 말씀이십니까."

"그런 분께서 좋아하는 분에게 어째서 아직까지 고백하지 않으시
는 건지."

"……."

"제가 전하라면 그분과 진즉 결혼했을 텐데요."

여기까지 말한 나는 자칫 선을 넘을 것 같다는 생각이 들었는지
재빨리 몇 마디를 더 덧붙였다.

"개인적인 문제라면 대답하지 않으셔도 괜찮습니다. 제가 무례했
네요."

"개인적인 문제이긴 합니다만."

자비에르가 가만히 고개를 들어 나를 쳐다보았는데. 어쩐지 시선
에서 평소와는 다른 느낌이 들어서 기분이 묘해졌다.

설명할 수 없는 기분에 입술만 달싹거리고 있는 사이, 그의 목소
리가 들려왔다.

"친구에게는 말할 수 있을 것 같다고 생각해서요."

"……."

"저희, 여전히 친구입니까."

"제가 감히 전하와의 관계를 그렇게 규정해도 되는지 모르겠
어요."

내가 나직한 목소리로 말을 이었다.

"이번 일로 전하께 실망한 것은 사실입니다. 하지만 전하께도 나름의 사정이 있으셨을 거라고 생각해요."

"어째서 그렇게 생각하십니까. 제가 정말 나쁜 사람일 수도 있는데요."

"제가 겪은 전하는 그런 분은 아니세요."

내가 담담하게 내 생각을 말해나갔다.

"이곳에 오기 전까지도, 전하께서 마냥 나쁜 마음으로 그리 행동하신 건 아닐 거라고 생각했습니다. 또한 황명이 있었다면 전하께서도 쉽게 거절하지는 못하셨을 터."

"⋯⋯."

"거기에 개인적인 사정까지 더해진다면 전하의 행동을 완전히 납득하지는 못하더라도, 이해 정도는 할 수 있을 것 같습니다."

말을 마친 나는 잠깐 머뭇거리다가 그에게 물었다.

"제가 너무 주제넘었나요?"

"⋯⋯아뇨."

그가 살짝 한숨이 섞인 듯한 목소리로 답했다.

"다만 면목 없을 뿐입니다."

"⋯⋯."

"절 높게 평가해 주시는 건 대단히 감사합니다, 레이디 마리스텔라. 하지만 보시다시피 전 이런 면에서 상당히 우유부단한 사람입니다. 보통의 영식이었다면 상대에 대한 마음을 깨달았을 때 고백을 하든 구애를 하든 했겠지만, 전 주저했어요."

"어째서요?"

"두려웠기 때문입니다."

그는 그 말을 마치고서 쉽게 형용할 수 없는 복잡한 미소를 지어 보였는데, 굳이 규정하자면 그건 슬픈 미소였다.

분명. 그 미소를 보고 순간 나는 멈칫할 수밖에 없었다.

그에게서 이런 느낌을 받는 것은 다소 생소한 일이었다.

"뭐가 두려우신가요?"

"제가 좋아하는 그분께 상처를 줄까 두렵습니다."

"관계를 맺다 보면 상처를 주고받는 건 자연스러운 일이에요. 저희의 지금 상황도 크게 다르지 않잖아요."

"만약 그 관계가 결혼까지 이어졌을 때. 그리하여 가정을 꾸리게 되었을 때."

"……."

"혹시라도 상처를 주게 되는 건 아닌지 두렵습니다."

그가 낮은 목소리로 고민을 말했고, 나는 그가 이렇게 어두운 얼굴로 말하는 걸 처음 보았기 때문에 내심 놀랄 수밖에 없었다.

어쩐지 위로해줘야 할 것 같은 분위기여서 나는 평소보다 좀 더 오랜 시간을 생각해서 입을 열었다.

"전하께서 무슨 연유로 그런 두려움을 가지고 계신지는 모르겠습니다만…… 사랑에는 분명 타이밍이 있는 법이지요. 두려움을 극복하지 못하고 머뭇거린다면, 자칫 진짜 사랑은 시작하지도 못한 채 끝날지도 모른답니다."

중요한 건 어떻게든 시작하는 것이다. 과정은 노력으로 충분히 변화시킬 수 있으니까.

"전하께서 누구와 사랑하시든 행복하셨으면 하는 바람입니다. 조금 더 용기를 내셨으면 좋겠어요."

"영애께 그런 말씀을 들을 줄은 몰랐습니다."

나도 내가 이런 말을 하고 있을 줄은 몰랐다.

지금 뭐 하고 있는 건지. 내 친구를 위해서라면 그냥 끝까지 우유부단한 태도를 유지하라고 말해야 하는 건데.

스스로 황당해져서 나도 모르게 헛웃음이 나왔다.

"그렇네요. 제 입장에서는 전하께 계속 머뭇거리시라고 말씀드려야 하는 건데."

장난스러운 말에 자비에르가 엷게 웃었고, 나는 문득 그가 무슨 이유로 사랑에 이토록 소극적인 태도를 가지게 되었는지가 궁금해졌다. 소설에서는 자세히 나오지 않았던 부분이다. 원작에서는 그냥 도로테아와 오델레타 사이의 신경전만 중점적으로 다루었기 때문이었다.

'왠지 무슨 사연이 있을 것 같긴 한데……'

문제는 그걸 함부로 건드리기가 어렵다는 점이었다. 개인적일 게 분명한 이야기. 그걸 내가 함부로 물어봐도 괜찮을까 싶었다. 나는 머뭇거렸고, 그러는 사이에 자비에르가 입을 열었다.

"가끔은 저도 이런 제가 한심하게 느껴질 때가 있습니다. 과거와 현재를 제대로 분리하지 못하는 것 같아서요."

역시.

"아닙니다, 전하. 그게 결코 쉬운 일은 아니니까요. 분리하려 노력하시는 모습 자체가 정말 멋지다고 생각합니다."

"영애께서는 늘 좋게 말씀해주시는 것 같습니다."

"하지만 사실인걸요."

나는 처음으로 그 자리에서 씩 웃으며 대꾸했다.

"과거로부터 탈피한다는 게 얼마나 고통스러운 일인지, 많이 겪진 않았지만 충분히 알고 있으니까요. 그걸 시도한다는 것 자체가 대단한 일입니다."

"그렇게 말씀해주셔서 감사합니다."

"하지만 역시 제 입장에서는 제 친구가 전하의 마음을 사로잡기를 바라고 있어요."

내 말을 들은 자비에르가 말없이 미소 지었는데, 그건 장난을 받아들이는 사람의 미소라기보다는 뭔가 슬퍼 보이는 미소였다.

그에게 마음을 억지로 강요하는 일만큼은 하고 싶지 않아서, 나도 다른 말을 더 꺼내는 대신 그저 가만히 미소만 지어 보였다.

생각했던 것보다 둥근 분위기에서 만남은 마무리되었다.

사실 처음 서면궁에 갈 때까지만 해도 많이 걱정했던 나로서는 다행이라는 생각밖에는 들지 않았다.

어쨌든 자비에르는 좋은 친구였으니까.

비록 일이 이런 식으로 꼬이기는 했지만 말이다.

'두 사람이 잘됐으면 좋겠는데, 내 욕심인 걸까.'

결국 나는 자비에르가 누굴 좋아하고 있는지 알지 못하는 상황이고, 그렇다고 해서 자비에르가 원작에서처럼 도로테아를 좋아하고 있는 것도 아니다.

한 마디로 완전히 내가 아는 수준을 벗어난 상황이 되어 버렸는데, 나는 그 사실에 좋아해야 하는지 싫어해야 하는지 도무지 가늠이 안 갔다.

원작에서처럼 도로테아와 사랑에 빠지지 않는 건 분명 기뻐해야 할 일이었지만, 문제는 자비에르의 마음이 오델레타에게조차 가지 않는다는 데에 있었다.

'도대체 누구일까?'

어떤 마성의 여인이 자비에르의 마음을 사로잡은 걸까?

도무지 알 수 없는 문제라 나는 더 궁금해졌다. 물론 누가 되었든 자비에르가 반할 정도라면 대단히 아름답고 심성이 바른 여자일 것은 분명한 일이겠지만.

'딜튼 경에게나 물어볼까.'

하지만 충성스러운 그가 순순히 내게 그런 기밀(?)을 말해줄 것 같지는 않아서 나는 금방 생각을 포기해버렸다.

그때 마차가 멈추어 섰고, 나는 문을 열어 밖으로 내렸다. 거대한 트라코스 저택의 장관이 시야로 들어왔다.

"오셨습니까, 레이디 마리스텔라."

트라코스 저택의 집사인 로버트 조이스가 나를 마중 나온 상태였고, 나는 엷은 미소를 띤 얼굴로 그에게 인사했다.

"안녕하세요, 로버트 집사님. 잘 지내셨어요?"

"저야 늘 비슷하지요. 급하게 연락 주신 적은 처음이라 놀랐습니다."

나를 향해 인자하게 웃어 보인 노집사가 살짝 흥분한 목소리로 내게 말했다.

"어찌 되었든 영애께서 와주셔서 기쁩니다. 사실 요 근래 저희 아가씨께서 조금 우울해 하셨거든요. 무슨 일이 있으셨던 것 같은데 도통 말씀을 안 해주셔서 주인 나리와 주인 마님의 걱정이 이만저만이 아닙니다."

"아……."

그 이유를 알고 있던 나로서는 그저 어색하게 웃을 수밖에 없었다. 나는 그에게 사실을 직접 전하지는 않았는데, 그게 고고한 오델레타의 자존심에 흠집을 낼 수 있을지도 모른다는 생각에서였다.

무엇보다 그런 일을 본인의 동의도 없이 함부로 누설할 수는 없었으니까. 만약 그녀가 말할 생각이 있었다면 내가 이런 말을 듣기 전 그가 이미 알고 있어야 했다.

로버트 집사님을 따라 트라코스 저택 안으로 들어간 나는 오델레타의 방으로 걸음을 옮겼다.

이미 우리가 만나는 장소는 정식 손님을 맞이하는 응접실이 아닌 상대의 방이 되어버린 지 오래였다.

똑똑. 오델레타의 방문을 두 번 두드린 내가 그 앞에 바짝 다가가 선 다음 그녀의 반응을 기다렸다.

잠시 후에 방문 안에서 가녀린 목소리가 들려왔다.

"⋯⋯식사 생각 없어요, 아시나."

"아시나가 아니라 유감이네요, 아가씨."

부러 익살스럽게 대꾸한 나는 정확히 5초 뒤에 문이 열리는 것을 확인했다. 갑자기 문이 열리는 바람에 하마터면 균형을 잃고 앞으로 넘어질 뻔했지만, 다행히 그런 일은 없었다.

내가 빙긋 웃으며 놀란 얼굴의 오델레타와 인사했다.

"안녕, 오델."

"마리⋯⋯?"

오델레타가 당황한 얼굴로 나를 쳐다보며 물었다.

"여기까지는 어떻게⋯⋯ 연락도 주지 않고."

"그냥 네가 너무 보고 싶어서 바로 와봤어. 실례가 되었다면 미안해."

"아냐, 마리. 실례라니. 그렇지 않아."

그렇게 말한 오델레타는 곧바로 떨리는 목소리로 내게 말했다.

"네가 와주어서 기뻐."

"그렇다면 다행이네."

내가 빙긋 웃으며 그녀와 함께 방 안으로 들어갔다.

늘 그렇듯 정돈이 잘 되어 있는 방은 아늑한 분위기를 풍기고 있었다.

내가 엷게 웃으며 그녀에게 물었다.

"뭐 하고 있었어?"

"……그냥."

오델레타가 아무것도 아니라는 듯 고개를 저으며 말했다.

"기분이 심란해서. 자수나 놓고 있었어."

그 말이 거짓이 아니라는 듯 테이블에 올려진 자수틀이 눈에 들어왔다. 나는 부러 활기찬 목소리로 그녀를 칭찬해 주었다.

"잘했어! 마음 안정에 자수만 한 게 없지."

"응. 확실히 마음이 좀 진정되기는 하더라."

그 말과 함께 힘없이 미소 짓는 오델레타가 어쩐지 안쓰러워 보여서 나는 마음이 아파왔다.

하긴 그날의 충격에서 회복하는 것이 쉬운 일은 아닐 터였다.

최대한 빨리 이 음울한 분위기를 풀어내기 위해 나는 입을 열었다.

"오델레타, 실은……."

하지만 바로 그때, 지난번의 기억이 내 입술을 붙잡았다.

'내가 그 일로 자비에르를 만났다는 사실을 알면 자존심 상해하지 않을까.'

오델레타는 자존심을 최고의 가치로 여기는 긍지 높은 귀족 여성이었다. 만약 내가 자비에르를 만나 지난번 일에 대해 이야기를 나누었다는 사실을 알면 기분 나빠할지도 모른다.

그 사실을 상기하자 자연스럽게 입술이 다물려졌다.

"왜 그래, 마리?"

그녀가 궁금하다는 얼굴로 내게 물었고, 나는 잠깐 멍해진 얼굴로 그녀를 쳐다보았다가 이내 아무 말이나 입 밖으로 내뱉었다.

"아까 길가에 핀…… 꽃을 봤는데 너무 예쁘더라고."

"그랬어?"

"응. 들꽃이라고는 믿기지 않을 정도로 아름다워서…… 지금 생각해보면 꺾어오지 않은 게 아쉬울 정도야."

"꽃은 그 자리에 가만히 피어 있을 때 가장 아름다운걸."

오델레타가 방긋 웃으며 내게 말했다.

"잘했어. 다른 사람들에게도 그 꽃을 보고 기뻐할 행복을 줘야지."

"넌 정말……."

착하다니까, 오델레타.

나는 그 말을 다 내뱉지 못한 채 그녀에게로 걸어가 오델레타를 꼭 안아 주었다. 갑작스러운 포옹에 당황하는 것도 잠시, 이내 적응한 듯 오델레타가 내 몸을 두 팔로 부드럽게 감싸 안았다.

"……좀 어때?"

내가 조심스럽게 묻자, 잠깐의 침묵이 흐른 끝에 답이 돌아왔다.

"괜찮지는 않아."

그녀의 목소리에 묻어나오는 괴로움에 나는 잠깐 멈칫했지만, 끝까지 다른 말은 하지 않은 채 계속 안아주기만 했다. 지금은 열 마디의 말보다 한 번의 포옹이 더 효과 있을지도 모른다.

"마리, 나 있잖아……."

"응, 오델."

"전하를 포기할 수 없을 것 같아."

결심과도 같은 그녀의 말에, 나는 대수롭지 않게 고개를 끄덕였다.

"그래. 아직은…… 포기하지 않아도 돼."

어쨌든 아직까지 자비에르는 솔로였으니까.

결혼도, 교제도 하지 않는 혼자의 상태.

"네가 하고 싶은 대로 해. 내가 응원할 테니까."

"……정말?"

"그럼. 당연하지."

그 말에 오델레타가 내 품에서 떨어졌고, 나는 그녀와 눈을 마주했다.

오델레타가 무슨 생각을 하는 건지 알기 어려운 얼굴로 나를 응시하며 내 이름을 불렀다.

"마리스텔라 제니즈 라 벨플레어."

"응?"

"넌 끝까지 내 편 할 거지?"

"그럼. 당연하지."

"내가 무슨 짓을 저질러도?"

"살인만 제외한다면, 전부 다."

"내가 조금 나쁘게 행동하더라도…… 날 용서할 수 있겠어?"

고결하게만 살아왔던 그녀에게 이런 질문을 듣는 건 정말로 묘한 일이다. 그녀가 말하는 '나쁜 행동'이 무엇인지는 잘 모르겠지만, 아마 사랑을 쟁취하기 위한 행동의 일환이리라고 나는 추측했다.

그리고 나는, 정말로 살인만 아니라면 그녀를 감싸줄 수 있을 것 같았다.

"용서할게, 오델."

"……정말로?"

"정말로."

내가 조용히 읊조렸다.

"나는 네 친구니까."

"……."

그 말을 하고 난 직후 내 어깨는 따뜻하게 젖어들어갔다.

아무래도 오델레타가 조용히 눈물 흘리는 중인 것 같아서 나는 아무 말 없이 그녀를 꼭 안은 채로 토닥거리기만 했다.

예쁜 내 친구. 안쓰러운 내 친구.

만약 그녀가 이번 삶에서 행복해질 수만 있다면, 나는 정말로 모든 걸 다 용서할 수 있을 것만 같았다.

그 이후로 시간은 빠르게 흘렀다.

나는 오델레타와 여전히 끈끈한 관계를 유지했고, 오델레타는 이

따금씩 대화에서 자비에르를 언급했다.

기껏해야 '이 드레스를 황태자 전하께서 좋아하실까?'나, '황태자 전하께서 이 색을 좋아하실까?' 같은 이야기가 전부이긴 했지만.

그동안 황족과 엮일 만한 파티가 없어서 그런지는 몰라도, 짝사랑에 상처받은 소녀는 빠르게 원래의 당당하고 품격 있는 모습을 회복했다. 그렇게 오델레타의 내면은 처음보다는 많이 단단해지고 있는 것처럼 보였고, 그 모습을 옆에서 지켜보던 나는 비로소 안도할 수 있었다.

그러다 어느 날 이루어진 오델레타와의 대화에서, 나는 잊고 있었던 사실 하나를 머릿속에서 끄집어낼 수 있었다.

"이것 봐, 마리."

오델레타가 환한 미소를 띤 얼굴로 내게 남색 드레스를 보여주며 물었다.

"이게 에스클리프 저택 파티에서 입을 드레스인데, 어때?"

"예쁘네. 차분하고."

드레스를 위아래로 훑어본 내가 고개를 끄덕이며 평을 내렸다.

"밤하늘 생각난다. 네게도 잘 어울려."

"그래? 다행이다."

오델레타가 볼을 복숭아색으로 물들이며 말했다.

"전하께서도 좋아하셔야 할 텐데."

"전하의 취향까지는 모르겠지만, 내 눈에는 정말로 예뻐, 오델레타."

"넌 너무 나한테 관대해서 그래. 가끔은 어머니보다 네가 더 내게 후하다고."

"하하."

그 말을 듣고 내가 낮게 웃음을 터뜨렸고, 그때 오델레타가 내게 물어왔다.

"넌 무슨 드레스 입어?"

"그때 말했던 진주색 드레스."

도로테아와의 신경전 끝에 쟁취해낸 드레스였다.

내 말을 들은 오델레타가 '아, 그때 그거' 하고 읊조리며 가만히 고개를 끄덕였다가, 잠시 후 내게 또 다른 질문을 건넸다.

"하이힐은 무슨 색 신을 거야?"

"으음……. 아마 은색일 거 같아. 플로린다가 내가 입을 드레스에 어울리는 은색 하이힐이 있다고 며칠 전부터 입 아프게 말해왔거든."

"은색……."

"그런데 갑자기 그건 왜?"

내가 아리송한 얼굴로 물었다.

"너 한 번도 나한테 이런 거 물은 적 없었잖아."

"아."

내 말을 들은 오델레타가 잠깐 멈칫했다가 이내 원래의 웃는 표정으로 돌아와 답했다.

"너랑 커플 하이힐 신고 싶어서. 혹시 기분 나빠?"

"응? 아니. 그럴 리가."

다른 사람도 아니고 친구 사인데.

유치하게 그럴 리가 없잖은가.

나는 어깨를 으쓱인 다음 그녀의 말에 맞장구쳤다.

"확실히 특별한 기분이긴 하겠다."

"……그렇지?"

묘한 미소를 지으며 고개를 끄덕인 오델레타가 잠시 후에 말을 이었다.

"그보다 공작 전하께 드릴 선물은 준비했어?"

"어?"

뜻밖의 말에 나는 순간 당황했다.

클로드에게 줄…… 선물?

'아, 그러고 보니…….'

며칠 후에 있을 파티, 다른 것도 아니고 그의 탄신을 기념하는 자리였다. 나는 며칠 후에 에스클리프 저택에서 파티가 열린다는 사실 자체에만 집중하고 있었기 때문에, 방금 깨달은 사실에 대해 뜻밖의 당황스러움을 느꼈다.

"맙소사, 내 정신 좀 보게."

그러고 보니 선물을 준비하지 못했다.

무의식적으로 입 밖으로 튀어나온 말에 오델레타가 깜짝 놀란 얼굴로 물었다.

"준비하지 않은 거야?"

"며칠 후에 열릴 파티를 잊어먹은 건 당연히 아닌데, 파티가 열린다는 사실 자체에만 너무 집중하고 있었어. 정작 그게 전하의 탄신일을 기념해서 열린다는 건 까맣게 잊고 있었지, 뭐야."

"맙소사, 마리."

오델레타가 당황한 얼굴로 고개를 절레절레 저었다.

"무슨 말인지 이해는 가지만, 너무했어. 두 사람 꽤 친한 관계 아니었어?"

"……."

틀린 말이 아니어서 나는 할 말을 찾지 못하고 입을 다물어야만 했다.

오델레타의 말마따나 클로드와 나는 친구 관계였으니 자그마한 선물이라도 하나쯤 하는 게 예의일 터.

내가 못 말린다는 듯 이마를 짚었다.

'왜 이렇게 중요한 사실을 지금에서야 깨달은 거야?'

조금 일찍 자각했다면 좋았을 텐데. 이건 완벽한 내 실수였다. 결국 발등에 불이 떨어져버린 상황이었다.

"나도 이럴 때 보면 정말 구제불능이라니까."

내가 조급해진 표정으로 머리를 굴렸다.

가장 먼저 머릿속에 떠오른 건 역시나 손수건이었지만, 지나치게 고루했다. 이미 오델레타에게 한 번 선물한 전적이 있었고, 아니 그 전에 자비에르에게도 한 번 선물했었다. 클로드에게 같은 걸 선물한다고 해서 문제 될 건 없었지만, 좀 더 특별한 걸 선물해보고 싶었다.

'손수건에 자수만 놓기에는 나도 좀 질려서.'

하지만 도대체 뭘 선물해야 하지?

손수건을 제외하면 할 수 있는 게 없었다. 아무래도 다들 있는 집 사람들이라 금전적인 선물보다는 정성이 담뿍 담긴 게 좋았는데, 그렇다고 해서 종이학 천 마리를 접거나 학 알을 접어 선물할 수도 없는 노릇이다. 물론 그게 정성 면에서는 최고봉이었지만. 어쨌든 좀 더 실용적인 게 좋을 것이다.

"괜찮아. 아직 시간이 좀 있는걸."

오델레타가 차분한 목소리로 나를 위로한 다음 물었다.

"생각해둔 건 있고?"

"방금 손수건을 떠올렸는데, 너무 질려. 벌써 두 사람에게나 만들어줬는걸."

"두…… 사람이라니?"

오델레타가 잠깐 멈칫한 모습으로 물었다.

"나 말고 또 다른 사람에게도 선물해준 적 있어?"

"왜, 질투나?"

내가 농담조로 물었지만, 오델레타는 어쩐지 심각해 보였다.

장난으로 했던 말을 진지하게 받아들인 것 같아서 나는 얼른 덧붙였다.

"황태자 전하께. 서먼궁에 갔을 때 빈손으로 가기가 뭣해서 만들어 드린 것뿐이야."

"아……."

내 설명을 들은 뒤에야 오델레타는 묘한 얼굴로 고개를 끄덕였다.

그리고 나는 여전히 고민에 집중했다. 마땅히 떠오르는 게 없었다.

'결국 손수건을 다시 선물해야 하나'라고 생각하고 있을 때, 내 머릿속에 섬광처럼 무언가가 스쳐 지나갔다.

'과일청이 참 정성스럽기는 한데.'

여긴 과일청을 담그는 문화가 없는 듯했다. 물론 내가 아직 이곳에 대해 완전히 다 알지 못해서 그렇게 알고 있는 것일지도 모르겠지만.

"한번 만들어볼까."

한국에서 만들어 본 적이 있었다. 꽤나 정성스러운 과정임은 틀림없었지만, 그렇다고 해서 엄청나게 어렵거나 한 것도 아닌.

"응? 뭘?"

"과일청. 혹시 알아?"

"들어보긴 했어."

오델레타가 고개를 끄덕이며 대답했다.

"그런데 요나스에서 흔한 디저트는 아니야."

어쩐지 그럴 것 같았다.

내가 결심했다는 듯 입을 열었다.

"과일청을 만들어서 선물해 드려야겠어."

입맛에 맞을지 살짝 걱정했지만, 과일청 싫어한다는 사람을 아직까지 본 적이 없었다. 물론 섣부른 일반화의 오류는 위험하지만, 아주 맛없게 만드는 게 아닌 이상은 좋아해 줄 것 같았다.

"과일청 만들 줄 알아, 마리?"

내 말을 들은 오델레타가 퍽 놀랍다는 얼굴로 물었고, 나는 스스럼없이 그렇다고 대답하려다, 혹시 이상한 오해를 살 수 있을 것 같아서 한 마디를 더 추가해 입을 열었다.

"책에서 본 적이 있어."

"오, 신기하다."

오델레타가 얼굴에 이채를 띤 채 물었다.

"뭘로 청을 만들 건데?"

"음⋯⋯. 오렌지나 레몬 어때?"

제일 무난한 걸 고르자면 역시 그 둘이었다.

오델레타가 괜찮다는 듯한 표정을 지은 다음 입가에 환한 미소를 띠우며 내게 말했다.

"시간 남으면 나한테도 하나 만들어줄 수 있어?"

"당연하지."

나는 냉큼 고개를 끄덕이며 대답했다.

클로드뿐 아니라 평소 친하게 지냈던 사람들에게도 이번 기회에 한 병씩 만들어 주면 좋을 것이다.

내가 씩 웃으며 오델레타에게 말했다.

"맛있게 만들어 줄 테니, 기대하고 있어도 좋아."

◇◆◇

벨플레어 저택으로 돌아오자마자 가장 먼저 한 일은 플로린다에게 깨끗하게 씻은 오렌지와 레몬, 다량의 설탕을 준비해 달라고 말하는 것이었다.

나는 재료가 준비되자마자 주방에서 곧바로 오렌지청 두 병을 만들어 버렸다.

한 통은 클로드의 것이었고 나머지 하나는 내 몫이었는데, 오델레타와 자비에르에게는 조금 뒤에 만들어 선물할 예정이었다.

겉으로 보기에는 별것 아닌 것처럼 보일지 몰라도, 과일청을 만드는 건 생각보다 복잡하고 손이 많이 가는 일이었다. 오죽하면 옆에서 지켜보던 플로린다가 나서서 이런 자잘한 일은 자신을 시키라고 말할 정도였으니까.

어쨌든 그녀의 도움을 받아 나는 생각했던 것보다 더 빠른 시간 내에 오렌지청을 만들어낼 수 있었다.

내가 뿌듯한 목소리로 플로린다에게 말했다.

"한 사나흘 정도 숙성시키면 그때부터 먹을 수 있어요."

"숙성을 시켜야 하는군요."

"그래야 먹을 만해요. 더 맛있고."

"신기해요. 이런 건 도대체 어떻게 생각해 내신 거예요, 아가씨?"

플로린다가 눈을 반짝이며 묻자, 나는 어색한 미소를 지어 보이며 오델레타에게 했던 것과 똑같은 대답을 해주었다.

"책에서 봤어요."

"오, 그러셨군요. 하긴 요나스에서는 흔한 디저트는 아니니까요."

플로린다가 수긍하는 듯한 얼굴빛으로 고개를 끄덕이다가, 잠시 후에 이런 질문을 했다.

"만약 이게 맛이 좋다면요. 아가씨, 이걸로 사업을 해보시는 건 어때요?"

"네?"

급작스러운 제안에 나는 한동안 이해를 하지 못한 사람처럼 두 눈을 끔뻑거렸다. 그러다 한참 후에 '파하하' 웃으며 고개를 저었다.

"말도 안 돼요."

내 말에 플로린다가 이해 가지 않는다는 얼굴로 물었다.

"뭐가 말도 안 돼요?"

"사업이라니. 너무 거창해요. 그런 건."

"말이 사업이지 그냥 장사죠, 뭐."

플로린다가 어깨를 으쓱이며 덧붙였다.

"복잡하게 생각하지 마세요. 폭발적으로는 아니더라도 분명 인기는 있을 거예요. 이런 식의 디저트는 아직 누가 선보인 적이 없거든요."

"……그래요?"

나는 귀가 꽤 얇은 편이었다. 내가 호기심을 보이자, 플로린다는 언변가로 빙의해 나를 설득하기 시작했다.

"그럼요, 아가씨. 물론 아직 맛보기 전이라 확실히 말씀은 못 드리지만, 만약 맛이 좋다면 한번 팔아보세요. 혹시 알아요? 떼부자가 되실지?"

지금도 썩 못 사는 편은 아니었고, 코르노헨 가문에 진 부채와는 상관없이 평생 동안 놀고먹어도 될 수준의 돈이 벨플레어 가문에 있었지만, 플로린다의 제안은 점점 나를 끌어당기기 시작했다.

돈 문제도 물론 혹하긴 했지만, 만약 평생 이 책 속 세계에서 살아야만 한다면 직업 정도는 한 가지 가지고 사는 게 반드시 필요했다.

그렇지 않으면 심심해서 견딜 수가 없을 거다. 책 보고 수다 떨고 하는 것도 하루 이틀이지, 몇 수십 년을 그렇게 버티는 건 불가능했다.

물론 아직까지는 나름 잘 버티고 있는 축에 속했지만, 이게 언제까지 갈지 장담할 수 없었다.

어쨌든 사람은 일을 해야 했다. 지나치면 문제가 되지만, 적당한 노동은 분명 인생에 활력소를 가져다주니까.

"으음…… 한번 맛보고 결정하는 걸로."

나는 이미 내 과일청 맛을 알고 있었다. 여러 번 만들어 먹어봤으니까. 내 입맛에 맞는다고 해서 그게 여기 사람들 입맛에도 맞을 거란 보장은 없었지만, 평가가 좋으면 한번 간단하게 팔아보는 것도 나쁘지는 않을 것이다.

물론 플로린다 말처럼 그걸로 떼돈을 번다거나 그럴 생각은 없었지만. 만약 하게 된다면 가내수공업 정도 규모로 하고 싶었다.

공방처럼 작은 사이즈로 운영해서 심심하지 않을 만큼만 일하는 정도?

그 정도면 정말 재미있을지도.

"만약 가게를 여시게 된다면 절 직원으로 써주세요, 아가씨!"

"당연히 그래야죠, 플로린다. 만약 하게 된다면 다 플로린다 덕분인데요."

내가 키득키득 웃으며 오렌지청이 담긴 유리병을 플로린다에게 건넸다.

"우리 사흘 후에 함께 열어봐요."

사흘 후 나는 약속대로 플로린다와 함께 오렌지청의 병뚜껑을 함께 열어보았다.

유리병의 뚜껑을 열자마자 새콤한 오렌지 냄새가 코끝을 강하게 스쳤다. 옆에서 그 냄새를 맡던 플로린다는 냄새가 너무 좋다면서 야단법석을 떨었고, 나는 그녀를 위해 오렌지차 한 잔을 만들어주었다.

플로린다가 떨리는 표정으로 내게서 찻잔을 받아 들었고, 나는 그녀보다 먼저 그것을 맛보았다.

"음."

맛있었다.

입가에 자연스레 미소가 떠올랐고, 플로린다는 내 표정에 기대감을 얻었는지 설레는 눈빛을 한 채 찻잔을 입술로 가까이 가져갔다.

잠시 후, 차를 마신 플로린다의 얼굴에 묘한 표정이 번져 나갔다.

나는 태연한 척했지만 내심 긴장된 얼굴로 플로린다의 평을 기다렸다. 잠시 후 그녀의 입속에서 탄성이 터져 나왔다.

"우와, 맛있어요!"

"……정말요?"

기대치 못한 호평에 나도 모르게 얼떨떨한 표정이 나왔다. 플로린다가 크게 한 번 고개를 끄덕인 다음 다시 한번 오렌지차를 홀짝였다.

잠시 후, 그녀가 '역시 이 맛이야'라고 말하는 것 같은 표정으로 입을 열었다.

"진짜 맛있는데요, 아가씨? 새콤하고 달콤하고…… 이런 맛은 처음 봐요."

이게 한국의 맛이야, 플로린다.

내가 어쩐지 뿌듯해진 얼굴로 어깨를 으쓱였다. 기분 좋았다.

"진짜 맛있나 봐요."

"저 한 잔만 더 주세요, 아가씨."

그렇게 말해놓고서 플로린다는 자신이 먼저 찻주전자를 들어 꿀물을 찻잔 안에 부었다.

나는 그 모습을 보며 설핏 웃은 다음 플로린다의 찻잔 안에 오렌지 소스를 더 넣어주었고, 플로린다는 그 잔마저도 금방 비웠다.

그 모습을 보고 나는 두 가지의 가능성이 있다고 결론 내렸다.

그녀의 입맛이 지극히 한국인스럽거나, 혹은 이게 진짜 맛있거나.

"이거 팔아도 될 거 같아요, 아가씨. 너무 맛있어요."

"하지만 우리의 호평만으로는 부족해요."

내가 고개를 저으며 그녀에게 말했다.

"좀 더 표본이 많이 필요할 것 같아요."

그리하여 내가 선택한 방법은 가족들 모두에게 이 오렌지차를 선보이는 것이었다.

나는 그날 저녁 식사를 마친 다음 저택의 요리장에게 미리 말해 부모님과 마티나에게 오렌지차를 한 잔씩 맛볼 수 있도록 했다.

"처음 보는 차네요, 요리장님?"

낯선 디저트를 접한 벨플레어 백작부인이 어색한 얼굴로 오렌지차를 내려다보았고, 요리장은 그것이 오렌지청으로 만든 차라고 설명해주었다. 벨플레어 백작부인이 떫은 표정을 짓다가 이내 한 모금을 마셨고, 잠시 후 그녀의 얼굴에 놀라운 기색이 스쳐 지나갔다.

그녀가 얼떨떨한 얼굴로 물었다.

"이걸 요리장이 만든 건가요?"

"제가 만든 거예요."

가만히 있던 내가 끼어들자, 벨플레어 백작부인이 아까보다 더 놀랍다는 목소리로 물었다.

"어머, 네가?"

벨플레어 백작부인이 믿기지 얼굴로 나를 쳐다보았고, 그건 벨플레어 백작과 마티나도 마찬가지였다.

"이걸 언니가 만들었다고?"

마티나는 그렇게 물은 다음 곧바로 한 모금을 마셨다.

잠시 후 그녀의 입속에서도 탄성이 튀어나왔다.

"맛있어!"

"내가 만들었다고 해서 그런 거 아냐?"

"언니, 나 입 까다로운 여자야."

새침하게 대답한 마티나가 다시 한 모금을 더 마신 다음 또다시 칭찬을 날렸다.

"근데 진짜 맛있다. 홍차보다 새콤하고 달아."

"정말 그러냐?"

잠자코 두 사람을 지켜보기만 하던 벨플레어 백작이 조심스럽게 한 모금을 마셨다. 벨플레어 백작부인이나 마티나처럼 커다란 반응은 없었지만, 나는 분명 그의 입가에 잔잔한 미소가 번지는 것을 발견하고선 따라 웃었다.

"다들 마음에 드시나 보네요."

"이런 걸 네가 만들었다니 믿기지 않구나."

"언제부터 요리에 소질이 있었지, 우리 딸?"

"언니, 이거 만들어 팔아도 될 것 같아!"

세 사람의 호평이 차례로 이어졌고, 나는 민망한 듯 웃으며 솔직하게 말했다.

"사실은 작게 한번 시작해볼까 생각도 해보고 있어요."

"어머, 정말이니?"

"해, 언니. 해봐! 내가 도와줄게!"

"사업을 하겠다는 말이냐?"

"네. 그렇게 거창하게 말할 건 없고⋯⋯. 장사죠, 그냥."

"장사든 사업이든 그런 걸 한다는 게 이 아비는 믿기지 않는구나. 이런 쪽에 소질이 있는 줄 몰랐어."

벨플레어 백작은 여전히 놀라움에 빠져 있었고, 사실 다른 식구들도 그랬다.

나는 약간의 부끄러움을 느끼며 시선을 아래로 내렸다. 이런 유의 관심은 처음이었다.

"일단 저택의 사용인들에게 한 번씩 맛을 보게 한 다음에, 평가가 좋으면 작게 가게를 하나 내볼까 해요."

"좋구나. 처음부터 크게 시작해서 상처받는 것보다는 낫지. 필요한 건 없느냐?"

"그렇게 돈이 많이 필요한 사업이 아녜요, 아빠. 가게 임대비용을 제외하면요. 재료비가 많이 드는 일은 아니라서."

"하지만 필요한 게 있다면 언제든 말하거라. 알았지?"

"그럴게요, 아빠. 말씀만으로도 감사해요."

내가 싱긋 웃은 다음 고개를 끄덕였다. 이 정도 평가라면 적어도 팔았을 때 쪽박은 면할 거 같다는 희망이 들었다. 하지만 아직 평가를 받아야 할 한 사람이 더 남아 있었다.

◇◆◇

"음!"

오델레타가 탄성을 내지르며 나를 쳐다보았고, 나 역시 낮게 웃으며 그녀를 바라보았다.

"맛있어?"

"완전."

오델레타가 신기하다는 얼굴로 오렌지차 한 모금을 더 마셨다. 그러고선 또 환하게 미소 지었다.

"너무 맛있다."

"입에 맞는다니 다행이네."

"정말 네가 만든 거야?"

오델레타의 추궁 아닌 추궁에 내가 자랑하는 사람처럼 어깨를 으쓱이며 되물었다.

"누가 만들었을 거 같아, 그럼?"

"너 대단하다."

"맛있어?"

"지금까지 뭘 들은 거야? 최고라니까!"

"다행이네."

기대 외의 호평에 나는 잠시 닫힌 유리병의 뚜껑을 만지작거리다가 다른 질문을 했다.

"살 만한 것 같아?"

"뭘? 이거?"

"응."

"난 살 거 같아."

하지만 그렇게 말한 직후 오델레타는 살짝 걱정스러운 목소리로 물었다.

"사업이라도 하려는 거야?"

"그러려고."

"누구에게 팔 건데?"

오델레타가 여전히 걱정스러운 목소리로 내게 말했다.

"이건 분명 맛있는 차지만, 귀족들에게는 그리 인기 없을 것 같아."

"나도 같은 생각이야."

내가 알고 있다는 듯 어깨를 으쓱였다.

과일청은 만들기 쉽고 맛도 좋고 가격도 저렴하다는 장점이 있었지만, 마지막 조건 하나 때문에 귀족들을 상대로 판매하기에는 무리가 있었다.

그들에게 있어 차는 단순히 미식가적 이유 때문에 즐기는 대상이 아니었다. 그건 그들의 품위를 유지하고 귀족이 아닌 사람들과의 차별성을 공고히 하는 가장 좋은 수단이었다.

때문에 저렴한 차는 귀족 사회에서도 종종 놀림거리로 취급받았고, 아무리 가난한 귀족들이라도 마시는 차만큼은 늘 고급을 쓰기 위해 애썼다. 그러니 싸디싼 과일청이 환영받을 리 없다.

나도 그 사실을 잘 알고 있었다.

"평민들을 대상으로 팔 생각이야. 귀족들과는 달리 효율성을 가장 중시하니까."

"그건 괜찮다. 근데 그럼 판매가 어려울 텐데?"

"직접적인 판매는 내가 안 하지. 나는 경영하고 R&D…… 아니, 제품 개발만 할 거야."

"오."

오델레타가 눈에 이채를 띠며 한 줄 평을 내렸다.

"재밌겠다."

"그렇지?"

내가 키득키득 웃으며 오델레타에게 말했다.

"인생이 심심하지는 않을 거 같아. 소소하게 가게 운영하면서 지내면."

"근데 귀족 영애가 그래도 돼?"

"왜? 설마…… 격이 떨어져?"

"아니, 아니. 그런 말이 아니고. 힘들지 않겠느냐고."

"뭐……."

내가 어색하게 웃으며 말을 흐렸다. 오델레타는 잘 모르겠지만, 나는 이곳에 오기 전까지만 해도 한국에서 살았다.

무슨 뜻이냐고? 잔업은 필수에 야근은 옵션이라는 뜻.

가게 일이 아무리 힘들어도 아무렴 한국에서의 일과 비교할쏘냐? 뭐, 이런 뜻이었다.

"괜찮을 거야. 나 혼자 하는 것도 아니고. 저택의 하녀들이 도와주기로 했어."

"그래도 좀 걱정이네."

"진짜 괜찮아. 난 어느 정도 바쁜 생활이 좋아."

내가 씩 웃으며 그녀를 안심시키자, 오델레타는 그제야 살짝 걱정을 내려놓은 듯했다.

그녀가 배시시 웃으며 내게 말했다.

"잘할 거야. 넌 똑똑하니까."

"똑똑하긴."

과분한 칭찬에 나도 모르게 얼굴이 붉어졌고, 오델레타는 그런 나를 묘한 눈빛으로 바라보았다.

시선이 오래 머물자 나는 약간 민망함을 느끼며 그녀에게 물었다.

"갑자기 왜 그렇게 빤히 쳐다봐?"

"그냥."

오델레타가 읊조렸다.

"신기해서."

"뭐가?"

"우리가 이러고 있는 거. 너무 신기하지 않아?"

오델레타의 말에 나도 모르게 까르르 웃음을 터뜨렸다.

서로 존칭을 꼬박꼬박 쓰며 예우를 다했던 지난날이 떠올랐다. 물론 지금도 서로에게 친구로서의 예우는 충실히 하고 있지만. 그래도 확실히 놀라운 일이었다.

원작의 내용을 생각해 본다면 더더욱.

'선량한' 여자 주인공의 들러리와 악녀가 친구가 되다니. 세상에 이런 막장 이야기가 또 있을까. 나는 고개를 주억거리며 오델레타의 말에 맞장구쳤다.

"확실히 신기하긴 해."

"몇 달 전까지만 해도 너랑 이러고 있을 줄은 꿈에도 몰랐어, 진짜."

오델레타가 내 손을 가만히 부여잡은 다음 조용히 속삭였다.

"새삼스럽지만, 앞으로도 우리 이렇게 친하게 지내자, 마리."

"당연한 소리를. 내 가장 친한 친구는 너인걸."

"……나도 그래."

"네 몫의 과일청은 내일 파티가 끝나고 선물해줄게. 지금은 조금 정신이 없어서."

"천천히 해. 급한 것도 아닌데."

"공작 전하께서 좋아하실지 모르겠다."

"좋아하실 거야. 이렇게 정성스럽고 맛 좋은 선물을."

"워낙 사방에서 진귀한 선물은 다 들어올 테니까."

"중요한 건 마음이잖아. 너도 그래서 값비싼 것보다는 정성이 더 많이 가는 것을 선택한 것 아니었어?"

"그렇긴…… 하지."

"그래. 그럼 걱정할 것 없어."

오델레타가 빙긋 웃으며 나를 토닥였고, 나는 그런 그녀의 손길에 가만히 미소 지었다.

그때, 갑자기 오델레타가 나를 불렀다.

"마리."

"응?"

"요즘도 서면궁에 가니?"

"……."

갑작스러운 질문에 나는 당황할 수밖에 없었다. 아니, 엄밀히 말하자면 질문 자체가 당황스러웠던 것은 아니었다. 나의 당황스러움은 그녀가 질문한 내용에서 기인했다. 오델레타가 그 질문을 직접적으로 할 줄은 몰랐기 때문이었다.

"어……."

"난 괜찮으니까 걱정하지 말고 대답해줘, 마리."

"……요즘은 잘 찾아뵙지 않아."

사실이었다. 마지막으로 서면궁에 간 것은 오델레타가 소개팅에서 자비에르에게 이미 좋아하는 사람이 있다는 충격적인 소식을 들은 후, 그것을 따지러 갔을 때였으니까.

그 이후에는 왠지 어색한 기분에 서면궁을 찾지 않았다. 자비에르 역시 나를 부르지 않았고. 그것이 나를 배려해서인지, 아니면 그 역시도 내가 껄끄러워져서인지는 잘 모르겠지만 말이다.

"마지막으로 뵌 게 언제인지도 까마득한걸."

"그랬구나……."

"응. 아무래도 너와의 일도 있고…… 해서."

"배려해줘서 고마워, 마리."

오델레타가 엷게 미소 지으며 내게 말했다.

"사실 그 일이 있고 난 후에, 지금처럼 괜찮아지기까지 꽤 괴로웠어."

"……알지."

왜 모르겠어. 네가 괴로워하는 모습을 나도 네 옆에서 실시간으로 지켜봤는데. 내가 짧게 한숨 내쉬며 말을 이었다.

"고생 많이 했었지."

"전하에 대한 마음, 포기하지 않겠다 말씀드리고 나왔지만…… 정작 저택으로 돌아온 뒤에는 많이 고민했던 게 사실이야. 나와 전하는 인연이 아닌 걸까. 우린 이루어질 수 없는 관계인 걸까."

"……."

"너도 알고 있다시피, 난 전하를 포기할 생각이 없어, 마리."

"그래."

나는 조용히 고개를 끄덕이며 그녀의 말에 응수했다.

"말했잖아. 아직 아무것도 확정된 건 없으니까 포기하지 말라고."

"응. 그러려고."

오델레타가 아름답게 미소 지으며 내게 말했다.

"도무지 이대로 포기할 수가 없을 것 같아."

"……잘될 거야."

나는 이렇게만 말해주었다.

솔직히 말해서, 나는 오델레타가 자비에르와 잘되기를 바라는 쪽이었다. 책 밖에서 독자로 두 사람을 알게 되었을 때도 그랬고, 책 속으로 들어온 지금도 생각이 달라지지는 않았다.

'하지만……'

그때, 마지막으로 보았던 자비에르의 표정이 마음에 계속 걸리는 것도 사실이었다.

'이상하게 슬퍼 보였어.'

그것도 아주 많이.

보아하니 이루어질 수 없는 상대를 마음에 품었거나, 혹은 고백하지 못하는 상황임이 틀림없었다.

다른 것보다, 그가 정말로 정체불명의 그녀를 좋아하고 있다는 게 제3자인 나의 눈에도 명백하게 보여서, 나는 처음처럼 무턱대고 오델레타와 자비에르의 관계 진전을 바랄 수가 없었다.

어쨌든 원치 않는 마음을 강요하는 것은 폭력이었다.

그리고 그 상대가 내 친구라고 해서 면죄부가 주어지는 것은 아니다.

"두 사람이 운명이라면, 분명 이루어질 거야."

그래서 나는 처음과는 다르게 말을 이렇게 수정해야만 했다.

두 사람이 정말로 운명이라면, 자비에르는 마음을 돌려 오델레타를 사랑할 것이다. 그게 아니라면, 슬프게도 이번 생에서조차 오델레타는 자비에르와는 온전히 이루어질 수 없겠지. 모쪼록 그런 비극이 일어나지 않기를 바랐지만, 그게 운명이라면 막을 수 없을 것이다.

물론 이런 속내까지는 다 밝히지 않은 채, 나는 그저 오델레타에게 따뜻한 눈길만을 건네주었다.

지금으로서 내가 그녀를 위해 할 수 있는 최선이 이것뿐이라는 것에 조금 슬픈 마음이 들기는 했지만, 어쩔 수 없는 일이었다.

"아, 이만 가봐야겠어."

그때 오델레타가 슬그머니 자리에서 일어났고, 그 모습을 본 나는 당황한 목소리로 물었다.

"지금 가게?"

"응……."

오델레타가 엷게 웃으며 고개를 끄덕였다.

"가봐야 할 것 같아. 시간이 늦었네."

"저녁 먹고 가."

곧 저녁 시간이었다.

내 말에 오델레타가 슬며시 고개를 저으며 거절했다.

"부모님이 싫어하실걸. 민폐라고."

"도대체 왜 부모님들은 친구 집에서 식사하고 오는 걸 그렇게 싫어들 하시는 걸까? 그러면서 정작 당신들은 딸 친구들한테 식사 권유를 하신단 말이지."

"뭐…… 내가 귀찮은 건 상관없지만 남한테 민폐 끼치기는 싫다, 이런 거 아닐까? 으음, 나도 잘 모르겠네."

오델레타가 빙긋 웃으며 내게 말했다.

"하여튼 간에 이만 가보긴 해야 할 것 같아. 저녁에 이동하면 마부한테도 미안하거든."

"하여튼 착해."

나는 결국 오델레타의 마음을 돌릴 수 없었고, 오델레타를 따라 일어난 다음 저택 앞의 마차까지 배웅해주었다.

마차에 탄 오델레타가 창문으로 아쉽다는 의사를 비쳤다.

"이대로 헤어지려니 좀 아쉽긴 하다."

"나도. 근데 어차피 내일 만날 거잖아."

내가 오델레타의 손을 꼭 부여잡으며 그녀에게 인사했다.

"조심히 들어가고 내일 봐."

"……그래."

오델레타가 엷게 미소 지으며 나와 눈을 맞춘 채로 고개를 끄덕였고, 나는 아쉬운 마음을 담아 마차의 문을 닫아주었다.

얼마 있지 않아 그녀가 탄 마차가 트라코스 저택을 향해 출발했다. 나는 멀어져가는 마차의 뒷모습을 멍하니 쳐다보다가 조용히 집 안으로 들어갔다.

8. The Duke's Birthday

그다음 날 아침이 되었을 때 나는 느지막하게 눈을 떴다.

다행스럽게도 에스클리프 저택에서의 파티는 저녁 즈음에나 시작될 예정이었다.

늦은 점심을 먹은 다음에는 곧바로 플로린다와 다른 하녀들의 도움을 받아 파티에 갈 준비에 돌입했다. 나는 지난번 부티크에서 하마터면 도로테아에게 빼앗길 뻔한 진주색 드레스를 몸에 걸친 다음, 거기에 어울리는 진주 장신구들을 주렁주렁 달았다.

"어머……"

"세상에. 너무 아름다우세요, 아가씨."

"이대로 결혼하셔도 좋을 듯한 모습인걸요. 정말 예쁘세요."

여기저기서 하녀들의 감탄 어린 소리가 튀어나오기까지는 얼마 걸리지 않았다.

나는 아직 한 번도 내 모습을 제대로 본 적이 없어서, 준비가 거의 끝날 때 즈음에는 어마어마한 기대감에 사로잡혔다.

아니, 도대체 얼마나 예쁘면 다들 이러는 거야?

물론 내 입으로 말하기에는 되게 민망한 말이었지만, 엄밀히 따지자면 이 몸은 진짜 내 것이 아니었으니까. 그 사실로 합리화를 하며 플로린다의 도움을 받아 거울까지 갔다. 마침내 내 모습을 확인하는 순간이었다.

"아……."

진짜 예쁘다.

머릿속에 떠오르는 생각은 그거 하나뿐이었다.

진짜 예쁘다. 농담이 아니라, 이제껏 꾸몄던 그 어떤 순간보다도 지금이 제일 아름다웠다. 정확히는 마리스텔라의 이미지와 너무 잘 맞는다고 해야 할까.

때 하나 묻지 않은 순백의 여신 느낌. 청순함의 극치. 설명하자면 대략 이런 느낌이었다.

"예쁘네요……."

입가에 진심 어린 미소가 지어졌고, 그 모습을 옆에서 지켜보던 플로린다는 낮게 웃음을 터뜨렸다.

"예쁘시죠. 진짜 예쁘세요. 드레스가 예쁜 것도 맞지만, 아가씨와 이미지가 잘 어울려요. 그래서 더 예뻐 보인달까……."

플로린다가 빙긋 웃으며 말을 보탰다.

"이러다 우리 아가씨 오늘 파티에 참석하는 모든 영식들을 유혹

해 버리시는 것 아녜요?"

"그건 너무 원대한 포부고요."

나는 까르르 웃으며 고개를 저었다.

"확실히 집중받긴 하겠네요. 내가 아니면 드레스라도."

"왜 갑자기 겸손해지셨어요."

플로린다가 킥킥 웃으며 나를 놀리자, 살짝 붉어진 얼굴로 변한 내가 그녀에게 말했다.

"어떻게 내 입으로 그걸 계속 이야기하고 있어요. 부끄럽게."

"하지만 정말 예쁘시다고요, 오늘."

"흐음……."

역시 평가는 클로드가 정확히 내려주려나. 섬세한 사람이니까.

어깨를 으쓱인 내가 대꾸했다.

"뭐, 한번 가보면 알겠죠."

"아마 다른 분들도 다 저랑 비슷한 반응이실 걸요? 그보다……."

똑똑.

그때 문밖에서 노크 소리가 들려왔다. 자연스럽게 플로린다의 말이 끊겼고, 나는 의아한 표정으로 물었다.

"누구세요?"

"아가씨, 손님이 오셨어요."

"손님?"

지금 이 시각에? 내가 의아하게 변한 얼굴로 바깥의 하녀에게 물었다.

"누군데요?"

"그건……."

그때, 대답이 다 끝나기도 전에 누군가가 문을 벌컥 열고 들어왔다. 갑작스러운 상황에 나는 깜짝 놀란 표정을 지으며 내 방으로 침입한 사람을 확인했다. 익숙한 얼굴이 나를 향해 환하게 웃어 보인 채 서 있었다.

"안녕, 마리?"

나는 굳어진 얼굴로 내게 인사하는 여자의 이름을 불렀다.

"……도로테아."

이런 무례라니. 어이가 없어서 웃음조차 나오질 않았다.

순식간에 굳어져 내린 내 얼굴을 확인한 플로린다가 어쩔 줄 모르는 표정으로 나와 도로테아를 번갈아 쳐다보았다가 이내 용기를 내서 도로테아에게 한 마디를 했다.

"레이디 도로테아, 응접실에서 기다리시질 않고……."

"내가 내 친구 만나러 방까지 온 게 그렇게 잘못된 일은 아니잖아, 플로?"

도로테아가 새침한 표정으로 플로린다를 쏘아보며 따지듯 물었고, 플로린다는 움츠러들었다. 그 상황에 불쾌해진 내가 도로테아에게 지적했다.

"응접실에 먼저 가 있는 게 예의야, 도로테아."

"우리 사이에 언제부터 그런 거 따졌다고?"

"……."

오델레타와는 정반대였다. 그녀는 단 한 번도 우리 사이의 우정을 빌미로 그런 무례한 행동을 한 적이 없었으니까. 단 한 번도.

'참 질리는 성격이야.'

예뻐해 줄래야 예뻐할 수 없는 성격.

불쾌한 표정을 굳이 숨기지 않으며 도로테아에게 물었다.

"무슨 일이야?"

"너와 같이 가려고 왔어. 같이 마차 타고 가자."

"……다 좋은데, 이런 갑작스러운 행동은 많이 불쾌해, 도로테아."

"기분 상했어?"

하지만 그런 질문을 하는 사람답지 않게 도로테아의 얼굴은 그리 조심스러워 보이지 않았다.

도리어 어딘가 삐진 사람처럼 샐쭉한 표정이었는데, 나로서는 그녀가 왜 그런 표정을 짓고 있는지 도무지 모를 노릇이었다.

아니, 솔직히 말하자면 그 이유를 알고 싶지도 않았다.

전후 사정이 어쨌든 이 상황이 불쾌하기만 했다.

"응."

솔직한 심정을 전했지만, 도로테아의 표정에는 그리 달라진 점이 없었다.

나는 피곤한 표정으로 플로린다에게 말했다.

"도로테아를 응접실까지 데려다주세요, 플로린다."

"나 여기 있을 거야."

"……가 있어, 도로테아."

"여기 있을 거라고."

고집스럽게 말하는 도로테아를 가만히 바라보던 나는 정신줄이 서서히 끊어지는 느낌을 받았다.

어느 순간 내 입속에서 예상치 못했던 말이 튀어나왔다.

"미쳤어, 도로테아?"

"뭐?"

"지금 준비 중이잖아. 내가 너와 에스클리프 저택에 가지 않겠다는 것도 아니고, 같이 가겠다는데 왜 이렇게 애처럼 굴어?"

"내가 여기 있는 게 네게 방해돼?"

"빠르게 준비하려면 누가 없는 게 마음 편해."

"아아, 그래?"

도로테아가 삐뚜름하게 입꼬리를 끌어 올리며 나를 쳐다보았고, 나는 그녀가 평소의 도로테아가 아닌 것 같다는 느낌을 받았다.

내가 무슨 일이 있느냐고 물어보기도 전에, 도로테아의 입속에서 먼저 말이 튀어나왔다.

"오델레타한테도 이래?"

"……뭐?"

"내가 아니라 눈앞에 오델레타가 있대도 그렇게 굴 거냐구. 응접실에 내려가 있으라고 말할 거냐고!"

"당연하지."

나는 한 치의 망설임 없이 말했다.

"아무리 친구끼리라도 지켜야 할 선이 있는 거야. 내가 네 특정 행동을 불쾌해 하면 그걸 고쳐야 하는 게 맞는 거고."

내가 도로테아의 눈을 똑바로 쳐다보며 말을 이었다.

"그리고 오델레타는 이렇게 예의 없게 굴지 않아. 너처럼 예고 없이 방문하는 법도 없고, 응접실에서 기다리지 않고 내 침실에 멋대로 들이닥치는 법도 없어."

"……"

"그러니까 내가 그녀에게 싫은 소리 할 일도 없어. 이제 이해해?"

"너 아주 오델레타 친구 다 됐구나?"

"뭐?"

아니, 이건 또 무슨 의식의 흐름 같은 질문이라는 말인가.

황당해서 어벙해진 얼굴로 아무 말도 못 하고 있는데, 도로테아가 뭐가 그렇게 서러운지 입술까지 실룩거리며 내게 서운함을 토로했다.

"너 요즘 나랑 놀지도 않고. 맨날 보면 오델레타랑 놀고 있더라?"

"……그런데?"

"우정이 식은 거야?"

우리 사이에 우정이란 게…… 남아 있었어?

나는 속으로 놀랍다고 생각하며 입을 열었다.

"너는 그렇다고 생각해?"

내 되물음에 도로테아가 인상을 찡그리며 말했다.

"너한테 물어본 거야. 나한테 질문 떠넘기지 마."

"예전 같지는 않다고 생각해."

내 솔직한 대답을 들은 도로테아가 한쪽 눈썹을 꿈틀거리며 물었다.

"그럼 왜 나랑 같이 다녀?"

"……."

차마 '이자 탕감 때문에'라고는 말할 수가 없어서, 나는 역으로 질문했다.

"같이 안 다녔으면 좋겠어?"

"네가 어떻게 나한테 이래?"

"……."

총체적 난국이군.

"우리 사이가 얼마나 특별한 사이인데. 너 정말 나한테 이러면 안되는 거야."

"너도 나한테 이러면 안 돼, 도로테아."

나는 침착하게 하고 싶은 말을 했다.

"나와 오래 지내고 싶으면 제발 예의를 갖추어서 날 대해줘."

"하, 알았어. 알았어!"

도로테아가 질린다는 듯 손을 휘휘 내저으며 내게 소리쳤다.

"응접실에 가 있을게. 됐지? 됐지? 됐지!"

"……."

시위하는 건가.

"진짜 치사해서…… 나 진짜 서운하다. 지금 가 있을게!"

도로테아는 그 말만 내뱉고서는 거친 소리를 내며 내 방을 나갔다.

쾅, 거세게 문이 닫히는 소리와 함께 나는 얼빠진 얼굴로 그 자리에 오도카니 서 있었다.

지금 이거…… 무슨 상황이야?

'제멋대로인 성격은 변하지를 않네.'

저래서 결혼은 할 수 있으려나.

아니 일단 성공해도 그 뒤부터가 문제였다. 어떤 사람이 저런 성격을 감당하면서 평생을 살 수 있겠어.

"하아."

나도 모르게 입속에서 깊은 한숨이 터져 나왔다. 그 모습을 옆에서 보고 있던 플로린다가 걱정스럽게 물어왔다.

"괜찮으세요, 아가씨?"

"아니."

나는 불쾌해진 얼굴로 이마를 짚었다.

하다못해 시녀에게도 그 정도의 예의는 지키지 않나?

어쩌다 보니 시녀보다 더 아래로 추락한 기분이다.

"제가 레이디 도로테아를 모시고 응접실로 갈까요?"

"아마 지금쯤 도착하지 않았을까요? 우리 저택에서 일하는 사람들 중에 도로테아 모르는 사람 없어요. 아마 알아서 잘 접대받을 거예요."

내가 피곤해진 목소리로 플로린다에게 말했다.

"빨리 준비를 마치고 나가는 게 좋겠어요. 시간이 너무 지체되었네요."

대략 20분 후, 준비를 마친 나는 응접실로 내려갔다.

응접실의 문을 열고 들어가자마자 보이는 모습은 도로테아가 '나 삐졌소'라고 시위를 하는 것처럼 뚱한 얼굴로 차도 마시지 않은 채 앞만 응시하고 있는 모습이었다.

그런 그녀를 달래줄 생각은 당연히 들지 않아서, 나는 말없이 도로테아를 빤히 쳐다보았다. 그리고 2분이 지나갈 때 즈음이 되어서야 입을 열었다.

"지금 출발 안 하면 늦어."

"……."

"계속 안 일어날 거면 나 먼저 갈게."

미련 없는 태도를 보이며 응접실 밖으로 나가려는 시늉을 하자, 그제까지 죽은 듯 앉아만 있던 도로테아가 벌떡 자리에서 일어섰다. 나는 응접실 문의 문고리를 가만히 잡은 채 뒤를 돌았다.

도로테아의 씩씩거리는 얼굴을 물끄러미 바라보다가, 그 시간이 또 1분을 넘어섰을 때 다시 입을 열었다.

"계속 서 있을 거면 나 먼저……."

"너 재수 없어."

"……너도 마찬가지야."

나는 완전히 몸을 틀어 도로테아가 있는 곳까지 또각또각 구두 소리를 내며 걸어갔다. 도로테아가 볼 터치를 진하게 한 건지 화가 난 건지 모를 정도로 붉어진 얼굴로 나를 노려봤고, 나는 이 모든 상황에 염증을 느끼기 시작했다.

아니, 원래 시녀 짓이 다 이런 건가요? 이렇게 비상식적인 일이야?

나는 입가에 서늘한 미소를 지은 채 그녀에게 물었다.

"그럼 나랑 같이 안 다니면 되겠다. 그렇지?"

"어떻게 이야기가 그렇게 돼?"

"원하는 게 도대체 뭔데."

내가 피곤하다는 얼굴로 물었다.

"말싸움하고 싶은 거야, 나랑?"

"네가 나와 요즘 거리 두려는 게 빤히 보이는데, 그게 너무 싫다고."

"……."

누가 들으면 사랑싸움이라도 하는 줄 알겠다.

나는 순간 아무 말도 하지 못했고, 잠시 후에 그녀에게 물었다.

"만약 그렇다면?"

"뭐?"

"만약 그렇다면 어떡할 거야?"

내가 차분한 목소리로 그녀에게 물었다.

"내 마음이 예전 같지 않다면 어떻게 할 거야?"

"……."

"너와 같이 다니기는 할 거야. 하지만 내게 예전처럼 진한 우정을 바라지는 말아줘, 도로테아. 나는 이미 지난번의 티파티에서 있었던 일로 네게 많이 실망했거든."

코르노헨 백작부인과 했던 거래만 아니었다면 도로테아와 이렇게 마주 보고 있는 일도 없었을 것이다. 하지만 받은 게 있는 입장에서 입 쓱 닦고 그녀를 무시할 수는 없었다.

그건 사기였으니까.

"내가 할 말은 다 했어. 하고 싶은 말 있어?"

"난 우리가 어쩌다 이렇게 되었는지 모르겠다."

"……."

그건 나도 모를 일이었다.

나는 이 두 사람 관계에 대해 아는 것이라곤 기껏해야 두 사람이 친구였다는 사실, 아니 정확히는 도로테아가 마리스텔라를 이용했다는 사실뿐이었으니까.

그러니 도로테아가 이런 질문을 해봤자 답해줄 수 있는 게 없었다. 슬프게도.

내가 고개를 절레절레 저으며 대답했다.

"한번 잘 생각해봐."

"……."

"더 지체하다가는 늦어. 지금 안 나갈 거면 나 먼저 가볼게."

"누, 누가 안 간대?"

도로테아가 신경질적으로 대꾸하면서 내게 가까이 다가왔다.

그러더니 엄마를 잃을까 봐 두려워하는 아이처럼 내 옆에 찰싹 달라붙었다.

"얼른 가."

"……."

나는 말없이 응접실을 나섰다.

마차 안에서 나는 도로테아와 한 마디도 하지 않았고, 도로테아도 아까 전의 일로 자존심이 상한 것인지 내게 말을 걸려는 시도조차 하지 않았다. 그렇게 우리는 서로 침묵한 채로 에스클리프 공작저까지 도착했다.

'와아.'

에스클리프 저택에 오는 것은 이번이 처음이었다. 마차에서 내리자마자 나를 압도하는 크기의 저택이 눈에 띄었다. 실로 거대한 규모였다.

하지만 단순히 규모만이 탄성을 터뜨리게 하는 것은 아니었다. 저택의 외관 자체가 황궁처럼 화려하고 고전적인 아름다움을 뽐내고 있었다.

'확실히 공작저는 다르네.'

내가 고개를 절레절레 저으며 주변을 빙 둘러보았다. 이 정도 규모의 저택이라면 분명 정원도 예쁠 것 같다는 생각이 의식의 흐름처럼 스치고 지나갔다.

저택의 아름다움에 빠져 이곳저곳을 둘러보고 있는데, 도로테아가 이상하다는 듯한 목소리로 내게 물었다.

"처음 오는 것도 아닌데 뭘 그렇게 신기해 해?"

"······어?"

"에스클리프 저택 말이야. 1년 전 파티 때도 왔었잖아. 근데 뭘 그렇게 신기해하느냐고."

이런.

"어······ 올 때마다 신기하네. 알다시피 이런 느낌의 대저택은 자주 볼 기회가 없으니까."

"그건 그렇지."

도로테아가 동의한다는 듯 고개를 주억거리다가 잠시 후 지루한 목소리로 말했다.

"이만 들어가자."

나는 말없이 그녀의 말에 따랐다.

저택 입구에 서 있던 에스클리프 가문의 시종들에게 초대장을 보여준 다음 저택 안으로 들어가려는데, 플로린다가 잊어버릴 뻔했다는 듯 들고 있던 유리병 두 개를 내게 건넸다.

클로드의 생일 선물로 줄 오렌지청과 레몬청이었다.

내가 방긋 웃으며 그것들을 받아들었고, 그 모습을 본 도로테아가 물어왔다.

"그게 뭐야?"

"……아. 전하께 드릴 선물이야."

"전하?"

도로테아가 인상을 찡그리며 물었다.

"무슨 전하?"

"그야…… 공작 전하지."

"에스클리프 공작 전하?"

"응."

"네가 에스클리프 공작님을 어떻게 알아?"

"어떻게 아느냐니?"

"무슨 경위로 알게 되었느냐는 말이야."

어쩐지 취조하는 말투여서 나는 기분이 나빠졌지만, 내색하지 않고 대답했다. 적어도 아직까지는 괜찮았다.

"기억 안 나? 내가 당했던 사고의 가해자가 에스클리프 공작님이셨어."

"아, 그랬나."

"응. 그랬어."

아까보다 건조해진 목소리로, 나는 설명을 계속했다.

"그때 이후로 친한 관계가 되었지. 그래서 선물을 준비한 거야."

"선물까지 준비하는 사이야?"

"친하다니까."

"두 사람 사귀어?"

"······남녀 사이에 사랑 이외에는 들어갈 감정이 없니?"

"없지."

도로테아가 단정조로 선을 그었다.

"남녀 사이에 친구가 가능하다고? 말도 안 되는 소리."

이렇게 냉소적인 모습은 처음이어서 나는 약간 당황스러워졌다.

내가 어색하게 한 마디를 더 덧붙였다.

"친구라고 표현하기는 뭣하지만, 황태자 전하와도 그런 사이인걸."

"정숙하지 못해!"

그 말에 나는 더없이 황당한 표정을 지었다.

"내가?"

누가 들으면 내가 둘 중 한 사람과 결혼이라도 약속한 사이인 줄 알겠다. 아니면 번갈아서 잠자리를 하거나.

도대체 어느 부분에서 그런 유추가 가능한 건지.

나는 할 말이 없다는 표정을 지었다가 한참 후에 입을 열었다.

"그거 되게 무례한 말인 거 알지, 도로테아?"

"내 말이 틀려?"

도로테아는 자기가 뭘 잘못했는지 잘 모르겠다는 듯 인상까지 구기며 내게 따지고 들었다.

"두 분 전하 사이에서 지금 간 보고 있는 거잖아. 그거, 양다리야."

"오해하고 있는데 일단 황태자 전하와는 친구 사이일 뿐이야. 공작 전하와도 마찬가지로 친구 사이, 그 이상도 그 이하도 아니야. 내가 도대체 무슨 욕 먹을 짓을 했다고 네게 그런 불쾌한 말을 들어야 하는지 모르겠다. 누가 들으면 두 분 전하께 꼬리라도 치는 줄 알겠어."

"나만 그렇게 생각하는 거 아닐걸? 다른 영애들도 다 그렇게 생각할 거야!"

"그렇지만 난 하늘 아래 떳떳해."

"누가 그걸 믿어주겠어."

"하긴."

내가 냉소를 지으며 비꼬았다.

"자칭 내 '가장 친한 친구'도 나를 못 믿는데, 다른 사람들이 날 믿어주겠어?"

"뭐?"

"오델레타에게도 한번 물어볼게. 내가 정말 그런 여자로 보이는지."

감정 하나 실리지 않은 목소리로 쏘아붙인 뒤에 나는 성큼성큼 도로테아를 제치고 앞으로 나아갔다. 내 돌발 행동에 당황했는지 도로테아가 나를 뒤쫓아 오는 소리가 들렸지만 나는 무시하고 계속 앞으로 걸어 나갔다.

저런 이야기까지 듣다니. 그건 비단 나뿐만 아니라 자비에르와 클로드까지 모욕하는 언사였다.

'뭐 눈에는 뭐만 보인다고.'

분이 가시지 않은 얼굴로 계속해서 앞으로 걷기만 했다.

뒤따라오는 도로테아가 제풀에 지쳐 나를 쫓는 것을 포기하기만을 기다리면서. 마침내 뒤따라오는 기척이 사라졌다고 느꼈을 때 즈음에야 나는 발걸음의 속력을 늦추었다. 하지만 그와 동시에 누군가와 앞에서 부딪히고 말았다.

"아……!"

마리스텔라의 몸보다 키가 머리 한 개하고도 반 개는 더 큰 듯한 남자. 낯선 이의 가슴팍에 이마를 부딪친 내가 당황한 얼굴로 이마를 어루만졌다.

자연스럽게 '죄송합니다'라고 사과하려는데, 익숙한 목소리가 내 머리 위에서 울렸다.

"이런. 조심하셔야지요."

"……."

놀란 내가 서둘러 고개를 들어 올리자, 낯익은 남자가 나를 아래로 내려다보며 미소 짓고 있었다.

미소가 크림을 닮은 남자.

"에스클리프 공작님."

클로드였다.

내가 멍한 얼굴로 그를 올려다보다가, 일순 귓가에 꽂히는 다른 목소리에 정신이 번쩍 돌아왔다.

"마리!"

도로테아였다. 당황한 내가 뒤를 돌아보자 도로테아가 씩씩거리

며 나를 향해 돌진 – 과장스러운 단어지만 진짜 그런 느낌이었다 –
하고 있었다.

당황한 표정을 숨기지 못하는 나와 돌진하는 도로테아를 번갈아
바라보던 클로드가 흥미롭다는 얼굴로 '호오' 하고 중얼거렸다.

"무슨 일인가요?"

"레이디 도로테아에게 불쾌한 말을 들었거든요. 그 평계로 그녀
에게서 도망쳤어요."

"그런데 붙잡히셨군요, 이런."

클로드는 어쩐지 지금 이 상황을 심각하게 받아들이지는 않고 있
는 듯했다. 하긴 남 일이니 당연한 건가.

"숨겨 드릴까요?"

"됐어요."

내 단호한 대답에 멋쩍어졌는지 그가 잠깐 미소 지었다가 곧바로
다시 물었다.

"무슨 불쾌한 말을 들으셨습니까."

"저더러 정숙하지 못하다네요. 제가 황태자 전하와 공작 전하 두
분을 가지고 논다고 생각했나 봐요."

"……불쾌하네요."

목소리가 달라졌다. 나는 그제야 다시 위를 올려다보았다. 무시
무시한 얼굴로 인상을 찌푸리고 있는 클로드의 모습이 눈에 들어
왔다.

예상치 못한 표정에 당황한 내가 흠칫 놀라자 그 모습을 발견한

클로드가 언제 그런 표정을 지었냐는 듯 금세 미소 지었다. 하지만 그 둘의 차이가 너무 극명해서 나는 과연 이 사람이 지금 느끼고 있는 진짜 감정이 도대체 무엇인지 너무나도 궁금해졌다.

"그런 불쾌한 말을 들으셨다니 기분이 많이 상하셨겠습니다."

"저뿐만 아니라 두 분 전하를 모욕하는 말이지요. 저와 두 분 전하는 엄연히 친분이 두터운 관계, 그 이상도 그 이하도 아닌걸요."

"……그렇죠."

클로드가 여전히 미소 지은 얼굴로 내게 말했다.

"옳으신 말씀입니다."

"어쨌든…… 제가 알아서 해결할게요."

"레이디 마리스텔라, 쉬운 방법을 두고 어려운 방법을 택하지 않으셨으면 좋겠습니다."

"무슨 뜻인가요?"

"제가 저분의 퇴치를 손쉽게 도와드릴 수 있다는 뜻입니다."

"그게 무슨……."

"마리!"

내 말이 다 끝나기도 전에 도로테아의 카랑카랑한 목소리가 내 귓가에 꽂혔다.

언제 왔는지 도로테아가 내 지척까지 와 있었다. 나는 얼빠진 표정으로 도로테아를 바라보다가 잠시 후 정신을 차리고 물었다.

"……왜?"

"그대로 가버리면 어떻게 해!"

"불쾌해서 너와 더 있고 싶지 않았을 뿐이야. 그리고 에스클리프 저택까지 같이 와주었잖아."

"그게 다야? 오늘 파티에서 나와 있지 않을 거야?"

"정숙하지 못한 친구와 계속 있고 싶어?"

"그러게 말입니다, 레이디 도로테아."

그때 낯선 목소리가 대화에 끼어들었다. 내가 당황한 얼굴로 옆에 있던 클로드를 쳐다보았고, 도로테아는 그제야 클로드의 존재를 자각했는지 나보다 더 당황한 얼굴이 되었다.

아니, 근데 클로드가 그렇게 존재감 없을 정도의 외모는 아닌데……?

"정숙하지 못하다고 평하신 분과 같이 있고 싶으시다면."

"에, 에스클리프 공작 전하."

"영애께서도 똑같이 정숙하지 못하다는 뜻인가요?"

"그, 그래도 상관없다는 소리예요, 당연히. 마리는 제 친구니까요."

그 말을 들은 클로드의 입가에 비소가 스쳐 지나갔고, 그 모습을 본 도로테아는 움찔했으나 결코 말을 무르지는 않았다.

"친구라면 그런 무례한 말을 함부로 해서는 안 되지요. 더구나 사실도 아닌데 말입니다."

"지금 전하께서는 마리의 편을 들고 계신 건가요?"

"굳이 편 가르기를 하시겠다면야."

클로드가 어깨를 으쓱이며 대답했다.

"그렇다고 치지요."

"하!"

도로테아가 어이없다는 목소리로 캐물었다.

"언제부터 그렇게 마리와 가까운 사이가 되셨어요?"

"그건 아실 것 없습니다."

자신을 무시하는 듯한 클로드의 발언에 화가 난 것인지 도로테아가 크게 쏘아붙였다.

"저도 알 건 다 알아요!"

"그래요?"

"네!"

큰 목소리로 대답한 도로테아가 이내 의기양양한 목소리로 클로드에게 말했다.

"마리와 마차사고로 얽히셨지요? 피해자와 가해자 관계로요."

"……유감스럽게도 그랬습니다."

"정신 차리세요, 전하. 전하께서는 지금 마리에게 놀아나고 계신 거예요."

"허."

"허."

어이가 없어서. 나와 클로드의 입속에서 똑같이 헛웃음이 터져 나왔다.

'미친 게 분명해.'

완전히 정이 떨어졌다. 역대급이야, 이건!

어떻게 저런 말을 할 수가 있다는 말인가?

'거래를 받아들이지 말았어야 했나.'

아무리 생각해 봐도 이건 아닌 거 같다. 부모님의 부담을 덜어주고 싶은 마음 때문에 내가 조금만 참으면 이득이라고 생각해서 코르노헨 백작부인의 거래를 받아들였지만, 이런 식은 정말로 너무했다.

아예 대놓고 꽃뱀 취급이라니.

억울해서 미쳐버릴 노릇이다.

흑심이라도 품었으면 억울하지라도 않지!

"뭐, 그럴지도 모르겠네요."

클로드가 여전히 어이없는 얼굴로 영혼 없는 대사를 쳤고, 도로테아는 클로드를 흘겨보며 말을 이었다.

"이 애가 마차 사고로 공작님께 접근한 걸 수도 있잖아요."

그런 말은 차라리 당사자 없는 곳에서 해, 제발.

이런 식의 '앞담'은 처음이었다. 뭐 이런 완전체가 다 있어? 하지만 나는 곧 가장 중요하고 근본적인 사실을 깨달았다. 요즘 잊고 살고 있었는데, 도로테아는 원래 이런 애였는 걸.

'하아.'

코르노헨 백작부인과 했던 약속을 도대체 언제까지 지킬 수 있는지. 절체절명의 순간이었다. 정말로.

"영애께서 황태자 전하께 마음이 있다고 들었습니다."

클로드가 갑자기 딴소리를 꺼냈고, 도로테아는 미간을 좁혔다.

"그런데요?"

"전하의 마차를 들이받으시면 되겠군요. 아마 황태자 전하께서 영애에게 첫눈에 반할지도 모릅니다."

"뭐라고요? 무슨 그런 말을……!"

"왜요? 영애의 논리대로라면 말이 안 되는 것도 아닌걸요."

클로드가 서늘한 미소와 함께 말을 이었다.

"어쩌면 그대로 황태자 전하의 마음을 훔쳐 결혼까지 할 수 있으실지도 모릅니다. 영애의 논리대로라면요."

"……"

"그리고 제가 레이디 마리스텔라에게 '놀아나고 있다'라……. 틀린 말은 아닙니다."

클로드가 빙긋 웃더니 돌연 내 쪽을 향해 고개를 돌렸다.

그러더니 가만히 서 있던 내 어깨를 갑작스럽게 감싸 안았다.

예상치 못한 스킨십에 나도 모르게 눈이 커졌다.

"레이디 마리스텔라를 조금만이라도 겪어 보면 누구나 깨닫겠지만, 상당히 매력적인 분이시라서요. 이분의 늪에서 헤어 나오기가 좀처럼 어렵답니다."

"그게 무슨……!"

"그것도 놀아나는 거라면 놀아나는 거려나요, 레이디 도로테아?"

정중한 물음이었지만, 표정은 결코 그러하지 못했다.

클로드는 그 어느 때보다도 서늘한 얼굴로 도로테아를 주시하듯 바라보았고, 도로테아는 당돌하게 그런 클로드의 시선을 전부 받아냈다. 일이 너무 커지는 것 같아 염려하고 있는데, 도로테아의 목소리가 들려왔다.

"불쌍하신 분. 현실을 모르고 계시네요."

"망상도 병입니다, 레이디 도로테아."

클로드가 빙긋 웃으며 물었다.

"질투라도 생기시나요?"

"······뭐라고요?"

"레이디 마리스텔라가 황태자 전하는 물론이고 저와도 친하게 지내니 질투가 나시냐는 말입니다. 아시다시피 저와 황태자 전하는 요나스에서 가장 잘난 남자들이고, 더구나 영애는 황태자 전하께 마음이 있으시다지요."

"말도 안 돼요!"

도로테아가 어떻게 그런 끔찍한 소리를 할 수 있느냐는 듯 인상을 찌푸리며 소리쳤다.

"제가 그렇게 정숙하지 못한 행동을 부러워한다고요?"

"누차 말씀드리지만, 그건 정숙하지 못한 행동이 절대 아니랍니다. 왜냐하면 레이디 마리스텔라는 저와 황태자 전하 사이에서 불미스러운 일을 저지르신 적이 단 한 번도 없으시거든요. 계속 이렇게 허위 사실을 유포하신다면, 저 역시도 황태자 전하와 의논하여 레이디 도로테아에 대한 처벌을 고려할 겁니다."

"뭐라고요? 어째서요?"

"영애의 경솔한 언사가 저와 황태자 전하의 체면을 깎아내리고 있으니까요. 정말 몰라서 물으십니까?"

이제는 클로드도 슬슬 지치는 듯했다. 하긴 도로테아를 상대로 이만큼 버틴 것만으로도 대단했다.

"길게 이야기하고 싶지 않군요. 모쪼록 여기서 헤어지는 게 피차 좋을 듯합니다."

"마리를 데려가겠다고요?"

"방금 레이디 마리스텔라를 정숙하지 못하다 하신 건 영애십니다. 뻔뻔하시군요. 그렇게 말하셔놓고 이제 와 레이디 마리스텔라와 함께 있고 싶으시다 말씀하시려는 겁니까?"

클로드가 한심하다는 눈으로 도로테아를 내려다보며 쐐기를 박았다.

"영애는 양심이라는 걸 좀 기를 필요가 있습니다."

"뭐, 뭐라고요?"

"혹시 배울 기회가 없으셨다면 유감입니다만. 원하신다면 제가 잘 아는 교사를 추천해 드리지요. 지금은 제 이종사촌을 가르치고 있긴 합니다만."

참고로 제 이종사촌은 내년에 아카데미에 간답니다, 라고 클로드는 덧붙였다.

졸지에 10살도 채 안 된 어린이와 비교당한 도로테아가 씩씩거렸고, 클로드는 상큼하게 웃으며 마지막 한 방을 더 날렸다.

"그리고 오늘 제 댄스 파트너가 레이디 마리스텔라라서요. 그러니 오늘 영애는 저와 함께 있어야 합니다."

클로드는 내 쪽으로 시선을 돌리더니 화사하게 웃으며 물었다.

"저와 함께 가주시겠어요, 레이디 마리스텔라?"

"네, 전하. 그러도록 하죠."

내가 엷게 웃으며 말을 보냈다.

"레이디 도로테아의 품위를 지켜주기 위해서라도 저는 그녀 옆에 있어서는 안 되겠네요."

"괜찮으십니까?"

갑작스러운 질문에 칵테일만 홀짝이던 내가 슬며시 위를 올려다 보았다. 클로드가 어쩐지 걱정스러운 얼굴로 나를 쳐다보고 있었다. 나는 피식 웃으며 고개를 저었고, 그 순간 클로드의 표정에 금이 갔다. 굳이 나를 위해 저런 반응까지 보여주는 그가 어쩐지 고마워서 나는 가만히 웃었다.

"안 괜찮아요. 불쾌해요."

"그러네요. 제가 괜한 질문을 했군요. 죄송합니다."

"사과하지 마세요. 전하께서 제게 잘못하신 건 하나도 없으신걸 요. 오히려 제가 감사해야지요. 도와주셔서 감사합니다."

"너무 신경 쓰지 마십시오, 레이디 마리스텔라. 열등감에 찌든 사 람의 말은 들을 가치가 없습니다."

"……."

열등감.

그 한 단어가 내 뇌리에 깊이 박혔다.

내가 문득 궁금해져서 물었다.

"열등감을 느꼈을까요? 그녀가?"

"가능하지요."

클로드가 화제에 어울리지 않게 미소 지으며 설명했다.

"일단 레이디 마리스텔라는 아름다우시고……."

"……."

"사실입니다. 오늘도 처음 뵀을 때 눈이 머는 줄 알았어요."

"그리 말씀해주시니 영광입니다만, 그 정도는 아니에요."

"영애께서는 참 겸손하세요."

클로드의 말에 나는 그냥 웃어버렸고, 그런 나를 클로드는 빤히 바라보다가 잠시 후에 다시 입을 열었다.

"그리고 제국에서 가장 잘난 남자들의 마음을 둘이나 얻고 계시지요."

"비약이세요."

내가 피식 웃으며 고개를 저었다.

"그 정도의 친분이야 어렵지 않은 일인걸요."

"어렵답니다, 레이디 마리스텔라. 잘 모르시나 본데, 황태자 전하는 물론이고 저 또한 곁을 그리 잘 내어주는 남자는 아니랍니다."

"하하."

그 말에 나도 모르게 낮게 웃었다. 확실히 그런 것 같긴 했다.

그러니 댄스 파트너가 없어 내게 부탁했겠지. 그러다 문득 지난번 고민했던 문제가 생각나 버렸다.

'언니 좋아하는 거 아냐?'

음…….

"어쨌든 너무 걱정하지 마세요. 물론 사교계처럼 헛소문이 잘 퍼져나가는 곳도 없긴 합니다만, 혹시라도 그런 소문이 돈다면 저와 황태자 전하가 합심하여 소문을 발본색원하겠습니다."

"어떻게요?"

"황족모독죄를 들이밀면 되지 않을까요?"

그렇게 말하면서 클로드는 왼쪽 눈으로 윙크를 했다.

아, 잊고 있었는데 지금의 에스클리프 공작은 엄밀히 말해 황가의 후예였다. 다만 방계 출신이다 보니 피가 섞이고 섞여서 지금 황가의 주인과는 상당히 촌수가 멀어진, 거의 남과 비슷한 관계가 되어버렸지만. 어찌 되었든 황족은 황족이었다.

"하하."

과연 클로드다운 대답.

나도 모르게 웃음이 나왔다. 그 모습을 본 클로드가 물었다.

"왜요? 거짓말 같으십니까?"

"아뇨. 전하라면 정말 그러실 것 같아서 웃음이 나왔네요. 무례를 용서해 주세요."

"그럴 리가요."

클로드가 빙긋 웃으며 고개를 저었다.

"어떤 식으로든 영애가 웃는 모습을 보는 건 제게 기분 좋은 일이랍니다."

"……네?"

"전 영애가 미소 짓는 모습이 좋거든요."

그렇게 말하면서 클로드는 입가에 짓고 있던 미소를 좀 더 짙게 만들었고, 그 모습을 본 나는 순간 마음이 덜컹거렸다.

설마 클로드가 정말 나를…….

'아냐.'

나는 고개를 저었다. 섣부른 판단은 위험했다.

'괜한 오해는 금물이야.'

나는 정말로 조심스러울 수밖에 없었다.

클로드는 좋은 친구였다. 괜한 오해로 잃고 싶지는 않았다. 만일 내 생각이 완전한 착각이라면 그는 내게 실망할지도 모를 일이었다. 그건 원치 않는 일이다.

"누구든 웃는 모습이 아름답지요."

"하지만 레이디 도로테아는 아닙니다."

"하하."

내가 애써 웃음 지으며 마음을 다독였다.

함부로 단정하지 말자, 오마리.

'확실한 증거가 나오기 전까지는 아무것도 생각하지 않는 게 좋

겠어.'

가능성은 염두에 두고 있되, 함부로 내색하지 않으면 될 것이다.

완벽한 결론이었다. 스스로가 내린 결말에 만족해하며 나는 그제
야 조금 마음이 편해지는 것을 느꼈다.

"그런데 그건 뭔가요?"

클로드가 내 손에 들려 있는 작은 유리병 두 개를 가리키며 물었
다. 나는 그제야 아까 플로린다에게 건네받은 청들의 존재를 인지
하고선 '아' 하고 소리를 흘렸다.

"이런, 이걸 잊고 있었네요."

"그게 뭡니까?"

"과일청이에요."

"과일청이요?"

"과일을 설탕에 절여 먹는 거죠. 그냥 먹기에는 좀 달아서, 대개는
차로 마셔요."

"특이하군요."

한쪽 눈썹을 위로 올린 그가 물었다.

"그건 영애께서 직접 만드신 겁니까?"

"그렇답니다, 전하."

내가 화사하게 웃으며 덧붙였다.

"제가 직접 만들었어요. 요나스 제국에는 이런 과일청 문화가 발
달하지 않았더군요. 드셔보신다면 아마 이색적인 맛을 느낄 수 있
으실 겁니다."

내 말을 들은 클로드가 약간 이상하다는 듯 고개를 갸웃거리며
말했다.

"마치 타국 출신인 것처럼 말씀하시네요."

아차. 실수했다. 나는 얼른 둘러 댔다.

"책에서 봤거든요. 요즘 독서에 심취해서. 동방의 어느 나라에서
는 이런 식으로 차를 끓여 마신다고 들었어요. 허브보다 단맛이 나
니까, 드실 만할 겁니다."

"그렇게 말씀하시니 기대되네요. 그보다……."

클로드가 살짝 감격에 젖은 목소리로 물었다.

"그럼 이건 제…… 생일 선물인 겁니까?"

"네."

내가 고개를 끄덕였다. 환한 미소는 덤이었다.

"특별한 걸 만들어 드리고 싶었어요. 친분을 맺고 난 후 맞는 첫
번째 탄신일이니까요."

"아……."

그 말을 들은 클로드의 얼굴이 완전히 감동에 잠겼다.

아, 고작 이런 걸로 감동하면 안 되는데?

너무 감동해 하는 기색이 역력해서, 나는 괜히 부끄러워졌다.

그래서 괜히 쓸데없는 한 마디를 더 덧붙였다.

"그렇게 손이 많이 가지는 않았어요."

"그래도요. 정성스러운 선물입니다."

클로드가 내게서 유리병 두 개를 받아 들며 말을 이었다.

"레몬과 오렌지가 전부 잘게 썰려 있군요. 이렇게 만드시는데 분명 수많은 칼질을 하셨겠지요."

"별일 아닌걸요."

"전 이 음식에 대해 잘 모르지만, 누가 봐도 손이 많이 가는 선물입니다, 레이디 마리스텔라."

클로드가 빙긋 웃으며 덧붙였다.

"정말 고맙습니다. 잊지 못할 선물이 될 것 같네요."

"그리 값나가지도 않은 선물인데, 너무 기뻐해 주셔서 외려 제가 민망할 따름입니다."

"제게 물건의 귀천은 의미가 없습니다. 넘쳐나는 게 돈이니까요."

다소 재수 없는 말이었지만, 틀린 말도 아니어서 나는 그러려니 했다. 이 남자와 어울려 다니면 이런 말은 꽤 자연스러운 것이 되어 버린다.

"그러니 제게는 영애의 정성이 백만 개의 금화보다 더 가치 있어요."

문자 그대로 아름다운 미소를 지어 보이며 클로드는 그렇게 말했다.

'그렇게 말하니까 내가 마치 특별한 사람이 된 것 같네.'

머쓱하지만 뿌듯하기도 했다. 이런 대접을 받아보는 건 분명 흔치 않은 일이다.

'하긴 한국에서도 직접 만든 과일청은 꽤나 정성스러운 선물로 대접받긴 했지.'

역시 정성은 만국공통 통한다. 책 속이든 책 밖이든.

내가 뒷머리를 긁적이며 말했다.

"들고 다니기에는 다소 거추장스럽죠. 그 부분을 생각 못 한 게 실수예요."

"걱정하지 마세요, 레이디 마리스텔라. 이곳은 제 저택인걸요. 시종에게 말해두겠습니다."

그렇게 말한 다음 클로드는 근처에 있던 시종 하나를 불러 내가 선물한 과일청 두 병을 맡겼다.

잠시 후 시종이 유리병 두 개를 들고 사라졌고, 나는 머쓱한 표정으로 말했다.

"이럴 줄 알았으면 내일이나 보내드릴 걸 그랬나 봐요. 탄신 선물이니만큼 오늘 드리는 게 좋을 것 같아서 그랬는데, 앞으로는……."

"아, 아닙니다, 레이디 마리스텔라."

클로드가 얼른 내 말을 끊어냈다.

"전 좋았습니다. 더 생생한 기분인걸요."

"그런가요?"

"영애에게 직접 받는다는 사실이 좋군요. 대개 선물들이 탄신일 전후로 저택으로 와서. 당일 날 사람 대 사람으로 주고받는 경우가 거의 없었거든요."

"새로운 경험을 선물해 드린 것 같아서 기쁘네요."

"영애는 늘 제게 새롭습니다."

아리송한 의미였다. 내가 그게 무슨 뜻이냐고 물어보기도 전에,

클로드의 입이 다시 열렸다.

"그보다 레이디 마리스텔라, 배가 고프지는 않으신가요?"

나는 원래 하려던 질문을 포기하고선, 곧바로 클로드의 질문에 대답했다.

"저는 괜찮아요, 공작님. 점심을 많이 먹었거든요. 전하께서는 괜찮으신가요?"

"저도 괜찮습니다, 레이디 마리스텔라. 위가 작은 편이어서요."

그는 생긋 웃어 보이더니, 내게 또 다른 질문을 던져왔다.

"그럼 저와 한 곡 춰주시겠습니까, 레이디 마리스텔라?"

"아……."

나는 잠깐 머뭇거리다가 고개를 끄덕였다.

"네, 전하. 그러겠습니다."

"그럼 이쪽으로……."

"레이디 마리스텔라."

그때 익숙한 목소리가 우리들 틈으로 파고들었다. 나는 반사적으로 몸을 돌려 목소리의 주인과 마주했다.

만월을 닮은 시린 은발, 그보다 더 시린 느낌을 주는 푸른색의 눈동자.

"황태자 전하."

자비에르였다.

급작스러운 등장에 놀란 것도 잠시, 나는 곧 익숙하게 미소 지으며 그에게 인사했다.

"제국의 작은 태양, 황태자 전하를 뵙습니다."

"아름다우십니다. 드레스가 잘 어울리시는군요."

가장 첫 번째로 드레스 칭찬이 나오자, 그게 의례적으로 하는 말이라는 것을 알았음에도 기분이 좋아졌다. 나름 도로테아와의 투쟁 아닌 투쟁 끝에 지켜낸 드레스였다.

내가 빙긋 웃으며 맞장구쳤다.

"저도 보자마자 참 아름답다고 생각했어요. 예쁘게 봐주셔서 감사합니다, 전하."

"일찍 오셨군요. 언제쯤 도착하셨나요?"

"온 지는 얼마 안 되었어요. 전하께서는 지금 도착하셨나요?"

"저는……."

"황태자 전하."

그때 뒤쪽에서 웃음기 섞인 목소리가 들려왔다.

"아무래도 전 안 보이시나 봅니다."

클로드였다.

그는 분명 웃는 낯을 하고 있었지만, 목소리에서는 알 수 없는 짜증스러움이 느껴졌다. 자비에르는 제게 말을 거는 그를 한번 흘긋 쳐다보았다가, 이내 무심하게 대꾸했다.

"그럴 리가, 공. 생일을 축하하네."

"대단히 감사드립니다, 전하. 오셔서 자리를 빛내주실 줄은 몰랐거든요."

"마치 내가 이 자리에 참석할 줄 몰랐다는 것처럼 말하는군."

"솔직히 말씀드리자면 오실 줄 몰랐습니다."

클로드가 묘한 미소를 지으며 자비에르를 똑바로 쳐다보았다.

"이 저택, 싫어하시는 것 아니었나요?"

"……."

그 말을 들은 자비에르의 표정이 급속도로 냉각되었고, 그 모습을 본 나는 당황했다.

뭐야, 이거. 도대체 또 무슨 일인데?

'어쩐지 둘이 만나기만 하면 꼭 이런 분위기라니까.'

불편한 분위기. 체할 것만 같은 분위기. 사이에 끼어 있으면 난감한 분위기. 그래서 솔직히 말하면 빨리 탈출하고 싶은 분위기.

싸우는 건 좀 둘이 있을 때만 하라고!

"그럴 리가."

그게 한참 후에 자비에르가 겨우 뱉어낸 한 마디였다.

"내가 이 저택을 싫어할 이유가 뭐가 있지? 우스운 말을 하는군."

"……."

"그보다 에스클리프 공과 함께 계실 줄은 몰랐습니다."

클로드가 할 말을 잃은 사이 자비에르가 내게 말을 걸어왔다. 나는 얼른 답했다.

"우연찮게도 오자마자 만나 뵈었답니다. 운이 좋았어요."

"이런 걸 운명이라고 하나 봅니다."

클로드가 옆에서 해사한 미소와 함께 끼어들었고, 그 말을 들은 자비에르의 눈썹이 찌푸려졌다.

그가 곧바로 날 선 목소리로 클로드의 말을 지적했다.

"지나친 일반화의 오류야."

"운명에 그런 논리적인 잣대를 가져다 대시면 안 되지요, 전하. 그건 인간의 영역이 아니라 신의 영역인데요."

"공이 늘 지나치게 비논리적인 거라고는 생각 안 하나? 고작 한 번으로 무슨. 그렇게 치면 나 또한 영애와 운명이겠군, 그래."

"악연도 운명이라면 운명 아니겠습니까."

그 말이 끝남과 동시에 두 사람의 눈빛에서 불꽃이 파지직 튀었고, 나는 속으로 한숨을 쉬었다.

'묘하게 잘 어울리는 것 같기는 한데 신경전이 장난 아니라니까.'

어쨌든 둘은 서로 안 만나는 게 피차 정신 건강에 이로울 거 같기는 했다. 기억 상 한 번도 안 이런 적이 없었다. 물론 둘이 마주하는 순간에 함께 있었던 일이 많았던 건 아니지만.

"어쨌든 저희는 이만 가던 길 가겠습니다, 전하."

"우습군."

피식 헛웃음을 내뱉은 자비에르가 이내 싸늘한 목소리로 물었다.

"공이 무슨 권리로 영애를 데려가겠다는 거지?"

"무슨 권리겠습니까."

클로드가 이죽거리며 말을 이었다.

"오늘 제 댄스 파트너가 누군지 아십니까, 전하."

"내가 그런 것까지 알아야 하나?"

"아신다면 제게 그런 말씀 못 하실 텐데. 레이디 마리스텔라가 오늘 제 댄스 파트너시거든요."

"……뭐?"

그 놀라는 반응은 분명 이 사실을 처음 아는 사람의 것이었다. 자비에르가 그게 정말이냐는 듯한 눈으로 나를 쳐다보았고, 나는 어색하게 웃으며 고개를 끄덕였다.

"공작 전하의 말이 맞아요."

"어쩌다가……."

"파티가 열리기 전 제게 부탁하셨어요. 마땅한 파트너를 찾지 못했다고 하셨거든요."

"……아."

자비에르는 그제야 이해했다는 듯 묘한 표정으로 고개를 끄덕였다.

"그러셨군요."

"그럼 저희는 진짜로 가보겠습니다. 음악이 나오는 시간을 놓치면 또 기다려야 해서요."

그 말투가 어째 놀리는 것 같아서 나도 모르게 그만하라는 의미로 클로드의 옆구리를 쿡 찔렀지만, 자비에르는 그 모습을 보고 얼굴이 더 어두워졌다.

아, 이거 어렵네.

"그럼 또 뵙겠습니다, 레이디 마리스텔라. 모쪼록 좋은 시간 보내시기를."

다행히 자비에르가 클로드보다는 철이 더 든 편이어서(?) 적당한 선에서 대화를 그만두었다. 나는 어색하게 웃으며 고개를 끄덕였다.

"전하께서도 모쪼록 즐거운 시간 보내시기를. 기회가 닿는다면 또 뵙지요."

"운명이라면 또 뵙게 되리라고 믿고 있습니다."

묘한 대사에 나도 모르게 입꼬리가 호선을 그리며 올라갔고, 그 모습을 클로드가 질투 나는 시선으로 바라보는 게 느껴졌다.

나는 속으로 큭큭 웃으며 자비에르에게 허리 굽혀 인사했다. 똑같이 내게 인사한 자비에르가 자리를 떴고, 나는 그제야 클로드를 바라보며 물었다.

"눈빛 다 느껴져요, 전하."

"그럼 제가 지금 질투하고 있다는 것도 알고 계시겠군요."

"그렇긴 한데, 어차피 오늘 저의 댄스 파트너는 전하시니까요. 그러니 굳이 질투하실 필요는 없지요."

"그 말씀은 오늘 하루 종일 저와 있어 주시겠다는 겁니까?"

클로드가 묘한 눈빛으로 나를 바라보며 물어왔다.

뜻밖의 질문에 나는 멈칫했지만, 곧 아무렇지 않게 대답했다.

"원하신다면 어려운 일은 아니지만……."

"약속하신 겁니다?"

그의 눈꼬리가 반달 모양으로 예쁘게 휘어졌고, 클로드는 내게 새끼손가락을 내밀어 약속해 달라는 신호를 보냈다.

뭐 이런 걸로 새끼손가락이나 거는지 싶었지만, 어려운 일도 아니어서 나는 망설임 없이 그가 원하는 대로 해주었다.

나와 그의 새끼손가락이 맞닿으며 서로의 것을 휘감자, 동시에 클로드의 눈매가 좀 더 깊게 패이며 웃음을 그려냈다.

그 모습을 본 내가 낮게 웃으며 그에게 질문했다.

"저랑 있는 게 그렇게 좋을 일인가요?"

"좋아하는 친구와 함께 시간을 보내는 것처럼 세상에 기쁜 일도 없지요."

"……."

묘한 워딩에 순간 멈칫했지만, 파고 들어보면 썩 오해의 소지가 있는 말도 아니었다. 내가 아무렇지 않게 웃으며 그에게 말했다.

"곧 음악이 시작되겠어요. 춤이나 추러 가요, 우리."

"그럴까요?"

그가 그 말과 함께 내게 자연스럽게 팔짱을 껴왔고, 나는 살짝 놀랐지만 내색하지는 않았다.

어쨌든 지금 이 순간, 그와 나는 파트너였으니까.

"약간 떨려 하시는 것 같네요."

클로드의 어깨에 손을 얹은 채 적당한 음악이 시작되기를 기다리고 있는데, 파트너에게서 그런 말을 들었다. 내가 피식 웃으며 대꾸했다.

"그럴 리가요."

솔직히 말해서 떨렸다. 물론 그게 내가 춤을 못 추기 때문은 아니었다.

그날, 그러니까 자비에르의 발을 무자비하게 밟은 이후 나는 특별 훈련에 돌입해서 사교계의 춤추는 법을 정말로 열심히 배웠다.

다행히 마리스텔라가 춤을 추던 습관에 몸에 배어 있어서인지 원래의 뻣뻣했던 내 몸과는 많이 달랐고, 그래서 생각보다는 수월하게 춤을 배워나갈 수 있었다.

문제는 실전이 오늘이라는 사실이었다.

'잘할 수 있겠지.'

무수하게 연습했지만, 연회에서 춤을 추는 건 이번이 처음이었다. 떨리는 기색을 최대한 내보이지 않기 위해 애썼지만, 유감스럽게도 머리와 마음이 따로 놀았다.

"레이디 마리스텔라."

그때 다정하고 낮은 목소리가 내 머리 위를 간질거렸다. 나도 모르게 몸에 힘이 들어갔다.

"너무 걱정하지 마세요. 전 생각보다 민첩해서, 영애가 제 발을 밟기 전에 잘 피할 자신이 있습니다."

"……."

그때 봤구나.

"설령 제가 피하지 못하더라도 괜찮습니다. 얼마든 밟으세요. 견딜 자신 있습니다."

봤어, 봤어.

나는 잔뜩 빨개진 얼굴을 푹 숙여 변명처럼 중얼거렸다.

"그때는 몸이 안 좋아서 그랬던 것뿐이에요. 오늘은 그럴 일 없을 겁니다."

"영광스럽네요."

어째 영 안 믿는 거 같아서, 정확히는 믿을 기미가 안 보여서 나는 더 이상 입을 열지 않았다.

그래, 이따 한번 보라지.

때마침 음악이 시작되었고, 나는 배운 대로 차분하게 스텝을 밟아 나갔다. 다행히 이 몸이 마리스텔라의 것이었기 때문에, 생각했던 것보다는 춤선이 우아했다. 물론 내가 말하기에는 다소 부끄러운 말이었지만…….

"잘하시네요."

한창 춤을 추던 중에 클로드가 내게 속삭였다.

그 목소리가 이상하리만치 끈적끈적해서 나도 모르게 헛숨을 들이켰다가, 이내 아무렇지 않게 대꾸했다.

"말씀드렸잖아요. 그때가 실수였다고."

"이제는 믿겠습니다."

"결국 안 믿으셨군요."

"제가 사람을 잘 못 믿어서요."

클로드가 빙긋 웃으며 말을 보탰다.

"하지만 상대가 다른 누구도 아닌 영애였는데, 믿을 걸 그랬습니다. 제가 잘못했네요."

"되게 감각적으로 말하시네요. 그런 식으로 말씀하시는 분은 드
물어요."

"제가 이래 봬도 한 섬세한 남자거든요. 다정하고, 젠틀
하고……."

"……본인이 직접 그런 말 하면 안 부끄러우세요?"

"별로?"

클로드가 어깨를 으쓱이며 대답했다.

"사실이잖아요."

"……."

예. 참 잘나셨습니다.

"뭐……."

하지만 사실 클로드의 말은 거짓이 아니었다. 젠틀하고 다정하고
섬세하고…… 다 맞았으니까. 더구나 잘생겼다. 그 말까지는 안 했
으니 겸손하다고 생각해줘야 하나.

"……아."

그때 갑자기 클로드가 내 등을 감싼 채 나를 옆으로 휙 돌렸다. 갑
작스러운 회전에 당황한 내가 커다래진 눈으로 클로드를 쳐다보았
다. 그는 여전히 웃는 낯으로 나를 바라보며 속삭였다.

"놀라셨습니까."

"……아뇨."

'예'라고 대답하기가 이상스레 싫은 표정이었다. 청개구리처럼

거짓말이 나왔다.

"죄송합니다. 배려가 부족했네요."

"괜찮아요."

나는 살짝 떨리는 목소리로 덧붙였다.

"제가 다른 생각을 하고 있었거든요."

"이런."

그 말을 들은 클로드가 질투 난다는 얼굴로 물었다.

"도대체 절 앞에 두고 누구 생각을 하고 계셨다는 겁니까?"

"아."

클로드의 질문에 괜히 장난기가 생긴 나는 씩 웃으며 되물었다.

"궁금하세요?"

"궁금합니다."

클로드가 고개를 끄덕인 다음 덧붙였다.

"당연하잖습니까. 파트너를 앞에 두고 딴생각을 하고 계시다니. 제가 그렇게 매력 없는 남자인지 의구심까지 듭니다."

"그 상대가 누구인지 아시면 깜짝 놀라실 텐데요."

"누군데 그러십니까?"

괜히 바람 잡는 내 말에 클로드의 얼굴에는 긴장한 기색이 역력했다. 그 모습을 보고 나는 왠지 모르게 그가 귀엽다는 생각이 들었다. 내가 씩 웃으며 정답을 말해주었다.

"전하 생각을 하고 있었어요."

솔직하게 말해서, 그건 진실이었다. 클로드가 젠틀하고 다정하고 섬세하고 잘생겼다는 생각을 하고 있었으니까.

아, 지금 생각해보니 죄다 칭찬이어서 뭔가 머쓱해졌다.

"전하께서 아까 하신 말씀……."

어색하게 부연하며 고개를 위로 올려다본 나는 클로드와 눈이 마주치자마자 순간 흠칫할 수밖에 없었다.

그의 얼굴이 잔뜩 빨개져 있었기 때문이었다.

당황한 내가 부연하려던 말도 전부 잊고 클로드를 불렀다.

"전하……?"

"아."

내 목소리에 클로드는 그제야 정신을 차린 얼굴로 나를 바라보았다.

문제는 나를 바라보자마자 그의 얼굴이 더 빨개졌다는 사실이었다. 그 모습을 본 내가 당황한 얼굴로 물었다.

"갑자기 왜 그러세요?"

"네?"

"얼굴이 빨개요."

금방이라도 터져버릴 토마토 같아. 내 덧붙임에 그의 볼은 정말로 그와 준하는 수준으로 붉어졌다.

맙소사, 클로드가 갑자기 왜 이러는 거지?

도무지 영문을 모르겠어서, 나는 그 상황에 어울리지 않게 장난이나 쳐 버리고 말았다.

"야한 생각이라도 하신 건가요?"

"네?"

내 말을 반 박자 늦게 알아들은 클로드가 당황한 얼굴로 고개를 저었다.

"아, 아닙니다!"

"에이, 표정이 딱 야한 생각 하다 들키신 분인데요, 뭐."

"정말 아닙니다."

내 농담 같지 않은 농담에 다행히도 클로드의 볼 색깔은 빠르게 제자리를 되찾았다.

사춘기 소년도 아니고 이런 농담에 반응하다니. 그게 참 신선했다. 생긴 걸로 봐서는 오히려 나한테 이런 농담을 던져도 전혀 이상하지 않을 것 같은데 말이지. 내가 쿡쿡 웃으며 물었다.

"그럼 무슨 생각을 하셨는데요?"

"……."

거기에 클로드는 대답하지 않았다.

이쯤 되자 나도 의심이 들었다.

뭐야, 진짜 이상한 생각 한 거 아니야?

"저도……."

그때, 클로드가 입술을 열어 개미 기어가는 목소리로 대답했다.

내가 귀를 쫑긋 세우고 그의 목소리에 집중했다.

"영애 생각을 하고 있었습니다."

그래서 그 말이, 지나치리만치 잘 들렸다.

내가 당황한 얼굴로 클로드를 쳐다보았고, 그나마 분홍색으로 변했던 볼은 다시 붉은 기가 짙어지고 있었다. 그 표정 변화를 보고 나는 더 당황했다.

지금 이 상황, 뭐야……?

"네?"

"영애 생각을 하고 있었다고요."

아까보다 또렷한 목소리와 떨리지 않는 눈빛으로 클로드가 내게 말했다. 물론 나는 여전히 당황한 상태였지만, 최대한 차분함을 유지하며, 마치 이 모든 상황이 장난이라는 것처럼 대꾸했다.

"제가 춤을 못 춘다고 생각하고 계셨어요?"

"아뇨."

클로드가 고개를 저으며 내 말을 정정했다.

"영애가 아름답다고 생각하고 있었습니다."

"……."

잠깐만, 이거 누가 봐도…….

"제가……요?"

"네."

클로드가 엷게 미소 지으며 말했다.

"아름다우십니다, 레이디 마리스텔라."

"……감사합니다."

내가 어색하게 입꼬리를 끌어올렸다.

"예의상 하시는 말씀이겠지만, 그대로 기분 좋네요."

"예의상 드리는 말씀 아닙니다."

클로드가 다시 한번 내 말을 정정했다.

"영애는 아름다워요."

"……."

"이 제국 그 누구보다도 더."

"과찬이세요."

나는 끝까지 침착하게 나왔다.

이런 말은 굳이 내게 사심이 없더라도 할 수 있었다.

우린 친구였으니까. 친구의 외모를 칭찬하는 건 자연스러운 일이다. 그가 나를 좋아한다는 확증이 되기에는 무리가 있었다.

나는 헛기침을 한 다음 맞받아쳤다.

"전하께서도 멋지세요. 잘생기셨고……."

"이 제국 그 누구보다도 더 말입니까?"

"……."

아까 말했던 것과 똑같은 기준으로 묻는 클로드를 보며 나는 당황할 수밖에 없었다.

나는 과연 그가 '이 제국 그 누구보다도 더' 잘생긴지를 생각하다가, 곧 그것이 쓸데없는 일임을 깨닫고선 입을 열었다.

"미의 기준은 상대적이지요. 하지만 객관적으로 보더라도, 전하께서 이 제국의 미남자들 중 한 분이신 것은 분명합니다."

"저는 객관적으로 제 아름다움에 대해 여쭌 것이 아닙니다."

그가 고개를 저으며 내게 말했다.

"영애께서는 저를 어떻게 보고 계시는지, 그게 궁금해요."

어째서?

"그게 가장 중요하거든요. 대답해 주실 수 있으십니까?"

"⋯⋯어째서 제 기준이 가장 중요하신 건가요?"

"그건⋯⋯."

그가 말을 하다 말고 미소 지었다.

내 심장은 금방이라도 터져버릴 것처럼 쿵쾅쿵쾅 뜀박질을 계속했다. 그의 입에서 나올 그다음 말이 너무나도 궁금했다. 잘하면 그가 정말로 나를 좋아하는지에 대한 답을 얻을 수 있을지도 모른다.

내가 긴장으로 얼룩진 얼굴을 한 채 클로드를 쳐다보았고, 클로드는 그런 내 얼굴을 빤히 바라보다가 천천히 입을 열었다.

"저와 가장 친한 영애는, 레이디 마리스텔라뿐이니까요."

"⋯⋯아."

그런 이유였구나.

"그렇군요."

나도 모르게 힘 빠진 소리가 입 밖으로 나왔다. 왜 자꾸 아까부터 헛다리만 짚는 건지.

'마치 클로드가 나를 좋아해 주기를 바라는 사람 같잖아.'

지금 지나치게 그런 쪽으로만 치우쳐 생각하고 있다는 걸 부정할수 없었다. 어쩐지 상대는 별생각 없는데 나만 괜히 예민하게 반응하는 것 같은 기분이다. 자칫하다가는 말실수를 하게 될지도 몰라서, 그런 유의 생각은 이만 그만두기로 마음먹었다. 그리고 결심을 마친 다음에는 아무렇지 않게 웃으며 대꾸했다.

"저도 그래요. 친한 남성 귀족은 두 분 전하가 유일하답니다."

"'두 분' 전하요?"

"황태자 전하까지 포함해서요."

"……."

그 말을 들은 클로드가 알 수 없는 표정을 지었고, 그 순간 마무리를 향해 치닫던 음악이 끝났다.

자연스럽게 내 움직임이 멎었고, 그건 상대도 마찬가지였다. 나는 입꼬리만 살짝 올린 채로 클로드를 올려다보았다. 다시 본 그의 얼굴에서는 아까 보았던 그 '알 수 없는 표정'이 완전히 사라져 있었다.

"음악이 끝났군요."

"그렇네요."

짤막하게 대꾸하는 내게, 클로드가 물어왔다.

"테라스에서 칵테일이나 한 잔 하시겠습니까? 살짝 덥네요."

"전 좋아요."

굳이 거절할 이유가 없어서, 나는 고개를 끄덕였다.

자비에르는 두 사람이 칵테일 한 잔씩을 손에 들고 테라스로 가는 모습까지 보고 나서야 그쪽에서 시선을 거두었다.

몸은 떨어져 있었지만 자비에르의 시선은 아까부터 지금까지 계속 한 사람, 마리스텔라만을 향하고 있었다.

그것은 자연스러운 끌림이었다. 좋아하는 사람을 향한. 자석의 N극이 당연히 S극에 끌리는 것처럼, 그의 관심과 눈빛은 무의식적으로 마리스텔라에게 집중되어 있었다.

'하여간 약삭빠르기도 하지.'

그의 눈빛에 순간적으로 못마땅함이 스쳐 지나갔다.

클로드가 마리스텔라에게 먼저 댄스 파트너가 되어 달라고 부탁한 건 생각조차 하지 못한 일이다. 어쨌든 자신이 머뭇거리고만 있을 때 그는 먼저 행동했으니 따지고 보면 그가 자신보다는 더 대단하지 싶었다.

별로 좋아하지 않는 사람이었지만, 인정할 건 인정해야만 했다.

물론 그와 별개로 지금 마리스텔라와 클로드가 함께 시간을 보내고 있을 것이라는 사실은 자비에르가 미처 자각하지 못하고 있던 질투심을 수면 위로 끌어 올리는 역할을 해주었다.

그는 지금이라도 당장 마리스텔라를 그 '간악한 놈'에게서 구출해오고 싶었으나, 마리스텔라 생각도 해야만 했다. 그가 생각한 그대로 행동한다면 그녀는 분명 당황할 것이다. 적어도 지금은 자중하는 게 맞았다.

그러다 문득, 그의 머릿속으로 처음 마리스텔라를 보았던 때가 떠올랐다. 자신의 탄신 연회 때 일어났던.

참 단순한 첫 만남이었다. 그녀가 제 앞에서 드레스 장식을 떨어뜨렸고, 자신은 그것을 주워주었다. 그리고 그때, 처음 그녀와 만났다.

'예쁘다.'

마리스텔라를 처음 만났을 때 들었던 생각이었다. 그는 '첫눈에 반한다'는 말을 믿지 않았고 도리어 혐오하는 쪽에 가까웠지만, 우습게도 자신이 가장 혐오하던 것에 빠져 버린 셈이었다.

'첫눈에 반한다'는 그 어이없고 비논리적인 현상은 자비에르에게 그전까지는 겪은 적 없던 어마어마한 파장을 미쳤다.

마리스텔라와 헤어지고 난 후에도 그녀가 계속 생각났고, 그녀가 궁금해졌다. 접점을 만들기 위해 우스운 일도 불사했고, 조금 더 수고스러워지더라도 그녀를 만나기 위해서라면 온갖 꼼수를 부렸다. 효율, 원칙, 속도를 중시하는 그에게는 참으로 어이없는 일이 아닐 수 없었으나, 어쩔 수 없었다.

그 모든 '평소와 다른 것'이 사랑이라는 이름으로 가능했으니까.

그녀의 입가에 피어나는 한 줄기 미소를 한 번이라도 더 볼 수 있다면, 얼마를 지불해도 괜찮을 것 같았으니까.

'정작 가장 중요한 걸 못 했지만 말이야.'

말하지 않으면 모른다. 행동으로 알 수 있다는 건 웬만히 눈치 빠른 사람이 아니고서는 불가능한 일이고, 사실 정확하지도 않다.

독심술사도 아닌데 어떻게 행동이나 눈치로만 그 사람의 마음을 헤아릴 수 있을 것인가. 적어도 연정에 관해서만큼은, 말을 해야만 알았다.

그런데 그는 말하지 못했다. 말할 수 없었다. 두려웠다. 아버지의 전철을 밟을까 봐. 아버지를 닮아 버려서, 사랑하는 여자의 마음을 아프게 할까 봐.

부황을 닮지 않을 거라고, 무슨 일이 있어도 그것만큼은 막을 거라고 다짐하고, 또 결심했다. 하지만 부황에게서 물려받은 피가 과연 그것을 허락할지 자신이 없었다.

겁쟁이라고 해도 좋았다. 일국의 황태자 주제에 사랑하는 여자에게 마음을 고백하지도 못한다고 조롱받아도 좋았다. 그 어느 것이든 그는 상관없었다.

그러나 자비에르는, 마리스텔라가 그 어느 상황에서도 상처받지 않기를 바랐다.

그의 마음에 완벽한 확신이 섰을 때, 그러니까 제 몸속에서 흐르고 있는 부황의 피가 자신을 파멸의 길로 이끈다 할지라도 그녀가 상처받지 않도록 지킬 수 있을 때 마리스텔라에게 고백하고 싶었다.

그게 모두를 위한 길이었다. 그는 그렇게 믿었다. 그리하여 그는 이렇게 머뭇거리고 있는 것이다.

미래에 나타날지, 나타나지 않을지도 모르는 문제를 두려워하여, 현재의 감정에 충실히 행동하지 못하고 있는 것이다.

그러나 이것은 무작정 자비에르만을 탓하기에도 어려운 문제였다. 누구든 그의 성장 배경을 알고 난다면 자연스럽게 그의 고민이 타당하다는 생각을 가지게 되리라.

'나도 참…… 우유부단하군.'

그가 자조적으로 웃으며 고개를 절레절레 저었다.

그녀는 제게 용기를 내라고 했다. 관계 속에서 상처 주고 상처받는 건 자연스러운 일이라면서. 피할 일이 아니라면서.

그녀의 말마따나 사랑에도 분명 타이밍이 있었다. 좋은 의미로든 나쁜 의미로든 사랑에서, 관계에서 타이밍은 중요했다.

만약 자신이 두려움을 극복하지 못하고 머뭇거린다면, 자칫 진짜 사랑은 시작하지도 못한 채 끝날지도 모른다.

마리스텔라의 말에 틀린 점이 없다는 걸 그는 잘 알고 있었다.

'더 용기내도 괜찮은 걸까.'

그가 조심스럽게 스스로에게 물었고, 답은 생각보다 빨리 나왔다.

미래에 맞게 될 파국의 불안함. 그리고 그녀를 향한 사랑.

둘 중 하나를 포기해야만 한다고 생각한다면, 어느 쪽이 그에게 더 괴로움을 안겨다 줄 것인가.

분명히 후자였다.

그가 가만히 미소 지었다. 어쩐지 아까보다 머릿속이 더 환해지는 기분이다.

'그녀의 다음 파트너는 내가 될 거다, 클로드.'

그다음뿐만 아니라 그다음, 그다음의 다음, 또 그다음의 다음까지도, 전부 그가 될 것이다. 양보와 머뭇거림은 딱, 오늘뿐이었다.

그의 진득한 시선이 두 사람이 사라져버린 테라스를 향했다.

"전하."

그때, 뒤쪽에서 낯설지 않은 목소리가 들려왔다.

자비에르가 뒤를 돌자, 오델레타가 그를 향해 미소 짓고 있는 모습이 눈에 들어왔다. 자비에르는 순간 저도 모르게 표정을 굳힐 뻔하였으나, 간신히 원래의 표정을 유지했다.

"오셨군요. 제국의 작은 태양을 뵙게 되어 기쁩니다."

"네, 레이디 오델레타."

잘 지냈느냐는 질문을 하려다 그만두었다.

자비에르는 자신이 그녀에게 그런 질문을 할 자격이 없다는 사실을 누구보다 잘 알고 있었다.

그녀가 잘 지냈다면 기뻐해야 할 일이었지만, 만약 질문에 대한 답이 '잘 지내지 못했다'가 되어 버린다면, 그건 순전히 그 때문일 가능성이 컸기 때문이었다. 그래서 그는 가급적 말을 아끼기로 마음먹었다.

"오늘 정말 멋지십니다. 항상 생각하는 거지만, 전하께서는 어두운 연미복이 잘 어울리시는군요."

"감사합니다."

그러다 보니 자연스럽게 말이 뚝뚝 끊겼다.

마음을 받아 주지 않고 여지를 남기지 않는 것과는 별개로 대화 자체는 원활하게 이루어져야 했는데, 두 마리 토끼를 다 잡으려다 보니 여간 어려운 게 아니었다.

그리고 솔직히 말해 지금 상황에서는 그것이 불가능했다.

애당초 여지를 주지 않으려면 대화를 거의 나누지 않는 게 좋았으니까.

'미치겠군.'

이래저래 고역이었다.

오델레타가 싫은 것은 결코 아니었다. 받아줄 수 없는 마음이 저를 향한다는 이유로 그녀를 싫어한다면 그 자신은 정말 대단한 쓰레기일 것이다.

지금 상황이 괴로운 이유는 순전히 그녀에게 더 이상의 상처를 주지 않는 동시에 정중한 관계를 이어나가야만 했기 때문이었다.

그리고 그건 참 어려운 일이었다.

그가 속으로 한숨을 쉬며 오델레타에게로 시선을 옮기는데, 문득 이상한 느낌이 들었다.

'레이디 마리스텔라와 뭔가…… 비슷하군.'

풍성한 진주색 드레스와 높은 은색 힐.

물론 그 두 가지 조합이 대단히 특별한 것도 아니었으니 어쩌면 그가 예민하게 반응하고 있는 것일지도 모르겠다.

하지만 상황이 상황이고 시기가 시기인지라, 이상한 쪽으로 생각지 않을 수 없는 것이다.

'설마…….'

"그러고 보니 마리는 보셨나요?"

오델레타가 스스럼없이 마리스텔라를 화제로 올렸다. 그 아무렇지 않은 태도에 자비에르는 저도 모르게 흠칫했지만, 그 역시 곧 아무렇지 않게 대꾸했다.

"아까 전에 뵈었습니다."

"그랬군요. 실은 아까부터 계속 마리를 찾고 있었는데 보이지가 않아서요."

"레이디 마리스텔라를 찾으시는 거라면 에스클리프 공을 찾는 게 빠를 겁니다."

자비에르가 건조한 목소리로 말을 이었다.

"오늘 그의 댄스 파트너가 레이디 마리스텔라거든요."

"아, 그랬군요. 몰랐네요. 말을 안 해줘서."

"아마 지금쯤 테라스에 같이 있을 겁니다. 그러니 잠시 후에……."

"잘 아시네요."

오델레타가 무덤덤한 얼굴로 자비에르에게 말했다.

"마치 마리의 일거수일투족을 전부 지켜보고 있던 사람같이 말씀하세요."

"……."

틀린 말이 아니었기에 자비에르는 거기에 이의를 걸지 않았다.

그리고 그 사실을 오델레타도 눈치챘는지, 입술을 깨물었다. 하지만 곧 원래의 모습으로 돌아와 태연한 척 다시 입을 열었다.

"조언 감사드려요, 전하. 말씀하신 대로 잠시 후에 근처에 가보는 게 좋겠네요. 지금쯤 단둘이서…… 이야기하고 있을 테니까요."

마지막 말은 의도가 뻔했다.

자비에르라고 그것을 신경 쓰지 않는 것은 아니었으나, 오델레타가 이런 식으로 말한다고 해서 달라질 건 없었다. 그가 저도 모르게 한숨을 내쉰 다음 영혼 없는 목소리로 대꾸했다.

"그럴 겁니다."

"전하."

그때 오델레타가 나직한 목소리로 자비에르를 불렀고, 자비에르는 말없이 오델레타를 쳐다보았다. 오델레타가 무슨 생각을 하는 건지 알기 어려운 얼굴로 자신을 쳐다보고 있었다.

"지금 바쁘신가요?"

"……."

그는 대답하지 않았다. 하지만 오델레타는 계속해서 입술을 움직였다.

"저와 춤 한 곡만 춰주시겠어요? 두 사람을 기다리는 동안 할 일이 없네요."

"죄송하지만 레이디 오델레타, 어려울 듯합니다."

그가 건조한 목소리로 대답했다. 여지는 주지 말아야 한다. 틈을 보여서는 안 된다. 변함없는 거절, 변동 없는 태도.

그게 진짜 마음을 받아줄 수 없는 상대를 위한 길이다.

"몸이 조금 좋지 않아서요. 마침 쉬려던 참이었답니다."

"그러셨군요. 그럼 저쪽에서 대화는……."

"아무래도 어려울 듯합니다. 할 일이 많이 밀려 있어서……. 오늘도 에스클리프 공의 탄신일이라 겨우 시간을 냈거든요. 금방 환궁할 예정입니다."

본래 환궁할 예정은 계획에 없었으나, 오델레타를 피하기 위해서라도 그래야 할 것 같다는 생각이 들었다. 그리고 사실 할 일이 적은 것도 아니었으니까.

오늘은 클로드가 마리스텔라를 꽉 잡고 놓아주지 않을 것이다. 그에게도 마지막 기회 정도는 주는 게 좋을 테니까.

그가 속으로 쓰게 웃으며 오델레타에게 인사했다.

"그럼 전 이만 가보겠습니다, 레이디 오델레타."

"……."

"부디 즐거운 시간 보내시기를."

자비에르는 그 말만 마친 다음 조금의 미련도 남아 있지 않은 모습으로 자리를 떴다. 그리고 홀로 남겨진 오델레타의 얼굴에는 쉽사리 형용할 수 없는 감정들로 가득 차고 있었다. 하지만 분명 좁혀 보자면 하나의 감정이었다.

비참함.

오델레타의 손끝이 저도 모르게 떨려왔다. 주된 감정 하나가 그녀의 표정에 더 추가되었다.

분노였다.

혼자 남겨진 도로테아는 의외로 잘 지내고 있었다.

본래도 친화력은 뛰어난 편이라, 그녀는 무리 없이 다른 영애들과의 수다에 열을 올리는 중이었다.

"그러고 보니 황태자 전하께서도 이제 슬슬 결혼하셔야 할 텐데요."

그러다 하필 접어든 주제가 자비에르였다. 물론 그의 위치를 생각해보면 자연스러운 일이었다. 제국의 차기 황제라는 권력자가 아직까지도 미혼이라니. 그의 나이가 지나치게 많은 것은 아니었지만, 아무래도 그의 결혼에 시선이 모일 수밖에 없는 것이 사실이었다.

"좋은 분을 만나셔야죠."

"어머, 제도의 영애들 중 좋지 않은 분이 어디 계시다고요."

"맞아요. 다들 아름다우시고 성품도 좋으신 분들인걸요."

"하지만 무엇보다 전하를 진심으로 사랑해주실 수 있는 분과 결혼하셔야죠. 그게 진정한 행복인걸요."

어떤 영애가 나직하게 내뱉은 한 마디에 모두가 수긍한다는 듯 고개를 끄덕였다.

"맞아요. 어쨌든 전하께서는 얼른 결혼하셔서 후사를 보셔야 해요. 아시다시피 지금 제국에 직계 황족이란 황태자 전하 한 분뿐이시니까요."

"에스클리프 공작 전하도 계시기는 하지만, 아무래도 그분은 방계시니 정통성이 다소 떨어지지요."

갑작스럽게 화제가 클로드로 넘어가자, 상황을 잠자코 지켜보고 있던 도로테아는 '옳다구나' 하는 얼굴로 재빨리 입을 열었다.

"그러고 보니 공작 전하께서는 교제하시는 분이 계시는 것 같던데요."

"어머, 정말요?"

"누군데요?"

누가 들어도 흥미로울 이야기에 모두의 관심이 도로테아에게로 집중되었다. 타인의 시선이 자신을 향해 쏠린다는 사실에 설명할 수 없는 쾌감을 느끼며, 도로테아가 야살스러운 목소리로 물었다.

"다들 오늘 그분의 댄스 파트너를 보지 못하신 건가요?"

"레이디 마리스텔라 아니었나요?"

"맞아요! 이상한 점 못 느끼셨어요?"

"글쎄요. 잘 모르겠는데요."

"듣기로 레이디 마리스텔라가 당한 마차 사고의 가해자가 공작 전하시라고 하던데……."

모두가 알고 있는 사실이었지만, 도로테아는 마치 다른 뭔가가 더 있는 것 마냥 은밀한 목소리로 말을 이었다.

"그때 친분을 쌓으신 건 아닐까요?"

"코르노헨 영애의 말대로라면 오늘 레이디 마리스텔라가 공작 전하의 댄스 파트너인 게 전혀 이상할 일도 아니네요."

"그렇죠. 공작 전하께서 겉으로는 모든 숙녀분들께 친절한 것처럼 보이지만, 은근 벽이 느껴지는 분이잖아요? 정말 친한 분이 아니면 곁에 잘 두지 않으시는 것 같더라고요."

"제가 봐도 그런 것 같긴 해요. 쉽게 사람을 곁에 안 두시지요, 공작 전하께서는."

"와아, 레이디 마리스텔라가 부러워요. 설마 두 분 사이에 우리가 모르는 미묘한 기류가 있는 건 아닐까요?"

"하지만 중요한 건 그게 아니에요."

도로테아가 짐짓 심각한 목소리로 대화의 방향을 바꾸었다.

"다들 이상한 점 못 느끼셨어요?"

"뭔데요?"

"레이디 마리스텔라요."

친구의 이름을 대는 도로테아의 목소리에서는 미묘한 불쾌감과 분노가 배어 나오고 있었다.

그걸 눈치챈 몇몇 영애들은 그런 도로테아를 이상하다고 생각했지만, 분위기가 싸해질까 봐 굳이 입 밖으로 그 사실을 내지는 않았다.

"지난번에는 황태자 전하와도 엮이더니 이번에는 공작 전하예요. 뭔가 수상쩍지 않아요?"

"뭐가요?"

"두 사람 모두에게 양다리를 걸치고 있는 거죠."

"네에?"

"맙소사."

"정말인가요?"

당황한 목소리가 이곳저곳에서 터져 나왔다. 하지만 도로테아는 개의치 않고 계속해서 말해나갔다.

"제가 알기로는 그녀가 서먼궁에도 자주 드나들거든요. 그걸 보고 확신했어요. 레이디 마리스텔라가 두 사람 사이에서 줄다리기하고 있다는 걸요."

"하지만 두 분 전하는 아카데미 동기가 아니셨나요? 친한 것으로 알고 있는데요."

"사랑 앞에 우정이 버림받는 건 흔한 일이죠. 높으신 분들이라고 안 그러겠어요?"

물론 제국의 사교계에서 별말이 다 오가는 건 맞았지만, 그렇다고 하더라도 클로드와 자비에르는 지나치게 거물이었다.

그 때문에 영애들 역시 이런 화제에 대해서는 함부로 입을 놀리는 것이 조심스러울 수밖에 없었다.

그리고 용기인 건지 만용인지는 모르겠지만, 도로테아는 그 사실에 별로 개의치 않아 하는 듯했다.

그녀가 계속해서 혀를 놀렸다.

"마리 그 친구를 제가 어릴 적부터 봐서 아는데, 엄청나게 여우 같⋯⋯."

"당사자 없는 곳에서 무슨 소리를 하는 건지 모르겠네요."

그때 누군가가 불쾌한 목소리로 도로테아의 말을 가로막았다.

목소리의 정체를 알아차린 다른 영애들이 당황하며 벌렸던 입도 다물었다.

"무례한 성품이신 줄은 진작부터 알고 있었지만, 이 정도일 줄은 정말 몰랐어요."

오델레타였다.

그녀의 한심하다는 표정에 도로테아가 어이없다는 얼굴로 물었다.

"제가요?"

"그럼 누구라고 생각하세요, 도대체? 레이디 마리스텔라는 레이디 도로테아의 친구가 아니었나요? 어떻게 다른 사람 앞에서 친구의 뒷담화를 할 수 있는 건지 도무지 이해가 되지 않네요."

"하. 내가 언제 뒷담화를 했다고요?"

"지금 영애가 한 행동을 뒷담화라고 하지요. 남이 없는 곳에서 험담하는 거요. 창피한 줄 아세요."

"뭐라고요?"

하지만 그 말을 들은 도로테아는 본인이 더 어이없다는 투였다. 주변에 있던 사람들은 어느새 숨까지 죽이고 두 영애의 설전을 구경하기 시작했다.

"내가 무슨 창피한 짓을 했는데요? 그냥 사실이 그렇다는 걸 말해 준 것뿐이에요."

"정말 뻔뻔하고 파렴치하시군요. 알고는 있었지만, 이 정도이신 줄은 몰랐어요. 할 말이 있다면 적어도 본인이 있는 곳에서 하세요, 레이디 도로테아. 그것이 숙녀로서의 올바른 태도라고 우리 모두 배우지 않았던가요?"

"하, 고고한 척하시기는."

오델레타의 일갈에도 도로테아는 같잖다는 표정이었다.

그 모습을 보고 오델레타가 눈살을 찌푸리려던 찰나, 도로테아가 대화의 중심축을 바꾸었다.

"그러고 보면 레이디 오델레타도 참 대단한 분이에요."

"……제가 말씀인가요?"

"네. '친한' 친구가 좋아하는 사람과 그런 관계를 유지하고 있는데도 불구하고 이렇게 친구 편을 들어주고 계시잖아요?"

"……."

도로테아의 말에 오델레타는 순간 할 말을 잃었다.

그리고 오델레타는 그것이 잠깐이나마 도로테아의 말에 자신이 타격을 받았기 때문이라는 사실을 잘 알고 있었다.

그 사실을 자각하자 그녀의 얼굴이 급속도로 냉각되었다.

"'그런 관계'가 어떤 관계인데요?"

"계속 이 자리에 계셨으면서 딴소리를 하시는 건가요? 우습네요."

도로테아가 헛웃음을 머금은 얼굴로 말을 이었다.

"레이디 마리스텔라가 두 분 전하를 가지고 놀고 있는 거예요, 지금. 그런 상황에서 친구 편을 드시다니. 역시 고결한 분은 다르시네요."

"영애는 지금 확인되지 않은 사실로 레이디 마리스텔라는 물론이고 두 분 전하까지 모욕하고 있습니다. 레이디 마리스텔라는 차치하더라도 두 분 전하를 모욕하는 건 황족모독죄에 걸릴 수 있어요. 베일탑에 가고 싶으신 건가요?"

"지금 절 협박하는 건가요?"

"협박이 아니라 사실을 말씀드리는 것뿐이랍니다."

"그럼 저도 사실 하나 말씀드리죠, 레이디 오델레타."

도로테아가 이죽거리며 입술을 움직였다.

"영애도 황태자 전하를 좋아하고 계시잖아요? 그래서 안타까운 마음에 드리는 말씀이에요. 레이디 마리스텔라와 멀어지세요. 그녀가 정말로 영애를 친구로 생각한다면 황태자 전하와 가깝게 지내면 안 돼요."

"지나치게 고루한 생각이군요. 제가 황태자 전하를 좋아한다고 해서 제 친구의 인간관계를 제한할 권리는 없어요. 또 제 친구가 황태자 전하와 그런 불순한 의도로 관계를 맺고 있는 것도 아니고요. 제가 누구보다도 잘 압니다."

그게 오델레타를 더 서글프게 만들었다.

차라리 마리스텔라가 그렇게 나쁜 친구였다면, 그녀도 마음 놓고 마리스텔라를 미워할 수 있을 텐데. 그녀를 곤경에 빠뜨리는 일에 대해 어떠한 죄책감도 느끼지 않을 텐데. 유감스럽게도 그녀의 친구는 너무나도 착했고, 그녀를 진심으로 생각해 주었다.

"영애는 속고 계신 거예요. 불쌍하긴."

정말로 그런 걸까?

오델레타는 순간 그런 생각이 들었지만, 이내 고개를 흔들어 버렸다. 사탄 같은 여자 같으니라고.

"이제 저까지 모욕하시는 건가요?"

"하지만 사실인걸요. 전 영애가 너무 안쓰럽답니다. 짝사랑하는 분을 친구에게 빼앗길 위기에 처하셨는데, 그렇게 태평한 꼴이시라니!"

"……."

도로테아의 유치한 도발에 오델레타는 제 몸 안의 피가 전부 식는 듯한 느낌이 들었다. 물론 도로테아의 말이 전부 틀린 건 아니었다. 어쨌든 지금 자비에르가 좋아하는 사람은 누가 뭐래도 마리스텔라였으니까.

하지만 그렇다고 해도 도로테아 같은 사람에게 저런 말을 들을 정도로 자신의 상황이 나락으로 떨어졌다고는 생각하지 않았다.

오델레타가 냉소적인 얼굴로 반격을 시작했다.

"하지만 그건 저만의 상황은 아니지 않나요?"

"그게 무슨 소리예요?"

"레이디 도로테아도 짝사랑하는 분을 친구에게 빼앗길 위기에 처하신 거죠."

어쨌든 마리스텔라의 친구에는 도로테아도 포함되었다. 적어도 아직까지는 말이다.

오델레타가 빙긋 웃으며 덧붙였다.

"영애의 표현을 빌리자면 분명 그렇네요. 설령 영애의 착각이 맞다고 해도 빼앗긴다는 말은…… 좀 아니지 않나요? 애당초 황태자 전하는 나는 물론이고 영애의 것이었던 적, 단 한 번도 없었는데요. 황태자 전하께서 들으신다면 소름 끼쳐 하실지도 모르겠어요."

"지금 절 모욕하시는 건가요?"

"아니, 그게 어째서 모욕이죠? 전 '사실'만 말했을 뿐인데요."

오델레타가 피식 웃으며 말을 이었다.

"뭔가 대단히 착각하고 계시는데, 지금 저랑 비슷한 상황이세요, 레이디 도로테아. 레이디 마리스텔라를 친구로 두고 있고, 우리 둘 모두 황태자 전하를 짝사랑하고 있으니까요."

"……."

"부디 레이디 마리스텔라와 멀어지세요, 레이디 도로테아. 영애는 속고 계시는 거랍니다."

아까와 데칼코마니처럼 비슷한 상황에 오델레타는 속으로 웃음이 나왔다. 정작 똑같은 상황을 겪었을 때 도로테아의 표정이 말이 아니었기 때문이었다.

도로테아가 입술을 꾹 깨물며 오델레타에게 물었다.

"무슨 권리로 마리와 멀어지라, 마라……."

"그렇다면 영애께서는 무슨 권리로 제게 마리와 멀어지라, 마라 참견하시는 건지."

오델레타가 대놓고 도로테아를 비웃으며 도로테아에게 물었다.

"영애가 봐도 지금 이 상황, 대단히 모순적이지 않나요?"

내가 하면 로맨스고, 남이 하면 불륜이라 이거지.

오델레타가 가소롭다는 얼굴로 도로테아를 쳐다보자, 도로테아가 토마토처럼 익은 얼굴로 씩씩거렸다.

"난 영애와는 달리 그 앨 감당할 수 있어요! 고작 몇 개월 만난 영애와는 다르다고요."

"그러니까 영애는 날 위해서 마리와 멀어지라고 말하는 건가요, 지금?"

"맞아요. 영애를 위해서예요."

도로테아는 뻔뻔하게도 그렇게 말했다.

"마리를 감당할 수 있는 건 나뿐이에요. 영애는 지금 마리에게 속고 있는 거라고요. 고작 몇 개월밖에 그녀를 겪지 못해서 그래요."

"……"

뭐 이런 미친 여자가 다 있어?

오델레타는 진심으로 도로테아가 정신적으로 문제가 없는 건지 궁금해질 지경이었다. 그리고 새삼 이런 여자와 그 오랜 기간을 친구로 지낸 마리스텔라가 대단해졌다. 자신이라면 절대 못 할 일이다.

이런 여자와 어떻게…….

"오델레타?"

그때 뒤쪽에서 익숙한 목소리가 들려왔다.

오델레타가 순간 흠칫하며 뒤를 돌았고, 그 자리에는 당황한 표정의 마리스텔라가 클로드와 함께 서 있었다.

그 모습을 본 오델레타는 더 당황했다.

아, 이런 상황에서 별로 마주치고 싶지 않았는데.

그러니까, 테라스에서 클로드와 잠깐의 대화를 나눈 다음 파티장으로 다시 돌아와 보니 이런 상황이 펼쳐지고 있는 것이었다.

대충 상황을 보아하니 언쟁이 있었던 것 같고, 주인공은 오델레타와…… 도로테아인 듯했다.

안 좋은 일에는 한 번도 빠진 적이 없는 도로테아를 바라보며 나는 속으로 한숨 쉬었다.

아무도 전후 상황을 말해주지 않았지만, 대충 무슨 상황이었는지 짐작은 갔다. 하지만 사건의 전말을 좀 더 확실히 하기 위해서, 나는 오델레타에게 질문했다.

"오델, 무슨 일이 있었어?"

"그게……."

"마리!"

그때 앞쪽에서 도로테아가 나를 소리쳐 불렀다.

내가 고개를 돌리자, 거기에는 억울해 죽겠다는 얼굴의 도로테아가 나를 쳐다보고 있었다. 물론 신빙성은 그다지 느껴지지 않았다.

우습게도 그 얼굴을 보자마자 무섭도록 차분해지기까지 했다.

"무슨 일이야, 도로테아."

"레이디 오델레타가 날 모욕했어! 황태자 전하와의 짝사랑이 이루어지지 못한 걸로 날 조롱했다고!"

"……그럴 리가."

가장 먼저 이 말부터 튀어나왔다.

지금 오델레타의 상황을 누구보다도 내가 가장 잘 알고 있는데.

내가 황당한 얼굴로 할 말을 잃은 채 도로테아를 쳐다보고 있는데, 뒤에서 싸늘한 오델레타의 목소리가 들려왔다.

"그게 조롱으로 들렸다니 유감입니다, 레이디 도로테아. 전 그저 영애가 제게 했던 말씀을 현재로서는 저와 똑같은 처지인 영애에게 그대로 되돌려 드린 것뿐인데요. 영애가 레이디 마리스텔라의 양다리를 안타까워하셨던 것처럼 말이죠."

"야, 양다리?"

아까 들어본 적 있는 화제에 내 눈이 동그래졌다. 그리고 그제야 상황 설명이 가능했다.

나는 어이없음을 숨기지 않고 노골적으로 드러냈다. 아까부터 조금 불안불안하다 싶더니, 결국 함부로 입을 놀린 듯했다. 하지만 할 말을 잃은 내 표정을 보고도 도로테아는 당당했다. 늘 그렇듯이.

이제는 그 당당함이 부러워질 지경이었다.

"지금 누구한테 양다리라는 겁니까."

그때 어딘가에서 서늘한 목소리가 들려왔다. 아니, '어딘가'도 아니었다.

바로 옆이었다. 내가 얼른 고개를 옆으로 돌리자, 무시무시한 표정의 클로드가 그곳에 있었다. 그 표정을 보자마자 나도 모르게 흠칫했다.

이런 모습은 처음이었다.

"무례하기 짝이 없군요. 불과 몇 시간 전에도 내 귀로 그런 헛소리를 들은 것 같은데."

"헛소리라뇨?"

도로테아가 당당하게 제 의견을 밀고 나갔다.

"서면궁에 심심찮게 드나드는 영애가 이제는 공작 전하와 시시덕 거리고 있는데, 그건 누가 봐도 양다리가 아닌가요?"

"예전부터 생각했던 건데, 영애는 사용하는 단어가 참 저급하 군요."

비소를 지은 클로드가 천대하는 듯한 눈초리로 도로테아를 내려 다보며 말을 보탰다.

"하는 말도 저급하고요."

"공작 전하! 어떻게 레이디를 그런 식으로 모욕하시나요?"

"신사숙녀는 그 이름에 걸맞은 예의를 지켜야 하지요. 하지만 영 애의 언행은 도무지 숙녀라고 보기 어렵습니다."

클로드의 얼굴에는 이제 조금의 웃음기도 남아 있지 않았다.

그가 싸늘해진 눈빛으로 도로테아를 쏘아보았다.

"그런 식으로 제 파트너를 모욕하고, 황태자 전하를 모욕하고, 절 모욕하다니. 황족모독죄로 처벌받으셔도 할 말 없다는 것, 잘 아시 겠죠."

"내가 뭘 어쨌다고……!"

"목소리 높이지 마세요, 레이디 도로테아."

그가 단호하게 도로테아의 말을 잘라냈다.

"한 번만 더 제 파트너와 저를 모욕한다면 그때는 정말로 황족모 독죄로 베일탑에 갇힐 각오를 해야 할 겁니다."

나는 아니라고 해도, 클로드는 황족이었다.

더구나 도로테아가 입에 담는 유언비어 아닌 유언비어에는, 차기 황제인 자비에르에 대한 내용까지 담겨 있었다.

두 사람이 합심한다면, 도로테아를 베일탑에 가두는 것에도 명분이 있었다.

처벌을 불사하겠다는 당사자의 말에 겁이라도 먹은 건지 도로테아는 그다음에 말이 없었다.

그 바람에 주변이 잠깐 조용해졌고, 나는 갑작스럽게 조용해진 상황에 약간의 어색함을 느꼈다.

아무도 말을 하고 있지 않던 그때, 도로테아의 입이 다시 열렸다.

그녀는 분해 보이는 게 분명한 얼굴로 클로드에게 말을 씹어뱉었다.

"도대체 마리에게 왜 그렇게 신경 쓰시는 건가요, 전하?"

그 말을 듣는 순간 흠칫해서 나도 모르게 어깨를 굳혔다.

내 눈에 비친 도로테아는 도무지 이해 가지 않는다는 얼굴이었다. '그렇잖아요'라고 덧붙이면서, 도로테아는 다시 말을 이었다.

"전하께서 마리와 무슨 사이인 것도 아니고."

"뭘 모르고 있는 것 같은데."

그가 빙긋 웃으며 말을 이었다.

"저와 레이디 마리스텔라는 '무슨 사이'랍니다."

뜻밖의 이야기에 좌중이 술렁거렸고, 내 가슴은 쿵쾅쿵쾅 뛰기 시작했다. 내가 긴장한 얼굴로 클로드를 쳐다보았고, 마침내 클로드도 나를 쳐다보았다. 나와 그, 우리 둘의 시선이 서로 공중에서 얽혀 들어갔다.

"아주 친한 친구 사이요."

하지만 대답은 역시, 내가 예상했던 것과는 거리가 멀었다.

나도 모르게 긴장했던 몸이 이완되었고, 도로테아는 황당하다는 반응이었다.

"말도 안 돼요."

"뭐가 말이 안 됩니까."

그 말과 함께 비로소 클로드는 내게서 고개를 돌렸다.

그리고 도로테아에게 시선을 똑바로 고정시킨 채 음절 하나하나에 힘을 주며 말했다.

"불미스러운 일이 계기가 되긴 했지만, 지금 저와 레이디 마리스텔라는 분명 친한 친구 사입니다. 그걸 영애의 친구인 레이디 도로테아가 모르고 있었다니 다소 놀라울 따름이네요."

"남녀 사이에 친구는 무슨! 전하, 농담이 지나치시네요."

"영애의 고루한 가치관은 혼자서만 간직하고요."

그가 싸늘한 목소리로 도로테아에게 말했다.

"사과하세요."

"뭘 사과해요? 난 잘못한 게 없습니다, 전하."

"말을 함부로 했으면 그에 대한 책임을 져야지요, 레이디 도로테아."

건조한 목소리가 주변을 진동시켰다. 나도 모르게 마른침이 넘어갔다.

"전 당신의 사과 따위 받고 싶지 않으니 상관없지만, 두 숙녀분들께는 지금 당장 사과드리는 게 좋을 겁니다."

"내가 뭘 잘못했다고!"

"끝까지 이런 식으로 나오시면 곤란합니다."

클로드는 이제 거의 피곤해 보이는 얼굴로 도로테아에게 물었다.

"당장 이 파티장에서 쫓겨나고 싶은 게 아니라면 그러는 게 좋을 겁니다. 덤으로 지금 바로 베일탑으로 가고 싶은 게 아니라면요."

"……."

그 말을 들은 도로테아의 눈빛이 크게 흔들렸지만, 클로드는 자비를 내릴 생각 따위는 하지 않는 것 같은 얼굴이었다.

그가 다시 한번 도로테아에게 요구했다.

"사과하세요, 레이디 도로테아."

"이익……!"

도로테아는 분해 죽겠다는 얼굴이었다.

나는 이곳에 온 후 지금까지 그녀의 얼굴이 이토록 빨개지는 모습을 본 적이 없었다. 그러나 그녀를 바라보고 있는 내 얼굴마저 이제는 무표정했다. 정말 오만 정이 다 떨어지는 기분이었다.

하긴 원래부터 정이랄 게 있었나 싶다가도, 어쨌든 미운 정이라도 있긴 했으니까. 이제는 그런 것조차 남아 있지 않지만. 그녀를 미워할 힘도 없었다.

도로테아는 쭈뼛거리면서도 나와 오델레타가 있는 쪽으로 가까이 다가왔다. 나는 그 자리에 가만히 선 채로 도로테아의 입이 열리기를 기다렸다.

잠깐의 침묵이 흐른 후에 그녀가 조심스럽게 입술을 뗐다.

"미……."

"……."

"미안해."

내가 고개를 들어 올려 도로테아를 쳐다보았다. 그리고 그 순간, 알 수 있었다.

'아니구나.'

미안해하는 얼굴이 아니었다. 속으로 헛웃음이 터져 나왔지만, 입 밖으로 그 소리를 내지는 않았다.

대신 입술을 꼭 깨물다가 천천히 물었다.

"정말?"

진심으로 궁금했다.

"정말 미안해?"

그녀는 정말로 나와 오델레타에게 미안한 건지. 자신의 잘못을 알고 있기는 한 건지. 이 상황 자체를 억울해 하는 건 아닌지.

"뭐?"

하지만 그게, 이제 와서 다 무슨 소용인가 싶었다. 나는 이제 그녀에게 마음이 다 떠나 버렸는데. 이제 와서 그걸 따지는 게 다 무슨 소용이라고.

"됐다."

내가 입꼬리만 살짝 위로 끌어 올린 채로 말했다.

"그냥…… 다시는 만나지 말자, 우리."

이자 탕감이고 뭐고, 이제는 진짜 한계였다. 사람에게 이렇게 정이 떨어지는 게 가능할까 싶으면서도, 도로테아라면 가능할지도 모르겠다는 생각이 들었다. 나는 그녀와 말조차 길게 섞고 싶지 않을 정도로 질려버린 상태였다.

사실 지난번 마차 사고가 일어나기 직전의 티파티에서 완전히 끊어지는 게 맞는 관계였는데, 별별 외적인 이유 때문에 이 문제를 너무 길게 끌고 와버렸다.

이제는 진짜로 끝이었다.

나는 그대로 뒤를 돌았다. 완전히 끝을 냈다고 생각했고, 더는 할 말도 남아 있지 않았기 때문에 내 움직임에는 미련이 없었다.

나를 바라보고 있는 클로드를 향해 이만 자리를 옮기자고 말하려던 순간, 그가 먼저 나를 불렀다.

"레이디 마리스텔라."

"……."

"자리를 옮길까요?"

거기에 대고 내가 할 수 있는 건 고개를 끄덕이는 일뿐이었다.

나는 입을 꾹 다문 채 클로드와 함께 앞으로 걸어가기 시작했다.

우리는 아까와는 다른 테라스로 자리를 옮겼다.

"도와주셔서 감사했습니다."

가장 먼저 건넨 말은 역시나 감사 인사. 그게 순서였다.

클로드가 쑥스럽다는 듯 고개를 저었다.

"뭘요. 별일 아니었습니다."

그런 다음 다정하게 미소 지어 보이며 덧붙였다.

"파트너를 돕는 건 당연한 저의 의무인걸요. 제 기분이 나쁘기도 했고요."

"……."

"어쨌든 그렇게 주의를 주었으니, 이제 레이디 도로테아가 귀찮게 할 일은 없을 겁니다."

"그럴 거예요."

나는 영혼 없는 목소리로 대꾸했다.

"그래야겠죠. 정말 너무 오랫동안 쓸데없는 관계를 이어왔어요."

내가 고개를 절레절레 저으며 덧붙였다.

"처음에는 효녀 노릇 좀 해보자고 시작한 일이었는데, 이번 일로 한계에 부닥쳤어요. 파티를 마치는 대로 코르노헨 백작부인에게 편지를 보내 거래를 무효화시킬 생각입니다."

"어느 쪽이든 영애의 선택을 지지할 겁니다."

클로드가 엷게 미소 지으며 나와 눈을 맞추었고, 갑작스럽게 시선을 받자 나는 살짝 당황했다. 나 역시 어설프게 미소 지은 다음 화제를 돌렸다.

"그보다 오델레타가 걱정이에요. 대충 이야기를 듣자 하니 도로테아가 오델레타에게도 꽤 모욕적인 말을 많이 한 듯한데……."

"레이디 오델레타는 강인한 여성분이십니다. 너무 걱정하지 않으셔도 될 거예요."

"그런가요……."

"네. 그리고 영애께서도 코르노헨 영애의 헛소리에 너무 신경 쓰지 마십시오."

"그러려고 해요."

다른 사람도 아닌 도로테아의 말이니까 말이다. 나는 피식 웃으며 그에게 말했다.

"어쨌든 오늘은 정말 감사했습니다. 신세를 졌네요."

"오늘 제 파트너가 되어 주셨으니 그 보답이라 치지요."

클로드는 묘하게 상대의 마음을 위로시켜주는 데 재능이 있었다.

그 마음이 고마워서 내 입가에는 자연스럽게 미소가 피어올랐다.

"이만 연회장으로 다시 가볼까요? 자리를 오래 비우면 또 이상한 말이 나돌지도 모르겠네요."

내 자조적인 농담에 클로드도 피식 웃으며 고개를 끄덕였다.

"오델레타."

자신을 부르는 소리에 홀로 남겨진 오델레타가 뒤를 돌았다.

마리스텔라가 곧바로 시야에 들어왔다.

"마리스텔라."

오델레타가 건조하게 친구의 이름을 불렀다.

목소리는 기분을 반영하는 법이다. 현재 오델레타의 기분은 그리 좋지 않았다. 그 이유가 아까 도로테아의 기행 때문이냐고 누가 묻는다면, 반은 맞고 반은 틀리다고 대답해 줄 작정이었다.

도로테아의 말이 기분 나빴던 것도 맞았지만, 그녀의 기분을 더 나쁘게 만드는 건 오델레타 자신이 처한 상황 자체 때문이었다.

세상에서 가장 싫어하는 사람과 공유하고 있는 짝사랑 상대.

그 상대는 자신이 세상에서 가장 좋아하는 친구를 좋아하고.

심지어 제가 짝사랑하는 남자는 친구에 대한 정조를 지키기라도 하려는 것처럼 제게 조금의 틈도 허용하지 않았다.

오델레타로서는 이래저래 갑갑하고 짜증스러운 상황이었다.

"여기 있었구나."

그리고 정작 이 모든 일에 중심에 서 있는 친구는 아무것도 모르는 듯한 얼굴로 제게 말을 걸어왔다.

무지가 죄는 아니었다. 오델레타는 그렇게 배우고 자랐다. 그러므로 자신은 그녀를 탓할 수 없었다.

하지만 그게 어디 마음대로 되는 일이던가?

오델레타가 최대한 날것 그대로의 감정을 표출하지 않기 위해 애쓰며 마리스텔라에게 물었다.

"공작 전하는 어디 계시고?"

"잠깐 떨어져 있는 것으로 합의를 봤어. 아무래도 아까 그런 일도 있고 해서."

"아아."

참, 배려심 깊기도 하시지.

오델레타가 냉소적으로 입안에서 하지 못할 말을 중얼거렸다.

"아까는 고마웠어, 오델."

"……아까?"

오델레타가 저도 모르게 날 선 목소리로 물었다.

"무슨 '아까'?"

"내가 없을 때 도로테아랑 대신 싸워준 것 말이야."

"……뭘 그런 것 가지고."

"기분 많이 상했지? 정말 걔 성격은 알다가도 모르겠……."

"마리."

그때 오델레타가 조용히 마리스텔라의 말을 끊었고, 마리스텔라
는 말이 칼에 잘리기라도 한 사람처럼 곧바로 입을 다문 채 오델레
타를 쳐다보았다.

왜 그러느냐는 듯 순진무구한 표정으로 자신을 쳐다보는 마리스
텔라를 쳐다보며, 오델레타는 순간 띵한 기분에 사로잡혔다. 하지
만 이내 침착함을 지키자고 속으로 주문을 외우며 말했다.

"나, 나 이만 가봐야 할 것 같아."

"벌써? 시간이 그렇게 늦지 않았는데……."

"몸이 조금 좋지 않아서. 실은 어제부터 감기 기운이 있었거든."

조금이라도 빨리 그녀에게서 벗어나고 싶었다.

그렇지 않는다면 지금보다 더 추악한 마음을 친구에게 품을지도 모를 테니까.

자신을 지키고, 관계를 지키려면 가급적 그녀가 제 눈앞에서 멀어져야만 했다.

"다음에 또 보자, 마리. 즐거운 시간 보내. 조심히 들어가고."

"아, 그래……. 너도 조심히 들어가, 오델."

"……."

오델레타는 말없이 미소 짓는 것으로 대답을 대신한 뒤, 천천히 뒤를 돌았다.

뒤에서 마리스텔라가 저를 쳐다보는 시선이 느껴졌지만, 그녀는 끝까지 뒤를 돌지 않고 묵묵히 자신의 길을 걸어갔다.

"오델레타."

그러다 어느 순간, 누군가가 그녀의 이름을 불렀다.

익숙한 목소리에 오델레타는 자연스럽게 몸을 멈춰 세웠다.

"오델레타."

"……못 들은 거 아니야."

오델레타가 입술을 꾹 깨문 채 뒤를 돌았다. 익숙한 인영이 자신을 바라보고 있었다.

어쩐지 그 시선에서 안쓰럽다는 듯한 느낌이 들어서, 오델레타는 자신의 기분이 아까보다 더 가라앉고 있다는 사실을 깨달았다.

그것은 부끄러움이었고, 비참함이었고, 수치심이었다.

이런 모습을 오랜 소꿉친구에게 보였다는 사실이 말도 못 하게 창피했다.

"딜튼."

"……괜찮아?"

"괜찮아 보여?"

오델레타가 쓴웃음을 터뜨리며 물었다.

"내가 괜찮아 보여?"

"……아니."

"잘 아네, 딜튼. 답을 알고 있네."

그렇게 말하는 오델레타의 목소리는 퍽 슬프게 들렸다.

"너는 나를 너무 잘 아니까."

"……."

"지금 내가 무슨 기분인지 알 거 아냐."

"……그래."

"왜 날 불러 세웠어?"

오델레타가 서러운 듯 눈매를 실룩이며 물었다.

"이런 내 모습을 보았다고, 보았노라고, 굳이 내게 알려야만 했니? 모른 척해줄 수는 없었어?"

"오델레타."

"……왜."

오델레타가 서글픈 목소리로 딜튼을 불렀다.

"왜 그랬어, 딜튼 오러스."

"……."

"그냥 평소처럼 지나가지 그랬어."

"괜찮냐고."

굳게 닫혀 있던 딜튼의 입이 다시 한번 열렸다.

"괜찮냐고 물어보고 싶었어."

"……."

"그래서 불렀어."

"안 괜찮아."

오델레타가 힘겹게 입꼬리를 위로 끌어 올리며 답했다.

"괜찮을 리 없잖아."

"……."

"내가 괜찮아 보여?"

"남들 눈에는."

그녀가 듣고 싶어 했을 대답을 해주면서, 딜튼은 자신의 솔직한 답을 뒤에 덧붙였다.

"그런데 내 눈에는 아니야."

"……."

"그만두자, 오델. 네게 어울리는 남자는 세상에 차고 넘쳐."

"그런 원론적인 이야기를 내가 모를 거라고 생각해?"

오델레타가 여전히 서글픈 눈빛을 유지하며 말을 이었다.

"세상의 반이 남자고, 나는 다른 사람에게 사랑받을 가치가 충분한 여자고."

"……."

"그 정도는 나도 알고 있어, 딜튼."

오델레타가 쓰게 웃으며 말을 이었다.

"하지만 어떻게 해. 그 사람이 황태자 전하가 아니면, 아니라면…… 아무 소용이 없는걸."

"……."

"전부 다 소용없어, 딜튼. 나는 오직 그분이어야만 해. 내 심장이, 내 마음이 오직 그분만 원한다고 말하고 있는걸."

"시간이 해결해줄 거야."

"그때까지 기다릴 수 있을 만큼 나는 인내심 깊은 사람이 아니야."

"오델."

"네가 날 걱정해주는 건 고맙게 생각해."

오델레타가 아까보다는 담담해진 목소리로 말했다.

"항상 고마워하고 있어, 딜튼. 넌 내게 정말 소중한 친구고, 내가 힘들 때 늘 도움이 되어 준, 소중한 동료야."

"……."

"그런데…… 적어도 이것만큼은 네가 도와줄 수 없을 것 같다. 날 단념시킬 생각이라면 포기해. 네가 날 도울 수 있는 방법은 단 하나뿐이야."

"전하의 마음은 나도 어찌할 수 없어."

"……알아. 네가 아무리 전하의 총애를 받고 있다고 해도, 그건 주제넘은 일이지."

오델레타가 잘 알고 있다는 듯 고개를 끄덕거렸다.

"그러니 날 그냥 지켜봐 줘, 딜튼."

"……"

"부탁이야."

"나는 네가 행복해지기를 바라."

딜튼이 목이 멘 목소리로 입을 열었다.

"내 소중한 친구가 괴로워하는 모습을 보고 싶지 않아."

"……고마워."

오델레타가 그 순간에, 처음으로 순수하게 미소 지었다.

"날 생각하는 네 마음을 알아, 딜튼. 하지만 지금은 그냥…… 지켜보기만 해줘."

"괜찮겠어?"

"이야기의 결말이 어떻게 되든, 나는 내가 하고 싶은 대로 움직일 거야. 내 인생이고, 내 삶이니까."

"……"

"그래야 이야기의 끝에서 후회가 남지 않을 수 있을 테니까."

"……좋아."

딜튼은 단념했다는 듯 짧게 한숨을 내쉬었다.

늘 그렇듯 오델레타는 고집이 셌고, 하고자 하는 일은 반드시 해내야만 했다.

딜튼은 자신이 그녀를 말리기에는 이미 너무 멀리 와 버렸음을 깨닫고선, 속으로 다시 한번 한숨 쉬었다.

"응원할게, 오델레타."

"고마워, 딜튼."

그제야 오델레타의 미소는 처음과 비교했을 때 한층 편안해 보였다. 딜튼은 오늘은 일단 거기까지만 만족해하기로 했다.

적어도 오늘의 목표는, 그녀의 입가에 걸린 부드러운 미소를 보는 것이었으니까.

저녁 늦게 벨플레어 저택으로 돌아온 나는 목욕만 마친 다음 곧바로 잠자리에 들었다.

이유는 모르겠지만, 그날 밤은 대단히 피곤하게 느껴졌다.

아마 도로테아와의 이별이라는, 나로서는 꽤 큰 사건을 겪었기 때문이리라.

'사실 진작도 전에 끝냈어야 할 일이긴 했지만.'

질척거리며 여기까지 끌고 왔다가 지금에서야 정리한 것이다. 하지만 시기가 늦어진 만큼 갈등의 골도 깊어진 덕에 확실하게 잘라 내버렸다는 장점도 있긴 했다.

장점인지 단점인지는 사실 잘 모르겠지만.

어쨌든 그다음 날이 되었을 때, 침대 위에서 눈을 뜨자마자 가장 먼저 한 일은 코르노헨 저택으로 서신을 보내는 일이었다.

가급적 빨리 찾아뵙고 싶다는 내용의 서신을 쓰면서, 나는 마지막까지 이렇게 행동해도 되나 고민했지만 결론은 변하지 않았다.

마리스텔라는, 아니 나는 도로테아와 연을 끊어야만 했다.

도로테아와 가까이 지내서 좋을 게 없다는 게 시간이 지날수록 점점 극명하게 드러나고 있었다. 다른 문제는 차치하더라도, 내가 없는 곳에서 나를 양다리나 걸치는 문란하고 도리 없는 여자로 떠들고 다니는 건 도무지 용서가 안 되는 일이었다. 그런 일까지 당하면서 도로테아의 시녀 노릇을 하고 싶지는 않았다. 설령 거기에 가문 간의 부채가 걸려 있다고 해도, 도무지 견딜 수가 없었다. 어른들의 문제는 어른들끼리 해결하라고 말한 다음 이 관계에서 빠져나갈 생각이었다.

가족들은 당연히 이 상황에 대해서 알고 있었다. 물론 내가 코르노헨 백작부인과 거래한 내용은 당연히 몰랐지만, 에스클리프 저택 파티에서 모욕당했던 상황을 모를 리는 없었다.

애당초 그런 소란이 일었는데 가족들의 귀에 들어가지 않는다는 것도 이상한 일이었다. 하지만 모두 내게 사정을 묻기에는 지나치게 조심스러워하는 모습이었는데, 아무래도 이번 일로 입은 내 상처가 크리라고 지레짐작한 모양이었다.

아니, 엄밀히 말해 '모두'는 아니었다.

"정말 참을 수가 없어! 그 여자는 도대체 생각이 있는 거야, 없는 거야?"

마티나가 씩씩거리며 내 앞에서 대놓고 도로테아를 까내렸고, 나는 굳이 그녀를 말리지 않았다.

이미 다 끝난 관계에 굳이 그런 호의를 베풀 필요도 없었다.

"언니, 설마 그 꼴을 당하고도 계속 그 여자랑 지낼 생각은 아니지?"

"언니 호구 아냐, 마티나."

내가 무표정한 얼굴로 중얼거렸다.

"이제 정말 지쳤어. 더 버틸 재간이 없다."

"언니가 왜 버텨? 오델 언니도 있는데 제발 그 여자랑 지내지 마. 이제 정말 넌덜머리가 날 지경이라고!"

동감이었다.

"이제 정말 끝났어, 마티나. 이제 그 이야기는 하지 말자."

"……."

내 말에 마티나는 잠깐 침묵을 지켰다가 결론을 내리듯 입을 열었다.

"그래도…… 이렇게라도 끝내게 돼서 다행이야, 정말."

그것도 동감이었다.

코르노헨 백작부인에게 보냈던 서신의 답장은 유감스럽게도 일찍 도착하지 않았다.

편지를 보낸 날 저녁 늦게 답신이 도착하는 바람에 만남은 아무리 빨라도 내일로 미루어졌다.

나는 백작부인에게 지난번 거래에 대해 할 말이 있다는 내용의 편지를 다시 보냈고, 답신은 그보다 간단하게 왔다.

내일 점심이나 같이 들면서 이야기를 나누자는 것이었다.

코르노헨 백작부인과 함께 점심 식사라니. 체할지도 모르겠다는 생각이 가장 먼저 들었지만, 선택의 여지가 없었다. 최대한 빨리 이 일을 마무리 짓고 싶었으니까.

나는 그러겠노라는 편지를 코르노헨 저택으로 보냈다. 그리고 그 다음 날이 되었을 때, 나는 시간 맞춰 코르노헨 저택으로 향했다.

마차가 저택 앞에서 멈추어 서자 짧게 심호흡을 한 다음 마차에서 내렸다.

"어서 오십시오, 레이디 마리스텔라."

저택의 집사로 추정되는 이가 내게 인사를 건네 왔고, 나는 약식으로 인사에 답한 다음 조용한 발걸음으로 그의 뒤를 좇았다.

마침내 정찬실의 유리문 앞에 도착했을 때 투명한 유리문 너머로 코르노헨 백작부인의 모습이 눈에 들어왔다.

그녀는 자리에 앉아 차를 마시며 나를 기다리고 있었는데, 그 모습을 본 나는 처음으로 코르노헨 백작부인을 만나면서 긴장하고 있다는 사실을 깨달았다.

그건 그녀가 무서워서라기보다는 마침내 이 지긋지긋한 관계에 완전한 종말을 고할 수 있다는 사실에 떨려 했기 때문일 가능성이 컸다.

하인 둘이 정찬실의 문을 양옆으로 열어주었고, 열린 문틈 사이로 나는 또각또각 소리를 내며 걸어갔다.

자연스럽게 코르노헨 백작부인의 시선이 나를 향했고, 그 부담스러운 시선을 한 몸에 받으며 나는 정중히 그녀에게 인사했다.

"오랜만에 뵙습니다, 코르노헨 부인."

"앉아요. 일찍 왔네요."

코르노헨 백작부인은 담담한 태도로 나를 맞이했다.

나는 작게 고개를 끄덕인 다음 그녀의 맞은편에 앉았다.

"갑자기 연락 드려 죄송합니다, 코르노헨 부인."

"우리의 거래에 대해 할 말이 있다고요."

"그렇습니다."

그 말과 동시에 애피타이저가 나왔다. 하지만 나는 앞에 놓인 연어 카나페에는 손도 대지 않은 채 이야기부터 꺼냈다.

"죄송하지만, 지난번 거래를 없었던 것으로 했으면 합니다."

"……갑자기요?"

"'갑자기'는 아닙니다, 부인. 전부터 계속 생각해 왔던 일이에요."

나는 차분하게 내가 하고 싶은 말을 그녀에게 늘어놓았다.

적어도 코르노헨 백작부인은 도로테아보다는 이성 있는 여자다. 물론 피장파장이었지만.

"섣불리 거래를 받아들인 건 분명 제 잘못이지요. 인정하고 반성 중입니다. 이 일을 저희 부모님께 말씀드리시고, 전의 거래는 없었던 일로 하시지요."

"이러는 이유가 뭔가요?"

코르노헨 백작부인이 미간을 좁히며 물었다.

"이자 탕감, 그거 내 쪽에서는 쉽게 말했지만, 결코 쉬운 조건 아니에요. 영애도 알고 있지 않나요?"

"알고 있습니다. 어쨌든 제안 주신 부분에 대해서는 감사하게 생각합니다. 하지만 이제는 제가 버티지를 못하겠어요."

"이틀 전 에스클리프 저택 파티에서 일어난 일 때문인가요?"

"……알고 계셨군요."

하긴 모르는 게 더 이상한 일이었다. 우리 가족들도 알고 있는데 말이지. 내가 마른침을 삼킨 다음 입을 열었다.

"그렇다면 일이 더 수월해지겠습니다."

"고작 그런 일로 이자 탕감이라는 조건을 포기하겠다고요?"

"제가 너무 힘들어서요. 효녀 노릇 좀 해보려고 했는데, 더 이상은 무리라는 판단이 들었습니다."

이 상황에까지 이르고 나니 아까와는 달리 별생각조차 들지 않았다.

그냥 얼른 끝내고 싶은 기분.

"부모님께 말씀드리고 이 일을 없었던 것으로 했으면 합니다, 부인. 부탁드려요. 댁의 따님과는 이제 어떤 식으로든 얽히고 싶지 않습니다."

"정말 이렇게 나올 건가요?"

"죄송합니다. 하지만 코르노헨 영애의 행동은 절 조금이라도 진심으로 생각한다면 나올 수 없는 행동이에요. 절 양다리나 걸치는 문란한 여자라고 소문내는 사람과 어울리는 것처럼 비참하고 우스운 일도 없겠지요. 그 부분에 대해서만큼은 부인께서도 하실 말씀이 없으리라 생각됩니다."

"……."

코르노헨 백작부인은 아무 말도 하지 못한 채 창백하게 질린 얼굴로 입술만 꾹 깨물고 있었다.

도무지 할 말 없는 상황이었으니 당연한 일이었다.

물론, 지난번처럼 '네가 사람들이 헷갈릴 만한 행동을 해놓고선 왜 우리 딸에게 그러느냐'와 같은 헛소리를 들을지도 모르겠지만, 만약 그렇다면 이번에는 참지 않고 그냥 나와 버릴 생각이었다.

"더 하실 말씀 없으시면 동의하시는 것으로 알겠습니다."

"이렇게 4대에 걸친 양가의 인연을 끊어버리는군요."

"유감스럽게도 저는 코르노헨 가문 자체에 대해서는 악감정이 없습니다, 부인. 다만 이 댁의 따님께서 자초하신 일이에요. 세상 그 누구에게 물어봐도 자신을 뒷담화하는 친구와 어울리고 싶다는 사람을 찾기는 어려울 겁니다. 그게 설령 부인께서 바라시는 '시녀'라도요."

"……."

"그럼 전 이만 가보겠습니다. 식사는…… 따님과 하시죠."

그 말만 마치고선 자리에서 일어났다. 커다란 바닷가재에 버터를 발라 구운 요리가 나왔을 즈음이었다.

내가 좋아하는 요리였지만, 적어도 이곳에서는 먹고 싶지 않았다. 다 끝난 마당에 머리를 맞대고 식사하는 것처럼 우스운 일도 없으리라.

나는 정중하게 허리를 굽히고선 그 자리를 빠져나왔다.

혹시라도 코르노헨 백작부인이 나를 붙잡는 건 아닌지 나가는 순간까지도 걱정했지만, 다행스럽게도 그런 일은 없었다.

그리하여, 나는 도로테아와의 인연을 완전히 정리했다.

〈2권에서 계속〉

디어 마이 프렌드 1

초판 1쇄 인쇄 2019년 11월 27일 **초판 1쇄 발행** 2019년 12월 4일

지은이 무소
펴낸이 연준혁

웹소설분사 이사 이진영
책임편집 오가진
디자인 김준영

펴낸곳 (주)위즈덤하우스미디어그룹 **출판등록** 2000년 5월 23일 제13-1071호
주소 경기도 고양시 일산동구 정발산로 43-20 센트럴프라자 6층
전화 031-936-4000 **팩스** 031)903-3893
홈페이지 www.wisdomhouse.co.kr

값 16,000원
ISBN 979-11-90427-13-5 04810
       979-11-90427-12-8 (세트)